Redline 2

MAIN Verlag

Printausgabe, erschienen Januar 2018
1. Auflage
ISBN: 978-3-95949-186-0

www.main-verlag.de
www.facebook.com/MAIN.Verlag
order@main-verlag.de

Umschlaggestaltung: MAIN Verlag
Umschlagmotiv: © shutterstock_460477156

Druck: Print Group Sp. z o.o., Szczecin

Bibliografische Information der Deutschen Nationalbibliothek:
Die Deutsche Nationalbibliothek verzeichnet diese Publikation in der Deutschen Nationalbibliografie; detaillierte bibliografische Daten sind im Internet über http://dnb.d-nb.de abrufbar.

Die Handlung, die handelnden Personen, Orte und Begebenheiten dieses Buchs sind frei erfunden. Jede Ähnlichkeit mit toten oder lebenden Personen oder Persönlichkeiten des öffentlichen Lebens, ebenso wie ihre Handlungen sind rein fiktiv, nicht beabsichtigt und wären rein zufällig.

Neschka Angel

Redline 2

Andrew & Jan

Sollten zwei Menschen sich finden, erkennen, dass sie zusammengehören, kann kein anderer sie jemals voneinander trennen.

Egal wo auf der Welt sie sich befinden, sie werden sich immer nacheinander verzehren!

Liegen auch Ozeane und Länder dazwischen, ziehen sie sich trotzdem an wie zwei Magnete.

Das ist die von den Dichtern so gepriesene *»Unsterbliche Liebe«*.

Wenn sie dir begegnet, willst du sie festhalten, beschützen und mit allen Mitteln verteidigen, die dir zur Verfügung stehen. Sollte sich jedoch ein Dritter dazwischendrängen, werden Kräfte frei, von denen du nie gedacht hast, dass du sie besitzen könntest. Um deine Liebe zu beschützen, ist dir jedes Mittel recht.

Wenn dein Junge nach langem Kampf dann endlich geborgen in deinen Armen liegt, erkennst du erst die Bedeutung dieser *»Unsterblichen Liebe«*.

© Neschka Angel

Ein paar Worte vorab!

Bei jedem neuen Buch, das ich vom *Club Red* und *Club Black* schreibe, denke ich mir eine Story aus und hoffe, dass es für die Leser eine Freude ist, sie zu lesen. Manchmal entwickelt sie sich aber zu einer eigenständigen Geschichte. Statt Einfluss darauf zu nehmen, schreibe ich sie so auf, wie sie in meinen Gedanken herumspukt. Wenn ich das Wort »Ende« geschrieben habe, schaue ich, ob alles passt.

Dabei entstehen manchmal Situationen, die ich eigentlich nie aufs Papier bringen wollte. Solche Momente sind nicht vorhersehbar. Sie kommen auch für mich ziemlich unerwartet. Ein guter Autor nimmt sie an, bindet sie mit ins Geschehen ein. Böse Feinde und auch neue Freunde kommen dazu. Mal ist es nur eine Liebesgeschichte, manchmal wird daraus auch ein kleiner Krimi.

In *»Redline 1«* hatte der Russe Igor Popow eine kleine Rolle eingenommen. Er war in meinen Gedanken danach auch schon wieder in der Versenkung verschwunden.

Dass Igor nun einen Hauptbestandteil der Geschichte ausmacht, habt ihr Katrin, meiner Lektorin, zu verdanken. Ihre Neugier, wer Igor ist und was Jan mit ihm zu tun hat, brachte mich auf die Idee, ein Buch um Andrew Sanchez, Jan Briegel und Igor Popow zu schreiben. Selbst ich war manches Mal entsetzt, dass ich so einen gemeinen Menschen erfinden konnte. Er fesselte mich regelrecht und ich fand, dass auch die Leser das Recht haben zu erfahren, was mich an ihm so faszinierte.

Daher wünsche ich euch allen ein paar vergnügte und spannende Stunden voller Genuss, Wut und dem Glauben, dass die Liebe das Stärkste ist, dass allein nur sein Name dir hilft, alles zu überleben, was dir Schlimmes angetan wird.

Mein herzlicher Dank geht an den Verlag, der mir mit allen Mitarbeitern zur Verfügung stand, wenn ich ein Problem ansprach. Ich hoffe, dass ich euch nicht zu viel den Nerv geraubt habe.

Vielen lieben Dank
Neschka Angel

Kapitel 1

Vorstellung Jan Briegel

~~*~*

So ein …! Wenn ich das alles vorher gewusst hätte. Wer konnte denn auch ahnen, dass mein Leben letztendlich aus den Fugen geraten würde.

Doch von vorne. Ich, Jan Briegel, stamme aus einer Stadt, die total fußballverrückt ist. Da ich mit Fußball und seinen Chaoten nichts anfangen konnte, war meine Jugend nicht besonders leicht. Hier, in Gelsenkirchen im Ortsteil Schalke, herrschte das Gesetz des Stärkeren. Wer kein Fan vom Fußballclub war, der hatte eh hier auf den Straßen nichts verloren. Das Faustrecht regierte und nur die Stärksten wurden anerkannt. Das einzig wahre Leben, was solche Fans führten, war das, was sich rund um die Veltins Arena abspielte. Jedes Tor wurde bejubelt und mehr als einmal wurden die gegnerischen Fans verprügelt. Man hat sie vor und nach dem Spiel wie Vieh durch die Straßen gejagt. Dabei verabscheute ich das Gebaren der Halbstarken und ihrer Mitläufer, die sich nur im Rudel stark fühlten, zutiefst. Ich quälte mich daher und tat genau das, was alle anderen taten, die sich Fans schimpften, und bejubelte jede Aktion der Mannschaft. Dabei schmachtete und sabberte ich die Spieler an. Oh ja, ich träumte von ihnen und wachte öfters mit einer feuchten Unterhose auf, als mir lieb war.

Doch tief in mir drin hatte ich nur Angst, dass mein Geheimnis auffallen würde. Keiner von den Chaoten wusste, dass ich mehr auf Männer stand als auf Frauen. Ich bin schwul! Na und, denkt ihr jetzt bestimmt. Von wegen! Nichts gegen die Weiblichkeit. Ich habe es sogar probiert und was soll ich euch sagen? Es wurde der schlimmste Reinfall in meinem Leben. Mein Schwanz trat in den Streik und der Magen hob sich, versuchte das bisschen Essen wieder loszuwerden. Ich konnte mit der Weichheit eines Frauenkörpers nichts anfangen. Ich brauchte Muskeln, stahlharte Arme, die mich umfingen und festhielten. Ja, ich weiß, das sollte in der heutigen Zeit nichts Besonderes mehr sein.

Da ich aber in einem Dorf groß geworden bin, wurde es zu einem unlösbaren Problem. Weil ich nichts mit Weibern anfangen wollte und statt sie jeden Abend flachzulegen, lieber Männer beim Duschen zusah, war das eine tödliche Mischung. Ich bin einer, der auf starke, bestimmende Männer steht. Männer, die sich durchsetzen können und mir dabei ein Gefühl von Sicherheit und Geborgenheit vermitteln. Die mir das geben, was mein Körper braucht, um ruhiger zu werden. Mit der Pubertät kamen dann auch noch neue Probleme auf mich zu. Verlangen nach Unterwerfung, nach Schmerz. Hatte ich nicht schon genug damit zu tun, dass ich schwul war? Jetzt kam auch noch der Lustschmerz dazu.

Seufzend erinnere ich mich an die schlimme Zeit in der Jugend. Ich wäre bestimmt keine achtzehn Jahre alt geworden, hätte einer in meiner Umgebung dieses Geheimnis jemals entdeckt. Das, was du von dir preisgibst, muss aussehen, als wärst du einer von ihnen. Hooligans erfahren sehr schnell, wie du tickst und dann bist du verloren. Keiner wird dich vor ihnen schützen. Jeder denkt, du bist pervers, weil du Männer lieber magst als Frauen. Dabei entscheidet das Herz für dich und nicht dein Verstand. Du kannst es vielleicht eine Zeit lang unterdrücken, aber dann bricht es aus. Was glaubt ihr, wäre dann aus mir geworden?

Ein *Punchingball* wäre ich für alle gewesen. Ein Junge, an dem man seine Wut abreagieren konnte, weil er darauf stand, verprügelt zu werden. Dem ist aber nicht so. Auch wenn der Name Jan Leben und Hoffnung bedeutet, bin ich ganz allein auf mich gestellt. Leben und Hoffnung? Worauf? Dass die Meute mich nicht in einer dunklen Ecke erwischte? Zwar war es zu diesem Zeitpunkt ein beschissenes Leben, aber es war immer noch meins. Immer die Furcht im Nacken, ob ich es schaffen würde, ihnen zu entkommen! Kann man das dann noch Leben nennen? Ich versteckte mich und versuchte so gut es ging diesen homophoben Schlägern aus dem Weg zu gehen. Allein das Gerücht hätte genügt, dann wäre mein Dasein keinen Cent mehr wert gewesen. Das war kein Leben für einen sensiblen Jungen.

Aber es passierte und ich musste mit den Konsequenzen zurechtkommen, was nicht ganz einfach war. Mein Leben, das bis dahin schon nicht besonders gut verlief, verwandelte sich in ein Desaster. Der angeblich beste Freund hatte mich für die Aufnahme in einem Fanclub direkt ans Messer geliefert. Klar, hier im Menschen-Dschungel überleben nur die Stärksten. Ich aber war nie einer davon gewesen. Weder der Größe noch dem Aussehen nach.

Ich erinnere mich, als wäre es eben erst geschehen. Fünfzehn Jahre alt, völlig irritiert, als ich bemerkte, dass Männer mich mehr faszinierten als Frauen. Den letzten Beweis lieferte mir ein Junge aus der anderen Klasse. Auch heute noch nach Jahren kann ich ihn euch genau beschreiben, wie er damals aussah. Groß, Muskeln, die gerade anfingen sich zu bilden. Blaue Augen und blondes Haar. Ich war so sehr in ihn verliebt, dass ich vergaß mich zu schützen. Nach dem Sport war Duschen jedes Mal eine Pflicht und mein Glied fand es geil, dass sich Thorsten mit langsamen Bewegungen einseifte. Wenn er sein Glied in die seifigen Hände nahm, es wusch, erstarrte ich regelrecht. Gierig verfolgte ich mit den Augen jedes Streicheln der kräftigen Hände. Klar erwischte er mich beim Starren und verzog den Mund dabei. Er fand es anscheinend nicht besonders toll und innerlich wusste ich, was ab jetzt in der Schule los war. Es sprach sich wie ein Lauffeuer herum, dass ich auf Jungs stand, und die Proleten machten von da an Jagd auf mich.

Der Jan Briegel ist schwul. Passt auf eure Ärsche auf! machte es am nächsten Morgen in der Schule die Runde.

Immer wieder fand ich Bilder von Kerlen, die sich einen Blowjob gaben, sich gegenseitig verwöhnten. Ich würde es ja lieben nennen. Sie aber zogen es in den Schmutz mit Wörtern wie *Arsch versilbern, Arschficker, schwule Sau* und *Aids-Schleuder.* Das schlimmste war … Schwanzlutscher. Ich bin kein Lutscher. Wenn, dann nenne ich es *jemanden liebevoll mit dem Mund verwöhnen.*

Zuerst schlug ich mit Worten und zum Schluss mit Fäusten auf alles ein, was ich als Bedrohung wahrnahm. Natürlich blieb dies den Eltern nicht verborgen, was da in der Schule abging. Dass ich schwul war, hatte ich direkt zugegeben. Vater ist ausgerastet und Mutter? Sie stand nur still daneben, schaute zu, als er versuchte, die homosexuellen Tendenzen aus mir herauszuprügeln. Als alles nichts nutzte, haben sie es stillschweigend akzeptiert. Von dem Zeitpunkt an durfte ich sie nicht mehr umarmen, geschweige denn berühren. Das Besteck, mit dem ich aß, wurde mit heißem Wasser abgewaschen und die Wäsche separat gewaschen. Als würde Schwulsein eine ansteckende Krankheit sein und ich in Quarantäne leben müssen. Nach einiger Zeit hatte ich endlich wieder Ruhe von ihnen.

Müde lege ich den Kopf zurück, lasse mir die Sonne ins Gesicht scheinen und tauche ab in die Vergangenheit, zu dem Zeitpunkt, als ich zum ersten Mal das ausleben konnte, was mein Körper brauchte, um befriedigt zu sein.

Verzweifelt suchte ich in meiner Umgebung einen bestimmten Typ Mann, dem ich alles anvertrauen konnte. Jemand, der meine Liebe und Hingabe zu schätzen wusste. Sollte ich ihn finden, bekäme er alles von mir, damit er auch bei mir blieb. Einfach alles! Einen Master, der weiß, wie er die speziellen Neigungen aus mir herauskitzelte. Wenn es zwischen uns passen würde, legte ich ihm zum Schluss auch mein dummes Herz zu Füßen. Hoffnung, dass er genau wusste, was dies mit mir anstellte, erfüllte meine gequälte Seele mit wohliger Wärme.

Endlich lernte ich so einen Dom kennen.

Eric wollte mich, war fast 20 Jahre älter, was mich aber nicht im Geringsten störte. Ein Sugar-Daddy halt. Ab und zu blieb ich auch über Nacht bei ihm. Er versohlte mir den Hintern, war damit zufrieden, mich zu seinen Füßen zu sehen. Eric war ein Softie von einem dominanten Mann. Erziehen und Fehler durch ein Spanking zu bestrafen war alles, was er von mir wollte. Die erste Zeit konnte ich es nicht fassen, dass dort jemand war, der meine Veranlagung akzeptierte. Leider war unsere Beziehung nicht von Dauer. Er konnte nach einiger Zeit nicht mehr mithalten, mir nicht mehr das geben, was ich brauchte. Um glücklich nach einer Session in seinen Armen zu liegen, wollte ich es härter. Nicht nur, dass ich mich gerne unterordne, ich trage auch noch eine ganz spezielle Neigung tief in mir drin.

Ihr fragt euch bestimmt, worauf ich hinauswill. Ähm. Ich gehöre zu den 28 Prozent devoten und schwulen Männern, die sich gerne schlagen lassen. Genau! Ihr lest richtig. Ich liebe den Schmerz auf der Haut. Der Mann, der mir dies zuteilwerden lässt, sollte mich beherrschen können. Ein souveräner Master, der mir zeigt, wo die Grenzen liegen, wäre der Traum von jedem Sub oder Sklaven. Oder schmerzhafte Pein, die nur ein besonders dominanter Kerl mir geben kann. Wenn die Haut glüht und sich in jedem einzelnen Nerv des Körpers der Schmerz festsetzt, dann lässt mich mein Körper fliegen. Es gibt mir den Kick, den ich brauche, um zum Orgasmus zu kommen. So einen Master zu finden, bei dem ich mich bedenkenlos fallen lassen kann, ist für mich unerreichbar. Schließlich verkehre ich nicht in den diversen Clubs, wo sie zu finden sind.

Leider musste ich lernen, dass mein Dom zufrieden war mit dem, was er mir gab. Unsere Beziehung zerbrach an meiner Unzufriedenheit, meinem Wunsch nach Lustschmerz der gröberen Art. Das Schlimmste, was dieser Kerl danach machte, als alles herauskam war, er stritt es vehement ab, mich zu kennen. Eric verleugnete unsere Beziehung. Ich hätte versucht ihn zu erpressen. Fassungslos schaute ich ihn an, sah sein von Scham errötendes Gesicht, als er den Kopf senkte. Voller Schmerz erkannte ich, dass er kein ehrenwerter Dom war. Nur ein Lügner und Betrüger. Von diesem Zeitpunkt an verachtete ich ihn von ganzem Herzen.

Wer uns damals verriet oder wer es auch immer meinen Eltern verraten hatte, dass ich mit 17 Jahren ein Verhältnis zu einem älteren Mann hatte, kann ich nicht sagen. Nur, dass sie mich am selben Tag noch auf die Straße schmissen. Einen Sohn zu akzeptieren, der Männer liebte, fiel ihnen schon nicht leicht. Einen schwulen Sohn, der sich verhauen lässt, war zu viel für ihre heile Welt. Sie verstießen mich, nahmen mir die Chance auf ein geregeltes Leben. Zwei Lehrjahre als Grafik-Designer umsonst. Heute noch bin ich voller Wut auf sie. Ich musste die Lehre abbrechen, weil es wie ein Lauffeuer durch unser Dorf ging, dass ich zu Hause rausgeflogen bin, weil ich schwul war. Nun machte der Fanclub offiziell Jagd auf den kleinen Dreckshomo. Ich konnte dort nicht bleiben, wo ich nur Freiwild war. In einer Nacht-und-Nebel-Aktion habe ich vor zehn Jahren die wenigen Sachen gepackt, die mir gehörten, und bin Richtung Berlin getrampt. Überall wäre es besser gewesen, als in diesem Kaff zu versauern.

Stattdessen bin ich irgendwie in Köln gelandet. Gerade mal siebzehn Jahre jung und keinen einzigen Cent in der Tasche.

Mein Schlafplatz war immer irgendwo anders und das, was ich zum Leben brauchte, erbettelte ich oder arbeitete dafür. Es war schwierig, manchmal fast unmöglich. Trotzdem bin ich stolz darauf, dass ich es geschafft habe, diese harte Zeit zu überleben. Der Hunger nagte zwar manchmal ganz schlimm in den Eingeweiden und der Durst war höllisch. Trotzdem bin ich rein geblieben. Irgendwann, so schwor ich mir, werde ich den Master meiner Träume finden. Dann kann ich ihm später mit reinstem Gewissen sagen, dass ich mich nie verkauft habe.

Im Laufe der Zeit musste ich auf der Straße verdammt schnell erwachsen werden. Ich bin zwar unterwürfig, trotzdem habe ich es geschafft und mich gerade wegen dieser Neigungen versucht durchzusetzen. Oft war ich in Prügeleien verwickelt. Mehr als einmal entkam ich in letzter Sekunde der Polizei. Zwar hat es nicht immer geklappt, den Gegner einzuschüchtern, aber meistens gelang es mir. So ist nun mal das Leben auf der Straße. Hier können nur die Stärksten gewinnen, niemals die Schwachen. Wurde es aber zu riskant, bin ich einfach weitergezogen, habe an einem anderen Ort neu angefangen. Bis ich hier gelandet bin.

Berlin! Die Hauptstadt ist groß und du kannst untertauchen, ohne aufzufallen. Straßenkids, wie ich eines bin, verschwinden in der Statistik. Tief hole ich Luft und denke mir, dass ich viel Glück gehabt habe, dass ich auf der Straße nicht unter die Räder gekommen bin. Mit der Hand fahre ich mir durch die Haare, lege den Kopf zurück und schließe die Augen.

Kapitel 2

Vorstellung Andrew Sanchez

~~*~*

Diejenigen, die die Geschichte von meinem Bruder Devil und seinem Sklaven Kevin kennen, wissen natürlich, wer ich bin. Viele von euch sind auch noch Zeuge davon geworden, als ich vor einiger Zeit versucht habe, mir Jessy Laurin einzufangen. Hiermit stelle ich mich mal vor. Ich bin … Andrew Sanchez, der Bruder von Devil Sanchez oder der Idiot, der sich dummerweise in den Jungen von Dante Alvarez verliebt hatte. Ich erinnere mich, als wäre es erst gestern gewesen, als dieser verführerische Sub im *Club Red* auftauchte.

Der Türsteher rief an, fragte, ob er einen Twink mit Namen Jessy Laurin hereinlassen dürfte. Er wäre der Bruder vom Manager des *Clubs Black*. Daniel kannte ich. Dass er einen Bruder hatte, war auch mir neu. Um sicherzugehen, dass sich hier keiner reinschlich, der Streit anfangen würde, rief ich *im Club Black* an. Dort erfuhr ich, dass dieser kleine Twink tatsächlich Daniels Bruder war und sich mit Dante Alvarez angelegt hatte. Mir war der Name Jessy bis dato unbekannt. Ich gab mein Einverständnis, weil ich neugierig war, wer so lebensmüde oder mutig genug war, um sich mit Dante anzulegen. Das, was ich dann entdeckte, entsprach gar nicht meiner Erwartung.

Oben auf der Empore beobachtete ich, wie der Kleine in den Club hereinrauschte. Er kam nicht allein, hatte einen anderen Twink an der Hand. Die Atmosphäre veränderte sich schlagartig. Die Jäger spielten total verrückt, als sie Jessy erblickten. Ein bildhübscher junger Mann mit den schönsten Augen, die ich je sah. Sie erinnerten mich an funkelnde Diamanten. Haare bis zum Hintern und eine tolle sexy Figur, leicht feminin. Viel zu kurz ist er geblieben. Nach einem Drink ist er wieder verschwunden. Ich bekam keine Chance, um mich ihm ordentlich vorzustellen.

Keine Minute später rauschte Dante in den Club, setzte sich zu mir. Die Warnung, dass der Kleine ihm gehöre, nahm ich einfach nicht zur Kenntnis. Schließlich hatte er seine Chance und sie verspielt. Das wütende Funkeln in den dunkelblauen Augen, als ich einen Dreier vorschlug, belehrte mich schnell eines Besseren.

Tage später kam ich ins Büro, stand unerwartet nur einen Meter von Jessy entfernt. Das Herz schlug bei seinem Anblick einen Salto und mein Schaft drückte sich gegen den Verschluss der Jeans. Da hatte ich noch Hoffnung, ihn für mich gewinnen zu können. Als er den Auftrag von uns annahm, ein privates Spielzimmer im *Club Red* einzurichten, sah ich die Chance, ihn von mir zu überzeugen. Sogar nachts ließ er mir keine Ruhe, schlich sich in meine Träume ein.

Jessy liebt Dante, sodass ich zum Schluss einsah, dass er mir nie gehören würde. Ich weiß nicht mehr, was ich damals alles versucht habe, um mir den Kleinen zu angeln. Jeden Mittag haben wir zusammen gegessen, sind uns dabei etwas nähergekommen. Immer wenn Jessy mich anlächelte, wollte ich ihn umarmen und küssen, bis seine Augen leuchteten. Sie blickten immer traurig, wurden erst lebendig, sobald Dante in seiner Nähe auftauchte. Von da an wusste ich, dass Jessys Herz nicht mehr frei war.

Langsam komme ich darüber hinweg, weil ich sehen kann, dass er glücklich mit Dante ist. Er traf Dante nur ein paar Minuten vor mir und danach wollte er keinen anderen Mann mehr. Nur um ein paar verfickte Minuten habe ich Jessy verpasst. Er war der Erste, den ich mir als meinen Jungen vorstellen konnte. Daher tat es ziemlich weh, ihn an Dante zu verlieren. Trotzdem will ich Jessy als Freund behalten und lasse die Finger von ihm.

Jessy ist ein toller Sub, einer, der sich gerne fallen lässt. Ich habe erkannt, dass es für mich nicht passt, ich mehr brauche. Auch will ich es mir nicht mit Dante verscherzen und behalte die Finger bei mir. Er kennt da kein Erbarmen, sollte sich einer an seinen Mann heranmachen. Ich verstehe ihn, denn, wenn du den Richtigen gefunden hast, kämpfst du mit allen Mitteln, die dir zur Verfügung stehen, um ihn zu beschützen. Wer kann das nicht besser verstehen als ich! Ich würde das Gleiche tun, sollte der Junge mein Eigentum sein.

Wie bitte? Was höre ich da gerade? Ich glaube es einfach nicht! Da fragen sich tatsächlich ein paar Leser, wer ich eigentlich wäre? Nun gut! Da will ich mal nicht so sein und mich richtig vorstellen.

Also alle mal herhören. Mein Name ist Andrew und ich bin einer der Sanchez-Brüder sowie Mitinhaber des *Gay Club RED*. Mit meinen Brüdern führe ich den Club schon ein paar Jahre. Hier und auf der anderen Seite der Straße, dem *Club Black*, ist das Jagdrevier von uns allen. Egal ob Top, Dom, Master oder einfach nur Mann. Ich bin ein sehr herrschsüchtiger Master, suche mir nur die Subs aus, die es auch lieben, wenn ich ihnen den Hintern versohle. Das Black und Red ist bekannt dafür, dass sich die meisten herrischen Männer bei uns aufhalten. Daher sind viele Subs, Sklaven und Twinks bei uns gerne gesehen.

Jawohl. Das hier ist ein Club, der nur für Männer ist. Wo sich nur Männer austoben dürfen. Schwule, bisexuelle oder auch neugierige Heteros. Sie müssen nur einen Schwanz in der Hose haben. Hier verkehren dominante, aber auch devote Männer. Keiner braucht sich zu verstecken oder sich zu schämen, warum er solche Neigungen verspürt. Sie können in speziellen Zimmern ausgelebt werden.

Ab und zu machen wir auch mal ein Event für Transgender und Drag Queens. Wenn das geschieht, geht hier die Post ab. Die meisten Männer, die unseren Club besuchen, kommen aus der BDSM-Szene. Dafür ist der *Club Red* in aller Welt bekannt.

Ich fühle mich wohl in meiner Haut, habe viele Freunde. Doch etwas hat sich langsam, aber beständig bei mir verändert, sodass ich es zuerst nicht bemerkt habe. Seit ein paar Monaten grassiert das Liebesfieber in unseren Clubs. Zuerst ergriff es von Dante Besitz, dann folgte kurze Zeit später Daniel. Hm! Mal überlegen. Adrian reihte sich auch ein und vor Kurzem hat es Angelo erwischt. Sogar mein älterer Bruder war nicht immun dagegen. Wie sollte ich da nicht neidisch werden? An manchen Tagen fühle ich eine drückende Leere, weil auch ich seit Langem einen Sub, nein, den perfekten Jungen, der mit mir kompatibel ist, suche. Seine Neigungen sollen sich mit meinen Wünschen zu einhundert Prozent decken. Er muss devot sein, aber trotzdem mit beiden Beinen fest im Leben stehen. Das, was ich von ihm verlange, ist, dass er sich im Lustschmerz verlieren kann. Ich liebe es, die Peitsche zu schwingen, und wenn lustvolle Schmerzensschreie den Raum füllen, bin ich in meinem Element. Auch soll er nur für mich bitterliche, schmerzerfüllte Tränen weinen, mich stolz mit seiner totalen Hingabe machen. Er muss mir blind vertrauen und gehorchen. Sich zu meinen Füßen knien und anbeten. Das Letzte ist jetzt wohl doch etwas übertrieben.

Trotzdem will ich das, was mein Bruder Devil mit seinem Sklaven Kevin hat. Jawohl! Mit weniger werde ich mich niemals zufriedengeben, jetzt, wo ich weiß, dass es wirklich möglich sein kann!

Seufzend schaue ich zu Dante rüber. Er geht so liebevoll mit Jessy um, obwohl ich auch weiß, dass er den Kleinen ohne Erbarmen bestraft, sollte er sich danebenbenehmen oder nicht auf ihn hören. Ich beneide sie ein klein wenig um ihre Liebe. Jessy hat mir manche schlaflose Nacht bereitet. Er entspricht genau dem Bild, was ich von meinem eigenen Jungen habe. Groß, schlank, ein klein wenig widerspenstig und vor allen Dingen ist seine Devotheit für mich sehr anziehend. Nach Jessys hat es keiner mehr geschafft, mich zu fesseln, dass ich mehr wollte als nur eine Nacht.

Moment mal! Sagte ich gerade ein klein wenig widerspenstig? Oh nein! Vergesst es. Meiner wird brav in einer

Ecke auf mich warten. Er wird vor mir knien, mich verehren. Jawohl! Obwohl es eine tolle Herausforderung wäre, solch einen Kerl zu zähmen. Ihn zu formen, wie ich es brauche. Irgendwo da draußen wird er sein, darauf warten, dass ich ihn entdecke. Leider läuft mir die Zeit davon. Vor ein paar Wochen bin ich 30 Jahre alt geworden und langsam gebe ich auf.

Eine Besonderheit besitze ich allerdings, die jene erstaunt, die mir nahe kommen dürfen. Während meine Brüder dunkelbraune Augen besitzen, habe ich eine dunkelgraue, feurige Iris, die von einem hellen Rand umgeben ist. Lange Wimpern zieren sie.

Penibel achte ich auf Körperpflege. Mein Gesicht ist schmal und die schwarzen Haare sind zu einem Zopf gebunden, fallen mir über die breiten Schultern. Dagegen ist die Taille recht schmal. Auch zwei Reihen schneeweiße Zähne lächeln den Jungs zu. Mit 1,98 m bin ich mit einer der größten Tops hier. Außer Devil. Er überragt mich mit seinen 2,03 m um ein paar Zentimeter. Auch mein Name hört sich gehaucht genauso cool an, wenn er im Schmerz oder später im Orgasmus geschrien wird.

ANDREW – der Männliche – der Tapfere. Meine Mamá war immer ein Fan der griechischen Mythologie und da Papá Andreios ablehnte, einigten sie sich auf Andrew. Gott hab ihn selig, meinen Papá. Dass ich mit der hellbraunen Haut, die das spanische Erbe verrät, ein gefragter Dom und Top bei den Jungs in den Clubs bin, weiß ich. Die Subs laufen mir nach, weil sie wissen, dass sie bei mir sicher sind, ich immer auf ihr Safewort höre. Nie gehe ich über ihre gesteckten Grenzen hinaus und kümmere mich danach liebevoll um sie, wenn die Session vorbei ist.

Nur in letzter Zeit, da bin ich nicht mehr mit ganzem Herzen dabei.

Voller Langeweile lehne ich an der Bar und schaue mich um. Es sind immer dieselben Jungs hier und ich hatte sie fast alle schon unter mir liegen. Klar hört sich das eingebildet an.

Trotzdem ist es die Wahrheit. Schließlich bin ich all die Jahre kein Kind von Traurigkeit gewesen. Seufzend bestelle ich einen neuen Drink. Eigentlich ist es heute egal, welcher von ihnen, die mich gerade mit ihren Augen verschlingen, mit mir in den Darkroom geht. Ich will etwas entspannen und suche jemanden, der mir nur einen Blowjob anbietet. Heute wird es keine Session und auch keinen schweißtreibenden Sex geben. Der Schwanz bleibt schön eingepackt in der Hose oder in einem Kondom. Nicht immer muss ich ihn in einen willigen Arsch versenken. Die Lust vergeht mir wieder, wenn ich nur daran denke, dass sie alle um mich herum ihre Liebe finden. Nur ich, ich scheine leer auszugehen!

Die Faust auf den Brustkorb gedrückt, fahre ich mit der anderen Hand über mein Gesicht und überdenke mein Leben. Ich bin Single und einsam. Klar habe ich mich ausgetobt. Jeden Kerl, der mir gefiel, habe ich vernascht. Ein paar von ihnen waren Subs und haben meine Neigung nach Dominanz erfüllen können. Irgendetwas fehlte aber immer, um mir das Gefühl zu geben, dass wirklich alles stimmt. Lange Zeit verspürte ich keine Lust mehr, mit einem Sub zu spielen, geschweige seine oder meine Neigungen auszuleben. Heute Abend will ich das ändern, sofern ich denn einen Kerl finde, der sich traut, mit mir nach oben zugehen.

Kapitel 3

Jan

~~*~*

Wenn ich mich so im Spiegel betrachte, erkenne ich darin einen ganz normalen Jungen. Viele schätzen mich jünger als 27 Jahre, obwohl ich seit zehn Jahren auf der Straße lebe. Vielleicht macht es das zierliche, feminine Aussehen. Die schlanke Figur, was auch immer. Um zu überleben und Geld zu verdienen, nehme ich jede Arbeit an, die ich finden kann. Da bin ich nicht zu stolz oder wählerisch. Vom Tellerwäscher bis Autopolieren habe ich alles gemacht. Stolz, dass ich weder kiffe, Heroin spritze oder meine Mitmenschen beklaue, schaue ich in den Spiegel, ohne mich zu schämen. Sogar um den Straßenstrich mache ich einen besonders großen Bogen. Trotzdem gehen immer sehr viele Angebote und Anfragen ein. Ich ignoriere sie, was mir den Namen *Eisjunge* einbrachte. Was zum Teil auch an den hellblauen Augen liegen könnte.

Zusammen mit einem anderen Kerl teile ich mir seit ein paar Monaten ein kleines, heruntergekommenes Zimmer. Wir zwei schaffen es immer, irgendwie zu überleben. Hier ist es allemal besser, als auf der Straße zu verrecken. Trotz der Misere bin ich glücklich und zufrieden. Harte Jahre liegen hinter mir und ich bin nicht untergegangen. Ihr fragt, wie ich aussehe?

In der schwulen Szene würden sie sagen, dass ich ein süßer Twink bin. Mit einer Größe von 1,83 m falle ich auch nicht aus den Rahmen. Mein Gesicht ist schmal und die Nase gerade. Die Lippen sind etwas zu voll, was mir etwas Weibisches gibt. Die Zähne sind gepflegt, gerade und schneeweiß. Eine kleine, kaum wahrnehmbare Lücke ist zwischen den beiden vorderen Schneidezähnen zu erkennen, wenn ich lache. Natürlich lege ich viel Wert auf körperliche Pflege, trotzdem ich ein Straßenkind Berlins bin. Da bin ich sehr eitel. In den dunkelbraunen Haaren, die hier die Hälfte der Jungs auch haben, hebe ich mich mit einer hellblauen Strähne hervor, die mir ins Gesicht fällt. Sie ist mein Markenzeichen auf der Straße. Nur die Augenfarbe ist etwas Besonderes. Die Iris ist hellblau, von einem weißen Rand umgeben, was sie zu etwas sehr Seltenem macht.

Hier in Berlin habe ich auch Kim Dumas kennengelernt. Seine Eltern sind vor 20 Jahren von Frankreich nach Deutschland ausgewandert. Ein anderer Straßenjunge versuchte ihn zu beklauen. Ich mischte mich ein und wir freundeten uns an. Blinzelnd komme ich zurück in die Gegenwart, verlasse die Vergangenheit. Kim! Sobald ich an ihn denke, wird mir ganz warm ums Herz. Er ist mein bester Freund und ich liebe ihn. Nicht das, was ihr denkt. Er ist mehr ein Bruder für mich. Einer, mit dem man zusammen lachen kann, dem man alles erzählt, was man auf dem Herzen hat! Er ist schwul, devot und erlebt bei sich zu Hause, seit er out ist, die Hölle auf Erden.

Ganz anders als bei mir spielt bei Kim das Geld keine Rolle. Er ist der Sohn reicher Eltern und probt gerade den Aufstand. Sein Vater ist ein neureicher Schnösel, der ihn an der kurzen Leine hält. Obwohl wir Liebe, Zärtlichkeit und körperliche Zuwendungen vermissen, haben wir nie miteinander geschlafen. Zwei devote Twinks, das passt einfach nicht zusammen. Kim ist ein Träumer, will gefunden werden.

Als wir uns das erste Mal trafen, sahen wir uns an und erkannten einen Seelenverwandten. Er ist einfach ein toller Freund. Kim kommt immer, sobald ich ihn anrufe. Er hilft mir an manchen Tagen, dass ich nicht verzweifle. Auf Kim ist Verlass und ich vertraue ihm blind. Er ist der einzige Mensch auf Erden, dem was an mir liegt. Er kümmert sich liebevoll um mich. Dabei hat er immer Angst, dass mir was passieren könnte. Ein kleines bisschen sehen wir uns sogar ähnlich. Seine Augen sind auch der Hammer. Genauso hellblau, nur ist der Rand um die Iris dunkler als bei mir. Auch sind seine Haare schwarz statt einem satten Dunkelbraun. Sogar ein eigenes kleines Zimmer hat er mir vor ein paar Tagen vermittelt. Er will nicht, dass ich mit einem fremden Kerl ein Bett teile, der ein Säufer ist. Das bisschen Geld, das er von zu Hause bekommt, teilt er brüderlich mit mir. Zusammen mit ihm, seiner Freundschaft, ist das Überleben auf der Straße nicht mehr so einsam. Er will auch von zu Hause raus, mit mir zusammen auf der Straße leben.

Nein! Kim ist nicht wie ich. Er wird hier zugrunde gehen, weil er nicht abgehärtet ist für ein Leben auf der Straße. Also haben wir beschlossen, dass wir es selbst in unsere Hände nehmen, uns eine eigene Wohnung suchen. Sein Vater darf auf keinen Fall dahinterkommen, sonst wird er uns das Leben zur Hölle machen.

Die erste Hürde, die wir nehmen müssen, ist, dass wir beide keine geregelte Arbeit vorweisen können. Kim studiert noch und ich? Ohne eine Bescheinigung vom Arbeitgeber nimmt dich kein Vermieter. Daher muss ganz schnell eine feste Arbeit her. In der Zeitung lese ich, dass ein gewisser Adrian Dalke eine Lehrstelle als Webdesigner frei hat. Da ich keinen Lebenslauf vorweisen und Bewerbungsunterlagen einreichen kann, gehe ich persönlich zu ihm, werde sogar vorgelassen. Die Hände zitterten bei seinem Aussehen, dass ich sie hinter dem Rücken verschränkte. Er ist groß, männlich, kommt dem Traum von einem Master ziemlich nahe. Stockend erzähle ich von meiner Pechsträhne, dass ich zwei Lehrjahre schon hinter mir habe. Fragend schaut er mich an und die Knie zittern dabei ganz furchtbar. Er sieht toll aus.

Was mag dieser Mann nur von mir denken? Immer noch schaut er mich an. Ich räuspere mich, erzähle ihm, dass ich die Lehre unterbrechen musste, weil die Eltern mich hinauswarfen und dass es schon ein paar Jahre her wäre. Bevor er fragt warum, schiebe ich leise ein: »Ich bin schwul. Ist das von Bedeutung, um die Stelle nicht zu bekommen? Ich bräuchte nur eine Chance, um Ihnen zu beweisen, dass ich gut bin. Trotz, dass ich nie viel besaß, habe ich mehr Zeit in einem Internetcafé verbracht als sonst wo. Ich bin nicht unbedarft, sondern habe mich immer über alles Neue, was mit meinem Beruf zusammenhing, erkundigt und es mir selbst beigebracht!«, erwidere ich voller Stolz.

Dieser Adrian lehnt an seinem Schreibtisch, sieht zweifelnd zu mir runter. Mein Herz klopft vor Angst schneller, dass er ablehnen könnte. Ich würde es ihm nicht verübeln, so wie ich aussehe. Jeans mit vielen kleinen Löchern. Alt, an den Beinen schon ganz dünn. Ein T-Shirt, das auch schon bessere Zeiten hinter sich hat. Die Turnschuhe sind schmutzig und die Sohle ist so dünn, dass ich jeden Stein spüre.

Ein Ruck geht durch den schlanken, großen Körper. Ohne etwas zu sagen, dreht er seinen PC zu mir herum, zeigt auf den Stuhl und lässt mir eine Stunde Zeit, um die Werbung für ein Auto zu entwerfen.

Konzentriert sitze ich vor dem Computer und die Nervosität nimmt ab. Die Finger fliegen nur so über die Tastatur. Mit der anderen Hand erstelle ich mithilfe der Maus ein Auto und ein Werbespruch war auch schnell gefunden. Nach nur einer halben Stunde stehe ich auf, überlasse Adrian Dalke den PC. Er steht davor, sieht es sich ganz genau an. Dann greift er in die Schublade, legt mir einen Lehrvertrag auf den Schreibtisch. Erstaunt schaue ich ihn an. Bevor ich es mir anders überlege, unterschreibe ich. Eins muss ich allerdings versprechen, und zwar, immer pünktlich zu erscheinen. Auch dass ich weiter zur Berufsschule gehe. Er würde mich direkt dort anmelden und ein gutes Wort einlegen, damit ein Teil der geleisteten Jahre anerkannt wird.

Seitdem gehe ich fleißig zur Arbeit und auch zur Berufsschule. Ich will diese zweite Chance auf keinen Fall vermasseln.

Nur das mit der Wohnung müssen Kim und ich vorerst auf Eis legen. Sein Vater warnte ihn, dass er ihn sofort enterben wird, sollte er sich weiter mit mir herumtreiben. Er ignoriert das einfach und ich spüre seinen Unmut, dass er von den Eltern abhängig ist. Lange haben wir darüber geredet und zum Schluss gab er mit tränenerstickter Stimme nach. Er muss sich mit seinen Eltern auseinandersetzen, bei ihnen leben, bis er eigenes Geld verdient. Bei ihm ist es so, dass seine Familie es sich nicht leisten kann, sollte in der Zeitung auftauchen, dass sie ihren Sohn und Erben verstießen, nur, weil er Männern zugetan ist. Kim setzte seine Eltern unter Druck, dass er sich öffentlich outen würde, wenn sie ihn nicht in Ruhe lassen würden. Solange er gute Noten nach Hause bringt, verhalten sie sich ruhig. Wir wissen, dass sie Kim immer einen Aufpasser hinterherschicken, sobald er das Haus verlässt. Er hat sich damit arrangiert, wartet ab, bis sein edler Ritter auftaucht. Manchmal könnte ich den Kopf über seine Naivität schütteln.

Er verspricht, wenn er mit dem Studium fertig ist, dass er sich vom lieblosen Elternhaus befreien wird und mit mir zusammenziehen will. Trotz des Verbots seines Vaters kommt er ein paarmal in der Woche vorbei. Er steckt mir Geld zu, will, dass ich wenigstens mein kleines Zimmer behalte, dort schlafe statt auf der Straße. Ich tue ihm den Gefallen, weil ich ihn liebe, nicht möchte, dass er sich noch mehr Sorgen um mich machen muss.

Dann traf er ihn, Damian Sanchez. Kim ist schwer verliebt und ich gönne es ihm von Herzen. Seit Wochen gehen sie zusammen aus und Kim ordnet sich diesem Mann unter. Er schwärmt von ihm, zeigt mir ab und zu seinen Hintern, auf dem man die Zeichen einer Gerte erkennen kann. Mit der Fingerspitze fahre ich sie nach und jedes Mal beneide ich ihn für diese Spuren der Leidenschaft. Dann kam der Tag, an dem Kim in meinen Armen zusammenbrach, weinte, ohne sich beruhigen zu können. Ich brauchte Stunden, um herauszubekommen, was geschehen ist. Lange haben wir uns nur in den Armen gehalten. Irgendwann hat Kim sich erhoben und einen Flug irgendwohin gebucht. Er musste weg, musste aus der Nähe dieses Mannes verschwinden. Herzschmerz ist scheiße. Am liebsten würde ich in den *Club Red* gehen und diesem Idioten Damian Sanchez meine

Meinung sagen. Wie konnte er nur an Kim zweifeln? Ich hoffe, ihm geht es genauso schlecht.

Nun bin ich allein und keiner ist da, an den ich mich anlehnen kann. Wir telefonieren viel, aber das ist nicht das Gleiche. Wenn ich genug Geld zusammen habe, werde ich Kim nach Italien folgen.

Ein paar Monate in meinem Leben geht alles gut. In einem Moment geistiger Umnachtung jedoch geschieht etwas, was nicht passieren durfte. Ich treffe eine einzige verfluchte verkehrte Entscheidung und werde nun hart dafür bestraft. Das nur, weil ich mein Verlangen nicht unter Kontrolle hatte. Die schlimme Situation, in der ich nun stecke, ist nur passiert, weil Kim nicht bei mir war und mich davon abhielt. Ich vermisse ihn sehr, kann aber auch verstehen, dass er Zeit braucht, um wieder zu sich zu finden.

Wie immer versuche ich am Wochenende in den *Club Black* zu kommen. Die Türsteher drücken da manchmal ein Auge zu, sollten sich zu wenige Twinks und zu viele Tops dort tummeln. Heute Abend hatte ich leider kein Glück. Statt dass ich nach Hause gehe, bin ich in einer anderen Bar gelandet. Genau dort hat sich mein bis dahin beschissenes Leben in einen wahren Albtraum verwandelt, weil … ich dort Igor Popow treffe!

Kapitel 4

Andrew

~~*~*

Der Darkroom ist seit Langem mein bevorzugtes Jagdgebiet. Dort kann ich meinen sexuellen Frust abbauen, brauche keinen mit nach Hause zu nehmen, was ich die letzten Monate zu verhindern wusste. Mein Bruder hat in Las Vegas sein Glück gefunden, wie weit müsste ich durch die Welt reisen, um den richtigen Jungen für mich zu finden? Das frage ich mich gerade zum tausendsten Mal!

Dabei schaue ich nicht mal schlecht aus, sonst wäre ich nicht immer von Männern belagert, die gerne mit mir eine Nummer schieben möchten. Schnell riskiere ich einen kurzen Blick in den Spiegel, der über unserer Bar hängt.

Jawohl, ich kann mich sehen lassen. Von allen Brüdern bin ich Devil am ähnlichsten. Wir könnten fast Zwillinge sein, wenn er sich sein Haar mal wachsen lassen würde.

Kaum bin ich im Club, steht auch schon ein kleiner Twink vor mir, schaut fragend hoch. Sein Kopf nickt Richtung Darkroom. Weiß er eigentlich, in was für eine Situation er sich gerade begibt? Mein Gesichtsausdruck ist nicht gerade freundlich zu nennen. Er bleibt standhaft, schaut mir in die Augen, was ich gar nicht leiden mag. Sie wissen doch alle, auf was ich stehe, von ihnen verlange. Schließlich kennen die Jungs mich. Und die, die hier verkehren, wissen, auf was ich abfahre.

Ich bin kein Top, sondern ein Master! Dementsprechend sauer schaue ich den Jungen an. Er schluckt, reißt die Lider ängstlich auf, entschuldigt sich leise und macht sich davon. Tief atme ich ein, versuche mich zu beruhigen. Ist das, was ich möchte, zu viel verlangt?

Wann hatte ich das letzte Mal das Vergnügen, dass mir jemand seine Schmerzensschreie und Tränen schenkte? Hm, ich erinnere mich gar nicht mehr daran, was nicht gerade für mich spricht.

Dabei will ich einen Jungen haben, der die Peitsche liebt, sich in den Schmerz fallen lässt. Seinen Lustschmerz und die Tränen, die darauf folgen, sollen nur für mich sein. Allein bei dem Gedanken, dass ich die Striemen sorgfältig auf der weißen Haut verteile, sie zum Schluss liebevoll küsse, zuckt meine Hand.

MEINEN EIGENEN JUNGEN!

Das ist es, was mir fehlt, um endlich ruhiger zu werden.

Ich möchte, nein, ich will nach einer Nacht voller Pein und Lust meinen Jungen in die Arme nehmen. Dabei flüstere ich ihm tröstliche Worte ins Ohr, küsse seine Tränen weg.

Wie es sich für einen Master gehört, werde ich mich danach liebevoll um seine Wunden kümmern. Ihn versorgen, nachschauen, ob er auch alles bekommen hat, was er von mir braucht. Immer schaue ich zuerst, ob der Sub es genossen hat, bevor ich mir meine Befriedigung hole.

Seufzend schaue ich auf meine Finger. In Gedanken umklammere ich fest die Peitsche, hole aus, um sie singen zulassen, bis sie ihr Ziel findet. Verdammt, wie lange ist es eigentlich her, dass ich einen Sub mit der Peitsche bearbeitet habe? Das weiß ich schon gar nicht mehr und das macht mir eine höllische Angst. Ich bin ein geborener Jäger, will jagen, meine Beute erlegen. Die, die sich mir anbieten, schmeißen sich ohne eine aufregende Jagd zu meinen Füßen, betteln, dass ich sie mit ins Spielzimmer nehme und das langweilt mich zu Tode.

Mit der Hoffnung im Herzen, heute einen Jungen zu finden, der sich etwas wehrt, mir widerspricht, damit ich ihn bestrafen kann, schaue ich mich aufmerksam um. In einer Ecke stehen die Twinks, warten, dass ich auf sie zugehe. In der anderen knien ein paar Subs. Will ich spielen oder mich entspannen? Sorgfältig schaue ich mich weiter um, nehme jeden Mann wahr, der mir gefallen könnte. Keiner ist dabei, der mich wirklich anspricht, weil ich einen bestimmten Typ suche. Er soll nicht zu zierlich sein, aber auch nicht zu klein. Am liebsten wäre mir ein blonder Jüngling mit blauen Augen. Ich liebe die Farbe, weil sie das Gegenteil von meinen sind. Bei Wut verändert sich die Iris, wird dunkler. Bei Schmerz heller. Wenn er zornig wird, dies verheimlichen will, schaue ich nur hinein und weiß direkt Bescheid. Da nützt es auch nichts, sollte er es abstreiten. Ich kann sogar darin erkennen, ob ich ihm gefalle oder ob er Angst vor mir hat. Augen lügen niemals. Sie offenbaren mir seine Seele.

Mein Herz klopft schneller allein bei dem Gedanken, dass ich vielleicht heute Abend den Jungen meiner Träume treffen könnte. Seufzend stoße ich mich von der Theke ab, mache einen Rundgang durch den Club.

Nur nicht die Hoffnung aufgeben, Andrew.

Gelangweilt stehe ich zum Schluss am Tresen, weiß nichts mit mir anzufangen. Hier sind nur Jungs, die ich schon kenne, und keiner von ihnen lässt meinen Schwanz zucken. Ich werde mal in den *Club Black* gehen, dort schauen, was sich da alles herumtummelt. Kaum bin ich da, laufe ich Tom Reisner und Joy Laurin in die Arme. Zusammen gehen wir auf die Empore. Dass Joy allein ist, verwundert mich. Daher frage ich ihn, wo denn sein Mann wäre. Er schaut mich mit seinen pechschwarzen Augen an, zeigt nach unten. Dort steht Daniel und unterhält sich mit Jessy. Leise seufze ich bei seinem Anblick auf. Zufrieden, dass ich jemanden gefunden habe, mit dem ich mich unterhalten kann, bestelle ich uns einen Whisky. Wir lehnen am Geländer, schauen von oben auf die Tanzfläche, beobachten die tanzende Menge. Tom ist auch seit einiger Zeit auf der Suche, während sein Bruder Joy seinen Dom schon gefunden hat. Nie hätte ich gedacht, dass Daniel sich in den Kleinen verlieben könnte. Daniel ist genau wie ich. Groß, muskulös und strahlt eine respektvolle Aura aus. So temperamentvoll Joy ist, so ruhig und besonnen ist Daniel. Wieder haben sich zwei gefunden und ich?

Stundenlang unterhalten wir uns darüber, wo wir unsere Jungs vielleicht treffen könnten. Eine paar Drinks später hören wir ein paar Männern zu, die ein Geburtstagslied singen. Interessiert schauen wir hinunter. Tom versteift sich plötzlich neben mir. Nanu, was hat er bloß? Er beobachtet mit zusammengekniffenen Augen einen bildhübschen Jungen, der heute anscheinend mit ein paar Freunden hier feiert. Hm, braunes Haar, das im Licht etwas rötlich schimmert, kleiner als wir zwei. Er lacht laut auf, als er hochgeworfen wird. Ein Knirschen und ein Fluch neben mir lassen mich zusammenzucken. Toms Hände umkrampfen das Geländer und sein ganzer Körper wirkt angespannt. Anscheinend hat unser Geburtstagskind seine volle Aufmerksamkeit erregt.

Sie feiern, singen jedes Lied laut mit, das gespielt wird. Tom lässt keinen Augenblick seine Aufmerksamkeit von dem Jungen. Amüsiert schauen wir ihnen zu, bis er von einem anderen Kerl angesprochen wird. Tom stößt einen Fluch aus, versteift sich. Beruhigend legt Joy die Hand auf seinen Arm. Unten geht Toms Beute mit einem erstaunten Ausdruck im Gesicht mit einem seiner Freunde in den Darkroom. Neben mir stellt sich Tom gerade hin. Die Armmuskeln spannen sich an und reflexartig packe ich zu, ziehe ihn an mich heran, rede leise auf ihn ein. Sogar sein kleiner Bruder versucht immer noch, ihn zu beruhigen. Joy stellt sich auf die Zehenspitzen, schaut hinunter zur Bar. Sofort erkennt er die Situation. Erstaunt nehme ich wahr, dass Wut in Toms dunkelblauen Augen aufleuchtet. In diesem Moment wird die Tür des Darkroom aufgestoßen. Ein Typ stößt den Kleinen brutal vor die Brust, schlägt nach ihm. Ein feiner Blutfaden läuft aus seinen Mundwinkeln. Sogar von hier oben können wir erkennen, dass er geschlagen wurde. Eine Hand zeichnet sich auf den Wangen dunkelrot ab. Nun gibt es für Tom kein Halten mehr. Mit einem Satz springt er von der Empore, landet direkt vor ihnen. Erschrocken zucken die zwei zusammen, weichen nach hinten aus, als er sich zu seiner ganzen Größe von 2,00 m aufrichtet.

Schnell laufe ich mit Joy hinterher, versuche eine Schlägerei zu verhindern. Der Junge schreit den Kerl an, zerrt an seinem Finger und schmeißt einen Ring durch den Raum, der genau vor dem Grobian landet. Dieser macht einen Schritt auf ihn zu, hebt die Faust und wird von Tom aufgehalten. Ohne das Gesicht zu verziehen, drückt er fester zu. Mit einem lauten Schmerzensschrei sinkt der Kerl zu seinen Füßen. Mörderische Wut leuchtet aus Toms dunkelblauen Augen. Erst als der Kleine die Hand auf seinen Arm legt, lässt er locker. Dantes Sicherheitspersonal greift ein und schmeißt den Grobian aus dem Club. Ein Paar rauchgraue Augen treffen auf blaue. Sie starren sich mit offenem Mund an, bis Tom ihn sich einfach über die Schulter schmeißt, die Treppen hochläuft. Seine Freunde lachen laut auf und jubeln ihnen zu. Seufzend schaue ich Tom nach. Als er den Kleinen nach oben trug, ihn liebevoll anschaute, da war mir klar, dass er seine Suche beendet hatte. Vorsichtig lässt er seine wertvolle Last in einen Sessel gleiten, nimmt sein Gesicht in die Hände und schaut nach, ob er noch mehr verletzt wurde. Behutsam streicht er über den blauen Fleck auf der Wange. Während Tom sich um den Jungen kümmert, stehe ich fassungslos neben ihm. Das darf doch alles nicht wahr sein. Und ich? Zwei Drinks später verabschiede ich mich von ihnen, gehe rüber ins *Red.*

Dort werde ich mir einen Kerl schnappen und mich vor lauter Frust danach betrinken, dass ich mein Elend vergesse.

Kapitel 5

Jan

~~*~*

Von dem Moment an, als ich die Bar betrete, mich an die Theke stelle, beobachtet er mich. Er lässt nicht einen Augenblick seine eisigen Blicke von mir. Als sich ein Mann nähert, stehen plötzlich seine Bodyguards vor mir und verjagen ihn. Ohne dass ich mich wehren kann, packen sie zu, schleppen mich zu ihm in den VIP-Bereich. Er zieht mich näher, schaut fasziniert in meine Augen und murmelt, dass er so was wie mich noch nicht besitzen würde. Mit beiden Händen drücke ich gegen seinen Brustkorb, will bloß weg aus seiner Nähe. Wütend fauche ich zurück, dass man mich nicht besitzen kann. Ich bin kein Gegenstand, sondern ein Mensch. Er lacht laut auf und gibt seinen Leuten ein Zeichen, dass ich nicht weglaufen kann. Seine Finger bohren sich härter in die Hüfte. Er zieht meinen widerstrebenden Körper noch fester an sich heran. Sein Mund kommt näher und schnell drehe ich den Kopf zur Seite, wehre die gierigen, schmutzigen Hände ab. Seine Bodyguards umkreisen uns und keiner der Gäste traut sich dazwischen zugehen.

Böse funkeln seine dunklen Augen auf, als er erkennt, dass ich nichts mit ihm zu tun haben will. Seine grausamen Lippen verziehen sich voller Wut. Er scheint es wohl nicht gewohnt zu sein, dass er seinen Willen nicht bekommt! Schnell drehe ich mich um, befreie mich und renne die Treppe runter, mische mich unter das tanzende Volk. Sie folgen mir und ich wechsele sofort die Bar.

Seitdem verfolgt dieser Russe mich. Keine Chance, ihn abzuwehren. Tage später fährt immer eine Limousine an unserem Platz unter der Brücke vorbei, wo ich mich mit den anderen Jungs ab und zu treffe. Dann hält sie an, steht dort eine ganze Weile. Lässt er mich etwa von seinen Bodyguards beobachten?

Er hat natürlich herausbekommen, wo ich wohne, und belagert mich regelrecht. Was mich nicht wundert, bei seinen Beziehungen. Er hat einen gewissen Ruf unter uns Jungs und der ist nicht gerade gut. Er ist in meinen Augen ein Dom der schlimmsten Sorte. Trotzdem verspüre ich eine gewisse Anziehungskraft. Vielleicht macht das sein herrisches Gehabe, seine maskuline Ausstrahlung, die mir zu schaffen macht. Ich kämpfe mit aller Macht dagegen an, aber die innere Unruhe, das Verlangen, mich unterzuordnen, drängt immer stärker nach oben. Er macht mir Geschenke, die ich alle zurückgehen lasse. Ich bin nicht käuflich, hoffe, dass er es endlich kapiert hat.

Igor Popow ist russischer Abstammung und Millionär. Er versprüht seinen Charme, versucht mich damit zu ködern. Noch bin ich in der Lage, hinter dieser brutalen Fassade zu lesen. Das, was ich dort erkenne, gefällt mir überhaupt nicht. Trotzdem lasse ich mich ab und zu dazu überreden, etwas mit ihm zu trinken. In der Hoffnung, dass Igor mir damit ein paar Tage Ruhe gönnt. Wenn er jetzt aber meint, dass ich ihm gehöre, da muss ich ihn leider enttäuschen. Igor lässt sich daraufhin einfach nicht mehr abweisen, sondern verstärkt seine Nachstellungen. Er ist unerbittlich in seinem Jagdfieber. Warum er ausgerechnet mich erlegen will, geht mir gar nicht in den Kopf. Ist mir echt ein Rätsel.

Mittlerweile verstecke ich mich vor ihm, weil mein Verlangen nach Lustschmerz immer stärker in den Vordergrund rückt. Sobald ich nur einen Schatten von seinem Auto sehe oder einer von seinen Handlangern auftaucht, mache ich, dass ich wegkomme. Aus meinem Versteck heraus beobachte ich dann Igors Leute, die jede Straße nach mir absuchen. Sie haben sämtliche Stricher und Straßenjungs gefragt, wo ich zu finden wäre. Immer wieder schaffe ich es im letzten Moment, ihnen zu entwischen.

Sollten sie mich in ihre Hände bekommen, kann ich mich auf was gefasst machen. Die sind nicht zimperlich. Denen ist ein Leben nichts wert. Igor ist ihr Boss und alles, was er ihnen befiehlt, wird sofort ausgeführt. Ohne Wenn und Aber. Sie hinterfragen Igors Befehle nicht, sondern führen sie direkt aus.

Wie lange ich das noch aushalte, weiß ich nicht. Nur dass ich dringend Hilfe brauche, damit er mich in Ruhe lässt, ist das Einzige, was ich zur jeder Tag- und Nachtzeit denke. Denn eines weiß ich mit Sicherheit: Sollte Igor mich einfangen, wird mich das für mein restliches Leben zeichnen, und das will ich auf keinen Fall riskieren.

Dieser Russe, wie wir ihn nennen, holt sich ab und zu einen von den Kids, die unter der Brücke schlafen. Das Schaurige daran ist, dass sie mir alle etwas ähnlich sehen. Nach ein paar Tagen kommen sie dann zurück und haben die Taschen voller Geld. Ihr Körper ist von Peitschenhieben gezeichnet und in ihren Augen lese ich nur Scham und Schmerz. Das ist nicht das, was ich anstrebe. Ich will einen richtigen Master, einen, der mich langsam in seine Welt holt, mir die zugefügten Wunden pflegt und nicht wie Abfall ablädt, sollte er genug von mir hat. Zumal ich ein devoter Mensch bin und die Neigung nach Schmerz in mir trage. Ich weiß, was ich will! Und das ist nicht das, was Igor mir geben kann!

Igor will mich beherrschen, brechen und dann? Schließlich bin ich immer noch ein fühlendes Lebewesen, kein Stück Dreck. Ich bin kein Gegenstand. Nichts, das man verprügeln darf, ohne bestraft zu werden. Daher kommt für mich nur ein ganz besonderer Mann infrage. Dieser bekommt alles von mir, darf seine Lust an mir stillen, solange er auf mich Obacht gibt und auch meine Sehnsucht nach Lustschmerz löscht. Einer, der zu schätzen weiß, was für einen Schatz er in seinen Händen hält. Ich will nur einem Master dienen, der erfahren im Umgang mit solchen Männern ist. Er muss in der Lage sein, mir zu zeigen, wo mein Platz in seinem Leben ist. Und zwar mit viel Liebe, Strenge, aber auch Feingefühl. Nicht mit roher Gewalt!

Das habgierige Leuchten, die suchenden Blicke von diesem Popow finden mich jedes Mal, egal wo ich bin. Dieser irre Glanz, der in seinen Augen auftaucht, lässt mich den Kopf schütteln und löst ein unangenehmes Gefühl in mir aus. Ich will Igor Popow nicht. Egal, ob er reich ist und was er mir zu bieten hat. Nichts ist das alles wert, um mein Leben aufzugeben. Seine Drohung, dass er sich mit Gewalt holt, was er begehrt, lassen mich panisch handeln. Ich drohe Igor mit der Polizei. Daraufhin zieht er sich ein paar Wochen zurück, um dann mit aller Macht wiederzukommen.

Die Jungs auf der Straße warnen mich jedes Mal, wenn er in meiner Nähe auftaucht. Seitdem ich Igor abgelehnt habe, macht er verstärkt Jagd auf mich. Kim war nicht mehr verfügbar, weil er seit ein paar Wochen in Italien ist. Bei meinem Freund hat er es aber auch schnell eingesehen, dass es nicht gut ist, sich mit einer reichen Familie, die außerdem viel Einfluss in der Politik hat, anzulegen. Ein Straßenkind jedoch, nach dem kein Hahn kräht, sollte es verschwinden, das ist seine Beute. Nur die Beute lässt sich nicht einfangen. Er hat es sich bestimmt einfacher vorgestellt, mich in sein Bett zu kriegen. Auch sein ganzes Geld hilft ihm da nicht weiter, um mich in die Finger zu bekommen. Ich bin Igor immer einen Schritt voraus, was ihn zu ärgern scheint.

Da! Schon wieder hat er einen Lakaien ausgesandt, um mir zu folgen. Immer wieder versucht er mich zu bestechen, damit ich ins Auto steige. Da kann er lange drauf warten. Langsam bekomme ich wirklich Angst vor ihm. Kürzlich erst hörte ich, als einer der Männer sagte, wenn ich nicht endlich klein beigebe, würden sie mich mit Gewalt zu ihm bringen. Dass es ihnen egal wäre, ob ich dabei verletzt würde. Bevor das geschieht, verstecke ich mich lieber. Nur wie lange halte ich dieses Katz-und-Maus-Spiel aus? Wenn Igor die Nerven verliert, seine Geilheit, dieses abartige Verlangen, mich zu besitzen, in Hass umschlägt, werde ich es bestimmt nicht überleben. Sein schlechter Ruf als rücksichtsloser, brutaler Dom eilt ihm voraus. Ich sollte die Stadt, ach was, am besten wäre es, ich würde das Land sofort verlassen, damit ich in Sicherheit bin.

Dann passiert es.

Diese eine schicksalhafte Nacht bricht mir nun das Genick. Das Verlangen nach Schmerz wird immer schlimmer, lauert darauf auszubrechen. Lange hat es in mir geschlummert, um in dieser einen verfluchten Nacht zuzuschlagen. Hibbelig streiche ich mit den Händen über die Arme, versuche das Kribbeln zu ignorieren. Die Haut fühlt sich zu eng an und wildes Verlangen macht sich breit. Am besten wäre es, ich würde in einen der angesagten SM-Clubs gehen, mir einen geeigneten Master suchen, der es mir dann heftig besorgt. Bevor die Nacht jedoch zu Ende geht, habe ich sämtliche Clubs abgeklappert. Leider ist bis dato kein dominanter Mann aufgetaucht, der mir zusagte, mit dem ich in ein Spielzimmer gehen wollte.

Jetzt stehe ich hier, versuche den Drang krampfhaft zu unterdrücken. Der Körper pocht, die Hände zittern, weil die Hormone verrücktspielen. Allein der Gedanke an eine lustvolle und schmerzhafte Session wird immer schlimmer. Als hätte Igor nur darauf gewartet, hält seine schwarze Limousine am Bordstein. Die Tür öffnet sich und ich habe auf keine noch so gut gemeinten Ratschläge gehört. Wie ein Junkie auf Entzug bin ich in das Auto gestiegen. Wenn Kim wenigstens da gewesen wäre. Er hätte mich zur Vernunft gebracht. So aber …

Diese quälende Sehnsucht macht mich echt fertig. Mein ganzes Leben lang bekämpfe ich sie schon. Mir ist es im Moment egal, welcher Kerl sie löscht. Der Körper pocht, die Nerven zucken und das Verlangen wird immer schlimmer, bis es mir richtig wehtut. Das Blut rauscht heiß durch die Adern, lässt keinen einzigen vernünftigen Gedanken mehr zu. Ich habe nur eins vor Augen und das ist, dieses schmerzliche Ziehen im Inneren zu beenden. Was kann bei Igor schon Schlimmes passieren, rede ich mir immer und immer wieder ein.

Igor Popow ist bekannt in unserer Stadt. Trotzdem habe ich die Gefahr in meiner Geilheit einfach nicht erkennen können. Ich bin sonst immer sehr vorsichtig, was Männerbekanntschaften angeht. Schließlich habe ich auch beide Seiten kennenlernen dürfen. Die, die dich beschützen, und die, die dich quälen, dich erniedrigen wollen. Nicht, dass es mir gefallen hat. Na, das Beschützen durch einen Herrn, das ja. Der Drang, dass es nicht alles gewesen sein kann, was ich beim ersten Dom erfahren habe, wurde immer schlimmer. Ich bin kein Bad Boy. Nie gewesen. Ich bin ein vorsichtiger Junge geworden, weiß ganz genau, was ich will. Nur wenn körperliche Lust dich Nacht für Nacht quält, du keine Erlösung erfährst, dann setzt im Gehirn die Vorsicht aus. Geilheit macht sich breit und die will gelöscht werden. Da hilft es auch nicht, dass du es dir selbst besorgst.

Igor sieht gut aus, keine Frage. Er wirkt weltmännisch und weiß genau, was er will. Nämlich mich!

Eigentlich suche ich einen Kerl, der mich genau anleitet, der mir sagt, was ich zu tun und zu lassen habe. Der sich von mir nicht um den Finger wickeln lässt. Der mich formt, ohne mich zu zerbrechen, und mir als Zeichen seiner Liebe sein Halsband umlegt. Das Halsband ist nämlich das, was ich … erstrebenswert finde. Mit seinem Namen darauf. Etwas, das allen anderen Männern klarmacht, zu wem ich gehöre.

Bevor die erste Nacht herum ist, erkenne ich, was für einen schlimmen Fehler ich begangen habe. Igor ist hardcore drauf, macht mir damit tierische Angst. Statt mir langsam beizubringen, was er von mir braucht, rast er wie ein D-Zug durch mein Leben. Dabei hinterlässt er nur Angst und Schrecken. Unsere erste Nacht ist grauenhaft und das Verlangen wird abrupt gelöscht. Fassungslos schaue ich auf den Mann, der in seinem Wahn, mich zu besitzen, mir die Kleidung vom Körper gerissen hat. Seine Fingernägel hinterließen dabei am ganzen Körper blutige Schrammen.

Vor lauter Angst habe ich ihn von mir gestoßen. Dann nahm ich die Beine in die Hand, schloss mich im Bad ein. Stundenlang harre ich schon aus, warte, dass Igor langsam zu Verstand kommt. Diese blöde Pille, die er geschluckt hatte, hat aus ihm eine Bestie gemacht. Noch nie habe ich so viel Angst verspürt wie gerade eben. Er ist wie ein wildes Tier über mich hergefallen. Zuerst hat er das Shirt zerrissen, dann meine Hose. Sein Gesicht wie ein Irrer verzerrt. Bevor er die Pants zu fassen bekam, habe ich ihn abgewehrt, bin davongelaufen. Nun sitze ich hier im Badezimmer und zittere vor Angst. Er brüllt meinen Namen, schlägt mit der Faust gegen die Tür. Gott sei Dank hält sie seiner Wut stand. Ich wüsste nicht, was sonst passiert wäre.

Am nächsten Morgen sitzt mir ein komplett anderer Mann am Tisch gegenüber. Er entschuldigt sich, ist liebenswürdig. Zuerst denke ich noch, dass ich mich in ihn verlieben könnte, ihn akzeptieren. Das genaue Gegenteil trifft ein. Statt Lust verspüre ich nur noch Angst. Höllische Angst!

Das ist in einer festen Beziehung das Schlimmste, was dir als Sklaven passieren kann. Die Angst vor deinem Master. Sie zerstört alles. Statt Demut und Gehorsamkeit entwickle ich eine Aufsässigkeit, die ich eigentlich gar nicht von mir kenne.

Jetzt stehe ich in einem Zimmer der Villa vor dem Fenster, starre auf das Gitter und komme mir wie ein Gefangener vor. Ich darf nicht mit meinem Arbeitgeber telefonieren, geschweige denn zur Arbeit fahren. Jeder hat mich gewarnt, doch ich wollte nicht hören. Die Straßenkids erzählten, was für ein gewalttätiger Sadist er ist. Er tut den Jungs, die er mit nach Hause nimmt, nur weh. Nimmt sich mit Gewalt, was er will, ohne auf die Bedürfnisse des anderen zu achten. Bin ich denn so blind, dass ich in seine Falle gelaufen bin?

Seit ich bei Igor wohne, und das sind schon ein paar Tage, hat er in keiner einzigen Nacht einen hochbekommen, ohne dass er etwas dafür einnehmen musste. Sobald ich das sehe, verstecke ich mich immer irgendwo anders, warte geduldig auf den Moment, wo er durch die Pillen müde wird und einschläft. Ein paarmal war es schon ziemlich knapp. Nur gut, dass die Badezimmertür sehr stabil ist. Sogar mit einem Hammer hat er auf das Holz eingeschlagen, bis er müde wurde. Noch nie habe ich in meinem Leben so oft zu Gott gebetet wie in diesen Nächten. Bis jetzt steht er mir bei, doch irgendwann wird die Tür nachgeben. Dann werde ich um mein Leben zittern müssen.

Nur einen Augenblick steht die Vordertür zur Freiheit auf. Diese Chance kann ich mir nicht entgehen lassen und renne um mein Leben. Weit komme ich nicht, weil Igors Leibwächter mich wieder einfängt. Brutal packt er meine Arme, schleift mich zurück ins Haus. So nah und doch so fern sehe ich die Freiheit dahinschwinden. Brutal schmeißt er mich vor Igors Füße. Mein Glück, dass er heute Morgen gute Laune hat, sich darüber amüsiert, dass ich versucht habe, ihm zu entwischen. Puh, das hat mir bestimmt das Leben gerettet, weil er sonst nicht so barmherzig mit ungehorsamen Sklaven umgeht.

Er hält sie hier gefangen und wenn er die Lust an seinem Spielzeug verliert, musst du beten, dass er dich gehen lässt, ohne dich vorher zu vernichten. Kein Wunder, dass die Jungs von der Straße immer total ängstlich und geschunden aussehen.

Heute ist die neunte Nacht, wo er mich in sein Zimmer bringt. Diesmal lässt er die Tür offen, als er das Essen bringt. Er setzt sich aufs Bett, spricht zärtlich mit mir, streicht durch mein Haar. Ich zucke erschrocken zurück. Wütend verzieht er den Mund. Er atmet tief ein und ist auf einmal ein ganz anderer Mann, kaum wiederzuerkennen. Trotzdem bin ich auf der Hut. Ich kann mein Glück kaum fassen, als er geht und nicht abschließt. Vorsichtig schleiche ich aus dem Zimmer, entdecke ein offenes Fenster im Flur. Das Herz klopft verdammt schnell in der Brust, dass ich Angst bekomme, es könnte jemand hören. Bei dem Versuch herauszuklettern breche ich mir fast den Hals. Froh, Igor entkommen zu sein, suche ich mir eine neue Unterkunft. Angst, dass er mich jeder Zeit wieder einfangen könnte, lässt mich keine Sekunde in Ruhe. Sobald ich auf der Straße bin, schaue ich über die Schultern, suche die ganze Umgebung ab. Und was machte er? Er belagert mich, weiß, dass ich irgendwann dieses schmerzliche Verlangen verspüren werde und einbreche. Meine Neigung ist wie ein Fieber, das in Schüben zurückkehrt, sollte es nicht regelmäßig gelöscht werden.

Kapitel 6

Andrew

~~*~*

Schon wieder sind ein paar Tage vergangen. Meinen sexuellen Appetit befriedige ich im Darkroom. Nur die erwartete Entspannung bleibt aus. Jetzt ist Schluss damit. Heute Abend wird sich ein Kerl geschnappt, mit dem ich in einem unserer speziellen Räume verschwinden werde. Frustriert halte ich Ausschau und mein Bruder Devil hält mir eine Standpauke, dass ein Master niemals mit Frust im Bauch eine Session abhalten sollte. Seufzend gestehe ich mir ein, dass er recht hat. Devils Auftrag, auf seinen Sklaven aufzupassen, lenkt etwas von der Suche ab. Dass Kevin nicht mit nach Las Vegas fliegen darf, um seinen Bruder zu besuchen, ist nicht meine Schuld! Es scheint, als habe er sich mit seinem Master ziemlich heftig angelegt. Kaum ist Devil auf dem Weg nach Vegas, explodiert Kevin.

Wütend blitzen seine dunkelgrünen Augen auf. Er schreit herum, schimpft, ist völlig außer sich, dass ich ihn kaum beruhigen kann. Ob es daran liegt, dass ich nicht sein Herr bin? Er sollte sich im Klaren darüber sein, dass Devil mir freie Hand gegeben hat. Das beinhaltet auch, dass ich Kevin seinen Hintern versohlen darf. Ruhig erkläre ich, dass er auch von mir eine Tracht Prügel bekommt, wenn er sich nicht augenblicklich beruhigt. Mit offenem Mund schaut er zu mir rüber. Tränen rinnen über die Wangen. Als ich die Arme öffne, schmeißt er sich hinein, schmiegt den Kopf gegen meinen Hals, schluchzt auf. Klar verstehe ich, dass er seinen Bruder gerne wiedersehen möchte. Das hätte er sich aber überlegen sollen, bevor er versucht hat, sich gegen Devil zu behaupten. Mein Bruder ist da knallhart. Wenn Kevin nicht gehorcht, dann bestraft er ihn, ohne Gnade zu zeigen. Da kann auch ich nichts gegen machen. Er hatte ihn schließlich gewarnt.

Kevin tut mir leid und ich drücke ihn fest gegen mich. Ihn so in den Armen zu halten, lässt die Sehnsucht nach einem eigenen Jungen erwachen. Tapfer unterdrücke ich diesen Wunsch.

Er fordert sein Glück wirklich heraus. Ist in der Zeit, wo mein Bruder nicht zu Hause weilt, widerspenstig und nichts kann ihn beruhigen. Es juckt mir in den Fingern, ihn einfach zu schnappen, übers Knie zu legen.

Das scheint ihn allerdings nicht zu interessieren, denn er hält mich voll auf Trab.

Was kann ich dafür, dass sein Master ihn sogar vom Ausland aus bestraft, indem er ihn ignoriert?

Habe ich etwa den Befehl seines Mannes ignoriert und bin vor Eifersucht abgedreht, nur, weil ein kleiner Twink sich an ihn herangemacht hat? Was hat es Kevin eingebracht? Hausarrest! Er lernt es nie, dass er bei Devil immer den Kürzeren zieht. Aber all das ist nicht meine Schuld! Sollte Kevin weiter zickig sein, lasse ich den Frust, der sich gerade in mir zusammenbraut, an seinem Hintern aus. Er steht wirklich, wirklich knapp davor, dass ich ihn ins Spielzimmer schleppe und alle meine aufgestaute Wut bei ihm ablade.

Und ich dachte, dass er ein besonnener Mann ist. Er hat Temperament in seinem Hintern, dass ich total erstaunt bin. In Gedanken verabreiche ich Kevin ein Spanking, das ihn wünschen lässt, dass mein Bruder schnell zurückkommt. Seufzend schaue ich auf das Handy. Endlich teilt mir Devil seine Ankunft mit. Zwei Tage noch und ich bin erlöst. Mir hat das eines klargemacht! Ich will auch einen Sklaven an meiner Seite haben. Nur wird er mir gehorchen und wehe, er widerspricht. Ohne Erbarmen würde ich ihn dann übers Knie legen, seinen Arsch so richtig versohlen. Da kenne ich nichts. Sein Hintern wird glühen, bis er sich mir fügt. Er sollte stolz darauf sein, dass ich sein Sir bin, den anderen Doms und Tops zeigen, dass er nur mir gehört und gehorcht.

~~*~*

Noch ein Tag und ich bin endlich erlöst. Kevin zu beaufsichtigen ist schlimmer, als einen ganzen Stall voll Kinder zu hüten. Dass er tief verletzt ist, kann ich ja verstehen. Auch dass die Sehnsucht nach Devil ihn unausstehlich macht. Trotzdem bin ich für ihn verantwortlich, solange mein Bruder in Las Vegas weilt. Heute hat er mir fest versprochen, sich zu benehmen, oben in der Wohnung zu bleiben. Ich habe keine Zeit, mich um ihn zu kümmern, weil der Club wie jedes Wochenende brummt. Ein komisches Gefühl veranlasst mich, nach Kevin zu schauen. Mist! Muss er ausgerechnet heute Abend ausbüxen? Ich verstehe ja, dass er wütend auf seinen Master ist. Schließlich habe ich Kevins fassungsloses Gesicht gesehen, als Devil einfach aufgelegt hat, nicht mit ihm reden wollte. Auch eine Scheißstrafe. Seine traurigen Augen schauten mich bettelnd an und schon lag er in meinen Armen. Die heißen Tränen ließen sogar mich nicht kalt. Trotzdem! Strafe ist Strafe und ich werde die Befehle meines Bruders bestimmt nicht infrage stellen. Er wird wissen, was richtig und falsch ist.

Nun stehe ich vor Kevins Wohnungstür, warte auf ihn. Die ganze Nacht hat das verdammte Handy eine SMS nach der anderen gesendet, dass ich kaum zum Arbeiten gekommen bin. Das Gute daran ist, ich wusste immer, wo er und die Jungs sich aufgehalten haben.

Wenn er aber denkt, er könnte sich nach Hause schleichen, kennt er mich verdammt schlecht. Nase an Nase stehen wir uns gegenüber. Wehe, er sagt jetzt nur ein einziges verkehrtes Wort, dann vergesse ich mich und verhaue ihm wirklich seinen Hintern. Er scheint dies auch zu erfassen und schweigt.

Mein Blick wird von einem blutigen Kratzer, den seine Wange ziert, angezogen. Vorsichtig fahre ich mit den Fingerspitzen darüber. Hat er sich etwa geschlagen? Ich glaube kaum, weil Joy dabei war und auf ihn aufgepasst hat. Grinsend, die

Arme vor seiner Brust verschränkt, schaut er aufsässig zu mir hoch. Uns trennen zwar nur ein paar Zentimeter, trotzdem ist sein Blick richtig herausfordernd. Nun verstehe ich meinen Bruder etwas besser. Wäre er mein Junge, der mich jedes Mal so ansehen würde und mich zur Weißglut brächte, könnte er auch bei mir nur auf dem Bauch schlafen. Macht er das vielleicht extra? Braucht er eine strenge Hand? Eine, die ihm klarmacht, wer das Sagen hat? Kevin ist aber nicht mein Junge, daher reiße ich mich zusammen. Mein Blick gleitet über die zerschrammte Wange.

»Das, mein Schatz, wirst du Master Devil selbst beichten, Kevin!«, ist daher der einzige Kommentar, den er von mir zu hören bekommt. Er erbleicht. Voller Schadenfreude erkenne ich, dass er gerade erfasst hat, was ich gesagt habe. Den Mund offen, die Augen weit aufgerissen, schließe ich die Tür vor seiner Nase zu. Wenn ich allerdings da schon gewusst hätte, was die Bande in der Nacht angerichtet hatte, wäre Kevin bestimmt nicht so glimpflich davongekommen.

Früh am Morgen klingelt das Handy und Lars, der Besitzer eines SM-Clubs, beschwert sich darüber, dass die Jungs seinen Sub Simon verprügelt hätten. Er würde das nicht auf sich sitzen lassen. Was? Alle? Ich denke mal, er meint Joy damit!

Im selben Augenblick ruft Devil an, dass er in Kürze in Berlin landet. Also nichts wie hin zum Flughafen, meinem Bruder darauf vorbereiten, was gestern Nacht alles geschehen ist. Bevor ich allerdings ins Auto steige, um ihn abzuholen, zerre ich Kevin aus dem Bett. Erstaunt schaut er zu mir hoch und sein Blick senkt sich zum Boden. Er weiß zu genau, warum ich außer mir bin. Voller Wut schreie ich ihn an, befehle ihm, dass er zum *Club Black* kommen soll. Wehe, er ist nicht da, wenn ich mit Devil wiederkomme.

Kaum sind wir im Club, kommt Lars mit seinem Sub Simon. Uh, der sieht wirklich nicht besonders gut aus. Das Auge ist total zugeschwollen und er humpelt. Böse schaue ich zu Joy rüber. Beschämt senkt er den Blick. Oder ist das etwa Schadenfreude, die in den schwarzen Augen aufblitzt?

Was danach passiert, lenkt mich vom eigenen Kummer ab. Worte fliegen hin und her. Zum Schluss muss ich Devil und Daniel festhalten, damit sie Lars nicht verprügeln. Wie kann er sich anmaßen, Kevin und Joy anzubaggern? Ihre Männer zu fragen, ob er ihre Subs haben könnte? Er sie besser erziehen würde. Anscheinend ist Lars lebensmüde. Die Entschuldigung, dass es nur Spaß war, kann er sich an den Hut stecken. Wir sind dadurch abgelenkt, bekommen nicht mit, dass Max und Kevin sich aus dem Staub gemacht haben. Als Joy uns aufgeregt mitteilt, wo die zwei hin verschwunden sind, explodiert Devil endgültig. Nie habe ich meinen Bruder wütender gesehen. Erst spuckt er Feuer und plötzlich ist … Stille! Gerade wenn er so reagiert, ist er am gefährlichsten. Dann geht man ihm am besten aus dem Weg. Schnell laufen wir das Stück zum SM-Club von Lars, schauen ganz erstaunt zu Max, der gerade Lars bedrängt, wobei Kevin versucht zu schlichten. Irgendwie bin ich stolz auf unsere Jungs, dass sie sich nichts gefallen lassen. Sollte ich je solch einen Jungen finden, ihn mein Eigen nennen, wäre ich der glücklichste Sir hier.

Das Ende vom Lied ist, dass Adrian sich Max schnappt und ihm endlich gesteht, dass er ihn liebt. Das wurde aber auch höchste Zeit, so, wie sie umeinander geschlichen sind.

Kapitel 7

Jan

~~*~*

Seit drei anstrengenden Wochen ignoriere ich Igor, versuche mich von ihm fernzuhalten. Trotzdem hat er in einem ungünstigen Augenblick wieder zugeschlagen. Die letzten Nächte habe ich unter der Brücke geschlafen, weil er mir auch zu Hause aufgelauert hat. Sogar zu Adrian traue ich mich nicht mehr hin. Er würde mir diese Geschichte nie glauben. Und schon zum zweiten Mal wird mir mein Leben genommen. Kein Geld und ich breche den eigenen, verfluchten Schwur. Egal in welcher Situation ich bis jetzt war, immer habe ich Freier abgelehnt. Doch dieser hier bietet mir einen Geldbetrag, bei dem ich nicht widerstehen kann. Nach langem Hin und Her, wo der Hunger mir ein Loch in den Bauch brennt, der Durst mich wahnsinnig macht, will ich gerade zu ihm ins Auto steigen, da taucht Igor auf. Er stürmt aus dem Auto, rennt hinter mir her, schnappt zu. Weil ich geschwächt bin, kann ich mich gegen seinen festen Griff nicht wehren. Er stößt mich in den Wagen hinein und rast davon. In der Villa angekommen werde ich in sein Zimmer verbannt. Am Anfang lässt er mich in Frieden, versucht mein Vertrauen zu gewinnen und ich wähne mich in Sicherheit. Er ist … geduldig, will warten, bis ich bereit für ihn bin. Ich bereit? Niemals!

Als er sich einem seiner wilden Gruppensex-Spiele hingibt, zeigte er mir sein wahres Gesicht. Geschockt erfahre ich, was er vorhat. Genüsslich erzählt er mir haargenau, dass es ihn anmacht, wenn er einen Menschen, der sich nicht wehren kann, mit der Peitsche oder einen Rohrstock bearbeitet. Der schönste Kick sei es, die pure Angst und

Verzweiflung in den Augen seines Spielzeuges zu sehen. Weinend versuche ich mich vor Igor zu verstecken. Es nutzt nichts. Er zieht mich unter dem Bett hervor, schleppt mich die Treppe hinunter und bindet mich an das Andreaskreuz. Panisch trete und schlage ich um mich. Ein heftiger Schlag in mein Gesicht setzt dem ein Ende.

Er droht, sollte ich die Augen schließen, dass ich es schwer bereuen würde. Dann klebt er mir mit einem Band den Mund zu. Tränen voller Zorn und Wut rinnen über meine Wangen, verstopfen die Nase. Panisch versuche ich Luft zu bekommen, weil das Gefühl zu ersticken sich in der Kehle festsetzt. Igor nimmt eine Peitsche und schlägt wie von Sinnen auf den Jungen ein, den er am Abend zuvor mitgebracht hat. Die gepeinigten Schreie gehen mir tief unter die Haut. Geschockt erkenne ich, dass Igor wahnsinnig ist. Einer seiner Männer stellt sich plötzlich neben mich. Jedes Mal, wenn ich voller Ekel die Augen schließe, drückt er einen kleinen Elektroschocker gegen meine Rippen. Dumpf entfährt mir ein Schmerzensschrei und mein ganzer Körper zuckt vor Pein zusammen. Obwohl der Stromschlag nicht stark ist, hinterlässt er kleine Brandmale auf der Haut. Noch nie im Leben habe ich solche Angst um mein Leben gehabt wie in diesem Augenblick.

Ich verachte mich dafür, dass ich dem armen Jungen nicht helfen konnte, schwöre mir, sobald ich frei bin, alle in ihrem Rausch eingeschlafen sind, dass ich ihn befreien werde.

Endlich ist es zu Ende und die schrillen Schreie verstummen. Meine Hände werden befreit und brutal zieht Igor das Klebeband von meinem Mund. Bevor er ahnt, was geschieht, erbreche ich mein Essen direkt auf seine Schuhe. Leise keuche ich auf, erhebe mich, schlage voller Zorn und Abscheu nach ihm. Er zieht mich an sich heran, flüstert mir ins Ohr, dass ich der Nächste auf der Liste sei, dem dieses Vergnügen zusteht.

Angeekelt schubse ich ihn weg und höre sein grausames Lachen, als ich panisch flüchte. Eine halbe Stunde später leert sich der Raum unten und in einem unbeobachteten Augenblick entfessele ich den armen Jungen. Er weint, wimmert, blutet aus zahlreichen Wunden. Schnell drücke ich die Hand auf seinen Mund, flüstere, dass er leise sein soll. Er nickt und ungeschickt tupfe ich das Blut von seinem Rücken. Ich gebe ihm zwei Schmerztabletten, die er dankbar hinunterschluckt. Wir können aber nicht so lange warten, bis sie wirken. Er nimmt seine Kleidung und auf Zehenspitzen führe ich ihn zur Hintertür. Vorsichtig rüttele ich an der Klinke, erkenne, dass sie sich tatsächlich öffnen lässt. Dankbar sieht er mich an und als ich nach draußen zeige, rennen wir zusammen die Ausfahrt hinunter. Er schreit vor Schmerz auf, doch es nutzt nichts. Er muss sich beeilen oder er verbringt noch eine Horrornacht in diesem Haus. Die Mauer ist zu hoch für uns, daher hebe ich ihn vorsichtig hoch, drücke den kleinen Körper darüber. Er fasst zu, lässt sich an der anderen Seite hinunterfallen. Mit einem unterdrückten Schmerzensschrei fällt er auf den Boden. Bevor ich es ihm gleichtun kann, werde ich an der Hüfte gepackt, herumgewirbelt und lande an einer harten Brust. Mist!

Brutal werde ich über eine Schulter geworfen, brülle dem Jungen zu, dass er verschwinden soll. Er zögert, bis ich ihn nochmals anschreie, dass er verschwinden soll. Panisch schaut er mir in die Augen, dreht sich um und rennt wie ein Blitz um die Ecke. Und weg ist er!

Allein das war es wert gewesen, mich einzumischen. Denn das, was Igor diesem Jungen angetan hat, hat nichts mit SM zu tun. Das war reine Folter. Spaß am Quälen. Was passiert, wenn der Drang Igor überkommt, ihn alles vergessen lässt und er zum Tier wird, wenn ich in seiner Nähe bin? Dass dies schneller passieren könnte, als ich dachte, wusste ich nicht, sonst hätte ich mich mehr gegen den Kerl gewehrt, hätte ihm in die Eier getreten und versucht, doch noch über die Mauer zu entkommen.

Als Igor am Morgen aus seinem Delirium erwacht, sieht, dass der Junge weg ist, schaut er mich nur strafend an. Er schließt die Tür, kommt auf mich zu. Seine sonst normale Stimme wird hart, befehlend. Grob packt er mich, zerreißt mein T-Shirt. Brutal bohren sich seine Finger in meine Haut. Als ich gepeinigt aufschreie, leuchten die dunklen Augen voller Lust auf. Er packt die Hose, zerrt wie wild daran. Wie eine Bestie fällt er über mich her. Mit allen Mitteln, die mir zur Verfügung stehen, wehre ich mich. Mein Fuß landet in seinem Unterleib und als er mit einem lauten Schrei zusammenbricht, schlage ich Igor mit einer Flasche, die auf dem Tisch steht, bewusstlos.

Voller Panik ertaste ich den Puls. Anschließend durchsuche ich seine Hose und finde erleichtert die Haustürschlüssel. So schnell meine Füße mich tragen, renne ich zur Tür, schließe sie auf und verlasse fluchtartig dieses Höllenhaus. Tage später erfahre ich von einem Freund, dass Igor mich in den diversen Clubs suchen würde. Demjenigen, der ihm einen Tipp gibt, wo er mich finden könnte, verspricht er eine fette Belohnung. Was soll ich sagen? Genau diese fette Belohnung war es, die mich in diese erniedrigende Situation gebracht hat, in der ich jetzt bin. Ali, ein Kind der Straße, wie sie uns nennen, hatte keine Skrupel, mich an Igor zu verkaufen. Igors Bodyguards hatten danach keine Probleme, mich einzufangen und zu ihm zurückzubringen. Eigentlich kann ich froh sein, dass er mich nicht direkt umgebracht hat oder so verprügelte, dass ich vergaß, wie mein Name lautet.

Bis jetzt halte ich mir Igor vom Hals. Ich finde, dass er es mir zu leicht macht. Er ist sonst nicht so. Wenn er was haben will, dann hat er keine Skrupel, es sich mit aller Gewalt zu holen. Meine böse Ahnung, dass er was ausheckt, erfüllt sich. Heute Abend will er mich nehmen und nichts kann ihn aufhalten. Die Frage ist nur, wie ich danach aussehen werde. Vielleicht finde ich bis dahin jemand, der sich gegen ihn behaupten kann. Das wird sehr schwer werden, weil sich keiner traut, Igor herauszufordern. Was ich bei ihm bis jetzt alles erdulden musste, was ich alles zu sehen bekam, bringt mir nur eine Menge Albträume ein. Er ist eine Bestie in Menschengestalt. Der Satan ist ein Waisenkind gegen Igor. Nur gut, dass er mich nach seiner Session mit dem Jungen nur noch dazu zwang zuzuschauen, als er sich mit den Weibern und Männern verlustierte. Das, auf was er steht, ist ziemlich harter Tobak. Warum er mich bis jetzt in Ruhe lässt, weiß er bestimmt selbst nicht. Ich bin nur froh darüber, suche verzweifelt einen neuen Ausweg, um aus dieser Villa zu fliehen. Sie ist von seinen Leibwächtern gut bewacht, dass es praktisch kein Entkommen gibt, solange er es nicht zulässt.

Gestern ist er total wütend nach Hause gekommen, hat sich ein paar Weiber geschnappt, mit auf sein Zimmer genommen. Kurz danach höre ich die ersten Schmerzensschreie. Was ist bloß in ihn gefahren? Ich verstecke mich hinter einem Vorhang, höre seine Bodyguards flüstern, dass er bei einem Pokerturnier gegen den Jungen von Devil Sanchez verloren hätte. Oh, nur gut, dass ich ihm nicht über den Weg gelaufen bin, als er hereinkam. Wieder ertönt ein schriller lauter Schrei, der mir eine Gänsehaut über den Rücken laufen lässt. Schnell verziehe ich mich in mein Zimmer, schließe mich im Badezimmer ein. Zur Vorsicht klemme ich noch einen Stuhl unter die Türklinke. Nicht, dass Igor auf den Gedanken kommt, dass ich auch noch zur Verfügung stehe und er seine Wut an mir auslassen kann.

Sollte er mal klar im Kopf werden, dann weiß ich, dass meine Tage gezählt sind. Gestern habe ich ihn belauscht, erfahren, dass er heute Abend nach diesem Galadinner ein kleines Fest gibt, bei dem ich die Hauptattraktion wäre! Was meint er bloß damit?

Als ich durch das Haus schleiche, um einen Weg nach draußen zu finden, sehe ich, dass die Angestellten das Andreaskreuz polieren, die Ketten reinigen. Ein paar Stöcke und Peitschen liegen auf dem Tisch. Nun weiß ich, was mir blüht. Entsetzt darüber, was er mit mir vorhat, versuche ich mich zu verstecken. Mir ist schlecht und ich übergebe mich, weiß, dass ich dies hier niemals unbeschadet überleben werde. Am besten ich verstecke mich so, dass er mich niemals finden wird. Bevor es dazu kommt, legt er mir ein Lederhalsband um den Hals. Er befestigt eine Kette daran, zerrt mich zu seinem Auto. Seine neue Freundin begleitet uns, passt auf, dass ich nicht entkommen kann.

Er zwingt mich mit Gewalt dazu, mit ihm auf diese Spendengala zu gehen. Da ich mich vehement dagegen wehre, hat er mich wie ein wildes Tier angeleint. Das Halsband um meine Kehle ist viel zu eng geschnallt, dass ich Schwierigkeiten mit der Atmung habe. Als ich weiter gegen ihn ankämpfe, hat er einfach die wild um sich schlagenden Arme eingefangen, sie mir auf den Rücken gebunden. Igor flüstert mir dabei ins Ohr, dass er sie mir brechen wird, sollte ich mich weiter widerspenstig verhalten. Ich soll brav sein, weil ich nach dem Dinner die Nachspeise bei ihm zu Hause wäre. Das Herz bleibt mir fast stehen, als mir die Bedeutung seiner Worte klarmachen, was er damit meint. Geschockt schaue ich ihn an. Zum ersten Mal wünsche ich mir, dass ich mutig genug wäre, um ihm das grausame Lächeln aus dem Gesicht zu schlagen.

Und zum ersten Mal in meinem Leben wünsche ich einem Menschen den Tod.

Er zieht brutal an der Leine, hört mich röcheln und lächelt mich glückselig an. Verzweifelt versuche ich das Gleichgewicht zu halten. Seine Hose beult sich bei meinen Qualen aus. Wieder einmal erkenne ich deutlich, was für ein kranker Irrer er in Wirklichkeit ist. Ob ich sein Haus jemals lebend verlassen werde? Das Herz klopft dabei voller Angst und ich mache mir bestimmt gleich in die Hose.

Seine Freundin ist sogar schlimmer als er. Sie ist im Moment seine Favoritin und kommt ihm in Sachen Grausamkeit ziemlich nahe. Dabei war sie total freundlich, als ich sie kennenlernte.

Kapitel 8

Andrew

~~*~*

Wochenlang ist es ruhig, bis die Jungs ohne eine Vorwarnung zuschlagen. Wir haben unseren monatlichen Pokerabend, als das Handy klingelt. Unsere Männer haben Mist gebaut und ziemlichen Ärger bekommen. Ein Pokerturnier, bei dem Kevin gegen diesen Russen Igor Popow gewinnt, läuft aus dem Ruder. Und schon müssen wir sie retten. Statt dass Kevin ruhig sein Spiel durchzieht, lässt er sich von diesem Igor provozieren. Das, was ich höre, lässt mich jedoch lächeln. Er verteidigt seinen Master mit glühender Leidenschaft. Als dieser das Band seiner Zugehörigkeit zu Devil in den Dreck zieht, ist es passiert. Jeder hier im Raum kann hören, als er laut sagt: »Dein Schwanz kann gar nicht so dick und lang sein, dass ich dafür meinen Mann aufgeben würde. Wenn ich mich unterwerfe, dann nur bei einem Master, den ich liebe und der es wert ist. Du solltest dich besser an deine Modepüppchen halten. Die sind nicht besonders anspruchsvoll. Ich schon. Bei denen zählt nur, dass du Geld hast und nicht dein Charme und Aussehen.«

Er macht eine Pause und murmelt: »Und vor allen Dingen auch nicht dein kleiner, mickriger Schwanz.«

Im Hintergrund lachen die Jungs leise auf. Der Russe schaut Kevin wütend an und zischt: »Stellst du etwa meine Männlichkeit infrage, Homo?«

Neben mir spannt sich Devil an. Im letzten Moment packe ich zu, halte ihn fest.

»Ich? Nein, das machst du gerade selbst. Du könntest der letzte Kerl auf Erden sein, würde ich dich trotzdem nicht haben wollen!«, hören wir alle im Raum. Innerlich amüsiere ich mich darüber, wie schlagfertig Kevin sein kann.

»Irgendwann werde ich dir zeigen, was es heißt, mein Eigentum zu sein!«, schreit dieser Kerl ihn an.

»Um dein Eigentum zu werden, muss ich dich erst mal wollen!«, antwortet Kevin mit einer Ruhe, um die ich ihn gerade beneide. Das saß!

Als der Russe sich erhebt, lasse ich Devil los. Das, was danach passiert, ist tagelang Gespräch Thema Nummer eins bei uns im Club.

Devil befiehlt Kevin nach Hause zu gehen. Wütende, goldbraune Augen, lassen seinem Sklaven keine andere Wahl, als zu gehorchen. Wer muss das richten? Ganz genau! ICH!

Mein Bruder bebt vor Wut, steht danach an der Bar und besäuft sich. Seufzend bleibe ich bei ihm. Das Handy klingelt und barsch wimmelt er Kevin ab. Nun denn. Statt heißen Sex zu praktizieren, stehe ich an dieser Bar und saufe mit Devil um die Wette, höre mir an, wie wütend ihn Kevin macht. Auch, dass er seinen Sklaven gerade deswegen bis zum Wahnsinn liebt. Ich verdrehe die Augen, sage ihm, was für ein Glück er hat, in Kevin den Jungen seines Lebens gefunden zu haben. Stundenlang stehen wir zwei an der Bar, trinken einen Whiskey nach dem anderen. Schon lange habe ich mich mit meinem Bruder nicht mehr so betrunken wie gerade jetzt. Wenn ich das mal nicht bereuen werde.

Die Sonne geht schon auf, als ich Devil ins Bett verfrachte. Kaum bin ich zu Hause, klingelt das Handy. Kevin erklärt mir aufgeregt, dass er und Jaydan in Vegas sind. Las Vegas? Irritiert frage ich mich, wie die zwei dahin gekommen sind. Und was sie dort wollen. Frustriert streiche ich mir über das Gesicht. Kevin stottert und wütend schreie ich ins Handy, wo genau sie sind, als er einfach auflegt. Bebend schwöre ich, dass wenn er wieder vor mir steht, ich seinen Hintern grün und blau schlagen werde. Diesmal hat er es wirklich übertrieben.

Verzweifelt versuche ich Devil zu erreichen. Sein Telefon scheint ausgeschaltet zu sein. So ein Mist. Warum passiert das ausgerechnet immer nur mir?

Nach der total beschissenen Nacht ohne eine Stunde Schlaf kann ich Devil nach einer halben Stunde Dauerklingeln endlich zu Hause erreichen und teile ihm mit, was geschehen ist.

Ruhe! Ist mein Bruder etwa wieder eingeschlafen? Ohne ein Wort legt er einfach auf. Nur einen Augenblick später ruft er ganz aufgeregt zurück und fragt, wann ich ihn abholen könnte. Er müsste sofort nach Las Vegas fliegen, weil Kevin im Krankenhaus liegt. Als ich nach unserem Bruder frage, informiert er mich, dass dieser Roger auch Jaydan verletzt hat. Justin, der Manager des *Casinos Red,* informiert uns, das die zwei zusammengeschlagen wurden. Die Hände zittern, als ich das höre. Gerade Jaydan, der genug damit zu tun hat, seine schlimme Vergangenheit zu verarbeiten. Wehe, er erleidet dadurch einen Rückfall. Dann fliege ich persönlich nach Las Vegas und bringe diesen Roger eigenhändig um. Allein nur, weil er meinen Bruder und Kevin angepackt hat.

Der Jet wird startklar gemacht und ich verspreche Devil, dass er sich keine Sorgen zu machen braucht. Wie immer passe ich auf unseren Club auf. Schließlich kann ich seine Angst verstehen. Derjenige, der unserem Bruder und Devils Sklaven wehgetan hat, bedauere ich sehr, sollte Devil ihn in die Finger bekommen. Na hoffentlich ist er in einer Zelle weggesperrt. Ungern würde ich nachfliegen müssen, um Devil aus dem Knast zu holen.

Am anderen Morgen telefoniere ich mit Justin und erfahre, dass es beiden gut geht. Devil wäre jetzt eingetroffen und bei Kevin im Krankenhaus. Sobald der Arzt sein Okay gibt, würden sie morgen nach Berlin zurückfliegen. Als ich höre, dass Kevin fast vergewaltigt wurde, will ich wissen, wer ihm das angetan hat. Bilder tauchen auf, als ich Jaydan damals aus dieser versifften Wohnung geholt habe. Sein damaliger Freund hatte meinen kleinen Bruder ans Bett gefesselt und gequält. Das, was dort geschehen ist, ist nicht, wie wir unseren Lifestyle ausleben. Da war pure Wut im Spiel, weil Jaydan sich von ihm getrennt hatte. Nach all der langen Zeit spüre ich immer noch tödlichen Zorn durch meine Adern fließen. Allein daran zu denken, was passiert wäre, wenn ich nicht rechtzeitig da gewesen wäre, lässt mein Blut kochen. Noch nie habe ich jemand einen qualvollen Tod gewünscht. Doch er hatte es geschafft, dass ich alles vergaß. Seinetwegen wäre ich beinahe zum Mörder geworden, weil ich den Bastard durch die ganze Straße geprügelt habe, bis die Polizei kam und ihn festnahm.

Es ist nur Damian zu verdanken, dass ich hier in Berlin bin und nicht auf dem Weg nach Las Vegas, um diesem Roger den Hals umzudrehen. Manchmal denke ich, wie gut, dass Kevin zu Devil gehört. Nach diesem unerlaubten Ausflug würde ich ihm den Hintern versohlen, dass er tagelang auf den Bauch schlafen müsste. Lange Zeit war ich verdammt froh, keinen anderen Mann an meiner Seite zu haben. Auf ihn aufzupassen, mich um seine Belange zu kümmern, war mir einfach zu viel. Monatelang war ich nur für meinen kleinen Bruder da. Ein Mann in meinem Leben wäre zu der Zeit viel zu kurz gekommen. Doch je mehr Zeit vergeht, umso mehr sehnt sich das Herz nach einem eigenen Jungen. Heute leide ich, wünschte, ich hätte einen, der mich zornig macht, dass ich alles vergesse. Allein der Gedanke, ihn zu bestrafen, wäre alles, was ich bräuchte, um hart zu werden.

Kaum zu Hause schaue ich mir Kevin und Jaydan genauer an. Ihnen geht es den Umständen entsprechend gut. Ich umarme sie. Beide lehnen sich gegen meine Schultern. Leise murmeln sie mir zu, dass es ihnen leidtäte. Sie brauchen sich nicht zu entschuldigen, dafür ist die Familie schließlich da, um die Schwächeren zu beschützen.

Ein Gutes hat die Sache. Ich beschließe die Suche nach dem *EINEN* einzustellen. Ab sofort kümmere ich mich nur um mich. Die Lust, das Verlangen ausleben, wann ich will und wo ich will. Ich brauche keine Kompromisse einzugehen, mich nur um meine eigenen Neigungen kümmern. Dann werde ich hoffentlich ruhiger, bin nicht mehr so rastlos wie in den letzten Wochen. Vielleicht finde ich irgendwann den Jungen, der zu mir gehört. Wenn der richtige Zeitpunkt gekommen ist, wird er vor mir stehen und nicht weglaufen. Meine Arme werden ihn willkommen heißen und das Ziel wird sein, immer auf ihn aufzupassen. Jeden würde ich erbarmungslos vernichten, der mir meinen Lebensgefährten wegnehmen will.

Noch einmal drücke ich Kevin fest an mich. Aus dem Augenwinkel sehe ich etwas aufblitzen und schnappe mir seine Hand. Ist das etwa ein Ehering? Ungläubig schaue ich darauf, hebe den Blick. Dort in Kevins dunkelgrünen Augen sehe ich ein glückliches Aufleuchten, als er nickt.

Kapitel 9

Jan

~~*~*

Warum zwingt Igor mich dazu, wie ein Hund hinter ihm her zu hecheln? Will er angeben oder einfach nur seine Macht demonstrieren? Fragen über Fragen und keine Antworten. Mit aller Kraft wehre ich mich gegen Igors harte Hand. Ich will da nicht rein. Widerspenstig stemme ich die Füße gegen den Boden. Böse starrt er mich an, zieht brutal an der Leine und schleift mich mit Gewalt in den Saal hinein. Hunderte von Augenpaaren schauen zu. Am liebsten würde ich vor Scham im Erdboden versinken. An Händen gefesselt und angeleint, senke ich den Kopf, stolpere hinter ihm her. An einem Tisch stoppt er. Grob zieht er an der Leine, drückt mich brutal auf die Knie. Mit kurzen Atemzügen versuche ich Luft in die schmerzenden Lungen zu bekommen. Verzweifelt halte ich die Tränen zurück, denn die Genugtuung, dass ich weine, gebe ich ihm nicht. Mit hochrotem Gesicht liege ich zu seinen Füßen, versuche mich unsichtbar zu machen. Voller Schmerz zucke ich zusammen, als diese schreckliche Frau ihre spitzen Absätze in meinen Oberschenkel bohrt. Es erinnert mich daran, was ich für beide bin. Ein nutzloser Wurm, der vor ihnen im Dreck liegt.

Der Tisch steht genau in der Mitte des Raumes und Scham überzieht mein Gesicht. Igor lässt die Leine etwas schleifen und endlich kann ich vernünftig atmen. Zittrig pumpe ich Sauerstoff in die schmerzenden Lungen. Mutig robbe ich rückwärts vom Tisch weg, stehe langsam auf und entferne mich zögerlich ein paar Schritte. Vielleicht wird er hier vor all den Leuten keine Szene heraufbeschwören, mich endlich gehen lassen. Falsch gedacht!

Mit einem Ruck steht er auf, stellt sich vor mir hin. Zischend ruft er meinen Namen, zerrt brutal an der Leine. Stolpernd versuche ich das Gleichgewicht zu halten, was mit zusammengebunden Händen nicht so leicht ist. Panisch wehre ich Igors harten Griff mit dem Körper ab. Ein empörtes Murmeln setzt im Saal ein, trifft meine Ohren. Ob ich mich etwas mehr widersetzen sollte? Vielleicht werden sie dann aufmerksamer, erkennen, dass ich dies nicht freiwillig tue. Dann helfen sie mir bestimmt.

Das ist die einzige Chance, die ich habe, um Igor zu entkommen. Der Hals tut mir weh und die Kehle ist ganz trocken. Verzweifelt versuche ich einen Ton von mir zu geben. Igor packt mit harter Hand meinen Nacken, drückt mit Gewalt meinen Kopf runter. Er beugt sich zu mir, flüstert, dass ich das heute Abend schwer bereuen werde. Was will er mir denn noch antun? Das Gleiche, was er dem Jungen angetan hat? Na und. Irgendwann geht das auch vorbei. Entweder bin ich dann tot oder so verunstaltet, dass er mich von seinen Leuten erledigen lässt. Was also wäre besser für mich? Die Chance zu fliehen ist gleich null, so wie er auf mich aufpasst. Sollten die anderen Doms weiter auf uns aufmerksam werden, ist das die einzige Chance, der Hölle zu entkommen. Also wehre ich mich weiter. Wieder ruckt er an der Leine. Mit einem lauten Schmerzensschrei falle ich zurück auf die Knie, sitze nun vor ihm auf dem Boden. Im Hintergrund werden die Beschwerden wegen dieser rüden Behandlung immer lauter. Zwar keimt langsam Hoffnung in mir, aber seine Wut muss ich ausbaden, indem er die Leine strammzieht. Das Halsband verengt sich, presst den Kehlkopf zusammen. Gleich falle ich in Ohnmacht, sollte er nicht lockerlassen. Schwarze Schlieren tauchen vor meinen Augen auf. Langsam lässt er los, lächelt mir mit einem gefährlichen Aufblitzen in den schwarzen Augen zu, dass es mir eiskalt den Rücken runterläuft. Mit diesem irren Blick schaut er voller Wut zu mir runter.

Kurz sehe ich hoch und entdecke einen Mann an unserem Tisch, der mit fest zusammengepressten Lippen auf mich herabschaut. Wut erscheint in den goldenen Augen. Hoffnungsvoll bete ich, dass er mir helfen wird. Flehentlich schaue ich ihn an. Sein Haar glänzt blauschwarz im Licht der Kristalllüster, als er fragend die Augenbrauen hochzieht. Krächzend versuche ich Worte zu bilden. Er zieht die Augen zu Schlitzen, hebt abrupt den Kopf und taxiert mit eisigem Blick Igor. Hoffnungsvoll klopft das Herz in der Brust. Schnell schaue ich zu Igor, senke direkt den Blick. Bei seinem vor Wut verzogenen Mund weiß ich, dass ich das heute Abend schmerzlich büßen werde, sollte sich hier keiner trauen, mich von ihm zu befreien.

Zu Füßen des Mannes kniet ein Sub, der den Kopf auf die starken Oberschenkel abgelegt hat. Mitleidig schaut er zu mir rüber. Gebannt schaue ich in seine Augen. Sie erinnern an einen Waldsee in Schottland. Tiefgrün glänzen sie und sein Haar zaubert rote Lichtreflexe um das männliche Gesicht. Zornige Flammen erscheinen in der Iris, als er seine Finger um die Hand seines Masters klammert.

Dieses hinterlistige Weib bohrt ihren spitzen Absatz in das schon wunde Fleisch meines Beines und gequält schreie ich auf, falle vornüber. Mein Gesicht nähert sich dem Boden und erschrocken schließe ich die Augen. Die Leine fängt den Sturz so brutal auf, dass es furchtbar in meinen Nacken knackt. Im ersten Moment habe ich panische Angst, dass er mir das Genick dabei brechen wird. Hektisch versuche ich den Oberkörper gerade zu halten, den Druck auf die Kehle zu verringern. Das Band lockert sich etwas und panisch sauge ich Luft durch den wunden Hals. Die bösartige Frau lacht, packt mir ins Haar, drückt dabei den Kopf tiefer. Sieht denn keiner hier, dass ich dies nicht möchte? Dass man mich absichtlich quält?

Der Junge, der zu meiner Linken kniet, ballt nun die Hände zu Fäusten. Bevor ich reagieren kann, packt Igor das Halsband, zerrt brutal daran, damit ich aufstehe. Ein Knall zerreißt die Atmosphäre im Saal. Auf der Stelle ist es mucksmäuschenstill und jeder schaut zu uns rüber. Panisch trete ich nach Igor, damit er locker lässt. Tränen der Erniedrigung und des Schmerzes laufen über die Wangen. Laut schniefend schaue ich zu, als der tolle Kerl, der eben noch neben mir gekniet hat, nun vor Igor steht. Er überragt ihn um wenige Zentimeter, sodass Igor zu ihm hochschauen muss. Anscheinend kennen sie sich, denn er schreit ihn verächtlich mit Popow an. Da ich verzweifelt versuche, nicht in Ohnmacht zu fallen, verstehe ich nicht, was vor mir geschieht. Langsam schwinden mir die Sinne. Bebend schnappe ich nach Sauerstoff.

Zu spät erkenne ich, dass Igor die Faust hebt, meinen Retter schlagen will. Im letzten Moment wird die Hand von einem wahren Riesen aufgehalten. Mein Peiniger läuft vor Wut rot an, ruckt an der Leine. Ungebremst falle ich auf mein Gesicht. Wimmernd versuche ich den Körper zu drehen, damit ich auf die Seite falle und nicht auf mein Gesicht. Das Halsband öffnet sich unerwartet, sodass ich die Kehle endlich entspannen kann. Wieder beschimpft Igor den jungen Mann, doch der bleibt unbeeindruckt davon. Im ersten Moment verstehe ich nicht, was hier geschehen ist. Statt mich davonzumachen, liege ich keuchend vor Igor, der mein T-Shirt packt, mich nach oben zerrt und heftig schüttelt. Er schreit mich an, bespuckt mich dabei mit seinem Speichel. Nun landet seine flache Hand in meinem Gesicht. Böse schreit er voller Hass, dass ich sein Eigentum sei. Benommen schüttele ich den Kopf. Jeder hier soll ruhig erkennen, dass er lügt. Da ich an den Händen gefesselt bin, kann ich das Gleichgewicht nicht mehr halten. Mit einem lauten, schmerzerfüllten Schrei falle ich um, lande weich in ein paar starken Armen. Beruhigend streicht mir eine Hand über den Rücken, drückt mich an eine breite Brust. Völlig außer mir verstecke ich das geschundene Gesicht in seinem Hemd. Dankbar, dass er die Fesseln löst, klammere ich mich an ihn fest. Nie wieder will ich diesen Mann loslassen.

Ein erneuter Knall lässt den Saal nun ganz verstummen. Ein paar Männer stehen auf, stellen sich hinter meinem Retter.

Verzweiflung, Angst, dass Igor mich einfach mitnimmt, ich seine rasende Wut abbekomme, lassen meinen ganzen Körper erzittern, dass der Mann echt Probleme hat, damit ich nicht umfalle. Er streicht mir sanft durch das Haar, murmelt, dass ich keine Angst mehr zu haben brauche. Nein, nein! Panisch kralle ich mich an ihm fest. Herrisch, dominant ist da diese dunkle Stimme im Hintergrund, die auf Igor einredet. Allein diese Stimmlage ist so drohend, dass ich hoffe, er wird mich der Bestie nicht mehr ausliefern.

Eine Bewegung hinter mir lässt mich den Kopf heben. Genau in diesem Augenblick schaue ich in Igors böse, voller Zorn brennende Augen. Das Versprechen darin lässt mein Herz voller Angst beben. Wutentbrannt verlässt er den Saal und die Frau trippelt hinter ihm her.

Endlich ist es vorbei. Ein anderer Mann taucht auf, redet behutsam auf mich ein. Ich will aber meinen Retter nicht loslassen. Er hat mir geholfen und im Moment ist er der Einzige hier, dem ich vertraue. Plötzlich ist da noch ein anderer Mann. Behutsam löst er die verkrampften Hände vom Hemd meines Retters, redet mit sanfter Stimme auf mich ein. Langsam hebe ich das Gesicht, wische mir die Tränen aus den Augen. Ein dunkelblonder Haarschopf ist das Erste, was ich erkennen kann. Ein Junge in meinem Alter steht vor mir. Er ist etwas kleiner als ich, schaut mich mit dunkelblauen Augen mitleidig an. Instinktiv fasse ich Vertrauen. Er hält mir die Hand hin und langsam ergreife ich sie. Behutsam führt er mich aus dem Saal. Bevor ich weiß, was geschieht, stehe ich in einem Zimmer, das mir fremd ist. Vorsichtig werde ich entkleidet und unter einen warmen Wasserstrahl gestellt. Kurze Zeit später steht er nur in Pants neben mir, wäscht mir behutsam den Schmutz vom Körper. Vorsichtig tupft er die schmerzende Haut ab und steckt mich in ein weiches Bett. Er deckt mich mit einer leichten Decke zu, streicht mir zärtlich die Haare aus dem Gesicht und murmelt, dass er mich besser verstehen würde als all die anderen. Ob ihm so was auch schon mal passiert ist?

Fragend schaue ich meinen Retter an. Er nickt und das Letzte, was ich mitbekomme, ist, dass er leise den Raum verlässt, ich in einen tiefen Schlaf falle.

Nach Stunden werde ich wach und muss erst mal alles sortieren, was gestern Nacht geschehen ist. Siedend heiß fällt mir ein, dass ich mich bei meinem Gastgeber noch gar nicht vorgestellt und bedankt habe.

Er tritt mit einer Tasse Kaffee ein, setzt sich neben mir auf das Bett. Sein Name ist Jaydan Sanchez. Ohne mich zu drängen, erzähle ich ihm, was passiert ist. Dankbar schaue ich ihn an, als er mir mitteilt, dass ich bei ihm wohnen darf, solange ich möchte. Ungläubigkeit spiegelt sich in meinem Gesicht. Ich bin doch ein Fremder für ihn. Trotzdem will er, dass ich bei ihm bleibe? Was, wenn ich ein Dieb bin oder noch was Schlimmeres? Er lächelt, wiederholt sein Angebot. Das muss ich erst mal sacken lassen. Nach kurzer Überlegung nehme ich dankend an. Das Erste, was ich machen möchte, ist Kim anzurufen. Ich muss ihm wohl beichten, was geschehen ist. Laut schimpft er mit mir, nimmt mir das Versprechen ab, dass ich besser auf mich aufpassen soll.

Dann kommt das Schwerste. Ich muss Adrian beichten, was alles geschehen ist, und hoffen, dass er mir glaubt, mich weiter ausbilden möchte. Zögerlich nenne ich meinen Namen. Er sagt kein Wort, was ich ihm hoch anrechne. Tief hole ich Luft, erkläre ihm, was Igor gemacht hat. Damit er weiß, warum ich ein paar Tage unentschuldigt nicht zur Arbeit gekommen bin.

Er hat mir verziehen, weil er einfach ein toller Chef ist. Leider ist er vergeben. Mich mit seinem Partner Max anzulegen wäre das Letzte, was ich will. Max ist einfach atemberaubend und wir freunden uns gerade erst an. Mehr als einen Freund könnte ich schon gut gebrauchen. Je mehr, umso besser.

Die Zeit, die ich bei Jaydan verbringen darf, lässt meine Seele heilen. Wochenlang gehe ich, ohne Angst zu haben, zur Arbeit. Bis ich höre, dass Igor im Lande ist, schon wieder nach mir sucht. Er kann es einfach nicht lassen! Was will er bloß von mir? Ich verstehe ihn einfach nicht! In der Zeit, wo Igor in Russland weilte, habe ich mir ein neues Leben aufgebaut. Es geht mir den Umständen entsprechend gut, warum denkt er dann, dass ich freiwillig zu ihm zurückkommen werde?

Jetzt heißt es aufzupassen, dass er mich nicht allein auf der Straße erwischt. Dieses Unterfangen stellt sich als verdammt schwierig heraus. Die Nerven werden immer dünner, die Angst größer. Bis Max eines Abends vorbeikam, um Adrian abzuholen. Er sah, dass ich immer ganz vorsichtig zur Tür hinausschaute, mich nicht traute, nach Hause zu gehen. Wenn Max eins kann, dann einem auf die Nerven gehen. Er fragte die ganze Zeit, was los ist, wollte wissen, warum ich solche Angst habe, nach Hause zu gehen. Da habe ich Max von Igor erzählt. Er hat Adrian gesteckt, dass ich mich nicht traue nach Hause zu gehen, dass dieser Russe mich entführen könnte. Daraufhin hat er mir das Angebot gemacht, mich bei Jaydan abzuholen und auch wieder zurückzubringen. Freudig nahm ich an und bin ihm sehr dankbar dafür.

Die Tage vergehen, ohne dass ich Igors Handlanger entdecke. Drei Monate noch und ich habe die letzten Abschlussprüfungen und mir ein weiteres Stückchen Freiheit erarbeitet. Natürlich hoffe ich, dass ich bei Adrian weiterarbeiten darf. Er hat ein paar Andeutungen gemacht und nun strenge ich mich noch mehr an, um ein gutes Zeugnis zu bekommen. Immer noch wohne ich bei Jaydan im *Club Red,* fühle mich bei ihm sicher.

Weil ich in der Zeit bei Igor die Miete für das kleine Zimmer nicht zahlen konnte, hat der Eigentümer es weitervermietet. Er hat meine Sachen in ein paar Kartons verpackt, so lange in seiner Garage gelagert, bis ich sie abgeholt habe.

Jaydan ist mein Held und Retter. Stundenlang saß er an meinem Bett. Schlief sogar bei mir. Nur um diese bösen Albträume zu verscheuchen. Er ist ein toller Freund geworden.

Trotzdem bezahle ich einen kleinen Obolus, damit ich mir nicht wie ein Schmarotzer vorkomme. Er hat zwar geschimpft, es letztendlich aber eingesehen.

Jaydan ist der Jüngste des Sanchez Clan. Er ist ganz anders als seine dominanten Brüder. Devil macht mir Angst und Damian ist damit beschäftigt, meinen besten Freund Kim wieder einzufangen. Wenn er wüsste, dass ich Kims Aufenthaltsort kenne, wäre er längst bei mir aufgetaucht, hätte mich unter Druck gesetzt, damit ich es ihm verrate. Aber da kann er mich ruhig foltern. Ich werde es ihm auf keinen Fall sagen. Lieber halte ich den Mund, lasse ihn um Kim kämpfen, damit er weiß, was er an ihm hat. Nur dieser andere Bruder, Andrew Sanchez, ist der einzige, den ich noch nicht kennengelernt habe. Vorausgesetzt er sieht genauso aus wie die anderen, dann scheint er ein besonderer Mann, oder wie Jaydan sagt, Master zu sein. Master? Jaydan erzählt mir, was für ein Mann sein Bruder ist. Dass er auf der Suche nach dem richtigen Sklaven wäre. Als ich das höre, erwacht mein Körper aus seiner Starre. Wehmütig schaue ich in den Spiegel, wünsche mir, dass ich dieser glückliche Junge sein könnte, der sein Interesse erwecken würde.

Nicht doch, Jan.

Ich brauche noch etwas mehr Zeit, um die schlimme Erfahrung, die ich bei Igor gesammelt habe, verarbeiten zu können.

Zusammen mit Jaydan gehe ich sogar zu seinem Psychologen, rede mit ihm. Nach einiger Zeit fühle ich mich besser.

Jaydan fällt ganz aus der Reihe der Sanchez-Familie. Genau wie ich ist er devot. Sein Gesicht ist schmal, fast schon feminin. Er ist zierlicher, kleiner als seine Brüder. Auch ist er blond, hat dunkelblaue Augen. Statt groß, breit und mit goldenen Augen, die einen das Fürchten lehren können, wie sein ältester Bruder. Er hat sich liebevoll um mich gekümmert, dass ich hier eigentlich gar nicht mehr von ihm weg möchte. Auch mit Kevin habe ich mich angefreundet. Wir verbringen ab und zu Zeit miteinander, lernen uns dabei besser kennen.

Ich erfahre, dass im *Club Red* ein Job frei wäre. Dankbar nehme ich ihn an. Meine Aufgabe ist es, dafür zu sorgen, dass im Darkroom und in den Waschräumen immer alles sauber und reichlich vorhanden ist. Kondome und Gleitgel für den Darkroom. Kleine Handtücher sowie diverse Toilettenartikel für die Waschräume. Ich stehe auf Abruf, falls mal was fehlt. Ich teile mir diese Arbeit mit einem anderen Jungen. Der Job wird toll bezahlt. Hier kann ich mich auch vor Igor verstecken. Ich muss vorsichtig sein, darf den Jungs auf der Straße meinen jetzigen Wohnort nicht verraten. Denn schon einmal hat ein sogenannter Freund mich bei Igor für einen Haufen Geld verraten, an dieses brutale Schwein verkauft.

Kapitel 10

Andrew

~~*~*

Geheiratet! Mein Bruder hat tatsächlich in Las Vegas geheiratet und ist total verrückt vor Liebe. Obwohl er in der Geschäftswelt ein eiskalter Macher ist, liebt er seinen Sklaven mit einer Innigkeit, die keiner bei ihm je vermutet hätte. Devil ist einer, der bildlich gesprochen über Leichen geht, wenn er was durchsetzen will. Dann lernte er Kevin kennen und mein Bruder ist wie ausgewechselt. Zwar lässt er seinem Sklaven ab und zu was durchgehen, die Strafe dafür hat es danach aber in sich. Kevin liebt ihn und ich? Ich beneide sie für das, was sie füreinander empfinden.

Wer weiß. Vielleicht wäre Kevin mein Junge geworden, hätte ich damals den Auftrag angenommen, wäre an Devils Stelle nach Las Vegas geflogen. Nein, aus uns wäre nie was geworden.

Ich freue mich dafür umso mehr, Justin wiederzusehen. Er ist mir in all den Jahren als Manager im *Club Red* und dem dazugehörigen Casino in Las Vegas ein guter Freund geworden. Jetzt hat er eine neue Aufgabe von Devil bekommen, und zwar auf Kevin aufzupassen. Er will, dass sein Sklave rund um die Uhr bewacht wird.

Wochen vergehen, ohne dass was in meinem Leben geschieht. Missmutig stehe ich an der Bar, schaue zu Tom rüber, der sich tatsächlich den Kleinen geschnappt hat. Wie die zwei sich anhimmeln. Ätzend!

Gerade bestelle ich mir einen Drink, als Damian auftaucht. Er lächelt mir zu, scheint bester Laune zu sein. Ohne auch nur innezuhalten, erzählt er von diesem Kerl, der heute Morgen in sein Auto gerast ist. Er hätte noch nie so schwarze Haare bei einem Twink gesehen. Sie würden bläulich schimmern und die Augenfarbe erst. Sie wären von einem hellen Blau, mit einem dunklen Rand umgeben. Mit offenem Mund schaue ich Damian an. Er wird sich doch wohl nicht direkt in den Typ verknallt haben? Damian schwärmt weiter, dass der Kerl toll gerochen hätte. Dass er einen Kopf größer als der Kleine ist und dass die Augen aufgeleuchtet haben, als er aus dem Auto gestiegen wäre. Mein Bruder und sein Beschützerinstinkt. Hat er denn nichts aus seinen letzten Fehlern gelernt?

»Ist der Kerl überhaupt schwul, Damian?«, unterbreche ich seine Schwärmerei und bekomme einen erstaunten Blick zugeworfen. Mitleidig schaue ich ihn an.

»Damian! Nicht jeder Kerl, der dich anlächelt, steht auch auf Männer. Auf dominante Männer. Dass du einer bist, das kann jeder, der näher als fünfzig Meter an dich herankommt, erkennen. Du schreist förmlich nach Master.«

»Du etwa nicht, Andrew?«, fragt er ganz erstaunt. Wir schauen uns verdutzt an, lachen schallend auf, was die Twinks in unserer Nähe aufhorchen lässt. Sie rücken näher, aber mir ist im Moment nicht nach einer schnellen Nummer, also winke ich sie weg.

Wie die Zeit verfliegt. Schon wieder sind vier Wochen vergangen. In dieser Zeit hat es mein Bruder Damian geschafft, dass sein Junge vor ihm geflüchtet ist. Dieser Idiot. Da läuft er doch tatsächlich in die Falle hinein, die Kims Vater ihnen gestellt hat. Wenn ich nicht an dem besagten Abend vor Ort gewesen wäre, lägen dieser Philipp und seine Freundin Aline im Gipsverband. Nur mein schnelles Eingreifen hat verhindert, dass mein Bruder sich wegen gefährlicher Körperverletzung vor einem Richter verantworten muss. Kein Wunder, dass Kim das Weite gesucht hat, wenn sein Herr ihm kein Vertrauen entgegenbringt, alles abschmettert, was er zu seiner Verteidigung vorbrachte. Eigentlich sollte mein Bruder es besser wissen. Er hat diese Situation ja vor Jahren schon mal mitgemacht. Was dabei herausgekommen ist, sieht man ja. Ein misstrauischer Mann.

Immer noch haben wir keine Spur gefunden, wo Kim sein könnte. Damian schleicht sich auch nur so durch den Tag, seitdem er denkt, dass seine große Liebe ihn enttäuscht hat. Da hilft es auch nicht, dass ich ihm die Beweise vorlege. Er glaubt einfach nicht mehr daran, dass jemand treu an seiner Seite stehen kann.

Seit einer Stunde steht er neben mir an der Bar, ertränkt seinen Liebeskummer im Whisky. Seufzend erkenne ich, dass ich heute wohl kein Glück habe, in eins der oberen Zimmer zu verschwinden, weil sich unser Bruder Devil zu uns gesellt. Als dann auch noch Dante mit Jessy auftaucht, lachend erzählt, was vor ein paar Wochen auf der Spendengala vorgefallen ist, lehne ich mich bequem zurück. Was soll es, mache ich mir eben einen schönen Abend mit meinen Freunden.

Nun, was hat denn mein Lieblingsschwager schon wieder angestellt? Ganz in Gedanken schaue ich ihn mir an.

Kevin ist ein toller Sklave. Nur ist er mir zu devot. Schließlich ist er ja auch kein Sub, sondern ein Sklave und mein Bruder hütet ihn wie einen Schatz. Nie hat sich Devil in einen seiner Sklaven verliebt. Er spielte mit ihnen, versohlte den Subs ihren Hintern, aber lieben? Sobald sie Gefühle für ihn entwickelten, suchte er sich einen anderen Mann, mit dem er spielen konnte. Viele gebrochene Herzen pflastern seinen Weg. Kevin muss was ganz Besonderes für ihn sein, dass er ihn geheiratet hat. Wenn sein Sklave mal Unfug gemacht hat, ungehorsam war – und das tut er sehr oft –, erstrahlt das Gesicht meines älteren Bruders voller Liebe. Ich glaube, er geht darin auf, dass Kevin manches Mal nicht weiß, wann er die Grenzen erreicht hat, sie unbewusst überschreitet. Er hat dann einen Grund, seinem Sklaven zu zeigen, wer bei ihnen das Sagen hat, und das ist bestimmt nicht Kevin. Der nimmt es gerne in Kauf, ein paar Tage nicht sitzen zu können, wenn sein Master mit ihm fertig diskutiert hat. Auch dass Devil ihn mit aller Härte bestraft, scheint ihm zu gefallen. Dann leuchten diese dunkelgrünen

Augen jedes Mal voller Liebe und Zuneigung auf, sobald er seinen Master ansieht.

Ich will das auch! Und wie ich es will.

Völlig versunken bekomme ich nicht mit, als Devil mir erzählt, was Kevin verbrochen hat. Er schlägt leicht gegen meinen Hinterkopf, seufzt laut auf. Ja, ich weiß, dass ich unaufmerksam bin. Entschuldigend schaue ich ihn an, höre erstaunt, dass sein Sklave einen anderen Master geschlagen hat! Echt jetzt? Nein, das glaube ich nicht! Mit leuchtenden Augen erzählt Devil von dieser Spendengala. Ich finde solche Veranstaltungen einfach zu langweilig, drücke mich davor, wo es nur geht. Schließlich habe ich einen älteren Bruder, der uns dort vertritt. Jetzt allerdings bereue ich es. Verdammt! Da wäre ich nur zu gerne dabei gewesen.

Bildhaft erzählt er, was dort geschehen ist. Wieder fällt der Name Igor Popow. Er ist irgendwann hier aufgetaucht. Seitdem hören wir nur Negatives von diesem Kerl. Devil lacht lauthals auf, als Jessy erzählt, dass Kevin wutentbrannt aufgesprungen ist, diesem Kerl eine reingehauen hat.

Lebhaft diskutieren sie darüber, was bei der Gala noch so alles passiert ist, und überlegen, ihre Männer zu Tom in den Selbstverteidigungskurs zu schicken. Sollte ihnen das Gleiche passieren, ihnen einer zu nahekommen, könnten sie sich wehren. Ich finde das toll.

Sie lachen, stecken mich damit an und meine Laune hebt sich. Sie erzählen, dass Kevin diesen kleinen Sub befreit hat und gegen Igor verteidigte.

Das glaube ich jetzt einfach nicht! Nicht Kevin. Er ist ein toller Mann, der lieber alles ausdiskutiert, als die Fäuste fliegen zu lassen. Ah, Justin ist dazwischen gegangen. Sogar ich würde mich nicht mit ihm anlegen wollen. Nur gut, dass er mit war, wer weiß, was sonst für ein Blutbad bei der Gala passiert wäre. Ich schaue zu Devil rüber, sehe, dass er den Kopf schüttelt, mich dabei mitleidig ansieht. Er weiß, dass ich auf der Suche bin und mich schwer dabei tue. Dabei nehme ich mir doch nur ein Beispiel an ihm. Er hat auch nicht jeden dahergelaufenen Sklaven genommen, sondern auf den richtigen gewartet. Genau das mache ich auch. Verlangend schaue ich ihnen hinterher, als sie zusammen den Club verlassen.

Wir trinken auf das verliebte Paar und während ich die Blicke schweifen lasse, entdecke ich auf der Tanzfläche einen Kerl, der meinem Ideal fast entspricht. Sollte er jetzt noch blaue Augen haben, dann wäre er perfekt. Ich pirsche mich an ihn ran, denke im ersten Augenblick, das es passt. Erst als er den Kopf hebt, erkenne ich, dass die Augen braun sind. Hm, soll ich mir jemand anderen suchen? Er schaut lüstern, lässt die Zunge über die vollen Lippen gleiten und ich willige ein. Nur ein Wink und sofort kommt er zu mir rüber. Trotzdem ich nur einen Blowjob möchte, nickt er voller Tatendrang. Ja, so was liebe ich. Kein Gequatsche, keine Diskussion.

Folgsam geht er mit mir in den Darkroom. Ich dirigiere ihn durch die schwitzenden, vögelnden Kerle hindurch, suche eine freie Ecke und öffne sofort die Hose. Er fällt direkt auf die Knie, holt mein Glied heraus. Erstaunt schaut er darauf, sieht mit großen, fragenden Augen zu mir hoch. Tja! Soll ich mich schämen, dass ich mit etwas mehr als die anderen Männer ausgestattet bin? Ich gehe damit ja auch nicht hausieren, sondern nehme es als das an, was es ist. Ein verdammt großer Schwanz! Ich weiß damit umzugehen und das ist die Hauptsache.

Fest umfasst er ihn, reibt ein paarmal rauf und runter. Als er sich endlich versteift, ziehe ich schnell ein Kondom über, halte ihm den harten Schaft vor die Lippen. Weit öffnet er den Mund. Heiß und feucht umschließt er mich endlich. Er hat echt Mühe, ihn unterzubringen. Letztendlich schafft er es. Saugend und leckend bearbeitet er die Spitze. Oh, er ist wirklich gut! Ich genieße, was er mir zu bieten hat. Die Hoden haben sich nach oben gezogen und ich spüre, dass der Orgasmus schon verdammt nahe ist. Statt endlich zu kommen, bemerke ich, dass etwas fehlt, um dies auch genießen zu können. Mit den Gedanken bin ich weit weg, statt mich zu entspannen.

Damit es endlich klappt, lehne ich den Kopf an der Mauer, schließe die Augen. Ah, wie flink seine Zunge sich um die Schwanzspitze windet, er sich festsaugt. Eine Gänsehaut setzt sich im Nacken fest und ich bemerke, dass ich gleich komme.

Ein erstickter Laut entkommt mir. Der Junge zu meinen Füßen strengt sich daraufhin weiter an. Irgendetwas lenkt aber die Lust gerade gewaltig ab. Irritiert spüre ich, dass mich jemand beobachtet. Ein Geräusch in der Nähe lässt mich aufhorchen. Der Blick gleitet suchend durch den sanft beleuchteten Raum, bleibt schlussendlich an ein Paar weit aufgerissenen Augen hängen. Völlig bewegungslos steht dort ein zierlicher Junge, schaut erstarrt zu uns rüber. Er zuckt zusammen, als mein Blick auf seinen trifft, kommt zögerlich näher. Nur einen Schritt noch und er steht neben mir, sodass ich wie verzaubert in eine hellblaue Iris starre. Hingerissen schaue ich in die weit aufgerissenen Augen des Kerls, banne ihn allein nur durch meinen Blick auf der Stelle fest. Er schluckt und eine kleine rosafarbene Zunge leckt sich über ein Paar volle Lippen. Ein leichter Duft nach Vanille und Jasmin schwebt zu mir rüber. Tief inhaliere ich ihn. Dieser Geruch ist für einen Mann sehr gewagt, weil er ziemlich feminin rüberkommt. Tief atme ich noch mal ein, versuche ihn mir zu merken. Nun würde ich ihn überall erkennen, sollte er sich jemals in meiner Nähe aufhalten.

Der Kleine macht mich richtig heiß, als er mit offenem Mund vor mir steht. Er senkt den Blick kein bisschen auf den knienden Jungen, sondern schaut mir nur ins Gesicht. Genau das ist der letzte Kick, den ich brauche. Der Orgasmus rauscht heiß durch den Körper. Mit einem lauten Schrei komme ich. Erschrocken macht der Junge einen Schritt zurück, schaut dabei ganz verträumt zu mir rüber. Er zwinkert mit den Lidern, als könnte er es nicht glauben, dass ich echt bin. Zögerlich streckt er die Finger aus, berührt ganz leicht meinen Arm. Ein elektrischer Schlag lässt mich zusammenzucken. Dort, wo er die Haut berührt hat, wird es sengend heiß. Erschrocken reißt er die Hand weg.

Als ich laut aufstöhne, zuckt er zusammen, huscht verschreckt durch den Raum. Bevor ich zu Atem komme, mein Glied eingepackt habe, ist er nicht mehr zu sehen. Der Kerl vor mir steht auf, lächelt, hebt die Hand, bedankt sich und ist schnell durch die Tür verschwunden. Dachte er etwa, dass ich ihn vögeln will, dass er schnell die Biege gemacht hat? Mir kann das egal sein, wenn er nicht mag. Anscheinend hat mein Schwanz ihm Respekt eingeflößt.

Erschlagen lehne ich danach an der Wand. Langsam versuche ich zu verdauen, dass nur ein Blick aus diesen blauen Augen mich derart in Euphorie versetzen konnte, dass mein Herz jetzt wild in der Brust rast.

Dieses liebliche Gesicht hat mich in helle Erregung versetzt und das Beste kommt erst noch. Er verkehrt im *Club Red*. Schnell verlasse ich diesen nach Schweiß und Sex riechenden Raum. Irgendwo wird er bestimmt zu finden sein. Schließlich war er im Darkroom. Ein fieser Stich in der Brust lässt mich innehalten. Bin ich etwa eifersüchtig, weil er mit einem fremden Kerl hier war, um sich flachlegen zu lassen? Dass er kein Top ist, konnte jeder hier erkennen. Systematisch beginne ich den ganzen Club abzusuchen. Bei der Tanzfläche fange ich an und höre in den Toiletten auf. Nach einer Stunde bin ich klatschnass geschwitzt und erfolglos. Irgendwo hier muss er doch sein! Panisch schaue ich mich um, gehe hoch zur Empore, um einen besseren Überblick über die Tanzflächen zu bekommen. Auch hier ist er nicht. Frustriert schnaufe ich auf. Er kann sich ja nicht einfach in Luft aufgelöst haben! Oder?

Eine hellblaue Iris? Hat Damian nicht von einem jungen Mann erzählt, der genau solche Augen besitzt? Was, wenn es der Kleine ist? Hatte er schwarze Haare wie der Junge von Damian? Hm, ich glaube nicht, oder? Trotz, dass es dämmerig im Darkroom war, konnte ich erkennen, dass sie auf keinen Fall so dunkel waren. Konzentriert schließe ich die Augen und direkt entsteht sein Bild. Eine blaue Strähne war in seinen braunen Haaren eingefärbt. Ich würde ungern mit meinem Bruder um einen Twink kämpfen müssen. Diesmal werde ich nämlich nicht zurücktreten, den Jungen gehen lassen. Diesmal kämpfe ich um ihn, denn ich habe mit einer Leidenschaft auf ihn reagiert, die mir noch nie zuvor passiert ist. Ich sah ihn zwar nur kurz, trotzdem geht er mir nicht mehr aus dem Kopf und das heißt bei mir schon was.

Kapitel 11

Jan

~~*~*

Die Arbeit im *Club Red* ist cool. Ich brauche mich nicht dafür zu schämen. Warum sollte ich auch? Die Schicht ist von 19 Uhr bis 23 Uhr. Danach kommt die Ablösung. Auch wenn ich in der ganzen Zeit nicht gerufen werde, bekomme ich die Stunden gut bezahlt. Im hinteren Bereich des Clubs ist ein kleiner Raum, wo ich die meiste Zeit verbringe. Dort kann ich ganz in Ruhe für die Berufsschule lernen. Gerade will ich es mir im Büro gemütlich machen, als das Handy klingelt. Es sind keine feuchten Tücher mehr im Darkroom.

Bevor die mir die Wände versauen, mache ich mich lieber direkt auf den Weg und fülle dabei auch alle anderen Spender auf. Es ist Wochenende und anscheinend brummt der Laden. Voll bepackt begebe ich mich nach hinten, öffne die Tür des Darkrooms. Sie schlägt mit einem dumpfen Geräusch hinter mir zu und der typische Geruch nach schnellem Sex trifft voll meinen Geruchssinn. Einmal tief durch den Mund atmen und es geht wieder. Unter diesen Gerüchen ist heute jedoch einer, der mich leicht schnuppern lässt. Verwirrt schüttele ich den Kopf, mache mich an die Arbeit. Immer noch werde ich von diesem Duft abgelenkt, der nach Sandelholz, Zimt, einem Hauch von orientalischen Gewürzen riecht. Hartnäckig hat er sich in der Nase festgesetzt.

Das tiefe Stöhnen, das immer durch den Raum hallt, die Bewegungen im Dunkeln höre und nehme ich schon gar nicht mehr wahr. Sonst würde ich den ganzen Abend spitz und geil herumlaufen, was für die Gesundheit nicht besonders förderlich wäre.

Manchmal bin ich zwar voller Sehnsucht, schaue mir im Internet spezielle Seiten an, da ich schließlich auch nur ein Mann bin. Einer, der jemand sucht, der ihn zur Räson bringen kann. Keinen, der mich knechten und knebeln will. Der mich brutal verletzt, wie Igor es gemacht hat. Seitdem ich vor Igor geflüchtet bin, hat sich mein Verlangen nach lustvollem Schmerz irgendwie ganz tief in meinen Körper verzogen. Etwas bin ich schon erstaunt über diese wirren Gedanken. Daran ist nur der fremde Duft schuld, der hier gar nicht hingehört.

Schnell fülle ich die Spender mit den Tüchern auf, schaue nach, ob auch überall genug Gleitgel und Gummis vorhanden sind, als ich einen tiefen, rauen Ton wahrnehme. Erschrocken zucke ich zusammen, als dieser Laut mir direkt in den Unterleib fährt. Er ist ganz anders als das, was ich bisher hier vernommen habe. Und ich habe schon einiges gehört.

Da sich meine Augen mittlerweile an das Dämmerlicht gewöhnt haben, erkenne ich hinten in der Ecke einen riesigen Kerl. Er lehnt an der Mauer, lässt sich gerade mit dem Mund verwöhnen. Fasziniert schaue ich zu ihm rüber. Das, was ich im Dunkeln erahnen kann, lässt mein Herz rasant schneller schlagen. Die Finger zittern und beinahe hätte ich die restlichen Kondome fallen lassen.

Da hinten steht ein Mann, der mir buchstäblich den Atem raubt. Oh, bitte nicht. Ich kenne diese Symptome zu gut. Ich kann im Moment in meinem chaotischen Leben keinen Kerl gebrauchen. Ich will hier nur in Ruhe gelassen werden, meine Arbeit verrichten. Das Abenteuer mit Igor steckt mir noch zu sehr in den Knochen. Bevor ich es unbemerkt schaffe und verschwinden kann, hebt er den Kopf. Als er mich entdeckt, anschaut, glitzern seine Augen voller Lust auf. Sie weiten sich und wie magisch angezogen bewege ich mich auf ihn zu. Nur ein Blick von ihm lässt die Libido schlagartig erwachen. Schnuppernd halte ich die Nase hoch, inhaliere seinen markanten Duft, den ich beim

Eintreten in den Darkroom schon gerochen habe. Noch nie sah ich ihn im Club und ich arbeite hier schon eine ganze Weile. Er ist bestimmt durch Zufall hier hingekommen. Ob er auf der Durchreise ist? Oder ist das vielleicht ein neuer Top? Mit gerunzelter Stirn überlege ich. Hm, ich würde mich an ihn erinnern, so faszinierend, wie er aussieht. Er strahlt eine gefährliche Dominanz aus, die ich körperlich spüren kann. Sie ist ganz anders als die von Igor. Wie in Trance gehe ich näher, lege die Fingerspitzen auf die blanke Haut seines Armes und ziehe sie direkt zurück. Sie pochen und ein Kribbeln geht von der Hand bis in meine Schulter.

Er zuckt zusammen, schaut mich an, legt die Hände fest um den Kopf des vor ihm knienden Kerls. Starr schaut er mir dabei in die Augen, beschleunigt die Bewegungen seines Beckens. Die schmale Hüfte zuckt nach vorne, ein Schrei voller Lust ertönt. Der Kleine zu seinen Füßen öffnet den Mund ganz weit, um sein Glied aufnehmen zu können. Die Augen glitzern auf, als er seinen Orgasmus ins Kondom spritzt, ohne auch nur einmal den Blick von mir zu nehmen. So, als ob ich was ganz besonders Kostbares für ihn wäre. Genussvoll stöhnt er auf, öffnet leicht die Lippen. Ein rauer, männlicher Ton erfüllt den Raum, zieht sich durch den Körper, bleibt in meinem Schritt hängen. Oh! Fast hatte ich in meine Pants abgespritzt. Und das ohne eine einzige Berührung. Die Zungenspitze zwischen die Zähne geklemmt, schaue ich ihnen gebannt zu. Er ist bezwingend, strahlt eine ziemliche herrische Aura aus. Ah! Fuck! Mein Herz! Am liebsten würde ich den Kerl wegschupsen, auf die Knie fallen, derjenige sein, der ihm solche Lust bereitet!

Als er den Jungen von sich wegschiebt, komme ich zur Vernunft. Erschrocken schüttle ich den Kopf, versuche das Bild aus meinem Gedächtnis zu reißen. Bebend drehe ich mich um. Blitzschnell bin ich aus dem Darkroom raus, verstecke mich zitternd im Büro. Der Puls wummert in den Ohren, die Hände sind schweißnass. Was ist da bloß gerade mit mir geschehen? Er hat seine Augen nur auf meine gerichtet, sie nicht abgewandt. Aber dieser glühende, besitzergreifende Blick! Trotz des schummrigen Lichtes sah ich die Iris aufleuchten, als er mich wahrnahm. Fragen über Fragen stürmen auf mich ein. Wo kommt er her? Wer oder was ist er? Sollte ich Jaydan fragen? Er kennt ihn bestimmt. Oder vielleicht einen der Jungs? Will ich das wirklich wissen? Dieses überlegene Mannsbild macht mir tatsächlich mehr Angst, als Igor es je könnte. Er strahlt eine Autorität aus, dass du automatisch den Kopf einziehst, sollte er sein Augenmerk auf dich richten. Trotzdem weiß ich, was ich fühle und das ist ... heißes, lustvolles Begehren.

Noch nie hat ein Mann mich so schnell auf hundert gebracht und das nur mit seinen Blicken. Scheiße! Ich will nicht noch einmal mein Leben in die Hände von einem dominanten Mann legen. Igor hat meine sexuelle Lust auf solche herrschsüchtigen Männer erfolgreich getötet. Hat mein Vertrauen missbraucht! Wieso also reagiere ich voller Lust auf diesen Kerl? Das erste Mal seit Wochen, dass sich mein Glied versteift und das wiederum verunsichert mich total. Dass er mein Herz ihm Sturm erobert hat, erstaunt mich sehr. Also kann er doch kein schlechter Kerl sein? Oder? Bei diesem irren Russen habe ich das nie so intensiv gespürt. Bei ihm war ich immer auf der Hut.

Schwer schlucke ich. Hoffentlich kommt dieser Mann nicht auf den Gedanken, mich zu suchen. Klar habe ich sein glühendes Interesse bemerkt, als er den Blick über meinen bebenden Körper wandern ließ. Allein das bestimmende Gebaren, als er die Hand fest auf den vor ihm knienden Twink gelegt hat, ließ mir einen lustvollen Schauer über den Rücken wandern. Er hat lange, schlanke, gepflegte Finger und in meiner Fantasie legt er sie um den Stiel einer Peitsche. Um Gottes willen, was denke ich denn bloß da? Beinahe hätte ich einen Herzstillstand bekommen, als ich mich ihm automatisch entgegenstreckte, instinktiv anbot. Und seine Augen erst! Sie waren ein einziger Befehl, dort stehen zu bleiben. Er brauchte ihn nicht auszusprechen, sondern bannte mich damit auf der Stelle fest. Das Einzige, was mir durch den Kopf geht, ist, hat er schwarze Augen oder etwa nicht? Ach Mann, ich habe andere Sorgen, als dass ein solcher herrschsüchtige Kerl mir den Schlaf raubt. Er ist aber schon verdammt faszinierend. Seufzend muss ich mir eingestehen, dass er in einer anderen Liga spielt. Als würde er sich für mich interessieren!

Seit ich bei Igor die Hölle erlebt habe, bin ich seelisch kaputt. Mein Bedarf an Dominanz ist für die nächsten Jahre gedeckt. Ich hatte zwar keinen Sex mit Igor Popow, trotzdem quälen mich Nacht für Nacht Albträume. Welcher Master, der mich besitzen will, bringt den Mut und die Kraft auf, sich gegen diesen Dreckskerl durchzusetzen? Was habe ich denn schon groß zu bieten? Ich bin froh, dass ich bei Adrian sicher arbeiten kann und das, was ich hier im *Club Red* dazuverdiene, reicht gerade mal aus, um keine neuen Schulden zu machen.

Das Schlimmste ist, dass ich von den Kids auf der Straße erfahren habe, dass Igor den Befehl ausgerufen hat, man solle mich wieder einfangen. Koste es, was es wolle. Bin ich etwa ein wildes Tier? Seine Lakaien suchen daher ganz verrückt nach mir. Und das, obwohl er selbst nach Russland geflogen ist. Warum er mich so erbittert jagt, verstehe ich einfach nicht. Er kann alle Männer haben, die er will. Wieso also sucht er sich ausgerechnet einen kleinen, nichtssagenden Twink aus? Wenn ich weiter darüber nachdenke, werde ich die Kopfschmerzen nie los.

Nach einer schlaflosen Nacht mache ich mich für die Arbeit bei Adrian fertig. Pünktlich steht er vor dem Club und begleitet mich zur Firma.

Der Tag kriecht heute wie im Schneckentempo dahin. Endlich habe ich Feierabend. Jaydan ist nicht mehr da und hat mein Essen in die Mikrowelle gestellt. Schnell mache ich es mir warm, schlinge es hinunter. Ich bin schon zu spät dran, daher ziehe ich mir nur ein frisches T-Shirt an, gehe schnell hinunter in den *Club Red.*

Sorgfältig fülle ich im Darkroom die Kondome, Gleitgel und Tücher auf. Bestücke im Waschraum die Spender neu. Lege genug Handtücher für die nächsten Stunden in den Körben neben den Waschbecken ab. Die schon benutzten sammele ich ein, stopfe sie in die Waschmaschine. Nun kann ich in Ruhe die Zeit hier absitzen.

Tage vergehen und ich beruhige mich langsam. Nur in meinen Träumen, da geistert dieser Mann herum. Mehr als einmal bin ich auf einem versauten Bettlaken aufgewacht.

Nun sitze ich hier, warte darauf, dass ich gerufen werde. Den Kopf in den Nacken gelegt, schweifen die Gedanken zu dem Tag, wo ich mein Herz im Darkroom verloren habe. Sobald ich dort hingehe, die Spender auffüllen muss, klopft dieser verliebte Muskel wie verrückt in der Hoffnung, den geheimnisvollen Mann dort anzutreffen.

Bis jetzt bin ich immer enttäuscht worden. Nächtelang war er meine Vorlage, sobald die Lust mich überfiel. Ich war ihm ganz nahe, sodass ich die tollen Augen erkennen konnte, die sich vor lauter Lust, als er kam, verdunkelten. Auch diesen speziellen Duft, der ihn umgab, bekomme ich nicht mehr aus der Nase. Sein Schwanz, jedenfalls das, was ich davon erkennen konnte, war auch nicht ohne. Das Verlangen, dass ich derjenige Junge gewesen wäre, der ihm einen blies, lässt mich immer noch erzittern, wenn ich nur darüber nachdenke.

Bebend drücke ich das erwachende Glied in der Hose zurecht. Sobald ich nur an ihn denke, macht es mit mir, was es will. Mit der Zeit ist es schlimmer geworden. Seine Aura strahlte den herrischen Master aus, sprach mich direkt an. Wie groß er in Wirklichkeit war, sah ich erst, als er sein Glied einpackte, sich gerade hinstellte. Und die starken Arme erst. Himmel. Die breiten Schultern, seine schmale Taille ließen mir das Wasser im Mund zusammenlaufen. Ich könnte mich problemlos an ihn lehnen, den Kopf unter sein Kinn schieben. Dann würden sich die starken Arme um mich schließen, mir ein Gefühl von Sicherheit geben. Ob er es wirklich wert ist, dass ich mein Vertrauen erneut einem dominanten Mann schenken kann? Ich bin hin- und hergerissen. So ein toller Typ wird sich bestimmt nicht für mich interessieren. Den Mut aufzubringen, mich einfach neben ihn zu stellen, sollte er auftauchen, daran arbeite ich noch. Vielleicht helfen mir die Freunde dabei.

Die Nacht geht langsam zu Ende, die Ablösung kommt und ich verziehe mich ins Bett. Die Decke über den Kopf gezogen, schließe ich die Wirklichkeit aus. Hier bei Jaydan fühle ich mich sicher und versuche mit aller Macht, den bösen Träumen Einhalt zu gebieten, indem ich nur an meinen Traummaster denke.

Die Tage vergehen. Langsam wird das Leben bunter, die Angst verschwindet. Auch habe ich durch Jaydan viele neue Freunde kennengelernt. Zum ersten Mal erfahre ich, was Freundschaft wirklich bedeutet. Seit sie wissen, was mir passiert ist, passen sie auf, dass mir keiner mehr zu nahekommt. Ich finde das ganz toll, weil ich mit ihnen zusammen den Mut finde, um nach draußen auf die Straße zu gehen.

Ohne zu zögern, hat Jaydan mir eine Schlafstätte gegeben. Joy bot mir an, dass ich bei ihm lerne, wie man sich verteidigt und Jessy sowie die anderen Jungs halten Ausschau, sollte Igor hier auftauchen. Ich könnte rundherum zufrieden und glücklich sein. Das, was stört, ist dieser fremde Kerl vom Darkroom, der das dumme Herz in der Brust zum Klopfen bringt, wenn ich nur an ihn denke. Und denken tue ich ziemlich oft an ihn. Vorsichtig habe ich ganz nebenbei Erkundigungen eingezogen, bei meinen neuen Freunden nachgefragt, wer ER sein könnte!

Ich schließe die Augen, sehe ihn ganz deutlich vor mir stehen. Voller Eifer beschreibe ich ihn. Zuerst schauen sie ganz erstaunt drein, bevor ihre Mundwinkel anfangen zu zucken. Jessy lacht leise auf und Jaydan grinst dreckig. Was denn? Wissen sie nun, wer er ist, oder nicht? Böse schaue ich sie an. Sie aber drehen sich um, lassen mich allein auf dem Sofa sitzen. Mit offenem Mund schaue ich ihnen hinterher. Was denn nun?

»Kennt ihr ihn?«, frage ich leise. Sie schütteln alle wie auf Kommando die Köpfe und ich glaube ihnen kein bisschen. Warum wollen sie nicht, dass ich diesen tollen Mann kennenlerne? Denken sie, dass ich noch nicht so weit bin, um mich wieder einem starken Master anvertrauen zu können? Er ist doch hoffentlich nicht genauso veranlagt wie Igor? Dann will ich ihn auf gar keinen Fall wiedersehen. Bestimmt schonen sie mich, weil sie genau wissen, dass ich ein klein bisschen verliebt in ihn bin, so schwärmerisch habe ich ihn beschrieben. Nur ein Gedanke an ihn reicht und das Herz klopft verrückt in der Brust. Zum ersten Mal seit Wochen verspüre ich heißes Verlangen nach Sex. Kann das denn keiner von ihnen verstehen?

In den nächsten Tagen und Wochen erfahre ich, dass der Mann tatsächlich überall nach einem Twink sucht, der mir total ähnlichsehen soll.

Meint er etwa MICH? Dabei weiß ich gar nicht, warum! Jaydan lächelt jedes Mal, wenn ich ihm vorschwärme, wie toll dieser Mann gerochen hat. Er hat mir echt gut gefallen. Sehnsüchtig schließe ich jede Nacht die Augen, rufe mir seine Gesten in Erinnerungen. Er ließ dem vor ihm knienden Jungen keine Chance, als er sich tief in seinem Mund versenkte. Gebannt habe ich in seine Augen geschaut, als er zum Orgasmus kam.

Das, was ich im Darkroom erahnen konnte, war einfach nur berauschend. Er ist groß, dunkel. Ein gefallener Engel. Mit seinen langen, schwarzen Haaren sieht er aus, als wäre er einem Gemälde entsprungen. Ganz doll klopft das Herz in der Brust, wenn ich nur an ihn denke. Fühlt sich so Liebe an?

Verwundert habe ich festgestellt, dass dieses heiße Kribbeln nur ausbricht, wenn ich von diesem tollen Mann träume. Obwohl die körperlichen Wunden schnell verheilt sind, habe ich bemerkt, dass es mich seelisch mehr mitgenommen hat, als ich dachte. Dass Igor mich mit einem Elektroschocker quälen ließ, hat mir schlimme Albträume bereitet. Der Schmerz war wirklich schlimm, als die ganzen Muskeln sich zusammenzogen. Nie werde ich das vergessen können. Sogar der Psychologe sagt, dass ich Zeit brauche, nicht alle Männer gleich sind. Ich würde es sofort erkennen, sollte der richtige Mann in meinem Leben auftauchen. Dass es aber so schnell passieren könnte, damit habe ich nicht gerechnet. Das Vertrauen in solche Männer war mit Igor total in der Versenkung verschwunden. Der Master, der mich letztendlich will, muss verdammt viel Geduld aufbringen, um mich zu erobern. Und nun ist es schneller geschehen, als ich gedacht habe.

Kapitel 12

Andrew

~~*~*

Die meisten Männer, die unseren Club besuchen, wollen ihre Neigungen im oberen Stockwerk ausleben. Wir bieten hier genau wie der *Club Black* spezielle Zimmer dafür an, die komplett eingerichtet sind mit allem, was das Herz eines Doms oder Masters höherschlagen lässt. Hier kann er sich mit einem oder auch mehreren Subs austoben. Sie sind heiß begehrt, schon über Wochen ausgebucht.

Bis vor Kurzem gehörte ich auch dazu. Irgendetwas hat sich verändert. Ich überlege die ganze Zeit, was bloß geschehen ist, dass ich mich langweile? Schon seit ein paar Wochen habe ich dieses komische Gefühl in der Herzgegend. Dort ist eine verdammte Leere, die mich unruhig werden lässt. Kein Wunder! Schließlich sind nur Liebespaare um mich herum. Wie sollte ich da nicht neidisch werden? Seitdem ich gesehen habe, dass eine Beziehung auf der Basis von Liebe, gegenseitigem Verlangen und Vertrauen funktioniert, ist diese Sehnsucht in mir stetig gewachsen.

Ich war nie ein Suchender, sondern immer schon ein Jäger. Jetzt aber suche ich verstärkt nach einem Jungen, der sich mit meinen Wünschen zu einhundert Prozent deckt. Er sollte sich im Lustschmerz verlieren können. Da gibt es keine Abweichungen. Ich will einen, der mir allein gehört, der nur mit mir spielen will, sich nicht jedes Wochenende jemand anderen sucht. Das, was ich möchte, ist ein Sub, der mit beiden Beinen fest auf den Boden steht, eigenes Geld verdient und im realen Leben weiß, was er will. Ich will aber auch einen Jungen, der immer greifbar ist. Er soll genau wie ich seine Neigungen ausleben, sich bei mir holen, was er braucht, um sie zu befriedigen. Umgekehrt werde ich es genauso bei ihm tun. Er wird mit mir zusammenleben, an meiner Seite stehen oder knien. Mit weniger werde ich mich auf keinen Fall zufriedengeben.

Klar habe ich mich ausgetobt. Jeden Kerl, der mir gefiel, habe ich vernascht. Ein paar von ihnen waren Subs, haben meine Neigung nach Dominanz erfüllen können. Aber irgendetwas fehlt seit Neuestem, wenn ich mit ihnen spiele. Ob es daran liegt, dass ich die Jungs nicht als mein Eigentum betrachte, sondern nur als ein Spielzeug? Und das auch nur für eine gewisse Zeit?

Devil ist dominant, ich aber schlage ihn um Längen. Ich bin bestimmender, strenger bei den Bestrafungen als er. Auch habe ich keine Hemmungen, den Subs ihre Ärsche zu versohlen, dass sie tagelang was davon haben. Schließlich liebe ich es, ihnen mit der Peitsche Lust zu verschaffen oder sie leiden zu sehen. Ja, ich weiß. Ich bin ein herrschsüchtiger Bastard!

In letzter Zeit drängt es mich überhaupt nicht mehr dazu, mit einem Sub in eins der Zimmer zu verschwinden. Vielleicht, weil das Gefühl der Verbundenheit, des Verlangens fehlt. Die Jungs möchten das gar nicht. Sie wollen den Schmerz auf ihrer Haut fühlen, wollen, dass ich sie ficke, zum Orgasmus bringe. Dies alles geschieht ohne dass wir Gefühle füreinander entwickeln. Mechanisch. Kein Funken von Liebe entsteht dabei. Ich will das einfach nicht mehr, wenn alle Freunde mir zeigen, dass es auch anders geht. Oder liegt es an den hellblauen Augen, die mich sogar im Traum verfolgen? Wie gerne hätte ich mich mit dem Jungen unterhalten. Vielleicht wäre er bereit gewesen, es mit mir zu versuchen. Schließlich sah ich, dass er neugierig zu mir rüber schaute. Er hat keinen Blick auf den Twink vor mir geworfen, sondern nur zu mir gestarrt. Dass er wissbegierig war, konnte ich sehen. Leider finde ich ihn trotz einer intensiven Suche nicht.

Kevin erscheint, kniet sich vor Devil nieder, der sofort die Hand auf sein Haar legt, zärtlich hindurch streicht. Liebe leuchtet mir von beiden entgegen, was mir in diesem Moment ganz deutlich macht, was in meinem Leben fehlt, damit es wirklich perfekt ist. Ich will auch einen Kevin, würde mich auch mit einem Jessy zufriedengeben. Ach was! Am liebsten wäre mir ein Junge, der zwar gehorsam wie Kevin, aber auch etwas widerspenstig wie Jessy ist. Er wird nur mir dienen und vor allen Dingen soll er mich lieben lernen. Ich weiß, dass es ein unmöglicher Wunsch ist. Sollte er Wirklichkeit werden, verteidige ich diesen Mann mit meinem Leben, vernichte alles, was sich uns in den Weg stellen würde. Allein der Gedanke, dass in der bunten, lauten Welt da draußen einer herumläuft, der zu mir gehört, lässt mich erzittern. Wann finde ich ihn endlich?

Das beschäftigt mich nun seit Wochen. Statt in einem der Zimmer zu spielen, den Jungen zu vergessen, treibe ich mich in letzter Zeit nur im Darkroom herum. Dort kann ich den sexuellen Frust abbauen, brauche keinen mit nach Hause zu nehmen, was ich die letzten Jahre auch zu verhindern wusste. Mein Bruder hat in Las Vegas sein Glück gefunden. Wie weit müsste ich durch die Welt reisen, um den richtigen Jungen zu finden?

Dabei sehe ich gar nicht mal schlecht aus, sonst wäre ich nicht immer von all den Männern belagert. Der Dreitagebart lässt mich zwar wie ein Schurke aussehen, dafür liebe ich es, damit über weiche Haut zu kratzen. Das Geräusch verpasst mir immer eine Gänsehaut der Extraklasse, lässt meinen Schaft richtig hart werden. Vorzugsweise, wenn ich zwischen zwei weichen Schenkeln liege, ein steifes Glied vor mir wippt. Dass ich danach mit ihm machen kann, was ich will, ist ein Bonus. Ich würde ihn in ein willenloses Bündel voller Lust verwandeln. Nur allein durch meine Berührungen. Er darf nur dann kommen, sollte ich es für richtig halten. Nur ich entscheide darüber, sonst keiner! Absolute Kontrolle! Auch dass er mir vertraut, dass ich genau weiß, wie weit ich gehen darf, damit er voller Lust und Schmerz abheben wird.

Die Tage vergehen, doch der Kleine taucht nicht auf. Wütend verdränge ich dieses Thema. Scheiß drauf. Ich werde ab sofort jeden Kerl, der sich mir anbietet, mit in den Darkroom nehmen. Jawohl! Neidisch schaue ich zu Dante und Jessy rüber. Wie liebevoll sie miteinander umgehen. Wütend schlucke ich den brennenden Schmerz hinunter. Jessy hat mir manche schlaflose, aber auch geile Nacht beschert. Die Träume waren nicht immer ganz jugendfrei. Was ich alles mit ihm ausprobieren wollte, war einfach nur krass. Die Zeit war verdammt hart für mich gewesen. Zum ersten Mal hatte ich für einen Mann mehr Interesse als nur für einen Fick oder eine Session.

Es kribbelt in meinem Magen, als ich dies beobachte. Seit Wochen suche ich den Jungen, kann ihn einfach nicht vergessen. Es ist zum Verzweifeln. Ich verstehe wirklich nicht, warum ich den Kleinen unbedingt finden will. Das weiß nur das Herz, nicht mein Verstand. Der Club ist zu voll, dass ich nach einer Stunde aufgebe. Irgendwann kommt er in meine Nähe und dann ist es zu spät für ihn. Ich werde ihn in Ketten legen, austesten, ob wir überhaupt zusammenpassen oder auch nicht!

Falsch gedacht!

Regelmäßig klappere ich sämtliche Bars und Kneipen rund um unseren Club ab, halte Ausschau nach ihm und werde immer mutloser. Die Jungs weichen mir aus und meine Brüder drehen sich um, sobald sie mich auch nur von hinten erkennen. Ich verstehe sie, so wie ich im Moment drauf bin. Devil hat mir gestern tatsächlich verboten, mit einem Sub ins Spielzimmer zu verschwinden, solange ich meine schlechte Laune nicht in den Griff kriege. Da muss ich ihm recht geben. Frustriert könnte ich mit dem Kopf vor die Wand donnern.

Jeden Abend stehe ich zur gleichen Zeit an der Theke, behalte die Tür im Auge. Langsam verlieren alle die Geduld mit mir. Fragend schauen sie mich die ganze Zeit an. Ich bin launisch, unkonzentriert, voller Frust und bezweifle langsam, dass es den Jungen im Darkroom wirklich gibt. Vielleicht war er ja auch nur ein Hirngespenst, als der Orgasmus mich für ein paar Sekunden fliegen ließ.

Heute Abend ist ein Event in unserem Club und der Strom an Jungs und Männern nimmt einfach kein Ende. Vielleicht ist er heute darunter. Seit Stunden stehe ich an meinem bevorzugten Platz an der Bar, halte die Tür im Auge. Die Angst, dass er mir durch die Lappen gehen könnte, sollte er sich tatsächlich trauen, hier auftauchen, ist mein ständiger Begleiter. Jessy steht neben mir, schaut fragend rüber.

»Warum stehst du hier an der Bar, statt dich zu amüsieren?«, fragt er mich doch tatsächlich. Genervt drehe ich mich zu ihm um. Er und die Jungs sind heute Abend Gäste des Clubs und beobachten mich seit einer halben Stunde. Ruhig erkläre ich ihnen, dass ich seit Wochen hinter einem von ihnen her bin. Jessy ruckt mit dem Kopf hoch, schaut ganz erstaunt und fragt, ob ich mich vielleicht verliebt hätte? Ich, verliebt? Schnaubend schaue ich ihn ungläubig an. Niemals im Leben. Wie kommt er bloß auf solche verrückten Ideen? Als er sich abwendet, tuscheln die Jungs leise miteinander. Jessy wird ganz rot im Gesicht, schüttelt vehement den Kopf, als Max ihm was zuflüstert. Als ich sie anspreche, schauen sie alle erschrocken drein und senken auf Kommando den Blick. Was ist denn hier los? Sie versuchen sich zu entfernen, bevor ich weiterbohren kann. Ob Jessy recht hat und ich wirklich in ein Paar hellblaue Augen verliebt bin? Das, was ich damals erkennen konnte, hat zwar meine Sinne angesprochen, den Jagdinstinkt in mir geweckt, aber ohne Beute ist eine Jagd zwecklos. Ich sollte die Energie mehr auf die Jungs hier verteilen.

Dass ich die Subs ignoriere, ist schon seit Ewigkeiten nicht mehr passiert. Mir ist einfach nur noch langweilig. Mein Sexleben liegt brach und sollte ich mal Lust haben, geht mir die Jagd nach Befriedigung auf den Sack. Klar bin ich ein Spieler, wie er im Buche steht. Ein Jäger, der sobald er Blut gewittert hat, nicht von der Fährte abweicht, bis das Opfer in seinem Bett liegt. Trotzdem lassen mich diese blauen Augen einfach nicht los. Nur seinetwegen habe ich einen starken Orgasmus bekommen. Dies erstaunt mich immer noch. Auch wenn der Kerl vor mir mich richtig angeheizt hatte, schoben mich diese Augen zum Schluss über die Ziellinie.

Ich habe ihn gesehen! Er war real!

Schließlich stand er nur einem Schritt von mir entfernt. Der zierliche Körper, die langen Beine sowie das schmale, männliche Gesicht. Auch die sinnlichen Lippen habe ich ganz genau wahrgenommen, mir vorgestellt, dass sie sich um meinen Schwanz festsaugen. Der ängstliche Ausdruck, als ich ihn nur mit einem Blick auf der Stelle gebannt habe, blieb mir ebenso im Gedächtnis haften wie die erregt blitzenden Augen. Daher weiß ich, dass dieser Mann keine Fata Morgana war. Er ist ein Mensch aus Fleisch und Blut. Und ich will ihn, da kann kommen, was wolle.

Egal wer sich dazwischenschiebt. Ich werde ihn entfernen und nicht eher Ruhe geben, bis der Kleine mir gehört. Bevor er die Augen senkte, sich davonmachte, war es sein Schicksal, dass er mir, Sir Andrew Sanchez, begegnete.

Wenn das nicht bald aufhört, bin ich in ein paar Wochen ein seelisches Wrack. Wieso geht er mir nicht aus dem Kopf? Es gibt bestimmt Hunderte solcher Twinks hier. Meine Geduld geht zu Ende. Morgen werde ich Justin fragen, ob er Zeit hat, mir dabei hilft, den Jungen zu finden. Devil wird mir bestimmt den Kopf geraderücken, weil ich wie ein Wahnsinniger durch die Clubs laufe, aber ich kann einfach nicht anders.

Da hat er mich doch tatsächlich gefragt, was an dem Kerl so Besonderes wäre, wo ich mir hier einen Jungen nach dem anderen nehmen könnte. Sie darauf warten, von mir beachtet zu werden. Gerade er müsste es verstehen, dass ich nur diesen einen bestimmten will.

Auch dieser Abend verläuft genau wie alle anderen, ohne dass ER auftaucht.

Trotzdem versuche ich es weiter, setze mich immer an die Bar, halte die verdammte Tür im Auge. Ich werde nicht aufgeben. Niemals! Irgendwann wird er mir gegenüberstehen, wird erkennen, dass ich sein Sir bin. Er wird ›Mein‹ sein und ich ›Sein‹. Jawohl! Zwei Menschen, die eine Einheit bilden.

Warum sollte er ausgerechnet heute hier auftauchen, denke ich gerade mutlos. Er hat sich schließlich in all den anderen Wochen auch nicht blicken lassen. Langsam verlässt mich mein Selbstbewusstsein.

Endlich bin ich zu Hause und Ruhe kehrt ein. Die laute Musik, der Geruch nach Sex, nach zu viel Parfüm haben mir nur Kopfschmerzen eingebracht. Stöhnend massiere ich die Schläfen. Seufzend muss ich wohl meine Niederlage eingestehen, weil es immer noch keinen Anhaltspunkt gibt, was den Jungen betrifft. Es scheint, als hätte es ihn nie gegeben.

Als ich Justin am anderen Morgen alles gebeichtet habe, hat er nur den Kopf geschüttelt. Schließlich willigt er ein, mir zu helfen. Nun kann ich endlich etwas freier atmen. Wenn ihn einer finden kann, ist es Justin. In meinem Beisein ruft er einen Freund an, der eigentlich aus Hamburg kommt. Er hat sich mit seinem Bruder selbstständig gemacht und eine zweite Niederlassung in Berlin gegründet. Ihr Spezialgebiet ist die Überwachung von Verbrechern, das Aufstöbern selbiger. Justin erzählt, dass der Jüngere von ihnen ein Profiler ist. Er erstellt dir innerhalb von Stunden einen kompletten Lebenslauf über jeden Menschen, kann sich in sie hineinversetzen. Sein älterer Bruder ist dann derjenige, der sie aufspürt, festnimmt und vor Gericht stellt. Beide haben jahrelang für das Las Vegas Metropolitan Police Departement (LVMPD) gearbeitet. Sie wurden in Las Vegas ausgebildet, würden ohne zu zögern töten. Beide sollen viele Kontakte besitzen, über die ich nicht mal nachdenken möchte. Kai Länders meldet sich direkt zurück, will morgen hier erscheinen. Er hat eine tolle, warme Stimme. Zum ersten Mal seit Wochen verspüre ich wieder Hoffnung.

»Er kann Menschen besser aufspüren als wir, Andrew. Er hat eine spezielle Ausbildung in Amerika durchlaufen. Ich würde sagen, dass er genauso tödlich ist wie unser kleiner Joy. Tödlich und gnadenlos. Und er wird deinen Jungen finden!«

Er kommt extra von Hamburg nach Berlin, nur, weil Justin ihn darum gebeten hat?

»Nein. Kai arbeitet im Moment in Berlin, um einen neuen Auftrag auszuführen. Außerdem müssen die Brüder hier noch einiges erledigen, bis ihre zweite Geschäftsstelle hier läuft!«

Ungläubig stelle ich mir gerade die Frage, ob Justin in diesen Kai verliebt ist? Justin schüttelt den Kopf, murmelt, dass es Jonas Länders sei. Ich muss meinen Freund einfach mal in die Arme nehmen, drücke mich an ihn. Er murmelt, dass er es überstehen wird, sobald er den Mistkerl eingefangen hat. Leise lache ich auf.

Zwei Männer, die sich verliebt haben. Zwei Kerle, die geflüchtet sind. Sie einzufangen bestimmt ab sofort unser Leben. Sollte dieser Junge irgendwann in meinen Armen liegen, bekommt er für die schmerzliche Zeit, die ich ihn gesucht habe, den Arsch versohlt, dass er es nie vergessen wird, wer sein Herr ist. Ich werde Anspruch auf ihn erheben und er wird wissen, dass ich es bin, der ab sofort über sein Leben bestimmen wird. Noch nie hatte ich das Verlangen, einen Mann mehr als nur für eine Nacht zu besitzen. Ihn aber will ich in- und auswendig kennenlernen. Allein die Vorstellung, dass er vor mir kniet, mich anbettelt, ihn zu benutzen, lässt mich laut aufstöhnen vor unerfülltem Verlangen. Sollte er dann endlich in meinen persönlichen Besitz übergehen, bekommt er zu spüren, mit wem er es zu tun hat.

Am anderen Morgen steht Kai Länders vor mir. Ich kann Justin voll verstehen. Sollte sein Bruder Jonas ihm nur ein klein bisschen ähneln, würde ich ihn mir schnellstens schnappen und ans Bett ketten. Kai hat tolle Augen und er verschlägt mir den Atem. Nie weiß ich, ob seine Iris blau oder grün ist. Sein dunkelrotes Haar ist hier im Club der Renner. Er bekommt viele Angebote, lehnt sie jedoch alle freundlich ab. Fragend hebe ich die Augenbrauen, als er zugibt, dass es in Hamburg jemanden gibt, der Jagd auf ihn macht. Er will nicht, dass er Raven hier aus dem Knast holen muss, nur, weil er einem anderen schöne Augen gemacht hat. Ein besitzergreifender Mann, sein Partner! Aber ich kann ihn verstehen.

Kai ist toll und mit seiner Hilfe kommen wir langsam voran. Eins nur irritiert uns sehr. Jedes Mal, wenn er sich unseren Jungs nähern will, gehen sie laufen. Hm, ich sollte sie mal zusammen in einen Raum einsperren. Bevor ich aber dazu komme, ruft mich Devil zu sich.

Kapitel 13

Jan

~~*~*

Die Jungs erzählen, dass sich mein Schwarm nach mir erkundigt hat. Echt? Nach mir? Mein Herz klopft dabei ganz aufgeregt. Ich spüre warme Röte, die sich auf meinem Gesicht ausbreitet. Sie machen sich einen Spaß daraus, warnen mich jedes Mal, sobald er in der Nähe auftaucht und auf der Jagd nach mir ist. Sieht er wirklich so toll aus, wie er in meinen Träumen aussieht? Ich war schließlich etwas zu sehr durch sein heiseres, geiles Stöhnen abgelenkt gewesen.

Nur, was will er bloß von mir? Ich kenne ihn doch überhaupt nicht. Jedenfalls habe ich keine Erinnerungen an ihn, außer dass ich ihn hier im Darkroom getroffen habe. Soll ich mich einfach mal trauen, auf ihn zugehen? Nein, ich kann das nicht. Schließlich kenne ich den Kerl nicht.

Max erzählt gerade voller Freude, dass er an der Theke steht, dass er gut riechen würde und einfach nur toll aussieht. Er ist hier? Mein Herz klopft plötzlich wild in der Brust. Mutig schleiche ich zur Tür, öffne sie einen Spalt. Gierig gleitet mein Blick über ihn. Lässig lehnt er an der Bar. Sein unruhiger Blick schweift durch den Club. Er sieht besser, männlicher aus, als ich ihn in Erinnerung habe. Dieser Mann ist wirklich ein imposanter, großer Kerl. Ihn würde ich niemals von der Bettkante schupsen. Ob ich zu ihm gehen soll? Hm, ich traue mich nicht und das ist ein großes Problem. Er schüchtert mich mit seinem souveränen Auftreten etwas ein. Irgendwie erinnert er mich an einen Mann, den ich kenne. Nur an wen bloß? Ich überlege, versuche mir das Gesicht in Erinnerung zu rufen. Nichts zu machen. Flüchtig kommt mir Devil in den Sinn. Beide haben dieses südländische Aussehen. Stundenlang habe ich mir schon den Kopf darüber zerbrochen, ob der Mann vielleicht auf der Spendengala gewesen ist, ich ihn dort getroffen habe. Vielleicht habe ich im Eifer der Aufregung nur nicht auf ihn geachtet! Dort war eine Unmenge toller Männer. Jeder davon wollte mir helfen, um mich von Igor zu befreien. Wäre er in meiner Nähe aufgetaucht, hätte ihn allein sein Parfüm verraten. Das hätte ich auf keinen Fall vergessen können.

Relaxt steht er an der Bar. Die Ellenbogen auf den Rand der Theke abgestützt. Viele Subs schwirren um ihn herum. Die dunklen Augen schweifen dabei immer durch den Raum, als würde er jemand für die Nacht suchen. Unglücklich schaue ich zu ihm rüber. Mein Herz klopft wild, weil ich mich so gerne in seine Arme schmeißen will. Und das macht mir höllische Angst.

Was, wenn er einen finden sollte, mich dabei vergisst? Oder die Jagd ihm zu anstrengend wird? Die Beine zittern und mein Mund wird ganz trocken vor lauter Eifersucht. Dabei kenne ich ihn gar nicht. Die Jungs haben dies bemerkt und beschützen mich vor ihm. Wäre ich nicht zu feige, würde ich die Chance ergreifen, auf ihn zugehen. Dann würde ich endlich erfahren, ob ich wirklich der Junge bin, den er sucht, schauen, was dann mit uns passiert. Oh, ich würde ihn zu gerne näher kennenlernen.

Immer wenn ich im *Club Red* arbeiten muss, ruft einer meiner Freunde an, erzählt mir, dass er aufgetaucht ist. Das Herz spielt verrückt, die Nerven vibrieren. Eine innere Unruhe erfasst mich. Für Stunden bin außer Gefecht gesetzt, kann an nichts Anderes als an ihn denken. Er ist mir so nah und doch so fern. In der Hoffnung, dass er mich endlich findet, mich von meinem Leid erlöst. Jaydan hat jedes Mal eine Menge Arbeit, um mich zu beruhigen. Dabei weiß ich noch nicht mal, warum ich so stark auf ihn reagiere.

Kopfschüttelnd mache ich mich an meine Arbeit. Statt durch den Club zu gehen, gehe ich durch die Tür zum Personaleingang. Ich überprüfe ganz penibel, ob im Darkroom und in den Toiletten auch alles vorhanden ist. Hinter seinem Rücken schleiche ich zurück, schlüpfe in meinen kleinen, persönlichen Raum. Aufatmend, dass er mich nicht entdeckt hat, setze ich mich an den Tisch, lege die Stirn darauf, versuche meine innere Mitte zu finden. Nach ein paar Minuten atme ich tief ein, nehme mir die Bücher zur Hand, um für die letzten, schriftlichen Prüfungen zu lernen. Die mündlichen sind ein paar Wochen später, daher habe ich etwas Zeit, um alles noch mal durchzugehen, damit jede Antwort auch richtig ist. Sollte ich die Tests schaffen, kann ich vielleicht bei Adrian eine Stelle bekommen und endlich mal richtig viel Geld verdienen. So vergeht noch eine Nacht, ohne dass ich die Chance ergreife, mich von diesem fremden Mann finden zu lassen.

Verdammter Igor Popow. Ich hasse ihn mit einer Leidenschaft, die mich schon ängstigt.

Er ist schon wieder hier in Berlin aufgetaucht, hat nach mir gesucht. Wegen seiner Gier, mich zu besitzen, verstecke ich mich weiterhin vor ihm. Ich bin wirklich ein ganz großer Feigling! Mutlos streiche ich mir mit der Hand durch das Gesicht, schließe die Augen. Tage vergehen, ohne dass ich was von diesem Irren höre. Hoffnung taucht auf, dass Igor irgendwann aufgeben wird. Was ist mit meinen Träumen nach dem perfekten Master? Was, wenn mein Traummann ein Lakai von Igor ist? Erschrocken setze ich mich gerade auf. Nein, das hätten die Jungs erfahren und mich rechtzeitig vor ihm gewarnt.

Voller Freude klopft das Herz, als Elija mit einem Augenzwinkern erzählt, dass er bei ihm im Café war, sich nach mir erkundigt hat. Mit weit aufgerissenen Augen schaue ich ihn an. Ich bin unsicher, was diesen Mann betrifft. Noch nie habe ich solche Gefühle empfunden und das für einen völlig Fremden. Mich zu verstecken ist nicht der richtige Weg. Das weiß ich selbst!

Trotzdem habe ich einen Entschluss gefasst. Nach langen, schlaflosen Nächten habe ich beschlossen, meinen Traum zu begraben. Die Angst, wieder auf einen Mann hereinzufallen, der mir nicht das geben kann, was ich brauche, ist immer allgegenwärtig. Daher nehme ich meinen Freunden schweren Herzens das Versprechen ab, mich nicht an ihn zu verraten. Komme was wolle. Bis jetzt haben sie es gehalten und mir im Gegenzug nichts mehr von ihm erzählt. Warum auch, wenn ich nichts mit diesem Mann zu tun haben möchte! Sie sagen mir das prompt ins Gesicht, als ich nachfrage. Schnaubend hole ich Luft, schaue sie alle böse an. Natürlich interessiert es mich brennend, was dieser Mann alles treibt. Würde ich das vor ihnen zugeben? Nein! Bloß nicht.

Aber ich frage trotzdem nach und erhalte nur ein Grinsen zurück. Sie geben mir keine Auskunft mehr. Innerlich tobt ein Feuer in mir, das mich langsam verzehrt. Eisern schweigen sie! Warum erklären sie mir denn nicht einfach, wieso der Kerl so hartnäckig hinter mir her ist? Sie schauen sich nur grinsend an!

Dass ER nicht aufgibt, imponiert mir enorm. Das Einzige, was sie mir zuflüstern, ist, dass die anderen ihn Sir Andrew nennen und dass er vor langer Zeit mal hinter Jessy her war. Na toll. Wenn er hinter Jessy her war, was will er dann von mir?

Jedes Mal, wenn er im Club auftaucht, kommen die Jungs zu mir ins Büro. Wir sitzen dann zusammen, damit ich abgelenkt bin. Dabei erzählen sie mir den neusten Klatsch. Heute Abend habe ich von Joy erfahren, dass ihm dieser Andrew gerade eben über den Weg gelaufen ist. Echt? Er ist hier? Direkt bekomme ich feuchte Hände und rote Wangen. Aufgeregt schaue ich sie mit weit aufgerissenen Augen an. Jessy grinst nur, meint, dass ich seine Brüder kennen würde. Mit einem großen Fragezeichen im Gesicht schaue ich ihn an. Hm, das würde ich aber wissen. Oder? Ich bin kein Gast hier, sondern arbeite, und das im Hintergrund. Hier kennt und sieht mich keiner. Wie und wo also sollte ich seinen Brüdern über den Weg gelaufen sein?

Ich zerbreche mir den Kopf, doch nichts zu machen. Als ob so ein göttlicher Adonis sich für mich interessieren würde.

Für eine schnelle Nummer bestimmt, aber als Partner? Jaydan lacht laut auf, als ich dies vor mich hin murmele.

Er räuspert sich und beichtet, dass sein Bruder kein einfacher Mann wäre, sondern halt ein Master. Entsetzt schaue ich ihn an und mir vergeht das Lachen. Schockiert höre ich, wie er es noch mal wiederholt, dass Sir Andrew sein Bruder wäre. Ich kann es einfach nicht glauben! Oh, bitte nicht! Der Kerl ist sein Bruder? Echt jetzt? Siedend heiß fällt es mir ein. Wo war ich die ganze Zeit bloß mit meinen Gedanken?

Andrew Sanchez.

Der einzige Bruder, den ich noch nicht kennengelernt habe. Wann dachte Jaydan mir dies mitzuteilen? Wenn ich mit dem Kerl im Bett liege oder was? Wütend schnaube ich auf. Sein »Ups« klingt in meinen Ohren nach, als er sich schnell aus dem Staub macht. Er gehört zur Familie Sanchez? Scheiße! Da sind ja auch noch Damian und Devil. Ich schlage mir die Hand vor das Gesicht. Natürlich! Jetzt fällt es mir schlagartig ein.

Er sieht Devil sehr ähnlich. Wenn ich mir die langen Haare wegdenke, dann erkenne ich es. Mist! Noch so ein von sich überzeugtes, eingebildetes, arrogantes Mannsbild, das denkt, dass sie die Männerwelt beherrschen, was sie ja auch tun. Das muss ich neidvoll gestehen. Außer Daniel Laurin und Dante Alvarez sowie Devil Sanchez kann ihnen in der Szene keiner den Rang ablaufen. Das muss ich erst mal verdauen.

Oh bitte, nicht doch, Jan!

Langsam begreife ich. Innerlich schüttele ich den Kopf. Nicht schon wieder einer von denen! Sie spielen mit dir und schmeißen dich anschließend weg. Das, was ich von den Brüdern hier in den Clubs erfahren habe, reicht mir. Dominant, besitzergreifend, bestimmend. Sie kennen keine Gnade und sie sind verdammt männlich!

Innerlich zittere ich. Trotzdem will ich wissen, was er von mir will.

Jetzt hat Jaydan mich wirklich neugierig gemacht.

Vorsichtig frage ich die nächsten Tage die anderen Subs aus, erfahre nochmals, dass er von allen »*SIR ANDREW*« genannt wird. Nun will ich erst recht mehr über ihn erfahren. Viele Jungs reden über die Brüder und ich sperre die Ohren weit auf.

Devil und Dante werden nur leise genannt. Bei Angelo und Andrew herrscht Schweigen. Sie schauen mich an und ihre Augen leuchten voller Gier auf. Also bohre ich tiefer, erfahre, dass beide Männer das Spiel mit der Peitsche lieben. Andrew noch mehr als Angelo. Dich in Andrews Hände zu begeben heißt dich fallen zu lassen. Er ist strenger mit seinen Strafen, passt aber gut auf seine Jungs auf, sorgt dafür, dass sie die Session auch genießen.

Hinter vorgehaltener Hand tuscheln sie, dass er hart, aber gerecht wäre.

Warum erzählen sie mir das alles? Ich kenne ihn doch gar nicht näher. Obwohl? Mein Kopf brummt und Neugier breitet sich aus. Einer der Jungs schaut mich an, sagt, dass ich genau wie sie wäre und bestimmt auf meine Kosten kommen würde. Was? Wovon redet er bloß? Als ob ich mich auf einen der Sanchez-Brüder einlassen würde.

Kann man es etwa von meiner Stirn ablesen, dass ich nicht wie ein normaler Junge fühle? Ich würde liebend gerne vor einem Master knien. Nur muss er es auch wert sein. Er müsste mich mit Liebe und viel Geduld erziehen, seine Strafen gerecht sein. Doch das Wichtigste wäre, dass er nur mir gehören würde. Ich teile nicht, nie! Wenn er nur eine Nacht möchte, auch kein Problem. Trotzdem strebe ich nach einem Master, der mich für sich allein will, und keinen, der nur für eine Nacht mit mir spielt. Ich weiß, das sind einfach nur die armseligen Träume eines verletzten, scheuen Mannes, der von dominanten Kerlen nur das Schlechte gesehen und erfahren hat. Dabei will ich einen Herrn, der sich nach einer lustvollen und schmerzhaften Session um mich kümmert, die Wunden versorgt und zusammen mit mir danach noch kuscheln will. Das ist es, was ich nach einer harten Bestrafung brauche, um geerdet zu werden. So einen Mann würde ich nie, niemals hergeben, ihn mit allen Mitteln, die mir zur Verfügung stehen, verteidigen.

Daher will ich von Jaydan wissen, was für ein Mann sein Bruder ist. Je mehr er mir erzählt, umso heftiger klopft mein Herz. Fasziniert höre ich zu. Dieser Andrew wäre einfach nur perfekt für mich, wenn … Igor nicht wäre. Seufzend lasse ich die Schultern sinken, begrabe den Traum von einer tollen SM-Beziehung. Dass ich mehr als ein Sub bin, weiß ich seit ein paar Jahren. Deswegen bin ich auf der Straße gelandet, dabei direkt in Igors Armen gelaufen.

Traurig schlage ich die Hände vor das Gesicht, presse mich gegen Jaydan, weine wegen dieser unerfüllten Sehnsucht, den perfekten Master zu treffen, der mit mir kompatibel ist. Dass es einen gibt, der zu mir passt, habe ich bei meinen Freunden gesehen.

Jaydan flüstert, dass ich mich trauen sollte. Andrew wäre ein toller Master, nicht mit Igor zu verwechseln. Seit Igor mich in seinen Klauen hatte, ist mein Verlangen irgendwie erloschen. Ich spüre nichts mehr, außer ich sehe in meinen Erinnerungen ein Paar wundervolle dunkle Augen, die mich regelrecht verschlungen haben, dass mir warm wurde.

»Bilde dir deine eigene Meinung, Jan. Lerne meinen Bruder kennen. Du wirst es bestimmt nicht bereuen. Das schwöre ich dir!«

Ich traue mich einfach nicht, brauche mehr Zeit. Jaydan versteht das, zieht mich fester an sich heran. Um mich von seinem Bruder abzulenken und weil ich heute Abend freihabe, bin ich mit den Jungs im *Club Red* verabredet. Ihre Männer haben ihr berühmtes Pokerspiel, das diesmal gegenüber im *Club Black* stattfindet. Ich freue mich schon die ganze Woche darauf. Endlich mal nur ein Gast sein. Die Türsteher wünschen mir viel Spaß, zwinkern mir zu und öffnen die Eingangstür. Ich schaue mich um, entdecke, dass alle Freunde da sind. Unerwartet steht Damian vor mir, verdeckt mit seinem Körper die Aussicht auf die Theke. Er fragt, ob ich Kim in letzter Zeit gesehen hätte. Röte überzieht meine Wangen. Beschämt senke ich den Kopf. Er hat abgenommen, hat dunkle Ränder unter den Augen. Mein Herz klopft schmerzhaft auf und beinahe hätte ich ihm gestanden, wo sich Kim aufhält. Im letzten Moment beiße ich mir auf die Lippen. Dass er meinen Freund liebt, kann ich erkennen, trotzdem schweige ich. Kim hat mir gestanden, dass er Damian ebenfalls liebt. Ich sollte ihn anrufen, erzählen, dass sich Damian nach ihm sehnt. Solange Kim untergetaucht ist, kann er sich ja auch nicht bei ihm entschuldigen. Das ist so eine verzwickte Situation. Am liebsten würde ich Damian alles beichten.

Ich drehe mich um, suche meine Freunde auf der Tanzfläche. Nanu? Wo sind die denn alle? Gerade will ich den Weg zur Bar nehmen, als ich erstaunt zur Theke schaue. Wie auf ein geheimes Kommando lassen sich die Jungs auf die Knie fallen. Erschrocken will ich zuerst flüchten, als mein Blick wie magisch zu dem Mann geht, neben dem Jessy gerade demütig kniet. Er steht mit dem Rücken zu mir, ist groß, breitschultrig und ich bin … verloren! Das Herz donnert in den Ohren, weil es zu ihm möchte. Ich schlucke schwer. Oh ja, das ist er! Der schönste, imposanteste Master in meinen Augen. Er dreht sich zu Elija um, schaut ihn drohend an. Oh mein Gott, ich erkenne ihn. Verflucht, das ist Jaydans Bruder? Der Mann, der mich im Darkroom mit nur einem Blick auf der Stelle gebannt hat, dass ich keinen Muskel mehr bewegen konnte? Der Mann, der wie ein Bluthund hinter mir her ist? Er stand immer vor der Theke, beobachtete den Raum. Und das wochenlang!

Ich habe ihn echt für seine Ausdauer bewundert. Trotzdem bin ich ein Feigling, weil ich mich nicht getraut habe ihn anzusprechen. Diesen Mann nur aus der Ferne anzuhimmeln, löscht das Verlangen in mir nicht, sondern entfacht es zu einer Feuersbrunst.

Erschrocken zucke ich zusammen, als er die Peitsche knallen lässt. Bei diesem Geräusch macht das Herz einen weiteren schnellen, harten Schlag gegen die Rippen. Genau das habe ich mir immer im Traum vorgestellt. Schlanke Finger, die sich um eine Peitsche legen, sie meisterhaft beherrschen. Selbstbewusst steht er vor meinen Freunden. Er spielt mit ihrer Angst und mein Blick wandert automatisch zu seinen Händen, die sich fest um den Ledergriff geschlossen haben. Magisch werde ich davon angezogen, richte meine ganze Aufmerksamkeit auf das, was gerade an der Theke geschieht. Warum nur knien sie alle vor ihm und wieso traut sich keiner nach oben zu schauen? Verwirrt schaue ich sie an. Was ist hier bloß passiert?

Mein Blick irrt zwischen den Jungs und der Peitsche hin und her. Röte überzieht das Gesicht allein bei den unzüchtigen Gedanken, die ich habe. Mich macht das an. Und wie! Nur der Gedanke reicht schon, dass dieser Kerl mein Master sein könnte, ich derjenige, der devot vor ihm kniet. Keiner der Jungs traut sich was zu sagen. Ihre Männer stehen geschlossen an der Bar, schauen erbost auf ihre gesenkten Köpfe. Sollten sie nicht alle im *Club Black* sein und dort pokern? Erstarrt stehe ich neben Damian. Regungslos schaue ich zur Bar runter. Am liebsten würde ich mich hinter Damians breiten Rücken verstecken. Ich sollte mich davonmachen und ihn nicht gierig, voller Lust anstarren. Solche Probleme kann ich im Moment wirklich nicht gebrauchen.

Trotzdem stehe ich erstarrt auf der Treppe, traue mich nicht, näher zu kommen. Ich versuche diesen souveränen Kerl unauffällig zu studieren. Endlich sehe ich alles und das, was ich erkenne, ist heiß!

Auch dass er einen Kopf größer ist, finde ich erregend. Locker hält er die Peitsche in der Hand, spielt damit. Er ist kein Amateur. Anscheinend kennt er sich bestens damit aus.

Jan, verflixt, was denkst du denn da?

Hast du denn nicht schon genug unter Igor erlitten? Obwohl dieser Andrew die Peitsche handhabt wie ein Profi, wird er mir auch Lust damit schenken können, nicht nur Schmerzen?

Mein ganzer Körper fängt an zu kribbeln, die Nerven zucken unkontrolliert. Hart schlucke ich, als ich mir vorstelle, dass ich nackt vor ihm stehe, erregt und voller Lust. Wie er mit der Peitsche in der Hand um mich herumgeht, damit die bebende Haut liebkost und bestraft. Dieser Lustschmerz wird bestimmt alles übertreffen, was ich bis dato erlebt habe. Das ist nicht viel, weil ich Igor rigoros aus meinen Gedanken streiche.

Die absolute Macht, die der Mann gerade ausstrahlt, lässt auch alle anderen zurückweichen. Allein seine dominante Aura ist überwältigend. Ich kann einfach die Augen nicht von ihm abwenden. Nun weiß ich, warum die Jungs die ganze Zeit nicht wollten, dass ich ihn kennenlerne. Sie dachten, ich wäre noch von Igor geschädigt, dass ein neuer Master bestimmt nicht das Richtige für mich gewesen wäre. Außerdem habe ich mich ja auch noch vor ihm versteckt. Ich war nicht bereit für einen solch dominanten Mann, wie er einer ist. Nur, bin ich das jetzt? Er wird mich mit Haut und Haaren verschlingen. Mir dabei keine Gnade gewähren.

Er dreht das Gesicht zur Tanzfläche und nun kann ich ihn genauer betrachten. Sein Gesicht ist schmal, die Nase gerade. Ein leichter dunkler Bartschatten ziert die braunen Wangen. Ich erkenne, dass meine Flucht hier zu Ende ist. Weglaufen ist zwecklos. Er ist ein Jäger, der, wenn er seine Beute direkt im Visier hat, nicht aufgeben wird, bis er sie erlegt hat.

Im Moment scheint er ziemlich zornig auf meine Freunde zu sein. Demütig haben sie ihre Köpfe gesenkt. Andrews Gesichtszüge sind streng, die Lippen fest zusammengepresst. Der schmale Körper angespannt wie eine Feder. Nur ein verkehrtes Wort und er wird explodieren. Aufgebracht wandert er hin und her, schreit die knienden Jungs an, lässt die Peitsche knallen. Er ist in seiner Wut das schönste Mannsbild, das ich bis jetzt gesehen habe. Nicht, dass er herausbekommen hat, dass meine Freunde die ganze Zeit ihre schützende Hand über mich gehalten haben. Oh, das würde mir aber verdammt leidtun.

Kapitel 14

Andrew

\~\~*\~*

Verdammt! Nur weil Damian sich mit Kim zerstritten hat und seit Wochen schon zu nichts zu gebrauchen ist, soll ich für ihn nach Las Vegas fliegen. Langsam sollte er sich mal überlegen, dass er für seinen Mist geradestehen muss. Er und sein blödes Misstrauen. Ich verstehe ihn ja. Schließlich hatte sein damaliger Freund ihn mit einer Frau betrogen. Ich hatte ihn ja noch gewarnt. Bei einem Mann, der bisexuell ist, hast du gleich zwei Probleme am Hals. Die Kerle und die Weiber, in die sich dein Mann verlieben könnte. Wenn dieser Arsch wenigstens mit offenen Karten gespielt hätte.

Nun sieht Damian hinter jeder Person einen Rivalen. Obwohl ich seinen Jungen nur kurz gesehen habe, wusste ich direkt, dass er schwul und nicht bi ist. Seufzend beschließe ich die eigene Jagd hintanzustellen und erst das Geschäftliche abzuwickeln.

Mit ruhigem Gewissen fliege ich nach Nevada, weil ich hier zwei Männer habe, die das Suchen ab sofort für mich übernehmen werden.

Justin bringt mich jeden Tag telefonisch auf den neusten Stand. Trotzdem bin ich nicht relaxt genug, wenn es darum geht, dass Lieferanten sich nicht an ihre Verträge mit uns halten. Heute hat einer echt den Rekord gebrochen und ich bin ausgerastet. So schnell ist noch nie ein Kerl aus meinem Büro gelaufen und die Sekretärin direkt hinterher. Mann, bin ich sauer.

Seufzend lasse ich mich zurück in den Stuhl fallen. Muss Devil sich auch immer mit solchen Idioten herumschlagen? Was ist daran so schwierig, einen Vertrag zu erfüllen?

Schließlich hatten sie genug Zeit, um das Gewünschte zu beschaffen. Und was machen sie? Schicken mir einen Stellvertreter, der mir minderwertige Ware andrehen will. Nicht mit einem Sanchez.

Und die wundern sich im Nachhinein, dass ich ausflippe. Sollte die Firma keine Termine einhalten, was will ich dann mit ihnen? Bei der ersten Hürde wird das Handtuch geschmissen und wir stehen ohne Ware da. Ich will einen Lieferanten, auf den wir uns zu einhundert Prozent verlassen können, sonst suche ich eben einen neuen Geschäftspartner. Die gibt es hier in Las Vegas wie Sand am Meer. Endlich ist das Geschäftliche abgeschlossen und der Rückflug geht morgen früh. Heute Abend genehmige ich mir zum Abschluss noch einen Kerl, freue mich dann auf mein Zuhause.

~~*~*

Der Kopf schmerzt und ich werde bestimmt ein paar Stunden damit verbringen, den Whisky zu verfluchen, den ich gestern zu viel genossen habe. Auch der Abstecher in den Darkroom war nicht berauschend. Nun, ich kann halt nicht alles haben. Guten Whisky und einen guten Fick.

Endlich spüre ich wieder Heimaterde unter den Füßen, als ich den Firmenjet verlasse. Ich hoffe, dass Justin die Mail bekommen hat und mittlerweile weiß, wo der Junge ist. Der Kleine mit den wahnsinnig schönen Augen! In all meinen Träumen bettelt er mich regelrecht mit seiner sexy Stimme an, dass er kommen darf. Uh, jetzt laufe ich mit einem harten Ständer durch die Gegend. Das wird wohl ein Dauerzustand werden, bis ich die Herausforderung, ihn mir einzufangen, endgültig beende oder aufgeben werde.

Nach fast zehn Tagen bin ich froh im eigenen Bett zu schlafen. Ich liebe Las Vegas. Sie ist eine umwerfende, aber auch nervenaufreibende Stadt. Berlin jedoch ist meine Heimat.

Kaum bin ich zu Hause, steht Justin vor mir, erklärt, dass sie ihm näher gekommen sind. Er beklagt sich aber, dass die Jungs Kai aus dem Weg gehen und keine Fragen beantworten wollen. Sie schweigen, schauen immer zuerst im Club nach, ob keiner von uns in der Nähe ist, bevor sie ihn betreten. Langsam kommt mir der Verdacht, dass sie mit uns Katz und Maus spielen und das schon seit einer verdammt langen Zeit. Wehe, das stimmt, dann gibt es keinen Ort mehr, wo sie sich vor mir verstecken könnten.

Zuerst einmal braucht mein Körper etwas Schlaf, um sich vom Jetlag zu erholen. Erschöpft falle ich ins Bett, schließe die Augen. Direkt taucht sein Bild vor meinen geschlossenen Lidern auf. Fast bin ich so weit, dass ich die Suche beenden will, wenn nur die Träume nicht wären. Sie werden wilder, erotischer, weil mir der Kerl einfach nicht aus meinem Kopf geht. Dieses erstickte Wimmern, als er mich entdeckte, hat mich mehr berauscht als ein guter alter Whisky. Obwohl ich mir in Vegas ab und zu einen Kerl gönnte, bekam ich nur einen Orgasmus, wenn ich an ihn gedacht habe. Ich redete mir ein, dass es sein kleiner, geiler Hintern wäre, den ich erobere.

Danach schwöre ich mir, dass ich nicht aufgeben werde, so lange suche, bis ich meinen Jungen finde. Und sollte es Monate dauern.

Die Sache mit Jessy hat mir lange genug zu schaffen gemacht. Er war der Erste, bei dem ich mir vorstellte, dass es was Ernsteres werden könnte. Ich liebe ihn heute wie einen Bruder. Ab und zu ärgern wir Dante, bis er vor Eifersucht platzt. Jessy bewegt sich die anderen Tage danach immer sehr vorsichtig. Lachend schaue ich zu, als er bei unserem Treffen im Stehen isst. Selbst schuld. Allein das zu sehen, treibt mir den Schweiß auf die Stirn. Ein Gefühl von Neid überkommt mich und … Nein, ich gönne es Dante.

Sobald ich etwas geschlafen habe, werde ich Justin unterstützen und die Jagd nach dem kleinen unbekannten Twink erneut aufnehmen. Diesmal wird er keine Chance bekommen, um vor mir wegzulaufen. Wenn es sein muss, fange ich ihn mit der Peitsche ein. So wahr mir Gott helfe.

~~*~*

Seit einer Woche bin ich nun in Berlin. Weder Justin noch Kai kommen einen Schritt weiter. Nur die Jungs weichen uns weiterhin aus, kommen kaum noch zum Tanzen in die Clubs, was mich stutzig macht.

Bis jetzt haben wir jede Bar und Kneipe hier abgesucht. Keiner kann sich an meinen Jungen erinnern. Gott sei Dank kommt Devil morgen heim. Er war für ein paar Tage in Paris, um sich einen neuen Club anzuschauen, der für uns interessant wäre. Vielleicht kennt er den Kleinen ja! Langsam geht mir die Puste aus. Ich bin fix und fertig, schlafe schlecht. Der Appetit hat auch nachgelassen und die Hosen werden mir zu weit. Justin beschwert sich, dass die Jungs uns ausweichen, er keine Chance hat, mit ihnen zu reden. Sie rennen immer schnell weg, sind dann nicht mehr aufzufinden. Mag der Teufel wissen, wo die sich verstecken!

Hätte ich da schon gewusst, dass sie sich mit meinem Jungen in unserem Club versteckt halten, ich wäre ausgerastet, hätte sie alle vermöbelt. Und das ohne Ausnahme!

So aber steigt die Wut in mir drin unaufhörlich an.

Gleich bin ich bei ihnen, dann hat das Versteckspiel ein Ende. Ich werde sie alle in Ketten legen, um endlich Antworten zu bekommen. Kai äußert die Vermutung, dass sie den Jungen vor mir verstecken. Sollte sich das bewahrheiten, dann können sie was erleben. Ich bin wütend, nein, ich bin stinksauer. Wenn sich der Verdacht von Kai bestätigt, können sie alle was erleben.

Kaum sehen sie uns im Eingang stehen, sind sie wie von Geisterhand verschwunden. Keiner weiß, wo sie sich aufhalten. Sie sind weder bei Max noch bei Elija im Café aufgetaucht.

Kai ist da anders. Er verbeißt sich regelrecht in seine Aufgabe. Wenn er mich mit diesen seltenen Augen anschaut, denke ich jedes Mal, er kann mir bis in meine Seele schauen. Er weiß, dass ich verzweifelt bin und greift nun zu illegalen Mitteln. Er schleicht sich bei den Jungs von hinten an, erobert ihr Vertrauen und zeigt schließlich sein wahres

Gesicht. Das ist so faszinierend zu sehen. Er ist dann ein ganz anderer Mensch. Es dauert nur ein paar Stunden und er hat sie zu uns in den *Club Red* gelockt. Er erzählte Max, dass er zu einem Pokerabend im *Club Black* eingeladen wäre, sich darauf freuen würde. Nun denken sie, dass sie einen freien Abend haben, sich im *Club Red* amüsieren könnten, ohne mit uns zusammenzustoßen. Na, wenn sie sich da mal nicht irren.

Kai hat als Verstärkung ihre Männer zusammengetrommelt, weil er zu genau weiß, dass sie sich dann nicht trauen wegzulaufen. Endlich haben wir sie alle eingefangen. Sie stehen mit dem Rücken zur Bar, als wir ihnen den Fluchtweg versperren. Erschrocken fahren sie herum, als ich vor ihnen stehe, Antworten haben will. Panisch schauen sie mich an, wollen ausweichen. Doch ihre Männer unterbinden ihre Flucht. Noch nie habe ich gesehen, dass sich so viele Subs wie auf ein Kommando vor mir auf die Knie geworfen haben.

Nun aber ist es zu spät für sie. Schlagartig wird es gespenstig ruhig im Club. Die Musik verstummt und alles schaut zu uns rüber.

Bis auf Max senken sie alle ihren Blick, haben vor lauter Verlegenheit rote Ohren. Elija schaut auf und ich erkenne, dass er Max anstößt, ihm etwas zuraunt. Kai hat sie genau beobachtet, stellt sich vor Elija, zieht den Kleinen von den anderen weg. Noch mal fragt er, ob er den Jungen vielleicht kennen würde? Vehement schüttelt er den Kopf, bis sein Mann Eric Farber auftaucht, sich vor ihn hinstellt. Nur ein Wort verlässt seinen Mund.

»Elija!« Hart, streng, ohne Gnade. Bittend schaut der Kleine ihn an. Eric lässt ihn nicht von der Leine. Allein der Blick, den er Elija zuwirft, ist eiskalt. Ich will zu ihnen, will wissen, was da abgeht, als mein Bruder mit Kevin im Club auftaucht. Direkt überfalle ich Devil, beschreibe ihm den Jungen. Er überlegt, legt die Stirn in Falten, schüttelt anschließend den Kopf. Aus dem Augenwinkel sehe ich, dass Kevin panisch zu den Jungs schaut, den Blick senkt. Nervös knetet er die Hände, schluckt, versucht nun allen Blicken auszuweichen. Sein Kopf senkt sich tiefer und der Adamsapfel hüpft aufgeregt, als er mehrmals versucht zu schlucken. Röte überzieht seine Wangen.

Was geht hier bloß vor? Auf der anderen Seite redet Kai mit Elija. Der Kleine steht mit rotem Kopf vor ihm, schaut fragend zu seinen Freunden. Eric spricht ein Machtwort und schon kullern die ersten Tränen über die Wangen. Devil lenkt mich ab, als er die Augen zusammenkneift, auf Kevins gesenkten Kopf schaut, laut seinen Namen ruft. Dieser ignoriert ihn, lässt sich auf die Knie fallen, legt die Stirn auf Devils Füßen ab. Erst als mein Bruder die Stimme hebt, hart in sein Haar greift und Kevins Gesicht nach oben zieht, öffnet er die Augen. Streng schaut er ihn an. Eine zarte Röte erscheint auf Kevins Wangen. Er hebt den Kopf und die grünen Augen schauen mich flehend an. Erst als Devil »Kevin Sanchez!« ruft, ihn nach dem Jungen fragt, rinnen auch bei ihm Tränen über das Gesicht. Erstaunt schauen wir zu ihnen. Seufzend lässt er Kevins Haare los, befiehlt ihm, mir alles zu erzählen. Zögernd hebt er den Kopf, schaut auf meinen Mund statt in meine Augen. Nun bin ich es, der in sein Haar greift, will, dass er mich anschaut.

Er schluckt und dann überschlagen sich die Worte.

Natürlich habe ich gehört, was damals beim Galadinner passiert ist. Schließlich war das tagelang Gesprächsthema Nummer eins in allen Clubs. Dass es sich dabei aber um den Mann handelt, der hier im Darkroom arbeitet, lässt mich fassungslos zu den Jungs rüber schauen.

Diese verdammte Bande von … ich hätte es wissen müssen, dass die Jungs ihre Finger mit im Spiel hatten. Wie sie immer flüsterten, wenn ich sie gefragt habe, und danach direkt fluchtartig den Club verließen.

Noch nie in meinem ganzen Leben war ich zorniger als gerade jetzt. Tief hole ich Luft, schreie die ganze angestaute Wut laut in den Raum. Alles zuckt erschrocken zusammen.

Die Jungs schauen zuerst panisch zu mir hoch, dann ihre Männer an. Sie wissen, dass sie eine Grenze überschritten haben. Da kann ihnen jetzt keiner mehr helfen.

Wutentbrannt drehe ich mich auf den Absatz herum, laufe in unser privates Spielzimmer, nehme mir die erstbeste Peitsche von der Wand, renne direkt zurück. Jetzt hält mich keiner mehr auf. Ich werde die ganze verfluchte Bande mit der Peitsche durch den Club jagen. Jetzt wird abgerechnet. Denken die denn, dass sie mit uns machen können, was sie wollen? Das war zu viel. Hier wurde mit meinen Gefühlen gespielt. Nun müssen sie dafür geradestehen. Wir sind diejenigen, die befehlen, und nicht sie. Wenn ihre Männer sie nicht in den Griff bekommen können, werde ich das gleich mal für sie regeln.

Als ich mit der Peitsche in der Hand auftauche, sie wütend knallen lasse, wird es schlagartig still. Alles schaut herüber. Ich bin wütend, voller Zorn. Als der erste Knall ertönt, schauen sie mich fassungslos an. Noch nie haben so viele Subs auf einmal ihren Kopf gebeugt. Und das vor einem einzigen Master.

Bebend, voller Rage stehe ich vor ihnen, würde sie am liebsten alle verhauen. Ihre Männer stellen sich etwas abseits, um mir zu signalisieren, dass ich ihre Erlaubnis habe, sie zu bestrafen. Nur will ich das? Jessy muss natürlich aus der Reihe tanzen. Bevor er weiß, wie ihm geschieht, fliegt sein Hut davon. Der Knall der Peitsche lässt ihn erschrocken zusammenzucken. Er schaut Dante an, erkennt, dass er zornig ist, ihn anschweigt. Die dunkelblauen Augen schauen Jessy strafend an. Er duckt sich, zieht den Kopf ein. Justin und Kai machen Platz, dass ich ausholen kann. Die Peitsche knallt über ihre Köpfe hinweg. Alle Jungs schauen entsetzt hoch. Wütend schreie ich sie an, stauche sie vor allen hier zusammen. Ihre Köpfe sinken immer tiefer. Joy atmet heftig ein, ballt die Fäuste, als ich vor ihm stehen bleibe. Oh, ich weiß, dass er am liebsten aufgesprungen wäre, um mich zu schlagen. Ich aber bin ein Master! Genauso wie sein Mann

Daniel. Joy wird sich hüten, mich herauszufordern. Langsam atme ich tief ein und aus, beruhige mich, weil ich zu genau weiß, dass ich sie sonst erbarmungslos verhauen würde. Ein Kribbeln im Nacken lässt mich über die Tanzfläche schauen. Irgendetwas beobachtet mich.

Ungläubig reiße ich die Augen auf, als ich ihn entdecke. Er versteckt sich hinter Damians Rücken, starrt mit seinen hellblauen Augen panisch zu uns rüber. Bevor er begreift, was passiert, marschiere ich einfach zwischen den knienden Jungs hindurch. Instinktiv machen mir alle anderen Männer Platz. Der Kleine weicht mit weit aufgerissenen Augen nach hinten aus. Wieder macht er einen Schritt zurück und schon wickelt sich die Peitsche um seine Taille. Unerbittlich ziehe ich ihn näher zu mir rüber.

Mein Herz rast, als ich seinen Duft einatme. Er stößt mit der Stirn vor meinen Brustkorb, bleibt steif vor mir stehen. Sanft umfasse ich sein Gesicht, kann mich nicht sattsehen. Fassungslos schaue ich in ein Paar hellblaue Augen. Ungläubig, dass er leibhaftig vor mir steht. Mit zittrigen Fingern berühre ich tatsächlich seine warme Haut. Das Verlangen, ihn zu küssen, nimmt überhand. Die Sehnsucht, die ich zu lange in mir verschlossen habe, bricht hervor. Hart presse ich die Lippen auf seine, will, dass er sich mir ergibt, demütig vor mir kniet und mich »Sir« nennt. Bilder, wie er gefesselt am Andreaskreuz steht, lassen mich alles um uns herum vergessen. Er gibt ein leises Wimmern von sich, als meine Zunge sich einen Weg zwischen seine Zähne bahnt. Sein spezieller Geschmack macht süchtig und er riecht einfach toll. Endlich halte ich meinen Jungen im Arm!

Sein leises Stöhnen holt mich in die Gegenwart zurück. Als ich von ihm ablasse, bin ich erregt wie noch nie in meinem Leben. Am liebsten würde ich mit ihm in den Darkroom verschwinden. Doch ich entscheide mich dagegen. Unser erstes Mal soll für ihn unvergesslich werden. Er verbirgt das heiße Gesicht an meinem Hals und leise lache ich auf. Er ist schüchtern, was mir sehr gut gefällt. Schnell ziehe ich ihn an die Bar, ignoriere die Jungs vor mir. Dante schaut böse zu Jessy und ich ahne, was heute Abend im Hause Alvarez geschehen wird. Die anderen Männer ignorieren ihre Subs einfach, als ob sie nicht vorhanden wären. Brav knien sie vor uns, halten alle ihren Blick gesenkt. Die Musik erklingt wieder und das Leben geht weiter.

Männer kommen zur Theke, umrunden die Jungs, bestellen sich was zu trinken. Joy hat rote Wangen, ballt die Fäuste. Sogar Sam versucht leise mit Angelo zu reden. Er schaut ihn nur an, bis Sam verschämt den Kopf senkt. Leise flüstert Ryan ihnen zu, dass er sie gewarnt hätte, dass so was passieren könnte, wenn ich es herausbekomme. Irgendwie imponiert mir ihre enge Freundschaft. Auch dass sie Toms Sklaven, Ryan, direkt in ihre Mitte aufgenommen haben. Sie beschützen sich gegenseitig, halten zusammen wie Pech und Schwefel. Wenn ich bedenke, dass es vor einem Jahr noch anders ausgesehen hat. Ein Paar zarte Hände legen sich auf meine, lenken die Aufmerksamkeit auf sein Gesicht. Ich schaue ihn an, denke noch, dass er wie ein Engel aussieht. Seine hellblauen Augen werden irgendwann bestimmt noch mal mein Untergang sein.

Kapitel 15

Jan

~~*~*

Alle halten die Luft an, keiner traut sich was zu sagen, weil alle Augen auf die Szene vor der Bar gerichtet sind. Die Stimmung ist voller Erwartung. Man spürt förmlich das Knistern in der Luft. Ein paar Männer in der Nähe fassen sich an ihren Schritt, scheinen Platzprobleme zu bekommen. Erwartungsvoll schaut alles zu Sir Andrew, hofft anscheinend, dass noch mehr passieren wird. Einer schaut zu mir rüber und nur, weil Damian in meiner Nähe steht, traut er sich nicht, mich anzumachen. Mein Blick geht automatisch zur Bar. Nie sah ich einen Mann, der dominanter, männlicher und herrischer in seinem Erscheinungsbild ist als er. Hinter mir wird leise sein Name gemurmelt.

»*Sir Andrew Sanchez!*«

Fassungslos schaue ich zu ihm rüber. Dort an der Bar, steht tatsächlich der Bruder von Jaydan. Dabei sieht er ganz anders aus. Kein Wunder, dass ich ihn nicht erkannt habe. Wenn Devil längere Haare gehabt hätte, könnten sie fast Zwillinge sein. Von seinem anderen Bruder, Damian, hat er die feinen Gesichtszüge. Nur dass Andrews Körper schlanker, agiler ist als der von seinen Brüdern.

Laut wimmere ich auf, spüre, dass sich mein Glied bei seinem Anblick versteift. Kleine Lustschauer rinnen über die Haut. Ehrfürchtig verschlinge ich die beeindruckende Gestalt. Ich kann den Blick einfach nicht von diesem wütenden Mann abwenden. Er bewegt sich durch den Raum wie ein Panther auf Beutefang. Immer sprungbereit. Die Peitsche liegt ganz ruhig in seiner Hand. Auch die raue, heisere Stimme, die voller Zorn ist, trägt sich durch den ganzen

Raum. Alle hier im Club werden gerade Zeuge, wie er meine Freunde bestraft.

Ja, wir haben sie alle in die Irre geführt, haben gelogen. Aber rechtfertigt es, dass er alle meine Freunde öffentlich demütigen muss? Streng, sein Gesicht vor Zorn verzogen, die Lippen fest zusammengepresst schaut er auf ihre gesenkten Köpfe runter. Jessy schaut mutig hoch und wird direkt bestraft. Nur ein Zucken des Handgelenks und sein Hut fliegt davon. Mein Körper bebt bei der Zurschaustellung seines Talentes. Ungläubig, die Augen weit aufgerissen schaue ich zu ihm rüber. Zum ersten Mal nach dem Desaster mit Igor kann ich spüren, dass sich mein Glied in der Hose versteift. Glühendes Verlangen breitet sich im ganzen Körper aus. In meinen Ohren höre ich nur noch, wie der Puls durch die Adern jagt. Obwohl ich weiß, dass die zwei sich ganz nahestehen, nimmt er keine Rücksicht auf Jessy. Mit offenem Mund schaue ich gierig zu, wie profihaft er mit der Peitsche umgehen kann. Eine Gänsehaut nach der anderen überzieht den ganzen Körper. Ich will ihn, will diesen Mann »Sir« nennen dürfen. Niemals mit anderen Subs oder Sklaven teilen, sondern er soll ganz allein mir gehören. Alles würde ich dafür geben. Ich will sein Halsband tragen dürfen, wäre stolz, wenn sein Name meinen Hals schmückt. Sogar meine Seele würde ich an diesen Mann verkaufen.

Die ruhige Handhabung mit diesem Strafinstrument lässt mich erahnen, wozu er fähig ist. Mein Körper wird gerade erweckt, steht vor lauter Gier in Flammen, brennt innerlich und nur er könnte dieses Feuer der Begierde löschen.

Das macht mich so an, dass ich euch in diesem Moment nicht beschreiben kann, was ich dabei alles fühle. Dieser Mann ist souverän. Beherrscht nur mit seiner Stimme alle um sich herum. Er ist einfach nur männlich, anbetungswürdig und meine innere Diva will sich ihm zu Füßen werfen. Nach Luft schnappend lege ich die Hand auf mein Herz, reibe immer wieder über die pochende Stelle, versuche, dass es dadurch ruhiger schlägt. Röte breitet sich im Gesicht aus.

Schweißtropfen rinnen über meinen Rücken, perlen in die Pants und versickern im Stoff. Ein feuchter Fleck bildet sich vorne auf der Hose. Damian spürt, wie ich zusammenzucke, schaut erstaunt zu mir runter. In seinem Gesicht erscheint ein Ausdruck des Begreifens. Er hält mich fest, als ich einen Schritt zurück machen will, um mich hinter seinem Rücken zu verstecken. Die Finger zittern, als ich sie in seinem Hemd verkralle, ihn bittend anschaue. Er schüttelt mit dem Kopf, schiebt mich nach vorne.

Mit einem Ruck dreht sich dieser fantastische Mann zu uns um, hebt den Kopf. Hat er etwa meinen erregten Blick gespürt? Dunkle Augen suchen die Tanzfläche ab. Ich erstarre, stehe auf der Treppe zum Eingang, die Finger immer noch in Damians Hemd gekrallt. Wie im Darkroom, bannt allein sein Blick mich auf der Stelle fest. Das Herz hört auf zu schlagen, die Lunge versucht verzweifelt Luft zu bekommen. Keuchend drücke ich mich gegen Damians warmen Körper. Er löst behutsam meine Hände, spricht leise auf mich ein. Bange schaue ich in seine dunklen Augen. Er verspricht mir, dass alles gut werden wird. Ich bräuchte keine Angst zu haben. Sein Bruder würde mich auf Händen tragen. Ja? Würde er das wirklich tun? Nach all dem, was ich gemacht habe? Er legt seine Hand in meinen Rücken, schiebt mich sanft nach vorne. Schnell lege ich die Hand wieder auf meine Brust, versuche ruhiger zu atmen. Die zittrigen Finger verstecke ich hinter dem Rücken, als er mich erkennt. Er reißt die dunklen Augen auf, schaut fassungslos zu uns rüber. Schleicht sich da etwa Wut in seinen Blick? Mit einem Ruck stößt er sich von der Theke ab, hebt den Arm. Alles weicht auf der Tanzfläche vor ihm zurück, als er sich gnadenlos einen Weg zur Tür bahnt.

Andrews Handgelenk zuckt und die Peitsche schwingt über ihre Köpfe hinweg. Damian duckt sich und ich habe keine Chance auszuweichen. Zischend kommt der Lederriemen auf mich zugerast. In gleichen Augenblick umschlingt er meine Taille. Ganz langsam werde ich nach vorne gezogen.

Mit einem tiefen Atemzug versuche ich mich zu beruhigen, als lange Beine und ein muskulöser Brustkorb vor mir auftauchen. Langsam hebe ich das Gesicht zu ihm empor, blende alles um mich herum aus. Schaue nur ihn an. Er bewegt sich und sein Duft weht rüber, lässt mich schwach werden. Schnuppernd halte ich die Nase hoch, um mehr davon abzubekommen.

Schlanke Finger umfassen mein Kinn. Bevor ich ihn abwehren kann, umschließt ein harter Mund besitzergreifend meine Lippen. Eine Zunge bahnt sich herrisch ihren Weg zwischen die Zähne, fordert mich dominant auf, ihm zu antworten.

Atemlos versuche ich es. Warm legen sich ein Paar Hände auf meinen Hintern, drücken den Unterleib fest gegen einen steifen Schaft. Heilige … verdammt, wenn das alles echt ist, was er mir gerade gegen den Schritt drückt, dann alle Achtung. Genüsslich reibt er sich, stöhnt mir leise in den Mund hinein. Ich schmecke seinen Geschmack, rieche seinen Duft und bin verloren.

Nie habe ich mich wohler gefühlt als in seinen Armen. Er strahlt eine gefährliche Aura aus, die regelrecht nach Master schreit. Trotzdem weiß ich instinktiv, dass er mir niemals extra wehtun würde. Langsam komme ich zur Vernunft, versuche mich zu befreien. Nach kurzem Zögern lockert er die Arme etwas und ich schaue in erstaunte Gesichter. Die Wangen werden heiß und ich verstecke das Gesicht an seinem Brustkorb, was ihn leise lachen lässt. Er haucht mir ins Ohr: »Endlich habe ich dich gefunden!«

Und ich bin hoffnungslos verloren.

Liebevolle geflüsterte Worte folgen einem heißen Kuss, bis ich weiche Knie bekomme. Mit zittrigen Beinen lehne ich an ihn. Bevor ich klar denken kann, hebt er mich hoch, trägt mich zur Theke, als würde ich nichts wiegen. Dort setzt er mich auf einen Stuhl ab, stellt sich hinter mich. Als ob er Angst hätte, dass ich verschwinden könnte, drückt er seinen warmen Körper fest gegen mich. Leise fragt er nach meinen Namen. Flüsternd hauche ich in sein Ohr: »Jan Briegel.« Ihm nahe zu sein, verunsichert mich enorm. Ich kann es immer noch nicht glauben, dass es Wirklichkeit ist. Langsam beuge ich mich nach vorne, presse die Lippen auf seinen Hals, lecke über die feuchte Haut. Ja, er steht wirklich in Fleisch und Blut vor mir, ist keine Fantasiegestalt.

Er schmeckt gut und dass er sich mit seinem Unterleib fest gegen meinen drückt, hilft nicht besonders, die tobenden Gefühle in mir in den Griff zu bekommen. Mein Glied will sich nicht beruhigen. Langsam wird es feucht in meinen Pants. Sanft berührt er meine Schultern, streichelt sie. Warmer Atem weht mir über den Nacken und hinterlässt eine Gänsehaut. Seine erotische Stimme verursacht Bilder in meinem Kopf von zwei verschwitzen Körpern, die sich auf einem Bett wälzen. Er saugt sich an der feinen Haut meines Halses fest. Höre ich da etwa ein leises Stöhnen? War ich das etwa?

Er ignoriert die vor ihm knienden Jungs, als wären sie gar nicht vorhanden. Ihre Männer lehnen an der Bar, unterhalten sich, als ob nichts geschehen sei. Ich kann das nicht, will, dass er meine Freunde in Ruhe lässt. Sie haben schließlich dafür gesorgt, dass ich die ganze Zeit in Sicherheit war. Errötend strecke ich zaghaft die Hand nach Andrew aus. Erstaunt schaue ich in dunkelgraue Augen, die im Licht glitzern. Lange schwarze Wimpern sind das Erste, was ich wahrnehme, als ich zu mir komme, schnell den Mund schließe. Mannomann, hat der Kerl atemberaubende Augen. Sie glitzern wie Sterne im Discolicht. Seine schwarzen Haare fallen ihm bis auf die Schultern. Er hat sie mit einem Band nach hinten gebunden, was seinem schmalen Gesicht etwas Gefährliches gibt. Ein leichter Bartschatten zeigt sich auf den Wangen. Zaghaft streiche ich darüber und schüttele mich, als ich laut räuspernd auf mich aufmerksam mache.

»Bitte, Sir! Es ist nicht ihre Schuld gewesen. Sie haben mich doch bloß schützen wollen. Sie sind meine Freunde, wollten nur mein Bestes.«

Schweigend schaut er mir in die Augen. Warum sagt er nichts?

»Ich nehme die ganze Schuld auf mich. Egal wie hart du mich bestrafen möchtest. Bitte lass sie gehen!«, flüstere ich zum Schluss, senke den Blick.

Ohne ein Wort zu sagen, schaut er mich an. Langsam werde ich panisch. Was, wenn er doch noch die Peitsche an ihnen benutzt? Angst breitet sich in mir aus. Ich will nicht, dass er meine Freunde weiter demütigt. Andrews Gesicht verzieht sich. Die Augen blitzen, als er auf ihre gesenkten Häupter schaut. Bange schaue ich in seine Augen. Meine Augen betteln ihn richtig an. Er schaut zu mir runter, seufzt, tritt vor sie und fordert ihre Aufmerksamkeit.

»Ich kann es bis zu einem gewissen Grad verstehen, dass ihr Jan beschützen wolltet. Nur habt ihr auch einen einzigen Augenblick daran gedacht, dass ihr mich mit eurem Schweigen all die Wochen sehr verletzt habt? Wir sind Freunde, fast schon eine Familie. Ich würde jeden von euch mit meinem Leben verteidigen, sollte er in Gefahr geraten. Genauso würden es eure Männer für mich tun.«

Die Jungs zucken erschrocken zusammen, schauen vorsichtig zu Andrew hoch. Sie schlucken und Röte breitet sich in ihren Gesichtern aus. Er zeigt mit der Hand zum Ausgang und mit hängenden Köpfen verlassen sie den Club. Ihre Männer schauen gelassen zu, wie sie aus dem Club schleichen.

»Ich hoffe, dass sie alle ein verdammt schlechtes Gewissen haben. Und sich diese Woche bei dir entschuldigen kommen!«, sagt Dante und alle anderen nicken ihm zustimmend zu. Sie trinken in Ruhe aus, bevor sie den Jungs folgen. Ich hoffe, dass sie zu Hause alle Gnade walten lassen.

Justin und Kai verabschieden sich ebenfalls. Ihre Worte, dass eine Freundschaft wie die unsere etwas Besonderes ist, lassen mich erröten. Ja, sie haben gegen ihre Männer intrigiert. Waren ungehorsam, haben für mich gelogen. Wie kann ich das jemals gutmachen?

»Du hast Glück, dass ich mich etwas beruhigt habe, sonst wäre es für deine Freunde böse ausgegangen. Wochenlang haben sie mich an der Nase herumgeführt. Sie wussten die ganze Zeit, dass ich dich suche. Ich habe gelitten, bin fast verrückt geworden, weil ich dachte, dass es dich gar nicht gibt, ich es mir eingebildet habe. Das nur, weil du nicht zu finden warst. Dabei hast du vor meiner Nase herumgeturnt, mich zum Narren gehalten. Du wirst dafür bestraft werden, mein Junge, und das nicht zu knapp.«

Ich schlucke trocken, bin total erregt, als ich seine Worte vernehme. Der Blick fällt auf Kevin, der immer noch vor Devil kniet. Sein Kopf ist gebeugt und ich höre, dass Devil ihn leise, aber streng anspricht. Kevin schluckt, schaut mit einem schuldigen Ausdruck zu mir rüber. Als er sich bei Andrew entschuldigen will, fällt er ins Englische zurück. Das Einzige, was hängen bleibt, ist Jaydans Name. Die Ungläubigkeit in Andrews Gesicht lässt mich vor Scham erröten. Schnell schnappe ich nach seiner Hand, halte ihn fest. Meine Augen betteln erneut um Gnade. Diesmal für seinen Bruder.

»Ich werde wirklich jede Strafe annehmen, die du für richtig hältst, Sir. Bitte verschone deinen Bruder. Bitte. Er hat geholfen, damit ich nicht verzweifle. Bitte, Sir!«

Ich stehe auf, schmeiße mich vor seine Füße.

Ohne ein weiteres Wort dreht er sich um, reißt die Tür zum Flur auf. Mit einem lauten Knall fällt sie hinter ihm zu. Ängstlich knie ich nun hier, warte auf seine Rückkehr. Während Kevin sich vor seinem Master auf den Boden schmeißt. Tapfer schaut er mit seinen dunkelgrünen Augen in Devils Gesicht. Ein Schweißtropfen löst sich, rollt über seine Schläfe, runter zum Kinn. Die Augen werden bettelnder. Nichts zu machen. Devil ignoriert ihn. Ich kann erkennen, dass er die Hände zu Fäusten ballt, er um seine Fassung kämpft. Wir beide wissen, dass es ziemlich hart für Kevin werden wird. Kurz überlege ich, auch bei seinem Master um Gnade zu betteln? Bevor ich den Mund aufmachen kann, fange ich mir einen bösen Blick von ihm ein, der mich sofort zum Schweigen bringt.

Nach einer Viertelstunde taucht Andrew endlich wieder auf. Er sieht, dass Kevin noch vor seinem Bruder kniet, schaut ihn fragend an. Nur ein Blick aus Devils goldenen Augen reicht und Kevin ist auf den Beinen, rennt zum Aufzug. Weg ist er. Wie geil war das denn? Würde Andrew mich genauso behandeln? Allein bei dem Gedanken klopft mein Schaft, drückt sich gegen den Stoff meiner Hose. Röte steigt in mein Gesicht, als er es mit warmen Händen umfängt, zu sich dreht. Lange schaut er mir in die Augen, bevor er mich vom Boden aufhebt. Steif stehe ich vor ihm, bewege mich keinen Millimeter. Währenddessen fühle ich eine warme Hand, die sich auf meinen Schritt legt. Er reibt permanent über meinen steifen, harten Schwanz. Stöhnend lasse ich den Kopf auf seine Brust sinken. Er packt fester zu, streicht dabei über die ganze Länge. Überrascht reiße ich die Augen auf, als ein starker Orgasmus mich unerwartet überrollt.

Gebannt schaut er mir dabei in die Augen. Ohne ein Wort packt er mich, wirft mich über die Schultern. Der ganze Club weicht uns aus, als er dem Ausgang zustrebt, zu seinem Auto geht. Vorsichtig setzt er mich hinein. Er schnallt mich an, streicht beruhigend mit dem Zeigefinger über meine Wangen. Als er sich zu mir rüber beugt, vernebelt sein After Shave mir die Sinne. Das hilft mir nicht, um zur Ruhe zu kommen. Ich kann einfach nicht glauben, dass ich hier bei ihm bin. Dabei wusste ich nur zu gut, warum ich mich vor ihm versteckt habe. Er ist ein verdammt gefährliches Raubtier auf zwei endlos langen Beinen.

Kapitel 16

Andrew

~~*~*

»Sag mir deinen Namen!«, fordere ich den Kleinen auf, höre, wie er leise »Jan Briegel« murmelt. Er bettelt so schön, dass ich seine Freunde verschonen soll. Trotzdem fällt es mir schwer, ihnen zu verzeihen. Die ganzen Wochen voller Angst, dass er dort im Darkroom eine Halluzination war. Hoffnung, die immer wieder aufflackerte und dann wie eine Sternschnuppe verlosch, wenn ich wieder mal ins Leere lief. Wie oft habe ich die Jungs gefragt, ob sie Jan kennen. Immer verneinten sie. Ihre roten Gesichter, die versteckten Blicke, die sie sich zuwarfen, hätten mir eigentlich eine Warnung sein sollen, dass sie lügen. Gerade Jessy und Joy können dir dann nicht in die Augen schauen. Mist! Ich war viel zu sehr im eigenen Selbstmitleid versunken, um die Jungs besser zu beobachten. Dass sie wussten, wo er zu finden war, haut mich echt um. Ich, Andrew Sanchez, ein gestandener Master in den besten Jahren, zweifelte langsam an meinem Verstand.

Lange schaue ich in die hellen Augen, seufze innerlich. Dem bettelnden Blick zu widerstehen ist nicht einfach. Also gebe ich nach. Heute soll er seinen Willen bekommen. Wenn er mein werden will, wird es das nicht mehr geben. Weil ich nicht möchte, dass unser erstes Treffen direkt mit Unstimmigkeiten anfängt, erfülle ich ihm schweren Herzens seinen Wunsch, lasse die Jungs von der Leine. Ein Aufatmen geht durch ihre Körper, als sie aufstehen. Innerlich lache ich sie jedoch aus, weil ich zu genau weiß, was ihnen zu Hause noch blüht. Das wird bestimmt nichts Gutes sein. Brennende Wut leuchtet in den Gesichtern meiner Freunde, weil ihre Jungs mich Monatelang beobachtet haben, wie ich mich durch die Clubs quälte. Sie haben hautnah miterlebt, als ich durch ganz Berlin gelaufen bin, nur um den Jungen zu finden. Wenn sie Zeit hatten, dann haben sie mir sogar geholfen. Dabei hatten ihre Männer, ihn genau vor meiner Nase versteckt. Da wird manch einer von ihnen morgen im Stehen Frühstücken. Einer jedoch kniet immer noch schweigend vor mir. Kevin senkt direkt den Blick, als ich zu ihm runter schaue. Hm, er scheint noch etwas auf dem Herzen zu haben! Devil will, dass er sich entschuldigt, doch Kevin hebt den Kopf und schweigt.

»KEVIN? SKLAVE!«

Nur diese zwei Wörter reichen und er bricht zusammen. Er verhaspelt sich, wechselt ins Englische. Das Einzige, was ich davon verstehe ist, der Name meines Bruders Jaydan! Mein Bruder? Was hat er damit zu tun? Nein, das würde er nie machen! Dafür liebt er mich zu sehr, um mich so zu hintergehen.

Er ist für alles was sich ums Büro, den Schriftkram, Bestellungen, Rechnungen und Personal handelt, zuständig. Er würde mich nie absichtlich verletzen. Jan windet sich, wird feuerrot, als ich ihn fragend anschaue. Er lehnt das heiße Gesicht gegen meinen Hals, flüstert mir ins Ohr, das Jaydan ihn gerettet hat.

»Inwiefern hat mein Bruder dein Leben gerettet?«, frage ich ganz erstaunt. Jan springt vom Stuhl, wirft sich auf die Knie, schaut bettelnd zu mir nach oben.

»Er hat mich vor Igor versteckt, gab mir ein Heim, Essen und seine Freundschaft ohne was dafür zu verlangen. Als hier eine Arbeitsstelle frei wurde, hat er an mich gedacht, gefragt, ob ich sie haben möchte. Und ich habe zugesagt. Er gab mir sein Wort, keinem was zu verraten. Sogar schwören musste er es mir. Bitte Sir!«

Fassungslos schaue ich Jan an. Nie würde mein Bruder mir das antun. Die Wahrheit aber, steht ihnen ins Gesicht geschrieben. Schnell umkreise ich die knienden Jungs, renne immer zwei Stufen auf einmal nehmend die Treppen hinauf.

Wutentbrannt, völlig atemlos klopfe ich an der Tür zur Jaydans Wohnung. *Jetzt nur nicht ausflippen, Andrew!*

Er macht auf, schaut in mein Gesicht, wird ganz blass und weicht nach hinten aus. Dass seine Augen voller Angst aufflackern, lässt mich sofort herunterkommen.

Sanft frage ich daher: »Jaydan? Hast du mir was mitzuteilen?«

Er schluckt, schüttelt den Kopf.

»Jaydan?« Meine Stimme wird strenger und es reicht, um meinem Bruder die Röte ins Gesicht zutreiben.

»Jan Briegel?«

Nur sein Name und er erzählt alles, was ich wissen will.

»Warum?«, frage ich ganz ruhig. Er zuckt mit der Schulter, senkt den Blick. »Jaydan?« Er schweigt weiter. Ich erkenne, dass aus ihm nichts mehr herauszubekommen ist, lasse ihn in Ruhe. Eins gebe ich ihm jedoch zum Nachdenken mit auf den Weg.

»Ich bin sehr enttäuscht von dir. Gerade du, als mein Bruder, hättest mir helfen sollen, statt zu schweigen. Wochenlang habe ich den Jungen gesucht. Glaubst du, wenn es sich nur um einen One-Night-Stand gehandelt hätte, wäre ich so beharrlich hinter ihm her gewesen?«

Das Einzige, was ich erfahre, ist, dass er Jan nur beschützt hat. Ich unterbreche ihn, will kein Wort mehr davon hören. Das muss ich erst mal verarbeiten. Dabei war er die ganze Zeit vor meiner Nase, hat sogar für den *Club Red* gearbeitet. Das werden sie alle schwer bereuen, so wahr ich Andrew Sanchez heiße. Schnaubend will ich mich umdrehen, als er leise meinen Namen haucht.

»Er ist mein Freund Andrew und zum ersten Mal vertraue ich anderen Männern. Sie geben mir Halt, ihre Liebe. Ich will mich nicht mehr hier in der Wohnung verkriechen, will leben, feiern, mich in einen Mann verlieben können. Sie passen auf, dass mir nichts geschieht. Warum also sollte ich ein Versprechen brechen? Ich habe es mir bestimmt nicht einfach gemacht. Oft wäre ich am liebsten zu dir gerannt, hätte dir Jan in die Arme gedrückt. Trotzdem ist ein Versprechen, ein Versprechen!«, kommt es zum Schluss ganz leise.

Nur ein Schritt trennt uns. Ich trete auf ihn zu. Erschrocken zuckt er zusammen, was mich sehr mitnimmt. Er muss keine Angst vor mir haben, niemals! Ich bin immer für ihn da, beschütze ihn mit meinem Leben. Er ist der einzige Bruder, der genauso aussieht wie meine wunderhübsche Mama und er ist auch genauso zerbrechlich. Wir anderen sind alle das Ebenbild meines Papas. Groß, dominant und männlich. Jaydan ist genau das Gegenteil. Er ist zierlich blond mit blauen Augen, feinfühlig. Wir älteren Brüder lieben und beschützen ihn.

Die Arme öffnen sich weit. Ungläubig schaut er mich an. Seine Augen schwimmen in Tränen, als er sich mir an die Brust schmeißt. Leise entschuldigt er sich. Ich liebe meinen kleinen Bruder sehr. Das, was er mit seinem scheiß Exfreund mitgemacht hat, hat ihn sehr geprägt. Er ist scheuer geworden, stiller, was mein Herz schmerzen lässt. Er war früher ein fröhlicher, lebenslustiger Mann. Er ging tanzen, mit Freunden feiern.

Nur gut, dass er nicht genau weiß, wie ich mit seinem Exfreund Mason umgegangen bin. Keiner legt sich ungestraft mit einem Sanchez an, ohne dafür die Rechnung zu kassieren.

Justin und Damian haben mir damals den Rücken freigehalten, als ich den Bastard in seiner Wohnung mit einem fremden Typen im Bett vorgefunden habe. Er hatte meinen Bruder ans Bett gekettet, sich daneben amüsiert. Der verletzte Blick von Jaydan, die panische Angst in den blauen Augen, gaben mir den Rest. Was hat der Kerl denn gedacht, was seine Brüder tun? Etwa die Hände in den Taschen stecken und ihn machen lassen nur, weil er ein reicher Kerl mit Beziehungen ist? Er hat Glück gehabt, dass er mir zuerst in die Hände gefallen ist. Nun hatte er am eigenen Leib erfahren können, dass es verdammt schmerzhaft ist, wenn der Rohrstock trifft. Devil wäre nicht so behutsam mit ihm umgegangen, sondern hätte ihm auch noch die Haut vom Körper geschält. Seine ganzen Beziehungen haben ihm danach nicht geholfen. Denn, wer sich mit einem Sanchez anlegt, der legt sich mit allen anderen automatisch mit an. Er dachte wohl, wir hätten Angst vor ihm, seinem Geld, den Anwälten und zwielichtig Freunden. Pech gehabt. Ein Sanchez hat vor keinem Menschen Angst. Er nimmt die Herausforderung an und vernichtet den Feind!

Das haben uns unsere Eltern ein Leben lang gepredigt und beigebracht.

Hoffentlich verrottet der Bastard im Knast. Sollte er jemals freikommen, sich meinem Bruder auch nur um Millimeter nähern, warte ich auf ihn. Weder Devil noch Damian würde mich festhalten können. Er hat meinem kleinen Bruder die Lebenslust genommen. Dafür werde ich diesen Mistkerl noch nachträglich bestrafen, wenn er es sich jemals wagt, Jaydan noch mal zu belästigen. Eigentlich kann ich froh sein, dass Damian und Justin damals dabei waren, denn, wenn ich allein gewesen wäre, hätte ich den Kerl ohne zu zögern den Hals umgedreht.

Seitdem versucht Jaydan alles, um das zu vergessen. Wir haben ihn nach Berlin verfrachtet, damit er die Vergangenheit loslassen kann. Nach seinem BWL Studium, hat er das Büro in unserem Club übernommen, kümmert sich um den Papierkram. Langsam hat er sich etwas geöffnet, versteckt sich nicht mehr. Er geht zur Therapie, die ihm etwas Erleichterung verschafft. Jessy war der Erste, dem er sich anvertraut hat. Auch hat er sich nach und nach mit den anderen Jungs angefreundet, was ich sehr begrüße, nur manchmal könnte ich sie einfach alle …!

Obwohl Jaydan keinen mehr an sich heranlässt, sind die Jungs immer da, wenn er mal was unternehmen möchte. Jessy kommt sofort gelaufen, sollten ihn Albträume quälen und er lieber mit ihm darüber reden möchte. Schließlich haben sich da zwei gequälte Seelen gefunden. Joy hat sich zu seinem persönlichen Bodyguard ernannt. Ich weiß, sie passen auf, dass sich ihm keiner mehr aufdrängt, ohne dass er das möchte. Mit den Jungs, Max und Elija, macht er bloß Blödsinn. Mittlerweile geht er sogar allein ins Café von ihnen, um zu Frühstücken oder auch einfach nur um ein Bier zu trinken, mit ihnen zu reden. Mit Emil macht er lange, ausgiebige DVD Abende. Auch liebt er Kevin mit Leib und Seele, versucht des Öfteren, ein gutes Wort bei Devil einzulegen, wenn Kevin Mist gebaut hat, sein Master ausflippt. Sollte es einer schaffen, unseren Bruder zu beruhigen, dann ist es Jaydan.

Schmunzelnd denke ich daran zurück, als er zusammen mit Kevin nach Las Vegas abgehauen ist. Einfach so! Kevin brauchte ihn und er? Ohne an die Konsequenzen zu denken, sind sie ans andere Ende der Welt geflogen. Obwohl das für ihn ein gewaltiger Fortschritt war. Er hat seine Angst hintenangestellt um in die Stadt zu fliegen, wo ihm nur schlechtes widerfahren ist. Das erfordert verdammt viel Mut. Also wehe, einer sagt, dass mein kleiner Bruder schwach ist. Natürlich hat er in einem Casino gezockt und gewonnen. Er verliert nie. Eigentlich hat er in jedem Casino, von Devil Spielverbot bekommen, weil er die Karten zählt, was nicht gerne gesehen wird. Er ist, was Zahlen betrifft, ein kleines Genie!

Leider wurden sie dort von einem abgelegten Ex von Devil angegriffen. Der überfiel sie mit ein paar andern Kerlen. Er prügelte sich sogar mit ihnen, um Kevin beizustehen. Hat sich danach um seinen Freund gekümmert, bis Devil aufgetaucht ist! Seitdem ist er selbstsicherer, traut sich immer mehr in die Öffentlichkeit. Er braucht einen Mann, der ihn an die Hand nimmt, ihn beschützt und vor allen Dingen, *LIEBT*. Ich weiß, dass es ihn gibt und sein Name ist … Marc Hoffmann, Jessys Boss. Das jedoch ist eine andere Geschichte.

Sanft streiche ich über seine blonden Haare, umarme ihn. Beruhigend rede ich auf ihn ein. Ich kann ihm nie lange böse sein. Immer wieder murmelt er eine Entschuldigung. Seufzend schwöre ich ihm, dass es mir gut geht. Zärtlich drücke ich die Lippen gegen seine Stirn. Mit den Armen umschlingt er ganz fest meinen Hals, flüstert, dass er mich liebt. Beruhigend rede ich auf Jaydan ein und langsam lassen die Tränen nach. Als ich murmele, dass er morgen früh der Einzige ist, der beim Frühstück sitzen darf, bringt ihn das zum Lachen.

»Du brauchst nicht auf Jan zu warten. Ich nehme ihn mit zu mir nach Hause. Morgen wirst du dich davon überzeugen können, dass es ihm gut geht. Vertraue mir.«

Er lächelt, nickt, drückt mich noch mal ganz fest an sich.

»Ich freue mich, dass du deine Suche beendet hast. Jan ist liebenswert. Nur dieser Typ aus Russland, der macht ihm tierische Angst. Du musst ihn beschützen, Andrew. Sollte dieser Popow, Jan in die Finger bekommen, wird er deinen Jungen zerbrechen.«

Wer verdammt ist eigentlich dieser Igor und was will er von Jan? Bevor ich weiter darüber nachdenke, verabschiede ich mich, renne fast die Treppen runter. Als ich an der Bar ankomme, knien die zwei immer noch auf der Erde. Kevin schaut Devil starr in die Augen, lässt keinen Augenblick in seiner Konzentration nach. Wie ein Jäger verfolgt er alles, was sein Master macht. Die Wangen sind gerötet und ich könnte schwören, dass er einen steifen Schwanz in der Hose hat, so ausgebeult ist die Jeans vorne. Die dunkelgrünen Augen blitzen dabei voller Lust auf. Ich nicke meinem Bruder zu. Nur ein Wink mit dem Finger genügt. Kevin springt auf, läuft zum Aufzug und ist verschwunden. Scheiße, was war das denn?

Jan schaut ihm mit großen Augen hinterher. Sehnsucht erscheint in seinem Blick. Macht ihn das etwa an? Ich beuge mich nach unten, umfasse seine Arme und hebe ihn zu mir nach oben. Sanft lege ich die Hand auf seinen Schritt, spüre, dass er hart ist. Er zuckt zusammen, schaut mich mit glühenden Augen an. Genüsslich knete ich den leicht pochenden Schaft, um die Berührung fester werden zu lassen. Er keucht, beißt sich auf die Lippen, fällt nach vorne. Sein heißes Gesicht landet an meiner Brust, als er zum Orgasmus kommt. Tief atme ich ein, kann seinen erregten Duft riechen, was mich wiederum hart werden lässt. Ohne meine Zustimmung ist er gekommen. Erstaunt schaue ich ihn an. Oh, das wird er büßen. Er weiß wohl nicht wer oder was ich bin! Bevor er sich erholen kann, liegt er auch schon über meine Schultern. So schnell bin ich noch nie nach Hause gefahren.

Kopflos ziehe ich ihn direkt in mein Schlafzimmer. Endlich habe ich diesen göttlichen Kerl in meinem Bett. Hektisch ziehe und zerre ich an der Kleidung. Mit glühenden Augen, schaue ich zu ihm hinunter. Peinlich berührt hält er die Pants fest. Immer noch kann ich sein Sperma riechen. Je mehr Kleidung er verliert, umso stärker wird sein Duft. Schnell schnappe ich das Shirt, zerre ihm seinen Slip aus den Händen und wische ihm das kalte Sperma vom Unterleib. Errötend liegt er vor mir. Dabei braucht er sich nicht zu schämen. Gierig lasse ich die Augen über ihn gleiten. Was für einen perfekten Körper mein Junge hat. Ich werde verdammt viel Spaß mit ihm haben, wenn er zum ersten Mal mir gehören wird. Als Erstes, will ich mein Verlangen nach ihm stillen, damit ich wieder vernünftig denken kann. Ungläubig schaue ich auf die zittrigen Hände herunter, balle sie zu Fäusten, atme tief ein und versuche langsam ruhiger zu werden. Ich werde nicht wie ein Tier über ihn herfallen. Ganz langsam werde ich Jan verführen.

Eine Strafe wird er trotzdem bekommen. Die hat er sich schließlich redlich verdient. Aber erst später!

»Meins, alles meins!«, ist der erste Gedanke, den ich auch laut ausspreche. Er war es wert, dass ich ihn gejagt und erlegt habe. *Niemals aufgeben* ist der Leitspruch der Familie Sanchez. Immer für das, was man will, kämpfen. Nur eine selbst erlegte Beute ist es wert, deine ganze Aufmerksamkeit für sich zu beanspruchen. Dieser Junge, der gerade vor mir im Bett liegt, ist dies alles wert gewesen. Lustvoll glitzern Jans hellblaue Augen. Röte überzieht das Gesicht, wandert an seinem Hals hinunter, als ich ihn mir nun genauer betrachte. Sein schlanker Körper, die langen Beine. Der erregte Schaft, der sich gierig gegen meine Hand drückt, nasse Flecken hinterlässt. All das lässt mir das Wasser im Mund zusammenlaufen. Bevor ich alles um mich herum vergesse, ziehe ich meine eigenen Sachen aus. Gierig wandert sein Blick über meinen Körper. Mit großen Augen schaut er mich an. Der Mund öffnet sich und eine kleine, rosafarbene Zunge leckt über die trockenen Lippen. Jetzt werde ich mich an ihm gütlich tun. Er wird diese Nacht niemals vergessen. Dafür werde ich sorgen.

Kapitel 17

Jan

\~\~*\~*

Bevor mein Verstand einsetzen kann, liege ich in einem weichen Bett. Verwirrt schaue ich mich um. Mein einziger Gedanke ist, wie ich hier hingekommen bin? Irgendwie erinnere ich mich an gar nichts mehr außer an diese starken Arme, die sich beschützend um mich gelegt haben. Seitdem er mich geküsst hat, ist der Kopf leer. Als Andrew sich einfach auf meinen Körper fallen lässt, drücke ich mich ihm entgegen, spüre, dass auch er erregt ist. Scheiße, ist das wirklich sein Schwanz? Gänsehaut breitet sich aus. Verlangen überschwemmt den Blutkreislauf. Wieder senken sich sinnliche Lippen auf meinen Mund. Automatisch öffne ich die Beine, schaffe Platz, dass er sich dazwischen knien kann. Die Arme legen sich um seinen Hals, ziehen ihn tiefer. Blaue Augen tauchen ab in graue, als ich ihn fest umschlinge. Andrews schmale Hüfte senkt sich, reibt sich hektisch an meinen Schritt. Bebend hebe ich meinen Unterleib, erzeuge Gegendruck, was ihn zuerst leise lachen und dann laut aufstöhnen lässt.

Noch nie hat ein dominanter Mann es geschafft, mich in der ersten Sekunde in seinen Bann zuschlagen. Er aber schafft es ohne Probleme. Sein raues Stöhnen, als seine Zunge auf meine trifft, lässt alles in mir erbeben. Schamlos biete ich mich an und liebe es! Dann setzt der Verstand ein.

Geht's nicht noch peinlicher? Ganz rot im Gesicht drücke ich mich gegen seinen breiten Brustkorb, spüre seinen warmen Atem. Leise keucht er meinen Namen. Dabei flüstert er immer wieder: »Meins!«

Er verschlingt mich mit süchtig machenden Küssen, lässt mich atemlos zurück, bevor mir klar wird, was er eben von sich gegeben hat. Ungläubig schaue ich Andrew an. Alles, was ich von diesem Jäger erfahren habe, ist, dass er erbarmungslos zuschlägt, sollte er ein Ziel vor Augen haben. Einer, der sich nie den gleichen Jungen zweimal nimmt, außer er ist ein Sklave. Bevor ich ahne, was das bedeutet, haucht er mir erneut einen Kuss aufs Ohr.

»Endlich habe ich dich gefunden. Meins! Alles meins!«

Dabei streichen warme Hände über jedes Stückchen Haut, das er erreichen kann. Er will mich, Jan Briegel. Hat er überhaupt richtig hingesehen? Er ist ein toller souveräner Master und ich? Ich bin ein Nichts, Niemand und ein Straßenkind.

Auch dass er wochenlang nach mir gesucht hat, gibt mir viele Rätsel auf. Er könnte sich jeden Jungen nehmen, nach dem es ihn gelüstet. Schließlich gehört ihm zusammen mit seinen Brüdern dieser geile Nachtclub. Sogar in Las Vegas besitzen sie einen sowie ein Spielcasino, das ihren Namen trägt. Von Jaydan habe erfahren, dass sie beabsichtigen, in Paris einen Club zu übernehmen. Die Familie Sanchez schwimmt im Geld und ich? Ich bin ein armer Schlucker, der auf der Straße wohnt. Wie kann er bloß denken, dass ich gut genug für ihn bin? Das verstehe ich einfach nicht. Muss ich das denn?

Die Gedanken verschwinden, als sich feuchte Lippen fest auf meine pressen. Total gefangen in diesen verwirrenden Gefühlen schließe ich die Augen, genieße einfach seine Küsse. Viel zu kurz ist der Moment. Gerade fange ich an, die sanften Berührungen zu erwidern, da zieht er sich zurück. Hektisch öffnet er die Knöpfe der Jeans. Heiß fällt mir ein, dass ich beschmutzt bin. Kaltes Sperma klebt noch an meinem Unterleib, hat sich in der Unterwäsche verteilt. Schamvoll umklammere ich den Slip, lasse nicht eher los, bis er mir streng in die Augen schaut. Er gibt nicht eher Ruhe, bis ich nackt vor ihm liege. Mit dem Shirt wischt er einfach den Samen von meinem Bauch, was mich peinlich erröten lässt. Andächtig gleitet sein gieriger Blick über meinen erregten Körper. Er schluckt, streichelt vorsichtig über die sensible

Haut, runter zum feuchten Schaft. Ganz sanft nimmt er die Lustperlen mit der Fingerspitze auf, leckt sie genussvoll ab. Boah, ist das geil! Gebannt schaue ich zu, spüre, dass ich noch härter werde. Wenn er das jetzt wiederholt, kann ich für nichts mehr garantieren.

Ungläubig schaue ich zu, wie zärtlich er mit mir umgeht. Nie hätte ich gedacht, dass ein Master seiner Größe, seines Standes so einfühlsam sein kann. Dabei hatten mich alle noch vor ihm gewarnt. Er wäre einer von den strengsten Mastern, die hier verkehren. Nun zeigt sich, dass ich gar keine Angst vor ihm zu haben brauche.

Genussvoll schließe ich die Augen. Mein Kopf fällt voller Entzücken in den Nacken. Ich genieße all die Zärtlichkeit. Liege ich wirklich in seinen starken Armen oder ist das nur ein weiterer lustvoller Traum? Andrew stöhnt heiser auf, hebt sich hoch und zieht sich aus. Das, was jetzt zum Vorschein kommt, lässt mir das Wasser im Mund zusammenlaufen. Was für ein prachtvoller Körper sich da vor meinen Augen entblättert. Stumm schaue ich ihn an, als er erneut den Kopf beugt. Wie eine Schlange schlängelt sich seine Zunge an meinen pochenden Schaft entlang, runter bis zu den Hoden. Er züngelt zuerst nur leicht darüber, ehe er anfängt sie in den Mund zu saugen. Starke Hände fahren dabei über die Oberschenkel, drücken mal fest, mal sanft zu, gleiten von da aus weiter zur Kniekehle, finden dort eine Stelle, die, als er darüberfährt, einen Stromschlag im ganzen Körper auslöst. Arg, das ist kein Traum, das ist die Wirklichkeit!

Voller Lust bäumt sich mein Körper seinen Händen entgegen. Das ist alles so anders als das, was ich bei Igor erlebt habe!

Statt Angst herrscht in mir drinnen die pure Lust. Andrew streicht sanft über die erhitzte Haut, lässt mich alles vergessen, was ich bei Igor mitgemacht habe. Ich versuche hektisch Luft in die Lungen zu bekommen. Wenn er so weitermacht, ohne mir eine Pause zu gönnen, werde ich das Ende bestimmt nicht mehr erleben.

Jedes Mal, sobald er bemerkt, dass ich kurz vorm Orgasmus stehe, umschließt er die Schwanzwurzel, drückt fest zu, wartet, bis das heftige Klopfen etwas nachlässt. Der laute frustrierte Schrei, der danach folgt, lässt ihn leise auflachen. Diese Mischung aus Schmerz und Wonne erregt mich zusätzlich. Ich weiß, dass es da viel mehr zu holen gibt, als ich mir jemals vorstellen könnte. Dieser herrische, dominante Kerl ist einfach perfekt! Er ist alles, was man sich von einem Master wünschen kann. Allein durch seine raue Stimme könnte ich kommen, ohne dass er mich körperlich berühren müsste.

Sanft werde ich auf den Bauch gedreht. Fingerspitzen streichen ganz leicht über die sensible Haut, entlocken mir ein Wimmern nach dem anderen. Andrews Lippen folgen, sind heiß. Eine feuchte Zunge leckt sich ihren Weg zum Hintern runter. Sanft zieht er die Backen auseinander, pustet den warmen Atem vor meinen Eingang. Bevor er mich überhaupt mit der Zunge berührt, schreie ich schon voller Lust laut auf. Boah, nur einmal noch und ich spritze alles auf das Laken unter mir. Doch er kennt kein Erbarmen. Er leckt über den zuckenden Muskel, macht mich ganz irre vor Lust. Er küsst und beißt sich seinen Weg nach oben, hält am Nacken an und zwickt mit den Zähnen leicht hinein, leckt den Schmerz weg. Leise murmelt er: »Du schmeckst einfach nur wunderbar, mein Junge!«

Mein Rücken biegt sich durch, der Hintern schnellt nach oben, sucht die Reibung. Leise lacht er auf, drückt sich fest mit seinem Unterleib dagegen. Er packt mich, dreht mich mit einem Ruck auf den Rücken. Ganz langsam lässt er sich auf mich sinken, schaut mir dabei ununterbrochen in die Augen. Sein harter Schwanz presst sich auf meinen, reibt sich sachte daran. Diese lauten, lustvollen Laute sind nicht meine. Ich bin nicht so. Niemals!

Er durchbricht bei mir alle Schranken, die ich mir bis jetzt aufgebaut habe, um nicht noch mal verletzt zu werden. Hier in seinen Armen will ich nur noch spüren, dass ich lebe.

Plötzlich sind sie da. Schlimme Gedanken. Im ersten Moment will ich voller Panik nach Andrew schlagen. Mein Körper zuckt und ein leiser Schrei der Angst verlässt die Lippen. Wie sehr ich diesen Bastard Igor gefürchtet und mit aller Kraft gehasst habe. Das will ich nicht sehen, sondern möchte vergessen, dass es ihn je gab. Schluckend versuche ich die Bilder zu verdrängen, als ein bestimmter Duft durch die helle Panik dringt, Igor verschwinden lässt. Sofort hält Andrew inne, schaut mir prüfend in die Augen. Schwer schlucke ich, blinzele ein paarmal. Verschwommen erkenne ich endlich, wer auf mir liegt. Tränen rinnen die Wangen hinunter. Zärtlich wischt er sie weg. Prüfend schaut er mir in die Augen, weiß ganz genau, dass ich gerade nicht bei ihm war.

»Was ist passiert, Jan?«, fragt er mich mit sorgenvoller Stimme. Er setzt sich auf und unsere Erregung fällt in sich zusammen. Wie ein kleines Kind nimmt er mich in die Arme. Zum ersten Mal fühle ich mich geborgen und sicher. Ängstlich schaue ich ihn an. Als er mit dem Kopf nickt, erzähle ich ihm alles, was bei Igor geschehen ist. Fest umschließt er mich, murmelt leise zärtliche Worte in mein Ohr.

Seine etwas heisere Stimme lässt diesen grausamen Bastard endgültig verblassen. Tief atme ich Andrews Duft ein, suche mit bebenden Lippen seinen Mund. Erst als er nachgibt, ihn öffnet, weiß ich, dass ich all das bei ihm vergessen kann. Seine Hand packt fester zu, reibt entschlossen den Schaft rauf und runter. Immer wieder murmelt er, dass er mich begehrt. Das Herz klopft dabei hart in der Brust und als ich nicke, wandert sein Mund an meinem Körper hinunter. Ein zarter Biss in die Spitze des Gliedes lässt mich zusammenzucken. Erst als er die Lippen darum schließt, sanft anfängt zu saugen und nicht eher aufhört, bis ich mit einem gequälten Laut komme, lasse ich alle Schranken fallen. Der Orgasmus ist so stark, dass mein Rücken sich von der Matratze hebt. Der ganze Körper kribbelt. Er ist der eine, dem ich gehören möchte, und nur er ist auch derjenige, der all das von mir bekommt, was sich ein anderer mit Gewalt holen wollte.

Er schluckt meinen Samen, leckt mich danach penibel sauber. Verlegen schnappe ich das Kissen, drücke es mir aufs Gesicht, beiße vor Frust hinein. Über mir erklingt sein leises triumphierendes Lachen. Das hat er bestimmt extra getan!

Nach ein paar tiefen Atemzügen drehe ich mich auf den Bauch, öffne die Beine ganz weit, ziehe mit den Händen die Backen auseinander. Hinter mir höre ich ein erregtes Einatmen. Sekunden später spüre ich einen feuchten Finger an meinem Eingang. Kurz danach sind es dann zwei, bis sich ein dritter dazugesellt. Eine stumpfe, in ein Kondom gehüllte Spitze ersetzt sie, drückt sich dann langsam durch den Muskel. Uh, das ist mehr, als ich erwartet habe. Er hält inne und das leichte Brennen verschwindet. Zum ersten Mal fühle ich mich, als wäre ich zu Hause angekommen. Noch nie habe ich dabei so stark empfunden, wenn ich mit einem Mann Sex hatte. Das hier ist kein Sex, das ist Liebe. Ob er genau das Gleiche in diesen Moment fühlt? Ohne zu zögern, versenkt er sich ganz tief in mir.

»Bist du okay?«, fragt er mich heiser und als ich nicke, legt er los. Verdammt, das wird ein heißer Ritt werden. Mein Glied stellt sich auf und als sich warme Finger darumlegen, lasse ich alle Hemmungen fallen. Ich komme ihm bei jedem Stoß entgegen. Sein rauer Schrei, als er mich fest umklammert, ich laut aufschreie und den warmen Samen in seine Hand verströme, ist Musik in meinen Ohren. Noch ein letzter tiefer Stoß gegen den Lustpunkt und ich spüre, wie er kommt.

Völlig außer Atem lässt er sich auf meinen Rücken fallen. Wenn das immer so zwischen uns abläuft, werde ich das nicht lange überleben. Dann fällt mir ein, dass Andrew eigentlich ein dominanter Master ist. Das, was wir gerade hatten, fällt dann wohl eher unter Blümchensex. Ob ich ihn überhaupt damit zufriedenstellen konnte?

Vorsicht entzieht er sich mir und ich lande völlig ausgepowert auf dem versauten Laken. Er steht auf, kommt kurze Zeit später mit einem feuchten Tuch zurück. Zärtlich dreht er mich auf den Rücken, säubert mich. Er legt ein Handtuch über den nassen Fleck, zieht mich an sich heran und deckt uns beide zu.

»Hör auf, so laut zu denken, Jan. Das, was heute hier geschehen ist, war für dich und mich, um uns besser kennenzulernen. Es wird nicht oft geschehen. Ich bin ein Master! Morgen wird es zwischen uns anders ablaufen. Du bist ein Sub. Ich werde dich mit allem versorgen, was du brauchst, damit du glücklich bei mir bist. Genauso wie ich. Du darfst dir bei mir holen, was du brauchst, weil ich es dir gerne gebe. Möchtest du einen Kuss, einen festen Biss oder einen festen Klaps auf deinen Hintern, dann hole ihn dir bei mir. Nur zu gerne werde ich deine Neigungen fördern, das Verlangen löschen. Nun schlaf. Morgen werden wir darüber sprechen. Es ist heute zu spät geworden. Besser wäre es natürlich gewesen, wir hätten vorher darüber geredet. Aber ich musste dich unbedingt unter mir haben, spüren, dass du wirklich bei mir bist!«

Er lacht leise auf, zieht mich noch näher zu sich rüber. Sekunden später bin ich eingeschlafen. Geborgen und sicher in seinen Armen. Noch nie habe ich so tief geschlafen wie bei ihm. Bald werde ich erfahren, wie viel Dominanz in ihm steckt. Ich hoffe, sehr viel, denn ich werde mich nicht mehr verstellen, will ab sofort meine devoten Neigungen mit ihm zusammen ausleben.

Kapitel 18

Andrew

~~*~*

Behutsam lasse ich mich auf den kleinen, bebenden Körper sinken. Verzückt schließt er die Augen, als ich leicht in die sinnlichen Lippen beiße, mich daran festsauge. Sein Wimmern ist so erregend, dass ich mich fester an seinem Unterleib reibe. Als er den Mund leicht öffnet, dringe ich mit der Zunge ein. Direkt kommt er mir entgegen. Unser Kuss dauert eine Ewigkeit. Völlig atemlos schaue ich in seine hellblauen Augen. Vor lauter Verlangen hat sich der weiße Rand um die Iris aufgelöst, ist vollständig verschwunden. Sein Glied drückt sich fester gegen meinen Oberschenkel, möchte beachtet werden. Er keucht verzückt auf, als ich den Druck leicht erhöhe.

Mit den Fingerspitzen fahre ich jeden Muskel nach, finde jede noch so sensible Stelle. Er kann vor mir nichts verstecken, weil ich das einfach nicht zulassen werde. Mit der Zunge folge ich den Händen, nehme dabei Jans Geruch auf. Jan schwitzt, schreit laut auf. Gierig beiße, sauge und lecke ich mich bis zu seiner Schwanzwurzel. Die Nase in seinen gestutzten Schamhaaren versteckt, atme ich tief Jans Geruch ein. Mit der Zunge lecke ich mich an seinem Glied nach oben. Dort nehme die Lusttropfen auf, bevor ich die Lippen um seine Schwanzspitze lege und ihn bis in meine Kehle gleiten lasse. Ein lauer, erschrockener Schrei ertönt. Die langen Beine umschließen meinen Kopf, drücken mich fest gegen seine Scham. Er stöhnt hingerissen auf, drückt den Rücken durch, will mehr davon.

Oh nein, so schnell geht das hier nicht, wie du es vielleicht willst. Hier in meinem Bett habe ich das Sagen und du wirst gehorchen.

Fest umfasse ich seine Schenkel, drücke sie auseinander. Ich lasse sein Glied unbeachtet, was ein unwilliges Stöhnen mit sich bringt. Leise lache ich auf und streiche mit den Händen die langen Beine hinunter. Na so was! Er scheint dort eine ziemlich empfindliche Stelle zu haben, denn er zuckt zusammen, als ich leicht in die Kniekehle beiße. Er ist so sensibel, feinfühlig und all das gehört ab sofort nur mir allein.

Sein Glied bildet einen weiteren Tropfen, der die zarte Haut des Bauches hinunterrollt. Wenn ich nicht aufpasse, sind wir schneller fertig, als ich es eigentlich vorhabe. Er soll leiden, soll spüren, was er verpasst hat in all der Zeit, wo er sich vor mir versteckt hielt. Schließlich kannte er mich gar nicht, hatte keinen Grund dazu, sich zu verstecken. Bevor er es ahnt, drehe ich Jan mit etwas Schwung auf den Bauch. Atemlos schaue ich hinunter, lecke mir über die Lippen. Sein Hintern ist einfach eine Sünde wert. Straffe Muskeln, toll gerundete Backen. Sie passen in meine Hände, so als wären sie nur für mich gemacht worden. Sanft knete ich sie, ziehe sie auseinander und inhaliere seinen betörenden, männlichen Duft der Erregung. Sein Eingang ist rosig, zuckt, als ich meinen warmen Atem dagegen puste. Fest beiße ich mir auf die Lippen, damit ich mich beruhige, sonst falle ich über ihn her ohne eine gründliche Vorbereitung. Vorab will ich wissen, wie er dort schmeckt, lecke ein paarmal über seinen Eingang, der das Paradies für mich bedeutet.

Jan lässt sich in seiner Erregung einfach vertrauensvoll in meine Arme fallen. Sein Geschmack überwältigt mich, dass ich noch mal darüber lecken muss, die Zunge leicht durch den Muskel schiebe. Kein einziges Haar kann ich dort mit der Zungenspitze ertasten. Er scheint sich penibel zu pflegen, was ich auch von meinem Jungen verlange. Es gibt nichts Störenderes, als wenn du Haare zwischen den Zähnen hast. Mein verlangender Blick gleitet über den Rest von ihm. Auch die Kleidung scheint alt zu sein. Sie ist sauber, aber oft geflickt worden. Er riecht gut und auch die Haare sind gewaschen, seidenweich. Die Zähne schneeweiß und die kleine Lücke dazwischen macht mich total an. Und die vollen Lippen erst. Er hat eine etwas raue Stimme, die an alten Whisky erinnert. Rauchig und sehr sexy. Obwohl er zierlich, leicht feminin aussieht, hat er nichts Zartes oder Weibisches an sich. Er ist ein Mann ganz nach meinem Geschmack. Seine Wangen sind sorgfältig rasiert und er scheint sich auch die Augenbrauen zu zupfen.

Ich kann es immer noch nicht fassen, dass ich ihn wirklich gefunden habe, er in meinem Bett liegt. Aus der Nähe betrachtet ist er noch faszinierender anzuschauen. Wie im Rausch präge ich mir alles ein. Er schreit, wimmert, hebt den Hintern höher, um mehr von meiner Zärtlichkeit zu bekommen. Das Gesicht hat er tief ins Kissen gedrückt, damit ich die lustvollen Schreie nicht hören kann. So nicht! Ich will sie hören. Daher beiße ich fest in seine linke Pobacke. Erschrocken hebt er das Gesicht, schaut mich mit weit aufgerissenen Augen an. Topase, denke ich gerade, als ich in seine blaue Iris schaue, dass mir der Atem stockt. Immer wieder murmele ich, dass er *mein* ist. Schnell drehe ich ihn auf den Rücken zurück, lasse mich auf ihn niedersinken. Das Verlangen, ihn zärtlich zu erobern, nimmt mein ganzes Denken ein. Sanft reibe ich mit meinem Glied über seines. Dafür werde ich mit einem erstickten Wimmern belohnt, dass es mir eiskalt vor Wonne über den Rücken läuft.

Plötzlich ist er mit seinen Gedanken weit weg. Er reißt die Hand hoch, wehrt mich ab. Will er mich etwa schlagen? Seine blauen Augen blicken ohne ein Ziel zu erfassen durch mich hindurch. Panik breitet sich auf Jans schönen Gesichtszügen aus. Was hat er bloß? Vorsichtig spreche ich ihn an, streiche zärtlich durch sein Haar, lege die Handflächen um sein Gesicht. Er blinzelt ein paarmal. Plötzlich laufen Tränen über seine Wangen. Unbeholfen wische ich sie weg, schaue ihn fragend an.

»Igor Popow!«, flüstert er. Meine Erregung fällt in sich zusammen. Jan scheint nicht mehr bei der Sache zu sein.

Behutsam frage ich ihn nach Popow aus. Er schluckt, erzählt leise von seinem Martyrium. Was er alles mit ansehen musste. Auch, dass er sich selbst befreien konnte, sich seit Monaten vor diesem Irren versteckt. Nun verstehe ich die Jungs besser. Eigentlich müsste ich ihnen dankbar sein. Trotzdem wäre dies alles nicht nötig gewesen, hätten sie mich in ihr Geheimnis eingeweiht. Meine Macht reicht weiter, als ihnen bewusst ist.

Master, die sich an die Regeln halten, sind eine eingeschworene Gemeinschaft, helfen sich untereinander. Der Kodex erlaubt keine Missachtung der Regeln, die besagen, dass zwischen zwei Personen nur Freiwilligkeit herrschen sollte. Wehe, du ignorierst das Safewort. Das spricht sich schneller herum, als man denkt. Dann ist es besser, du ziehst fort oder suchst dir ein neues Jagdrevier, wo dich keiner kennt. Aber auch da wird es irgendwann durchsickern, was für ein schlechter Master du bist. Die BDSM-Gemeinde ist verdammt groß, hält zusammen und mailt sich immer gegenseitig die neuesten Infos zu.

Schließlich bin ich kein Sadist, wie es dieser Igor zu sein scheint. Ich stehe zwar darauf, den Jungs die Hintern zu versohlen, aber ich quäle sie nicht, höre immer auf ihr Safewort. Ich habe es nicht nötig, mich ihnen aufzudrängen. Das Gegenteil ist der Fall.

Je mehr er mir von diesem Kerl erzählt, umso zorniger werde ich auf ihn. Das hat ab sofort ein Ende.

»Du, mein Junge, bist ab sofort mein Sklave. Mein Eigentum! Du gehörst mir und wehe, einer vergreift sich an dir. Hörst du? DU BIST MEINS!«

Morgen werde ich ein paar Leute anrufen und Erkundigungen nach diesem Mann einfordern. Ich will wissen, mit wem ich es zu tun habe. Um Jan zu zeigen, dass ich kein brutaler Master bin, werde ich über meinen Schatten springen. Diese Nacht werde ich zu etwas Unvergesslichem machen. Schon lange habe ich keinen Sex mehr gehabt, der nur von Zärtlichkeit, Sanftheit gelenkt wird. Fasziniert schaue ich meinen Jungen an. Errötend senkt er den Blick. Das ist so anziehend, dass ich mich fest gegen seinen Schritt presse. Direkt höre ich ein leises, sehnsuchtsvolles Stöhnen, spüre, dass sich sein Schaft erneut versteift.

Kann man sich auf den ersten Blick in einen Mann verlieben? Ist es wirklich wahr, dass es den Einen gibt, der nur zu dir gehört? Fragen über Fragen und die Antwort liegt direkt unter mir. Jans Blicke sind voller Sehnsucht und ich hoffe, dass er das Gleiche für mich empfindet.

Leicht hebe ich mich hoch, senke den Kopf und gleite mit der Zunge über seine bebenden Muskeln. Ein paar Sekunden verweile ich vor seinem Schritt. Nur ganz leicht lecke ich über den pochenden Ständer, nehme ihn dann zwischen die Lippen, sauge an der Schwanzspitze. Er wimmert, versucht tiefer zu stoßen. Erstickt schreit er auf, versteift sich, um in meinen Mund zukommen. Genüsslich schlucke ich alles, was er mir schenkt, lecke ihn danach sauber.

Es ist reizend, wenn er sich für seine Lust schämt. Erfrischend, weil ich dies schon lange nicht mehr bei einem Sub gesehen habe. Plötzlich dreht er sich um, kniet sich hin, zieht seine Backen auseinander. Der rosige Muskel zuckt leicht, öffnet und schließt sich direkt wieder. Diese Geste ist so sinnlich, dass ich Schwierigkeiten habe, Luft zu bekommen. Mein Herz klopft und das Einzige, was ich noch denken kann, ist ihn zu erobern. Mein Blick fliegt zu seinen Augen und ein lustvoll verzogenes Gesicht schaut mich an. Behutsam umschmeichle ich seinen Eingang, drücke einen mit Gel befeuchteten Finger durch den Muskel. Nachdem ich ihn vorsichtig gedehnt habe, folgt der nächste. Er stöhnt schmerzvoll auf. Leise rede ich auf ihn ein, sage ihm, wie toll er ist, wie sehr ich ihn brauche. Bevor er mein Glied aufnehmen kann, muss ich Jan etwas mehr als gewöhnlich vorbereiten. Der vierte Finger schiebt sich in sein Inneres. Leise schreit er auf, hebt sein Becken der Hand entgegen, schiebt sich mit einem Ruck von allein auf meine Finger. Schweiß perlt von den Schläfen runter auf seinen Bauch, als ich die Hand vorsichtig entferne. Schnell schnappe ich mir das Kondom, rolle es über. Behutsam setze ich die Spitze meines Schwanzes an seinem Eingang an, drücke mich vorsichtig in ihn, verharre dann. Er keucht verzagt auf, entspannt sich dann. Auf die Frage, ob es ihm gut geht, antwortet er mit einem klaren Ja.

Nun lasse ich der ganzen angestauten Leidenschaft freien Lauf, nehme mir von ihm, was ich brauche. Damit er auch zu seinem Recht kommt, umfasse ich sein Glied, reibe es im Takt der Stöße. Er versteift sich, verströmt sich dann in meiner Hand. Die Muskeln verengen sich um meinen Schaft und ich schreie laut die Lust in den Raum. Völlig fertig falle ich schweißgebadet auf seinen Rücken. Nach ein paar Minuten ziehe ich mich vorsichtig aus Jan zurück. Er liegt schwitzend, völlig erschlagen im Bett. Das Gesicht ins Kissen gedrückt, atmet er hektisch in dieses hinein.

Mit einem feuchten Handtuch wische ich uns sauber, lege ein trockenes Tuch über das vom Sperma feuchte Laken. Dann ziehe ich die Decke über uns, befehle ihm zu schlafen. Alles das, was uns beide noch beschäftigt, werden wir morgen klären müssen. Jetzt wird erst einmal geschlafen. Fest nehme ich ihn in die Arme, drücke den warmen Körper an meine Brust. Mit seinem Herzschlag in den Ohren schlafe ich direkt ein.

Kapitel 19

Jan

*_*_*_*

Am anderen Morgen werde ich von der Sonne geweckt, die mir ins Gesicht scheint. Wohlig strecke ich mich, spüre, dass ich diese Nacht wundervollen, zärtlichen Sex hatte. Mein Kopf dreht sich zur Seite und ich schaue in tiefgraue Augen, die mich besorgt mustern. Leise murmele ich ihm einen guten Morgen zu, drücke die Lippen fest auf seinen Brustkorb. Mit der Zunge lecke ich darüber, nehme seinen Duft damit auf. Er schmeckt so gut und schon erwacht mein Verlangen erneut. Diesmal jedoch ist es anders. Ein kleiner Schauer rinnt über meine Haut. Das, was ich gleich brauche, ist schmerzvolle Lust. Ob er mir das geben kann? Bange schaue ich ihn an, drehe mich um und recke ihm meinen Hintern entgegen. Ich hoffe, er weiß, was ich damit sagen will.

Ein fester Biss in die Pobacken lenkt mich ab. Er beugt sich runter, flüstert: »Du wirst mich ab jetzt mit *Sir* anreden. Solltest du ohne meine Genehmigung kommen, hängst du schneller in Ketten, als du ›*Sir*‹ schreien kannst. Glaube mir, Junge, denn schreien wirst du. Wenn ich mit dir fertig bin, wirst du betteln, dass du kommen darfst.«

Gott, ja. Das ist ganz genau das, was ich von ihm brauche. Er wird mich nicht enttäuschen, mir geben, was keiner je vor ihm schaffte. Lustvolle Schmerzen!

»Damit du lernst, dass ich nie leere Versprechungen mache, werde ich den Stock zu Hilfe nehme. Du wirst mit Eifer alle Befehle befolgen, sie zu meiner vollsten Zufriedenheit ausführen. Jan, du entscheidest. Willst du diesen Weg mit mir zusammengehen oder soll es bei dieser einen Nacht bleiben?«

Was? Er reißt mich mit dieser Forderung aus meinen Träumereien. Habe ich gerade wirklich gehört, dass er mir den Hintern versohlen möchte? Eifrig nicke ich daher schnell. Ich will das alles. Alles, was er bereit ist mir zu geben. Sprachlos schaue ich in seine Augen, sehe, dass er mich angespannt beobachtet. Ob er genauso hofft, dass ich Ja sage, wie es mein sehnlicher Wunsch ist, dass er mein Sir sein will? Bevor er denkt, dass ich nicht will, nicke ich mit dem Kopf, flüstere »Ja, Sir!« und sehe, dass er die angehaltene Luft ausstößt. Erleichterung macht sich auf seinem schmalen Gesicht breit. Dachte er etwa, ich würde mir diese einmalige Chance entgehen lassen? Fast alle Twinks in den Clubs werden mich beneiden, sollte das publik werden.

»Ich gebe dir für heute ein Safewort. Wenn du es aussprichst, ist es vorbei und ich lasse dich gehen. Du brauchst nur ›Rot‹ zu schreien!«, höre ich durch eine dicke Nebelwand voller Lust.

Denkt er etwa, dass ich verrückt bin oder einer von den Jungs, die nichts aushalten? Ich will das hier mit allen Sinnen genießen. Wieso sollte ich etwas, dem ich seit Jahren entgegenfiebere, dass ich mein Leben lang gesucht habe, einfach mit einem Wort zerstören wollen?

Wie herrisch er mit mir umgeht! Ich liebe es ja jetzt schon!

Andrew packt fester zu, dreht mich auf den Bauch, zieht die Backen auseinander. Leise höre ich ihn seufzen. Er senkt den Kopf und seine feuchte Zunge drängelt sich dazwischen, verwöhnt den zuckenden Eingang, bevor sie hoch wandert, sich um meine Eichel legt. Noch nie habe ich solch einen Sturm von Gefühlen erlebt, wie sie gerade durch meine Nerven rauschen. Laut stöhne ich die Lust in den Raum, als er von vorne anfängt. Schnell beiße ich mir auf die Zunge, versuche runterzukommen. Nichts zu machen! Der Orgasmus war einfach zu nahe. Nicht mal erholen kann ich mich, denn ich werde direkt auf die zittrigen Beine gezogen. Bebend stehe ich vor Andrew, als er mit dem Zeigefinger über einen Tropfen Sperma wischt. Auffordernd hält er ihn mir hin. Das verlangt er jetzt nicht wirklich von mir, oder?

»Zwölf!«, murmelt er. Zwölf was? Mein Sir erklärt, dass es die Schläge sind, die ich mir mit dieser Verweigerung gerade eingehandelt habe. Sechs fürs unerlaubte Kommen und sechs, weil ich den Finger nicht direkt abgeleckt habe? Fassungslos schaue ich in seine dunkelgrauen, voller Lust leuchtenden Augen. Die Aufregung, dass er mich gleich bestraft, lassen sie dunkler wirken. Sprachlos schaue ich Andrew an. Er wird ein verdammt strenger Master sein, wenn ich mir ein Dutzend Hiebe eingehandelt habe, ohne überhaupt etwas Gravierendes getan zu haben. Und ich dachte noch, dass er ein Softie wäre. Falsch gedacht! Schließlich hatten die Subs mich im *Club Red* doch aufgeklärt, mir flüsternd erzählt, was für ein strenger Herr er ist. Wie konnte ich das nur vergessen?

Immer noch hält er mir den Finger hin. Zaghaft lecke ich ihn sauber. Er lobt mich leise, drückt ihn tiefer in den Mund. Ohne Probleme schaffe ich es bis zur Kehle. Gebannt schaut er zu. Er zwinkert ein paarmal mit den Lidern, hebt meinen Körper mit einer Leichtigkeit hoch, dass ich erstaunt bin, wie stark er ist. Schnell schlinge ich die Beine um die schmale Hüfte. Er umfasst meinen Hintern, trägt mich zu einer verborgenen Tür. Fest umklammere ich seinen Hals, spüre, dass er mich gegen sich drückt. Schon wieder füllt sich mein Glied mit Blut, wird steinhart. Abrupt bleibt er stehen, umfasst die Arschbacken fester und presst den Unterleib hart gegen meinen Bauch. Warme Lippen pressen sich auf meine und eine feuchte Zunge dringt direkt ein. Wild umspielt er meine, saugt sie zu sich in den Mund. Leicht beißt er in die Spitze und abrupt halte ich still. Er zieht den Kopf zurück, schaut mir dabei tief in die Augen. Sein warmer Atem weht über die pochenden Lippen und seine Stirn liegt auf meiner. Tief holt er Luft, öffnet hektisch eine Tür in meinem Rücken.

Gedämpftes Licht beleuchtet die Szene. Erstaunt reiße ich die Augen weit auf. Himmel, Arsch und Zwirn, ist das ein

Spielzimmer! Bevor ich diesen Raum verdauen kann, steht Andrew in der Mitte des Zimmers, lässt mich ganz langsam runtergleiten. Voller Lust beiße ich mir auf die Lippen, als ich seinen harten Schwanz spüre. Benommen schaue ich zu ihm hoch, höre zeitgleich die Ketten rasseln. Bei diesem Geräusch läuft mir eine Gänsehaut über den Körper. Automatisch weiche ich einen Schritt zurück. Er schaut mich nur fragend an, hält die Kettenglieder ganz locker in den Händen. Das Herz rast bei diesem Anblick. Er wartet, lässt mir die Wahl. Habe ich überhaupt eine? Angespannt schaue ich in sein Gesicht, erkenne, dass er mich nicht dazu zwingen wird. In diesen Moment will ich ihn mit solch heftigem Verlangen, dass es in der Brust schmerzt. Schnell mache ich einen Schritt auf ihn zu. Erstaunen und Erregung kann ich in seinem Gesicht lesen, als ich Andrew die Hände ohne ein Wort hinhalte. Behutsam legt er die gefütterten Fesseln um die Handgelenke, zieht die Arme langsam nach oben. Damit ich die Beine nicht schließen kann, holt er eine Spreizstange, schiebt sie zwischen die Knöchel, befestigt sie. Dabei schaue ich zu ihm runter. Fasziniert bemerke ich, dass die Muskeln sich auf seinem Rücken bewegen. Das Haar glänzt im Licht blauschwarz, fällt bis auf die Schultern, erinnert mich an die Flügel eines Raben. Als er aufsteht, prüfend nachschaut, ob die Ketten nicht zu fest sind, versinke ich in der grauen Iris und … verliebe mich in ihn. Das habe ich nicht vorhergesehen. Nie damit gerechnet. Ich zittere am ganzen Körper, das Herz klopft laut und Schweißtropfen laufen mir über das Gesicht.

Ich bin wirklich in Sir Andrew Sanchez verliebt. Schwer schlucke ich, als mir mit aller Wucht klar wird, was das für mich bedeutet, sollte er diese Liebe nicht erwidern. Dann bin ich derjenige, der leidet, damit klarkommen muss. Was für ein Durcheinander. Ich sollte es einfach auf mich zukommen lassen, schauen, was dabei herauskommt. Daher werde ich die Zeit genießen, die mir bleibt, um bei ihm sein zu können.

Verspannt stehe ich vor ihm, schließe die Lider, spüre, wie er sanft und liebevoll über meine Wangen streicht, die Tropfen wegwischt. Er raunt mir beruhigende Worte ins Ohr, streicht über meinen bebenden Rücken.

»Achte auf meine Atmung, versuche dich anzupassen!«, flüstert er mir ins Ohr.

Er drückt meinen Kopf gegen seine Brust. Bebend spüre ich, wie sie sich hebt und senkt. Höre, wie die Luft in seine Lungen strömt, wieder entweicht. Endlich schaffe ich es, passe mich seinem Rhythmus an und werde ruhiger. Er lobt mich, streicht mir über die Brust, lässt eine Hand auf meinem bebenden Bauch liegen. Nie verliert er den Kontakt zu meiner schweißnassen Haut. Lippen drücken sich kurz auf meine. Ich zittere, höre, wie die Bewegung die Ketten klirren lassen. Oh, ich will das hier mit einer Leidenschaft ausleben, die mich echt erstaunt. Vertrauen in den Mann, der vor mir steht, erwacht mit aller Macht. Ein Master, der mir die Zeit gibt, mich auf ihn zu konzentrieren. Die zärtlichen Berührungen, seine Geduld, all das lässt mich endlich hoffen. Er wird nichts tun, was ich nicht möchte. Das Safewort wird ihn aufhalten. Schließlich ist er ein ehrenhafter Master, so wie die Jungs immer über ihn gesprochen haben. Ich vertraue ihm, sonst wäre ich nicht mit ihm gegangen! Ohne das hätte er keine Chance bekommen und ich wäre nicht hier bei ihm geblieben. Nun warte ich darauf, was geschieht!

Plötzlich ist da diese Stille im Raum. Wo ist mein Sir? Panisch versuche ich herauszubekommen, wo Andrew ist. Die Ketten klirren und Gänsehaut macht sich breit. Mein Puls schlägt sämtliche Rekorde, als er einen Schrank öffnet. Mit einem Paddle in der Hand kommt er zurück. Breitbeinig steht er vor mir. Er zieht meinen Körper zu sich rüber, drückt den Kopf gegen seine Brust, dass ich mich wieder konzentrieren kann und seiner ruhigen Atmung anpasse. Als ich endlich nicke, entfernt er sich einen Schritt, hebt das Paddle. Er umrundet meinen zitternden Körper. Leicht klopft er gegen den Hintern und der erste Schlag sitzt. Scheiße, tut das weh!

Die Arschbacken ziehen sich bei dem Schmerz zusammen. Leise schreie ich auf. Zärtlich streicht Andrew über die misshandelte Haut, holt erneut aus und trifft. Beim nächsten Hieb laufen mir schon die ersten Tränen über das Gesicht. Das sind erst drei Schläge von zwölf und ich bin jetzt schon am Ende!

Unbeirrt zieht er die Strafe durch. Ohne Erbarmen verabreicht er mir die gesamte Anzahl. Ungläubig schaue ich an mir runter. Mein Schwanz ist einsatzbereit, steht steif vom Unterleib ab. Lusttropfen quellen ohne Ende hervor.

Die misshandelte Haut ist heiß, spannt über dem Hintern. Es brennt wie Feuer. Jedes Mal, wenn er darüberstreicht, verstärkt sich der Schmerz ein klein wenig mehr. Ich weine, murmele immerzu seinen Namen, will in die Arme genommen werden. Das Verlangen, ihn in mir zu spüren, nimmt überhand.

Endlich schiebt sich ein nasser Finger zwischen die heißen Backen, umschmeichelt den Eingang. Er dringt ein, ohne auch nur einmal innezuhalten. Leise spricht er mir ins Ohr, dass ich toll bin, wie sehr er mich braucht. Er umfasst meine Hüfte, drückt den zweiten Finger gegen den Eingang und führt ihn ein. Als er über einen Punkt im Inneren streicht, schreie ich laut auf, drücke mich an ihn, was ihn leise auflachen lässt.

»Du wartest auf meine Genehmigung, ohne kommst du nicht. Solltest du versagen, gibt es noch mal zwölf Schläge. Diesmal mit dem Gürtel. Du allein darfst entscheiden!«, flüstert er leise und beißt mir ins Ohrläppchen.

Ja, ja. Das hatten wir eben schon mal. Egal, wie ich mich entscheide, ich werde bestraft.

Scheiß Spiel!

Ich liebe es.

Leise raschelt es hinter mir. Endlich spüre ich, dass er sich mit seinem Glied gegen meinen Eingang drückt. Ich drehe den Kopf, will ihn sehen. Erschrocken schreie ich auf, als er mir in meine Haare greift, den Kopf nach hinten zieht und in die feine Haut der Kehle beißt, sich daran festsaugt. Voller Erregung versuche ich den Orgasmus zu unterdrücken, als er unerwartet von mir ablässt. Puh. Das war verdammt knapp!

Ein Knistern ertönt und ich weiß, dass er sich gerade ein Kondom überrollt. Er stellt sich zwischen die weit gespreizten Beine, streicht noch etwas Gleitgel über den Eingang. Ohne innezuhalten, bahnt sich ein verdammt großes Glied seinen Weg in meinen Körper. Uh, brennt das. Er hört erst auf, als er ganz eingedrungen ist. Die Augen geschlossen, versuche ich mich nach ein paar tiefen Atemzügen zu entspannen. Das, was ich gerade spüre, ist schon enorm. Langsam zieht er sich zurück, lässt mir einen Augenblick, um mit einem kräftigen Stoß wieder und wieder einzudringen. Sein Bauch presst sich gegen den wunden Hintern, hinterlässt dabei einen feinen, brennenden Schmerz. Ohne dass ich mich bewegen kann, nimmt er mich mit aller Kraft. Eine Hand umfasst mein Glied, reibt es. Hilfe, ich komme! Die inneren Muskeln ziehen sich um seinen imposanten Schwanz zusammen.

»Nein, Jan. Du wartest, bis ich es dir sage!«, befiehlt er mir. Ich kann nicht mehr. Ich spüre, dass die Hoden sich zusammenziehen, sich die Erregung steigert und dass die Schwanzspitze ganz nass wird.

»Du sollst warten!«, murmelt er. Sollte ich jetzt nicht abspritzen, explodiert mein Schwanz.

Laut schreie ich auf, fange an zu betteln. Er vergräbt sich noch tiefer, presst die Fingernägel in die Haut meiner Hüfte. Der Schmerz lässt mich etwas runterkommen und ich hechele die Pein weg. Andrew hält still, sodass ich das Klopfen seines Schwanzes gegen die Darmwände spüren kann. Schwer atmend verharrt er. Er löst die Nägel aus meiner Haut, umschlingt fest mein klopfendes, feuchtes Glied, was mich laut jammern lässt. Er denkt nicht daran, mir Erlösung zu schenken, zieht sich vorsichtig zurück. Laut schreie ich den Frust hinaus. Das kann er doch jetzt nicht machen!

Fassungslos hänge ich in den Ketten. Er kniet sich nieder, öffnet die Spreizstange, lässt meinen Körper runter, bis ich vor ihm auf die Knie falle. Schwer atmend schaue ich zu, als er sich das Kondom von seiner Härte zerrt. Mit der Eichel stupst er vor meinen Mund. Zaghaft öffne ich ihn. Leicht dringt er zwischen meine Lippen. Vorsichtig sauge ich an der Spitze, fühle mit der Zunge, dass seine Adern wie verrückt klopfen. Ich entspanne die Kehle, lasse ihn tiefer eindringen. Als er schneller wird, verharrt, die Augen genussvoll schließt und tief in meinem Hals zum Orgasmus kommt, versuche ich würgend alles zu schlucken.

Er zieht sein Glied etwas zurück und das restliche Sperma landet auf der Zunge, lässt mir keine andere Wahl, als es zu schmecken. Früher, da hatte ich einen Freund, der nicht so reinlich war. Verliebt habe ich es akzeptiert. Als er einfach in meinen Mund abspritzte, hob sich mein Magen und ich erbrach alles wieder. Seit dieser Zeit ekele ich mich davor.

Hier steht aber mein Sir Andrew. Sein männlicher, reinlicher Geruch lässt das alles vergessen.

Vorsichtig zieht er sich zurück, wischt die Reste seines Samens aus meinem Mundwinkel, streicht dabei liebevoll über die Kehle. Genüsslich lasse ich es mir auf der Zunge zergehen, schlucke es hinunter. Mit der Zunge lecke ich mir den Rest von meinen Lippen. Erregt keucht Andrew auf, als er mich dabei beobachtet.

Sein Lob wiederum, dass ich es gut gemacht habe, macht mich stolz. Auch, dass er erklärt, dass er safe ist. Atemlos hustend knie ich immer noch vor ihm auf dem Boden.

Er löst die Handfesseln, hilft mir auf die Beine. Eine Hand streift dabei mein immer noch erregt klopfendes Glied. Wimmernd beiße ich mir fest auf die Lippen. Ich weiß, dass es keine Erlösung gibt und akzeptiere dies. Er führt mich vorsichtig zum Bett, befiehlt, dass ich mich auf den Bauch rollen soll. Sanft drückt er gegen meinen Rücken. Ergeben schließe ich die Augen. Warme Finger streicheln über den heißen Hintern, als eine kühle Salbe einmassiert wird. Mann, tut das gut. Wenn nur nicht der hartnäckige Schwanz wäre, der immer noch zu seinem Recht kommen will.

Eine leichte Decke legt sich über den erhitzten Körper. Die Matratze senkt sich und Andrew legt sich neben mir nieder. Er zieht mich zu sich rüber, flüstert mir leise ins Ohr, dass ich noch etwas schlafen soll. Vorsichtig reibt er über die Striemen und ein Wimmern entkommt mir. Trotzdem rutsche ich hin und her, versuche das störrische Glied zu beruhigen. Leise, fast schon hinterhältig lacht Andrew, als ich endlich in den Schlaf falle.

Zwei Stunden später strecke ich mich ausgiebig, stöhne laut auf. Oh, der Hintern ziept aber ziemlich. Er hat wirklich kein bisschen Rücksicht genommen. Bildhaft kann ich es mir vorstellen, dass er immer ohne einen Funken Erbarmen die Strafe vollziehen wird, sollte ich ungehorsam sein.

Er ist eben ein Master und ich? Grübelnd liege ich im Bett, frage mich, was ich für ihn bin oder sein werde!

Ich höre die Dusche rauschen, versuche langsam aufzustehen. Der leichte Schmerz lässt meine Erregung erwachen. Automatisch streiche ich über den pochenden Schaft, falle zurück in die Kissen. Voller Genuss schließe ich die Augen, gehe die Session von heute Morgen noch mal durch. Dabei bemerke ich nicht, dass die Dusche abgestellt wird, Andrew vor das Bett tritt. Ich bin in der heißen Lust nach Erlösung gefangen, dass ich nichts mehr mitbekomme.

Erst als warmer Atem gegen meine Lippen weht, ich höre, wie er leise »Jan« wispert, erkenne ich, dass ich mich habe gehen lassen. Panisch reiße ich die Hände nach oben. Zu spät! Der Orgasmus war viel zu nahe an der Oberfläche. Ich spritze alles auf meinen und seinen Bauch. Laut schreie ich auf, hebe das Becken hoch, presse mich an seinen Unterleib, bis die letzten Zuckungen vergehen. Das Herz hämmert in der Brust, als das Denken wiedereinsetzt.

Voller Angst öffne ich die Augen. Scham lässt Röte über die Wangen kriechen. Wie ein Teenager, der sich nicht unter

Kontrolle hat, habe ich mich benommen. Ich traue mich gar nicht, in Andrews Augen zu schauen. Schnell lege ich den Arm über die Lider, hauche eine Entschuldigung. Leise bete ich, dass die Bestrafung nicht zu hart ausfallen wird. Mann, konnte er nicht eine Minute später wiederkommen?

Er reißt den Arm weg, beugt sich runter und befiehlt, dass ich ihn anschauen soll. Zaghaft hebe ich die Lider, hoffe, dass er mich nicht rausschmeißen wird. Dunkelgraue Augen schauen hypnotisierend in meine, lassen nicht zu, dass ich wegschaue. Am liebsten würde ich die Lippen jetzt auf seine pressen. Zaghaft hebe ich den Kopf, bemerke, dass er nicht ausweicht. Mutig drücke ich den Mund auf seinen. Das Herz in der Brust klopft dabei ziemlich laut, dass er es bestimmt hören kann.

Er hält still, lässt es einfach geschehen. Die Zungenspitze huscht nach vorne, leckt vorsichtig über seine Zähne, als er die Lippen ein kleines Stück öffnet.

Sehnsucht nach Nähe lässt alle Schranken fallen. Fest presse ich den Mund auf seinen. Die Zunge dringt ein, will sich mit seiner duellieren. Er lässt sich auf meinen Körper sinken, übernimmt nun die Führung. Genau das ist es, was ich brauche, um glücklich und zufrieden zu sein. Andrews heißen Körper, die Zärtlichkeit, die er mir gerade zukommen lässt. Immer wieder murmele ich seinen Namen. Ich will viel mehr davon. Will alles, was ich von Andrew bekommen kann!

Voller Verlangen hebe ich das Becken. Dieser Kuss hat es erneut angefacht. Ich kenne mich so nicht. Sanft reibe ich mit meinem steifen Schwanz über seinen. Er packt meine Hände, hebt sie mir über den Kopf, flüstert, dass ich sie dort liegen lassen soll. Benommen nicke ich, umfasse die Gitterstäbe, umklammere sie ganz fest. Verantwortung abgeben, sich um nichts Sorgen machen. Das ist es, was ich möchte und brauche.

Dieser sündhafte Mund stellt danach atemberaubende Dinge mit mir an. Ängstlich schaue ich zu ihm, als er endlich von mir ablässt. Wird er mich wieder unbefriedigt liegen lassen? Er lächelt gemein, als er den Kopf runterbeugt, sich Lippen um mein feuchtes Glied festsaugen. Als sein Finger sich zeitgleich einen Weg in mein Inneres bohrt, befiehlt er, dass ich kommen soll. Sofort lasse ich die Zügel los. Mit einem lauten Schrei komme ich. Sein leises, erregtes Lachen lässt den ganzen Körper erzittern. Er gibt nicht eher Ruhe, bis ich ihm alles gegeben habe, was er von mir wollte.

Bevor ich zu mir komme, presst er den vollen Mund auf meinem, öffnet ihn und Sperma läuft hinein. Panisch drücke ich die Hände gegen seinen Brustkorb, versuche ihn wegzustoßen. Ich versage, weil er viel stärker ist. Bezwingend schaut er mir in die Augen, bis ich gehorsam bin und seine Zunge einlasse.

Staunend erkenne ich, dass es mir nicht mehr so viel ausmacht. Er beendet den Kuss, rutscht nach oben, kniet neben mir. Sein hartes Glied stupst gegen meine Lippen. Er keucht laut auf, als ich fest an der Spitze sauge. Sanft setze ich die Zähne ein, schabe vorsichtig über die feine Haut und ernte einen lauten, erregten Schrei. Seine grauen Augen blitzen auf, verbrennen mich.

Er zieht sich zurück und erschrocken schaue ich zu ihm auf. Habe ich Andrew etwa verletzt? Er hält sein Glied weiter vor meinen Mund, will, dass ich die Zunge rausstrecke. Er reibt ein paar Mal kräftig rauf und runter, spritzt sein Sperma dann darauf. Gierig öffne ich den Mund. Eine Hand umschließt meine Kehle, massiert sie sanft und nur seine strenge Stimme, die mir befiehlt: »Schluck es runter, Junge!«, ist alles, was ich brauche, um seine Forderung zu erfüllen.

Kapitel 20

Andrew

~~*~*

Ich kann es immer noch nicht glauben, dass er in meinen Armen liegt. Lange habe ich darüber nachgedacht, wie ich Jan vor diesem Igor schützen kann. Solange er sich nicht an meinen Jungen heranmacht, werde ich wohl die Faust in der Tasche ballen und abwarten müssen. Trotzdem werde ich mich über ihn erkundigen und will alles wissen, was ihn betrifft. Wie sagte mein Papa mal?

Um deine Feinde zu erledigen, musst alles über sie in Erfahrung bringen und es gegen sie verwenden.

Genau das werde ich tun.

Seit einer Stunde liege ich wach, beobachte ihn. Plötzlich schlägt er die Augen auf, schaut mich an. Er schluckt und versteckt beschämt sein Gesicht an meinem Brustkorb. Leckt er etwa mit der Zunge über meine Haut? Er stöhnt leise auf, dreht sich herum und die Bettdecke rutscht von seinem nackten Hintern. Das Herz bleibt mir fast stehen, als ich den perfekten Arsch so nahe vor mir habe. Atemlos beuge ich mich zu ihm runter, beiße in das feste Fleisch. Er schreit auf, drückt ihn noch höher, öffnet leicht die Beine. Will er mich etwa herausfordern? Oh, das nehme ich doch direkt an.

Als er mit seinem Schwanz über das Laken reibt, bringt ihm das einen festen Schlag auf seinen kleinen Knackarsch ein. Jans Augen werden ganz rund. Sein schmerzhafter Schrei erfüllt den Raum. Er drückt sich der Hand entgegen, will mehr haben. Ob ich ihn schon mit meiner Neigung konfrontieren kann? Er weiß schließlich, was ich bin. Noch mal schlage ich auf die andere Backe. Wieder ertönt ein

Schrei, der mich erregt beben lässt. Oh, wie ich das vermisst habe.

Mit einem Ruck drehe ich ihn auf den Rücken. Ein kleiner silbriger Faden seilt sich von seinem Glied ab. Krampfhaft schlucke ich, als ich das sehe. Er scheint es tatsächlich zu genießen. Ich würde sagen, dass er kurz vorm Orgasmus steht. Nicht, dass ich es ihm nicht gönnen würde. Er darf sogar kommen, sobald ich ihm den Befehl dazu gebe. Sollte er seine Lust jedoch nicht in den Griff bekommen, wird ihm dieser unerlaubte Genuss lange im Gedächtnis bleiben.

Als Jan den Befehl vernimmt, wimmert er leise auf. Voller Sehnsucht schaut er in meine Augen. Die Wort Strafe, Fesseln und Stock lassen ihn schlucken. Die Lider schließen sich über die hellblauen Augen. Er beißt sich auf die vollen Lippen, seufzt verlangend auf und hebt sich mir entgegen. Lange schaue ich auf ihn hinunter. Ich habe die Hoffnung, dass er nicht versagt, egal wie sehr er sich anstrengen muss, um dem Befehl zu gehorchen. Dafür sorge ich schon. Seine Augen werden plötzlich ganz leer und die hellblaue Iris verdunkelt sich. Er scheint weit weg zu sein. So nicht, Kleiner.

Oh nein, das hatten wir diese Nacht schon mal. Er wird diesen sadistischen Bastard nicht mit in unser Bett und Leben nehmen, sondern vergessen. Dieser Kerl hat hier nichts zu suchen.

Hier gibt es nur ihn und mich.

Ein Biss in seine Schwanzspitze, ein festes Saugen an der Eichel und er zuckt zusammen. Kurz blinzelt er an sich herunter, als ich fest in seinen Oberschenkel kneife. Da ist er ja wieder. Er soll sich ganz auf mich konzentrieren. Alles andere ist Nebensache. Dankbar schaut er in meine Augen. Zärtlich streiche ich die Vorhaut seines Gliedes rauf und runter. Jans ganzer Körper windet sich hin und her. Den Rücken durchgebogen, stößt er in meinen Mund hinein. Innerlich erbebe ich vor Freude, dass ich ihn so leicht erregen kann. Noch ein sanfter Biss in die Spitze der Eichel und mit einem lauten Schrei kommt er, spritzt mir alles in den Mund. Genüsslich schlucke ich sein Sperma runter. Jan schmeckt leicht salzig, männlich, so wie ich es liebe. Er schlägt die Lider auf, schaut selig lächelnd zu mir hoch. Mit der Zunge fahre ich über seine Hoden, hoch zu seinem Bauch und verbeiße mich zum Schluss in die rosigen Nippel. Mein Junge keucht, schwitzt und sein Geruch setzt sich in der Nase fest. Ich liebe diesen Duft. Er ist zwar etwas feminin, aber es passt zu meinem Jungen.

Er dreht sich herum, versteckt sein Gesicht in das Kissen. Er braucht sich nicht zu schämen. Ich will ihn erregt und geil sehen. Gleich werde ich Jan beibringen, wer der Sir und wer der Junge ist. Dass er devot ist, konnte ich bei unserer ersten Begegnung im Darkroom erkennen. Auch wie er auf mich reagiert hat, den Blick nicht abwenden konnte, sagt mir, dass er nur mich sah, nicht den Typen vor mir. Nur, kann er sich in den Schmerz fallen lassen, den ich ihm gleich bereiten werde, nach dem, was ihm mit Popow passiert ist? Das wird sich gleich zeigen.

Ich ziehe ihn weiter vor zur Bettkante, drehe ihn zurück auf seinen Rücken. Wie erschlagen hebt er den Kopf, senkt den Blick. Er scheint sich zu schämen, wenn ich die Röte auf seinen Wangen betrachte. Scham ist etwas, was er sich bei mir auch abgewöhnen kann.

Mit dem Finger streiche ich über einen Spermafleck, den ich übersehen habe, und halte ihm die Fingerspitze an den Mund. Er zuckt zurück und ich sage nur: »Zwölf!«

Die Augen weit aufgerissen, hält er die Luft an, bevor er sie ausstößt. Ich erkläre ihm genau, warum er zwölf Hiebe bekommt. In seinen Augen erscheint ein Glitzern, was aber direkt verschwindet, als er die Lider senkt. Immer noch halte ich Jan den Finger hin. Zögerlich leckt er ihn sauber und bevor er ahnt, was kommt, drücke ich die Fingerspitze tiefer in den Mund. Er saugt ihn ein, schaut mir dabei provozierend ins Gesicht. Wenn er denkt, dass ich nur leere Versprechungen mache, täuscht er sich. Um ihm dies klarzumachen, ziehe ich Jan vom Bett, hebe ihn hoch. Sofort umschlingen die Beine meine Hüfte. Er ist nicht besonders schwer und als sein Glied sich an meiner Bauchdecke erneut versteift, drücke ich ihn fest dagegen. Sein Stöhnen lässt mich vor Verlangen beben. Die Lippen auf seine gedrückt, nehme ich Jans Geschmack auf. Vor einer verborgenen Tür mache ich halt, unterbreche den Kuss, öffne sie. Gedämpftes Licht erstrahlt, lässt das Spielzimmer unwirklich erscheinen. Ja, ich weiß!

Adam Pasch und Jessy haben auch hier eine Superleistung vollbracht.

Bevor Jan wieder zu sich kommt, steht er in der Mitte des Raumes. Per Knopfdruck senken sich die Ketten, sodass ich sie bequem erreichen kann. Ohne Worte halte ich ihm die Handfesseln hin. Eine Gänsehaut macht sich auf seinem Körper breit, als er einen Schritt zurückweicht. Flackert da etwa Angst in den hellblauen Augen? Zweifel, ob er wirklich kompatibel mit meinen Neigungen ist, tauchen auf. Nicht, dass der erste Eindruck getäuscht hat, weil ich es mir voller Inbrunst gewünscht habe. Hoffnungsvoll schaue ich zu Jan, halte immer noch die Fesseln in der Hand. Er schluckt und plötzlich lächelt er mir zu. Ohne weiteres Zögern hält er seine Handgelenke hin.

Beruhigend lächle ich, streiche ihm die blaue Haarsträhne aus dem Gesicht. Alles, was jetzt geschieht, erkläre ich Jan ganz genau, damit er nicht in Panik gerät. Als die Spreizstange befestigt ist, atmet er viel zu schnell. Schweißtropfen laufen über die Schläfen. Gebannt sehe ich, dass ein Tropfen über sein Gesicht rollt. Ich beuge mich zu ihm runter, wische ihn liebevoll weg, drücke einen leichten Kuss auf die bebenden Lippen. Leise hauche ich, dass er sich auf meine Atmung konzentrieren soll. Ergeben nickt er. Sanft drücke ich den Kopf gegen meinen Brustkorb. Betont langsam und gleichmäßig atme ich ein und aus. Sekunden später schafft er es, schaut dankbar hoch. Leise murmele ich, dass er es ganz toll macht. Er nickt, konzentriert sich nur auf das, was ich sage, von ihm will. Ich kann einfach nicht anders, als ihn noch mal zu küssen.

Die Ketten klirren, als der Kuss gieriger wird. Dieses Geräusch zieht sich durch alle Nervenbahnen. Keuchend nehme ich den Mund von seinen geschwollenen Lippen.

Voller Freude auf eine heiße Session mit meinem Jungen gehe ich nach hinten zum Schrank. Ruckartig dreht er sich um, als ich mich ein paar Schritte entferne. Beruhigt sieht er, dass ich den Raum nicht verlassen habe. Unschlüssig überlege ich, was am besten zu seiner Bestrafung passen würde.

Mit einem Paddle in der Hand komme ich wieder. Leise rede ich weiter, damit er weiß, was ihn erwartet. Nun stehe ich hinter Jan, bin aufgeregt, als ob es mein erstes Mal wäre, dass ich einem Sklaven den Hintern versohle. Was ist an diesem Mann anders, dass die Finger zittern, mein Herz vor lauter Vorfreude klopft? Gleich werden seine Schmerzensschreie den Raum erfüllen.

Ohne eine weitere Warnung schlage ich zu. Der erste Hieb lässt ihn zusammenzucken. Der zweite schreien und beim dritten weint er dicke Tränen. Sanft wische ich sie mit dem Daumen von den Wangen, schaue nach, ob es ihm gut geht. Mit so viel Sehnsucht in den Augen, wie ich sie noch nie bei einem Sklaven sah, schaut er hoch. Der Mund wird trocken, das Herz schlägt ganz aufgeregt in der Brust. Mein Glied zuckt, will unbedingt beachtet werden.

Ich ignoriere es. Nur noch ein kleines bisschen mehr will ich mit meinen neuen Jungen spielen. Schließlich entscheide ich, nicht meine Geilheit.

Ohne Erbarmen verabreiche ich Jan die restlichen Hiebe. Keine Gnade, damit er weiß, dass ich ein Sir bin. Und zwar seiner!

Ich bin gerecht, lasse mich nicht von einem Paar bettelnder Augen umstimmen. Er schreit laut auf, wimmert beim nächsten Schlag. Sein Verlangen nach mir, seine Erregung, all das kann er nicht verleugnen. Ich kann es sehen und riechen. Das alles macht mich süchtig nach mehr.

Endlich ist hier jemand, der meine bestimmende Natur zu würdigen weiß. Einer, der sich fallen lassen kann, nicht mehr von mir fordert, als ich bereit bin zu geben. Wie weit sein Vertrauen gehen wird, das werde ich austesten. Vielleicht schaffe ich es, dass Jan sich mir total unterwirft.

Zur Belohnung, dass er die Schläge ohne Weiteres hingenommen hat, dringe ich vorsichtig mit einem feuchten Finger in ihn ein. Er ist heiß, eng und verdammt empfindlich. Ungläubig schaue ich auf seinen Schaft hinunter. Steil und stolz reckt er sich mir entgegen. Wenn ich jetzt zupacke, kommt er ohne eine weitere Stimulierung.

Verzagt wimmert er auf, als ich ihm drohe, dass er zwölf weitere Schläge mit dem Gürtel bekommt, sollte er versagen.

Jan wird unruhig, versucht den Kopf nach hinten zu drehen.

Resolut greife ich in seine Haare, zwinge ihn, mir in die Augen zu schauen. Er soll wissen, dass ich es wirklich ernst meine, sollte er noch mal unerlaubt zum Orgasmus kommen. Um dies zu unterstreichen, beiße ich leicht in seine Kehle, sauge an der feinen Haut, bis ein rotes Mal auftaucht. Als ich ihn loslasse, geht sein Atem stoßweise. Die blauen Augen strahlen mir voller Zuneigung entgegen. Schnell ziehe ich ein Kondom über, setze die Spitze des Gliedes an den zuckenden Muskel und dringe ohne innezuhalten bis zur Wurzel in Jan ein. Atemlos verharre ich tief in der seidigen Wärme. Fest kneife ich die Augen zusammen, als er seine Muskeln noch mehr um meinen Schaft herum anspannt. Ich brauche alle meine Kraft, um nicht direkt zu kommen. Das wäre vielleicht eine Blamage.

Die Atmung kontrollierend beruhige ich mich, sodass ich ein paar Sekunden später Jan mit aller Kraft in Besitz nehmen kann. Jedes Mal, wenn ich mit dem Bauch seinen heißen roten Hintern berühre, wimmert er leise auf. Die Fingernägel krallen sich an seiner Taille fest, was einen lauten Schmerzensschrei zur Folge hat.

Bei jedem Stoß treffe ich seinen Punkt, höre ihn jammern. Zur Strafe und weil es mir gefällt umschließe ich sein Glied, drücke fest zu. Er schreit, bettelt mich an kommen zu dürfen. Ich bin kein weicher Herr, sondern demonstriere, dass ich die Macht über ihn besitze. Eine Macht, die er freiwillig abgegeben hat, und ziehe mich aus ihm zurück. Mir gefällt das. Ihm anscheinend weniger.

Schnell entferne ich die Spreizstange, lasse die Ketten etwas runterfahren. Jan fällt genau vor meinem Schritt auf die Knie. Das Kondom wird schnell entfernt und ich stupse mit der Spitze des Gliedes gegen seinen Mund. Brav öffnete er ihn, saugt ihn voller Eifer ein. Nur ein paar leichte Stöße und mit einem lauten Schrei komme ich, spritze Jan alles in die Kehle, ohne ihn vorzuwarnen.

Panisch reißt er die Augen auf, schaut hoch. Nur ein Blick reicht und er schließt gehorsam den Mund. Sperma rinnt aus seinem Mundwinkel, wo ich es wegwische.

Zärtlich massiere ich die bebende Kehle, spüre, dass er schließlich alles runterschluckt.

»Braver Junge!«, lobe ich und helfe ihm auf die Beine zu kommen.

»Ich liebe es, wenn du meinen Samen schluckst. Dabei markiere ich meinen Jungen auch innerlich, was mir wiederum gefällt. Du brauchst keine Angst zu haben. Ich mache in regelmäßigen Abständen bei Eric einen AIDS-Test und der letzte war negativ!«

Dabei streife ich mit dem Zeigefinger sein Glied und er klappt zusammen, wimmert laut auf. Bettelnd schaut er in meine Augen. Er hat seine Strafe bravourös hingenommen, mich in einen Taumel der Erregung versetzt. So sollte es auch sein. Hat er deshalb eine Belohnung verdient? Ich glaube nicht!

Vorsichtig löse ich die Ketten, hebe ihn hoch zu mir und lasse ihn sanft auf das Bett gleiten. Mit einer Wundsalbe komme ich zurück, behandle damit den roten Hintern. Er reibt kurz mit dem Unterleib über das Laken, bleibt dann ruhig liegen und schläft später in meinen Armen ein. Ich beobachte ihn. Er hat das Gesicht eines Engels. Ich weiß, dass er mir viel Ärger einbringen wird, aber es wird sich lohnen. Das nehme ich gerne in Kauf, um diesen bildhübschen Jungen besitzen zu dürfen. Ich entferne mich, dusche schnell, bevor ich noch mal über ihn herfalle. Leise öffne ich die Badezimmertür. Mit offenem Mund schaue ich zum Bett. Ganz selbstvergessen holt er sich gerade einen runter. Das sieht geil aus, macht mich total an. Trotzdem hat er meinen Befehl vergessen!

Er ist ganz in seinem lustvollen Tun vertieft, dass er mich noch nicht mal richtig wahrnimmt.

Jan kann es einfach nicht lassen. Schließlich weiß er doch, dass er sich nicht selbst berühren darf, weil alles ab dieser Nacht mir gehört. Und nun erwische ich ihn. Erst als ich mich runterbeuge, seinen Namen hauche, ihn kurz küsse, erschrickt er. Ruckartig zieht er die Hände weg. Zu spät.

Sein Orgasmus ist nicht mehr aufzuhalten. Voller Schuld schaut er mir dabei in die Augen. Seine Bauchmuskeln zucken, die blauen Augen verdunkeln sich! Seine Iris weitet sich und der weiße Rand verschwindet. Die Lippen sind ein Stück geöffnet. Er hat die rosa Zungenspitze zwischen die Zähne geklemmt. Der Brustkorb hebt und senkt sich hektisch, als er mit einem letzten Schub seine Lust hinausschreit. Er hebt seinen Unterleib und das Sperma verteilt sich über unsere beiden Körper. Sein lustvolles Wimmern, der tiefe Laut der Erleichterung lassen mich innerlich lachen.

Dieser Junge ist einfach nur perfekt. Tief schaue ich in Jans Augen. Röte breitet sich auf den Wangen aus. Schuldbewusst schaut er mich an, sieht, dass sein Sperma auf meinen Bauch gelandet ist. Er versteckt das Gesicht hinter seinen Fingern. Leise murmele ich seinen Namen, nehme die Hände weg. Was soll ich bloß mit ihm machen?

Den Befehl, dass er zu mir schauen soll, setzt er zögerlich um. Mutig hebt er sich etwas hoch, sucht entschuldigend meine Lippen. Ich erlaube ihm mit der Zunge einzudringen, lasse mich auf den bebenden Körper sinken. Zufrieden schließt er die Augen, drückt sich von unten gegen den Unterleib, reibt sich aufstöhnend an meinen harten Schaft.

Hingerissen schließt er voller Genuss die Augen, als ich den Druck erwidere. Leise murmele ich, dass er die Hände über den Kopf legen soll, was er direkt umsetzt. Mein Mund macht sich auf den Weg nach unten, leckt ihn sauber, saugt sich um sein Glied fest. Ich werde nicht eher Ruhe geben, bis er noch mal gekommen ist. Vielleicht lässt ihn das etwas ruhiger werden.

Er windet sich voller Lust auf dem Laken, dass ich Probleme habe, ihn unten zu halten. Voller Verlangen schreit er auf, kann sich aber gegen meinen Ansturm nicht wehren. Erst als ein Finger eindringt, den zuckenden Muskel durchbricht, über den sensiblen Punkt streicht, kommt er mit aller Wucht. Ein durchdringender, lustvoller Schrei durchbricht sein Wimmern. Jans Beine zittern vor Anstrengung und dann schmecke ich seine Lust. Die Augen geschlossen, lasse ich sie mir auf der Zunge zergehen. So männlich, warm, voller Leben. Ich behalte sie eine Zeit lang im Mund, lege dann die Lippen auf seine.

Energisch will ich eingelassen werden, dränge mich rücksichtslos zwischen Jans Zähne. Er widersetzt sich, versucht auszuweichen, was ich nicht akzeptiere. Ich gebe mehr Druck auf die Lippen und zögerlich öffnet er sie. Nun teilen wir uns seine Lust. Ich liebe das, will, dass er erfährt, wie gut er schmeckt.

»Schluck es für mich runter, Sklave!«

Sein Gesicht verzieht sich. Das wird er gleich schwer bereuen. Ich rutsche mit dem Unterleib nach oben, stupse mit meinem Glied gegen die vollen Lippen. Jan öffnet sie brav, saugt zuerst vorsichtig an der empfindlichen Spitze. Er wird mutiger, als er sieht, wie erregt ich bin. Mein Junge ist wirklich gut, hat seinen Würgereiz im Griff, dass ich tiefer eindringen kann. Nach ein paar Minuten entziehe ich mich seinem sündigen Mund. Mit den Fingern drücke ich den Kiefer nach unten, will, dass er die Zunge rausstreckt. Er gehorcht und nun wird Jan auch meine Lust schmecken. Strafend schaue ich in seine Augen. Versucht er etwa, mein

Sperma aus dem Mundwinkel rauslaufen zu lassen? Mein Blick wird eisiger, bis er nachgibt, brav alles schluckt. Als er den Mund öffnet, mir zeigt, dass er leer ist, lobe ich ihn, wie toll er das gemacht hat. Dass ich verdammt stolz auf ihn bin. Jans Augen leuchten dabei auf und eine zarte Röte überzieht seine Wangen. Er ist einfach nur … da fehlen sogar mir die Worte, um meinen Jungen zu beschreiben.

Kapitel 21

Jan

~~*~*

SKLAVE! Allein das Wort lässt alles zum Stillstand kommen. Fassungslos schaue ich Andrew an. Ja, ich bin ein Sklave! *SEIN SKLAVE!* Er hat gesagt, dass ich sein Junge, sein Eigentum sei, was mich stolz macht.

Gehorsam schließe ich den Mund, versuche seinen Erguss zu schlucken, was erst nach ein paar Versuchen gelingt. Er lässt mich nicht aus den Augen und erst als ich den Mund öffne, zeige, dass er leer ist, zieht er sich mit einem befriedigten Lächeln zurück. Liebevoll flüstert er, dass er stolz auf mich ist.

»Zieh dich an, Jan. Wir müssen reden. Vorher gehen wir noch frühstücken.«

So schnell war ich noch nie aus einem Bett gehuscht, geduscht und angezogen. Fertig!

Völlig außer Atem stehe ich vor ihm, strahle ihn regelrecht an. Lachend nimmt er meine Hand, zieht mich durch die Haustür rüber zum Auto.

Puh, das ist gerade noch mal gut gegangen. Ich hoffe sehr, er vergisst, dass noch eine Strafe aussteht.

Nach einer kurzen Autofahrt hält er vor dem *Café Musica* an, wo Max Geschäftsführer ist.

Zaghaft gehe ich hinter Andrew her. Max begrüßt uns freudig, dreht sich um, zeigt auf einen Tisch, an dem sein Mann Adrian sitzt. Er geht sehr vorsichtig an uns vorbei, bewegt sich ganz langsam. Lachend haut Andrew ihm auf seinen kleinen Hintern. Max schreit schmerzhaft und erbost auf. Im Hintergrund hören wir amüsiert, dass Adrian unsere Namen ruft. Andrew setzt sich dazu, bestellt für uns zwei je ein Frühstück.

Immer wieder schaue ich zu Max rüber. Er scheint wütend zu sein, so wie er seinen Partner anschaut. Ob ich zu ihm gehen darf? Wieder drehe ich den Kopf zu Max, was meinem Sir auffällt. Hm, er ist doch mein Sir? Oder wie spreche ich Andrew in Gegenwart seiner Freunde an? Verunsichert schaue ich zu ihm rüber.

»Möchtest du zu deinem Freund gehen?«, fragt er. Ich nicke, bekomme die Erlaubnis, mich zu Max an die Bar zu setzen.

Aufatmend entferne ich mich aus Andrews Reichweite, umarme meinen Freund. Er ist zornig. Die hellgrauen Augen sprühen voller Funken, wenn er rüber zu Adrian schaut. Leise flüstern wir, damit die Männer nichts verstehen können.

»Ist Adrian sauer auf dich, Max? Ist es meinetwegen?«, frage ich ihn direkt.

Er schüttelt den Kopf, stellt mir eine Tasse Tee hin.

»Es tut mir leid, dass er dich dafür bestraft hat, weil du mich beschützen wolltest!«, raune ich in sein Ohr, ziehe ihn an mich heran, drücke ihn ganz fest.

»Ach was. Das war gar nichts. Ich bin wütend auf Adrian, weil er mich gerügt hat, warum ich dich nicht bei Andrew verraten habe. Was denkt er sich denn bloß dabei? Wie kann er das verlangen? Einen Freund zu verraten ist das Letzte. Als ob er in der gleichen Situation anders gehandelt hätte.«

Max' Stimme hebt sich und unsere Männer drehen sich nach uns um.

»Was ist das mit dir und Andrew?«, flüstert er nun. Ich spüre, dass Röte mein Gesicht überzieht.

»Ich hoffe schon, dass er mich nimmt. Ich wäre gerne sein Junge. Hauptsache ist doch, er will, dass ich zu seinem Leben gehöre. Weißt du, er ist der Mann vom Darkroom, von dem ich monatelang nur geträumt habe. Hätte ich das vorhergeahnt, wie dominant er in Wirklichkeit ist, wäre ich eher aus meinem Schneckenhaus gekommen. Ich habe mit ihm über Igor gesprochen, ihm erklärt, was passiert ist. Er war so verständnisvoll. Und unser erstes Mal war unbeschreiblich zärtlich, einfach wundervoll. Heute Morgen dann genau das Gegenteil. Und das gefiel mir viel, viel besser. Er hat mich kein bisschen geschont und der Hintern tut mir immer noch weh. Ich habe es geliebt, Max. Kannst du das verstehen?« Er nickt verschwörerisch und legt die Stirn an meine.

»Wir hätten es dir viel früher sagen müssen. Doch du warst verletzt, so traurig. Schreckhaft bist du bei jedem Geräusch zusammengezuckt. Dein Blick gehetzt, der Körper immer auf Flucht eingestellt. Igor hatte dich seelisch mehr verletzt, als wir alle dachten. Kevin ist ein Sklave, daher haben wir uns lange mit ihm unterhalten. Er meinte, dass es besser wäre, wenn ein wenig Zeit vergeht, du ein bisschen Abstand zur Szene bekommst. Wir kennen Andrew und dachten, dass er für dich nicht der richtige Master wäre. Du bist sensibel, einfühlsam, obwohl du auf der Straße groß geworden bist. Er jedoch ist ein … ein Master, der sehr streng, aber auch verantwortungsvoll gegenüber den Subs ist. Wir alle haben nicht nachgedacht. Er ist genau das, was du brauchst. Er wird dich vor Igor beschützen, dich auf Händen tragen. Ich wünsche dir alles Glück der Erde. Wünsche dir, dass du bei Andrew Sanchez das findest, was ich bei Adrian fand. Liebe ist das Zauberwort und Vertrauen die Basis für ein Leben voller Liebe. Treue das Bindewort und Hingabe die Basis, dass es bei euch klappt.«

Leise hauche ich nur: »Danke, Max. Danke, dass du und alle anderen meine Freunde seid!«

Er klopft mir vor die Stirn, stellt eine neue heiße Tasse Tee auf die Theke. Freunde zu haben ist einfach unbezahlbar. Noch nie war ich so nahe am Wasser gebaut wie gerade jetzt. Max' Freundschaft und die der anderen Jungs bedeutet mir unheimlich viel. Bis jetzt hatte ich nur einen besten Freund, Kim Dumas. Wir sind Blutsbrüder und haben uns ganz kitschig in den Finger gestochen, die blutende Wunden aufeinandergedrückt. Die letzten Jahre waren hart. Wir waren immer füreinander da. Seit wir wissen, was oder wer wir in Wirklichkeit sind, haben wir uns nur noch auf uns verlassen. Schwul, devot und von den Eltern ungeliebt. Wenn ich Kim nicht gehabt hätte, wäre ich im Sumpf des Straßenstrichs versunken. Ich liebe ihn, er ist mein Bruder. Ich habe, seit Kevin mich von Igor befreit hat, viele neue Freunde dazugewonnen. Unsere Clique ist toll. Jetzt ist immer einer da, an den ich mich wenden kann. Einer, der mir hilft, wenn ich nicht mehr weiter weiß. Ich liebe sie alle. Diesen verrückten Haufen. Trotzdem vermisse ich Kim am meisten.

Kim kommt aus einem reichen Elternhaus. Ich aus der Mittelschicht. Seine Eltern haben wirklich alles versucht, um mich aus Kims Leben zu entfernen. Sogar mit Geld wurde ich bestochen. Was wäre ich für ein Freund, der sich kaufen lässt? Genau! Ein schlechter. Ich habe es Kim erzählt und er ist zu Hause ausgerastet.

Kim ist genau wie ich ein zierlicher Mann. Seit er seinem Vater mit einer Klage gedroht hat, sollte er noch mal die Hand gegen ihn heben, lässt der alte Herr ihn in Ruhe. Tja, so ist das in der piekfeinen Gesellschaft. Nur keine Aufmerksamkeit auf sich lenken. Die Weste muss schließlich weiß bleiben, auch wenn sie schon riesige, schwarze Flecken hat.

Dass der alte Dumas mich hasst, ist kein Geheimnis. Solange Kim aber zu mir hält, ist es egal, was der olle Bock fühlt.

Kims Outing vor einem Jahr haben die Eltern auch nicht gut verkraftet. Schnell hatten sie einen Sündenbock gefunden und gaben mir die Schuld daran. Als wäre Schwulsein eine ansteckende Krankheit. Sie haben Kim zwar nicht vor die Tür gesetzt, wie es meine Erzeuger getan haben, trotzdem steht er seitdem 24 Stunden lang unter Beobachtung. Kim schafft es immer auszubüxen, um sich mit mir zu treffen.

Langsam komme ich in die Gegenwart zurück, als ich meinen Namen vernehme. Andrew winkt mich mit der Hand zu sich. Adrian steht auf und verabschiedet sich von uns. Schnell eile ich zu meinem Sir und als er vor sich auf den Boden zeigt, setze ich den Befehl sofort um, knie vor ihm nieder. Ohne darauf zu achten, wo ich bin. Dass die Leute zu uns herüberschauen, sich wundern, all das prallt an mir ab. Nur der Wunsch meines Herrn zählt. Sonst nichts.

Den Kopf gesenkt, den Blick nach unten gerichtet, knie ich vor Andrew, erwarte weitere Befehle. Die Atmung geht viel zu schnell und die Finger zittern. Schnell lege ich die Hände auf den Oberschenkeln ab, bevor ich dem Verlangen nachgebe, Andrew berühre.

Er legt die Hand unter mein Kinn, hebt es hoch, schaut mir tief in die Augen. Seine sanfte Stimme lässt mich erbeben. Etwas irritiert, dass ich niemals den Blick senken soll, nicke ich, strahle ihn ergeben an.

Warm leuchten mir grauen Augen entgegen, als ich voller Leidenschaft zu ihm hochschaue.

Wieso fragt er mich jetzt, ob ich wüsste, wer er ist? Verwirrt schaue ich ihn an.

Hier sitzt Andrew Sanchez. Wer sonst?

Klar erkenne ich einen dominanten Mann, sollte er mir begegnet. Wie soll ich ihm bloß klarmachen, was ich dabei empfinde, wenn er mich bestraft? Oh, nun möchte er wissen, was ich über ihn weiß. Erst mal muss ich schlucken. Ich überlege, denke an das, was die Jungs mir über ihn erzählt haben. Ein paar tuschelten hinter vorgehaltener Hand und ganz viele von ihnen haben nur geflüstert, sobald sie über ihn sprachen. Voller Bewunderung haben sie ihn »Sir Andrew« genannt. Er soll viel schlimmer als sein Bruder Devil sein. Das Herz klopft dabei auf und der eben noch weiche Schaft versteift sich allein bei dem Gedanken, dass ich ihm dienen darf.

Was ich gerade dabei fühle, das kann man nicht umschreiben. Das muss man selbst spüren. Dieses Kribbeln, das durch sämtliche Nerven rauscht, du kurz vor dem Hieb hörst, wie das Strafinstrument durch die Luft wirbelt. Das zischende Geräusch, bevor es die Haut erreicht. Dieser explodierende Schmerz, der dich schreien lässt. Pein, die sich wellenartig ausbreitet und Adrenalin in deiner Blutbahn freisetzt! All das kann man nicht mit Worten beschreiben. Trotzdem versuche ich es.

Ich erkläre ihm, was ich bei seiner Bestrafung gefühlt habe. Auch die erregende Lust, die dieser Schmerz bei mir auslöst. Er hört aufmerksam zu, als ich meine Emotionen vor ihm bloßlege.

Seine Miene ist nachdenklich, als würde er überlegen, wie er es mir schonend beibringen soll, dass ich seinen Ansprüchen nicht genüge.

Das Herz klopft schmerzlich bei dem Gedanken auf. Schweigend schaut er zu mir runter. Bange klopft mein Herz, wartet sehnsüchtig auf eine Antwort. Und dann lächelt er. Schlagartig werde ich ruhiger, reiße bei seinem erregten Ausdruck die Augen weit auf. Dass der Mund offensteht, bemerke ich erst, als er mit dem Zeigefinger dagegen tippt.

Er will wirklich, dass ich bei ihm einziehe, wir zusammen sein Bett teilen? Habe ich endlich meinen Traum-Master gefunden? Einen, der mich behalten will, der genau weiß, was ich brauche?

Staunend knie ich vor Andrew, schaue in die erregt blitzenden Augen. Seine Lippen bewegen sich, trotzdem verstehe ich kein Wort, weil der Gedanke, dass er mich als seinen … ja was? Für einen Sub bin ich zu demütig, für einen Sklaven etwas zu aufsässig. Oder sieht er das anders? Hoffnung keimt langsam auf, dass ich wirklich bei ihm bleiben darf. Andrew jedenfalls ist bereit, es mit mir zu versuchen. Er will wissen, ob wir kompatibel miteinander sind, unsere Neigungen sich miteinander decken. Im normalen Leben sowie beim Ausleben der selbigen.

Oh, und wie wir das sind!

Nie habe ich bei meinem Ex-Dom das gefühlt, was ich für Andrew empfinde. Für ihn war ich nur ein Sub, basta! Er hätte es niemals akzeptiert, was ich in Wirklichkeit bin. Er ließ mich leer, unglücklich und unbefriedigt zurück. Darum wollte ich nie nur jemandes Sub sein. Lieber einsam und allein, als dieses Gefühlschaos erneut zu erleben.

Erschrocken zucke ich zusammen, als er sich runterbeugt, in mein Ohr flüstert, dass ich bei ihm nie um etwas betteln müsste, höchstens, dass er aufhören soll. Ein lustvoller Stich geht durch den ganzen Körper. Allein bei der Vorstellung, dass Andrew mich züchtigen wird, mich betteln lässt, um darin die eigene Erfüllung zu finden.

Er verspricht, dass ich für jeden Fehler, den ich mache, büßen werde. Uh, ich werde allein davon schon hart.

Endlich darf ich aufstehen, sitze ihm nun gegenüber, höre, wie er sich unser Zusammenleben vorstellt.

Habe ich noch Fragen dazu? Natürlich, und zwar ganz viele!

Aufgeregt fange ich an.

»Ich würde gerne die Lehre bei Adrian beenden. Er hat mir ein tolles Angebot unterbreitet. Sollte ich sie mit Gut abschließen, bekomme ich einen Platz in seinem Team.«

Bange halte die Luft an, als er endlich nickt. Puh, nächste Hürde. Den Job im *Club Red*? Er schüttelt den Kopf. Schade. Ich habe ihn eigentlich sehr gerne gemacht. Ähm, was wollte ich noch fragen? Ach ja! Nenne ich ihn Master, Herr oder Sir?

»Ich bevorzuge es, wenn du Sir sagst. Herr geht auch noch. Aber ich bin nicht dein Master im eigentlichen Sinne, weil du kein Sklave oder Sub bist.

Du bist mein Junge, Jan, meiner, und das ist mehr als ein Sklave für mich!

Mit Subs und Sklaven habe ich jahrelang gespielt, sie danach nach Hause geschickt. Du aber wirst in meinem Leben bleiben. Um dich kümmere ich mich besonders gut.«

Das ist es, was ich auch möchte. Ich bin devot, aber verdiene gerne eigenes Geld. Ich weiß, dass Sir Andrew mehr hat. Steinreich ist er. Trotzdem habe ich auch meinen Stolz. Ich will an ein paar Ausgaben beteiligt werden, will nicht als Schmarotzer dastehen, der sich in ein gemachtes

Nest setzt. Oh, ich weiß zu genau, dass die anderen über mich herziehen werden. Nicht meine Freunde. Die Subs und Twinks, die im Club verkehren. Sie werden neidisch sein, mir das Leben zur Hölle machen, wenn ich es zulasse. Das aber werde ich nicht. Ich bin auf der Straße groß geworden, weiß mir zu helfen. Ups, jetzt bin ich etwas abgelenkt worden. Was wollte ich noch von ihm wissen?

Hm. Jetzt fällt es mir wieder ein. Einen Vertrag und ein Safewort, wie es üblich ist in diesen Kreisen, fällt mir gerade ein. Seinen Gesichtsausdruck, als ich darauf beharre, würde ich jetzt nicht gerade freundlich nennen.

»Willst du mich beleidigen, Jan? Ja? Dann ist es dir geglückt!«, raunt er leise in den Raum, dass ich fast nichts mehr verstehe. Seine Stimmlage ist nicht gerade glücklich. Schnell schaue ich auf meine verkrampften Finger runter. Er steht auf, schweigt. Sein Blick ist auf meinen gesenkten Kopf gerichtet, dass ich mir wie ein dummer Junge vorkomme.

»Hast du vergessen, dass ich dich für jeden noch so kleinen Fehler bestrafe? Dies, mein Junge, war ein verdammt großer Fehler, der dich einiges kosten wird. Unsere Verbindung basiert auf Vertrauen. Grenzenloses, blindes Vertrauen zu- und miteinander. Ohne dies wird unsere Beziehung nicht standhalten. Entweder du vertraust mir, dass ich genau weiß, was du brauchst und wann es dir zu viel wird, oder wir lassen es lieber gleich sein. Ich brauche einen Jungen, der sich bedingungslos unterordnet. Trotzdem soll er selbstbewusst durchs Leben gehen, wissen, wo sein Platz ist. Ich will einen Jungen haben, keinen Idioten ohne Hirn. Jan, ich will dich, wie ich noch nie etwas in meinem Leben gewollt habe. Vertraue mir bitte!«

Krampfhaft schlucke ich. Absolutes Vertrauen? Verlangt er da nicht ein bisschen zu viel von mir? Obwohl? Er ist nicht dieser Mistkerl von Igor. Hier sitzt mir ein Mann gegenüber, der weiß, was Ehre bedeutet. Andrew Sanchez! Ein Master, der mir wochenlang hinterhergejagt ist, nur um mich, Jan, zu finden. Der mir eine zärtliche Nacht geschenkt hat, obwohl er was Anderes gewollt hatte. Dieser Mann hat seine eigene Neigung hintenangestellt, um mich zu beruhigen, und diese Nacht war für mich einfach nur grandios.

Ein brennendes Gefühl rast durch mein erhitztes Blut und das Herz klopft wie verrückt. Passiert das gerade tatsächlich? Erstaunt gehe ich in mich. Ich … ich liebe diesen Mann mit einer Inbrunst, die mich echt erschreckt. Heilige Scheiße! Wenn das mal gut gehen wird.

»Werde ich bei dir wohnen und leben? Oder muss ich bei Jaydan bleiben? Das ist nämlich ein großer Unterschied! Willst du, dass ich bei dir wohne, nur dir gehöre, dann bin ich dein Junge. Wenn du aber nur jemanden zum Spielen oder Ausleben unserer Neigungen brauchst, bekommst du auch nur das von mir! Alles andere, was mich betrifft, ist dann tabu!«

So selbstbewusst, wie ich gerade vor ihm sitze, bin ich kein bisschen. Er weiß es schließlich nicht und krampfhaft versuche ich stolz den Kopf hoch zu halten.

Andrews weiße Zähne blitzen bei seinem Lächeln auf, dass ich an ein Raubtier denken muss.

»Wohnen ja. Leben auf jeden Fall. Ich will dich immer zu Hause wissen, sobald ich vom Club heimkomme. Ein Safewort? Brauchst du denn eins? Glaubst du nicht, ich weiß, wann du genug hast? Ich lebe und genieße diesen Lifestyle seit meiner Jugend, habe diverse Erfahrungen gemacht. Gute wie schlechte. Sogar ich war eine Zeit lang ein Sub, nur um zu lernen, was ich als Master richtig oder falsch machen könnte. Wer dies nie ausprobiert hat, kann sich nicht in seinen Jungen hineinversetzen!«

Dann macht er eine Pause, schaut erwartungsvoll zu mir hin. Erstaunt reiße ich die Augen auf. Habe ich das gerade richtig verstanden? Er war auch schon mal ein Sub? Junge, Junge. Wenn das mal gut gehen wird. Ich bin zwar devot, liebe den Schmerz auf der Haut, aber das Leben hat mich eins gelehrt, und zwar um das zu kämpfen, was du haben willst.

Klar vertraue ich Andrew. Trotzdem will ich ein Safewort und sollte es auch nur meiner eigenen Sicherheit dienen. Das mit Igor war mir Warnung genug. Es hat ihn zwar auch nicht gekümmert, als ich ihm mein »NEIN« ins Gesicht geschrien habe, bevor wir überhaupt angefangen hatten. Trotzdem denke ich, dass Andrew sofort aufhören würde. Ich entschließe mich dazu, ihm zu vertrauen. Mit einem Räuspern lenke ich seine Aufmerksamkeit wieder auf mich. Die großen, grauen Augen bringen mich fast dazu, in der Hose zu kommen.

»Erzähl mir was von deiner Vergangenheit. Und das Wichtigste, was sind deine No-Gos bei unseren Spielen?«

Arg, jetzt hat er mich. Ohne lange zu überlegen, flüstere ich ihm zu: »Kein NS und KV. Nichts, was mit Strom zu tun hat. Ich bekomme Atemnot, solltest du mir eine feste Maske über den Kopf ziehen oder mir den Mund zukleben. Dann verfalle ich in Panik. Nadeln bitte nicht in der Nähe meiner Haut verwenden. Petplay oder Pony«, ich räuspere mich, »wer es mag, okay. Ich empfinde leider nichts dabei. Schmerz, der auf der Haut explodiert, direkt in die Nervenbahnen wandert, lässt mich beben und ich empfange dadurch Lust.«

Jedes Wort, was ich sage, lässt seine grauen Augen hell aufleuchten und mein Herz voller Lust schmerzhaft klopfen.

Kapitel 22

Andrew

*_*_*_*

Bis jetzt war es nur ein Beisammensein für verflucht heißen und scharfen Sex gewesen. Ich aber will mehr als das. Ich will ihn, und zwar ganz oder gar nicht. Nicht nur als normalen Partner an meiner Seite, sondern ich möchte ihn als mein Eigentum besitzen. Dass ich kein einfacher Master bin, weiß schließlich jeder. Die Neigungen, die in mir toben, will ich ausleben, und zwar mit Jan zusammen. Mit Halsband und allem Drum und Dran. Ihn jetzt zu bestrafen wäre nicht richtig. Er weiß ja nicht, was ich mir wünsche. Bis heute Abend allerdings wird er es wissen und sich entscheiden müssen.

Jetzt muss ich hier raus, bevor ich alles vergesse, was ich mir gerade geschworen habe. Am besten, wir gehen zu Max frühstücken. Das ist ungefährlicher, als hier im Bett zu bleiben. Bevor es losgeht, duschen wir zuerst. Er strahlt über das ganze Gesicht, scheint erleichtert zu sein. Denkt er etwa, ich vergesse, dass er ohne Erlaubnis gekommen ist? Da hat er sich aber in den Finger geschnitten. Ich vergesse so etwas Lustvolles niemals. Als ich seine Hand nehme, ihn zum Auto ziehe, lächelt er mir selig zu.

Noch nicht ganz im Café spüre ich, dass dicke Luft zwischen Max und Adrian herrscht. Max bewegt sich sehr vorsichtig, geht langsam an uns vorbei. Da hat anscheinend einer den Hintern versohlt bekommen. Er zeigt uns unseren Tisch. Als er vorbeigeht, kann ich einfach nicht widerstehen und haue ihn auf seinen knackigen, runden Hintern. Er schreit schmerzvoll und erbost auf. Die hellgrauen Augen blitzen mich böse an. Ein strenger Blick und er zieht sich murrend zurück. Adrian lacht leise auf, als ich mich zu ihm setze. Ein Wink mit der Hand zum Stuhl und Jan setzt sich vorsichtig auf die Kante. Wissend schaut Adrian ihm ins Gesicht, wendet sich dann mir zu. Wir unterhalten uns eine Zeit lang über belanglose Sachen. Immer wieder irrt Jans Blick zu Max, was mich seufzen lässt. Röte schleicht sich auf seine Wangen, als er den Blick senkt.

Ich erlöse Jan aus seinem Elend, lasse ihn zu seinem Freund gehen. Sofort stecken die beiden ihre Köpfe zusammen. Ich kann mir schon denken, worüber sie reden. Jetzt wird aber erst mal gemütlich gefrühstückt.

Gerade habe ich den ersten Schluck Kaffee getrunken, da erzählt Adrian, dass er Max gerügt hat.

»Wie konnten er oder die Jungs all die Monate zuschauen, wie du durch die Clubs gerannt bist, nur um diesen einen Jungen zu finden?«, ereifert er sich. Innerlich stöhne ich auf. Das weiß ich auch.

»Mal ehrlich, Adrian. Keiner von unseren Freunden hätte mich in der gleichen Situation verraten. Ihr hättet aufgepasst, es genauso gemacht. Auch du!«

Er überlegt, stößt einen tiefen Seufzer auf, nickt dann. Minutenlang schweigen wir. Ich beobachte, wie Max und Jan sich umarmen. Sie lachen, flüstern und ich könnte schwören, dass sie über uns reden. Kleine Mistkerle!

Nach einer Stunde verabschiedet sich Adrian und ich beordere meinen Jungen zu mir. Wir sitzen in einer etwas ruhigeren Ecke, können uns daher ungestört unterhalten. Jetzt wird es ernst für uns. Die Hoffnung, dass Jan dem zustimmen wird, was ich von ihm erwarte, ist groß. Ich will ihm klarmachen, was es bedeutet, wenn er mein Junge sein will.

Vor ein paar Minuten habe ich von Justin Jans Lebensgeschichte aufs Handy bekommen. Sobald ich wusste, dass er zu mir gehört, habe ich es in Auftrag gegeben. Ich will immer wissen, wer oder was sich alles so in und um mein Leben herumtummelt. Stell dir vor, es ist ein Feind, der dir Böses antun will, dann bin ich gerüstet. Bei meinem Leben und Reichtum muss ich besonders aufmerksam bleiben, wer alles an meiner Seite ist. Sorgfältig lese ich die Akte durch, während er bebend neben mir sitzt, wartet, dass ich anfange zu reden. Er hatte kein einfaches Leben. Musste immer um alles kämpfen. Die Eltern schmissen ihn raus, als sie erfuhren, dass er schwul und devot ist. Mehr als einmal haben sie ihn dabei erwischt, als er versuchte sich selbst zu verarzten. Was war sein Ex-Dom bloß für ein Mensch, dass er nicht richtig für ihn gesorgt hat?

Immer wieder taucht der Name Igor Popow auf. Das, was ich bis jetzt über ihn erfahren habe, gefällt mir nicht. Ich möchte mehr über diesen brutalen Kerl wissen und sende Justin eine Anfrage zu. Dieser Russe wird ab sofort unter Beobachtung stehen. Soweit ich mich erinnern kann, ist dieser Popow irgendwann in unserem Stadtteil aufgetaucht. Keiner weiß, was er eigentlich macht. Ich werde mal meine anderen Beziehungen spielen lassen, damit ich mehr über den Bastard erfahre. Es ist immer besser zu wissen, wo die Schwachstelle bei deinen Feinden liegt. Er scheint es auf Jan abgesehen zu haben. Wehe, er vergreift sich an meinem Eigentum. Es wäre besser für ihn, sich weit von uns versteckt zu halten.

Scharf atme ich ein. Im *Club Red* hat er ab sofort Hausverbot und so wie ich Dante kenne, im *Club Black* sowieso.

Mit einem entschlossenen Gesicht schließe ich das Handy, stecke es weg. Lange schaue ich meinen Jungen an. Nervös beißt er sich auf die Lippen. Mit dem Zeigefinger streiche ich darüber. Erstaunt schaut er mir bei der zärtlichen Geste in die Augen. Hm, wo soll ich anfangen?

Zuerst frage ich, ob er mir von diesem Russen was erzählen möchte, was ich noch nicht weiß. Erschrocken schaut er hoch, reißt ängstlich die Augen auf. Er schluckt hektisch, schüttelt beschämt den Kopf. Noch mal erzählt er mir, was alles in der Villa passiert ist. Dann schweigt er, schluckt. Ich bin total fassungslos. Ob er überhaupt weiß, was für ein Glück er gehabt hat? Dass er dort aus Igors Villa lebend herausgekommen ist, grenzt schon an ein Wunder. Schweigend schaue ich zu, als er nervös die Hände knetet. Er scheint wirklich Angst vor diesem Kerl zu haben. Nur kurz überlege ich, denke, dass ich es wie Devil machen werde. Jan bekommt einen eigenen Leibwächter. Ich hoffe, dass Justin jemanden kennt, der auf ihn aufpassen kann, wie er es mit Kevin macht. Das, was ich bis jetzt von Igor Popow gehört habe, ist nicht gerade vertrauenerweckend. Er ist hinter meinen Jungen her, scheint dies auch nicht einzustellen zu wollen.

Ohne Jan zu beachten, stehe ich auf, telefoniere leise mit Justin, frage ihn nach einem guten Leibwächter, der sich um seine Sicherheit kümmern könnte. Nach einer kleinen Pause verspricht er, sich umzuhören, sich sofort zu melden, wenn er jemand findet, der diese Aufgabe übernimmt. Befriedigt über die Antwort gehe ich zu Jan an den Tisch zurück.

Erwartungsvoll sitzen wir uns nun gegenüber. Er ist nervös und hibbelig. Erst als ich ihn streng anspreche, die Hand auf seine lege und feste zudrücke, beruhigt er sich. Seine Blicke bleiben an meinem Mund hängen. Ich kann mir denken, was er sich gerade von mir wünscht. Wetten, dass er bis jetzt kein Wort verstanden hat von dem, was ich gerade gesagt habe? Ich schweige und schweige. Er reagiert in keinster Weise, sondern starrt weiterhin nur auf meine Lippen.

»Jan! Auf die Knie, sofort!«, ranze ich ihn an.

Erschrocken hebt er den Blick, lässt sich direkt vor mir auf den Boden fallen, und das in der Öffentlichkeit. Ein Raunen geht durch das Lokal. Jan ignoriert das Flüstern der Menschen einfach. Den Kopf tief gesenkt, kniet er demütig vor mir. Dass er seine Augen vor mir versteckt, möchte ich nicht. Sollte ich dies von ihm wünschen, dann hört er es an meiner Stimmlage. Er hat wirklich tolle Augen. Hellblau wie der Himmel, mit langen, schwarzen Wimpern. Er soll sie nicht vor mir verbergen. Ich will in ihnen lesen können, will wissen, was ihn bewegt. Wenn ich ihn richtig fordern würde, verändern sie sich bestimmt! Jetzt wird mir die Hose zu eng, allein bei dem Gedanken, dass ich bei ihm die Peitsche benutzen darf. Ich werde ihm damit ganz viel Lust bescheren und genauso viel Schmerz. Er wird dabei alles um sich herum vergessen.

»Schau mich an, Junge. Senke nie den Blick, sobald ich mit dir rede. Du wirst schon bald feststellen können, wann es angebracht ist und wann nicht. Ich will sehen, was dich bewegt. Wie kann ich das, wenn du deine wundervollen Augen vor mir verbirgst?«

Er schluckt und nickt.

Jan ist definitiv kein einfacher Sub, der nur ab und zu gerne mit einem herrischen Mann spielen möchte. Dafür ist er zu unterwürfig. Aber für einen Sklaven nicht devot genug.

»Du weißt, was ich bin?«, frage ich ihn, sehe ihn nicken.

»Was bin ich, Jan. Erzähle mir, was du alles über mich erfahren hast!«

Er ringt mit den Händen, bläst die Wangen auf, lässt die Luft entweichen.

»Du bist einer der Sanchez-Brüder. Ich weiß jetzt nicht genau, ob du ein Dom oder Master bist. Die Jungs haben über dich geredet und das, was ich vernommen habe, lässt mich denken, dass du ein Master bist. Du bist beliebt bei den Subs, weil du sie fair behandelst, immer auf ihr Safewort gehört hast. Genau wie Angelo Milano würdest du die Peitsche bevorzugen. Deine Session endet immer damit, dass du dich liebevoll um deine Subs kümmerst, bevor du sie nach Hause schickst.«

Leise flüstert er: »Nie mehr als zweimal bei Subs und Twinks nur einmal. Ich weiß, dass du schon viele Männer in deinem Bett gehabt hast. Was also willst du von mir? Ich bin ein Nichts, habe nichts. Du … du willst mich als was?«, fragt er direkt hinterher. Seine Hände verkrampfen sich ineinander.

»Was wäre dir lieber? Was hast du empfunden, als ich dich heute Morgen bestraft habe?«, antworte ich dagegen.

»Ich … also … hm, Erregung!«, raunt er leise und bekommt ganz rote Wangen. Die Augenbrauen hochgezogen warte ich darauf, dass er weiterspricht.

»Je mehr du mich schlugst, umso intensiver waren die Gefühle in mir drin. Die ganze Haut kribbelt dann. Die Nerven zucken, warten auf den nächsten Hieb. Mein Ex-Dom konnte das nicht verstehen. Ihm war es genug, wenn ich vor ihm kniete, gehorchte. Mir war es aber nicht genug. Es reichte einfach nicht. Es ließ mich leer zurück. Unbefriedigt und unglücklich. Je mehr ich forderte, desto mehr zog sich mein Ex-Dom von mir zurück. Bis er einen Sub fand, dem dies genügte. Aber den Schlussstrich zog ich, als er mich verleugnete. Ich will das nicht mehr und suche einen Herrn, der mich nicht versteckt, der auch in der Öffentlichkeit stolz ist, dass ich ihm gehöre.«

Er blickt geradeaus und seine Augen werden leer. Um ihn wieder zurückzuholen, packe ich ihn am Kragen, ziehe ihn nach oben. Er reagiert nicht, ist in der Vergangenheit gefangen. Ich beuge mich nach vorne, flüstere ihm ins Ohr: »Du, Jan, du wirst bei mir nicht betteln müssen, dass ich dich bestrafe. Ich werde mich um deine Neigungen kümmern. Werde dich beschäftigen, dass du froh bist, abends auf deinem Bauch liegen zu dürfen. Jeden noch so kleinen Fehler werde ich erbarmungslos bestrafen. Du wirst es lieben, mir zu dienen. Ich brauche keinen Sub, der wie Jessy, Joy oder Max ist. Ich will auch keinen Sklaven wie Kevin. Einen, der gehorsam und demütig ist. Ich will einen Jungen an meiner Seite haben, der mir dient, der den Schmerz liebt, sich darin fallen lassen kann und trotzdem mit beiden Beinen im Leben steht. Das, was ich will, ist mein persönlicher Junge. Einen, der nur mir gehört, der mein Eigentum ist. Und das Wichtigste, er soll voller Stolz an meiner Seite stehen oder knien.

Jetzt setzen wir zwei unsere Prioritäten fest. Wenn du zusagst, wirst du zu Jaydan gehen, deine Sachen packen und mit mir nach Hause fahren. Nun setz dich auf deinen Stuhl zurück.«

Er blinzelt, schaut mich mit seinen hellblauen Augen voller Sehnsucht an. Sofort gehorcht er und hat vor lauter Aufregung ganz rote Wangen bekommen. Hoffnungsvoll setzt mein Herz einen Schlag aus und Erregung steigt auf. Voller Erwartung schaut er mich gerade an. Er ist bezaubernd und ich weiß jetzt schon, dass ich alle Hände voll zu tun haben werde, um die anderen Kerle von ihm fernzuhalten. In meinen Augen wird sich das lohnen. Denn er ist perfekt! Wie sein Körper bebt, als er vor mir sitzt, mich anhimmelt. Was mag in seinem Kopf bloß vorgehen? Als er mir was aus seiner Vergangenheit erzählen soll, stockt er, schaut erschrocken in mein Gesicht. Aufmunternd gebe ich ihm das Signal, weiterzuerzählen. Er sammelt sich. Mit glänzenden Augen erzählt er von seiner Lehre als Webdesigner. Um ihn zu beruhigen, verspreche ich, dass er die Ausbildung bei Adrian beenden darf. Dass er ihm einen Arbeitsvertrag geben will, zeugt davon, dass der Junge wirklich gut ist. Adrian nimmt nur die Besten in sein Team auf.

Ich will zwar über Jans Leben bestimmen, trotzdem soll er sich immer etwas Selbstständigkeit bewahren. Sein eigenes Geld zu verdienen, stärkt das Selbstbewusstsein. Er soll sich nicht finanziell von mir abhängig machen. Was, wenn unsere Beziehung zu Ende geht? Was Gott verhüten möge! Dann ist er hilflos, steht auf der Straße und muss von vorne anfangen.

Nun will ich wissen, auf was er abfährt. Erstaunt höre ich, wie er alles aufzählt, was er mag und was ihn anekelt. Als er fertig ist, sitzt er mit hochrotem Gesicht vor mir. Fassungslos schaue ich ihn an. Gibt es wirklich so was wie einen Seelengefährten? Immer wieder lese ich davon, hielt es für eine Fantasie der Autoren. Nun sitzt dort dieser Junge, erzählt mir, was er sich von unserer Beziehung erhofft, und mir fällt auf, dass wir die gleichen Vorlieben haben. Wir sind uns ähnlicher, als ich dachte.

Dass er sich Gedanken über unser Zusammenleben macht, finde ich gut. Nur als er einen dieser klassischen

Verträge zwischen einem Dom und Sub erwähnt, werde ich sauer. Ich will, dass er mir vertraut. Er soll sich fallen lassen, ohne darüber nachzudenken. Das Einzige, was für ihn von Wichtigkeit ist, ist, dass ich ihn immer auffangen werde. Wenn er das nicht schafft, hat das mit uns zwei eigentlich gar keinen Sinn. Er soll sich mal die anderen Jungs anschauen. Sie alle haben einen Vertrag und trotzdem müssen ihre Männer sie immer daran erinnern. Sogar Kevin ist da ab und zu etwas widerspenstig. Er versucht dann seinen Willen durchzusetzen, was eigentlich sehr selten vorkommt. Dies sage ich Jan auch sofort und ernte einen erstaunten Blick.

Leise fragt er nach einem Safewort.

Safewort? Wofür? Für den Anfang werde ich Jan niemals hart fordern, dass er unsere Session abbrechen will. Ich bin ein Profi. Er ist ein Unschuldslamm. Ich werde meinen Jungen behutsam in die Welt des SM hineinführen. Wozu also braucht er dieses Wort? Ich weiß, was ich tue. Nicht umsonst standen die Subs Schlange, wenn ich mal Lust auf eine Session hatte.

Ich sollte ihm vielleicht mal deutlicher klarmachen, was ihn erwartet, sollte er mein werden. Also beuge ich mich über den Tisch, ziehe ihn am Kragen ganz nah rüber, schaue tief in seine Augen.

»Einen Sklavenvertrag, wie alle anderen einen haben, brauchen oder benutzen, wird es zwischen uns nicht geben. Niemals! Ich will dein absolutes Vertrauen. Will, dass du dir ganz genau überlegst, ob du mein sein willst. Papier ist geduldig, kann vernichtet oder auch umgeschrieben werden. Ich will …« Kurz breche ich ab, hole Luft und warte, dass er mich anschaut, damit er sich auch ganz genau auf mich konzentriert.

»Dass du auf die Knie gehst und mir deine Treue schwörst. Solltest du diesen Schwur brechen, werde ich unser Zusammenleben beenden. Sofort, direkt und ohne Kompromisse.

Mit dir will ich unsere Neigungen ausleben, eine solide Beziehung aufbauen. Also wofür brauchen wir einen Vertrag?

Wir wohnen und leben zusammen, wie es Paare auf der ganzen Welt tun. Nur sind unsere Interessen etwas anders definiert. Ich bin dominant, will immer wissen, wo du bist, was du machst. Einfach alles, was du tust, möchte ich erfahren. Es soll dir gut bei mir gehen. Du sollst dich gut fühlen. Auch im privaten Bereich wirst du dich unterordnen. Wenn wir im Club sind, egal in welchem auch immer, und ich zeige auf den Boden, will ich, dass du sofort auf die Knie gehst. Du wirst die Hände auf den Oberschenkeln ablegen, die Augen immer auf meinem Gesicht richten.«

Ganz tief schaue ich in seine Augen. Hektisch nickt er mir zu. Nun, ich bezweifle, dass er es wirklich verstanden hat, was ich von ihm will. Aber ich werde es ihm so lange sagen, bis er es verinnerlicht hat.

Kapitel 23

Jan

\~\~*\~*

Das Flattern im Magen, das heftige Klopfen in der Brust und die schwitzigen Hände können nur eines bedeuten. Ich bin total in Sir Andrew verliebt. Irgendwie macht mir das gerade tierische Angst!

Auch dass er keinen Vertrag will, der unser Leben regelt, verunsichert mich. Statt den Blick zu senken, darf ich ihn anschauen. Er will, dass ich ihm die Treue schwöre, ihm blind gehorche. Nur ein Schwur und sonst nichts? Ob das gut gehen kann? Freiwilligkeit, Unversehrtheit und Einvernehmlichkeit sind oberste Priorität. Was aber ist mit Liebe? Ich bin abgelenkt, denke, dass nichts von dem, was ich über BDSM in den Clubs oder über das Internet erfahren habe, hier passiert. Kenne ich Andrew denn gut genug, dass ich mich einfach fallen lassen kann in der Hoffnung, dass er da ist, mich auch wirklich auffängt? Ich überlege, wäge das Risiko ab und entscheide mich, es mit ihm zu versuchen. Er hat ja recht! Ohne Vertrauen würde dies gar nicht gehen. Daher unterwerfe ich mich Sir Andrew mit ganzem Herzen und freiwillig.

Als er erklärt, warum er nicht an schriftliche Verträge glaubt, wird mir ganz warm ums Herz.

Herrisch steht er vor mir, verlangt, dass ich alles, was ich bin, in seine Hände legen soll. Mein Leben, das Verlangen, einfach alles. Fassungslos, mit weit aufgerissenen Augen schaue ich Andrew an. Seine raue Stimme vibriert tief in mir drin, lässt mich erregt beben. Er erklärt, dass er mich am Wochenende allen anderen Männern in seinem Club vorstellen möchte, damit auch sie Bescheid wissen. Ich,

Jan, werde ab sofort Andrew Sanchez' Eigentum und Junge sein. Unsicher schaue ich zu ihm hoch. Um ihn besser zu verstehen, rät er mir, dass ich mit Kevin sprechen sollte. Erstaunt ziehe ich die Augenbrauen hoch. Mit Kevin? Aber er ist doch ein Sklave. Oder? Hm, ich könnte ihn natürlich auch fragen, wie er sein Leben, den Alltag mit seinem Master handhabt. Ob er dazu steht, dass er in der Öffentlichkeit zu Devils Füßen kniet. Ob er sich dafür schämt? Obwohl ich das nicht glauben kann, weil ich es auch nicht tue. Es gehört halt zu unserem Leben dazu.

Kevin, obwohl er Devils Sklave ist, ist eine starke Persönlichkeit. Ich hätte da schon ein paar Fragen, die ich nur ihm stellen möchte. Sobald ich Klarheit über meine Gefühle gegenüber Andrew habe, werde ich auch mit ihm darüber reden, damit er weiß, was ich für ihn empfinde. Schließlich wird er in meinem Leben die Hauptrolle spielen. Abgelenkt rügt er mich, dass ich besser aufpassen soll, was er zu sagen hat. Nicht, dass ich mich im Nachhinein beschweren möchte, nur, weil ich nicht zugehört habe. Uh, seine Stimme ist herrlich rau und eine Gänsehaut erscheint auf den Armen. Als er erzählt, was er für mich fühlt, bin ich zum ersten Mal sprachlos.

Der Kellner erscheint, unterbricht unser Gespräch. Böse starre ich ihm hinterher, weil er sich immer näher an meinen Sir heranschleicht. Wütend schaue ich zu ihm rüber, höre Andrew leise meinen Namen rufen. Er schickt den Kellner mit einer Handbewegung wieder weg. Schwer schlucke ich, senke den Kopf. Sonst bin ich doch nicht eifersüchtig. Andrew räuspert sich, lenkt die Aufmerksamkeit auf sich. Ohne dass er innehält, muss ich mir anhören, dass er keine Lügen zwischen uns dulden wird. Wenn wir spielen, will er immer wissen, wie es mir dabei geht. Er betont noch mal, dass wir dies freiwillig tun. Freiwillig? Das wäre das erste Mal, dass ein Mann fragt, ohne dass er mir direkt an die Wäsche geht. Den Kopf gesenkt überlege ich. Meint Andrew es wirklich ernst mit dem, was er gerade gesagt hat?

Leises Lachen lässt mich in seine grauen Augen schauen. Sanft wischt er eine Schweißperle von meiner Schläfe. Keuchend schaue ich gebannt auf seinen Mund, sehe eine rosafarbene Zungenspitze zwischen den Lippen hervorschnellen. Genüsslich leckt er sie ab. Fuck, ist das geil!

Als der Finger nach unten geht und einmal sanft über den angespannten Stoff der Hose streicht, ist es geschehen. Ohne dass ich es aufhalten kann, komme ich schon wieder in der Hose. Den gequälten Laut, der voller Lust meinem Mund entweichen will, versuche ich krampfhaft zurückzuhalten, indem ich mir fest auf die Lippen beiße. Die Hände verkrallen sich in den Stoff der Hose, dabei beuge ich mich nach vorne, um die Lust ganz auszukosten. Scheiße! Wie macht er das nur? Ich fühle mich in seiner Nähe wie ein Teenager. Peinlich berührt schaue ich ihn atemlos an, hoffe, dass dies keiner mitbekommen hat. Er lacht leise auf, holt etwas aus den Taschen seiner Hose. Weit reiße ich die Augen auf, als ich ein hellblaues Lederhalsband erblicke. Er hält es mir vor die Nase und ich schlucke heftig. Voller Sehnsucht starre ich es an, kann es einfach nicht glauben. Sorgfältig lese ich, was darauf geschrieben ist.

»Jan. Eigentum von Andrew.«

Ich schniefe und dicke Tränen rinnen aus den Augen. Das Herz klopft so laut in den Ohren, dass ich die Hand darauflege. Bebend strecke ich die Finger nach dem Halsband aus. Zuerst habe ich Angst, denke an Igor, als er mich mit so einem Band hinter sich her geschliffen hat. Ungläubig beobachte ich, dass er den Verschluss aufmacht, es mir um den Hals legt. Mit einem kleinen goldenen Schloss verschließt er es. Erleichtert seufze ich auf, als ich das bemerke. Er wird mich nicht wie ein wildes Tier hinter sich herziehen. Dafür ist das Band zu zierlich, hat keine harten Kanten. Leise schreie ich vor Freude auf. Der Traum, jemals von einem Master ein Halsband zu bekommen, das nur mir allein gehört, geht gerade in Erfüllung. Bevor ich mich richtig dafür bedanken kann, kommt der Kellner wieder an unseren Tisch. Eigentlich bin ich ein ziemlich friedlicher Mensch. Aber wenn er nicht bald Abstand nimmt, raste ich hier aus. Wütend funkele ich ihn an. Nur weil ich hier knie, bin ich nicht aus Luft. Daher recke ich den Hals, um größer zu erscheinen. Er starrt auf die freigelegte nackte Haut, entdeckt das Band und rennt fluchtartig zur Theke. Vorsichtig dreht er sich um, schaut nach Andrew und atmete erleichtert auf, dass er ihm nicht gefolgt ist. Erst als er sieht, dass seine Aufmerksamkeit auf mir liegt, entspannt er sich.

Der Junge ist echt ein Weichei, so wie er sich gerade aufgeführt hat. Als ob mein Sir ein Massenmörder wäre. Es stehen halt nicht alle auf SM, lassen sich mit Vergnügen den Hintern versohlen. Ich weiß, wovon ich rede. Schließlich habe ich auch das andere ausprobiert.

Ein Kumpel aus der Schule, der stand nur auf Blümchensex. Nichts für mich. Um steif zu werden, musste ich alles aufbieten, was ich an Fantasie hatte. Nur der Gedanke, dass irgendwo ein besonderer Kerl wartet, damit er mir den Arsch versohlen darf, brachte mich auf Touren. Das ist einfach nicht gut gegangen. Wie sollte ich ihm das geben, was er brauchte, um glücklich mit mir zu sein? Auch wollte er, dass ich den aktiveren Teil unserer Beziehung übernehme. Das ist schon mal gar nicht gut ausgegangen. Unser Sex war … schön. Keine Frage. Nur ich, ich verhungerte emotional.

Ohne ein Wort zu verlieren, hebe ich den Kopf, versuche die wirren Gedanken zu ordnen, als ein Räuspern mich ablenkt.

Oh! Ich sollte mich lieber auf meinen Sir konzentrieren, sonst nimmt er mir das Übel, denkt nachher, dass ich kein Interesse an ihm hätte. Lange überlege ich. Dass die Jungs sich von Andrew angezogen fühlen, verstehe ich ja. Trotzdem gehört er ab sofort nur noch mir allein. Es wird keine anderen Subs mehr für ihn geben. Nur noch mich!

Wie mache ich es all den Jungs im und um den Club klar? Ein Gedanke setzt sich fest. Die Wangen färben sich rötlich und ich nehme allen Mut zusammen. Leise spreche ich die Bitte aus, frage, ob ich mir unsere Initialen auf den Ringfinger tätowieren lassen darf. Ich will was für die Ewigkeit, will mich immer daran erinnern können, dass ich Andrew gehöre, sobald ich auf die Hand schaue. Erstaunt schaut er auf. Im selben Moment, als mir klar wird, dass er die Bitte ablehnen würde, überrascht er mich damit, dass er tatsächlich zustimmt. Er will es sich sogar auch machen lassen. Nun bin ich derjenige, der ihn mit offenem Mund anschaut. Das hat ja besser geklappt, als ich gedacht habe.

Andrew ruft nach der Rechnung und völlig versunken darin, dass ich endlich angekommen bin, träume ich von einem tollen Leben mit Sir Andrew an der Seite. Ich kann es kaum glauben, dass dort ein Master sitzt, der mir all meine Sehnsüchte erfüllen wird.

Mit hochgezogenen Augenbrauen fixiert er mich. Ertappt senke ich den Blick, als er meinen Namen raunt. Oh verflixt. Ich soll doch immer Augenkontakt mit Andrew halten und vorsichtig hebe ich die Lider. Er zieht die Augenbraue hoch, zeigt auf die Ausgangstür. Gehorsam erhebe ich mich. Draußen warte ich auf ihn, stehe vor Jessy und Joy, die gerade ins Café gehen wollten. Beide schauen mit weit aufgerissenen Augen auf meinen Hals. Erstaunen zeichnet sich in ihren Gesichtern ab. Ehrfurchtsvoll streicht Jessy über das Band.

»Er hat dich tatsächlich gefragt und du hast *Ja* gesagt?«, stottert er ungläubig. Joy lacht, umarmt mich ganz fest, flüstert mir zu, dass ich den großen Andrew Sanchez zähmen werde. Ich? Niemals! Wie denn?

»Du machst das, Schatz. Da habe ich keine Bedenken.«

Sie haben gut reden. Sie sind schließlich in festen Händen und verheiratet. Nervös schaue ich zum Café. Andrew unterhält sich immer noch mit Max. Die Jungs bleiben, wofür ich ihnen sehr dankbar bin. Das ist alles neu für mich. In meinem Kopf versuche ich alles zu verarbeiten, was in der letzten Stunde geschehen ist. Noch immer kann ich es nicht glauben! Sir Andrew hat »Jan Briegel« als seinen Jungen angenommen. Langsam kommt es in meinem wild klopfenden Herzen an, hinterlässt ein warmes Glühen. Die Tür wird aufgestoßen und erschrocken zucke ich zusammen. Andrew setzt die Sonnenbrille auf, schaut zu uns rüber. Dass er mal hinter Jessy her war, weiß ich. Hoffentlich hat er diese Verliebtheit überwunden und ich bin kein Ersatz. Denn wenn ich Jessy anschaue, bin ich echt ein kümmerlicher Ersatz.

Eben war ich noch glücklich und nun? Automatisch streiche ich mit der Fingerspitze über das Halsband und Ruhe kehrt ein.

Er hat mich als seinen Sklaven erwählt. Mich! Er will mein Herr sein. Meiner! Innerlich schüttele ich den Kopf. Jessy ist schließlich mit Dante verheiratet.

Wieso habe ich solche blöden Gedanken? Er ist mein Freund, hat nie auch nur einen Hauch Interesse an Andrew gezeigt. Sobald ich seinen Mann Dante ansehe, diesen Besitzerstolz, der in seinen Augen aufleuchtet, dann weiß ich, wie Liebe aussieht.

Bin ich etwa wirklich eifersüchtig? Seufzend muss ich es mit Ja beantworten. Aus dem Augenwinkel beobachte ich Andrew. Er unterhält sich mit Jessy und Joy. Sie lachen, scherzen und er scheint zu spüren, dass ich ihn anschaue, denn er dreht den Kopf, sieht zu mir rüber. Ein leichtes Lächeln erscheint auf seinen Lippen. Er streckt die Hand zu mir rüber und zittrig umklammere ich die warmen Finger. Er spricht mit Jessy, will, dass wir zwei zusammen einkaufen gehen. Er soll mich beraten, mir helfen, neue Kleidung zu kaufen, damit ich mich nicht zu schämen brauche, wenn ich neben meinem Sir knie.

Zuerst bin ich empört. Als ich jedoch höre, dass es ein Geschenk ist dafür, dass ich sein Junge geworden bin, beruhige ich mich etwas. Natürlich hat er recht. Das, was ich mein Eigentum nenne, ist schon alt, ziemlich verschlissen.

Andrew verabschiedet sich, zieht mich zum Auto. Ein leises Piepen ertönt und die Autotür öffnet sich. Schnell steige ich ein, schnappe mir den Sicherheitsgurt, schnalle mich an. Ich bin nervös, total von der Rolle. Nicht gut, weil ich darüber nachdenke, ob Jessy ihm heute immer noch was bedeutet. Er bemerkt, dass mein Augenmerk nicht auf ihm liegt. Ich bin aufgeregt, als sich eine warme Hand auf den angespannten Oberschenkel legt.

Kaum sind wir zu Hause, steigt er aus, öffnet die Tür. Er nimmt meine Hand, gibt einen Kuss auf die Handfläche. Bevor ich ahne, was passiert, drückt er mich gegen die Wand des Flurs, als die Tür hinter uns zufällt. Mein Gesicht wird von warmen Händen eingerahmt und ein fordernder Mund legt sich auf die bebenden Lippen. Eine feuchte Zunge fordert Einlass. Nur zu gerne lasse ich ihn ein. Ein sinnliches Spiel beginnt und ich weiß, dass ich am Ende ein Verlierer und Gewinner zugleich sein werde.

Die Atmung wird schneller, das Verlangen, ihn zu berühren, nimmt überhand. Er geht vor mir auf die Knie, zieht mir langsam die Schuhe aus. Strümpfe und Hose folgen direkt. Hände wandern unter das T-Shirt, Finger kneifen fest in die empfindlichen Brustwarzen. Schmerzlich keuche ich auf, will mehr. Voller Gier recke ich mich ihm entgegen. Die Pants beult sich immer mehr aus, als sein Mund sich auf mein Glied drückt, ich seinen warmen Atem spüre. Oh, ist das peinlich. Gerade fällt mir ein, dass ich immer noch die versaute Hose anhabe und weiche zur Seite aus. Er schiebt mich zurück an die Wand, drückt fest gegen meinen Bauch und hebt den Finger. Regungslos bleibe ich stehen. Ganz langsam zieht er den Slip hinunter, wischt damit die Überreste des Spermas weg. Hatten wir das nicht schon mal? Wenn ich jedes Mal in der Hose komme, weil nur eine kleine Berührung von ihm ausreicht, wird er mich öfter saubermachen müssen, als mir lieb ist.

»Du bleibst da stehen, bewegst dich keinen Millimeter von der Stelle, bis ich es dir erlaube!«, raunt er mir ins Ohr.

Vor Erregung zieht sich die Kehle zusammen und ich nicke nur. Er geht einen Schritt zurück, schaut mir in die Augen, lässt dann ganz langsam seinen Blick gierig über den bebenden Körper wandern. Hilflos fangen die Knie an zu zittern. Die Beine knicken ein und im letzten Moment kann ich mich fangen.

Andrews Augen verengen sich, als er dies sieht. Ups, ein Fehler und das ist nicht der erste für heute. Er schaut mich nur an, leckt sich über die Lippen. Atemlos verfolge ich die feuchte, rosafarbene Zungenspitze. Lusttropfen bahnen sich ihren Weg nach draußen, sammeln sich an der Spitze der Eichel, rollen meinen Schaft hinunter.

Eine warme Hand legt sich um mein Glied, nimmt die Tropfen auf, reibt sie mir über die Lippen. Er schaut mir dabei direkt in die Augen, ohne auch nur ein Wort zu sagen. Ohne zu zögern, lecke ich sie ab. Das lässt Andrew aufstöhnen und er presst den Mund fest auf meinen, bis ich alles vergesse. Mit einem Aufschrei lande ich über einer starken Schulter. Er rennt fast mit mir ins Spielzimmer, schmeißt mich auf das Bett. Voller Lust schlucke ich, als er sich hektisch auszieht. Was für ein toller Mann. So männlich und stark. Ohne mich aus den Augen zu lassen, geht er zur Kommode, reißt sie auf. Er kommt mit Gleitgel und eine Hand voll Kondome zurück, wirft sie aufs Laken. Was hat er vor?

Fassungslos schaue ich auf den nackten Körper. Stolz steht er vor dem Bett. Er ist einen Kopf größer als ich mit meinen 1,85 m. Dieses Sixpack auf seinem Bauch und die feine Spur von dunklen Haaren, die sich bis zum Glied fortsetzt, lassen mich tatsächlich sabbern. Er rasiert sich nicht, sondern kürzt die Haare nur. Das sieht sexy aus und sein männlicher Geruch setzt sich dort unten fest. Ich liebe das bei einem Mann. Die grauen Augen werden fast schwarz, als er mich begutachtet. Das schmale Gesicht, die hohen Wangenknochen, der immer leicht gebräunte Teint lassen sein spanisches Erbe erkennen. Die kleinen braunen Nippel stehen steif ab. Er ist auf seinem Brustkorb leicht behaart. Solche sinnlichen Lippen sollten eigentlich verboten werden. Staunend begreife ich, dass dies ab sofort alles mir gehört, ich ihn jederzeit berühren darf. Erst jetzt kann ich es glauben. Er gehört mir. Meins!

Bevor ich weiter darüber nachdenke, zerrt er meinen Körper von der Matratze, zeigt auf eine Bank, die mitten im Raum steht. Folgsam lege ich mich darüber, spüre, wie mein Herz voller Vorfreude gegen die Rippen klopft.

Zärtlich streicht er mir über den Hintern, fragt nach, ob er die Beine fesseln soll oder ob ich es allein schaffe, mich nicht zu bewegen. Da ich ihn stolz machen möchte, erwidere ich, dass ich es versuchen werde.

Ohne Vorwarnung packt er fest in mein Haar, zieht den Kopf nach oben, starrt mir streng in die Augen. Schwer schlucke ich, als ich erkenne, dass ich gerade schon wieder einen schweren Fehler gemacht habe.

»Nein Junge, du wirst es nicht versuchen, sondern du bleibst ruhig liegen oder ich fessele dich. Es wird in unserer Beziehung keine Experimente mit dem Wort ›Versuchen‹ geben!«, raunt er mir ins Ohr, beißt als Strafe fest in mein Ohrläppchen. Schmerzlich zucke ich zusammen, nicke und hoffe, dass ich es wirklich schaffe, meinen Sir nicht zu enttäuschen. Er entfernt sich, zeigt, was er in der Hand hält. Es ist eine kleine Peitsche, die mit mehreren Lederstreifen versehen ist.

»Das, mein Junge, ist ein Flogger. Er dient sowohl zur Bestrafung als auch zum Lustgewinn. Sie besteht aus sehr weichen Lederstreifen. Dein Safewort, das nur für heute zählt, ist einfach nur Gelb. Solltest du es sagen, dann mache ich langsamer. Du brauchst dich nicht daran zu gewöhnen, nur, weil ich dir entgegenkomme!«

Er scheint mir mein Erstaunen vom Gesicht ablesen zu können, weil er hinterlistig grinst. Mir ist es egal, dass er alle Emotionen von meinem Gesicht ablesen kann. Ich bin nur dankbar, dass er mir entgegenkommt. Daher nicke ich leicht.

Kapitel 24

Andrew

\~\~*\~*

Belehrend stehe ich vor ihm. Ich hasse solche Standardverträge. In den seltensten Fällen werden sie respektiert. Entweder bricht der Sub ihn oder der Master. Ich sehe das tagtäglich, frage mich, warum sie dann einen Vertrag abschließen, wenn es ihren eigenen Neigungen nicht entspricht? Damals schon habe ich mir geschworen, keine Beziehung einzugehen, die nicht auf Liebe, Vertrauen und Freiwilligkeit aufgebaut wird. Kein Schriftstück wird dem gerecht, sollten ein Sklave und Master ihr Leben zusammen meistern wollen.

»Du weißt genauso gut wie ich, dass solche Verträge vor keinem Gericht der Welt standhalten. Warum sich also die Mühe machen? Ich verspreche auf dich zu achten, aufzupassen, dass es dir gut geht. Mich um dich zu kümmern, dich nach einer Session zu pflegen. Ein Safewort bekommst du natürlich für die erste Zeit, damit du lernst, mir zu vertrauen. Danach will ich keins mehr hören. Vertrauen, Jan! Du weißt selbst, wie wichtig dies ist, oder? Ohne Vertrauen können wir keine Basis für unser gemeinsames Leben aufbauen. Es wäre reine Zeitverschwendung, an etwas festzuhalten, was keinen Sinn ergibt.«

Er nickt und ich kann erkennen, dass es hinter seiner Stirn arbeitet. Ich finde es gut, dass er sich Gedanken macht. Er ist schließlich ein fühlender, denkender Mann und kein leeres Gefäß.

»Nie werde ich dich bestrafen, ohne dass du weißt, warum du was verkehrt gemacht hast. Die Strafen dafür lege ich gleichzeitig fest. Du wirst sie, ohne ein Wort darüber zu verlieren, akzeptieren. Von mir aus rede mit Kevin, frag ihn, was einen Sklaven ausmacht. Du wirst sofort den Unterschied bemerken, dass du keiner bist. Dann rede mit deinen Freunden. Sie alle sind Subs. Auch da wirst du erkennen, dass es nicht zu dir passt.

Du, Jan, du stehst genau dazwischen. Weder bist du ein Sub noch ein Sklave, der alle Befehle ohne zu hinterfragen ausführt. Devil bestimmt über Kevin, sagt ihm, was er essen darf, welche Kleidung er anziehen soll. Er will nicht, dass sein Sklave arbeiten geht. Kevin jedoch hat sich durchgesetzt, arbeitet von zu Hause aus. Mein Bruder hat nachgegeben, weil Kevin ein tolles Talent hat. Er malt und schreibt spannende Geschichten für einen Verlag. Das ist es, was einen Master ausmacht. Er fördert seinen Sklaven, unterdrückt ihn nicht. Er stempelt ihn nicht zu einem Nichts ab.

Joy und Jessy sind Subs. Sie gehorchen zwar einem Befehl, lieben es, Verantwortung abzugeben. Trotzdem stehen sie mit beiden Beinen im Leben. Du bist mein Junge. Ein halber Sklave und Sub. Du willst, dass ich dein Leben organisiere? Dann tue ich das. Du liebst es, dich unterzuordnen? Also unterwerfe ich dich. Das Leben auf der Straße hat dich geprägt, sodass du härter werden musstest, obwohl du ein sehr sensibler Mann bist. Wärme, Liebe, Fürsorge, Vertrauen und Schmerz gehen bei dir Hand in Hand. Daher werde ich als dein Sir dafür sorgen, dass du dich bei mir wohlfühlst, dich fallen lassen kannst. Gestehe dir ein, dass ich genau das bin, was du verzweifelt gesucht und nun gefunden hast, und alles wird gut werden. Lass es dir von Kevin erklärt. Er lebt in einer 24/7 Beziehung mit meinem Bruder Devil. Er kann dir genau erklären, was er dabei fühlt, sollte sein Master ihn für seinen Unsinn, den er immer macht, bestrafen. Was er dabei empfindet, wenn er seinen Schmerz Devil schenkt. Möchtest du wissen, was ich bei dir fühle?«

Ich komme näher, flüstere es fast schon. Laut schluckt er, nickt, schaut gebannt zu mir hoch.

»Ich erlebe dabei ein tiefes Gefühl von Befriedigung. Es machst mich glücklich, wenn du deinen Schmerz für mich hinausschreist. Ich bin stolz, dass du mir gehörst. Die Tränen sind ein Zeichen von Liebe, Stärke, niemals von Schwäche. Ich liebe es, dass du sie mir freiwillig schenkst, hoffe, dass es wirklich viele im Laufe unseres Lebens werden!«

Mit leuchtenden Augen schaut Jan zu mir nach oben. Seine Zunge kommt hervor, leckt über die trockenen Lippen. Der Kellner erscheint, fragt nach, ob ich noch einen Wunsch hätte. Dabei schaut er mich gierig an. Jans Iris wird dunkler. Verärgert blitzt er den Kellner an. Er wendet den Kopf und Zorn schleicht sich in seine feinen Züge. Verdammt, er lenkt mich tatsächlich mit seinem offenen Besitzanspruch ab. Das macht mich total an. Kein Sub hat bisher seinen Anspruch so vehement verteidigt, wie er es macht. Es ist ein tolles Gefühl. Mit einer Handbewegung schicke ich den Kellner weg. Räuspernd fahre ich fort.

»Also noch mal! Ich werde dich nach meinem Ermessen und der Schwere deiner Verfehlungen bestrafen. Vergleiche mich niemals mit Dante oder Devil. Auch Angelo oder Daniel kannst du dir aus dem Kopf schlagen. Ich bin immer gerecht, aber wehe, du hast den Bogen überspannt. Es wird kein Erbarmen geben. Fordere mich daher niemals heraus, wenn du meine Strafe nicht ertragen kannst. Du gehörst mir. Auch wirst du keinem anderen Dom oder Master gehorchen. Du, Jan, bist mein Eigentum und bleibst auch meins.«

Er beißt sich auf die mittlerweile wunden Lippen, hat die Hände fest gegen die Beine gepresst. Die Hose beult sich vorne gewaltig aus, was mich lächeln lässt. Anscheinend macht ihn der herrische Befehlston an.

»Wenn wir zusammen im Spielzimmer sind, ich dich frage, wie es dir geht, will ich die Wahrheit hören. Keine Lügen über deinen Zustand. Niemals wird darüber geschwiegen. Das ist verdammt wichtig für mich! Du darfst mich nie anlügen, was deine Gefühle oder den Grad der Schmerzen angehen. Hast du das verstanden? Es gibt kein *Richtig* oder *Falsch* in unserer Beziehung! Es muss für uns beide passen, dann ist es immer *richtig*. Ich benötige kein Schriftstück, was mir vorschreibt, wie ich dich zu behandeln habe. Wenn du dich mir freiwillig anvertraust, wozu brauchen wir dann ein Stück Papier?«

Jetzt lacht er leise auf. Die hellblauen Augen werden dunkler, strahlen mich förmlich an. Mein Herz schlägt dabei schneller. Jan ist einfach zu entzückend. Er reagiert so sensibel auf meine Stimme. Ich senke sie, werde leiser. Erregt schluckt er, schaut mir in die Augen. Ich hebe sie, werde lauter, strenger. Jans Körper spannt sich an. Konzentriert lauscht er, was ich von ihm möchte.

Eine kleine Schweißperle rinnt über seine Schläfe. Mit der Fingerspitze fange ich sie auf, lecke sie ab. Mit offenem Mund schaut er mir zu.

Gebannt verfolgt er den Finger, atmet erregt ein, als ich sanft damit über seinen Schritt streichele. Er krümmt sich, als er meiner Handbewegung folgt, wimmert kurz. Die Augen weit aufgerissen, kommt er genüsslich zum Orgasmus. Na, das war aber mal rekordverdächtig! Ohne den Blick abzuwenden, verfolge ich seine Gestik. Wie er voller Lust die Augen schließt, sich rote Flecken auf den Wangen abmalen.

Dass er sich nicht beherrschen konnte, zeigt mir, wie sehr ich ihn erregen kann. Das nur mit meiner Stimme und einer leichten Berührung. Er reagiert so feinfühlig wie kein anderer je vor ihm. Mit vor Lust glitzernden Augen schaut er mich an.

Mein Junge ist in unserer Welt ein ganz besonderes Juwel, daher habe ich ihn mir schnell geangelt. Die meisten Subs sind schon abgestumpft, weil sie es aufgegeben haben, auf den richtigen Mann zu warten. Zwar war die Jagd auf meinen Jungen lang und schwierig, aber wie man sieht, hat es sich gelohnt, wenn ich ihn mir anschaue. Allein nur zu hören, was ich von ihm verlange, hat Jan in den Orgasmus getrieben. Leise murmelt er mir eine Entschuldigung zu. Mit hochroten Wangen schaut er mir ins Gesicht, schluckt ein paarmal, obwohl sein Instinkt ihm sagt, dass er den Blick senken sollte. Er weiß, dass er einen großen Fehler begangen hat, schämt sich deswegen.

Um es ihm leichter zu machen, hole ich das Sklavenband heraus, was Adam Pasch vor einiger Zeit nach meinen Angaben angefertigt hat. Es ist aus einem hellblauen, weichen Leder. Leuchtende, weiße Rillen verlaufen darin. Es sieht aus, als ob das Band lebendig würde, sobald er den Kopf bewegt. Nur mit dem Gedanken, es ihm irgendwann umlegen zu können, habe ich wochenlang ausgehalten, nie die Hoffnung aufgegeben. Als ich Jan das erste Mal im Darkroom gegenüberstand, wusste ich, dass er perfekt zu mir passt. Daher habe ich es direkt bestellt. Lange hat es gedauert, bis ich meinen Jungen im Arm halten konnte. Zum Schluss habe ich gesiegt. Nun kniet er vor mir. Eine Augenweide von einem perfekten Jungen. Meinem Jungen. Sein Aufschrei der Freude sagt alles. Statt einen Ring vorne, um eine Leine daran zu befestigen, ist es mit einem kleinen Schloss versehen. Ich will schließlich keinen Hund, sondern einen Jungen, der mir freiwillig folgt.

Behutsam lege ich das Band um seinen Hals und schließe es zu. Nur ich habe den Schlüssel und befestige ihn an einer Kette, die ich mir um den Hals lege. Jetzt gehört er mir! Endlich hat die Suche ein Ende!

»Siehst du?« Ich zeige ihm den Kettenanhänger.

»Keiner wird dich mir wegnehmen, solange ich den Schlüssel ganz nahe am Herzen liegen habe. Deine totale Hingabe, dich mir zu schenken, deine Seele vor mir zu entblößen ist der größte Vertrauensbeweis, denn ich von dir bekommen kann. Es ist dein kostbarstes Geschenk an deinen Sir. Das Gleiche gilt natürlich auch für mich. Ich werde dich mit Respekt behandeln, niemals verleugnen. Du wirst öffentlich vorgestellt, damit auch jeder im Umkreis von unserem Club weiß, dass du mir gehörst!«, raune ich leise in sein Ohr, hoffe, dass es dieser Russe Igor Popow auch erfahren wird.

In Jans Nacken macht sich Gänsehaut breit, als ich meinen warmen Atem gegen die Haut puste. Er schüttelt sich, als die feinen Haare sich aufstellen.

Schon wieder taucht der Kellner auf, schaut nur zu mir rüber, ignoriert Jan komplett. Böse funkeln die blauen Augen auf, werden ganz hell, als er sich reckt, die Hand an den Hals legt, das Band dadurch sichtbar macht. Diesmal schnaubt er laut durch die Nase, lenkt die Aufmerksamkeit auf sich. Der Kellner schaut ungläubig auf Jans Hals und flüchtet. Innerlich lache ich über seine Zurschaustellung, dass ich sein Herr bin.

Leise, ganz verschüchtert schaut er zu mir rüber, stottert, dass er sich gerne unsere Initialen auf den Ringfinger tätowieren lassen möchte! Erstaunt schaue ich ihn an. Warum will er das tun? Ich könnte das verstehen, wenn wir schon ein paar Monate zusammenleben würden oder verheiratet wären. Was geht bloß in seinem Kopf vor?

»Ich möchte, dass wirklich jeder weiß, wem ich gehöre. Nicht immer kann man das Band um den Hals erkennen. Auf eine Hand schaut aber fast jeder!«

Da muss ich ihm recht geben. Es ist nur ein kleiner Wunsch, aber er verursacht ein inneres Feuer in mir. Er will wirklich, dass ich an seinem Leben teilhabe, und das nicht nur zum Spielen. Erfreut schaue ich in die bettelnden, hellen Augen.

»Wir werden zusammen einen Termin beim Tätowierer machen und dort hingehen!«, verspreche ich ihm.

Erstaunen zeichnet sich auf seinem Gesicht ab, als die Worte zu ihm durchdringen. Auch ich werde mir seine Initialen auf den Finger tätowieren lassen. Nur wird dort statt Jan Briegel Jan Sanchez stehen. Denn eins weiß ich jetzt schon mit Sicherheit. Ich werde diesen wundervollen Jungen niemals wieder gehen lassen. Und wer weiß, vielleicht werde ich ihn eines Tages fragen, ob er auch einen Bund fürs Leben mit mir eingehen will.

Der Kellner bringt die Rechnung und verschwindet wieder. Innerlich lache ich über seine Vorsicht. Hat er nicht mitbekommen, dass meine ganze Aufmerksamkeit nur meinem Jungen gegolten hat? Da war kein Platz für andere Gedanken. Mit einem Fingerzeig zum Ausgang steht mein

Junge auf und geht. Draußen trifft er Jessy und Joy, zeigt voller Stolz sein Band. Sie stecken die Köpfe zusammen, reden aufgeregt durcheinander. Max lacht, als er sie beobachtet, verwickelt mich in ein Gespräch.

Ich habe schon erkannt, dass Jan eifersüchtig auf Jessy ist. Er denkt bestimmt, dass ich es nicht bemerke. Aber er irrt. Mein Blick ist immer auf ihn gerichtet. Auch wenn er meint, dass ich beschäftigt bin. Vom Fenster aus schaue ich zu, als sich seine Mimik verändert, er abwägt, was ich mit Jessy hatte oder immer noch habe. Er ist ein offenes Buch für mich. Feixend schaue ich zu Max rüber. Er hebt den Daumen, umarmt mich ganz fest.

»Du hast es dir redlich verdient, Andrew. Der Kleine ist klasse. Er liebt und himmelt dich an. Jeder kann es sehen. Seine hellen Augen leuchten dann voller Gier auf, wenn er dich ansieht. Vermassele das nicht. Pass auf ihn auf. Ich habe erfahren, dass dieser Russe, Igor Popow, immer noch hinter deinem Jungen her ist. Jetzt, wo der Kerl weiß, dass Jan zu dir gehört, wird er mit aller Macht versuchen, ihn in seine Finger zu bekommen. Igor ist brutal, kennt keine Hemmungen, sich das zu holen, nach was auch immer es ihm gelüstet. Er wird alles versuchen, um an ihn ranzukommen. Er hat auch keine Skrupel, Unschuldige dabei zu verletzen.«

Ich weiß das alles, deshalb sucht Justin auch nach einem Mann, der meinen Jungen beschützen soll. Sogar ich gehe seit einiger Zeit zu Tom, um zu lernen, wie ich mir solche Kerle vom Hals halten kann. Vielleicht sollte ich Jan auch zu ihm ins Studio schicken. Soweit ich weiß, unterrichtet Joy unsere anderen Jungs seit ein paar Wochen.

Wir umarmen uns, dabei lege ich meine Hand auf seinen Hintern, spüre die Wärme, die er abgibt. Adrian war anscheinend nicht zimperlich, als er Max den Arsch versohlt hat. Der Kleine zuckt zusammen, schaut mich strafend an. Lächelnd ziehe ich die Hand weg, öffne die Tür und gehe auf meinen Jungen zu. Bevor ich bei Jan bin, ist Jessy schneller, drückt mich erfreut an sich. Joy lächelt verschwörerisch, zwinkert mir zu. Als Jan sieht, dass ich Jessy einen Kuss gebe, blitzen seine Augen hell auf. Sein Blick wird mörderisch. Wütend ballt er die Hände zu Fäusten, versteckt sie hinter seinem Rücken. Böse blitzt er uns beide an, versucht sich zu beherrschen. Den Blick streng auf ihn gerichtet, schaue ich in seine Augen. Ich gebe nicht eher nach, bis er die Lider vor mir senkt, Röte sich auf den Wangen abzeichnet. Jessy kneift mir in die Seite, schüttelt den Kopf. Seufzend lasse ich ihn los, packe Jans Hand und ziehe ihn zu mir rüber. Direkt schmiegt er sich an mich. All das lässt mein Verlangen nach meinen Jungen mit einer Heftigkeit aufflammen, dass ich schnell nach Hause möchte. Bevor er weiß, wie ihm geschieht, sitzt er neben mir im Auto.

Noch nicht ganz im Haus, drücke ich ihn gegen die Wand. Dass meine Finger zittern, erstaunt mich sehr. Ich will ihn endlich nackt haben, fange seine Hände ein, lege sie über seinem Kopf ab.

»Lass sie dort oben und bewege dich nicht!«, raune ich Jan zu.

Verlegen reißt er die Augen auf, als ich an seiner Hose zerre. Er versucht auszuweichen, als ich ihn irritiert anschaue. Dann erkenne ich den Grund dafür. Sein Erguss von eben klebt in der Hose, was mir total egal ist.

»Hände nach oben!«, ist das Einzige, was ich sage. Jan schluckt, legt zögerlich die Hände über seinen Kopf zurück.

Der Geruch seiner Lust, als ich Jan die Pants runterziehe, erwischt mich voll. Er versucht sein Becken zur Seite zuschieben. Seufzend packe ich fester zu. Sein kleiner Protestlaut lässt mich nach oben schauen. Die Wangen sind feuerrot und in seiner Scham ist er noch begehrenswerter für mich. Schnell ziehe ich den Slip über seine Beine, schlage seine Hände weg. Nur ein Blick genügt. Gehorsam bleibt er nun still stehen. Mit den Pants wische ich ihm das kalte Sperma vom Unterleib, drücke Jan mit der anderen Hand an die Wand zurück. Dass er sich nicht beherrschen kann, wird ihm öfters passieren, als ihm lieb ist. Dafür werde ich schon sorgen.

Mein Kopf hebt sich. Herrisch schaue ich ihn an. Allein wie ich ihn anschaue, verkündet Jan, dass er eine Strafe für seinen Ungehorsam bekommt. Nun weiß er, dass er sich fügen muss, sonst bestrafe ich ihn hier und jetzt. Und das mit aller Härte. Endlich bleibt er still stehen, sodass ich ihn ohne weitere Verzögerungen ausziehen kann.

Scheiße, ist der Kleine eine Augenweide. Cremefarbene Haut, die sich unter den Fingerspitzen wie Seide anfühlt. Lange, schlanke Beine, rosafarbene Nippel. Sein Schwanz ist genau richtig. Nicht zu viel, aber auch nicht zu wenig. Er ist gerade, unbeschnitten und die Spitze versucht sich gerade unter der Vorhaut vorzuschieben. Ein kleiner Tropfen hängt daran. Fasziniert schaue ich zu, als er langsam zu Boden gleitet. Die Hoden haben sich zu kleinen Murmeln nach oben gezogen. Dass Jan erregt ist, kann ich riechen und sehen. Das Tollste, er ist am ganzen Körper rasiert. Nicht ein einziges Haar entdecke ich.

Weder auf seinen Beinen noch auf den Armen und schon mal gar nicht auf dem Rest seines geilen Körpers. Außer dieser feine dunkle Streifen Haare, der vom Bauchnabel abwärts geht, auf der Scham aufhört. Oh, er weiß zu genau, dass mich das erregt. Mein Herz schlägt bei seinem Anblick hart gegen die Rippen. Die Lippen wollen den Pfad feiner Haare folgen, doch ich beherrsche mich. Atemlos drehe ich Jan mit einem Ruck um. Er hat einen kleinen, festen und schönen runden Po. Die Hüften sind schmal und kleine Grübchen kann ich am Ende seines Rückens entdecken. Seine Figur ist zierlich, ohne diese stark ausgebildeten Muskeln, aber trotzdem männlich. Wieder drehe ich ihn um, will nun alles erkundigen. Mein erregter Blick gleitet von seinen Beinen hoch zu seinem Unterleib. Kurz vor der Schwanzwurzel entdecke ich ein Muttermal, neige den Kopf und küsse es, was Jan einen kleinen Schrei ausstoßen lässt.

Mit dem Zeigefinger streiche ich über die Wirbelsäule, hinunter zu seinem Hintern. Eine Gänsehaut bildet sich und die Haut färbt sich rosig. Er scheint sich zu schämen. Das muss er sich aber schnell abgewöhnen, denn ich will ihn immer nackt, sobald wir im Spielzimmer sind. Er ist einfach nur unwiderstehlich. Ohne dass ich es verhindern kann, beuge ich mich runter, atme diesen speziellen männlichen Duft ein, der nur ihn umgibt. Fasziniert von seinem Körper umrunde ich ihn. Behutsam packe ich die beiden prachtvollen Backen, ziehe sie etwas auseinander und entdecke ein rosiges, haarloses Loch. Fest beiße ich in den Knackpo, um die Beherrschung nicht zu verlieren. Am liebsten würde ich mich sofort in ihn versenken. Er stößt einen erschrockenen Schrei aus, zuckt zusammen, als ich fester zubeiße. Er kann es nicht verleugnen, dass ihn das anmacht. Lachend drehe ich ihn zu mir herum.

Jans Augenfarbe war das Erste, was ich im Darkroom trotz des Dämmerlichtes erkennen konnte. Sie glitzerten voller Erstaunen auf, als er mich entdeckte. Er hat eine hellblaue Iris, die von einem weißen Rand umgeben ist. Je nachdem, was er empfindet, werden sie heller oder dunkler und der weiße Rand verschwindet. Wenn er lacht, erkennt man, dass er eine kleine Lücke zwischen den weißen Zähnen hat, die einen unwiderstehlichen Reiz auf mich ausübt.

Dunkelbraune Haare, die an geschmolzene Schokolade erinnern. Eine kleine Stupsnase, die ein paar Sommersprossen zieren. Wenn er den Mund verzieht, entstehen Grübchen in den Mundwinkeln. Die obere Lippe ist voller als die untere und verleitet dazu, sie in den Mund zu saugen, leicht hineinzubeißen, was ich auch direkt mache. Er zuckt zusammen, drückt sich gegen mich. Langsam lasse ich sie los, lecke behutsam den Schmerz weg. Er keucht und die Nippel, die klein, rosig und so erregbar sind, haben sich zu einer festen Perle geformt. Verdammt! Er ist wirklich eine kleine Schönheit unter all den Subs hier. Wieso habe ich ihn in all der Zeit noch nie im Club gesehen? Geschweige denn in einer der anderen Bars?

Nur gut, dass ihn sich keiner der anderen Männer geschnappt hat. Jetzt ist es zu spät. Dieser Junge gehört nämlich nur noch mir.

Ich kann mich an ihm einfach nicht sattsehen. Er würde glatt als Model durchgehen, sobald er die richtige Kleidung anhätte. Er sieht einfach toll aus. Morgen werde ich ihn zusammen mit Jessy zum Einkaufen schicken. Es ist mein Geschenk an Jan dafür, dass er mein Junge wurde. Ich weiß, dass er es sonst ablehnen würde. So gut kenne ich ihn mittlerweile. Aber dieser Stolz wird ihm irgendwann noch eine Tracht Prügel einbringen.

Röte erscheint auf den Wangen. Er ist in meinen Augen so bezaubernd. Kein Wunder, dass der Russe von Jan besessen ist. Dieser Junge aber hat sich für Andrew Sanchez entschieden. Ich werde ab sofort dafür sorgen, dass ihm nichts zustößt.

Zärtlich streichle ich über den erregten Körper. Seine Beine fangen an zu zittern, öffnen sich für mich ganz weit. Tropfen rinnen aus der pochenden Schwanzspitze. Diesmal fange ich sie mit dem Zeigefinger auf, verreibe sie über Jans Lippen. Er soll wissen, wie gut er mir schmeckt. Zaghaft leckt er mit der Zunge darüber, schluckt, schaut wie gebannt in meine Augen. Seine Iris weitet sich, zeigt mir, wie sehr er mich will.

Mit einem Verlangen, das schmerzt, vereinnahme ich seinen Mund. Verzweifelt, weil ich es nicht unterdrücken kann, schmeiße ich den Kleinen über die Schultern und renne schnell ins Spielzimmer. Er landet mit Schwung aufs Bett, leckt sich verzagt über die wunden Lippen. Erregung, Lust! All das sehe ich in seinen hellblauen Augen aufleuchten, dass ich weiche Knie bekomme. So schnell war ich noch nie aus meiner Kleidung geschlüpft. Jan reißt die Augen weit auf, als er mich zum ersten Mal richtig nackt sieht. Schwer atmend stehe ich vor dem Bett, fühle, wie er mich mit glühenden Blicken verschlingt. Ich weiß nur zu gut, wie ich auf ihn wirke, weil sein Glied sich mir entgegenstreckt, nach Aufmerksamkeit bettelt. Aus der Kommode entnehme ich Gleitgel und Kondome, schmeiße sie auf die Matratze.

Ein erstickter Laut lässt mich innehalten. Sprachlos schaut er hoch. Aufgeregt schluckt er und die hellblaue Iris verfärbt sich dunkler. Der weiße Rand wird durchsichtig, verschwindet ganz. Erregt starre ich in sein Gesicht, bin wie gebannt davon.

Die Hände hat er zu Fäusten geballt, drückt sie gegen die zittrigen Oberschenkel. Leise murmelt er: »Mein Sir – mein Herr!« Die Augen verschleiern sich und sein Gesicht leuchtet vor lauter Lust auf. Innerlich muss ich darüber lachen, dass er mit Nachdruck noch mal seinen Besitzanspruch angemeldet hat. Befriedigt nicke ich, bestätige ihm, dass ich sein Herr und Sir bin. Ich bin *sein* und er *mein*. Keiner wird eine Chance bekommen, uns auseinanderzubringen. Das Verlangen, ihn zu besitzen, nimmt rasant zu, sodass ich im ersten Moment tief einatmen muss, um mich zu beherrschen. Noch nie kamen solche drängenden Gefühle in mir hoch, einen Sub zu markieren. Er ist aber nicht nur ein Sub. Er ist mein Junge.

Ich versuche langsam runterzukommen. Zuerst werde ich ihn dafür bestrafen, dass er mich hat zappeln lassen.

Mit nur einer Geste zeige ich auf den Strafbock, der mitten im Zimmer steht. Folgsam steht er auf, legt sich darüber. Hm, womit soll ich ihn bestrafen? Es ist unsere erste richtige Session. Ich denke, dass der Flogger das Richtige dafür ist. Das, was heute Morgen hier passiert ist, war nur ein Vorgeschmack auf das, was noch kommt. Ich drehe mich um, gehe zum Schrank und hole das Strafinstrument hervor.

Ausführlich erkläre ich Jan, was ich damit machen werde, wie die Strafe aussehen wird. Die Atmung verdoppelt sich und eine sanfte Röte erscheint auf seinem Gesicht. Als ich ihm ein Safewort für heute gebe, sieht er mich dankbar an. Damit er sich erst gar nicht an eins gewöhnen kann, werde ich für ein paar Sessions jeweils ein neues herausgeben, bis er mir wirklich vertraut.

Kapitel 25

Jan

~~*~*

Um zu demonstrieren, was mein Sir mit dem Flogger alles anstellen kann, streicht er zuerst ganz leicht über meinen Rücken, schlägt dann zu. Erschrocken zucke ich zusammen. Na, das tut ja gar nicht so weh!

Der zweite Schlag kommt daher etwas unerwartet. Er ist nicht mehr leicht, berührt fest die Haut. Der Schmerz ist zu ertragen und ich spüre direkt, dass mein Glied darauf reagiert. Im dritten steckt mehr Kraft. Ein schriller Schrei ertönt. War ich das etwa? Diesmal brennt es auf der Haut. Wellenartig zieht sich die Pein über die schweißnasse Haut. Fest presse ich die Lippen zusammen. Sonst bin ich doch nicht so empfindlich, kann mehr als diesen Hieb einstecken. Ich hoffe, dass ich liegen bleiben kann, ohne dass ich gefesselt werden muss. Beim vierten und fünften Schlag wimmere ich laut, versuche automatisch zur Seite auszuweichen. Bevor ich es schaffe, drückt mich Andrews Knie fest gegen den Bock. Jetzt steckt mehr Kraft in den Schlägen. Nun lerne ich den Unterschied zwischen Lust und Schmerz kennen.

Nach jedem Hieb streicht mein Sir beruhigend über die brennende Haut. Oh, tut das gut. Mein Herzschlag erhöht sich und eine heiße Erregung macht sich tief in mir breit. Vorwitzig schiebt sich meine Schwanzspitze über die Vorhaut, als sich ein kleiner, silbriger Faden abseilt, wie in Zeitlupe auf den Boden fällt. Sollte Andrew die Kraft hinter den Hieben noch mehr erhöhen, komme ich, ohne dass ich es verhindern könnte. Der Schmerz setzt sich in allen Nervenenden fest, lässt sie zucken und findet sein Echo im Unterleib. Das Glied steht hart und stramm vom Körper ab, will beachtet werden.

Der nächste Hieb jedoch treibt mich über die Grenze. Den Schrei, als ich komme, können die Leute bestimmt bis draußen hören. Noch nie hatte ich einen Orgasmus, der sich so schmerzhaft durch mein Glied gepresst hat, wie mein Herr ihn mir gerade verschafft.

Mannomann, war das gut, bis ein ziemlich harter Hieb mir in Erinnerung ruft, mit wem ich es zu tun habe. Was? Oh, ich durfte gar nicht kommen? Ja, wieso sagt er mir dies nicht vorher? Aua, dieser Schlag war gemein. Hektisch atme ich ein, drehe den Kopf und sehe in leuchtende graue Augen. Andrew erklärt mir, dass ich nicht eifersüchtig auf Jessy zu sein brauche. Sie verbindet nur eine tiefe Freundschaft. Schließlich gehört Jessy zu Dante. Wie konnte er das wissen? Ich habe nie ein Wort darüber verloren. Bei Max vor dem Café? Oh, jetzt erinnere ich mich. Der Hieb, der nun kommt, ist als Strafe gedacht. So wie Andrew ihn ausführt, spüre ich den Unterschied. Laut brülle ich die Pein in den Raum, drehe den Kopf, schaue meinen Sir an.

Voller Lust schließen sich gerade seine tollen grauen Augen. Sein Brustkorb hebt und senkt sich heftig. Er ist schweißnass und ein Tropfen verfängt sich in seinen Haaren. Die Lippen stehen einen Spalt offen. Sanft streichelt er über meine heißen, roten Arschbacken, umfasst die Hoden, zieht sie sanft nach unten. Ein leichter Schmerz macht sich bemerkbar. Leise wimmere ich und mein Glied streckt sich seinen warmen Händen entgegen. Es scheint gar nicht richtig schlaff zu werden, obwohl ich doch erst vor ein paar Sekunden einen Orgasmus hatte, der mich fast besinnungslos werden ließ.

Andrew umrundet mich, steht vor mir und fassungslos schaue ich auf seinen Schaft. Fuck, ist der groß. Und sein Umfang ist enorm. Ungläubig schaue ich darauf, erkenne, dass die dicken Adern voller Blut sind und leicht unter der Haut pochen. Zum ersten Mal kann ich mir seine enorme Männlichkeit aus der Nähe betrachten. Dann dämmert es mir. Dieses Prachtstück habe ich schon zwei Mal in mir aufgenommen. Dabei hat er mir Lust gebracht, keine Schmerzen. Ich schlucke und bete, dass ich es auch diesmal schaffe. Allein der Gedanke, dass er sich damit erneut in mich schiebt, lässt mich beinahe kommen. Er entzieht mir seine warme Hand, schaut zu mir runter. Kaum erwidere ich seinen Blick, trifft der Flogger sein Ziel. Jetzt fängt jede einzelne Strieme an zu brennen. Dabei weiß ich, dass er noch lange nicht mit mir fertig ist.

Oh, ich liebe, dass er mich dominiert, mir zeigt, wer die Zügel in den Händen hält. Er drückt meinen Kopf tiefer und flüstert in mein Ohr, ob ich sein demütiger Junge sei. Und wie demütig ich sein werde. Ich weiß, dass es verdammt wehtun wird, wenn er endlich mit mir fertig ist.

Heißer Atem trifft mein Ohr, als sich der Rest meines Orgasmus bei seinem nächsten Hieb verflüchtigt. Voller Wonne erschauere ich, als sanfte Lippen an der feinen Haut meines Halses knabbern. Trügerisch leise zählt er mir gerade die eben begangenen Fehler auf.

Hm, nicht doch! Ich bin ein schlechter Junge. Er hat recht mit dem, was er sagt, dass ich nur für seine Lust da sein soll. Und was habe ich gemacht? Versagt! Weil ich nur an mich, an meine Gefühle gedacht habe, ihn dabei vergaß. Mein Bauch drückt sich fester auf den Bock, als ich traurig den Kopf hängen lasse. Ich schäme mich. Dass ich eine erneute Strafe verdiene, weiß ich. Andrew erklärt, warum er enttäuscht ist, unterstreicht dies mit einem weiteren festen Schlag.

Diesmal ist der Hieb fester als all die anderen. Er scheint böse zu sein und ich bekomme das zu spüren.

Wie viel ich noch eingesteckt habe, kann ich nicht mehr sagen. Das Zentrum meines Bewusstseins nimmt den Schmerz zwar auf, verarbeitet ihn aber rasend schnell in heiße Lust um. Das, was ich dabei fühle, ist total anders, als was ich je in einer Session gefühlt habe. Das verwirrt mich sehr. Brennende Lust rast wellenartig durch den Körper, hinterlässt nichts als klopfende Erregung auf der Haut. Ruhe kehrt in die gequälte

Seele ein. Dieses wohlige Gefühl hält zwar nur kurz an, lässt jedoch erahnen, dass dort viel, viel mehr zu holen ist. Und mein Sir wird es für mich nach oben holen, es mich fühlen lassen. Ein tiefer Seufzer entkommt der Kehle, als er endlich fertig ist, mich zu bestrafen. Kaum erhole ich mich, senkt sich ganz langsam sein heißer Körper auf meinen.

Schrill schreie ich auf, als der Schweiß sich in die wunde Haut einbrennt. Hechelnd verarbeite ich die Pein, drücke meinen Hintern an seinen Schritt, reibe mich haltlos an ihm. Sein Glied presst sich gegen die Arschbacken, rutscht dazwischen. Mit der Schwanzspitze streicht er fest über den Muskel des Eingangs. Nur zu gerne würde ich ihn jetzt in mir spüren.

Er lässt mich zappeln, betteln, bringt mich dabei weiter zum Schreien. Zwei Finger dringen ein, streicheln ohne Erbarmen über die Lustperle. Gleich … ich … oh. Voller Erwartung verkrampfe ich, halte die Luft an und … ah, was macht er bloß? Er zieht die Finger raus, schlägt zweimal so hart er kann auf die brennenden Striemen.

Der schneidende Schmerz verwandelt sich in eine heiße, verführerische Wärme, als er mit beiden Händen fest darüber reibt. Stöhnend drücke ich mich gegen ihn, will seine warmen Finger in mir spüren.

Kaltes Gleitgel löscht das wütende Feuer etwas, lässt mich Luft holen. Im Hintergrund höre ich ein Knistern, weiß, dass er sich ein Kondom überrollt. Wie gut, dass er wenigstens die Kontrolle behält, um uns zu schützen. Ich? Ich habe komplett abgeschaltet, will nur noch sein Glied in mir fühlen und genießen.

Endlich schiebt sich eine dicke Schwanzspitze durch den Muskel. Arg! Ein kleiner Ruck und er ist bis zum Anschlag in mich eingedrungen. Ich verkrampfe, höre ihn sanft auf mich einreden. Beruhigend streicht er mir über den schweißnassen Rücken. Endlich entspanne ich mich, während seine Hand sich um die schmerzenden Hoden schließt, sie leicht zusammendrückt.

Behutsam erobert er mich Stück für Stück. Er reibt mit der Spitze seines Gliedes ohne Erbarmen über den sensiblen Punkt in meinem Inneren. Keuchend, den Rücken durchgebogen, stemme ich mich ihm entgegen. Mein Körper bebt und Haut prallt auf Haut. Fassungslos schaue ich nach unten zu meinem Schritt. Schon wieder bin ich steinhart, verliere einen Lusttropfen nach dem anderen.

Nein, oh nein. Panisch versuche ich einen erneuten Orgasmus zu unterdrücken. Wie kann es sein, dass er es schafft, dass ich mehrmals kommen kann? Noch nie ist das geschehen. Eher traf das Gegenteil ein. Ich war nie mit dem Herzen dabei, immer auf der Hut, konnte mich nicht fallen lassen.

Andrew ist unbarmherzig, stößt gegen die Prostata, lässt mich schreien, bis ich heiser werde, nur noch wimmern kann. Die Muskeln verkrampfen sich um seinen Schaft, wollen ihn nicht loslassen. Schweißtropfen rinnen über die Schläfen. Das Verlangen, zu kommen, wird immer stärker. Was passiert, sollte ich es nicht schaffen, seinen Befehl umzusetzen? Verdammt, Jan. Jetzt bloß nicht darüber nachdenken, sonst schaffe ich es nie, mich zu konzentrieren. Ich will meinen Sir schließlich stolz machen.

Hektisch presse ich die Lippen zusammen, beiße mir fest auf die Zunge, halte die Luft an. Doch nichts hilft.

Als er mir drohend in den Nacken greift, den Kopf hart nach unten drückt und sich mit einem festen Stoß in mich schiebt, schaffe ich es, diese verfluchte Erregung in den Griff zu bekommen. Puh, das war Rettung in letzter Sekunde. Er lässt nicht los, drückt mich noch tiefer runter. Demütig knie ich vor ihm und mein Hintern hebt sich dabei hoch. Nun hat er es leichter, kann flüssiger in mich eindringen. Er verändert den Winkel, trifft und seine Stöße werden härter. Zum ersten Mal im Leben fühlt es sich richtig an. Der leichte brennende Schmerz, der dazukommt, all das lässt mich heimkommen. Heim in Andrews Arme, da, wo ich hingehöre.

Ohne innezuhalten, schiebt Andrew sich in mein Innerstes, bis seine Hoden gegen meine Oberschenkel drücken.

Ganz plötzlich verharrt er, drückt sich nur fest gegen meinen Hintern. Der harte Griff im Nacken gibt mir den letzten Kick, den ich brauche, um mit allen Sinnen diese herrschsüchtige Inbesitznahme zu genießen.

»Sir? Scheiße, Sir? Bitte!«, bettele ich, versuche den Hintern zu bewegen. Als dies nichts nützt, spanne ich die inneren Muskeln an, massiere seinen Schaft. Wenn ich ihn damit nicht provozieren kann, weiß ich auch nicht weiter. Er soll sich verdammt noch mal bewegen. Ich bin nass geschwitzt, kann nicht mehr, will einfach nur kommen dürfen.

Der Druck in meinem Nacken nimmt noch mehr zu, je näher er seinem Orgasmus kommt. Fingernägel bohren sich in meine Haut. Sofort halte ich still.

Sekundenlang spüre ich, dass sein Schwanz gegen meine Darmwände klopft. Endlich zieht er sich kurz zurück, lässt mir etwas Luft zum Atmen. Oh, bitte mach was, sonst schreie ich vor lauter Frust alles zusammen.

Ein heftiger Schlag lässt mich zur Vernunft kommen. Keine Sekunde später legt mein Sir los! Er zieht sich zurück, stößt mit aller Macht nach vorne. Bei jedem neuen Stoß presst er mir die Luft aus den Lungen. Gut, dass er mich festhält. Ich wäre sonst glatt vom Bock gefallen, so fest vögelt er mich in das Leder. Sein tiefes, männliches Stöhnen hallt durch den Raum, bringt mich ganz nah an eine schmerzliche Grenze, die ich nicht überschreiten darf.

Ob er mir jetzt erlauben wird zu kommen?

Sein »Nein« hängt in der Luft und gequält wimmere ich auf.

Starke Arme umfassen meine Hüfte, ziehen mich hoch, bis ich vor ihm stehe. Jetzt spüre ich die Stöße tiefer, noch intensiver. Als er mit der Spitze über den sensiblen Punkt gleitet, vibrieren die Nervenenden. Gleich bin ich soweit und spritze ab und das ohne seine Genehmigung. Nasse Socken, Griespudding mit Chili, hängende Titten … sabbernde Frauen, die dich unbedingt flachlegen wollen, angrapschen. Mist. Das bringt mich auch nicht wirklich runter.

Oh bitte, bitte, bete ich leise. Er beißt mir keuchend ins Ohr. Mit einem letzten tiefen Stoß keucht er mir ins Ohr, dass ich kommen darf. Heißer Atem an meinem Hals, Zähne, die sich in der feinen Haut verbeißen, und ein Mund, der sich festsaugt, all das lässt mich glücklich aufschreien. Andrews Glied zuckt und trotz Kondom spüre ich, wie er sich heiß in mir verströmt. Der männliche, tiefe, raue Laut, sein Duft und ich vergesse alles, was um uns herum geschieht. Schreiend krampfe ich mich um seinen Schwanz, bin völlig außer mir, lasse ich mich gehen. Blitze tummeln sich hinter den Augenlidern und Gänsehaut verteilt sich auf dem ganzen Körper. Voller Ekstase zucke ich zusammen, schreie, bis die Stimme versagt. Andrew packt fester zu, damit ich ihm nicht entgleite. Die Atmung versagt und ich sacke in seinen Armen ohnmächtig zusammen.

Behutsam drückt er meinen zuckenden Körper an sich, streicht leicht über die schweißnasse Haut. Leise flüstert er mir ins Ohr, wie sehr ich ihn glücklich gemacht habe. Nach kurzer Zeit komme ich zu mir. Automatisch umschlingen die Arme seinen Hals, klammern sich fest. Hektisch atme ich ein und aus, versuche meine Emotionen in den Griff zu bekommen. Tränen rollen über mein Gesicht. Schmerzhaft schluchze ich auf. Andrews Haut ist heiß und sein Herz klopft genauso laut und schnell an meinem Ohr wie mein eigenes. Tief atme ich auf. Das fiebrige Verlangen ist fürs Erste gelöscht worden.

Kapitel 26

Andrew

~~*~*

Gebieterisch zeigt meine Hand auf den Strafbock. Gehorsam steht er auf, legt sich zögerlich darüber. Als ich frage, ob er Fesseln braucht oder es schafft, ruhig liegen zu bleiben, antwortet er zu meinem Erstaunen: »Nein, keine Fesseln. Ich werde versuchen mich nicht zu bewegen.«

Versuchen? Hier wird nichts versucht! Das, was wir gleich machen, ist kein Experiment oder eine Probe, um festzustellen, dass wir kompatibel sind, sondern das wahre Leben. Entweder er schafft es oder ich fessele ihn. Mit großen blauen Augen schaut er zu mir hoch, nickt, schließt ergeben die Augen. Sein Kopf sinkt herab. Er entspannt sich, als ich sanft über den bebenden Körper streiche. Nur seine Arschbacken, die kneift er zusammen. Schmunzelnd nehme ich dies zur Kenntnis.

Das wird ihm wohl nicht viel nützen, schon mal gar nicht helfen.

Ich dränge mich zwischen Jans Beine, stemme das Knie gegen den Bock, übe so Druck auf seinen Unterleib aus. Falls er es nicht schaffen sollte, still liegen zu bleiben, werde ich ihm dabei helfen.

Der erste Schlag lässt ihn erschrocken zusammenzucken. Beim zweiten schreit er laut auf. Bei jedem weiteren Hieb erhöhe ich die Schlagkraft. Die lauten Schmerzensschreie lassen mich wohlig erschauern. Lange habe ich keinen Sub mehr zum Spielen hierhergebracht.

Nur eines weiß ich. Das, was gerade hier geschieht, lässt alles andere in den Hintergrund treten. Noch nie war ich so voller Gier, Lust und Verlangen. Klar habe ich den Subs ihre

Wünsche erfüllt, doch das Gefühl, was ich jetzt verspüre, ist ganz anders. Er macht das. Jan ist der Grund, der mich all das fühlen lässt. Bei ihm schiebt sich alles an die richtigen Stellen. Das Herz klopft freudig auf, die Lust steigt ins Unermessliche und in meiner Seele kehrt Ruhe ein.

Die jungfräuliche Haut seines Hinterns färbt sich zuerst rosa, geht dann übergangslos ins Dunkelrote über. Mit aller Kraft drückt sich mein Glied gegen seine Arschbacken, will dort hinein, wo das Paradies auf mich wartet. Dass ich es die ganze Zeit ignoriert habe, macht sich nun bemerkbar. Erneut schlage ich fester zu. Er schnellt mit dem Oberkörper nach oben, versucht auszuweichen. Ich winkle das Bein an, drücke ihn mit dem Knie zurück auf den Bock. Dafür kassiert er einen extra Schlag. Laut aufschreiend kommt er zum Orgasmus.

Fassungslos schaue ich auf den krampfenden Körper hinunter. Was war das denn? Mist. Da habe ich vor lauter Lust wohl nicht aufgepasst. Tief atme ich seinen Geruch ein, bemerke, wie mir Schweißtropfen über den Rücken perlen. Dass er es nicht schaffen konnte, wusste ich schon, bevor er sich über den Bock legte. Die harten Schläge, meine grobe Behandlung, der ausgestoßene raue Befehl und die angesetzte Strafe, all das hat ihn in totale Euphorie versetzt.

Sein Stöhnen wird tiefer, die Bewegungen hektischer. Er stößt sich mir entgegen, was ich unterbinden werde. Meine Hände umfassen seine Hüfte, halten ihn ruhig. Er wehrt sich, wimmert auf. Ein weiterer Schlag und er zuckt nach oben. Eine Hand auf seinem Rücken lässt ihn innehalten. Fest drücke ich ihn auf den Bock runter, warne ihn zum letzten Mal. Der ganze Körper zittert, als er mit dem Kopf nickt. Lange schaue ich auf ihn hinunter. Mein Traum wäre es, Jan so viel Lust zu verschaffen, dass er sich komplett fallen lassen kann. Dass er den Rausch dieser Ekstase erreicht, den jeder Sklave oder Sub anstrebt! Allein nur daran zu denken, dabei wird mir ganz anders. Bis jetzt habe ich es nie mit einem Sub ausprobiert. Von Devil weiß ich, dass es möglich ist. Bei Kevin schafft er es auch des Öfteren. Es hat etwas mit absolutem Vertrauen und Hingabe zu tun. Irgendwann wird mein Junge mir blind vertrauen, wird sich für den Schmerz, der ihn in den Sub Space bringen wird, auf Knien bedanken. Oder er wird mich dafür hassen.

Leise seufze ich auf.

Jans Gesicht ist rot angelaufen. Demütig senkt er den Blick. Obwohl er bis jetzt tapfer die Strafe ertrug, bin ich nicht zufrieden mit ihm. Statt an mich zu denken, an meinem Befehl, hat er nur an sich gedacht. Hier aber zählt mein Wille und sonst gar nichts. Er hat das Prinzip *Sir und sein Junge* wohl noch nicht ganz richtig verstanden. Das heißt, er hat sich nur auf mich, meine Gelüste und Wünsche zu konzentrieren und nicht, wie schnell komme *ich* zum Orgasmus. Er kann es einfach nicht lassen. Er nimmt das alles viel zu leicht. Klar finde ich das geil, dass allein die paar Schläge ausgereicht haben, um ihn fliegen zu lassen.

Um meinem Jungen ein für alle Mal klarzumachen, wer der Chef in unserer Beziehung ist, werde ich Jan jetzt zeigen, wer die Hosen anhat. Tief atme ich durch, um mich zu beruhigen. Meine Wut ist falsch. Jan kann nichts dafür, dass er noch nie eine derartige Session hatte. Dennoch werde ich ihm gleich zeigen, dass er einen Fehler gemacht hat.

Dass der Flogger auch Schmerzen zufügen kann, zeigt sich, indem ich fester zuschlage. Er schreit kurz auf, versucht auszuweichen, was mein Knie verhindert. Auf der Haut zwischen dem Übergang der Beine zu seinem Hintern bildet sich ein schöner, dunkelroter Strich. Verdammt, hat mir das Spielen mit einem willigen Sklaven gefehlt. Nein, nicht mit irgendeinem, sondern mit *MEINEM!*

Jan ist der Auslöser. Wenn ich jetzt nicht aufpasse, versenke ich mich direkt in ihn. Schweißperlen rinnen ohne Unterlass vom Nacken den Rücken runter, lassen meine braune Haut glitzern. Ich aber will mit ihm spielen und schlage zu. Jetzt bekommt er die Erklärung für seine Strafe, wie ich es versprochen habe.

»Das ist für deine Eifersucht auf Jessy!«, raune ich in sein Ohr, schlage härter zu. Sein Schmerzensschrei kommt direkt, setzt sich in meinen Nerven fest, lässt mich erbeben vor lauter Gier, mir zu nehmen, was Jan mir freiwillig anbietet.

Nicht, Andrew. Beherrsche dich. Du bist der Sir!

Ich will den satten Klang hören, wenn der Flogger auf nackte Haut trifft, Jan voller Lustschmerz aufschreit.

»Glaubst du, dass ich das böse Funkeln nicht gesehen habe, dann täuschst du dich aber gewaltig. Ich bin nicht mehr in Jessy verliebt. Er gehört Dante und beide sind meine Freunde. Dieser Hieb hier ist dafür, dass du mir nicht genug vertraut hast.«

Er weint, wimmert, bleibt diesmal still liegen. Nur seine Hände, die zu Fäusten geballt sind, verraten seinen Frust. Der kleine, geile Hintern, wird immer mehr von roten Striemen überdeckt. Er kann sich morgen zum Frühstück bei den Jungs am Stehtisch einreihen. Nein, er wird sich zusammen mit Kevin schön vor mich knien. Dabei werde ich ihn füttern. Ob er das will oder nicht, spielt keine Rolle. Das wird ihn lehren, dass ich ab sofort die Nummer eins bin. Eben das Wichtigste in seinem Leben.

Allein die Vorstellung zwingt mich fast in die Knie. Jetzt bekommt er die Strafe dafür, dass er ohne Zustimmung zum Orgasmus gekommen ist, nur an sich dachte, und dann hat er es überstanden.

Erschlagen und völlig außer sich liegt er über dem Bock. Sein Hintern ist heiß, feuerrot. Vorsichtig streichle ich darüber, schließe die Augen, damit ich die Hitze auf seinem Hintern besser auf mich wirken lassen kann. Jan erzittert unter meinen Berührungen. Ich bebe innerlich, kann es immer noch nicht glauben, dass der Junge unter mir mein Eigentum ist. Auf den Händen abgestützt sinke ich langsam auf den zitternden, schluchzenden Körper. Er stöhnt schmerzvoll auf, drückt sich trotz der brennenden Pein gegen mich, reibt sich mit seinem kleinen Hintern an meinen harten Schaft. Fest beiße ich mir auf die Lippen. Wenn ich nicht so viel Selbstbeherrschung hätte, würde ich allein nur davon kommen. Die heiße Haut, die gegen mein Glied drückt, lässt mich fast vergessen, warum er vor mir liegt. Ich platze noch, wenn ich ihn nicht bald nehme. Das Herz klopft viel zu schnell. Ich muss echt aufpassen, sonst war es das. Mein Körper will zu seinem Recht kommen, produziert einen Lusttropfen nach dem anderen. Ich schließe die Augen, verberge das Gesicht an seinem Hals. Er riecht berauschend nach Schmerz, Schweiß und Erregung. Schnell schnappe ich mir das Gel, ziehe Jans Arschbacken auseinander. Was ich da sehe, lässt mich schwer schlucken. Sein rosiger Eingang zuckt, öffnet und schließt sich rhythmisch. Bevor ich trocken über ihn herfalle, befeuchte ich die Fingerspitzen, dringe direkt mit zwei durch den Muskel. Er zuckt zusammen, entspannt sich dann. Er kann das ab, weil mein Schaft nun mal nicht gerade klein oder dünn ist. Direkt treffe ich die kleine Erhebung in seinem Inneren, streiche ohne Erbarmen immer wieder darüber.

Er schreit, bettelt und ich genieße es wie noch nie. Es ist wie Musik in meinen Ohren und hinterlässt eine Gänsehaut nach der anderen. Devil hat recht. Es muss nur der richtige Mann in deinem Leben auftauchen. Dann erst weißt du, was dir bei deiner Session fehlt. Immer war ich mit Leib und Seele dabei. Passte auf, dass der Sub nicht zu Schaden kam. Trotzdem entspannte sich mein Körper nicht. Egal, ob ich den Jungen danach vögelte oder nicht. Die letzten Male brachte ich sie nur zum Abspritzen, gab ihnen ihre Entspannung, doch ich? Ich konnte nicht. Wenn das Herz nicht mit dabei ist, dann kannst du auch deinen Körper nicht dazu zwingen. Was danach kommt, ist der Frust, dass es nicht geklappt hat. Den Sub trifft dabei keine Schuld. Und nun? Nun liegt dieser Mann vor mir, nimmt jeden Schlag, den ich ihm verpasse, mit Genuss und Lust auf. Und ich? Ich schwelge in seinen Schmerzensschreien, die sich in Lustschreie umwandeln. Bade in jeder Träne, die er mir schenkt, je mehr ich ihn schlage. Das Herz klopft dabei voller Freude auf. Die Seele wälzt sich darin und eine tiefe Befriedigung lässt mich zur Ruhe kommen.

Als ich in Jans blauen Augen schaue, darin versinke, bebt sein ganzer Körper. Er versucht sich zusammenzunehmen. All das lässt mich glücklich lächeln. Endlich habe ich die Suche beendet. Sein Oberkörper hebt sich hoch und mit einem festen Griff in Jans Nacken drücke ich ihn runter. Noch ein weiterer dicker Klecks Gel fällt auf seinen Eingang und der dritte Finger bahnt sich einen Weg. Erschrocken schreit er auf und ein lustvolles Stöhnen verlässt Jans Lippen.

Er wimmert hingebungsvoll, presst sich gegen die stoßenden Finger. Erstaunt registriere ich, wie sensibel er reagiert. Er drückt sich nach hinten, stöhnt, bettelt dermaßen, dass ich Schwierigkeiten habe, ihm zu widerstehen. Das Klopfen in seinem Inneren nimmt rasant zu. Diesmal warne ich Jan. Sollte er noch mal ohne meine Zustimmung kommen, wird er in der nächsten Woche einen Cockring tragen. Das war es dann mit seiner Entspannung. Fest umschließe ich Jans Nacken, drücke die Fingernägel in das weiche Fleisch, schiebt den Kopf noch tiefer runter.

»Wehe, du kommst ohne ausdrücklichen Befehl. Der Flogger wird das kleinere Übel sein, was du dann zu spüren bekommst. Ich an deiner Stelle würde mir überlegen, was wichtiger ist. Mein Wille oder deine Lust!«

Er hält die Luft an, nickt, spannt sich an, als ich noch mal extra über seinen Punkt streiche. Erstickt schreit er meinen Namen, bettelt so süß. Mein Junge muss lernen sich zu beherrschen oder er ist mehr auf den Knien, um Abbitte zu leisten, als ihm lieb ist. Noch entscheide ich, wann ich ihm erlaube, sich gehen zu lassen.

Erstaunt erkenne ich, dass er sich mir instinktiv unterordnet. Die hellblauen Augen verdunkeln sich. Hoffnung, dass er der richtige Junge ist, schleicht sich langsam in meinen Kopf. Wie hingebungsvoll er vor mir liegt. Voller Vertrauen, dass ich weiß, was das Beste für ihn ist. Jan scheint zu hoffen, dass ich genau weiß, was er braucht, und ich? Ich träume davon, dass er sich in mich verlieben könnte. Oder will er bloß mit mir spielen und irgendwann aus meinem Leben einfach wieder verschwinden?

Wir kennen uns zwar erst seit ein paar Stunden, trotzdem will ich diesen Kerl nicht mehr hergeben.

Mit dem letzten Rest Verstand rolle ich mir schnell ein Kondom über, nehme mir, was mir zusteht. Sanft, aber ohne Kompromisse drücke ich mich durch den Muskel, verharre, warte, bis er sich an meine Härte gewöhnt hat. Fest umschlinge ich seinen Brustkorb, ziehe ihn zu mir hoch, drücke die Lippen auf die pochende Halsschlagader, sauge leicht daran. Jetzt wird es verdammt eng um meinen eigenen Schwanz. Heftig stoße ich zu, will endlich kommen. Er verspannt sich, umschließt mich noch fester, dass ich keine Chance mehr habe, dem zu entkommen. Eine Hand umklammert Jans feuchtes Glied. Mit dem Daumen streiche ich über seine Schwanzspitze, bohre zum Schluss den Fingernagel in seinen Schlitz. Er zittert so sehr, dass ich fester zupacken muss. Erst als ich ihm ins Ohr hauche, dass er kommen darf, schreit er erleichtert auf. Er bebt, krampft sich fest um mein Glied. Sein Orgasmus dauert an. Laut wimmert er die Lust in den Raum. Danach bricht er zusammen, scheint nicht mehr bei sich zu sein.

Erschrocken drehe ich seinen Kopf zu mir, erkenne, dass ein kleines Lächeln auf seinen Lippen liegt. Erschöpft lehnt er sich gegen meinen Körper, bewegt sich nicht mehr. Die Augen sind geschlossen und die langen, schwarzen Wimpern werfen einen Schatten auf seinen Wangen. Er ist tatsächlich vor Lust weggetreten. Vorsichtig entziehe ich mich seinem heißen Körper, nehme Jan auf die Arme. Fest drücke ich meinen schluchzenden Jungen an das heftig pochende Herz. Voller Liebe schaue ich in sein Gesicht, kann es nicht fassen, dass dieser betörende Sklave ab heute mein Eigentum ist. Lange habe ich gesucht, dachte in Jessy den Richtigen gefunden zu haben. Nur um dann festzustellen, dass ich mich gewaltig geirrt habe. Dieser Junge hier passt genau in meine Arme. Nur gut, dass ich die Hoffnung nie aufgab und jetzt dafür belohnt werde.

Sanft lege ich die Lippen auf seine, spüre, dass er sofort darauf reagiert. Er stöhnt heiser auf. Als er sie ein kleines Stückchen öffnet, bin ich verloren. Sie sind weich und mit der Zungenspitze streiche ich über den Rand des Mundes, ertaste die Konturen. Seine Zunge huscht heraus, stupst meine kurz an.

Die Lider heben sich und ich versinke in seinen hellblauen Augen. Er schaut mich verlangend an, schließt die Lider erst, als ich tiefer mit der Zunge eintauche. Ein rauer Laut der Zustimmung ist seine Antwort darauf. Hemmungslos erwidert er den feurigen, dominanten Kuss. Es ist, als würde ich Jan meinen Stempel aufdrücken. Meine Zunge zieht sich zurück, leckt über seinen Mundwinkel zum Kinn runter. Gierig sauge ich über die feine, sensible Haut des Halses, hinterlasse ein dunkelrotes Mal.

Er neigt demütig den Kopf zu Seite, wimmert voller Lust auf.

Nicht nur seinen Körper will ich besitzen, sondern einfach alles, was meinen Jungen ausmacht. Vorsichtig lasse ich ihn aufs Bett gleiten. Er schaut lächelnd in mein Gesicht, zuckt zusammen, als sein Hintern mit dem Laken in Berührung kommt. Schmerzlich verzieht er den Mund. Oh ja. Ich habe ihn wirklich nicht geschont. Warum sollte ich das auch tun? Schließlich bin ich ein strenger Herr. Jan soll das ruhig wissen. Ich werde den Teufel tun, meine Neigungen einschränken. Im Gegenteil! Wir werden sie ausleben, erweitern, ausloten, wie weit wir diesen Weg zusammen gehen können.

Er drückt sich an mich und sanft streiche ich durch die dunkelbraunen, schweißnassen Haare, nehme die blaue Strähne zwischen die Finger, ziehe daran. Er schaut hoch, bietet mir seinen Mund erneut an. Nachdem er sich noch einen weiteren Kuss geholt hat, drehe ich ihn auf den Bauch, streiche mit einer kühlenden Salbe beruhigend über die geschundene, heiße Haut. Die Augen schließen sich und er schläft direkt in meinen Armen ein. Das war wohl heute alles etwas zu viel für Jan gewesen. Eins sage ich euch. Mein Junge hat sich verdammt gut geschlagen. Er hat seine Strafe ohne zu murren angenommen. Die Hoffnung, dass er mehr einstecken kann, als ich zuerst dachte, scheint sich zu erfüllen. Sehnsucht schleicht sich ins Herz, dass dort der Junge liegt, bei dem ich glücklich werden könnte. Ruhiger, nicht getrieben nach der Suche, den Richtigen zu finden. Befriedigt lege ich mich zu ihm, inhaliere seinen Duft, schlafe mit Jan im Arm ein.

Am anderen Morgen stehe ich früh auf, gehe duschen, beobachte jede Bewegung, die er macht. Innerlich weiß ich, dass mein Junge viel Ärger bedeuten wird. Großen Ärger. Dass er sich mir bis jetzt untergeordnet hat, erstaunt mich etwas. Er musste praktisch auf der Straße erwachsen werden. Mein Junge ist mit all den schmutzigen Details in Berührung gekommen, die das Leben dort mit sich bringt. Er hat sich laut Justin gegen Igor zur Wehr gesetzt, ist ihm entkommen. Er ist nicht so gefügig, wie er sich im Moment gibt. Klar, er ist devot. Keine Frage! Er genießt den Lustschmerz, lässt sich darin fallen. Aber er wird nicht alles kommentarlos schlucken, was ich ihm befehle. Darauf freue ich mich am meisten. Er ist ein klein bisschen wie Kevin und Jessy zusammen. Folgsam, aber auch widerspenstig.

Dieses Hin und Her ist es, was ihn von den anderen Subs und Sklaven unterscheidet. Sein Temperament und dass er finanziell von mir unabhängig sein will, imponiert mir enorm. Sein eigener Dickkopf, der ab und zu aufblitzt. Keine Bange, ich weiß ihn zu handhaben! Sagte ich nicht am Anfang, dass mein Junge nicht widerspenstig sein darf? Anscheinend habe ich mich geirrt! Es gibt nichts Berauschenderes, als wenn Jans Augen aufblitzen, er überlegt, ob es das wert ist, mir zu widersprechen. Ah, ich liebe das!

Die meisten Subs sind still, in sich gekehrt. Sie sind gehorsam, setzen einen Befehl direkt um. Sie wollen ihrem

Master schließlich gefallen. Jan ist das nicht. Auf keinen Fall! Er ist devot, hat aber seinen eigenen Willen, jedenfalls das, was ich ihm zugestehen werde. Er weiß es nur noch nicht. Ich werde es lieben, ihn zu erziehen, ihm klarzumachen, wer der Herr in diesem Haus ist.

Ein schmerzliches Stöhnen lässt mich aus meinen lustvollen Gedanken auftauchen. Er quält sich aus dem Bett, geht duschen, versucht in die Jeanshose zu kommen, die ich ihm bereitgelegt habe. Dabei schaut er mich böse an. Innerlich grinse ich, weil das, was wir gestern gemacht haben, erst der Anfang ist. Schließlich habe ich meinen Jungen mit Samthandschuhen angefasst. Er wird den Unterschied noch früh genug bemerken. Wenn er das wüsste, würde er bestimmt aufbegehren. Ich kenne Jan zwar erst kurz, trotzdem weiß ich genau, dass er gestern Abend alles genossen hat. Ein paar Schläge mehr, etwas fester und er wäre ohne eine andere Stimulierung noch mal gekommen. Ich habe ihn genau beobachtet, weiß, wie erregt er war.

Endlich hat er es geschafft. Mit einem wehleidigen Gesicht versucht er ins Auto zu steigen. Einmal im Monat haben wir unseren Pokerabend und dann treffen wir uns am anderen Morgen alle zum Brunch bei Max im *Café Musica*. Es hat sich einfach so eingebürgert. Ich finde das toll. Der *Club Black* und der *Club Red* sind zwar Konkurrenten, aber im Laufe der Zeit auch Freunde geworden. Wir helfen uns immer mal mit Personal aus. Da braucht keiner was zu sagen, das geht Hand in Hand. Es verbindet uns und so entsteht keine wirkliche Konkurrenz. Das ist selten, daher arbeiten wir auch alle daran, dass diese Beziehungen zwischen unseren Clubs freundschaftlich bleiben.

Kaum sitzt Jan im Auto, fahre ich los. Bei jeder Unebenheit schreit er empört auf, schaut böse zu mir rüber, als ob ich was für den schlechten Straßenbelag könnte. Sein schmerzliches Wimmern wird lauter. Leise lache ich ihn aus. Die Geräusche, die er von sich gibt, sind Musik für meine Ohren.

Wie mich das anmacht, kann ich euch nicht gar nicht sagen. Bevor wir hineingehen, erzähle ich, dass wir morgen einen Termin bei Eric, unserem Hausarzt, haben. Ich will, dass wir zusammen einen Aidstest machen lassen. Sein Erstaunen, als ich ihm dies sage, lässt mich lächeln. Er bekommt rote Wangen, fragt, ob ich denke, dass er sich nicht genug geschützt hat, nur, weil er von der Straße kommt. Wie kommt er bloß auf solche Gedanken? Verneinend erkläre ich, dass ich ihn lieber pur spüren möchte, ohne ein lästiges Kondom dazwischen. Das scheint ihn zu beruhigen, weil ein Strahlen über sein Gesicht geht. Direkt vor Max' Café bekomme ich einen Parkplatz, packe seinen Kopf, drücke die Lippen fest auf seine. Ich liebe es, ihn zu küssen, seinen Geschmack zu erforschen. Er wird dann ganz weich in meinen Armen. Jan seufzt, lehnt sich gegen mich. Benommen schaut er mir in die Augen, als ich ihn auffordere auszusteigen.

Kapitel 27

Jan

~~*~*

Fest presst er den Mund auf meine bebenden Lippen. Dabei dringt seine Zunge herrisch ein. Oh, er küsst so toll, dass ich alles um mich herum vergesse. Dominant fordert er mich zu einem Spiel heraus und ich vergesse den schmerzenden Hintern. Schluchzend lasse ich es zu. Mein törichtes Herz klopft voller Liebe. Vorsichtig lässt er mich auf das Bett gleiten. Er redet leise auf mich ein, streicht mir sanft die schweißnassen Haare aus der Stirn. Immer noch laufen heiße Tränen über meine Wangen. Wimmernd drücke ich mein heißes Gesicht gegen seine Brust. Zärtliche, geflüsterte Worte dringen an mein Ohr. Viele sanfte Küsse werden auf meinem ganzen Körper verteilt, holen mich zurück in die Gegenwart. Vorsichtig dreht er mich auf den Bauch.

Mir ist schwindelig, schwindelig vor Glück! Prüfend schaut er mir in die Augen. War das vielleicht eine heiße Nummer! Wenn das zwischen uns jedes Mal so ist, werde ich bestimmt früh an einen Herzinfarkt sterben. Hart und unbarmherzig haben seine Hände die Strafe vollzogen. Genau dieselben sind es jetzt, die sanft und vorsichtig über die wunde Haut streichen, sie mit einer kühlenden Salbe eincremen. Zärtlich lächelt er dabei, wispert mir beruhigende Worte zu, als er uns zudeckt. Die Arme um meine Hüfte geschlungen, das Gesicht an die Brust gepresst, schlafe ich mit seinem Geruch in der Nase ein.

Am andern Morgen muss ich leider feststellen, dass der Hintern ziemlich wehtut. Vorsichtig berühre ich ihn, presse das Gesicht ins Kissen, um den lustvollen Seufzer zu unterdrücken. Damit er nicht mitbekommt, dass ich es genieße, schaue ich böse zu ihm auf, als er laut auflacht. Ihm kann man nichts vormachen, weil er mich direkt durchschaut hat. Er wirft eine Wundsalbe auf das Bett und befiehlt mir, mich auf den Bauch zu drehen. Vorsichtig cremt er die pochende Haut noch mal ein. Dankbar schaue ich ihn an, als er ein paar Kleidungsstücke auf das Bett legt. Die Pants gehen ja noch, aber eine Jeanshose? Echt jetzt? Bettelnd schaue ich ihn an. Er lehnt am Türrahmen, beobachtet mich genauestens. Ein kleines grausames Lächeln erscheint auf seinen Lippen. Die Hände zu Fäusten geballt, quäle ich mich in die enge Hose und wimmere leise auf, als ich sie endlich über meinen Hintern gezogen habe. Jede Bewegung ist eine Qual, weil der raue, steife Stoff nicht nachgibt, die verletzte Haut fest einschließt. Vorsichtig, wie in Zeitlupe setze ich mich ins Auto, hoffe, dass es bald besser wird. Um den Schmerz zu vergessen, streiche ich über das Halsband, doch es nutzt nichts. Mein Hintern klopft, ist heiß und die Striemen brennen. Wie soll ich mich da auf mein Frühstück konzentrieren können? Trotzdem genieße ich dies alles viel zu sehr, lächele innerlich glücklich auf. Dabei spüre ich, wie eine himmlische Ruhe in meine Seele einkehrt.

Andrew fährt mit einem diabolischen Grinsen zu Max' Café, nimmt jedes nur erdenkliche Schlagloch auf der Straße mit. Jedes Mal wimmere ich schmerzvoll auf, werfe ihm dabei böse Blicke zu. Er lächelt und ich würde nur zu gerne wissen, was er gerade denkt. Ich senke den Blick, weiß es. Seine Hose beult sich gerade mächtig aus. Er ist ein Mistkerl. Ihn scheinen meine schmerzlichen Laute sehr zu erregen!

An einer roten Ampel hält er an, sagt nebenbei, dass er einen Termin bei Eric Farber gemacht hat. Wir sollen beide zu ihm in die Sprechstunde kommen, etwas Blut abgeben. Wofür braucht er mein Blut?

Denkt er denn, nur, weil ich jahrelang auf der Straße gelebt habe, war ich unvorsichtig? Die paarmal, wo ich mit einem Kerl Sex hatte, war ich immer vorsichtig genug, um ein Kondom zu benutzen. Fest presse ich die Lippen zusammen. Sogar wenn es nur ein Blowjob war. Der erste Griff ist immer das Gummi, der zweite, es über den Schwanz zu rollen.

Er lächelt, nickt und ich beruhige mich. Er würde gerne ohne ein störendes Kondom mit mir schlafen. Dafür muss der Test negativ ausfallen.

Bare, ohne ein Kondom! Scheiße. Ich kann ihn dann noch viel besser spüren. Seufzend denke ich, dass ich noch mehr Zeit mit Körperpflege im Badezimmer verbringen werde wie bisher. Ich will schließlich für ihn sauber sein. Innen wie außen.

In Max' Café angekommen lege ich die Hände auf das Autodach, ziehe mich langsam aus dem Sitz und steige so vorsichtig wie möglich aus. Meine Freunde beobachten dies, schauen, wie gequält ich das Gesicht verziehe und grinsen mich wissend an. *Blöde Bande.*

Ihre Männer klopfen Andrew auf die Schulter, halten den Daumen nach oben. *Angeberische, dominante und herrschsüchtige Kerle!*

Sie sitzen an einem langen Tisch, der mit köstlichen Sachen gedeckt ist. Kaffeegeruch und der Duft von frisch gebackenen Brötchen ziehen durch das Café, lassen meinen Magen protestierend knurren.

Verunsichert stehe ich neben Andrew, schaue ihn an. Er zeigt mit der Hand zu einem Stehtisch. Was soll ich da? Ich verstehe nicht, was er damit meint.

»Jan! Geh deine Freunde begrüßen. Du hast zwei Minuten, danach will ich dich zu meinen Füßen wissen. Du wirst dich neben mich knien und ich werde dich mit all diesen Köstlichkeiten füttern! Die Zeit läuft!«

ICH SOLL WAS?

Der Blick irrt zum anderen Ende des Tisches. Dort erkenne ich, dass Kevin neben Devil auf dem Boden kniet. Eine Hand in seinem Haar vergraben. Er hat die Augen geschlossen, genießt die Zärtlichkeit seines Herrn. Unschlüssig schaue ich Andrew an, als er mit der Hand auf meine Freunde zeigt.

Verwirrt schaue ich zwischen den Tischen und den Jungs hin und her. Warum stehen sie überhaupt dort? Genau wie ich bewegen sie sich ganz vorsichtig. Jessy nimmt meine Hand, erklärt, dass er lieber im Stehen frühstücken würde, um schneller abhauen zu können. Wieso will er denn überhaupt abhauen? Er ist doch gerade erst hier? Ich versteh das alles nicht. Hat er was ausgefressen? Verstohlen schaue ich zu Dante. Die ganze Zeit beobachtet er Jessy, lässt ihn keinen Augenblick aus den Augen. Sein Gesichtsausdruck ist nicht gerade … hm, freundlich zu nennen.

Jessys Gesicht verzieht sich und böse Blicke fliegen über den Tisch. Ahnungslos frage ich, was hier los ist, ernte ein lautes Lachen. Sie erklären mir, dass ihre Männer sie gestern Abend noch mal in die Mangel genommen haben, wissen wollten, ob sie die ganze Zeit gewusst hätten, wo ich gewesen bin. Ah! Das habe ich ja total vergessen. Stammelnd, mit Tränen in den Augen bitte ich sie um Verzeihung. Sie nehmen mich in ihre Mitte, drücken mich. Dabei verrutscht das T-Shirt und Andrews Band wird sichtbar. Zuerst herrscht Schweigen am Tisch. Die anderen Jungs schauen mit großen Augen zu mir. Sie wussten es ja noch nicht. Ja, ich habe das Halsband von Andrew angenommen, bin stolz darauf. Sie reden alle durcheinander, beglückwünschen mich. Verunsichert schaue ich zu ihnen. Sie freuen sich wirklich für mich.

Jessy drückt meine Hand, flüstert, dass ich mir einen tollen Master ausgesucht habe. Er habe von Kevin erfahren, dass Andrew es wie kein anderer versteht, dich mit der Peitsche zu behandeln, dass du dich darin verlieren kannst. Gesetzt, du stehst auf den Schmerz, kannst dich deinem Sir unterordnen.

Verstohlen schaue ich zum Tisch rüber, wo er sitzt. Voller Zuneigung drücke ich Jessy, flüstere ihm leise meinen Dank zu. Ruckzuck steht eine Tasse Tee vor mir. Erstaunt schaue ich Max an. Er erklärt, dass er nie gesehen hätte, dass ich Kaffee trinken würde und als guter Geschäftsmann, der er nun mal ist, merkt er sich das. Ich liebe die Jungs. Sollte irgendwann mal einer von ihnen Hilfe brauchen, werde ich für sie da sein.

Bevor ich was sagen kann, wird herrisch mein Name gerufen. Schnell verabschiede ich mich, eile zu meinem Sir, knie vorsichtig auf einem Kissen nieder, das neben seinem Stuhl liegt. Das Brennen auf der Haut wird langsam weniger und klopft nur noch sanft, erinnert mich daran, dass dort der Mann sitzt, dem ich gehöre. Dankbar, dass ich nicht auf dem blanken Boden knien muss, küsse ich seine Hand. Er flüstert, dass er stolz ist, weil ich gehorsam bin.

Bin ich das wirklich?

Gehorsam?

Er wird noch sein blaues Wunder mit mir erleben. Denn ich und gehorsam passt nicht wirklich zusammen. Also bitte. In der Öffentlichkeit werde *ICH* der perfekte Sklave sein. Zu Hause jedoch möchte *ICH* auch mal meine Meinung äußern dürfen. Schließlich weiß ich von Kevin, dass er dies öfters mit Devil macht. Er versucht sich mit ihm auseinanderzusetzen, wenn er meint, dass er im recht ist. Wer im Endeffekt gewinnt, ist mal dahingestellt. So was möchte ich auch haben, will eine Gemeinschaft von Geben und Nehmen mit meinem Sir Andrew. Finde ich es beschämend, dass ich vor ihm in der Öffentlichkeit knie? Gott, nein! Vorsichtig schaue ich zu Kevin rüber. Er lächelt, zwinkert mir zu. Direkt wird er von Devil gerügt. Der Mann sieht aber auch alles. Eine Hand landet auf meinem Kopf. Finger greifen mir ins Haar. Andrew zieht mein Gesicht zu sich nach oben. Tief schaut er mir in die Augen, bis ich den Blick abwenden muss. Er lacht leise auf, lässt dann los. Erneut taucht seine Hand vor mir auf, hält ein Stückchen Brot in den Fingern. Den Kopf an seine Beine gelehnt, lasse ich mich von ihm füttern. Immer wieder hält er mir was zu essen vor den Mund. Gehorsam nehme ich es zwischen die Lippen, murmele leise einen Dank, während er sich mit seinem Bruder unterhält. Nur am Rande nehme ich wahr, dass ich Kevin treffen soll. Ihn darf ich alles fragen, was mir auf der Seele brennt.

Natürlich werde ich das auch machen, weil ich Tausende von Fragen habe. Klar könnte ich dies auch mit meinem Sir ausdiskutieren, aber das, was ich wissen will, betrifft halt nur uns Sklaven. Viele Gedanken gehen mir durch den Kopf. Eine davon wäre, ob ich es schaffe, meinen Sir zufriedenzustellen? Vielleicht kann Kevin mir da ein bisschen weiterhelfen. Er kennt bestimmt ein paar Tipps, wie ich mit einem Sanchez umgehen muss.

Am besten ist, ich schreibe alles auf, bevor ich es vergesse.

Nur zu gerne möchte ich wissen, was Kevin dabei empfindet, wenn Devil ihn bestraft. Oder fordert sein Sklave es heraus, bestraft zu werden? Ich habe unendlich viele Fragen, dass der Kopf zu qualmen anfängt. Ist sein Master gerecht? Kein Schwein wie Igor? Kevin kennt die Sanchez-Brüder ja schon etwas länger. Er ist ja auch mit einem von ihnen verheiratet. Ich werde ihn einfach fragen, ob er vielleicht weiß, was solche dominanten Männer sexuell anmacht, dass sie alles um sich herum vergessen, damit sie Wachs in unseren Händen sind! Ha, ha, das war ein toller Scherz und innerlich muss ich darüber lachen! Hm, darf ich Kevin das überhaupt fragen oder sollte ich es nicht lieber selbst herausfinden?

Als ob ich ihn dominieren könnte. Ich bin ein geborener Sub, keiner, der dazu erzogen wurde. Ich wüsste sonst keinen anderen Sklaven, mit dem ich über meine Ängste und Sorgen reden könnte. Oder die Subs, mit denen er sonst gespielt hat, wären auch eine Option. Die gefällt mir aber so gar nicht. Sie werden mich auslachen, versuchen sich Andrew wiederzuholen, wenn sie bemerken, dass ich total verunsichert bin. Die Angst, dass ich was verkehrt machen könnte, lässt mich unruhig hin und her rutschen. Oder was ist, wenn mein Sir mal schlechte Laune hat? Wie soll ich mich denn da verhalten? Soll ich mich dann so lange verstecken, bis er sich beruhigt hat? Ich hoffe doch mal, dass er sie nicht bei mir ablädt, denn dann wäre er kein guter Herr.

Noch so ein Punkt auf meiner Liste, die wird immer länger. Die Hoffnung, dass er mir gegenüber immer fair bleibt, sollte ich mal Mist bauen, schleicht sich in mein Herz hinein. Dieses dumme verliebte Ding klopft wie verrückt und das nur, weil er die Finger gerade in meinen Haaren vergräbt, leicht mit den Nägeln über die Kopfhaut kratzt. Wohlig läuft mir eine Gänsehaut über den Rücken. Ob er es tolerieren wird, dass ich ab und zu mal aus der Rolle falle?

Freudige Erwartungen, dass er dann mit mir darüber sprechen wird, lässt den Schaft anschwellen, weil Fantasien meine Gedanken überschwemmen. Fantasien von einer strengen Bestrafung und dass ich es genießen werde. Das lenkt etwas von all den Fragen ab, die immer noch in meinen Kopf herumschwirren.

Ich reiße mich zusammen, versuche mich zu sammeln. Trotzdem muss ich an unser Gespräch denken, wenn ich Kevin anschaue.

Hat Andrew die Wahrheit gesagt? Darf ich wirklich weiter eigenes Geld verdienen oder will er mich einsperren, ganz für sich allein haben, wie Devil das mit Kevin macht? Oh, ich würde gerne mit meinem Freund darüber reden. Andrew hat versprochen, dass ich bei Adrian weiterarbeiten darf. Ich glaube es ihm. Nie würde ich mich finanziell von ihm abhängig machen. Das widerspricht meiner Natur, da würde ich ja verrückt werden. Egal, ob er reich ist. Was, wenn wir uns mal trennen? Dann lande ich wieder mit nichts auf der Straße. Nein, das will ich nicht!

Hat Kevin am Anfang auch Angst davor gehabt und das Gleiche gedacht? Ich weiß gar nichts von Andrew. Noch so ein Thema, über das ich gerne reden möchte. Ich bin abgelenkt, ganz in Gedanken versunken. Bevor ich weiter grübele, höre ich, dass er Max ruft, die Rechnung verlangt.

Unser Frühstück neigt sich anscheinend dem Ende zu. Habe ich wirklich eine Stunde vor ihm gekniet? Benommen schaue ich zu Andrew. Zärtlich schaut er zu mir runter und dieser Blick geht mir durch und durch.

Kapitel 28

Andrew

~~*~*

Alle unsere Freunde sind mit ihren Subs oder Sklaven da. Wie immer bin ich der Letzte, auf den sie warten müssen. Dieses Schauspiel, als Jan versucht aus dem Auto zu klettern, hat was. Es zeigt allen hier, was gestern zwischen uns vorgefallen ist.

Die Freunde klatschen und die Jungs schauen uns mit offenem Mund hinterher. Mein Bruder Devil klopft mir auf die Schulter, flüstert, dass er sich für mich freut. Endlich habe ich den richtigen Jungen gefunden.

Jan steht etwas abseits, weiß nicht, was er machen soll. Daher befehle ich ihm, dass er zwei Minuten hat, um seinen Freunden guten Morgen zu sagen, bevor er neben mir kniet. Seine Zeit läuft, daher ermahne ich ihn sich zu beeilen.

Er schluckt, dreht sich um, schleicht zu ihnen hinüber, umarmt sie alle. Sie ziehen das Shirt zu Seite, schauen ganz verwirrt drein. Sie wussten es doch gestern schon!

Jessy beugt sich zu ihm rüber, flüstert etwas in sein Ohr. Erstaunt sehe ich, dass er Jan fest an sich drückt. Die zwei Minuten sind um und ich rufe ihn zu mir. Ohne zu murren, kniet er sich neben mir nieder. Max kommt, stellt seinen Tee vor ihm ab und verschwindet, ohne ein Wort zu verlieren. Manchmal liebe ich Max für seine Sensibilität. Er ahnt genau, wann er schweigen soll. Ich hoffe, Adrian weiß, was für einen Schatz er sich da geangelt hat.

Ich füttere meinen Jungen mit kleinen Häppchen. Er nimmt sie an, beobachtet ganz genau, wie Kevin sich bei Devil benimmt. Dabei ist er zwar etwas unaufmerksam, aber ich lasse ihn. Jede Bewegung saugt er in sich auf. Vielleicht lernt er dabei, was es heißt, demütig und trotzdem ein ganzer Mann zu sein. Unsere Sklaven sind das höchste Glück für uns. Sie sind niemals schwach, sondern stark genug, um sich uns anzuvertrauen. Wer jemals über meinen Jungen sagt, dass er kein ganzer Mann wäre, den stelle ich zur Rede und wehe, er entschuldigt sich nicht bei ihm.

Über den Tisch hinweg vereinbare ich mit Devil einen Termin, bei dem sich unsere Jungs ungestört unterhalten können. Bestimmt hat er eine Menge Fragen, die Kevin ihm besser beantworten kann als einer von uns. Ich weiß nur, was ich von ihm als meinem Jungen erwarte. Jan ist ein gebranntes Kind, daher will ich, dass er von Kevin erfährt, was er fühlt, wie er fühlt, sobald er sich Devil ganz anvertraut. Vertrauen und Liebe sind genau das, was ich mir von ihm wünsche. Erstaunt schauen uns unsere Sklaven an, als wir ihnen sagen, wann und wo sich die zwei ungestört unterhalten können. Jan strahlt, zwinkert Kevin dabei zu. Innerlich stöhne ich auf. Wenn das mal nicht in die Hose geht. Sollte das passieren, werden sie zusammen im Keller des Clubs in Ketten hängen und ein paar Stunden dort schmoren.

In Devils Augen kann ich das Gleiche lesen. Nun, wir werden sehen, wie sie sich verhalten, sollten wir die Leine etwas lockern!

\~\~*\~*

Dass sie zusammenhalten, egal welche Strafe wir ihnen aufbürden, hat uns Männern gezeigt, wie eng das Band zwischen ihnen ist. Klar bin ich immer noch sauer auf sie, wenn ich bedenke, wie viel Zeit ich verschwendet habe, um Jan zu finden. Aber ohne sie hätte ich gar keinen Jungen in meinen Armen liegen. Daher lade ich sie alle zu einem Nachmittag auf der längsten Kartbahn Berlins ein. 752 Meter, um sich auszutoben. Die Freude in den Gesichtern der Jungs lässt uns lachen.

»Wir gegen euch?«, fragt Joy ganz aufgeregt. Misstrauisch schaue ich allen ins Gesicht. Als könnten sie kein Wässerchen trüben. Ich nicke ihnen zu, werde es bestimmt bereuen. Der Jubel, der aufbrandet, als sie direkt die Köpfe zusammenstecken, lässt mich Schlimmes erahnen. Ich schaue meine Freunde an und nun heißt es warten, was da auf uns zukommen wird. Sogar Devil zieht die Augenbrauen nach oben, schaut skeptisch zu unseren Jungs rüber. Na, das wird ein Riesenspaß werden. Bestimmt wird der eine oder andere die Nacht danach auf den Bauch schlafen. Trotzdem freue ich mich zu sehen, wie sie emsig Pläne zusammenschmieden.

Da Jan und Kevin immer noch knien, haben alle anderen sich um sie herum versammelt, sitzen nun vor uns, schauen erwartungsvoll hoch. Ja doch! Wir werden zur Theke gehen, uns noch einen Kaffee gönnen. Lachend stehen wir nun an der Bar, schauen zu, als sie sich aufgeregt unterhalten, herzhaft auflachen. Seufzend weiß ich, dass es nicht nur ums Gewinnen geht.

Damit auch Kevin und Jan diese Belohnung genießen können, haben wir ihnen Freiheit gegönnt. Sie brauchen auf der Kartbahn nicht unserem Befehl zu gehorchen. Erstaunt schauen sie uns an.

»Drei Stunden darfst du dich austoben, Kevin. Aber … du wirst für alles geradestehen, was passiert. Pass also auf deinen Hintern auf!«, schwächt Devil sein Angebot ab. Kevin lächelt, schaut ihn an, zwinkert uns zu. Damit mein Junge nicht denkt, dass er hier machen darf, was er will, schaue ich ihn nur an. Er schluckt, nickt dann. Ich hoffe, dass mein unausgesprochener Befehl angekommen ist. Er darf alles tun, muss aber die Verantwortung für sein Handeln übernehmen.

Kaum sind wir auf der Kartbahn angekommen, teilen wir uns in zwei Gruppen auf. Der Inhaber kommt, begrüßt uns. Er zeigt jedem, welches Fahrzeug er bekommt, und unterweist uns, wie wir uns verhalten müssen. Sicherheit geht vor und alle hören ihm gebannt zu. Die Namen werden in zwei Töpfe geschmissen und das Los entscheidet nun, wer gegen wen fährt. Zuerst gehen Joy und Jessy zu ihren

Autos, klatschen sich ab, ziehen ihre Helme an und steigen ein. Ihnen gegenüber stehen Adrian und Marc, Jessys Chef. Das Signal ertönt und schon zischen sie ab.

Das haben die Jungs bestimmt nicht zum ersten Mal gemacht. Oder? Wie die Irren rasen sie über die Bahn, stellen einen Rekord nach dem anderen auf. Nach ein paar Runden fahren sie als Erste über die Ziellinie. Der Jubel, der nun aufbrandet, ist enorm. Sie schreien, umarmen sich, tanzen dazu im Kreis. Nun steigen Jan und Kevin ein, schauen sich um, wer ihre Gegner sind. Dante und Daniel stehen vor ihnen, schauen sie eine ganze Zeit lang bloß an. Als wenn sich unser Jungs davon einschüchtern ließen. Wenn sie denken, dass sie damit gewinnen könnten, scheinen sie keinen besonderen Erfolg damit gehabt zu haben. Jan lächelt ihnen zu und Kevin winkt. Das Signal ertönt und schon sehen wir sie nur noch von hinten. Genau wie die anderen zwei Jungs brettern sie über die Bahn, überholen sogar ihre Gegner. Der Jubel, der dabei an der Bande aufbrandet, ist höllisch. Wieder schreien und tanzen die anderen Jungs am Rand der Kartbahn, als sie als Erste ins Ziel einfahren.

Unsere Gegner sind Max und Ryan. Na, das wäre doch machbar. Ich schaue zu Devil und wir nehmen den Kampf um die Ehre unserer Gruppe an. Kaum erklingt das Signal, geht's ab. Sie jagen uns Runde über Runde, aber wir schaffen es, mit nur zwei Sekunden Vorsprung ins Ziel zu kommen. Mann, das hat echt viel Spaß gemacht.

Jubelnd werden wir von unserer Gruppe empfangen. Nun liegt es an Tom und Angelo. Jaydan und Sam haben das Vergnügen, gegen sie zu fahren. Beide schauen voller Panik drein. Das wird ein Kinderspiel werden. Die Jungs machen ihnen Mut, geben ihnen einen Klaps auf den Kopf und das Signal ertönt. Dieser Sieg wurde hart erkämpft. Zuerst kommt Tom, dann Jaydan, der mit roten Wangen jubelt. Angelo und Sam liefern sich ein Rennen, was alle schreien lässt. Zeitgleich kommen sie über die Ziellinie und wir einigen uns auf ein Unentschieden.

Lachend stehen wir danach alle zusammen an der Theke, trinken was. Wir sollten dies viel öfters mit unseren Jungs machen. Es macht Spaß, lenkt von all den Problemen ab, die wir im Laufe unseres Lebens ansammeln.

Bevor wir uns jedoch trennen, schlagen sie vor, dass sie den nächsten Spieltag organisieren möchten. Wir geben unser Okay und ich bin gespannt, was sie sich einfallen lassen. Jans Augen leuchten mir entgegen. Leicht lehnt er sich gegen mich. Zuerst fahren wir Jaydan nach Hause, damit Jan seine Sachen packen kann. Nun ist die Zeit gekommen, um über uns zu reden. Wir kehren ins Café zurück. Hier können wir uns in Ruhe unterhalten. Keiner wird laut werden oder abhauen. Zu Hause wäre dies nicht möglich, hier aber ist es neutrales Gebiet. Hinten in einer stillen Ecke nehmen wir Platz. Seine Hände zittern. Ich umfasse sie, drücke sachte zu.

Wie fange ich bloß an?

Die Grenze zwischen Freiwilligkeit, Demut und Gehorsamkeit gegenüber brutaler Erniedrigung und Zwang ist so dünn, dass mancher Master oder Dom sie überschreitet, ohne auch nur daran zu denken, was es mit dem Sklaven oder Sub macht. Sie verlieren ihr Vertrauen in uns, was nie mehr gutzumachen ist.

Jan hat auch schlechte Erfahrungen in der Vergangenheit gesammelt. Wie kann ich von ihm verlangen, dass er mir blind vertraut? Das, was wir gestern hatten, sollte ihm vor Augen führen, dass ich ein ganz anderer Mensch bin als dieser Sadist Igor. Meine Art von Herrschsucht und Unterwerfung hat nichts mit dem zu tun, was dieser Kerl von ihm verlangt hat. Der Russe ist mir nicht ganz geheuer. Justin kann nicht auf Kevin aufpassen und zeitgleich auch auf Jan. Das geht einfach nicht. Er hat einen anderen Mann gefunden, der sich diesem Problem annehmen wird. Morgen werde ich ihn kennenlernen und ich hoffe, dass wir uns sympathisch sind. Denn ich werde Jans Leben keinem anvertrauen, der mich und meinen Lebensstil kritisiert.

Kapitel 29

Jan

~~*~*

Kaum sind wir alle fertig mit Essen, steht mein Sir auf, stellt sich vor meine Freunde. Er bedankt sich, dass sie alle auf mich aufgepasst haben. Mein Mund steht offen und der meiner Freunde auch. Fassungslos stehen sie vor Andrew, erfahren, dass wir gleich zur Kartbahn fahren werden, damit wir mal abschalten können. Ist das mein Sir? Freude überflutet mich, dass er nicht mehr wütend auf alle ist, sondern erkannt hat, was mir ihre Freundschaft bedeutet. Das Schönste ist, dass er sich mir als einen Menschen offenbart, der Wärme, Mitgefühl und vor allen Dingen Ehre besitzt. Er kann sich entschuldigen, zeigt mir dadurch, wie viel ihm an meinen Freunden liegt. Oh, ich liebe ihn!

Weil ich immer noch vor ihm knie, setzen sie sich alle zu uns auf die Erde, schauen unsere Herren an. Sie lachen. Schauen sich an und begeben sich an die Theke. Direkt stecken wir die Köpfe zusammen, überlegen uns einen Plan. Auch wenn wir unterwürfig sind, so schlummert doch Ehrgeiz und Siegeswille in uns. Joy und Jessy erzählen, dass sie schon ein paar Mal dort waren, erklären uns, auf was wir achten müssen. Nun sind wir bereit. Direkt geht es zu Berlins längster Kartbahn. Ich bin total aufgeregt.

Der Inhaber begrüßt uns freundlich, zwinkert verstohlen Jessy zu. Er erklärt uns die Regeln, unterweist uns in Sicherheitsfragen. Dann geht es los. Noch nie hatten wir so viel Spaß. Dass Daniel und Dante versuchen, Kevin und mich nur mit ihren Blicken gefügig zu machen, schlägt leider fehl. Wir nehmen die drei Stunden Freiheit verdammt ernst, lassen uns nicht einschüchtern. Das Gegenteil ist der Fall.

Nun kommt unser letztes Rennen. Alle liegen gleich auf. Wir schreien uns die Kehle wund, feuern Jaydan und Sam an.

Unentschieden. Nun, es gibt Schlimmeres. Leise murmele ich, dass wir den nächsten Spieltag festlegen möchten und schaue alle an. Unsere Männer nicken und ich balle die Faust. Das wird aber diesmal ganz anders ablaufen. Wir stecken die Köpfe zusammen, schmieden einen Plan, um ein Spiel zu finden, dass wir gewinnen könnten. Jaydan ist einfach genial. Röte schleicht sich auf sein Gesicht und er verspricht, sich um unser nächstes Spiel zu kümmern.

Ich schaue zu Andrew, sehe seine grauen Augen glitzern, spüre ein Flattern im Magen. Das heftige Herzklopfen und die schwitzigen Hände können nur eines bedeuten. Ich bin total verliebt in ihn. Irgendwie macht mir das gerade tierische Angst! Er schaut zu mir rüber, als ob er meine Gefühle spüren könnte. Ein Lächeln erscheint auf seinem Gesicht und ich gehe in Flammen auf. Nie habe ich so was für einen Mann empfunden. Er steht auf, kommt mir entgegen, nimmt meine Hand. Zusammen fahren wir zurück in den Club.

Er bringt mich nach oben zu Jaydan, wo ich die restlichen Sachen packen soll. Leise unterhalte ich mich dabei mit ihm und frage, ob es ein Fehler ist, dass ich zu seinem Bruder ziehe? Er nimmt mein Gesicht zwischen seine Hände, schaut mir tief in die Augen.

»Jan! Mein Bruder ist perfekt für dich, für deine Neigungen. Er wird dich bestimmt an deine Grenzen bringen, wird dich fordern. Andrew wird aber auch auf dich achten und aufpassen, dass es dir nicht zu viel wird. Wenn du es richtig anstellst, wird er dich auch irgendwann lieben. Vertraue ihm, Schatz.«

Mit Tränen in den Augen nicke ich Jaydan zu, umarme ihn und bedanke mich dafür, dass ich hier wohnen durfte, er mein Freund ist. Er winkt ab und wünscht mir alles Glück der Erde. Ergriffen schaue ich ihn an, wünsche ihm das Gleiche. Irgendwann ist ein großer Begriff und ich bete, dass ich nicht die Hoffnung aufgeben werde, diese drei verfluchten Wörter von Andrew zu hören.

Er lehnt an der Wand und wartet, bis ich fertig gepackt habe. Eine warme Hand legt sich auf meinen Rücken, schiebt mich zur Tür hinaus. Wir kehren wieder in Max' Café ein, reden über uns. Zu Hause zeigt er mir, wo ich alles verstauen kann. Irritiert schaue ich zu ihm hoch. Ist dieses Zimmer etwa meins? Darf ich nicht zu ihm ins Bett? Verletzt schaue ich ihn an. Da hätte ich ja auch weiter bei Jaydan wohnen können!

»Du wirst dir das Privileg, in meinem Bett zu schlafen, verdienen müssen. Daher ist dieses Zimmer erst mal deines.«

Das ist nicht sein Ernst, oder? Sprachlos schaue ich ihn an. Er dreht sich um, murmelt, dass er zum Club zurück muss, um noch was zu arbeiten. Ja klar! Arbeiten! Wem will er das denn verklickern? Damit er nicht ohne mich abhauen kann, schmeiße ich die Sachen einfach auf das Bett, folge ihm. Erstaunt schaut er mich an, als ich hinter ihm auftauche. Sein Befehl kommt sofort. Ich habe hierzubleiben, soll auf ihn warten, bis er nach Hause kommt. Trotzig schaue ich in seine Augen, bin gar nicht demütig. Die Angst, dass er im Club all die anderen Kerle trifft, mit denen er mal was hatte, behagt mir gar nicht. Am liebsten würde ich mitgehen, auf ihn aufpassen.

Er wird mich bestimmt auslachen, sollte ich den Gedanken laut aussprechen. Trotzdem bleibt er hart. Er droht mir damit, dass er mir meinen Hintern versohlt, sollte ich nicht gehorchen.

Ich würde dies ja mit allen Sinnen genießen, aber mein Arsch brennt noch von der gestrigen Strafe.

Bevor er jedoch aus der Tür ist, ruft er laut in den Raum, dass er mich am nächsten Wochenende allen als seinen Jungen vorstellen will. Erstaunt bleibe ich stehen, muss das Gehörte erst mal verdauen. Er will all den anderen Männern damit zeigen, dass ich ab sofort das Eigentum von Andrew Sanchez bin? Soll mich das jetzt beruhigen? Seufzend gebe ich nach, höre, dass er die Tür hinter sich schließt. Wütend gehe ich duschen, verbringe den Tag damit, mein neues

Zuhause unter die Lupe zu nehmen. Spätabends gehe ich ins Bett, liege Stunden lang wach, bis ich höre, dass Andrew nach Hause kommt. Hoffnung breite sich in mir aus, dass er mich zu sich holt! Nichts passiert!

Wie kann er sein Verlangen einfach so zur Seite schieben, wenn ich allein bei dem Gedanken an ihn schon komme?

Am anderen Morgen klopft er an der Tür, befiehlt, dass ich mich beeilen soll, damit wir zusammen frühstücken können. Völlig zerschlagen, weil ich in der Nacht kaum ein Auge zugemacht habe, komme ich in die Küche. Andrew schaut hoch, zeigt zum Boden. Natürlich knie ich vor ihm, lasse mich füttern. Andrew liest die Zeitung, telefoniert. Mein Blick wird durch die große Beule in seiner Hose abgelenkt. Ich würde ihn zu gerne verwöhnen. Kaum haben die Finger sich selbstständig gemacht, ich seinen Reißverschluss berührt, da zischt er leise, aber streng ein »NEIN!«. Erschrocken ziehe ich die Hand zurück. Will er mich etwa nicht mehr?

Er steht auf, packt meine Arme, hebt mich zu sich nach oben. Er küsst mich mit einer Leidenschaft, dass ich aufstöhnend an seiner Brust lehne.

»Heute Abend, Junge. Du solltest dich in Geduld üben!«

Geduld? Was ist das? Ich will ihn jetzt sofort und schaue ihn verzehrend an. Er bleibt hart. Andrew ist anders als alle Männer vor ihm. Nicht dass es besonders viele waren.

Mein Schaft ist hart, dass jede Bewegung Schmerzen verursacht. Um mich in den Griff zu bekommen, werde ich halt gleich noch mal kalt duschen gehen. Vielleicht sollte ich es mir selbst machen! Er braucht es ja nicht zu erfahren. Wäre schließlich nicht das erste Mal. Noch nicht zu Ende gedacht, schaut er tief in meine Augen, spricht eine Warnung aus. Kann er etwa meine Gedanken lesen? Wehe, ich lege Hand an mich, dann könnte ich mich auf was gefasst machen. Er würde mich eine Woche im eigenen Saft schmoren lassen. Schwer schlucke ich. Das wäre aber eine zu harte Strafe. Ein weiterer tiefer Kuss und er schiebt mich aus der Tür raus. Was denn? Ich soll arbeiten gehen? Arbeiten? Mann, bin ich durcheinander. Wie konnte ich vergessen, dass er mich zu Adrian ins Büro fährt? Menno, er macht mich total irre. Nichts mit kalt duschen und abkühlen. Ein feines Lächeln umspielt seine Lippen. Er weiß ganz genau, dass ich im Moment darunter leide, dominiert werden möchte. Allein, dass er mich an die Kandare legt, ist Strafe genug. Finde ich jedenfalls.

Andrew holt das Auto aus der Garage, bringt mich zügig zur Arbeit.

Die Stunden ziehen sich, bis er endlich vor mir steht und mich abholt. Nebenbei sagt er, dass Kevin sich auf mich freuen würde, weil ich zu ihm darf. Ehrlich? Na, dann nichts wie hin. Der wartet bestimmt schon seit Stunden ganz ungeduldig darauf, dass ich zu ihm komme. Kaum stehe ich vor seiner Tür, öffnet er sie, zieht mich in die Wohnung, umarmt mich ganz fest. Mein Sir verabschiedet sich mit den Worten, dass ich brav hier auf ihn warten soll. Devil schaut uns nur an. In seinen Augen kann ich das Versprechen erkennen, dass er uns erbarmungslos bestrafen wird, sollten wir Unsinn machen. Schwer schlucken wir beide, versprechen hoch und heilig, brav hier auf sie zu warten, uns zu unterhalten. Kaum sind Devil und Andrew weg, steht Kevin hektisch auf, rennt ans Fenster, schaut, ob das Auto nicht mehr zu sehen ist. Es klopft und sein Aufpasser Justin steht vor der Tür. Ganz freundlich fragt er Justin, ob er ihm gegenüber im Malergeschäft die bestellen Farben holen könnte. Lange schaut er Kevin an und was macht er? Wie ein Unschuldsengel sieht er ihm entgegen, lächelt leicht.

Justin ist noch nicht ganz aus der Tür, packt Kevin meine Hand, zieht mich zum Flur hinaus. Statt mit dem Aufzug nach unten zu fahren, schleichen wir vorsichtig, auf Zehenspitzen, durch das Treppenhaus. Am Hinterausgang des Clubs schaut er sich gewissenhaft um, ob uns auch keiner entdeckt hat. Draußen steht Joy, wartet ganz ungeduldig.

»Willst du das wirklich durchziehen, Kevin?«, fragt er ihn direkt. Was will er durchziehen? Im Moment verstehe ich nur Bahnhof.

Bevor ich weiter nachfragen kann, stehen wir auch schon vor einem SM-Club, den ich nicht kenne.

»Sin and Punishment« steht in großen Lettern über der Tür.

Was will Kevin hier? Der Club sieht gar nicht vertrauensvoll aus. Kaum sind wir hineingegangen, schnappt sich der Türsteher das Handy und telefoniert.

Auweia. Ich erinnere mich an unseren Schwur, keinen Unsinn anzustellen, in der Wohnung zu bleiben. Das wird in einem Blutbad enden, wenn wir nicht direkt kehrtmachen, nach Hause laufen. Noch würden wir den Weg zurückschaffen, bis unsere Männer auftauchen. Hektisch ziehe ich an Kevins Hand, will einfach hier raus. Er packt fester zu, geht unbeirrt weiter bis zur Theke. Er zieht mich einfach hinter sich her. Panisch schaue ich mich um. In was für einem irren Club sind wir bloß gelandet? Hier wird viel härter gespielt als bei uns. Ketten hängen in jeder Ecke von den Decken. Dazu kommt ein ganzes Sortiment von Peitschen, die an den Wänden hängen. Die sind bestimmt nicht nur als Zierde dort befestigt. Ringe, an denen ein Sub gefesselt werden kann, sind an jeder nur freien Stelle angebracht. Das Andreaskreuz steht auf einem Podest und kleine Käfige stapeln sich in jeder Ecke. Jede Menge Handfesseln und Knebel liegen auch herum. Hier wird offen, härter mit einem Sklaven gespielt. Dabei geht es um Besitznahme, Demütigung und nicht um Unterwerfung und Lust. Hier wird der Sklave als Sklave angesehen. In Gedanken sehe ich wie Blut von den Wänden fließt. Panisch drücke ich mich näher an meine Freunde ran. Gänsehaut überzieht meinen ganzen Körper, als ich dabei an Igor denke. Er würde sich hier bestimmt wohl fühlen.

Jemand berührt mich. Erschrocken gehe ich einen Schritt zurück, werde von Joy aufgehalten, der mit dem Kopf schüttelt, nach vorne zu Bar zeigt. Dort steht Kevin, lehnt ganz locker an der Theke. Heftig klopft das Herz in meiner Brust, als ich zu ihm gehe. Mit eiskalten Fingern umklammere ich Kevins Hemd. Das Einzige, was mich beruhigt, ist, dass Joy bei uns ist.

Kevin beugt sich über die Bar, starrt den Kerl dahinter böse an, bestellt uns jedem ein Glas Wasser. Seine Hände hat er zusammengepresst. Trotzdem kann ich erkennen, dass sie zittern. Dann dreht er sich um und ich höre, als er sagt: »Jan, ich habe seit Wochen Albträume. Die Angst, hier hinzugehen, mich dem Kerl zu stellen, der in diesen Träumen die Hauptrolle einnimmt, lässt einfach keinen ruhigen, erholsamen Schlaf zu. Auch wenn ich ein Sklave bin, muss ich mich meinen Ängsten stellen. Devil wird das bestimmt nicht verstehen können. In seinen Augen bin ich stark, weil ich all das genieße, was er mir gibt. Sollte ich den Mut aufbringen, es ihm erzählen, dann würde er dafür sorgen, dass ich ruhig schlafen kann. Aber er wird sich dabei strafbar machen, was ich vermeiden möchte. Manchmal schließe ich die Augen, sehe immerzu, wie Simon damals in Ketten vor mir hing, als Devil ihn dafür bestrafte, nur, weil er es gewagt hatte, mich anzupacken, sich mir aufzudrängen. Simon hat mich verletzt, aber doch nur, weil er in mich verliebt ist. Ich verstehe ihn ja. Mein Master weiß nicht, wie sehr mich das belastet. Dabei will ich Simon bloß klarmachen, dass er gegen Devil keine Chance hat, weil ich meinen Master mit einer Inbrunst liebe, die dieser Sub nicht verstehen will. Simon soll endlich erkennen, dass er keine reelle Chance hat. Auch in hundert Jahren wird sich das nicht ändern!«

Er schweigt und ich starre ihn mit weit auf gerissenen Augen an.

»Liebe, Jan, ist was Schönes, aber auch Zerstörendes. Es macht aus einem liebenswerten Mann eine Bestie, wenn diese Liebe nicht erwidert wird. So wie es dir mit Igor passiert ist!«, wispert er nun leise.

Schwer schlucke ich. Er ist der Erste, der genau weiß, was in mir vorgeht, sobald Igor auch nur in meiner Nähe auftaucht. Allein sein Name lässt mich vor Panik erstarren und mein Überlebenswille ist weg. Du stehst vor dieser Bestie, kannst dich nicht bewegen. Die Angst frisst sich dabei durch den Körper wie Säure.

»Ich muss lernen diese Angst zu beherrschen. Simon soll endlich begreifen, dass ich mich wehren kann, dass ich nicht hilflos bin. Nur weil er muskulöser ist, bin ich nicht schwächer als er. Joy hat mir beigebracht, dass ein Kerl, der viel stärker ist als ich, vor mir auf die Knie gehen kann, wenn ich es richtig anpacke. Heute werde ich es Simon zeigen. Ich hoffe echt, dass er es endlich kapiert, dass ich zu Devil gehöre, nur ihn liebe. Für Simon ist da kein Platz, wird es nie geben!«, murmelt er leise.

Wir stellen uns alle an die Bar, ordern noch ein Wasser für uns. Hinter der Theke steht ein Bulle von einem Kerl, starrt uns die ganze Zeit an. Mit der Zunge leckt er sich immer wieder über die schmalen Lippen. Ist das etwa der besagte Simon? Gänsehaut breitet sich aus und der Fluchtreflex in mir springt an. Keine Sekunde lasse ich den Kerl aus den Augen, beobachte ihn. Er verschlingt Kevin mit seinen Blicken und ich kann ihn verstehen, warum er solche Angst vor ihm hat. Der Kerl hat tote, seelenlose Augen, ein brutales Gesicht. Obwohl er öffentlich zeigt, dass er ein Sub ist, zu einem gewissen Lars gehört, scheint er sich dessen nicht bewusst zu sein. Ein Zittern erfasst Kevin, als er den Blick erwidert, lässt seine Muskeln beben. Er dreht ihm den Rücken zu, ignoriert den Typen hinter der Theke. Das würde ich niemals tun. Drehe dem Feind nie den Rücken zu, sondern zeige ihm, dass du präsent bist. Das habe ich schmerzhaft auf der Straße gelernt. Daher mache ich es für meinen Freund, halte genau wie Joy die Augen offen, beobachte den Mann. Trotzdem habe ich das Gefühl, das gleich was ganz Schlimmes passieren wird.

Wir bestellen uns noch ein Wasser, trinken es in aller Ruhe aus. Hm, das schmeckt wohl etwas komisch. Vielleicht liegt es daran, dass er es aus der Flasche direkt ins Glas gekippt hat? Ein weiteres Wasser und ich fühle mich irgendwie so, als ob ich auf einer Wolke schweben würde. Kevin und ich lachen, unterhalten uns angeregt. Joy schweigt, hat noch kein einziges Mal sein Glas angepackt. Er behält nur Simon im

Auge. Wir? Wir ignorieren den Kerl hinter der Theke. Die Frage, ob das dieser Simon ist, löst sich gerade, als besagter plötzlich über die Theke springt, auf uns zukommt. Ich verschlucke mich, huste, weiche panisch zurück. Verdammt, das ist ein Hüne von einem Sub. Er sieht nur Kevin an, hat die Hände zu Fäusten geballt. Er trägt tatsächlich ein Sklavenband. Was ist das bloß für eine Liebe, die von Simon gar nicht erwidert wird? Warum tut sich dieser Lars das überhaupt an?

Joy stellt sich zwischen uns und ich höre, wie er Simon zurechtweist. Er ignoriert Joy einfach, was sich als böser Fehler erweisen könnte. Ganz nahe steht er schließlich vor Kevin, holt tief Luft, stößt sie genüsslich durch die Nase wieder aus. Ich kann erkennen, dass Kevin Angst hat, weil seine Finger beben, als er nach seinem Glas greift. Trotzdem steht er aufrecht vor diesem Riesen. Joy bewegt sich und Kevin hebt die Hand, was Joy stoppen lässt. Bestimmend schiebt er Simon von sich weg. Scheiße, das wird in einer bösen Prügelei enden. In Erwartung einer Schlägerei balle ich die Fäuste. Wenn er sich wagen sollte, meine Freunde anzugreifen, dann kann er was erleben. Das Joy tödlicher ist, als ich ahne, wusste ich zu diesem Zeitpunkt nicht. Er ist nicht besonders groß, sieht zierlich aus. Wer vermutet hinter seinem Engelsgesicht, dass sein ganzer Körper eine einzige Waffe ist? Ich jedenfalls nicht!

Kevin schaut Simon fest in die Augen, sagt ruhig, dass er Devil mit Leib und Seele gehöre, immer gehören würde. Simon einfach keine Chance hat. So wie dieser Simon Kevin glühend betrachtet, bezweifle ich, dass er das hören will. Plötzlich packt der Kerl zu, will das Sklavenband von Kevins Hals reißen. Bevor er es ahnt, werden seine Finger zur Seite geschlagen. Kevin greift nach Simons Händen, presst sie fest zusammen, dass seine Fingerknöchel weiß werden. Mit einem lauten Schrei sinkt der Kerl vor uns auf die Knie. Kevin drückt sein Handgelenk nach hinten, hält Simon fest im Griff.

Joy schreitet ein, hält Kevin davon ab, diesem Irren die Hand zu brechen. Fasziniert schaue ich in Kevins Augen, die vor Wut ganz dunkelgrün werden. Er hat die Lippen fest zusammengepresst, lockert langsam den Griff. Ich erkenne den sanften Mann vor mir nicht mehr wieder. Staunend schaue ich ihn an.

In diesem Moment schiebt Joy sich dazwischen. Obwohl er mit seinen knapp 1,70 fast 20 Zentimeter kleiner ist, schubst er Simon von uns weg, dass er vor die Theke knallt. Dieser hebt voller Zorn die Faust und Joys Fuß tritt zu. Simon stolpert nach hinten, landet auf seinen Knien. Joy stellt sich in Kampfpose, deckt unsere Körper ab. Voller Staunen schaue ich diesem ungleichen Kampf zu. Nur ein Wort von Kevin und Joy macht widerwillig den Weg frei. Simon scheint es einfach nicht zu kapieren oder macht diese unerwiderte Liebe ihn einfach nur blind?

Ohne dass wir es kommen sehen, schreit dieser Kerl wütend auf, rennt an Joy vorbei und rammt Kevin mit den Schultern, drückt ihn vor die Wand hinter uns. Mit einer fließenden Bewegung dreht sich Joy um, tritt Simon die Beine von hinten weg, sodass er vor Kevin auf den Boden prallt. Joy hebt die Faust, wird von Kevin erneut zurückgehalten. Die schwarzen Augen von Joy leuchten wütend auf. Leise warnt er Simon, Kevin noch mal anzufassen. Als ob das bei dem verliebten Idioten angekommen wäre. Er nickt zwar, steht auf, lässt sich dann aber gegen Kevin fallen. Hart prallen sie zusammen gegen die Bar. Stoßweise entlässt Kevin die Luft aus den Lungen. Joy schlägt zu, hebt das Bein und sein Tritt befördert Simon von Kevin weg. Er landet etwas weiter hinter uns auf den Knien. Schnaufend steht er auf. Ich balle die Faust, will Joy helfen. Bevor Simon jedoch die Hand heben kann, steht plötzlich Devil vor ihm, fängt sie in der Luft ab. Simon blinzelt, schreit laut auf und landet auf seinen Knien. Diesmal jedoch vor Devil. Sofort senkt er schwer atmend den Kopf, schaut zu Boden.

Viele Leute haben sich um uns herum versammelt, schauen fasziniert diesem Schauspiel zu. Keiner von ihnen mischt sich ein. Simon schreit vor Schmerzen auf, als Devil den Griff verstärkt. Voller Zorn schreit er Devil ins Gesicht, dass er Kevin liebt, sie zusammengehören. Nicht gut! Gar nicht gut, weil tödliche Wut in Devils goldenen Augen aufflammt. Fasziniert sehe ich, wie sich sein Gesichtsausdruck verändert. Jegliche Regung verschwindet. Es scheint, als wäre er eine Statue, die aus Marmor ist. Devil packt noch fester zu, zieht Simon zu sich nach oben. Dieser wimmert nun laut auf. Ohne Emotionen schaut er Simon an, drückt das Handgelenk weiter nach hinten. Ein schmerzvoller lauter Schrei ertönt durch den ganzen Club. Andrew kommt zu spät und ein lautes Knacken ertönt. Erschrocken zucken wir alle zusammen. Die Augen weit aufgerissen, schaue ich Devil an. Scheiße, da hat er Simon, ohne mit der Wimper zu zucken, dass Handgelenk gebrochen. Mann, ist der wütend! Er sieht wie ein schwarzer Racheengel in seinem Zorn aus. Verdammt tödlich und geil! Angst macht sich in mir breit. Panisch will ich die Bar verlassen, greife nach Kevins Hand, als Andrew an uns vorbeirennt, versucht seinen Bruder davon abzuhalten, Simon zu erwürgen.

Kapitel 30

Andrew

~~*~*

Ich wusste, dass dieses Gespräch in die Hose geht. Wie konnte mein Bruder auch nur annehmen, dass sich zwei Sklaven benehmen würden, wenn wir sie ohne Aufsicht lassen? Nun haben wir den Salat, müssen sie wieder einfangen, weil sie außer Rand und Band geraten sind. Ungläubig schaue ich auf das Handy, fasse es nicht und bin stinksauer. Während Devil und ich die zwei allein gelassen haben, um einen wichtigen Geschäftstermin wahrzunehmen, scheinen unsere Sklaven ihre Freiheit zu genießen. Kevin hatte Justin gebeten, etwas für ihn abzuholen, versprach in der Wohnung zu bleiben, sich mit Jan zu unterhalten. Sein Leibwächter war noch nicht ganz aus der Tür raus, da waren die zwei weg.

Kaum sind wir eine Stunde außer Haus, geht das Handy. Ein Angestellter vom Club *Sin und Punishment* ruft ganz aufgeregt an, um uns mitzuteilen, dass bei Übernahme der Bar Kevin, Joy sowie Jan bei ihm an der Theke stehen würden. Sie wären angetrunken, würden sich gerade mit Simon ein Wortgefecht liefern. Wenn wir nicht schnell kämen, dann würde das hier in einer Schlägerei enden. Im Hintergrund höre ich Joy. Er warnt gerade Simon und dann folgt ein dumpfer Schlag, der mit einem schmerzlichen Keuchen endet. Mist!

Joy scheint wütend zu sein. Vielleicht brauchen wir für Simon einen Krankenwagen. Wieso sind die Jungs eigentlich bei Lars? Anscheinend hat Kevin nicht genug Prügel von Lars' Sub Simon bezogen oder warum sind sie jetzt dort, zanken sich mit ihm? Dass Joy dabei ist, wundert mich zwar etwas, beruhigt aber auch. Was war an unserem Befehl, in der Wohnung zu bleiben, nicht klar? Hatten wir ihnen etwa erlaubt sich in einem SM-Club herumzutreiben? Maßloser Zorn breitet sich bei meinem Bruder im Gesicht aus. Leise höre ich ihn murmeln, dass nun Schluss sei! Womit ist Schluss? Anscheinend hat Kevin seine *Ich will nicht gehorchen-*Phase und Devil ist etwas zu lasch mit ihm.

Er ruft Justin an, erfährt, dass Kevin ihn versetzt hat und Justin in der ganzen Stadt unsere Jungs am Suchen wäre. Bis hierhin höre ich, dass er wütend darüber ist. Als ich Devil erkläre, dass Joy Simon Prügel angedroht hat, hält ihn nichts mehr. Unruhig rutscht Devil hin und her, dass ich seufzend nachgebe. Eine Entschuldigung an unsere Geschäftspartner, dass wir unser Gespräch auf einen anderen Tag verschieben, und schon sind auf den Weg zum SM-Club von Lars.

So schnell waren wir noch nie durch die Hauptstraßen von Berlin gebraust. Mit quietschenden Reifen halte ich genau am Bordstein vor der Bar. Das Auto steht noch nicht ganz, da reißt Devil die Tür auf, rennt in die Bar.

Schon von Weitem hören wir Joy. Erneut warnt er Simon. Dann ein dumpfer Schlag, dem ein schmerzerfüllter, wütender Schrei folgt. Anscheinend hat Joy wieder mal zugeschlagen. Verflixt. Jetzt schnell dazwischen gehen, sonst kann ich wirklich noch einen Krankenwagen für Simon rufen, wenn der Kleine mit ihm fertig ist. Joy ist zwar die Ruhe selbst, aber wehe, man greift seine Freunde an, dann wird er zum Tier. Zu einer tödlichen Bestie. So klein er auch sein mag, im Kampf ist er der Größte.

Ich bin schon schnell, aber Devil ist einen Schritt schneller. Er reißt die Tür des Clubs auf stürmt hinein. Gerade noch sehe ich, dass Joy Simon die Beine wegtritt, der Kerl hinfällt, sich aufrappelt und Kevin gegen die Bar rammt. Blitzschnell drängt sich Devil dazwischen. Er fängt Simons Hand ab, die sich um Kevins Kehle legen will, drückt die Finger brutal zusammen. Simon wimmert laut auf, geht vor Devil auf die Knie. Joy weicht zurück und drückt Jan hinter sich, der die Faust hebt, zuschlagen will. Er steht Kevin wie eine kleine Furie bei. Doch die Jungs hatten nicht mit uns gerechnet, wenn ich ihren ungläubigen Gesichtsausdruck richtig deute. Schnell packe ich seine Schultern, schüttele Jan und drücke ihn vor die Bar.

Böse funkele ich ihn an. Trotzig schiebt er das Kinn vor. Er schwankt und als er mich anspricht, rieche ich, dass er getrunken hat. Kevin steht grinsend, mit glasigen Augen daneben. Seit wann trinken unsere Jungs denn Alkohol?

Aufgebracht hole ich den Barkeeper dazu, will wissen, was hier geschehen ist. Dabei erfahre ich, dass Simon klammheimlich ihr Wasser mit Wodka gepanscht hat.

Voller Zorn drückt Devil Simon brutal gegen die Wand. Tödliche Wut lässt die goldenen Augen leuchten. Wenn er so drauf ist, hält man am besten Abstand zu meinem Bruder, lässt ihn sich austoben. Nur ob das Simon so gut bekommt, bezweifle ich gerade. Dieser macht tatsächlich Anstalten, zu Kevin zu gehen. Als Devil seinen Sklaven zur Seite schubst, landet er in meinen Armen. Erschrocken zuckt Kevin zusammen.

Mein Bruder in Action zu sehen ist überwältigend. Simon schreit schmerzerfüllt in den Raum, als Devil seine Hand abfängt, noch fester zudrückt und ihn wutentbrannt in seine Schranken weist. Direkt senkt er den Kopf bei Devils Gesichtsausdruck. Ein lauter Schmerzensschrei lässt mich herumfahren. Nie habe ich meinen Bruder wütender erlebt als gerade jetzt. Beruhigend lege ich die Hand auf seine Schulter, versuche zu ihm durchzudringen.

»Devil! Es ist nichts passiert. Kevin geht es gut. *DEVIL? LASS SIMON LOS!*«

Er aber hört nicht auf mich.

»Wieso machst du immer Jagd auf meinen Sklaven? Los, sage es mir. Simon, ich warne dich. Kevin ist mein Mann. Tabu für dich!«, faucht er.

Zornig schaut Simon Devil in die Augen, schreit tatsächlich, dass er Kevin vom ersten Moment an lieben würde und Devil ihn nicht verdient hätte. Er wäre auch Manns genug, um für Kevins Neigungen zu sorgen.

Bei diesen Worten kneift Devil die Augen zusammen und ein widerliches Knacken ist die Antwort auf Simons Forderungen. Laut schreit er auf, als sein Handgelenk bricht. Mist! Ich weiß doch, zu was Devil fähig ist, wenn sich einer an seinen Mann heranmacht. Nie hat er für einen Sklaven mehr Liebe empfunden als für Kevin. Daher wird er jeden beseitigen, der es wagt, ihm seinen Mann und Geliebten wegzunehmen. Simon kann es einfach nicht lassen, dabei weiß er, dass Devil ihn töten würde, sollte er Kevin auch nur schief anschauen.

Bevor das hier in einen Mord endet, gehe ich dazwischen, ziehe blitzschnell meinen Bruder von Simon weg. Seine Augen blitzen wütend auf, als er sich umdreht, mit vor Wut zusammengepressten Lippen zu seinem Mann schaut. Lars schiebt sich durch die Menge, bleibt vor seinem Sub stehen, starrt auf den gesenkten Kopf. Er beuge sich zu ihm runter, nimmt das Sklavenband ab. Fassungslos schaut Simon seinen Master an, wimmert, schmeißt sich vor seine Füße. Lars winkt einen Mitarbeiter des Clubs zu sich, veranlasst, dass Simon nach hinten gebracht wird und ins Krankenhaus kommt. Er packt zu und entfernt ihn aus Devils Reichweite. Lars entschuldigt sich bei uns und begibt sich nach hinten zu Simon.

Schon damals hat Devil Lars dazu geraten, seinen Sub gehen zu lassen, sollte er dessen Bedürfnisse nicht befriedigen können. Es scheint, als könnten die zwei nicht voneinander loskommen. Da es mich nichts angeht, schnappen wir uns unsere Jungs, schleppen die zwei Chaoten aus dem Club. Sie kichern, stupsen sich gegenseitig an. Joy verabschiedet sich von uns und ich bedanke mich bei ihm, dass er auf die zwei Idioten aufgepasst hat. Er verdreht die Augen, winkt ab, steigt in sein Auto.

Im Keller des *Club Red* stehen sie nun nebeneinander, reden und reden, lachen über ihre eigenen Witze. Dieses Lachen werde ich meinem Jungen gleich mal aus dem Gesicht wischen. Bevor er weiß, wie ihm geschieht, steht er ohne

T-Shirt vor mir. Er lacht mich an und am liebsten würde ich ihn besinnungslos küssen. Bevor ich in Versuchung komme, schnappe ich mir seine Handgelenke, fessele sie an ein paar heruntergelassene Ketten. Vielleicht wird das seine Neugier etwas bremsen, um zu erfahren, wie weit ich gehen würde. Zusammen mit Devil sitzen wir gemütlich vor ihnen, warten, bis die zwei einigermaßen klar im Kopf werden. Klar können sie nichts dafür, dass sie besoffen sind, aber mir ist das egal. Sie hatten ja auch schließlich nichts in der Bar zu suchen.

Bequem lehnen wir uns zurück, hören zu, was sie zu sagen haben. Ab und zu huscht ein Grinsen über Devils Lippen, wenn er hört, was sie von sich geben. Sie haben es gar nicht realisiert, dass sie in Ketten hängen. Sie unterhalten sich über Gott und die Welt, werden mal laut, mal leise. Lachen über die unmöglichsten Dinge. Es tut gut, zu sehen, dass sie sich verstehen und mögen. Vor allen Dingen Kevin.

Er ist der einzige Sklave von den Jungs. Manchmal ist er bestimmt einsam, wenn sie alle feiern gehen und er mal wieder eine Strafe absitzen muss. Da kennt mein Bruder keine Gnade.

In der Zwischenzeit war Justin bei uns. Völlig außer sich schaut er zu Kevin. Er ist wütend, verdammt wütend auf ihn. Jetzt wird er Kevin keinen Augenblick mehr aus den Augen lassen. Wird an ihm kleben, niemals mehr auf ihn hören. Das hat er sich selbst zuzuschreiben. Mit Justin möchte sogar ich keinen Streit haben.

Amüsiert schauen wir unseren Sklaven zu, als sie langsam zu sich kommen. Allein, dass sie sich unseren Befehlen widersetzt haben, wird ihnen ein paar Nächte auf dem Bauch bescheren. Die Peitsche ganz locker in den Händen haltend, warte ich darauf, dass Jan mich endlich wahrnimmt. Röte schleicht sich über die Wangen, als er sich in diesem Moment bewusst wird, wo er ist. Erstaunt schaut er auf meine Hände, sieht, was ich festhalte, und reißt die Augen ganz weit auf. Sein Blick irrt nach oben, sieht die Ketten, zerrt daran. Allein ihr Klang lässt mich lustvoll erbeben.

Er erkennt, dass Kevin neben ihm steht. Erschrocken schluckt er, weiß, dass es kein Erbarmen geben wird, weil er die Linie überschritten hat. Mit der Peitsche stehe ich vor ihnen, lasse die Lederstreifen durch die Finger gleiten, was mich beruhigt. Fasziniert schauen beide auf meine Hände, bis Kevin zu mir hochsieht. Die Augen weiten sich und ihr Gespräch verstummt. Er dreht den Kopf, versucht herauszubekommen, wer alles noch da ist.

»Hallo, mein Junge. Hier bin ich!«, flüstert Devil in sein Ohr. Er zuckt zusammen, schaut uns mit glasigen Augen an. Oh, er kennt uns zwei nur zu gut, weiß, dass wir sie bestrafen und sie nicht glimpflich davonkommen werden.

Devil baut sich vor Kevin auf, packt sein Kinn, schaut ihm tief in die Augen. Seine andere Hand verkrampft sich um den Stock. Er muss sich beruhigen, sonst wird das hier ziemlich hart für Kevin werden. Auch bei seinem Sklaven kommt langsam an, was sie für einen Mist verursacht haben. Er weiß zu genau, was er bei Devil alles ausprobieren darf. Einen Befehl zu verweigern, sich aus der Wohnung zu entfernen, das alles ohne seinen Leibwächter, gehört bestimmt nicht dazu.

Jans Gesichtsausdruck, als er die Peitsche in meiner Hand wahrnimmt, ist sehenswert. Er schluckt mehrmals, räuspert sich, hebt den Kopf. Die Augen weiten sich, als er erkennt, dass ich mehr als zornig auf ihn bin. Wenn er denkt, dass ich sie nur zur Abschreckung dabeihabe, irrt er sich gewaltig. Er zuckt zusammen, als Devil auf sie zutritt.

»Wer von euch zwei Idioten ist auf die Idee gekommen, zu Lars in den Club zu gehen?«, fragt er sie mit sanfter Stimme. Scheiße! Dass er so leise spricht, lässt mich vermuten, dass er verdammt wütend ist. Ohne meinen Bruder aus den Augen zu lassen, lege ich die Hand auf seine Schulter, drücke leicht zu. Die Muskeln beben unter den Fingern. Er atmet ein paar Mal tief ein und aus. Bevor Kevin was sagen kann, lenkt Jan die Aufmerksamkeit auf sich. Kevin schaut erstaunt zu ihm rüber, schweigt.

»Noch mal. Wer von euch …« Bevor mein Bruder den Satz zu Ende bringt, wispert Jan, dass er da hinwollte, weil er schon so viel von diesem Club gehört hätte. Kevin schaut ihn entgeistert an, will was sagen, doch Jan unterbricht ihn sofort.

»Ich bin schuld, Herr. Kevin hatte damit nichts zu tun. Er hat sogar Joy gebeten mitzukommen, damit wir geschützt sind.«

»Du nimmst also die ganze Schuld auf dich, Jan?«

Er nickt und ich bin stolz auf meinen Jungen, dass er Kevin schützen will. Eigentlich kann er an Devils Gesicht genau ablesen, dass er ihm nicht glaubt.

»Okay! Wenn du ihn dazu gebracht hast, dass er ungehorsam war, meinen Befehl missachte hat, bekommst du Kevins Hiebe mit dem Stock verabreicht. Sollte dein Sir damit einverstanden sein!«

Er reißt die Augen auf, schluckt, nickt dann tapfer. Devil stellt sich hinter ihn, will ausholen, als Kevin laut »Stopp« schreit.

Er lässt den Stock sinken, schaut seinen Sklaven fragend an.

»Es war meine Schuld. Ich habe eigenmächtig gehandelt. Diese verfluchten Albträume, sie waren wieder da. Joy hat mir zwar beigebracht, dass ich mich wehren kann, ich aber musste mich der Angst allein stellen, um endlich in Ruhe leben zu können. Ich hätte zu dir kommen sollen, aber das war etwas, was ich ohne dich machen musste. Ohne Justin und dich an meiner Seite. Bitte, Master!«

Devil atmet tief ein, versucht sich zu beruhigen. Er ist verletzt, das kann ich an seinen Augen erkennen.

»Du gehst sofort hoch, ziehst dich aus, kniest dich vor unser Bett und wartest so lange …, bis ich zu dir komme.«

Er lässt die Ketten runter, befreit Kevin von den Handfesseln. Wie der Blitz rennt er nach oben, wirft Jan einen entschuldigenden Blick zu. Bevor das hier eskaliert, drehe ich meinen Bruder zu mir um.

»Devil, das hat nichts mit dir als sein Master zu tun. Er würde dich immer um Rat fragen, das weißt du. Kevin liebt dich. Aber es gibt eben Probleme, die unsere Männer allein lösen müssen. Sie sind stark, nicht schwach und dass er sich seiner Angst gestellt hat, spricht für ihn, für dich. Nur du machst ihn so. Du weißt doch, dass ein Sklave nur so selbstbewusst sein kann, wie sein Master ist. Und du bist ein verdammt starker Master, mein Bruder.«

Er drückt mich, haucht mir ein ›Danke‹ ins Ohr. Bevor er die Tür schließt, schaut er zu Jan.

»Dir gebührt auch mein Dank dafür, dass du zu meinem Mann gestanden hast, ihm den Rücken freihieltst und vor allen Dingen, dass du ihn schützen wolltest. Das aber war nicht notwendig, weil ich diesen Kerl liebe, ihn nie verletzen würde.« Er nickt uns zu und schließt leise die Tür hinter sich zu.

Jetzt zu meinem Jungen.

»Es ehrt dich sehr, dass du Kevin verteidigt hast. Das entbindet dich aber nicht von der Strafe, die du gleich bekommst. Ab morgen wirst du mich immer in Kenntnis setzen, wo du hingehst, wann du das Haus verlässt. Du bekommst einen Leibwächter, der dir Igor von der Pelle hält. Eh, darüber wird nicht verhandelt!«, erkläre ich, als er widersprechen will.

Langsam gehe ich um Jan herum, streiche mit der Peitsche über seine Haut. Die feinen Haare auf seinem Rücken stellen sich auf. Ich spiele mit seiner Angst und erkenne in diesen Moment, dass sie in Leidenschaft umschlägt. Die Muskeln unter der Haut bewegen sich, wenn ich mit dem Lederriemen darüberstreiche. Er hält die Luft an, als ich hinter ihm stehen bleibe, warmen Atem gegen sein Ohr puste, hineinbeiße. Erschrocken zuckt er zusammen, als ich leicht gegen seinen Rücken schlage. Mit einem Arm umfasse ich Jans Hüfte, ziehe seinen Hintern zu mir rüber, damit er spüren kann, was er mit mir anstellt. Trotz, dass er gefesselt ist, keucht er verzückt auf, als ich mir an seiner Hose zu schaffen mache. Ich ziehe sie ihm bis zu den Knien runter und mache seine Beine damit bewegungslos.

Die Peitsche locker in der Hand stelle ich mich etwas weiter weg, schüttle sie kurz, damit sich die Streifen entwirren können. Weit hole ich aus und lasse sie in der Luft knallen.

Jan schreit erschrocken auf, als er das scharfe Geräusch vernimmt, und wird steif wie ein Brett. Leise lache ich ihn aus. Das alles nützt ihm wenig.

Mein Handgelenk zuckt, als ich aushole und die Riemen seine Haut treffen. Feine rote Striche breiten sich auf seinem ganzen Rücken aus. Das alles habe ich viel zu lange vernachlässigt. Ohne Erbarmen trifft die Peitsche, hinterlässt neue rote Male.

Er bäumt sich auf, zerrt an den Ketten. Bis jetzt spiele ich nur mit ihm. Wenn er wüsste, was ich alles mit dieser Peitsche anstellen könnte, würde er sich vor Angst in die Hose machen. Heute jedoch wird er nur zu spüren bekommen, was es heißt, wenn ich leicht sauer auf ihn bin. Die Peitsche rollt sich erneut aus und trifft. Noch ein Hieb und er hat es überstanden. Ich bin keiner, der seinen Jungen grün und blau schlägt, der sich an ihm austobt. Vielleicht denken jetzt ein paar Männer, dass ich viel zu weich für einen Master bin. Das alles interessiert mich aber nicht. Ich bestrafe Jan, wie ich es für richtig halte. Schließlich will ich, dass er mich respektiert, keine Angst vor mir hat. Nicht, dass er anfängt mich zu fürchten. Das Allerschlimmste wäre für mich, dass er mich hassen würde.

Allein seine Schreie reichen aus, dass mein Glied hart wird und in der Hose klopft. Fasziniert sehe ich, dass er die Muskeln in seinem Hintern anspannt, sobald ich mit dem Finger darüberstreiche. Sein Keuchen, das verschwitzte Gesicht und dann trifft es mich. Er schaut mich mit so viel Liebe an, dass ich es nicht glauben kann. Sanft wische ich seine Tränen weg, drehe seinen Kopf zu mir, drücke die Lippen auf seine.

»Willst du mich?«, wispere ich in sein Ohr. Er nickt, beißt sich verführerisch auf die Lippen, streckt mir seinen kleinen

Hintern entgegen. Schnell befeuchte ich den Finger mit Gel, dringe direkt durch seinen Muskel. Er entspannt sich sofort, dass ich einen weiteren Finger unterbringen kann. Jetzt befreie ich meinen Schaft, reibe ein paar Mal rauf und runter, um nicht direkt in ihn hineinzustoßen.

Lasziv stehe ich vor Jan, lasse ihn zuschauen. Gierig beobachtet er die Hand, leckt sich mit der Zunge über die Lippen. Ich packe den schmerzenden Schwanz in ein Kondom, dringe ohne innezuhalten in Jan ein. Er ist entspannt, lässt sich total gehen. Zur Belohnung, dass er Kevin schützen wollte, lasse ich ihn kommen.

Er schreit laut meinen Namen, hängt danach weggetreten in den Ketten. Schnell packe ich fester zu, damit er mir nicht aus den Armen rutscht. Nur ein paar harte Stöße brauche ich, um ans Ziel zu kommen. Fest vergraben in seinem Inneren genieße ich die Nachbeben, ziehe mich vorsichtig aus ihm zurück. Klar habe ich erkannt, dass er ganz nah an seinem zweiten Orgasmus stand. Dabei habe ich ihm nur einen versprochen, den zweiten kann er sich abschminken.

Er schreit protestierend auf und weil er so schön gebettelt hat, bekommt er zwei Hiebe zusätzlich. Jetzt ist er eingeschnappt, schaut mich böse an und ich hebe die Augenbrauen. Will er mir noch was mitteilen? Er senkt den Blick, weint und aus seinen blauen Augen kullern dicke Tränen. Ich glaube, dass er mehr frustriert ist, weil sein Schwanz wieder hart ist, er nicht kommen darf, als dass ihn die Striemen schmerzen.

Schnell entferne ich die Ketten von seinen Handgelenken, kontrolliere die Haut und creme ihn mit einer schmerzstillenden Salbe ein. Mit harter Stimme befehle ich, dass er sich anziehen und ins Auto setzen soll.

Kapitel 31

Jan

~~*~*

Oh Mann, mein Kopf. Langsam lichtet sich der Schmerz und der Blick wird klarer. Zuerst haben wir uns wie Schläger, dann wie ein paar Teenager benommen. Nie habe ich mit einem Mann über jede noch so Kleinigkeit lachen können. Ich mag Kevin, denn er ist einfach total liebenswert. Es ist schon lustig, wenn er von der deutschen Sprache ins Englische wechselt, weil er mir schnell was sagen will. Nur jetzt, jetzt fühle ich mich nicht besonders gut. Warum ist mir bloß schwindelig? Wenn ich es nicht besser wüsste, würde ich vermuten, dass ich zu tief ins Glas geschaut habe. Das kann aber nicht sein, weil ich keinen Alkohol trinke. Er macht aus friedlichen Menschen bösartige Kreaturen. Mehr als einmal habe ich es am eigenen Körper erfahren. Mein Vater gehörte auch dazu.

Vorsichtig hebe ich den Kopf und ein stechender Schmerz breitet sich aus. Aua, mein Nacken. Mit den Händen will ich über die verspannten Muskeln streichen, bemerke erstaunt, dass die Arme nach oben gestreckt und gefesselt sind. Ketten klirren, holen mich mit einem Schub voller Angst sofort in die Gegenwart zurück. Schmerzhaft sticht das Licht in den Augen, als ich sie erschrocken aufreiße. Nanu, wo bin ich denn hier gelandet? Das Herz klopft rasant in meiner Brust, dass ich am ganzen Körper zittere, die Ketten das Echo auffangen. Hat Igor mich etwa erwischt?

Panisch reiße ich die Augen nun ganz auf, suche meinen Peiniger und stelle voller Entsetzen fest, dass auch Kevin neben mir steht. Hat er uns etwa beide geschnappt? Ungläubig schaue ich nach oben. Wieso hängen wir eigentlich hier, sind gefesselt? Hat dieser riesige Kerl uns etwa ...? Mit den Augen suche ich das ganze Zimmer ab. Scheiße, wo sind wir zwei nur hineingeraten? Wir hatten doch bloß Wasser getrunken. Warum also fühle ich mich, als ob ich einen Kater hätte? Warum um Gottes willen habe ich solche tierischen Kopfschmerzen? Ein Geräusch zieht meine Aufmerksamkeit auf sich. Ungläubig schaue ich in ein Paar wütende, dunkelgraue Augen und Erleichterung, dass es Andrew ist, nicht dieser riesige Kerl von Simon, geschweige denn Igor, überflutet meine Gedanken. Krampfhaft überlege ich, was wir zwei verbrochen haben könnten.

Hm, wir waren nach dem Streit in diesem SM-Club friedlich nach Hause gegangen, haben uns sogar darüber amüsiert, weil alles um uns herum in bunten Farben war. Sogar einen Regenbogen hatten wir entdeckt.

Ich blinzele ein paarmal, rufe leise Kevins Namen. Vielleicht verschwindet mein Sir und das alles ist nur ein Traum. Nichts zu machen. Lässig lehnt er an einer Wand, starrt mir in die Augen. Er hält eine Peitsche in den Händen, die meinen Blick magisch anzieht. Immer wieder lässt er die vielen Lederstreifen durch die Finger gleiten. Nervös schlucke ich, verfolge jede seiner Handbewegung. Das Pochen im Kopf wird schlimmer. Ein weiteres Geräusch lässt den Blick hinter Andrew wandern. Ähm, da steht ja auch Devil. Er hält krampfhaft einen Stock fest, biegt ihn, bis sich die Enden berühren. Wenn er nicht gleich loslässt, bricht er ihn bestimmt in der Mitte entzwei. Der Zorn, der in seinen Augen leuchtet, verspricht weder für Kevin noch für mich was Gutes.

Neben mir bewegt sich endlich mein Freund, schlägt die Lider auf und schaut ganz verwirrt in den Raum. Erkennen leuchtet in den grünen Augen auf, als er sieht, dass ich neben ihm stehe. Ein leises Lachen verlässt seine Lippen. Ich realisiere zwar, wo wir zwei sind, trotzdem kann ich ein Grinsen nicht unterdrücken, muss mit Kevin lachen. Erst als ein empörtes Schnauben ertönt, unsere Namen streng durch den

Raum gerufen werden, weiten sich seine Pupillen. Als er bemerkt, dass dieses Klirren jedes Mal von den Ketten kommt, sobald er die Arme bewegt, schaut er mich verschmitzt an. Diesmal muss ich über seine Mimik laut lachen. Wir sind beide schon ein paar Idioten. Er hebt die Augenbraue, zwinkert mir zu. Dass wir unsere Situation lustig finden, wird sich gleich wohl ändern.

Wieder bewegt er die Arme, verstummt abrupt. Irritiert geht sein Blick nach oben. Panisch sucht er den Raum ab und bleibt an Devils Augen hängen. Sein Mund bewegt sich, bildet ein stummes *Oh*. Er senkt den Blick und ich erkenne, dass er sich schämt. Warum bloß? Wir haben nichts Schlimmes getan, oder? Die Frage, wer ungehorsam war, steht im Raum, und das, bevor wir uns eine Antwort überlegen können. Hm? Eigentlich … beide! Das Gesicht von Andrew verschließt sich, wird eisig. So ein …!

Verdammt, was mache ich denn jetzt bloß?

Und dann kommt es! Wer trägt die Schuld an unserem Desaster? Devils Hände verkrampfen sich noch fester um den Stock. Wie gebannt starre ich darauf. Kevin wimmert leise auf, als er das sieht. Ich überlege keinen Augenblick und bevor er antworten kann, übernehme ich die ganze Schuld. Was mich in diesem Moment geritten hat, kann ich euch nicht sagen. Vielleicht Kevins geschockten Gesichtsausdruck, als er den Stock erkennt, oder war es die Scham in seinen dunkelgrünen Augen, weil er ungehorsam war, nicht auf seinen Master gehört hat? Ich weiß es doch auch nicht. Kevin hat Tränen in den Augen, als er sieht, dass Devil böse auf ihn ist.

Ich kann einfach nicht anders, als ihn in Schutz zu nehmen.

Heute habe ich nämlich trotz unseres Desasters viel von Kevin gelernt. Ihr könnt es glauben oder nicht. Angst darf dich nicht lähmen, sondern muss bekämpft werden. Nicht immer hilft es, wenn man sie erfolgreich verdrängt. Dass Kevin sich seinen Ängsten selbst stellen musste, habe ich verstanden. Dieser Simon war aber auch mal ein einschüchternder Riese. Trotzdem wir nicht stark sind, keine Bodybuilder-Figur besitzen, können wir uns doch zur Wehr setzen. Eins jedoch bleibt haften. Egal was du tust, es betrifft immer zwei Menschen. Dich als Sklave, weil du deinen Herrn in der Öffentlichkeit repräsentierst, und deinen Master, der für deine Fehler geradestehen muss.

Trotzdem würde ich genau wie Kevin handeln. Ein Sklave ist nicht für jeden dahergelaufenen Kerl ein williges Stück Fleisch, an dem man sich abreagieren kann. Egal wie verliebt man ist oder nicht. Er ist ein Mensch wie jeder andere hier auf der Welt. Er leidet, sollte er verletzt werden, hat Angst, dass man ihn massiv bedroht. Trotzdem ist er ein ganzer Mann. Sein Master versucht ihm dabei vor allem Übel zu beschützen. Trotzdem klappt es nicht immer. Aber auch ein Sklave muss seine eigenen Schlachten schlagen. Es gibt eben Situationen, da kann dich keiner beschützen, das musst du dann ganz allein ausfechten. Mit Joy im Rücken haben wir das doch ganz toll hinbekommen, oder?

Nein? Anscheinend nicht. Vorwurfsvoll sehen unsere Herren uns gerade an. Wieder fragt Devil uns, wer die Schuld trägt. Schuld? Wessen Schuld und was! Schnell, bevor Kevin sich äußern kann, nicke ich, gestehe, dass es mein Vergehen war. Erstaunt schauen mich Andrew und Devil an. Nach einem tiefen Seufzer nickt Devil, holt sich die Genehmigung bei Andrew, dass er mir auch Kevins Strafe verabreichen darf. Auweia. So habe ich mir das aber nicht gedacht. Schwer schluckend, mit einem Kopfnicken akzeptiere ich die Strafe für meinen Freund.

Devil begibt sich hinter mich, holt aus. Die Lippen fest zusammen gepresst kneife ich die Arschbacken zusammen. Schon spüre ich den Windzug des Stockes, erwarte die ersten Schläge. Verflucht, was macht Kevin denn jetzt? Er schreit dazwischen, gesteht, dass es seine Idee war. Boah, jetzt stehe ich als Lügner da. Entschuldigend schaut er mir in die Augen. Wie soll ich ihm da böse sein? In dieser Situation hätte ich das Gleiche gemacht.

Kevin versucht seinem Master zu erklären, was ihn dazu getrieben hat, hofft, dass Devil ihn verstehen wird. Dieser löst die Ketten von seinen Handgelenken, befiehlt mit tiefer Stimme, dass Kevin nach oben gehen soll. He, was ist mit mir? Schließlich hänge ich immer noch hier herum. Bevor Devil seine ganze Wut an Kevin abreagieren kann, erklärt Andrew, dass wir Sklaven in Wirklichkeit stark sind. Devil lächelt daraufhin zu mir rüber.

Erstaunt vernehme ich, dass er sich bei mir bedankt, dass ich auf Kevin aufgepasst habe, er in mir einen guten Freund gefunden hat. Ja, das hat er tatsächlich.

Devil verlässt uns und Andrews böser Blick lässt mein Herz heftiger klopfen. Seine Augen sind ganz dunkel geworden. Obwohl ich ihn erst kurz kenne, weiß ich, was das für mich bedeutet. Er umrundet mich, packt meine Hose, zerrt sie mir bis zu den Knien runter. Ah, nicht! Mit den Beinen versuche ich zu strampeln, erhalte dafür einen festen Hieb auf den Hintern. Es wird bestimmt höllisch wehtun, wenn er mit mir fertig ist. Heftig zucke ich zusammen, als die Peitsche zum ersten Mal die Haut berührt. Die Rückenmuskeln verkrampfen sich. Trotz des brennenden Schmerzes richtet sich mein Glied voller Verlangen auf. Bin ich wirklich so pervers, dass mich der Gedanke, wie sich die Lederstreifen in die Haut brennen, geil macht?

Bei Igor war das nie der Fall. Da habe ich mir vor Angst fast in die Hose gemacht, sobald er sich nur in meine Nähe gewagt hat.

Voller Ungeduld warte ich auf den nächsten Hieb und da kommt er auch schon. Hölle und Verdammnis. Mein Sir ist nicht gerade zimperlich mit dem, was er tut. Brennend heiß beißen sich die feinen Lederriemen durch die Haut, was mich nur noch erregter werden lässt. Wieder und immer wieder verspüre ich, wie sich die heiße Sinfonie der Peitsche in eine wohlige Wärme der Erregung umwandelt. Voller Scham drehe ich den Unterleib, damit mein Sir dies nicht mitbekommt, wie sich mein Glied versteift. Lusttropfen perlen die ganze Zeit aus der Schwanzspitze, landen vor mir auf dem Boden. Als ob ich die Erregung vor ihm verstecken könnte! Er ist viel zu aufmerksam, was mich betrifft, und riechen kann er es auch. Genüsslich zieht er die Luft durch die Nase, kommt näher. Mit einem kleinen Ruck dreht er mich zu sich herum, starrt auf den Boden, leckt sich über die Lippen. Heftig schlucke ich, als ich das sehe. Wird er das machen, was ich gerade denke?

Feuchte Finger umspielen meinen Eingang, drücken sich durch den Muskel. Bevor ich mich darauf vorbereiten kann, sind es auch schon zwei, die mich dehnen. Kurz danach werden sie von einem warmen, in einem Kondom verpackten Glied abgelöst. Er drückt sich mit einem Rutsch rein, dass ich voller Wonne laut aufschreie. Scheiße, ist das geil! Seine Stöße kommen schnell und hart. Jedes Mal berührt er dabei die wunde Haut auf dem Rücken. Der Schmerz lässt mich aufkeuchen. Er umfasst meinen Schaft, reibt fordernd die Vorhaut rauf und runter, flüstert mir ins Ohr, dass ich kommen darf.

Verdammt, verdammt, verdammt!

Wimmernd halte ich die Luft an und komme mit einem lauten, nicht enden wollenden Schrei. Blitze tummeln sich hinter den Augenlidern. Was war das denn? Wenn ich es nicht besser wüsste, war ich für ein paar Sekunden voller Lust wirklich weggetreten. Erschütternd rasen ein paar kleinere Nachbeben durch den geschundenen Körper, als Andrew mit einem lauten Stöhnen kommt. Zitternd braut sich eine neue Welle der Lust zusammen.

Bevor ich jedoch zum zweiten Mal zum Orgasmus komme, zieht Andrew sich zurück und entfernt das Kondom. Ich bettle ihn an, flehe mit den Augen, nichts zu machen. Das bringt mir nur zwei Hiebe zusätzlich ein, also halte ich jetzt lieber den Mund. Er lässt die Ketten runter, macht die Hände los. Sorgfältig untersucht er die Gelenke, schaut nach, ob ich mir die Haut aufgescheuert habe. Auch die Wunden auf meinem Rücken werden liebevoll versorgt. Er wischt mit einem Taschentuch durch meine Ritze, säubert mich. Mit rotem Gesicht lasse ich alles über mich ergehen. Vorsichtig schiebt er die Hose wieder an Ort und Stelle. Seinem Befehl, mich ins Auto zu setzen, komme ich direkt nach. Krampfhaft versuche ich ganz vorne auf dem Autositz Platz zu nehmen. Andrew grinst, tritt auf das Gaspedal und ich pralle gegen den Rücksitz, schreie schmerzvoll auf. Voller Wut schließe ich die Augen, atme tief ein. Tränen rinnen über die Wangen und die Finger ballen sich zu Fäusten. Langsam entspanne ich mich, schaue zu ihm rüber. Leise lächelt er vor sich hin. Gerade könnte ich ihn …!

Kurze Zeit später sind wir zu Hause.

Bebend voller Wut erfahre ich, dass ich in meinem Zimmer schlafen soll, was mir überhaupt nicht passt.

Wütend gebe ich eine patzige Antwort. Verschwommen erkenne ich zu spät, dass eine Hand nach vorne stößt, zupackt. Bevor ich reagieren kann, schleppt er mich ins Spielzimmer, fesselt mir die Arme an das Andreaskreuz. Was zur Hölle?

Scheiße, ist mein Sir schnell. Wütend, voller Zorn schreie ich ihm hinterher, dass er mich sofort losmachen soll. Als Warnung, dass ich es nicht übertreiben soll, legt er eine Peitsche zu meinen Füßen. Am liebsten würde ich danach treten, doch ich beherrsche mich. Andrew ignoriert mich einfach, lässt jedoch die Tür offen. Ich hasse ihn, brülle es ihm voller Zorn und mit Tränen in den Augen hinterher.

Schniefend ziehe ich die Nase hoch. Ich will bei ihm liegen, mich an ihn drücken. Tränen der Wut, des Frustes laufen immer schneller über die Wangen. Trotzdem klopft der Schaft voller Verlangen nach meinem Sir. Angst presst das Herz zusammen, als ich erkenne, dass ich ihn mehr liebe als jemals zuvor einen Mann. Schmerzhaft kommt es in der Seele an, dass Andrew mich gar nicht körperlich zu bestrafen braucht, um mir eine Lektion zu erteilen. Es reicht, dass er mich hier einfach stehen lässt, ignoriert. Langsam sickert es in meinen Verstand, wie unartig ich wirklich war, er keine andere Wahl hatte, als mich hierhin zu bringen. Endlich komme ich zur Ruhe. Trotzdem bin ich immer noch wütend auf ihn.

Nach ein paar Minuten höre ich, dass er zu Bett geht. Was? Jetzt ist aber Schluss mit lustig. Tobend zerre ich an den Fesseln, drücke den Rücken durch, stemme mich mit aller Kraft gegen die Ketten. Nur gut, dass die gepolstert sind. Ich hätte mir sonst in der Wut die ganze Haut abgeschrappt. Heiser schreie ich ihm meinen Unmut entgegen, höre ihn leise lachen. Na warte! Jetzt kommt das Benehmen eines Straßenkindes hervor. Fluchend kämpfe ich gegen die Fesseln. Ich will sofort zu meinem Sir. Er aber bleibt hart, lässt mich die ganze Nacht hier stehen. Irgendwann erlischt mein Kampfgeist. Mit hängendem Kopf nehme ich die Strafe an. Am anderen Morgen bin ich wie gerädert. Unbeweglich steht er vor mir, schaut mich nur an, bis ich ihm schwöre muss, dass ich ganz brav sein werde.

Still sitze ich in der Küche. Am liebsten würde ich in mein Zimmer gehen, mich unter die Bettdecke verkriechen, schlafen. So fertig bin ich. Aber nein. Er fährt mich zur Arbeit, ruft mir streng hinterher, dass er Punkt 18 Uhr da wäre, um mich abzuholen. Kein Kuss, kein zärtlicher Blick. Ein Klaps auf den Hintern hätte ja auch schon gereicht. Nichts! Bin ich denn in der kurzen Zeit so abhängig von Andrew geworden, dass ich seine Bestätigung brauche, um über den Tag zu kommen?

Dieser verfluchte Tag will einfach nicht vorbeigehen. Mit bebenden Fingern schnappe ich mir das Handy, schreibe Andrew, dass es mir wirklich leidtut, ich gehorsam sein werde. Mit klopfendem Herzen warte ich auf seine Antwort. Natürlich kommt keine! Nach ein paar Minuten halte ich es einfach nicht mehr aus. Mit bebenden Fingern schreibe ich, dass ich jede Strafe für mein unmögliches Benehmen annehmen würde, egal, was er dafür vorsieht. Nichts zu machen! Er meldet sich einfach nicht. Mein Sir bestraft mich durch sein Schweigen mehr, als er ahnen kann. Tränen sammeln sich in den Augenwinkeln, rollen über die Wangen. Adrian schaut mitleidig rüber, als ich leise versuche die Nase hochzuziehen. Quälend langsam vergeht die Zeit bis zum Feierabend.

Endlich ist es so weit. Freudig reiße ich die Tür auf, weil ich genau weiß, dass mein Sir dahintersteht, mich abholen kommt. Vielleicht hat er sich ja beruhigt, nimmt mich gleich in seine starken Arme. Den ganzen Tag habe ich darüber nachgedacht, wie ich mich bei ihm entschuldigen könnte. Das Einzige, was mir einfiel, war, dass ich mich direkt vor ihm auf die Knie fallen lasse, damit er sieht, dass ich Reue zeige. Freudig reiße ich die Tür auf, laufe unerwartet in einen harten Körper rein, der mich an Igor erinnert. Panisch reiße ich die Augen auf, hebe die Arme, weiche stöhnend zurück, als ich erkenne, dass Andrew neben diesem fremden Mann steht. Dieser Kerl ist jedoch genauso riesig wie Igor. Er hat kurze schwarze Haare, strahlend blaue Augen. Damit fixiert er mich, macht mich total verlegen, sodass ich den Blick senke. Wer ist ER?

Andrew stellt ihn mir als meinen neuen Leibwächter vor. Leibwächter? Warum? Nein, ich will keinen, will in Ruhe gelassen werden. Einen Kerl, der mir immer auf der Pelle hängt, kann ich gar nicht ab. Böse funkele ich beide an. Nur ein Blick, ein Fingerzeig, und gehorsam gehe ich zum Auto, schaue schmollend aus der Autoscheibe. Hatte ich nicht den ganzen Tag über geschworen, dass ich nun brav sein werde? Verdammtes Temperament! So wie der Kerl aussieht, werde ich ihn wohl nicht so leicht überlisten können. Er wird immer einen Schritt voraus sein wird mir wie Kleister am Hintern kleben.

Nach einer halben Stunde bin ich es leid, steige aus dem Auto, will an diesem riesigen Kerl vorbeigehen. Er dreht sich um, schaut zu mir runter, zeigt nur mit dem Finger auf den Wagen, ohne ein Wort zu sagen. Ich ignoriere ihn. Er knurrt mich nun an, möchte, dass ich wieder einsteige. Wütend schnaube ich durch die Nase. Mir ist egal, was er will. Er ist nicht mein Sir.

Keine zwei Schritte komme ich, da packt er brutal zu, wirft mich mit Leichtigkeit über die breiten Schultern, öffnet die Autotür und schmeißt mich mit Schwung auf den Sitz zurück. Ungläubig schaue ich durch das Fenster. Mit einer Seelenruhe lehnt er sich dann gegen die Tür, damit ich sie nicht mehr öffnen kann. Wütend trete ich innen vor das Blech, schreie ihm zu, dass er das bereuen wird. Er dreht sich nur um, hebt eine Augenbraue. Fassungslos schaue ich ihn an. Das hat dieser Kerl jetzt nicht wirklich mit mir gemacht?

Kapitel 32

Andrew

~~*~*

Er schmollt, spricht kein Wort, als ich ihm das T-Shirt zuwerfe. Vorsichtig zieht er es über seinen Kopf, murmelt leise vor sich hin. Als wir den Keller verlassen, dampft er regelrecht vor Wut. Er ist wie ein kleines Kind, das sich was gewünscht hat, es aber nicht bekommt. Dafür, dass er mir keinen Respekt entgegenbringt, darf er zu Hause in seinem Zimmer schlafen oder wahlweise vor meinem Bett. Sollte er jetzt nur noch ein einziges Wort sagen, dann kniet er die ganze Nacht neben mir, während ich schlafe. Die hellblauen Augen verdunkeln sich, als er davon erfährt. Er wäre nicht mein Junge, wenn er nicht laut dagegen protestieren würde. Nach zwei Ermahnungen, sich wie ein Erwachsener zu benehmen, schleppe ich Jan schlussendlich ins Spielzimmer. Dort fessele ich ihn an das Andreaskreuz. Hier darf er nun in Ruhe überlegen, was er heute alles verbockt hat.

Zur Erinnerung liegt eine Peitsche zu seinen Füßen, damit er sich ausmalen darf, was ich alles damit anrichten kann. Die Tür lasse ich auf, damit ich ihn höre, sollte er bereit sein, sich bei mir zu entschuldigen.

Und wie ich ihn höre. Wütend brüllt er durch den Raum, dass er mich hasst. Na, wenn das alles ist, was ihn quält! Mich juckt das nicht. Er schreit, tobt, flucht, dass es eine wahre Wonne ist. Nun kommt sein Straßenjargon zum Vorschein. Je mehr er um sich schlägt, umso ruhiger werde ich. Bei manchen Schimpfwörtern muss sogar ich lachen. Ich wusste, dass da noch mehr in ihm steckt als diese unheimliche Ruhe. Ah, sein Temperament geht jetzt erst richtig mit ihm durch. Er schreit so laut, dass sich die Stimme überschlägt. Trotzdem ist er nicht bereit sich zu entschuldigen. Ich mache mich nach einer Weile bettfertig und höre ihn immer noch schimpfen wie ein Rohrspatz. Diesmal schreit er sich die Seele aus dem Leib. Ich kann hören, dass er wütend gegen die Ketten kämpft. Sie sind stabil, da kann er sich noch so dagegen aufbäumen.

Plötzlich ist es ruhig. Viel zu ruhig! Gebannt lausche ich, höre ihn leise schluchzen. Mein Herz fliegt ihm zu, doch Strafe muss sein. Ich bin nicht sein Kumpel von der Straße oder einer seiner neuen Freunde, ich bin sein Sir. Er verhält sich mir gegenüber respektvoll oder er landet jedes Mal gefesselt am Kreuz. Eins muss ich ihm lassen. Ausdauer hat er ja. An den Türrahmen gelehnt beobachte ich ihn eine Weile. Er zerrt wie verrückt an den Ketten. Sein Körper gerät wieder in Rage, bäumt sich voller Wut auf. Schwer atmend gibt er nach einer Weile auf. Fragt sich nur, wie lange! Wilde Erregung erwacht. Ich balle die Fäuste, nehme mich zusammen, lasse ihn weiter toben. Je mehr er sich verausgabt, umso eher kommt er zur Ruhe. Trotz seiner zornigen Stimme schlafe ich mit einem Lächeln auf den Lippen ein. Der letzte Gedanke, den ich habe, ist: »Er ist ein verdammt wilder Junge, aber er ist mein Junge und ich liebe auch diese Seite an ihm!«

Am nächsten Morgen stehe ich wortlos vor Jan, höre, wie er sich kleinlaut und völlig heiser entschuldigt, dass er sich benehmen wird.

Das rate ich ihm auch, sonst kann er die nächsten Tage wirklich auf dem Bauch schlafen. Schweigsam frühstücken wir und anschließend fahre ich Jan zur Arbeit. Sorgfältig beobachte ich ihn. Ich weiß, dass er müde ist, am liebsten in sein Bett verschwinden möchte. Aber da wird leider nichts draus. Das hätte er sich besser gestern Abend überlegen sollen. Hier wird keinen Tag blaugemacht. Wer saufen und rumtoben kann, der kann auch arbeiten gehen. Jan senkt den Blick, steht ohne eine weitere Ermahnung auf.

Direkt danach treffe ich mich mit Justins Freund, Aleksey Dmitri. Sein Vater ist ein Weißrusse und seine Mutter stammt aus Amerika. Er ist groß, breit gebaut, hat schwarze, kurze Haare und tiefblaue Augen, die mich genauestens mustern. Wir geben uns die Hände, sind uns direkt sympathisch. Aus den Unterlagen, die er mitgebracht hat, kann ich lesen, dass er in Russland als Soldat gedient hat. Er war Mitglied in einer Sondereinheit.

Was hat ihn veranlasst aus der Armee auszutreten? Ist es, weil er schwul ist? Anders als in den USA und Deutschland wird er es wohl sehr schwer gehabt haben, musste seine Neigungen verstecken. Der Mann ist perfekt! Sollte es einer schaffen, mit meinem Jungen fertig zu werden, dann er. Da habe ich volles Vertrauen. Kurz erkläre ich Aleksey, was los ist, erzähle ihm, wie Jan tickt und dass er dem sprichwörtlichen gehorsamen Sub gar nicht ähnlich sieht. Aleksey hebt die Augenbraue und bevor er was sagen kann, frage ich ihn, ob er sich selbst ein Bild von meinem Jungen machen möchte! Lächelnd schaut er mich an. Eine Gänsehaut überzieht meine Arme. Es ist eins dieser Killerlächeln, die dich in Sicherheit wiegen, bevor er zuschnappt, dich eiskalt erledigt. Ihn als Feind zu haben, das möchte ich auf keinen Fall. Aleksey ist ruhig, die Augen blicken sanft, aber darunter verbirgt sich ein stahlharter Kern. Er nickt und ich schiebe ihm das Foto von Jan zu. Er hält kurz den Atem an, seufzt leise auf.

»Solche Jungs wie deiner bedeuten in der Regel immer Ärger. Du weißt, dass er die Männer anzieht, ohne es zu wollen? Er ist wirklich bildhübsch. In seinen Augen ist aber viel zu viel Stolz und Starrsinn zu lesen!«

Erstaunt schaue ich ihn an. Mit nur einem Blick hat er meinen Jungen sofort durchschaut. Aleksey ist mir sympathisch. Ich erkenne einen dominanten Mann auf einhundert Meter. Wenn ich will, dass er auf Jan aufpasst, muss ich ihm mein Vertrauen schenken. Wehe, er missbraucht es.

Das Handy sendet eine SMS, lenkt mich ab. Jan? Was will er bloß? Ich überfliege seine Nachricht, lese, dass er sich entschuldigen will, dass ich ihm verzeihen soll. Seufzend stecke ich das Handy weg, ohne ihm eine Antwort zu senden.

Denkt er, dass eine Entschuldigung reicht für den Mist, den er gestern mit Kevin verbrochen hat? Da hat er sich aber in den Finger geschnitten. Darauf kann er lange warten. Als wären wir nie unterbrochen worden, erkläre ich Aleksey, was er alles darf, um Jan zu beschützen. Worauf er zu achten hat. Schon wieder meldet sich das Handy, kündigt eine neue SMS an. Genervt, dass ich unterbrochen werde, öffne ich sie, lese und stelle nun das Telefon ab. Seufzend wische ich mir mit den Händen durch das Gesicht. Aleksey lacht, als er meinen Gesichtsausdruck sieht. Leise murmelt er, dass mein Junge aber auch verdammt hartnäckig sein kann. Ich stutze und zusammen lachen wir befreit auf. Aleksey ist genau richtig als Leibwächter für Jan. Er lässt sich nicht von seiner Schönheit blenden, sondern sieht, was dahinter liegt. Ein Mann, der versucht stark zu sein und dabei nur die Verantwortung abgeben möchte.

Daher gebe ich Aleksey die Order, alles Menschenmögliche zu tun, damit ihm nichts passiert. Sollte das ein grobes Zupacken beinhaltet, dann ist das eben so. Jan muss schließlich wissen, dass Aleksey ihn mit seinem Körper schützen wird. Komme da, was wolle. Wir besprechen den wöchentlichen Plan. Ich erkläre, dass er Jan zur Arbeit fahren muss und um 18 Uhr nach Hause. Dazwischen hat er Zeit, sich eine Strategie zu überlegen, um den Dickkopf in seiner Freizeit und an den Wochenenden schützen zu können. Seine Frage, wovor, beantworte ich wahrheitsgemäß.

»Igor Popow hat sich Jan zweimal geschnappt, bevor er mein Junge wurde. Er wird es wieder versuchen, sobald er aus Russland zurückkommt. Da ich Jan am Wochenende im Club vorstellen werde, mein Anspruch damit offiziell wird, schätze ich mal, dass Igor alles daransetzen wird, Jan wieder zurückzubekommen. Schließlich hat der Kleine sich für mich entschieden, trägt mein Halsband. Das wird er erfahren. Dabei wird er es mit allen Mitteln, die ihm zur Verfügung stehen, versuchen, sich Jan zu schnappen. Was ich aber verhindern möchte!«

Ich erkläre, dass Igor Popow denkt, dass Jan sein Eigentum wäre. Erstaunt fragt er nach, wie es Jan geschafft hat, Igor zu entkommen. Lachend erzähle ich, dass Igor nun eine Narbe am Kopf hat, die von einer Flasche stammt. Aleksey lacht leise auf, fragt, ob er auch damit rechnen muss. Grinsend gestehe ich, dass sich mein Junge zwar gerne unterwerfen lässt, aber auch ein kleiner Kämpfer und Raufbold ist. Daher wäre es besser, wenn er auf seinen Rücken aufpassen würde.

»Igor also!«

Ein tiefes Seufzen folgt. Er scheint Igor bestens zu kennen, wenn ich seinen Gesichtsausdruck sehe. Fragend schaue ich zu ihm rüber.

»Igor ist in unseren Kreisen nicht besonders gut angesehen. Er hat sich sein Imperium durch Angst, Folter und Geld erkauft. Diejenigen, die sich öffentlich gegen ihn gestellt haben, sind spurlos verschwunden. Er hält sein privates Leben gut unter Verschluss. Das Einzige, was nach draußen dringt, sind seine perversen Spiele und der Hang, die Sklaven zu quälen, sie zu foltern, dass sie im Krankenhaus aufwachen. Nicht immer kommen sie dabei gut weg. Dass du deinen Jungen vor ihm schützen willst, verstehe ich. Also werde ich alles dafür tun, damit sich das auch nicht ändert. Sofern dein Junge mich lässt.«

Oh, er wird! Sonst bläue ich es ihm jeden Abend und jeden Morgen aufs Neue ein.

Zusammen fahren wir zu Adrian, um Jan abzuholen. Schwungvoll reißt er die Tür auf, als ich ihn abholen komme. Unerwartet steht er Aleksey gegenüber. Seine Angst, die weit aufgerissenen Augen, als er denkt, dass es Igor sein könnte, lassen mein Herz schmerzen. Ich tue das Richtige, indem ich meinem Jungen einen Leibwächter zur Seite stelle, auch wenn er das nicht will. Dieser schaut ihn sich gerade gründlich an, sieht die Aufsässigkeit in seinen hellen Augen, die er mit einem Heben seiner Augenbraue quittiert. Seufzend stelle ich Jan Aleksey vor, erkläre, was sein Job ist. Mit einer einzigen Handbewegung bringe ich Jan zum Schweigen. Er wird Aleksey als seinen Bodyguard annehmen, komme da, was wolle. Zögerlich nimmt er die Hand, drückt zu.

Widerspenstigkeit leuchte in seinen blauen Augen auf. Ich schaue ihn fragend an, ob er was dazu sagen möchte. Doch er presst rebellisch die Lippen zusammen, schüttelt den Kopf. Wütend funkelt er zu Aleksey rüber. Dieser erwidert, ohne mit der Wimper zu zucken, seinen Blick. Nach etlichen Sekunden schaut mein Junge zum Boden, schnaubt empört durch die Nase. Lachend murmele ich: »Eins zu null für Aleksey.«

Nur ein Fingerzeig und gehorsam geht er zum Auto, schmeißt die Tür mit einem lauten Knall hinter sich zu. Leise lacht Adrian hinter mir auf. Stellt sich Aleksey vor.

Jetzt lasse ich Jan im Auto schmoren, gehe mit Adrian in sein Büro zurück. Dabei wettet Adrian um 50 Euro, dass es nicht mal eine Stunde dauern wird, bis die zwei ihre Krallen wetzen. Leise murmele ich, dass es keine zwei Minuten dauern wird. Adrian zeigt mir einen Auftrag, an dem mein Junge gerade arbeitet. Anerkennend schaue ich auf den PC. Er ist wirklich talentiert. Von draußen ist Alekseys tiefe Stimme zu hören. Er droht Jan, dass er im Auto sitzen bleiben soll, sonst könnte er was erleben. Lachend schaue ich zu Adrian, als er mir meinen Wettgewinn überreicht.

Neugierig treten wir ans Fenster, schauen zu, was da draußen passiert. Anscheinend versucht mein Junge herauszubekommen, wie weit er bei Aleksey gehen darf. Ich kenne ihn, weiß, dass er störrisch auf Befehle von anderen Männern reagiert. Bevor er auch nur einen Schritt macht, hat ihn sein Leibwächter eingefangen, über die Schultern geschmissen und zurück ins Auto verfrachtete. Zufrieden, dass die zwei sich gut verstehen, gehe ich leise lachend nach draußen, frage ganz unschuldig, ob in meiner Abwesenheit was geschehen sei. Beide schütteln synchron den Kopf. Innerlich amüsiere ich mich königlich.

»Er hat nur versucht herauszubekommen, wie weit meine Arme reichen, wie schnell die Beine sind. Dein Junge wollte bloß in Erfahrung bringen, ob er eine Chance gegen mich hat. Ich glaube, die Antwort hat ihm gereicht!«, kommt es trocken von Aleksey.

Anerkennend klopfe ich ihm auf die Schulter. Ich mag ihn jetzt schon.

Sollte ich jedoch erfahren, dass Jan versucht seinen Leibwächter abzuhängen, wird Jan das teuer bezahlen. Wut schwelt in den blauen Augen, als ich das laut sage. Ich schaue ihn an, hoffe für die Haut auf seinem Hintern, dass er keinen Streit vom Zaun bricht, solange Aleksey daneben steht.

Vor mich hin grinsend gehe ich zum Auto, klopfe Aleksey auf die Schulter, steige ein. Ohne Jan zu beachten, gebe ich Gas, fahre uns alle nach Hause. Er schmollt wie ein kleines Kind. Ab und zu schaue ich in den Rückspiegel, sehe, dass er mich böse zurück anstarrt. Er will ansetzen etwas sagen, was ich direkt unterbinde, indem ich die Augenbrauen hochziehe. Er wird einen Leibwächter an seiner Seite bekommen, der ihn auf Schritt und Tritt folgt, und damit Schluss.

Erneut öffnen sich die Lippen. Nur ein eisiger Blick im Spiegel und er klappt den Mund zu. Böse schaut er aus dem Fenster, schweigt, bis wir zu Hause sind. Aleksey steigt zuerst aus, beobachtet aufmerksam die Umgebung. Dass er als Soldat gedient hat, erkenne ich, weil er sich kein bisschen ablenken lässt. Er hat uns im Auge und auch alles, was um uns herum passiert. Jan wartet, bis die Autotür aufgemacht wird, steigt aus, schnaubt zornig. Seufzend erkenne ich, dass er vielleicht was braucht, an dem er seine Wut abreagieren kann. In Alekseys Exposé stand, dass er ein Meister des Kempo oder auch Karate ist. Es ist eine Mischform aus Karate und Jujitsu, also aus Faustkampf und Ringen, wie es die Shaolin-Mönche seit Jahrhunderten praktizieren. Sie ist waffenlos, dient nur der Selbstverteidigung. Er wird ab morgen mit Jan trainieren, und zwar bei Tom im Studio. Der wird darüber bestimmt sehr erfreut sein, dass es einen Meister dieser Sportart in seiner Nähe gibt. Es ist immer gut, solche Freunde zu haben. Freunde, die einem den Rücken freihalten. Dabei sollte Jan die überschüssige Wut, die in seinem kleinen Körper schwelt, abbauen können.

Mein Junge zieht wütend die Augenbrauen zusammen, will, dass ich ihm zuhöre. Zornig greift er nach meiner Hand, zwingt mich stehen zu bleiben. Lange schaue ich auf seine Hand hinunter. Zögerlich lässt er mich los. Ich drehe mich zu ihm um, starre ihn an. Er vergisst anscheinend, dass wir nicht allein sind. Bevor er nur ein Wort sagen kann, hebe ich den Finger, lege ihn auf seine Lippen. Starre herrisch in seine Augen. Zornig senkt er den Blick, presst beleidigt die Lippen zusammen. Tief hole ich Luft, um mich zu beruhigen, sonst platze ich vor Wut über seine Unbelehrbarkeit, dass ich sein Leben mit aller Macht schützen will. Dass er unhöflich zu Aleksey war, ist sogar mir aufgefallen. Das war das letzte Mal, dass er sein Benehmen vergisst. Sollte es nicht anders gehen, dann muss ich es ihm auf die Haut schreiben. Eiskalt fahre ich ihn an.

»Du schläfst die ganze nächste Woche in deinem Zimmer. Lass dich nicht in der Nähe unseres Bettes erwischen. Erst wenn du lernst, dich anderen gegenüber höflicher zu benehmen, verhandeln wir neu darüber, wo du nächtigen darfst.«

Jan wehrt sich vehement dagegen, aber mein Wille zählt. Böse schaut er zu uns rüber, flucht leise, was ihm gleich einen Schlag auf den Hintern einbringt. Seine Sicherheit ist viel zu wichtig. Igor ist zwar laut Justin in Russland, aber sobald er erfährt, was hier geschehen ist, wird er wiederkommen. Ganz entsetzt schaut Jan mich an. Langsam begreift er, dass wir ihn nur schützen wollen. Er hat viel zu lange auf der Straße sein eigenes Schicksal bestimmen können. Wo es ihn hingeführt hat, hat er am eigenen Leib erfahren müssen. Mein Junge gehört mir allein. Er sollte sich im Klaren sein, was passiert, wenn ich ihn Samstagabend allen Männern vorstelle. Wir müssen darüber mal ernsthaft reden, damit er es endlich kapiert. Er benimmt sich wie ein verzogenes Gör. Solange er das macht, behandele ich ihn auch so. Erst wenn er sich wie ein erwachsener Mann benimmt, nehme ich ihn auch ernst.

Weil er sich schlecht benommen hat, schicke ich ihn auf sein Zimmer. Er macht den Mund auf, will widersprechen. Doch nicht etwa in Aleksey Gegenwart, oder? Sollte er sich das jetzt wirklich trauen, wird er diese und die nächsten Nächte auf dem Bauch schlafen. Er ignoriert tatsächlich meinen warnenden Blick.

Statt lange herum zu diskutieren, zeige ich Aleksey das Büro. Kaum hat er die Tür hinter sich verschlossen, schnappe ich mir Jan, dränge ihn in sein Zimmer. Dort versohle ich ihm schön den Hintern. Die Schläge dauern so lange an, wie er sich wehrt. Nun ist er friedlich, akzeptiert, dass er einen Schatten hat, der auf ihn aufpasst. Ich erwarte von ihm, dass er seinen Tagesplan mit Aleksey abstimmt. Er wird ihn ab sofort zur Arbeit fahren, dort auch wieder abholen. Ob er nur auf die andere Seite der Straße geht oder seine Freunde besucht, immer wird Aleksey bei ihm sein. Sogar, wenn er pinkeln muss. Er nickt gehorsam, ohne zu widersprechen. Ich kann nicht immer zur Stelle sein, weil der Club sich nicht von allein führt. Wir Brüder wechseln uns ab, damit auch die Freizeit bei uns allen nicht zu kurz kommt.

Noch ein strenger Blick in seine missmutig zusammengekniffenen Augen und ich lasse ihn allein in seinem Zimmer schmollen.

Zusammen mit Aleksey sitze ich im Büro und wir tüfteln an einem Plan, der meinen Jungen rund um die Uhr schützen wird. Als Allererstes wird er jeden Abend eine Stunde in Toms Studio mit Aleksey trainieren. Er wird lernen sich zu verteidigen. Auch ich werde weiter zu Tom gehen und gebe Aleksey den Rat, dort seine überschüssige Energie loszuwerden, damit er nicht an seinem eigenen Frust auf Jan ersticken wird. Er schaut mich erstaunt an.

»Die kurze Zeit, die ich ihn kenne, sagt mir, dass er dich als seinen Leibwächter öfters bis zur Weißglut treiben wird. Daher ist es mir lieber, du lässt deinen Frust bei Tom im Studio, als dass du dir einen Sub suchst und den verhaust.«

Leise lacht er auf.

»Nein, ich habe keinen eigenen Sub, falls du mich das fragen möchtest. Bis jetzt habe ich keinen gefunden, der mich zufriedenstellen konnte.«

Na, das kenne ich nur zu gut. Wir unterhalten uns etwas, stellen die Pläne fertig, verabschieden uns. Oben wartet schließlich ein ungezogener Sklave darauf, dass ich ihm den Hintern noch mal versohlen werde.

Als ich die Tür aufmache, kommt mir ein Geruch von Essen entgegen. Jan scheint sich abgeregt zu haben oder will er mich etwa damit milde stimmen? Der Tisch ist gedeckt und er kniet brav davor. Glaubt er denn, dass ich vergesse, dass er sich ebenso danebenbenommen hat? Dann liegt er aber total falsch.

Immerhin hat er den Kopf gesenkt, als ich mich am Tisch niederlasse, anfange zu essen. Er zappelt, ist unruhig. Ich lasse ihn schmoren. Nach weiteren Minuten hebt er den Kopf, schaut mir ins Gesicht. Er schluckt, die Hände zittern, als er sie auf meine Oberschenkel legt, leicht darüberstreicht. Ohne mit der Wimper zu zucken, beobachte ich Jan. Die Wangen röten sich, die Augen werden dunkler, sein Blick bettelnder.

»Wieso hast du Kleidung an?«, frage ich streng. Hektisch springt er auf, schwankt, rennt aus dem Raum. Sekunden später steht er nackt im Esszimmer, kniet sich nieder. Seelenruhig esse ich zu Ende, stehe auf, gehe ins Spielzimmer. Er bleibt demütig vorm Stuhl knien.

»Brauchst du etwa eine extra Einladung?«, entkommt es mir boshaft.

Er zuckt zusammen, rennt schnell an mir vorbei ins Zimmer. Mit gesenktem Kopf steht er mitten im Raum, wartet auf neue Befehle.

»Hast du mir was zu sagen oder denkst du, dass du im Recht bist? Dein Benehmen allerdings lässt sehr zu wünschen übrig. Du repräsentierst mich, deinen Sir. Wenn du dich schlecht benimmst, bin ich schuld, weil ich es dulde oder zulasse. Denkst du, dass es einen guten Eindruck da draußen macht, dass alle dann sagen, ich, Andrew Sanchez, lasse mir von meinem Sklaven alles gefallen?«

Bevor er überhaupt Luft holen kann, um zu antworten, packe ich seinen Arm, schleppe ihn zu einer Wand, an der ein Paar gepolsterte Handfesseln eingelassen sind. Mit dem Rücken zu mir befestige ich Jan daran. Bis jetzt ist er ziemlich still, sagt kein Wort zu all den Anschuldigungen. Röte überzieht den ganzen Körper.

»Du wirst Aleksey aufs Wort gehorchen, als ob es meine eigenen Befehle wären. Sollte er mir mitteilen, dass du versucht hast ihm zu entwischen, wirst du das bitter bereuen!«

Aufmerksam schaue ich in sein Gesicht, will, dass er erkennt, dass es mir verdammt ernst damit ist. Seinen Gesichtsausdruck jedoch könnte man störrisch nennen.

»Jan? Ich meine das verdammt ernst. Du wirst deinem Leibwächter aufs Wort gehorchen. Wirst das tun, was er für richtig hält, um dein Leben zu schützen.«

Widerwillig nickt er mit dem Kopf. Ich weiß jetzt schon, dass er versuchen wird Aleksey zu entwischen. Es liegt in seinem Blut, an dem Leben, was er auf der Straße geführt hat. Nun bin ich ja da. Sollte er nicht einsehen, dass ich das Beste für ihn will, werde ich es ihm mit der Peitsche in die Haut einbrennen müssen.

Kapitel 33

Jan

~~*~*

Benommen sitze ich im Auto. Immer noch fasse ich es nicht, was hier gerade geschehen ist. Dieser blöde Kerl hat es tatsächlich gewagt, mich anzufassen. Nicht nur das. Wie einen Sack Kartoffel hat er mich über die Schultern geworfen, ins Auto verfrachtet, als ob ich nichts wiegen würde. Und das nicht gerade zärtlich. Mit Schwung bin ich auf den Rücksitz gefallen, konnte im letzten Moment verhindern, dass mein Kopf gegen das Fenster schlug. Kein Wunder, wenn ich mir seine Armmuskeln anschaue! Dagegen bin ich ein Hänfling. Zuerst war ich zu Tode erschrocken, weil ich dachte, er wäre Igor. Er ist Russe, doch sein Blick ist nicht leblos, sondern voller Wärme. Nur gerade jetzt funkeln sie zornig auf, sobald er seinen stahlharten Blick auf mich richtet.

Böse schaue ich zurück, erkenne, dass er sich nicht von mir einschüchtern lässt. Zwar schaut er, als wäre ich ein lästiges Insekt, aber trotzdem flackert Anerkennung in seinen Augen auf. Sie ist unterlegt mit einem stählernen Ausdruck. Dachte er denn wirklich, ich würde vor ihm den Schwanz einziehen? Diesem Riesen zu entwischen, wird verdammt schwer werden. Schwer zwar, aber nicht unmöglich! Durch die Autoscheibe hindurch funkle ich ihn immer noch böse an. Er ist größer, breiter als Popow. Trotzdem bewegt er sich verflucht schnell. Abwesend streiche ich über den Arm, auf dem sich die Abdrücke seiner Finger rot hervorheben. Das wird bestimmt ein blauer Fleck werden. Mann, hat der Kerl Kraft. Empört schnaube ich durch die Nase. Na warte, bis mein Sir kommt, dann kann der Typ was erleben. Wütend trete ich gegen die geschlossene Autotür.

Die Tür öffnet sich und das, was jetzt geschieht, verfolge ich mit weit aufgerissenem Mund. Statt diesen Rüpel in seine Schranken zu weisen, lobt er ihn auch noch. Muss ich mir das von einem fremden Mann gefallen lassen? Nein, das hatte ich bei Igor, lasse ich mir bestimmt nicht von diesem Grobian bieten. Wofür ist Andrew mein Sir, dass jeder dahergelaufene Kerl meint, er könnte mich herumschubsen?

Andrew steigt ins Auto, ohne mir einen Blick zu gönnen. Gerade will ich mich lautstark beschweren, da reicht nur ein kurzes Aufflackern seiner grauen Augen und ich schweige.

Seine stumme Zurechtweisung lässt mir den Mund offenstehen. Was war das denn? Dieser … dieser blöde Aleksey schaut fragend zu mir rüber und ich spüre, dass mein Gesicht rot anläuft. Das ist doch wohl nicht Andrews Ernst? Trotzig erwidere ich, dass ich keinen Leibwächter will, der immer auf mich aufpasst. Meine Freiheit außerhalb von Andrews Reichweite habe ich mir hart erkämpft. Ich lasse mich nicht einschränken, weil jeder glaubt, dass Igor ausflippt. Von wem sollte er denn erfahren, dass ich von einem anderen Master das Halsband angenommen habe? Igor weilt seit Monaten in Russland. Der hat mich schon lange vergessen, wird sich hüten mir nahe zu kommen. Ich habe ihm zu viele Schwierigkeiten bereitet. Der hat sich bestimmt einen neuen Sub geangelt, den er quälen kann.

Schmollend sitze ich im Auto, schaue zum Fenster hinaus. Ich muss mich beruhigen, sonst fange ich einen Streit an, den ich niemals gewinnen werde. Zornig schaue ich in den Rückspiegel, will ihn dazu zwingen, mit mir zu reden. Er schweigt jedoch, beobachtet mich nur. Seinen Gesichtsausdruck würde ich nicht gerade als freundlich beschreiben. Der Mann neben mir wagt es tatsächlich und lacht leise auf, als er mein Mienenspiel beobachtet. Leise flüstert er, dass ich es sein lassen soll!

Was fällt diesem Typen ein mir zu drohen? Ruckartig drehe ich den Körper zu ihm, will ihm ins Gesicht schreien, dass es ihn nichts angeht. Heiß tobt die Wut in meinem

Magen. Bevor ich ein Wort rausbringen kann, schüttelt er doch tatsächlich den Kopf. Hm, wie hieß er noch mal? Ach ja. Aleksey! Höre ich auf ihn? Natürlich nicht. Fast schon sanft flüstere ich zurück, dass er mich mal am Arsch lecken kann und höre, dass mein Sir sich räuspert.

Ah, nicht doch, Jan. Sei brav und senke den Blick.

Nichts zu machen. Ich will meinen sturen Kopf durchsetzen, schaue Andrew arrogant an, will nicht klein beigeben. Mist, verfluchter! Seine Miene verschließt sich. Die Lippen pressen sich zu einem schmalen Strich zusammen, böse funkeln seine Augen.

Dieser Aleksey lacht leise auf. Ihn werde ich bestimmt nicht um den Finger wickeln können. Mit einem strengen Unterton höre ich meinen Namen. Erschrocken schaue ich zu Andrew. Abweisend schaut er mich an. Was habe ich denn gesagt, wovon ich nichts weiß? Hart schlucke ich. Schon wieder lacht der Kerl leise neben mir. Es scheint ihn zu amüsieren, dass ich mich hier zum Affen mache. Fauchend fahre ich zu ihm herum: »Was amüsiert dich so?«, höre im gleichen Atemzug: »Jan! Benimm dich!«

Erschrocken zucke ich zusammen. Da grinst dieser Lackaffe mir doch offen ins Gesicht. Mal schauen, ob er es noch lustig findet, sollte ich mal meine schlechte Laune an ihm auslassen. Eingeschnappt schweige ich, bis wir zu Hause sind. Bevor ich die Autotür aufmachen kann, wird sie von diesem Kerl aufgerissen. Er schaut abwartend zu mir rüber, nickt mit dem Kopf. Missmutig gebe ich nach, steige aus und warte hinter seinem breiten Rücken, bis auch Andrew ausgestiegen ist.

Kaum in der Wohnung, bekomme ich prompt die Quittung für mein kindisches Benehmen.

Wie, ich darf nicht bei ihm im Bett schlafen? Hatten wir das nicht schon mal? Was? Die ganze Woche nicht? Protestierend schlägt mein Herz laut in der Brust auf. Hart beiße ich mir auf die Lippen, schweige. Noch mal ruft er meinen Namen. Was denn noch? Nein, das glaube ich jetzt nicht wirklich. Ich soll tatsächlich vor dem Bett liegen oder in meinem Zimmer bleiben? Empört will ich was dazu sagen und erfahre, dass es am besten wäre, kein einziges Wort mehr darüber zu verlieren. Sonst würde ich die Nacht auf Knien verbringen.

Schnell schließe ich den Mund. Ich will es nicht noch schlimmer machen, als es eh schon ist. Dabei liebe ich es, seinen warmen Körper zu spüren. Er reagiert sogar im Schlaf auf mich, legt dann die Arme um mich, zieht mich an sich heran. Auch, dass er sein Gesicht in meinen Nacken verbirgt, ich seine Atmung höre. Das beruhigt mich. Dieser spezielle Duft, der nur ihn umgibt, ist eine Belohnung. Zu spüren, dass meine Gedanken ruhiger werden und ich in den Schlaf falle, ohne böse Träume zu bekommen. Trotzdem kann ich es nicht lassen, verziehe das Gesicht.

Er schickt mich tatsächlich wie ein kleines Kind in mein Zimmer, damit ich duschen kann. Ohne ihn zu beachten, renne ich an ihm vorbei, schlage voller Wut die Tür hinter mir zu, dass es nur so scheppert.

Erschrocken darüber, dass ich wirklich ausrasten könnte, so wütend bin ich auf Andrew und diesen blöden Bewacher, atme ich tief ein, versuche mich zu beruhigen. Aber der Knoten in der Brust will sich einfach nicht lösen. Laut fluchend werfe ich mich auf das Bett. Eine harte Hand legt sich auf meine Schulter, reißt mich herum. Andrew packt grob zu, hebt mich hoch und bevor ich es ahne, liege ich über seinen Beinen. Eine Hand drückt meinen Kopf nach unten und die andere legt sich fest auf den Rücken, hält mich eisern fest. Da versohlt er mir doch tatsächlich, und das auch noch ziemlich gründlich, den Hintern. Fest beiße ich die Zähne zusammen. Die Scham, dass der Leibwächter dies hören könnte, lässt alles verstummen.

Wenn Andrew wüsste, wie ich dies genieße, dann …!

Aua. Er schmeißt mich von seinen Beinen, sodass ich auf den brennenden Hintern falle. Erbost schaue ich in graue, wütende Augen. Er hebt den Finger und ich? Ich schweige. Sobald die Tür aber hinter ihm zufällt, schmeiße ich das Kissen nach ihm, treffe jedoch nur die geschlossene Tür. Voller Zorn liege ich im Bett, schreie die Wut ins Laken. Wut, die wie ein Vulkan in mir brodelt und hinausgelassen werden will. Ich benehme mich wirklich wie ein kleines Kind. Nach einiger Zeit setzt der Verstand langsam ein. Ob ich ihm was zu essen machen sollte, solange er im Büro mit diesem Aleksey beschäftigt ist? Reicht das, um ihn zu besänftigen? Erst mal wird sich um den schmerzenden Hintern gekümmert.

Mit einem kalten Waschlappen kühle ich die brennende Haut. Auf jeder Backe kann ich Andrews Handabdrücke erkennen. Bedächtig fahre ich sie mit den Fingerspitzen nach. Liebe lässt mein Herz überquellen. Schniefend gehe ich in die Küche. Nach einer Stunde verabschiedet sich Aleksey und Andrew kommt nach oben. Schnell sinke ich auf die Knie, beuge den Kopf, warte voller Ungeduld, was gleich geschehen wird. Sollte ich die zornigen Gefühle nicht bald in den Griff bekommen, wird der Abend bestimmt böse für mich enden. Also liege ich lieber neben seinem Bett als allein im Gästezimmer. Klar weiß ich zu genau, dass ich mich unmöglich benommen habe. Statt, mich wie ein erwachsener Mann zu benehmen, habe ich wie ein Kleinkind herumgeschrien.

Respektvoll schaue ich zu meinem Sir auf, senke danach demütig den Blick, als er sich ohne ein Wort an den Tisch setzt. Unruhig bewege ich die Hände, lege sie leicht auf seinem Bein ab. Vorsichtig hebe ich den Kopf, bemerke, dass seine grauen Augen mich lauernd beobachten. Immer noch glitzern sie verärgert auf und das Grau in der Iris wird ganz schwarz. Ah, das wird der Haut auf meinem Hintern bestimmt nicht gefallen. Das, was er bestimmt vorhat, wird mir mehr wehtun, als ich dachte. Kein Lustschmerz, sondern eine Strafe, die es in sich hat. Ich und mein vorlauter Mund. Erst denken, dann reden.

Mann, Jan. Andrew ist so, so ruhig, gefasst, was mir mehr Angst bereitet, als würde er herumschreien.

Beinahe wäre mir entgangen, dass er mich rügt, warum ich nicht nackt bin. Hektisch laufe ich ins Zimmer zurück. Schnell reiße ich die Kleidung runter, knie danach demütig vor ihm. Er hebt die Hand und bei jedem verfickten Fehler, der heute passiert ist, hält er einen Finger hoch. Bei jedem weiteren werde ich kleinlauter. Er hat ja recht. Nur, weil es nicht nach meiner Nase ging, habe ich wie ein verzogenes Kind reagiert. Mein Sir sollte an erster Stelle stehen. Seine Lust und Befehle sollten das Einzige sein, was zählt. Ich bin ein schlechter Sub und ein noch schlechterer Junge. Warum er mich behalten will, weiß ich im Moment auch nicht. Sollte er mich jedoch wegschicken, bin ich wirklich verloren. Mein dummes Herz hält er in den Händen und mein Leben dazu. Er weiß es noch nicht mal. Für alle Verfehlungen werde ich geradestehen, die Strafe wie ein Mann annehmen, solange ich bei ihm bleiben darf.

Mit Tränen in den Augen knie ich kleinlaut vor seinen Füßen. Er steht vor mir, befiehlt, dass ich ihm folgen soll. Andrew öffnet die Tür zum Spielzimmer, macht sie auf, schaut mich abwartend an. Ganz fest beiße ich mir auf die Lippen. Ein Lustschauer nach dem anderen läuft den Rücken runter. Ohne lange zu fackeln, packt er zu und bevor ich klar denken kann, stehe ich mit dem Gesicht zur Wand. Angekettet, folgsam und voller Erwartung. Bange schaue ich vor eine weiß gestrichene Mauer, hoffe, dass er mich richtig hart bestrafen wird. Ich brauche das jetzt, will fühlen, dass ich lebe, dass er mich liebt und zur Räson bringen kann. Wenn er es nicht schafft, wer sonst? Mein ganzer Körper ist im Moment ziemlich sensibel, dass ich sogar jeden Lufthauch extrem spüre. Den Kopf in den Nacken gelegt, die Arme gefesselt, stehe ich vor meinen Sir, hoffe ihm zu gefallen.

Verdammt. Rohrstock oder Paddle? Was macht das für einen Unterschied? Bevor ich entscheiden kann, tut er es für mich. Zwölf Hiebe mit dem Rohrstock sind eine Menge. Ich werde sie tapfer ertragen und kein Schrei soll über meine Lippen kommen.

Bevor er mit der Bestrafung anfängt, murmele ich eine Entschuldigung, dass ich mich schlecht in Anwesenheit von Aleksey benommen habe. Ich bete, dass er sie annimmt. Als ich jedoch erwähne, dass ich ihm vertraue, es kein Safewort mehr zwischen uns geben wird, spüre ich, wie er zart über meinen Rücken streicht, in mein Ohr wispert: »So ein schöner Junge. All das ist mein. Ich danke dir für dein Vertrauen!«

Die ersten sechs Hiebe nehme ich mit Hingabe an. Er macht eine Pause, hält ein Glas Wasser vor meinem Mund. Dankbar trinke ich ein paar Schlucke. Andrew weiß, wie weit er gehen kann, ohne dass ich aufgeben werde. Er wird nicht zulassen, dass ich zerbreche, wird nur die vorlaute Klappe und den Ungehorsam bestrafen. Jetzt weiß ich wenigstens, dass er mir nicht zu viele Freiheiten erlauben wird.

Die letzten sechs Hiebe schlucke ich mit zusammengebissenen Zähnen. Unablässig rinnen Tränen über die Wangen, ohne dass ich es verhindern kann. Der Schmerz zieht durch den Körper, wandelt sich in eine angenehme Schwerelosigkeit um. Das Glied versteift sich und sollte er noch einmal zuschlagen, komme ich, ohne es verhindern zu können.

Plötzlich macht er mich los. Schluchzend falle ich in seine Arme, umklammere ihn, flüstere immerzu, dass ich sein braver Junge sein möchte. Vorsichtig hebt er mich auf seine Arme, murmelt ganz viele Zärtlichkeit in mein Ohr, küsst mich. Er setzt sich auf den Bettrand, lässt sich nach hinten gleiten, sodass ich auf ihm liege. Mein Ohr drücke ich auf Andrews Brustkorb, höre gebannt seinem viel zu schnell schlagenden Herz zu.

Behutsam streichelt er über meine warme Haut. Der schmerzende Körper bebt und das Brennen zieht durch die Nerven, verwandelt sich in eine wohlige Wärme. Seinen Körper, der unter mir liegt, seinen steifen Schwanz, der sich an meinen drückt, all das will ich immer und immer wieder spüren.

Er regt sich, dreht sich um, schiebt mich mit dem Bauch aufs Laken. Sanft cremt er die brennenden Striemen ein. Er umfasst meine Hüfte, hebt mich mit Leichtigkeit hoch. Und schon liege ich auf ihm. Er drückt meinen schmerzenden Körper an seinen Bauch. Starke Arme umschließen mich. Fürsorglich wischt er mir die Tränen aus dem Gesicht. Träge streichelt er mit den Fingerspitzen leicht über die bebenden Rückenmuskeln.

Eine feuchte Zunge leckt mir über die zitternden Lippen. Leise murmele ich, dass ich ihn wie verrückt liebe, bei ihm bleiben möchte. Die Angst, meinen Sir zu verlieren, nimmt bei jeder noch so kleinen Verfehlung zu. Ich versuche Andrew zu erklären, dass ich nicht extra ungehorsam wäre, sondern dass ich das verdammte Temperament einfach nicht zügeln kann, sobald ich eifersüchtig bin.

Leise flüstert er zurück, dass er mir dabei helfen wird, die überschäumenden Energien in richtige Bahnen zu lenken. Ich bräuchte keine Angst zu haben, dass er mich verlassen würde. Morgen Abend wird es die ganze Stadt erfahren, dass ich zu ihm gehöre.

Fassungslos schaue ich ihn an, sehe, wie er nickt. Freude, Liebe und eine innerliche Ruhe setzen bei seinen Worten ein. Verlangend drücke ich die Lippen gegen seinen Hals, lecke über die salzige Haut. Leise flüstere ich, dass ich mich morgen bei meinem Leibwächter für das schlechte Benehmen entschuldigen würde. Ich hoffe, dass es hilft, er mich gleich lieben wird.

Kapitel 34

Andrew

*_*_*_*

»Nun dann, Junge. Rohrstock oder Paddle?«, frage ich ihn. Er zittert, bleibt stumm, also entscheide ich für ihn, hole den Rohrstock. Er dreht den Kopf, schaut erschrocken hoch, als ich damit gegen seinen Hintern tippe.

»Für deine Frechheiten heute Morgen gibt es zwei Hiebe. Dass du zu Aleksey unhöflich warst, bringt dir zwei weitere ein. Auch weil du versucht hast aus dem Auto zu steigen, gegen meinen ausdrücklichen Befehl, bringt dir weitere vier Schläge ein. Glaub es, mir entgeht nichts. Alles, was dich betrifft, nehme ich wahr. Hm, mal überlegen, was du heute noch alles verbockt hast.«

Bleich hängt er in den Fesseln, zuckt bei jedem weiteren Fehler zusammen. Seine ganze Körperhaltung sagt mir, dass er sich verdammt schwertut, mir nicht zu widersprechen.

»Ach ja. Deine verdammt große Klappe, die dich immer so in Schwierigkeiten bringt, ist bestimmt, hm, auch vier Hiebe wert. Macht? Genau! Zwölf Hiebe.«

Als ich mich hinter ihm aufstelle, höre ich, wie er sagt, dass er kein Safewort mehr braucht, er mir vertrauen würde. Dass er mir gerade sein Vertrauen schenkt, lässt die Hände zittern, das Herz schneller schlagen. Ich liebe meinen Jungen sehr, bin stolz auf seine Hingabe. Doch jetzt muss ich ihn erst mal für seine Bockigkeit bestrafen.

Ich tippe gegen seinen Hintern, damit er weiß, dass ich noch da bin. Bevor er vor lauter Angst unter sich macht, saust der Stock auch schon auf seine weiße Haut hinunter, hinterlässt einen schönen roten, geraden Strich. Ganz fest beiße ich mir auf die Lippen, damit ich nicht direkt in meine

Hose komme. Hieb für Hieb nimmt er von mir entgegen. Sein Hintern ist feuerrot, die Striemen leicht geschwollen. Ich weiß um die Verantwortung gegenüber meinem Jungen, schlage ihn nicht zu fest. Er soll nur morgen noch was davon haben. Jan wird sowieso im Stehen arbeiten wollen, sobald ich hier mit ihm fertig bin.

Nach dem letzten Hieb lässt er sich völlig geschafft in die Fesseln fallen. Er ist durchgeschwitzt, weint die ganze Zeit. Aber er hat mir keinen einzigen Schrei gegönnt. Dafür hat er sich lieber die Lippen blutig gebissen. Kleiner Sturkopf. Die Iriden seiner Augen sind geweitet, voller Tränen. Dass er sich in den Schmerz fallen lassen kann, macht mich verdammt stolz. Irgendwann werde ich ihn härter fordern, nicht eher aufhören, bis er komplett abtauchen wird und vergisst, was um ihn herum geschieht. Er wird an einem Ort ankommen, wovon viele Subs nur träumen.

Die meisten haben Angst, ihrem Spielpartner die komplette Verantwortung zu übergeben. Ihre Lust, den Schmerz und vor allen Dingen das Wichtigste, ihr gesamtes Vertrauen in einen Mann zu setzen. Sie können sich einfach nicht ganz fallen lassen, weil es sich nur um ein paar Stunden mit einem fremden Dom handelt. Was ich persönlich sehr schade finde. Aber Vertrauen muss man sich verdienen. Hast du keinen guten Ruf, dann war es das für dich in einem der SM-Clubs hier.

Warum sollte ich dann mit ihnen spielen wollen, sie so weit bringen? Jan konnte es von Anfang an, weil er es bei jeder Session mit mir schafft, tief in sich abzutauchen, den Schmerz dabei auszublenden. Er macht dies automatisch, weiß es nur nicht. Nur wenn der Körper genug Endorphine, also Glückshormone freisetzt, geschieht es. Damit übergibt er mir die Verantwortung für seinen Leib und sein Seelenheil. Nie im Leben würde ich dieses Vertrauen missbrauchen.

Stolz schaue ich auf mein Werk. Jeder Hieb hat gesessen, bildet ein tolles Muster auf der hellen Haut. Leise rede ich auf ihn ein, löse die Fesseln und nehme Jan vorsichtig auf die Arme. Mein Mund wandert über sein Ohr und ich wispere, dass ich stolz auf ihn bin. Ohne zu diskutieren, hat er die Strafe angenommen. Er drückt sich fest gegen mich. Zusammen lassen wir uns auf das Bett gleiten. Er legt das Ohr an meine Brust, schnieft leise auf. Ein Paar warme Lippen drücken sich gegen die Haut. Leise murmelt er, dass er mich liebt. Mein Herz klopft voller Freude darüber auf. Fest schließe ich meinen Jungen in die Arme. Nach ein paar Minuten lege ich ihn neben mich, drehe ihn auf den Bauch, um mich um ihn zu kümmern. Zärtlich creme ich die wunde Haut ein. Trotzdem wird er am Fußende des Bettes schlafen. Da mache ich keine Ausnahmen. Sollte er sich die nächsten Tage brav verhalten, alle Befehle ohne zu murren ausführen, kann er wieder neben mir legen. Er wird es schon noch lernen. Da bin ich ganz optimistisch.

Ihn in das Zimmer zu verbannen, das will ich nicht. Ich muss ihn atmen hören, sonst würde ich die ganze Nacht immerzu nach ihm sehen. Was meinem Schlaf natürlich nicht bekommen würde.

Seine Unsicherheit, dass ich ihn verlassen könnte, die Angst, ihn nicht zu wollen, all das macht Jan schwer zu schaffen. Wie könnte ich ihn verstoßen, nur, weil er einen eigenen Willen besitzt, wo ich Jan wochenlang hinterhergelaufen bin? Er macht eben Fehler. Schließlich ist er auch nur ein Mensch und soll daraus seine Lehren ziehen. Es gibt keinen Sklaven, der fehlerfrei wäre. Sonst könnte kein Master seine sadistische Ader an ihnen ausleben. Keine Fehler – keine Strafen. So einfach ist das.

Jetzt jedoch werde ich alle seine Bedenken zerstreuen.

Er vergräbt sein heißes Gesicht an meinem Hals, drückt kleine Küsse darauf. Zärtlich hebe ich es hoch, wische die letzten Tränen weg. Tief schaue ich in Jans Augen und spüre, dass ihm mein Herz zufliegt.

Sein heißer Körper entspannt sich. Der Geruch nach Vanille und Jasmin hüllt mich ein. Es passt einfach wunderbar zu ihm. Er schnieft auf, entschuldigt sich, erklärt, dass er schwer daran arbeitet, sein Temperament in den Griff zu bekommen. Ich verspreche ihm, dass wir es zusammen machen werden. Er murmelt, dass er sich bei nächster Gelegenheit bei Aleksey entschuldigen wird.

»Morgen Abend werde ich dich allen vorstellen. Damit jeder, der uns kennt, weiß, dass wir zusammengehören. Keiner wird es danach mehr wagen, dich anzurühren, ohne dass ich ihn dafür bestrafen werde. Du bist mein!«, raune ich leise in sein Ohr. Er bekommt eine Gänsehaut und die hellblauen Augen schauen mich vollkommen verklärt an.

Unsere Lippen treffen sich und sein gestammeltes »Ich liebe dich!« lässt das Blut schneller durch die Adern rauschen.

Seine Augen schließen sich. Zum ersten Mal drückt er von sich aus die Lippen fest auf meine. Genüsslich erwidere ich den Kuss, lasse ihn gewähren. Er wird hektischer, drückt sich stärker gegen meinen Unterleib, reibt mit seinem Glied über den rauen Soff der Jeans. Seufzend schaue ich ihn an. Wie soll ich ihm da widerstehen können?

Tief schaut er mir in die Augen, als er endlich zum Knopf der Hose tastet, ihn öffnet und den Reißverschluss nach unten zieht. Kaum hat er sie über die Beine gezogen, schnappt er nach den Pants. Wenn ich jetzt erwartet habe, dass er sie ruckzuck nach unten reißt, werde ich eines Besseren belehrt. Überrascht leckt er mit der Zunge über den Gummibund, schiebt sie mit seinem rauen Kinn in Zeitlupe nach unten, küsst jedes frei gewordene Stückchen Haut.

Er lässt sich verdammt viel Zeit damit, bis er meinem pochenden Schwanz endlich Beachtung schenkt. Ich lasse ihn gewähren. Jan muss wissen, sollte er das Verlangen spüren, mich zu verwöhnen, er nur zu fragen braucht. Er soll sich ruhig trauen, darf sich bei mir holen, was er braucht.

Er stülpt seinen heißen, feuchten Mund um den Schaft und ich genieße seine Zuwendungen. Vorsichtig knabbert er an der empfindlichen Spitze, pustet entschuldigend darüber. Zur Strafe fahre ich leicht mit den Fingernägeln über seinen wunden Rücken. Gequält stöhnt er auf. Jans Kopf ruckt nach oben. Erwartungsvoll schaut er mich an. Finger verkrallen sich in Jans Haare, drücken ihn zurück auf mein Glied. Brav nimmt er den Schwanz tief in seinen Mund. Er schluckt ein paarmal. Die Enge der Kehle, sein heißer Atem bringen mich fasst zum Abschuss. Mit der Hand greife ich seinen Haarschopf, ziehe ihn von meinem Unterleib weg.

»Zieh mir das Kondom über und reite mich. Komm, steig auf!«, raune ich ihm leise zu. Hektisch packt er den Gummischutz aus, rollt es mit zittrigen Fingern über mein Glied. Seine Wangen röten sich. Meine Hand schnappt sich das Gleitgel, öffnet den Verschluss. Direkt drücke ich einen dicken Klecks auf die Fingerspitzen. Er hebt sich etwas nach oben und meine Hand schiebt sich zwischen unsere Körper. Vorsichtig presse ich einen feuchten Finger tief in seinen Eingang, um ihn zu dehnen. Langsam lässt er sich auf mich niedersinken. Keuchend halte ich den Atem an. Er ist eng, heiß und seine Muskeln umklammern den Schaft ganz fest. Als er endlich mit mir verbunden ist, bleibt er ganz ruhig auf mir sitzen. Er atmet ein paar Mal tief ein und aus, entspannt sich dann. Die hellblauen Augen öffnen sich. Ich verliere mich in diesen Diamanten, die voller Liebe zu mir runterschauen. Mit der Hand greife ich in seinen Nacken, ziehe Jan zu mir, küsse ihn, dass er alles um sich herum vergisst. Völlig atemlos liegt er danach auf mir. Behutsam hebt er sich hoch, lässt sein Becken langsam auf meinen Unterleib sinken. Die Enge um meinen Schwanz, das Zusammenziehen seiner Muskeln ist einfach zu viel. Ich schäme mich nicht dafür, dass mir mein Junge einen fantastischen Orgasmus beschert.

Ganz konzentriert schaut er in mein Gesicht. Als ich laut schreiend komme, kneift er die Augen fest zusammen, versucht seinen Orgasmus hinauszuzögern. Mit glühenden Wangen bettelt er, auch kommen zu dürfen. Nur das »Jetzt, Jan« reicht. Die Augen weit aufgerissen schaut er zu mir runter. Jans Muskel ziehen sich um mein Glied zusammen, als er zum Orgasmus kommt. Erstickt schreit er auf, beißt sich auf die Lippen. Ohne sein Glied nur einmal berührt zu haben, spritzt mir sein warmes Sperma bis zum Hals. Atemlos fällt er mit einem lauten Aufschrei auf meinen Brustkorb hinunter. Hektisch stößt warmer Atem gegen meinen Hals. Vorsichtig, um ihm nicht wehzutun, umfasse ich seine Hüfte, hebe ihn von mir runter. Fest umschließen die Arme den kleinen, zitternden Körper. Behutsam trage ich meinen Jungen ins Badezimmer. Zusammen stellen wir uns unter das warme Wasser. Während er sich erschöpft an mich lehnt, wasche ich die Spuren unserer Leidenschaft ab.

Als er danach ganz benommen vor mir auf dem Bett liegt, creme ich die wunde Haut erneut ein. Die Augen fallen ihm dabei zu. Zärtlich streiche ich die widerspenstige blaue Haarsträhne zur Seite. Allein sein Anblick lässt mich ruhiger werden. Ich liebe Jan!

Der Gedanke, dass dieser Igor ihn angepackt, verletzt hat, bringt eine dunkle Seite in mir zum Klingen. Je mehr ich darüber nachdenke, umso mehr treibt mich dieser Russe zur Weißglut. Sein Glück, dass ich damals bei dem Galadinner nicht dabei war. Allein darüber nachzudenken, dass Igor ihn gequält hat, lässt heißen Zorn in mir hochsteigen. Zögerlich lege ich Jan ans Ende des Bettes. Nur gut, dass ich bei Adam Pasch ein besonders großes, breites Bett in Auftrag gegeben habe.

Soll ich meinen Jungen nicht lieber doch zu mir holen? Die Frage geistert mir im Kopf, wird aber rigoros entfernt. Er wird es sonst nie lernen, dass er mir blind gehorchen muss! Dass wenn ich Strafen ausspreche, sie auch ausführe. Statt dass ich ihn in den Arm nehmen kann, bestrafe ich mich selbst. Jans Atmung geht tief und beruhigt lege ich mich nieder. Dass er es liebt, sich gegen meinen Körper zu drücken, weiß ich. Nun liegt er am Fußende, was mich irgendwie stört. Seufzend schwöre ich mir, sollte er sich morgen bei Aleksey entschuldigen, den ganzen Tag brav auf ihn hören, überlege ich es mir. Und er darf wieder in meinen Armen schlafen.

Leises Stöhnen reißt mich am Morgen aus einem tiefen Schlaf. Schnell schaue ich nach Jan. Er quält sich gerade aus den Decken, schaut sich erstaunt um. Benommen hebt er den Blick. Ich beobachte ihn, erkenne, dass es ihm gut geht. Er ist nur etwas steif. Erschrocken hebt er den Kopf, als ich mich räuspere. Eine sanfte Röte erscheint auf den Wangen, als er leise einen guten Morgen murmelt. Ich stehe auf, beuge mich zu ihm runter. Vorsichtig lege ich meine Arme unter seine Beine, hebe ihn hoch. Sofort umschlingt er meinen Hals, schmiegt sich fest gegen meine Brust, als ich ihn ins Bad trage. Zusammen stellen wir uns unter die Dusche. Wohlig seufzt er auf. Mit einem weichen Schwamm, einem speziellen Duschgel, das ich von Doktor Eric Faber bekommen habe, wasche ich seine Haut. Es ist antiseptisch, verhindert, dass die Wunden sich entzünden. Außerdem beruhigt es die gereizte Haut, lässt die Striemen schneller abschwellen. Vorsichtig tupfe ich ihn trocken, reibe den Hintern noch mal mit der Salbe ein. Schnell frühstücken wir, bevor Aleksey ihn abholen kommt.

Kaum steht er in der Tür, tritt Jan auf ihn zu. Stotternd entschuldigt er sich bei ihm, verspricht auf ihn zu hören, brav zu sein. Na, wenn das mal gut geht. Aleksey nimmt Jans Entschuldigung an. Ohne eine Miene zu verziehen, begleitet er Jan zum Auto, um ihn zu Adrian zu bringen. Nun habe ich ein paar Stunden Zeit, um für heute Abend alles vorzubereiten. Zwischendurch meldet sich Aleksey, dass bis jetzt alles ruhig geblieben ist. Den ganzen Tag kann ich an nichts Anderes denken als an heute Abend. Das Herz klopft dabei aufgeregt, dass ich echt erstaunt darüber bin.

Dann ist es endlich so weit. Mein Junge steht vor mir. Eine schwarze Hose, die seinen knackigen Hintern hervorhebt, ein einfaches weißes Hemd sowie schwarze Lederslipper runden das Bild ab. Er ist total hibbelig, plappert ohne Punkt und Komma.

Kaum sind wir im *Club Red,* schnappe ich mir Jan, gehe mit ihm auf die Tanzfläche. Sein Halsband ist für alle gut erkennbar und ich hoffe, die Jäger beachten dies. Mehr als ein erstaunter Blick trifft uns. Nach einer Stunde hebe ich die Hand und die Musik verklingt.

Die Männer und Jungs treten zurück, schauen ganz gespannt zu uns rüber. Jeder weiß, was das zu bedeuten hat. Ein Tisch wird auf der Tanzfläche abgestellt und ein Stuhl gesellt sich dazu. Eine gespenstige Ruhe kehrt ein.

Sanft führe ich Jan zum Stuhl, drücke ihn darauf nieder. Mario vom Tattoo Inc. ist ein Freund von Max. Er hat damals den Drachen auf seinen Rücken gestochen und kommt extra zu uns, weil ich ihn darum gebeten habe. Als er sein Arbeitswerkzeug auf den Tisch legt, Jans eiskalte Hand nimmt, lächelt er ihm aufmunternd zu. Sanft reibt er Jans Finger, flüstert, dass er sich beruhigen soll. Leicht lächelt Jan ihm zu, nickt. Der rechte Zeigefinger wird desinfiziert und Mario legt los. Die Augen ganz weit aufgerissen sieht er fasziniert zu, als sich um seinen Finger ein silberner Ring bildet. Als die Konturen fertig sind, füllt Mario sie mit einer dunkelgrauen Farbe aus. Genauso wie die Farbe meiner Iris. Er fragt nach, welche Initialen er in den Ring stechen soll.

»*Andrew und Deins* bei meinem Jungen und bei mir kommt *Jan und Meins*«, sage ich laut in den Raum. »Blutrot sollen die Buchstaben sein, damit jeder weiß, zu wem dieser bildhübsche Sklave gehört!«

Nur einen kleinen Unterschied hat mein Tattoo gegenüber Jans. Meine Konturen werden hellblau ausgemalt und der Rand weiß wie der Ring um seine Iris.

Ein Raunen geht durch den Club, als ich Jan öffentlich zu meinem Eigentum erkläre. Erstaunt schaut er auf seine Hand hinunter, als Mario fertig ist. Tränen hängen in den langen schwarzen Wimpern, als er sich umdreht, vor mir niederkniet. Er legt die Stirn auf meine Schuhe, schwört mir laut seine Treue.

Dieser blöde Knoten im Hals will einfach nicht rutschen, erschwert mir das Atmen. Ein paar Mal räuspere ich mich, schlucke und versuche zu mir zu kommen. Mit dieser demütigen Geste hat er allen gezeigt, wem seine Liebe gehört. Nämlich mir!

Die Hand um sein Gesicht gelegt, hebe ich es zu mir nach oben, schwöre laut, dass dieser Junge ab sofort mein Eigentum ist, ich über ihn wachen werde. Sollte jemals einer Hand an ihn legen, wird er dafür zur Rechenschaft gezogen.

Nun weiß es jeder hier. Nichts geht schneller durch die Clubs Berlin, als wenn es von Mund zu Mund erzählt wird, dass Andrew Sanchez nicht mehr frei ist. Dass ein Junge mit Namen Jan in sein Eigentum übergegangen ist.

Vielleicht werde ich ihn eines Tages auch rechtlich an mich binden. Wir werden sehen, was die Zeit bringt. Im Hintergrund höre ich das leise Gemurmel der Subs und ein lautes Bravo von den Männern, die uns gerade gratulieren.

Kapitel 35

Jan

~~*~*

Zum ersten Mal in unserer Beziehung mache ich den Anfang, drücke die Lippen zuerst zaghaft, als er stillhält, fester auf seinen warmen Mund. Eindringlich schaut er mich an, bis er sie nach einer gefühlten Ewigkeit einen Spalt öffnet. Immer wieder flüstert er: »Du bist mein!«

Unbändige Freude durchflutet das Herz. Der Puls verdoppelt sich, als ich die Zunge zaghaft zwischen seine Lippen schiebe, sich unser Atem miteinander vermischt. Sein heißer Körper riecht verführerisch männlich, dass ich die Nase gegen den Hals reibe, mit der Zunge darüber lecke. Mein Unterleib macht sich selbstständig, presst sich gegen seine Hose. Warme Hände streicheln vorsichtig über die schmerzende Haut. Sobald Andrews Fingerspitzen in die Nähe eines Striemens kommen, rast ein guter Schmerz durch die Nerven. Wimmernd drücke ich den Rücken durch. Es erregt mich wirklich. Vielleicht kann das manch einer hier nicht verstehen. Ich aber liebe diesen Schmerz, gehe darin auf. Wenn das Brennen nachlässt, es nur noch sanft unter der Haut glüht, fühle ich mich wirklich wohl. Bis jetzt habe ich dies nur bei Andrew verspürt. Es hängt wirklich vom Mann ab. Das Gefühl von Liebe, Vertrauen muss vorhanden sein, damit ich mich fallen lassen kann. Das Wissen, dass dort jemand ist, der dies zu würdigen weiß. Es sollte keine Selbstverständlichkeit sein, sondern ein Geschenk!

Bevor Andrew zu sich kommt, erkennt, dass ich auf ihm liege, wandern die Hände zum Verschluss seiner Hose. Er hat sich zurückgenommen, mir nur Schmerz geschenkt und sich dabei vernachlässigt. Ich werde das ändern, natürlich nur, wenn er mich lässt. Bange schaue ich ihn an. Mit zittrigen Fingern öffne ich den Knopf, ziehe den Reißverschluss hinunter, zerre ihm die Hose hektisch über die Beine. Bis jetzt hält er still, beobachtet mich nur. Seine Pants bleibt an Ort und Stelle, was mir einen fragenden Blick von meinem Sir einbringt.

Zaghaft streicht er mit seinen Fingerspitzen über die Ader an meinen Hals, die vor lauter Erregung klopft. Ganz vertieft bin ich in die Betrachtung des vor mir liegenden Mannes. Meins, alles meins und ich glaube es einfach nicht, dass Er unter mir liegt, ich alles mit ihm machen darf. Zaghaft streiche ich über seinen Brustkorb, kneife leicht in die kleinen braunen Nippel. Er stöhnt leise auf, bleibt aber still liegen. Bevor ich den Mut verliere, beuge ich den Kopf, drücke die Nase gegen seinen Bauch, beiße leicht hinein. Er zuckt zusammen, lacht leise auf.

Andrews Haut ist verführerisch warm und sein Geruch nach Mann und Seife lässt mich fast von allein kommen.

Völlig versunken betrachte ich ihn, streiche mit den Fingerspitzen über die zuckenden Muskeln. Jetzt will ich endlich wissen, wie er schmeckt. Genüsslich lecke ich am Gummibund der Pants entlang, stecke die Nase darunter, atmet tief seinen erregten Duft ein. Mit dem Kinn drücke ich den Stoff ganz langsam tiefer. Die rauen Stoppeln hinterlassen dabei ein schabendes Geräusch auf der Haut, was eine Gänsehaut bei uns beiden auslöst. Andrew stöhnt rau auf. Er hebt den Unterleib, öffnet die Beine etwas weiter, damit ich dazwischen rutschen kann. Ungläubig schaue ich ihn an. Als er leise flüstert, dass ich es zu Ende bringen soll, senke ich schnell den Kopf.

Jedes freigelegte Stückchen Haut wird mit feuchter Zunge begrüßt. Andrews Atmung wird tiefer. Sein Unterleib drückt sich den suchenden Lippen entgegen. Erwartungsvoll zuckt sein Schaft und eine kleine milchige Perle erscheint auf der Spitze. Behutsam lecke ich sie ab, stülpe den Mund darüber, beiße leicht in die rote Kuppe. Er zuckt zusammen. Als

Strafe drückt er die Fingerspitzen leicht auf die frischen Striemen. Scheiße, tut das weh. Schnell atme ich den feinen Schmerz weg, spüre die Welle der Lust durch den Körper rauschen und nehme den feuchten Schwanz tiefer in der Kehle auf, kontrolliere kurz die Atmung, schlucke ihn.

Lustvoll schreit er auf, verkrallt sich in meine Haare, drückt mich tiefer, als ich saugend sein Glied aufnehme. Ein paar Sekunden hält er meinen Kopf unten fest gegen seinen Schritt gedrückt, um sich dann langsam zurückzuziehen. Als er mich freigibt, huste ich kurz, schnappe nach Luft. Er packt seinen Schaft, richtet ihn auf.

»Roll das Kondom rüber. Mach schon, Junge!«, befiehlt er mir rau.

Während ich das Gummi über seinen steifen Schwanz rolle, schnappt sich Andrew das Gel, befeuchtet die Fingerspitzen. Er hebt mich hoch, fährt mit seinen Fingern an meinen Hoden vorbei, dringt durch den Muskel und dehnt ihn.

»Los, steig auf und reite mich!«, kommandiert er mit tiefer Stimme.

Eifrig knie ich über sein Glied, hebe das Becken an und lasse mich ganz langsam runtersinken. Wimmernd durchbreche ich den Muskel, gleite tiefer. Die Zunge zwischen die Lippen geklemmt, halte ich ein paar Sekunden inne. Der leicht brennende Dehnungsschmerz hilft mir, damit ich nicht ohne Zustimmung komme. Ohne eine richtige Vorbereitung spieße ich mich auf Andrews harten Schwanz. Bebend versuche ich die wilden Gedanken zu ordnen, konzentriere mich darauf, meinem Sir Freude zu bereiten.

Unser Ritt wird leidenschaftlicher, die Bewegungen schneller. Andrew spannt sich unter mir an, hebt mit einem Ruck sein Becken und stößt fest von unten zu. Die grauen Augen bohren sich in meine, als er schreiend zum Orgasmus kommt. Kleine Nachbeben lassen seinen Körper erzittern und genüsslich die Augen schließen. Das warme Sperma gibt mir den Rest. Bettelnd schaue ich zu ihm runter. Als er nickt, komme ich, ohne dass ich mein Glied berührt habe. Völlig ausgepowert falle ich auf seinen Brustkorb, bewege mich keinen Millimeter mehr. Viel zu schnell und hektisch atmen wir beide. Nach ein paar Minuten bewegt Andrew sich. Behutsam nimmt er mich auf die Arme und zusammen duschen wir die Spuren unserer Liebe ab. Mit wackeligen Knien lehne ich an ihn, genieße das warme Wasser. Ich bin ausgelaugt von unserer Session, dass ich unter der Dusche fast einschlafe. Das, was ich danach spüre, ist, wie er vorsichtig ein Badetuch nimmt, den schmerzenden Körper darin einwickelt. Er trägt mich zu unserem Bett zurück, wispert mir leise Zärtlichkeit ins Ohr. Sanfte Hände cremen den wunden Rücken ein. Eine leichte Decke breitet sich über mich aus. Direkt falle ich in einen tiefen Schlaf.

Die Sonne scheint in mein Gesicht, weckt mich auf. Behutsam strecke ich die steifen Glieder. Uh, tut das weh. Der Hintern brennt und mein Rücken zwickt. Andrew schaut von oben lächelnd zu und ich muss mir fest auf die Lippen beißen, um ihn nicht anzuspringen. Er nimmt die Decke weg, schaut sich die Striemen genau an. Dann bückt er sich, hebt mich auf seine Arme. Mit welcher Leichtigkeit er mich trägt!

Atemlos schaue ich in seine graue, blitzende Iris. Weiche Lippen legen sich auf meine. Die Augen geschlossen, lasse ich mich in seine Zärtlichkeit fallen. Immer wenn ich ihm nahe bin, schlägt das Herz voller Liebe. Er stellt das Wasser an, schiebt mich darunter. Andrew schnappt sich das Duschgel und ich versteife bei dem Gedanken, dass es jetzt höllisch brennen wird. Erstaunt bemerke ich, dass dieses Gel die Striemen beruhigt, das Brennen etwas mildert. Danach cremt er die Wunden ein, befiehlt, dass ich mich anziehen soll. Zusammen frühstücken wir. Nicht mal den Tee kann ich austrinken, als es an der Tür klingelt.

Aleksey scheint da zu sein. Bevor der Mut mich verlässt, stottere ich eine Entschuldigung, weil ich ihn gestern so schlecht behandelt habe. Das war ihm gegenüber nicht korrekt. Mein Leibwächter kann schließlich nichts dafür, dass er den Babysitter spielen muss.

Er steht vor mir, schaut mir ins Gesicht, nickt und schirmt, als ich zum Auto gehe, meinen Körper mit seinem ab. Ich fühle mich dabei gar nicht wohl. Wenn das jetzt wochenlang mein Leben bestimmen wird, na Prost Mahlzeit. Was passiert, sollte einer versuchen mir wehzutun und Aleksey dies abbekommt? Wie soll ich denn damit fertig werden, dass er sich für mich opfert, nur damit mir nichts passiert? Ich weiß, dass es sein Job ist, er gut dafür bezahlt wird. Aber es scheint ein Scheißjob zu sein.

In Gedanken frage ich mich, ob Aleksey Familie hat. Das ist es nämlich, worüber ich immer nachdenken muss, was mir am meisten zu schaffen macht. Können sie über seinen Verlust hinwegkommen? Schließlich ist er nicht weniger wert als ich.

Adrian wartet an der Tür und für ein paar Stunden vergesse ich alle Sorgen. Auch als er mich hänselt, weil ich die ganze Zeit am Zeichenbrett stehe, statt an meinem PC zu arbeiten. In seinen Augen glimmt Schadenfreude, als er an mir vorübergeht, mir leicht einen Klaps auf den Hintern gibt. Meinen Schmerzensschrei kann man bestimmt in der ganzen Firma hören. Na warte, das bekommt er zurück. Laut lachend verschwindet er schnell in seinem Büro.

Pünktlich zum Feierabend steht Aleksey vor der Tür, um mich nach Hause zu fahren. Leise murmele ich einen Dank, setze mich vorsichtig hinter ihm auf die Rückbank. Kurz sehe ich ein Lächeln aufblitzen und wissende Augen schauen mich an. Sollte er jetzt nur noch ein einziges Wort sagen, dann kann er was erleben. Mist, ich wollte doch nicht mehr patzig sein und beiße mir auf die Lippen. Aleksey hebt die Augenbraue, dreht sich zu mir um, streicht einmal sanft durch meine Haare. Seufzend schließe ich die Augen, genieße die unerwartete Zärtlichkeit. Vorsichtig lasse ich mich nach hinten in den Sitz fallen.

Meine Gedanken kreisen immer nur um Andrew. Was mag er heute Abend bloß vorhaben? Wie will er es den anderen Männern mitteilen, dass ich, Jan Briegel, sein Junge bin? Nervös knabbere ich an den Fingernägeln. Das Auto hält an und ohne nachzudenken öffne ich die Tür, steige aus. Hart umfassen ein Paar Hände meine Arme, drücken mich an eine breite Brust. Böse schaut Aleksey zu mir runter. Was habe ich denn nun schon wieder verkehrt gemacht? Nun schüttelt er mich auch noch.

»Du wartest, bis ICH die Tür öffne, dir erlaube auszusteigen. Wehe, du machst das noch mal, steigst einfach aus, ohne dich umzuschauen!«, schreit er mich an.

»Was glaubst du eigentlich, was ich hier mache? Babysitter für dich spielen oder dein Leben schützen?«, brüllt er. Mit roten Wangen, offenem Mund stehe ich vor ihm. Zum ersten Mal bin ich echt sprachlos. Mann, der ist genauso dominant wie Andrew. Dabei habe ich mir gar nichts dabei gedacht, als ich einfach ausgestiegen bin. Was will er denn jetzt noch von mir?

»Ja doch! Ich habe dich schon beim ersten Mal verstanden. Du hast es schließlich laut und deutlich geschrien, dass es auch alle in unserem Umkreis mitbekommen haben!«, fauche ich zurück.

Im Schnellschritt laufe ich ins Haus, weg aus seinem Wirkungskreis, sonst schlage ich nach ihm. Wütend laufe ich Andrew in die Arme. Fest umschließen ein Paar warme Hände meinen Nacken, drücken den Kopf nach oben. Lippen umfangen meine und der Kuss ist einfach überwältigend. Als er mich hochhebt, fest gegen sich drückt, löse ich mich von seinem Mund. Der Schmerzensschrei ist bestimmt bis draußen noch zu hören, als er die Striemen berührt. Fest drückt er seine Lippen auf meine und der Kuss unterbricht den Schrei abrupt. Er holt tief Luft, atmet ihn buchstäblich ein. Als er mit der Zunge herrisch nachrückt, vergesse ich alles um mich herum. Völlig losgelöst beendet er den Kuss. Stumm steht Aleksey hinter mir, schweigt, als Andrew ihn anschaut. Vielleicht ist er ja gar nicht so übel. Mein persönlicher Leibwächter!

Andrew gibt mir einen Klaps, drängt, dass ich mich duschen und umziehen soll. Wimmernd komme ich dem nach. Anscheinend hat er von meinen Fauxpas eben nichts mitbekommen.

Eine Stunde später stehe ich mit zittrigen Knien vor Andrew. Vor lauter Angst flattern Hunderte von wild gewordenen Schmetterlingen im Magen hin und her. Mir ist übel und am liebsten würde ich mich im Zimmer einschließen. Andrew steht hinter mir, drückt sich fest gegen den bebenden Körper, streicht dabei beruhigend über meinen Bauch.

In der Hand hält er mein Halsband, legt es mir zärtlich um, verschließt es. Weiche Lippen knabbern an der Kehle entlang, saugen sich fest. Wohlig erschauere ich, drücke mich fester gegen seinen Mund. Bebend fahre ich mit den Fingerspitzen über das weiche Leder. Immer noch kann ich es nicht glauben, dass dieses Halsband mir gehört. Andrew beobachtet diese Bewegungen, schaut etwas irritiert zu mir rüber.

»Geht es dir gut, mein Junge?«, fragt er. Ich nicke. Ja, mir geht es verdammt gut!

Bedauernd löst er sich, reicht mir die Hand und ich folge ihm gehorsam nach draußen.

Immer noch völlig weggetreten stehe ich vor dem Eingang des *Club Red*.

Aleksey vor und Andrew hinter mir. Im Club ist der Teufel los. Andrew schnappt sich meine Hand, zieht mich zur Tanzfläche. Irritiert weiß ich gar nicht, was ich machen soll, also folge ich ihm brav. Wir tanzen zusammen und mehr als ein neidischer Blick trifft mich. Zärtlich berührt Andrew das Band um meinen Hals, murmelt leise: *»Meins.«*

Irgendwann bricht die Musik ab und es wird totenstill. Gänsehaut macht sich auf den Armen breit, als ich in Andrews Augen schaue. Besitzergreifend, voller Verlangen verschlingen sie mich.

Die Tanzfläche wird geräumt und ein Tisch sowie ein Stuhl werden in der Mitte abgestellt. Ein Mann in Lederhosen steht davor, winkt mir zu. In der Hand hält er eine

Tätowier-Maschine. Andrew drückt mich auf den Stuhl runter und der Kerl schnappt sich die rechte Hand, massiert sie, sprüht meinen Ringfinger mit einem Desinfektionsmittel ein. Sanft lächelt er mir zu. Fasziniert schaue ich zu, als um meinen Finger ein silbriges Band entsteht. Ich sehe, wie er es dunkelgrau ausmalt. Es pikt und ziept ganz schön. Fest beiße ich die Zähne zusammen, will mir keine Blöße geben und halte die Hand ganz still. Das ist im ersten Moment schlimmer, als wenn mir der Hintern versohlt wird.

Der Tätowierer wechselt die Farbe und blutrot entstehen der Name Andrew und das Wort *Deins*. Die Buchstaben sind ganz filigran und fein geschrieben, dass ich sprachlos auf den Finger starre. Mit Tränen in den Augen schaue ich auf die fertige Hand. Er hat es nicht vergessen! Ganz vertieft in das Tattoo bemerke ich nicht, wie Andrew mir etwas später seinen Finger hinhält. Ein Schrei der Überraschung entkommt mir, als ich die Hand nehme, »Jan« auf seinem Finger lese. Mit großen Augen schaue ich ihn an. Er lächelt und zwinkert mir zu. Ob ich hoffen kann, dass Andrew mich irgendwann als Lebenspartner nimmt? Allein der Gedanke lässt das Herz noch mal höherschlagen. Mein Blick geht automatisch zu Andrews Finger. Was mir am meisten gefällt, ist das Wort »*Meins*.«

Die Jungs kommen, gratulieren uns. Sie bestaunen alle meinen Ringfinger und das Halsband. Als die anderen Männer auf Andrew zugehen, ihm gratulieren wollen, falle ich vor ihm auf die Knie. Tief beuge ich den Kopf, lege meine Stirn auf seine Schuhe und schwöre ihm meine Treue. Sie alle applaudieren ihm zu seinem gehorsamen Sub. Ich bin stolz, ihm zu gehören. Lange bleibt es still. Andrew sagt kein Wort, sondern lässt mich zu seinen Füßen knien. Ich werde hier so lange bleiben, bis er mir erlaubt wieder aufzustehen. Und wenn es die ganze Nacht dauert.

Die Sekunden dehnen sich zu Minuten aus. Ich bebe vor Verlangen, will, dass er mich berührt, mich in die Arme nimmt. Endlich legt er seine Hand auf meinen Kopf, befiehlt, dass ich aufstehen soll. Ein paar warme Finger legen sich unter mein Kinn, drücken das Gesicht nach oben. Lange schaut er mir in die Augen, bevor er seine sinnlichen Lippen ganz fest auf meine drückt. Er hebt mich zu sich hoch und voller Verlangen umschlinge ich ihn mit den Beinen. Mein Sir trägt mich zur Bar, wo er sich mit mir zusammen auf einen Stuhl setzt. Immer noch schaue ich auf unsere Ringfinger. Voller Staunen, dass dort mein Name steht, setze ich einen Kuss darauf. Er schaut liebevoll in mein Gesicht, streicht mit dem Zeigefinger über die Lippen runter zum Halsband und drückt seinen Mund auf meinen Finger. Völlig atemlos schaue ich dabei zu. Mein Schaft drückt gegen den Stoff der Hose, als er seine warme Hand darauflegt. Ein Raunen geht durch den Club. Langsam rutsche ich von Andrews Beinen, sinke auf die Knie. Dass auch Kevin vor seinem Master kniet, bemerke ich erst, als ich zur Seite schaue.

Sogar Devil lobt mich! Nichts außer Andrews Worten, dass er mich liebt, vernehme ich. Keine Musik, keine Stimmen, nichts. Nur die drei magischen Wörter, die mein Herz höherschlagen lassen. Nie habe ich für jemanden solche tiefen Gefühle empfunden. Für ihn würde ich mein Leben opfern. Egal was da komme!

Kapitel 36

Andrew

~~*~*

Seine Augen sind voller Liebe, als wir unsere Hände miteinander verbinden, sie hochhalten. Viele beglückwünschen uns. Manche Subs, die ich … na ja, gevögelt habe, schauen neidisch zu uns rüber. Einige davon auch sehr sehnsüchtig. Er ist eben ein wunderschöner, devoter Junge, um den mich jeder dominante Mann beneiden wird. Gerade kniet er zu meinen Füßen. Er strahlt eine Unschuld aus und weiß es nicht mal. Jan bekommt das alles nicht mit. Bebend lehnt er sich gegen meine Beine. Ich kann das Verlangen, ihn zu berühren, nicht mehr unterdrücken. Wie von selbst legt sich meine Hand auf seinen Kopf, streichelt durch seine weichen Haare. Die blaue Strähne fällt ihm verwegen ins Gesicht. Behutsam streiche ich sie zurück. Das Zittern wird stärker. Mein Finger legt sich unter sein Kinn, hebt es hoch und ich versinke in kristallblauen Augen. Atemlos beuge ich mich zu ihm runter, umschlinge Jan mit den Armen, hebe den bebenden Körper hoch. Sogar seine Lippen zittern, so aufgeregt ist er. Er umschlingt mich mit den langen Beinen, seufzt zufrieden auf und drückt das Gesicht gegen meinen Hals. Vorsichtig trage ich ihn zur Theke, lasse uns dort auf einem Stuhl nieder.

Fest umarme ich ihn. Lustvoll presst er seinen Unterleib gegen meinen. Er nimmt meine Hand, drückt einen Kuss auf das Ring-Tattoo. Ein kleiner, erstickter Laut entkommt mir. Frech flüstert er, wie sehr er mich gerade will. Sein Glück ist, dass wir jetzt nicht zu Hause sind. Denn da hätte ich mich schon lange tief in ihm versenkt. Sanft lasse ich ihn runtergleiten. Stolz steht er vor mir, kniet sich dann zu meinen Füßen nieder. Erstaunt schaue ich auf den gesenkten Kopf. Und das alles, ohne dass ich einen Befehl ausspreche. Ich bin furchtbar stolz auf ihn. Diese Nacht, schwöre ich mir, wird er jedenfalls nicht vergessen.

Nach einer Stunde erlöse ich ihn und er darf sich neben uns an die Bar setzen. Sogar Kevin kommt in dieses Privileg. Beide schauen sich an, grinsen verschmitzt. Devil seufzt, verdreht die Augen. Trotzdem kann ich die Liebe in seinen Augen erkennen, sobald er zu Kevin schaut. Er ist mein älterer Bruder, ein Mann, zu dem ich aufsehe. Immer schon! Als wir Kinder waren, bin ich hinter ihm hergerannt, habe ihn nachgeahmt und klebte wie ein Kaugummi an ihm. Voller Stolz sah ich zu ihm auf.

Er ist der Bruder, der mir am nächsten steht. Nicht nur unsere Gesichtszüge, sondern auch unsere Neigungen sind sich sehr ähnlich.

Er ist und war schon immer mein großes Vorbild. Daher liebe ich ihn. Auch als ich festgestellt habe, dass ich lieber Männer mag, war er mein erster Ansprechpartner. Unsere Eltern nahmen es mit Humor. Vier Jungs und ein jeder von ihnen steht auf das männliche Geschlecht. Ihr Satz, dass man sich nicht aussuchen kann, in wen das Herz sich verliebt, gab mir den Mut, zu meinen Neigungen zu stehen. Bis heute sind sie stolz auf uns Jungs. Dafür lieben wir sie. Irgendwann werde ich mit Jan nach Spanien fahren, meinen Eltern ihren neuen Sohn vorstellen.

Liebevoll schaue ich meinen Jungen an. Erregung macht sich breit. Ich will jetzt meinen Jungen in mein Bett bringen. Ihn dort die ganze Nacht lieben. Ein paar Minuten später schnappe ich ihn mir. Erschrocken schreit er auf und unter lautem Jubel trage ich ihn aus dem Club hinaus. Jetzt schnell nach Hause. In Rekordzeit ziehe ich ihn aus, schiebe ihn nackt in unser Schlafzimmer. Heute wird nicht gespielt, heute wird sich geliebt.

Diese blauen Augen strahlen, lassen mein Herz schneller schlagen.

Er liegt auf den Rücken, spreizt die Beine weit, lädt mich ein, alles in Besitz zu nehmen.

Mein – Junge – Mein – Eigentum.

Nicht auf dem Papier, sondern von Mann zu Mann. Von Master zum Sklaven. Dass er mir damals einfach sein Vertrauen schenkte, war schon ein Wunder bei dem, was er bis dahin in seinem Leben mitgemacht hat. Sorgsam werde ich auf ihn aufpassen, ihn nie hintergehen. Zu lange habe ich darauf gewartet, dass der Richtige sich in meiner Nähe traut.

Der Mund wird ganz trocken, die Finger zittern. Sehnsüchtig strecke ich meine Hände nach ihm aus. Wie er daliegt, voller Liebe zu mir hochschaut, lässt meinen Körper erbeben. Zärtlich strecke ich mich auf ihm aus, streichle die warme Haut überall dort, wo ich sie erreichen kann. Er stöhnt so hingerissen, als ich die kleinen Nippel in den Mund sauge, leicht hineinbeiße. Erregt hebt er den Rücken vom Bett, drückt sich gegen meinen Brustkorb. Sanft küsse ich mich runter zum Bauchnabel. Er zuckt zusammen, als ich ihn mit kleinen Bissen weiter errege. Ich schiebe die Schultern zwischen Jans Beine, drücke sie weiter auseinander. Das raue Kinn reibt gegen die sensible Haut seiner Hoden. Nun schreit er auf, drückt den kleinen Hintern fest gegen mein Gesicht.

Mit der Zunge wandere ich weiter runter, lecke mir einen Weg zu seinem Eingang. Damit ich besser Zugang bekomme, packe ich die Pobacken, ziehe sie auseinander und sehe seinen rosigen Muskel. Er zuckt, öffnet und schließt sich wenige Millimeter. Allein, ihn ohne ein störendes Kondom zu lieben, lässt mich heftig seinen berauschenden Duft einatmen. Eric hat heute Morgen angerufen, um zu bestätigen, dass unsere Tests negativ ausgefallen sind. Jan weiß das noch nicht, denn es sollte mein Geschenk an ihn sein. Fasziniert schaue ich hoch, verankere meinen Blick mit seinem. Die blauen Augen verdunkeln sich. Die kleine rosafarbene Zunge hat er zwischen die Lippen geschoben.

Voller Erregung reibe ich mein Glied an der Matratze, weil das Verlangen überhandnimmt, mich einfach in ihn hineinzustoßen. Er bebt, wimmert, bettelt so schön. Jan wird sich gedulden müssen, genauso wie ich auch. Ich werde ihn erst in Besitz nehmen, wenn ich genau weiß, dass er sich dies verzweifelt wünscht.

Sein Geruch macht mich wild, aber ich, ich kann mich beherrschen. Eins jedoch kann ich nicht unterdrücken. Mit der Zunge lecke ich über seinen zuckenden Muskel, bohre die Spitze ein Stückchen hinein. Er flucht in den höchsten Tönen, drückt seinen Hintern fester gegen mein Gesicht. Schon immer habe ich es geliebt, meine Jungs zu rimmen. Bei Jan jedoch wird es zu einer Sucht.

Plötzlich entzieht er sich mir, packt mich und zusammen drehen wir uns um, sodass er auf mir zum Liegen kommt. Sein Gesicht ist rot angelaufen, die Haare schweißnass. Er keucht und dringt ohne ein Wort mit der Zunge in meinen Mund ein. Diesmal erobert er mich, lässt nicht eher locker, bis ich darauf reagiere. Dominant drücke ich die vorwitzige Zunge in seinen Mund zurück. Warme Hände streicheln fahrig über meinen Körper. Sie nehmen alles in Beschlag, was er ertasten kann. Sämtliche Stückchen nackter Haut sind seins. Er ist außer sich vor Lust. Noch nie hatte ich einen so leidenschaftlichen Jungen im Bett, der mir zeigte, was er will. Meistens sind sie zurückhaltender, warten auf ihre Befehle. Meiner hier aber nimmt sich von mir, was er braucht. Heute lasse ich ihn, weil ich genau weiß, was er gerade fühlt.

Seitdem ich erkannt habe, dass ich lieber Befehle erteile, als sie entgegenzunehmen, habe ich nie mehr das Verlangen verspürt, passiv zu sein. Wie würde das auch aussehen, wenn es in den Clubs die Runde macht, dass ich mich von einem Sklaven toppen lasse? Bei Jan würde ich die Schutzschilde fallen lassen. Dies wäre mein besonderes Geschenk an ihn. Ich weiß, dass er es wie einen Schatz hüten würde. Schließlich bin ich nicht immer ein Top gewesen. In meiner Jugend habe ich es oft genossen, dass ein anderer Mann aktiv wurde. Je älter ich aber wurde, umso mehr schob man mich in die Schublade eines Tops. Nicht dass ich mich darüber beschwere. Irgendwann kam auch noch meine Vorliebe für SM dazu und das war es dann mit passiv und Bottom sein.

Dieses Verlangen habe ich nicht allzu oft. Jetzt ist es wieder so weit. Ich öffne die Beine, lasse Jan dazwischen gleiten. Das ungläubige Gesicht, als er die Absicht erkennt, lässt meinen Schwanz hart wie nie werden. Ob er mich mit oder ohne Kondom nimmt, ist mir total egal. Das, was jetzt zählt, ist, dass ich ihn in mir spüren möchte.

»Sir?«, fragt er ganz verwirrt, schaut mich ganz erstaunt an.

Liebevoll ziehe ich sein Gesicht zu mir runter.

»Mein Geschenk für deine Liebe und Hingabe. Weißt du noch? Kein Vertrag, nur Vertrauen verbindet uns. Es wird nicht oft passieren. Auch ich war nicht immer nur ein Top. Nimm es an, solange ich es dir gewähre!«, wispere ich ihm zu.

Die blaue Iris leuchtet ganz hell auf, als er hektisch schluckt. Seine Finger zittern, als er versucht mich vorzubereiten, dass ich leise auflachen muss. Als er jedoch das Kondom nimmt, schüttele ich den Kopf. Weit reißt er die Augen auf, schaut mich sehnsüchtig an. Dachte er etwa, dass ich es mir anders überlegt habe?

»Nein, wir brauchen seit heute Morgen keine Kondome mehr!«, stelle ich schnell klar.

Ungläubigkeit strahlt mir entgegen. Er schluckt, nickt und als er die Fingerspitzen mit Gel befeuchte, gegen meinen Muskel drückt, zittert er heftig. Leise lachend helfe ich ihm dabei, indem ich mich der Hand entgegenschiebe. Nun sind es zwei Finger, die bis zu seinen Knöcheln in mir stecken, genau den Punkt treffen, der mir unglaubliche Lust schenkt. Erschrocken, weil ich voller Genuss aufschreie, zieht er sich vorsichtig zurück, drückt mehr Gleitgel gegen den Eingang. Entspannt begrüße ich den fast schon vergessenen Dehnungsschmerz. Jan trifft punktgenau. Blitze erscheinen hinter den Lidern.

Ein paar Mal schiebt er die Finger rein und raus, bis ich die Beine an die Brust ziehe. Er entfernt sie vorsichtig, ersetzt sie durch seinen warmen Schwanz, um ganz langsam einzudringen.

Uh, er ist heiß und ich kann einfach jede Vene spüren. Mann, ist das gut. Zaghaft bewegt er sich, keucht, wie eng ich mich um sein Glied anfühle. Genüsslich schließt er die Lider.

»Mehr, Junge. Tiefer, härter und schneller. Verdammt, beweg dich. Ich brauche dich jetzt. Mach schon!«, feuere ich ihn an.

Er lässt alle Hemmungen fallen und vögelt mich wirklich hart durch. Er hat die Augen fest geschlossen und eine kleine Falte ziert seine sonst glatte Stirn. Mein Junge hält das Zepter in der Hand, konzentriert sich nur auf mich. Er hört auf mein Stöhnen und Wimmern, um zu erkennen, wie weit ich bin. Zaghaft packt er zu, reibt meinen pochenden Schwanz im Rhythmus seiner heftigen Stöße. Langsam öffnet er die Augen, leckt mit der Zunge über die trockenen Lippen. Sein Atem kommt stoßweise und als ich die Muskeln um sein Glied zusammenziehe, schreit er erregt auf. Meine Finger verkrallen sich in sein Haar. Brutal ziehe ich sein Gesicht zu mir runter, höre sein erregtes Aufstöhnen.

»Los, Junge. Besorge es mir endlich. Fick mich härter. Mach schon!«, schreie ich ihn regelrecht an.

Dann presse ich fast schon brutal die Lippen auf seine. Keuchend lasse ich von ihm ab, schnappe nach Luft. Laut Jans Namen rufend spüre ich, wie es plötzlich warm in meinem Inneren wird. Das kommt für mich ziemlich überraschend, dass ich mit weit aufgerissenen Augen in sein Gesicht schaue. Er hat die Lider fest zusammengekniffen, reißt sie dann auf, schaut mich mit roten Wangen, leicht geöffnetem Mund ganz erstaunt an. Sein Schaft klopft, zuckt weiter in mir. Ohne auch nur einmal innezuhalten, behält er seinen harten Rhythmus bei. Bis ich verkrampfe, ebenfalls komme. Mein Sperma entlädt sich in großen Schüben über den Bauch. Schließlich lässt er sich erschöpft einfach auf mich runterfallen, murmelt immer: »Danke, danke, Sir. Ich liebe dich!«

Er soll das heute richtig genießen, denn ab morgen weht ein anderer Wind. Bis das Verlangen, seinen Schwanz in mir zu spüren, wieder überhandnimmt, wird noch eine Zeit vergehen.

Kapitel 37

Jan

\~\~*\~*

Staunend, fast ungläubig schaue ich auf meinen Ringfinger. Immer noch fasse ich es nicht, dass er dies wirklich gemacht hat. Er hat tatsächlich vor allen hier im *Club Red* mich als seinen Jungen vorgestellt. Einen Niemand und Straßenjungen! Er hat meinen Namen auf seinem Finger und ich seinen. Jeder Sub kann nun erkennen, wer sein Sklave ist, und jeder Dom, wem ich gehöre. Wehe, sie respektieren das nicht, dann werde ich zum Berserker. Für mich bedeutet Andrew alles. Er ist mein Leben! Dass er zu mir steht, stolz darauf ist, mein Master zu sein, bedeutet mir mehr, als er je ahnen wird.

Gedankenvoll streiche ich über die schmerzende, pochende Haut, fahre die feinen Wundränder nach.

Der Barkeeper fragt, was ich trinken möchte, und Andrew ordert ein Wasser, bevor ich selbst was bestellen kann. Nicht mal austrinken darf ich, als er einfach zupackt. Unter lautem Jubel werde ich über eine Schulter geschmissen und nach draußen getragen. So schnell wie gerade ist er bisher noch nie durch die Straßen von Berlin gebraust. Nicht eine Sekunde lässt er meine Hand dabei los. Kaum zu Hause angekommen, zerrt er mich regelrecht ins Schlafzimmer, reißt mir hektisch die Kleidung vom Leib. Leise lache ich auf. Da hat es jemand aber verdammt eilig. Wohlig rekele ich mich unten seinen streichelnden Händen, wimmere voller Verlangen.

Jedes Stückchen Haut, das er entblößt, nimmt er mit seinen Lippen in Besitz. Die Nerven zucken, hinterlassen elektrische Impulse. Andrews Mund ist heiß und die feuchte Zunge leckt sich über meinen Brustkorb runter zum Unterleib. Zwischen den weit gespreizten Beinen hält er inne. Sein raues Kinn kratzt erregend über die weiche Haut des Hodens, als er mit der Nase dagegen stupst. Ah, er leckt tatsächlich über meinen Eingang, drängt sich durch den zuckenden Muskel. Noch nie hat dies einer bei mir gemacht. Beinahe wäre ich allein nur davon gekommen. Mein ganzer Körper bebt voller Leidenschaft. Fest beiße ich mir auf die Lippen, versuche mich abzulenken, sonst ist das alles schneller vorbei, ohne dass ich es richtig genießen konnte.

Schnell packe ich Andrew, ziehe ihn nach oben, drehe mich mit ihm herum. Fuck, was habe ich da gerade gemacht? Panisch schlucke ich, schaue meinen Sir mit riesengroßen Augen an. Was habe ich mir bloß dabei gedacht? Ich schaue auf ihn hinunter, hoffe, dass er sich das von mir gefallen lässt. Zuerst starrt er mich nur an. Plötzlich ist da dieses Glitzern in seinen grauen Augen zu sehen. Er entspannt sich, lässt sich mit mir nach hinten fallen. Endlich sitze ich auf diesem geilen Body, reibe mich mit meinem Hintern an seinem Sixpack. Bevor ich ahne, was passiert, öffnen sich die Beine und ich rutsche dazwischen.

Was macht er denn da? Nicht doch! Dass kann er nicht von mir verlangen! Oder? Ungläubig schaue ich in sein Gesicht, suche die Bestätigung von dem, was ich gerade denke, mir insgeheim gewünscht habe. Er meint es tatsächlich ernst. Ach du … Ich darf ihn wirklich nehmen! Ungläubig schüttle ich den Kopf. Andrews graue Augen strahlen nun ganz dunkel. Er nickt, umschlingt mit seinen langen Beinen meine Hüfte, zieht mich näher an sich heran.

Mit offenem Mund schaue ich in sein Gesicht. Er macht sich mir zum Geschenk? Aber er ist doch ein Top, ein Master. Die tun so was nicht mit ihren Subs!

Mann, jetzt bin ich aber total verwirrt. Deute ich es vielleicht verkehrt? Er will tatsächlich, dass ich ihn in Besitz nehme? Schwer schlucke ich, kriege kaum Luft, schaue panisch zu ihm runter. Er lächelt mir aufmunternd zu, presst mich noch näher an sich heran.

Außer in der Schulzeit war ich nie mehr der aktive Part bei den Männern. Zwar fand ich es toll, trotzdem liegt mir das Devote mehr. Ich liebe es, unter einem schweren, männlichen Körper zu liegen. Zu fühlen, wie er mich in Besitz nimmt. Mit zittrigen Fingern streiche ich behutsam, aber ungläubig über sein schmales Gesicht. Andrews Augen leuchten mir strahlend entgegen. Er gibt sich mir wirklich hin und ich finde das unfassbar geil!

Liebe und Vertrauen. Zwei Komponenten, die zusammen explosiv sein können, wenn dir der richtige Mann über den Weg läuft.

Mein armes Herz pumpt wild das Blut durch den Körper, als ich erfasse, dass er es wirklich ernst meint. Das Glied zuckt, wird noch härter. Am liebsten würde ich sofort loslegen, meinen harten Penis in seinen Körper rammen, bevor er es sich anders überlegen kann. Schwer schlucke ich, hoffe ganz fest, dass ich das unbeschadet überlebe. Er nickt mir aufmunternd zu, lacht leise über meinen panischen Gesichtsausdruck, streicht dabei leicht über den verkrampften Rücken.

Nur Mut, Jan. Das schaffst du mit links!

Zittrig bereite ich meinen Sir vor. Nur das vermaledeite Kondom will einfach nicht. Bebend versuche ich es überzustreifen. Mist, ich bekomme das blöde Gummi einfach nicht über den harten Schwanz gerollt. Soll es jetzt etwa daran scheitern? So kurz vorm Ziel? Leise lacht mein Sir auf. Schweißtropfen bilden sich auf der Stirn. Mit ganz viel Herzklopfen starre ich in an. Schließlich erbarmt er sich, packt zu, nimmt mir das Kondom aus der Hand und erzählt, dass Eric ihm heute Mittag bestätigt hätte, dass wir negativ sind. Er grinst frech, schaut mit strahlend grauen Augen in meine blauen. Beinahe hätte ich es doch noch vermasselt, weil er mit den Fingerspitzen die Lusttropfen abwischt, die unablässig aus meiner Schwanzspitze hervorquellen. Uh, verdammt! Ich krümme mich etwas, versuche die Beherrschung wiederzuerlangen. Das Klopfen lässt langsam nach und aufatmend lege ich den Kopf auf seinen Bauch ab. Puh, das ging aber gerade noch mal gut. Leise höre ich ihn lachen. Eine Hand streicht mir aufmunternd durch die Haare, als er mir zunickt.

Jetzt aber! Mit mehr Angst als Mut schnappe ich mir die Tube mit dem Gel, benässe die Fingerspitzen damit. Vorsichtig drücke ich zuerst einen, dann zwei Finger in ihn rein. Er kommt mir entgegen, schiebt sich auf meine Hand, schreit laut auf.

Scheiße, das war ein Fehler! Ein verdammt großer Fehler! Mein Schwanz zuckt, als ich fühle, wie sich seine Muskeln um die Finger verkrampfen, sie nicht mehr loslassen wollen. Er ist heiß, seidig und … verdammt eng. Da passe ich nie und nimmer hinein. Trotzdem will ich dies unbedingt. Wehe, ich vermassele das oder die Erregung macht mir einen Strich durch die Rechnung.

Schließlich fasse ich Mut, drücke noch etwas Gel auf die zittrigen Finger und schiebe behutsam den dritten Finger hinterher. Leicht streiche ich über einen Punkt in seinem Inneren. Mit einem lustvollen Aufschrei beugt er sich mir entgegen. Schweißtropfen rinnen mir von der Stirn in die Augen. Schnell wische ich sie mit dem Arm weg. Meine ganze Konzentration liegt nur auf meinen Sir.

Sanft reibe ich noch mal über seinen Punkt, höre ihn lustvoll aufschreien. Erschrocken will ich die Finger herausziehen und hoffe, dass ich ihm nicht zu sehr wehgetan habe. Doch er hebt mir sein Unterleib entgegen, schiebt sich auf die Finger zurück, stöhnt hingerissen auf. Mutig streiche ich noch mal über die kleine Erhebung. Gebannt schaue ich zu, als er die Bauchmuskeln anspannt, sobald ich über den Punkt streiche.

Jetzt wird es ernst. Bebend verteile ich noch etwas Gel auf seinem Eingang. Reibe damit meinen harten Schwanz ein, damit ich auch wirklich leicht durch seine Muskeln stoßen kann, ohne ihm Schmerzen zu bereiten. Er ist schließlich kein Bottom. Wer weiß, wann sein letztes Mal passiv war.

Zaghaft drücke ich gegen seinen Eingang. Er schreit, dass ich ihn tiefer und härter stoßen soll. Die Augen weit aufgerissen erwacht mein Ehrgeiz, es ihm so zu besorgen, dass er noch lange daran denken wird. Ich werde meinem Sir einen Orgasmus bescheren, der ihn umhaut, der ihn fühlen lässt, wie toll es sich anfühlt, wenn ein Mann dich in Besitz nimmt, wie es sich im Inneren anfühlen kann. Wäre doch gelacht, dass ich, sein Junge, es nicht schaffen würde, dass er alles um sich herum vergisst!

Endlich durchbreche ich den verfluchten Widerstand, halte einen Moment inne, weil seine Muskeln sich um mein Glied klammern, mich fast zerquetschen. Scheiße, ist Andrew eng. Das wird katastrophal enden, sollte ich es nicht schaffen, mich zu konzentrieren. Mutig drücke ich mein Glied tiefer hinein, ziehe es ein Stück zurück, um etwas fester zuzustoßen. Die Augen schließen sich von ganz allein und ich genieße es. Andrew ist heiß, seidig und verflucht geil!

Mein Schwanz pocht und zuckt. Wild feuert mein Sir mich an. Er packt meine Haare, zieht mich zu sich herunter und drückt die Lippen fest auf meine. Atemlos lässt er mich los, befiehlt mir, es ihm richtig zu besorgen. Seinem Befehl folgend stemme ich mich auf die Arme hoch, stoße immer schneller und härter zu. Voller Lust hebe ich meine Lider, schaue in seine rauchgrauen Augen. Augen, die meinen Blick gefangen halten. Er lässt nicht zu, dass ich wegschaue. Sanft umfasse ich sein Glied, reibe es im Takt der Stöße. Er sondert dabei diese leckeren kleinen Perlen ab. Sein Ständer pocht, als ich fester zupacke. Ich bin nicht mehr weit von der eigenen Erfüllung entfernt. Bei jedem Stoß, den ich mache, schreit Andrew lustvoll auf. Die langen Beine umschlingen meine Hüfte, drücken sich fest gegen meinen zustoßenden Unterleib. Zaghaft schaue ich ihn an, hole hechelnd Luft, als er mich glühend anschaut. Mein Kopf senkt sich von ganz allein und unsere Lippen prallen aufeinander. Leidenschaftlich leckt meine Zunge über seine, fordert sie heraus. Ich bin kein dominanter Mann, war es nie, und doch hoffe ich, dass ich es ihm gut besorge, er zufrieden mit mir ist.

Ich bin Bottom, kein Top. Das ist die reinste Qual, aber auch glühende Lust. Ich kann mich einfach nicht gehen lassen, muss aufpassen, dass er zuerst seinen Orgasmus bekommt. Schließlich will ich nicht versagen.

Keine Chance, zu entkommen. Mit einem festen Stoß vergrabe ich mich tief in ihm, komme schreiend zum Orgasmus. Ohne auch nur innezuhalten, stoße ich tapfer weiter. Endlich ist mein Sir so weit. Er zieht sich um meinen pumpenden Penis zusammen, zerquetscht ihn regelrecht. Dabei schreit er seine ganze angestaute Lust in den Raum. Vor lauter Überreizung flackern Blitze hinter meinen Lidern. Erschöpft lasse ich mich danach einfach auf seinen versauten Bauch fallen, kann nur noch »Danke, Sir« stammeln!

Wenn er das öfters verlangt, sterbe ich. Es war einfach wundervoll und ich liebe ihn dafür. Er hat sich mir geschenkt. Ich werde dies wie einen kostbaren Schatz hüten.

Bevor ich auf ihm einschlafe, lacht er und flüstert: »Das, mein Sklave, gibt es nur zu besonderen Anlässen. Lass es dir nicht zu Kopf steigen, denn morgen wirst du wieder unter mir liegen, mich in deinem Inneren spüren.«

Na, damit kann ich ganz gut leben!

Kapitel 38

Andrew

~~*~*

Jan ist einfach unbeschreiblich. Für einen Bottom hat er mich wahrlich verflucht gut durchgevögelt. Sein Gesichtsausdruck, als ich kam, war einfach zu goldig. Seine erstaunt weit aufgerissenen Augen, als sein Orgasmus ihn überrollt hat. Als er sich vor lauter Scham auf die Lippen biss, weil er vor mir gekommen ist, war einfach zu erregend. Er konnte es nicht überspielen. Schließlich habe ich gespürt, als er seinen Samen in mir vergoss. Er hat dies in seinem Leben bestimmt nicht allzu oft gemacht. Mein Junge war richtig nervös, hat gezittert vor Aufregung. Oder habe ich ihn mit meinem Wunsch verunsichert oder sogar überfordert? Seinen Herrn zu toppen, damit kann nicht jeder Sub umgehen. Ich weiß, dass es nicht alltäglich ist. Ein so herrschsüchtiger Kerl wie ich einer bin, der lässt sich nicht flachlegen. NIEMALS!

Und das schon mal gar nicht von seinem Jungen! Bei allen dominanten Kerlen, die ich kenne, ist es ein Tabu, was ich nicht verstehen kann. Wir sind schließlich alle Männer. Bei mir ist es ein ganz besonderes Geschenk, was ich gerne freiwillig gebe. In der Jugend, da habe ich alles ausprobiert. Passiv oder aktiv. Mit einem Kerl oder zwei, ich habe alles mitgemacht. Dabei ist es ein tolles, geiles Gefühl, wenn die Prostata massiert wird. Es ist anders, intensiver, was ich ab und zu gerne erleben möchte. Außer Jan waren es bis jetzt erst eine Handvoll Männer in all den Jahren, die ich rangelassen habe.

Am Anfang dachte ich, er würde sich weigern. Panisch hat er die Augen aufgerissen, sah total schockiert aus. Erst als er zwischen meinen gespreizten Beinen rutschte, wurde ihm wirklich bewusst, was ich wollte. Es war kein Befehl, sondern nur ein einfacher Wunsch von mir.

Er hat sich nicht dumm angestellt und als ich ihn aufgefordert habe, es mir hart zu besorgen, da hat er alles gegeben. Dieser entrückte Ausdruck in den Augen, als er in meine starrte. Als er sich schließlich vorbeugte, mir einen glühenden Kuss gab, er über den Punkt strich, da hat er mir den Rest gegeben. Junge, war das gut. Zwar brennt der Hintern jetzt, aber das war es allemal wert.

Nicht dass er denkt, ich würde es ihm öfter erlauben. Da habe ich direkt einen Riegel vorgeschoben. Er muss es sich schwer verdienen. Entweder er schafft es oder er hat Pech und das war sein erstes und letztes Mal, dass er an meinen Hintern durfte.

Nach seinem Nicken, dem Aufblitzen der Iris hat er es verstanden. Er wird brav sein, gehorsam alles ausführen, was ich verlange, nur um an diese besondere Belohnung zu gelangen. Nur wie lange wird sein Temperament das mitmachen? Irgendwie freue ich mich darauf, das herauszufinden.

~~*~*

Die Monate vergehen und Igor gerät in Vergessenheit. Nur bei mir nicht. Jede Woche erkundige ich mich, will wissen, wo sich dieser Bastard aufhält. Bis jetzt verhält er sich verdächtig ruhig.

Heute hat Adrian nachgefragt, ob ich es erlaube, dass Jan für ein paar Tage nach Paris fliegen darf. Er kann dort an einer Fortbildung teilnehmen. Sollte er sie mit Auszeichnung abschließen, bekommt er bei Adrian seinen heiß begehrten Job. Natürlich werde ich ihn fördern, wo ich nur kann. Leider muss er ohne mich fliegen, weil ich den Club nicht schließen kann. Devil ist in New York und Damian sucht immer noch nach seinem verschwundenen Sub Kim. Keiner weiß, wo der Kleine sich aufhält. Sogar die Eltern kennen seinen Aufenthaltsort nicht. Wer muss das ausbaden? Ich natürlich. Daher empfehle ich Damian, mit Kai und Jonas

Länders Kontakt aufzunehmen. Wenn jemand den Jungen finden kann, dann die zwei Männer. Dankbar nimmt er meinen Ratschlag an.

Als ich Jan allerdings sage, dass statt mir sein Leibwächter mit von der Partie ist, verzieht er das Gesicht. Entweder Aleksey kommt mit nach Paris oder Jan bleibt zu Hause. Entweder – oder. Es ist für ihn eine Win-win-Situation. Er darf sich sogar frei entscheiden. Missmutig packt er den Koffer und verabschiedet sich von mir, nicht ohne, dass ich ihm sein Halsband umlege. Er verspricht hoch und heilig, es nicht abzulegen. Das will ich ihm auch geraten haben. Wir haben vor langer Zeit eine Abmachung getroffen, dass er das Band nur zum Duschen abnehmen darf. Ansonsten trägt er es Tag und Nacht. Daher verschließe ich es nur, lasse das kleine Schloss weg. Damit er auch die ersten Tage ein Andenken hat, habe ich ihm für sein unwilliges Brummen schön den Arsch versohlt.

Jeden Morgen und Abend zu einer bestimmten Zeit chatten wir via Skype. Nie hätte ich gedacht, dass der Kleine mir so sehr fehlen würde. Ich leide tatsächlich unter Liebeskummer. Ich empfände das fast schon lachhaft, wenn es im Herzen nicht so schmerzen würde. Mein Bett ist leer, mein ganzes verfluchtes Leben ist einsam ohne ihn. Jan bekommt von mir leichte Aufgaben gestellt. Nicht, dass er sich in Frankreich langweilen wird.

Gerade bin ich in einer geschäftlichen Besprechung, als Jaydans Handy geht. Er reißt die Augen auf, stottert Jans Namen und hält mir das Telefon ans Ohr. Nanu, was hat mein Junge denn für ein Problem? Wir hatten doch heute Morgen erst miteinander gesprochen.

Bevor ich was sagen kann, bettelt er, dass er nach Hause kommen möchte.

Er kann sich nicht beruhigen, weint. Was ist bloß in den paar Stunden seit heute Morgen geschehen, dass er so aufgebracht ist? Es sind doch bloß nur noch zwei Tage, bis er wieder in meinen Armen liegt. Im Hintergrund höre ich Aleksey, der versucht meinen Jungen zu beruhigen. Jan scheint das nicht zu wollen, schreit ihn an, dass er sofort nach Hause will.

Ich spreche sanft auf ihn ein. Zum Schluss schnieft er, murmelt, dass er mich vermisst und liebt. Seufzend fahre ich mir mit der Hand über die Stirn. Ich gebe es ja zu. Er fehlt mir. Und wie! Das werde ich ihm bestimmt nicht verraten, sonst ist er in ein paar Stunden in Berlin. So wie ich ihn kenne, wird er das nächste Flugzeug nehmen. Dieser Lehrgang ist einfach zu wichtig für sein zukünftiges Leben. Er lässt sich schlussendlich beruhigen und ich verspreche, dass ich gleich noch mal mit ihm skype.

~~*~*

Endlich!

Heute irgendwann im Laufe des Tages kommt Jan nach Hause. Laut Aleksey hat der Flug jedoch Verspätung. Am liebsten würde ich zum Flughafen fahren, ihn persönlich in Empfang nehmen. Leider ist mit Damian im Moment immer noch nicht zu rechnen. Sein Sub Kim ist einfach nicht auffindbar. Dafür hat Kai für uns herausbekommen, wer die Frau und der Mann waren, die diese schlimme Misere verursacht haben. Mein Bruder ist wütend, völlig aufgebracht. Mit Mühe und Not kann ich ihn zurückhalten, sonst wäre er zu ihnen gefahren, hätte Hackfleisch aus ihnen gemacht. Um diesen Scheiß soll sich unser Anwalt kümmern. Damian ist verzweifelt und es tut mir in der Seele weh, ihn leiden zu sehen. Er scheint sich tief in den Kleinen verliebt zu haben. Bin ich denn anders? Ich würde auch den Verstand verlieren, wenn ich nicht wüsste, wo mein Junge wäre.

Ungeduldig schaue ich das verfluchte Handy an. Keine Nachricht von Aleksey, ob sie gelandet sind. Nun ist es Nacht geworden und der Club brummt. Wie immer mache ich meine Kontrollrunde durch die Räume, schaue, ob auch alles in Ordnung ist. Dann genehmige ich mir einen Drink an der Bar, bin nervös, warte dort, dass Jan die Eingangstür aufreißt, sich mir in die Arme stürzt.

Mehr als einen Sub habe ich diesen Abend schon abwehren müssen. Sie wissen doch, dass ich nicht mehr für ihre Spiele zu haben bin. Warum also versuchen sie es bloß immer? Dieser hier ist gerade besonders hartnäckig. An ihm ist gar nichts Devotes. Ich hasse es bei den Subs, sollten sie sich mir gegenüber mehr herausnehmen, als sie dürfen. Er setzt sich auf meine Beine, legt mir die Arme um den Hals und drückt seine Lippen auf meine, bevor ich überhaupt reagieren kann.

Angelo kommt, zieht fragend die Augenbrauen hoch. Fest umklammere ich die Arme des fremden Subs, fluche, will ihn gerade von den Beinen stoßen, als die Tür aufgeht.

Voller Freude ruft er meinen Namen. Ein strahlendes Lächeln liegt auf Jans Lippen, als er auf mich zuläuft. Laut schreit er meinen Namen, bleibt abrupt stehen, als er den Kerl auf meinen Beinen sieht. Und das Lächeln erlischt. Mit großen blauen Augen schaut er uns beide an. Er zittert, ballt die Fäuste vor Wut und … schlägt zu, bevor ich es verhindern kann. Der Kerl fällt praktisch vor Jans Füße, hält sich schreiend die Nase. Blut strömt zwischen den Finger hindurch. All das interessiert mich kein bisschen. Nicht eine Sekunde lasse ich den Blick von Jan. Das Einzige, was ich wissen will, ist, ob er mir vertraut!

Mit einem verletzten Ausdruck im Gesicht steht er bebend vor mir. Er ist ganz blass geworden und still laufen Tränen über seine Wangen.

Er öffnet den Mund und das, was ich höre, macht mich wirklich sauer. Ich kann schließlich nichts dafür, dass sich mir ein fremder Sub an den Hals wirft, bevor ich ihn von mir wegschupsen konnte.

»Lüge! Alles war eine Lüge. Ich hasse dich!«

Seine Hand geht zum Hals, packt das Lederband. Bevor er es zerreißen kann, stehe ich auf. Herrisch zeigt mein Finger zum Boden. Ich hoffe für ihn, dass er gehorchen wird. Alle Männer schauen zu uns rüber, warten gespannt, wie Jan sich entscheiden wird.

Hektisch atmete er ein, lässt erschrocken die Hand sinken, fällt sofort auf die Knie. Das alles passiert in einer Schnelligkeit, dass ich sprachlos auf sein gesenktes Haupt schaue. Er scheint ziemlich wütend zu sein, zittert am ganzen Körper. Die Fäuste sind geballt. An seiner Halsschlagader erkenne ich, wie die Wut in ihm tobt. Seine Hände hat er zu Fäusten geballt, drückt sie gegen die Oberschenkel. Die Atmung geht stockend und ich erahne, dass ein wildes Feuer in ihm tobt, weil sein ganzer Körper erzittert.

Zu Hause bekommt er eine Erklärung von mir, was passiert ist, und eine saftige Strafe für seinen Unmut. Nicht hier. Nicht im Club. Niemals würde ich ihn in der Öffentlichkeit züchtigen.

Dafür, dass er mir nicht sofort vertraut hat, ziehe ich ihm gleich zu Hause den Hosenboden stramm. Das wird ihn lehren, mir zu misstrauen. Er wird die Nacht auf dem Bauch schlafen, darüber nachdenken, was er falsch gemacht hat. Da fehlen mir echt die Worte. Ich bin enttäuscht von ihm, über seinen Mangel an Vertrauen. Solange ich hier noch was zu tun habe, lasse ich ihn mit gesenktem Kopf vor Angelo knien, der ihn genau beobachte. Brav bleibt er unten, dass sogar ich ganz erstaunt zu ihm runterschaue.

Angelo hat ein Schmunzeln auf seinem Gesicht, als er zu mir rüber schaut. Ich verdrehe die Augen und er lacht herzhaft auf. Jans Heimkommen hatte ich mir irgendwie anders vorgestellt. Der Kerl mit der gebrochenen Nase hat sich auch direkt verkrümelt. Das Gemurmel der Männer wird leiser und sie verziehen sich, als sie bemerken, dass hier nichts mehr geschehen wird. Fast zwei Stunden brauche ich, um mich abzureagieren. So lange kniet er nun schon vor Angelo, der sich mit seinem Mann Sam unterhält. Böse schaut der Kleine mich an, als ich mich zu ihnen stelle.

»Muss das sein, Andrew?«

Er zeigt auf Jan, schaut mich erwartungsvoll an. Ich ignoriere ihn und ohne ein Wort packe ich Jan grob an den Armen, ziehe ihn nach oben und schleife ihn buchstäblich nach draußen. Zorn brodelt immer noch wie Säure durch meine Adern. Ich bin richtig wütend auf ihn.

Ohne sich zu wehren, kommt er mit mir. Zu Hause schupse ich ihn vor eine Wand, klemme ihn zwischen den Armen ein. Er dreht den Kopf zur Seite, will mich nicht anschauen. Er ist verletzt, was ich verstehe. Wenn ich in den Club gekommen wäre und er hätte einen anderen Mann im Arm gehabt, wäre ein Massaker passiert. Nur gut, dass er dem Sub nur die Nase blutig geschlagen hat. Leise versuche ich ihm zu erklären, was passiert ist. Er schaltet auf stur. Grob umfasse ich sein Kinn, drücke die Finger in seine Wangen, damit er mir in die Augen schauen muss. Schmerzlich stöhnt er auf, was mir einen steifen Schwanz beschert. Zehn verfluchte Tage war ich ohne Jan an meiner Seite und nun brennt das Verlangen heiß in meinen Adern. Wortlos öffne ich das Spielzimmer, nicke mit dem Kopf zur Tür, hoffe, er wird gehorsam sein, nicht widersprechen.

Leise lasse ich den Atem aus der Lunge entweichen, als er sich in Bewegung setzt. Scheiße, ich dachte echt, dass ich ihn verloren hätte. Er zieht sich aus, stellt sich nackt in die Mitte des Zimmers, senkt den Kopf. Vor lauter Sehnsucht zieht sich mir mein Herz zusammen. Behutsam komme ich näher, lege die Hand auf seinen Rücken, spüre, wie er zusammenzuckt. Wenn ihn schon eine harmlose Berührung von mir erschrickt, wie soll ich ihn dann für seinen Starrsinn bestrafen?

Resigniert fahre ich mir durch die Haare.

»Schau mich an!«, bitte ich ihn. Langsam hebt er den Kopf und wütende, blaue Augen, die voller Tränen sind, schauen in meine.

»Jan, da war nichts. Er hat sich einfach zu mir gesetzt und mich geküsst. Ich wollte ihn gerade zurechtweisen, als du kamst. Den ganzen Tag habe ich voller Sehnsucht auf dich gewartet, konnte an nichts Anderes mehr denken und war abgelenkt. Ich liebe dich, Junge. Nur dich. Du weißt, dass ich dir nichts zu erklären brauche. Entweder du vertraust mir oder du gehst.«

Prüfend schaue ich ihn an, doch er bewegt sich keinen Millimeter.

»Was denkst du eigentlich von mir? Ich lege dir mein Halsband um, lasse mir deinen Namen tätowieren, damit du an uns zweifelst? Hätte ich das Verlangen, mir einen anderen Sub zu gönnen, würde ich dies bestimmt nicht in meinem eigenen Club tun!«

Zum Schluss werde ich lauter, sehe, dass er schuldbewusst zusammenzuckt.

Nun hebt er den Kopf, schaut verlangend hoch, dass ich ihn in die Arme ziehe und küsse. Er drückt sich an mich, murmelt eine Entschuldigung.

Ich nehme sie an. Trotzdem wird er um eine harte Strafe nicht herumkommen.

Kapitel 39

Jan

~~*~*

Das Leben ist einfach wundervoll an der Seite Andrews. Ich bin ruhiger geworden, was natürlich auch daran liegt, dass er mir in regelmäßigen Abständen den Hintern versohlt. Oh, da kennt er wirklich keine Hemmungen.

Auch sein Versprechen, dass ich ihn irgendwann noch mal nehmen darf, geistert immer in meinem Kopf herum. Das *NOCH MAL* zu erreichen, wird bestimmt schwer sein. Er wird mich bis aufs Blut fordern. Ich hoffe und wünsche mir, dass ich bestehen werde.

Obwohl schon Monate vergangen sind, habe ich Igor Popow nicht vergessen. Ab und zu ziehe ich bei den Straßenjungs Erkundigungen ein. Sie erzählen mir, dass Igor nicht mehr in Russland weilt. Bis jetzt hat er sich ruhig verhalten, ist nicht mehr hier in Berlin aufgetaucht. Was mich schon wundert. Irgendeiner wird ihm bestimmt mitgeteilt haben, dass Andrew mein neuer Sir ist. Ich glaube nicht, dass er aufgeben wird. Seit Tagen habe ich so ein komisches Gefühl im Nacken, immer dann, wenn ich zur Arbeit fahre. Mein Magen grummelt und die Nerven sind auch nicht die besten. Bei jedem Geräusch zucke ich zusammen. Hoffentlich hört das bald auf, sonst bin ich echt reif für die Klapsmühle.

Heute kam Adrian, legte mir ein Schreiben auf den Schreibtisch. Für zehn Tage soll ich nach Paris fliegen, um dort in der Zweigstelle der Firma einen weiterführenden Lehrgang zu machen. In ihrem Schulungsgebäude werde ich an einer Fortbildung im digitalen Bereich teilnehmen. Er hat mit Andrew darüber gesprochen, um seine Zustimmung einzuholen. Fassungslos stehe ich daher vor Adrian.

»Andrew lässt mich wirklich ganz allein nach Paris fliegen, damit ich dort teilnehmen darf?«, frage ich ganz erstaunt.

»Ja. Er wollte, dass du mit dem Privatjet der Sanchez fliegst. Das aber wäre viel zu viel Aufmerksamkeit gewesen. Aleksey wird dich Montagmorgen abholen und zusammen werdet ihr ganz normal, wie jeder andere Passagier, nach Paris fliegen. Am Flughafen Charles de Gaulle wird euch ein Mitarbeiter der Firma in Empfang nehmen und zum Hotel bringen. Du hast von 9 Uhr bis 16 Uhr Schulung und ich hoffe, dass du sie mit Bravour abschließen wirst. Mach mich stolz und die Stelle bei mir gehört dir.«

Mit offenem Mund stehe ich vor ihm. Hat er gerade tatsächlich gesagt, dass ich meinen Traumjob bekomme? Voller Freude springe ich auf, umarme ihn. Schnell schnappe ich die Tasche, reiße die Tür auf. Draußen steht der Leibwächter, öffnet die Autotür, damit ich einsteige. Strahlend renne ich auf ihn zu, begrüße Aleksey überschwänglich und falle in den Sitz. Erstaunt schaut er hinter mir her. Schmunzelnd erzähle ich von Adrians Jobangebot. Auch, dass wir zusammen nach Paris fliegen, reibe ich ihm genüsslich unter die Nase. Lachend schaut er in den Rückspiegel, erzählt, dass er das schon weiß. Nun hat er mich zehn Tage und Nächte an der Backe kleben. Mal sehen, was er darüber denkt, wenn ich ihm nach ein paar Tagen auf den Sack gehe. Vielleicht ist er dann nicht mehr so glücklich darüber, dass er mich nach Paris begleiten durfte. Wir wollen hoffen, dass er starke Nerven besitzt.

Ich bin zwar nicht sonderlich begeistert, dass er mitkommt, was ich leider auch etwas zu laut flüstere. Leise murmelt Aleksey, dass er dies Sir Andrew mitteilen wird. Böse schaue ich in den Rückspiegel. Sollte er es wagen mich zu verraten, dann kann er mich mal!

Und wie er es gewagt hat.

Für diesen gemurmelten Kommentar versohlt Andrew mir am Abend den Arsch, dass ich den Flug nach Paris nicht besonders gut genießen kann. Jetzt habe ich für ein paar

Tage ein Andenken, und das jedes Mal, sobald ich mich auf meinen Hintern setzen muss.

Der Koffer ist gepackt und diverse Anweisungen habe ich auch mitbekommen. Eins ist schade. Mein Sir kann nicht mitkommen und das ist alles Damians Schuld. Ich bin böse auf ihn. Immer noch sucht er nach Kim. Mein Sir wäre gerne mit nach Paris geflogen. Er aber muss für Damian einspringen. Dieser Idiot hat meinen besten Freund mit seinem Misstrauen verletzt. Hat ihn angeschrien, sogar grob von sich geschupst. Statt zuzuhören, was wirklich passiert ist, hat er gesagt, dass er Kim nicht mehr sehen will. Das hat er jetzt davon. Klar weiß ich, wo mein Freund sich versteckt hält. Auf keinen Fall werde ich es Damian erzählen. Soll er ihn von mir aus in der ganzen Welt suchen gehen. Irgendwie tut er mir ja auch leid. Trotzdem bin ich sauer auf Damian. Wie konnte er Kim auch einfach nach Hause schicken, ohne auf seine Erklärung zu warten? Er hat ihn praktisch vor allen Männern aus dem *Club Red* geworfen. Hat ihn beschuldigt, dass er fremdgegangen wäre, was Kim niemals tun würde. Denn dafür liebt er diesen Idioten viel zu sehr. Jetzt hat er den Salat und ich hoffe, dass dieser Blödian ganz doll leidet. Kim hat am Telefon bitterlich geweint und ich brauchte über eine Stunde, um ihn zu beruhigen. Danach hat er sich ein Flugticket besorgt und erholt sich nun in Italien im Ort Torre del Lago – Provincia di Lucca – von seinem Liebeskummer. Er will erst nach Hause kommen, wenn er stark genug ist, um sich Damian stellen zu können. Das wird wohl nie passieren. Damian hatte mehr auf einen Fremden gehört als auf seinen eigenen Partner. Dass er dies gemacht hat, ist mir echt ein Rätsel. Sogar Jaydan hat seinem Bruder ins Gewissen geredet. Dieser blöde, dominante Kerl von einem Sanchez.

Nur gut, dass mich keiner gefragt hat, wo Kim sich rumtreibt. Sie wissen ja auch nicht, dass wir Blutsbrüder sind. Ich glaube, man hat uns nur ein- oder zweimal zusammen gesehen, als diese Misere passiert ist. Trotzdem habe ich mir geschworen ihn nicht zu verraten. Da kann man mich foltern. Kein Wort wird über die Lippen kommen. Es ist ganz allein Damians Schuld. Wer nicht hören will, muss halt fühlen. Das hat er nun davon.

Im ersten Moment hatte ich ja schon ein schlechtes Gewissen. Aber wer sich wie ein Elefant im Porzellanladen aufführt, der hat es nicht anders verdient. Nur wegen Damians Sturheit muss ich jetzt mit Aleksey nach Paris fliegen. Lieber wäre mir gewesen, dass Andrew an meiner Seite ist. So muss ich halt mit meinem Leibwächter vorliebnehmen. Seufzend drehe ich mich um. Andrew legt mir sein Lederband um den Hals, küsst meinen Nacken. Ich verspreche hoch und heilig, dass ich es nicht ablegen werde, außer zum Duschen. Nicht dass sich das Leder aufweicht und kaputtgeht. Ich liebe es und will kein anderes.

Sollte ich jetzt gedacht haben, für ein paar Tage keine Verpflichtungen gegenüber meinem Sir zu haben, war das wohl ein großer Fehler. Jeden Morgen und Abend muss ich einen Bericht abliefern. Er will, dass ich alle meine Verfehlungen aufzähle. Viele können es nicht werden. Wie auch, da ich den Rest des Tages mit Lernen beschäftigt bin! Ich soll auf Aleksey hören und sollte Andrew erfahren, dass ich frech zu ihm bin, gibt es einen Hieb dafür. Aleksey wird Andrew darüber immer ins Bild setzen. Mist, ich wusste es. Dementsprechend bin ich auch nicht gut auf diesen arroganten Leibwächter zu sprechen. Ich ignoriere ihn, konzentriere mich auf die Weiterbildung, die mir nicht besonders schwerfällt.

Drei Männer und drei Frauen sind wir, verstehen uns vom ersten Moment an. An unserem ersten Tag fragten sie alle, was es mit diesem Halsband auf sich hat. Da ich anscheinend der einzige schwule Junge in der Truppe bin, erklärte ich es ihnen.

»Ich lebe mit einem Mann zusammen, gehöre ihm mit Leib und Seele. Er ist mein Sir, mein Master. Da ich devot bin und sein Sklave, gehöre ich ihm. Wir haben einen mündlichen

Vertrag abgeschlossen, der nur auf Liebe und Vertrauen aufgebaut ist. Ich liebe ihn abgöttisch.«

Zuerst ist es totenstill. Alle schauen mich an, als ob mir Hörner aus der Stirn wachsen würden.

»Ähm, ich bin halt so, also … ich lasse mich gerne beherrschen und finde Lust im Schmerz. Ich finde das nicht schlimm. Ihr etwa?«, nehme ich ihnen direkt den Wind aus den Segeln. Die Mädels finden es ganz süß und die Jungs? Sie haben mich ausgequetscht wie eine Zitrone, wollten alles über meine Neigung zur Unterwerfung und Schmerz erfahren. Keiner von ihnen war angeekelt. Auch das Ring Tattoo fanden sie cool. Als ich ihnen ein Bild von Andrew auf dem Handy gezeigt habe, waren die Weiber total in ihn verliebt und die Jungs? Sie saßen mit offenem Mund vor mir, schauten auf das Bild, dann wieder zu mir. Seufzend muss ich gestehen, dass ich es bis heute nicht verstehen kann, dass ein herrschsüchtiger, gutaussehender Mann wie Andrew Sanchez mich haben will. Ich bin ein Nichts gegen ihn. Ich habe kein Geld, keine Besitztümer aufzuweisen. Bin nicht besonders groß, habe eine blasse Haut. Aber was soll ich dazu sagen? Andrew wird schon wissen, was er will, und ich hoffe für ihn, dass ich das bin.

Die Frage, was Aleksey immer in meiner Nähe zu suchen habe, beantworte ich ihnen damit, dass Andrew sehr reich sei und ich daher vor Stalkern geschützt werden muss. Sie akzeptieren ihn und er ist immer dabei, wenn wir was unternehmen. Er schläft sogar in meinem Zimmer. Nicht dass mich das stören würde. Aber ab und zu mal den Druck loszuwerden, wäre auch nicht schlecht gewesen.

Ich lerne viel, nur damit ich nicht darüber nachdenke, dass ich Andrew vermisse. Besonders die Nächte sind verdammt einsam.

Er fehlt mir. Nie habe ich damit gerechnet, dass ich an Liebeskummer leiden könnte. Ich habe Heimweh, will zurück in Andrews Arme. Jeden Morgen und Abend weine ich, sobald ich ihn via Skype sehe. Ich bin zickig, unfair

Aleksey gegenüber und weiß, dass wenn ich bei Andrew zu Hause bin, der Hintern glühen wird. Wir chatten viel und er sagt mir auch immer, dass er mich liebt. Trotzdem ist es nicht das Gleiche, weil er mich dabei nicht in seine starken Arme nehmen kann. Mein Bett ist leer, kalt ohne ihn an meiner Seite.

Heute am späten Nachmittag ist die Sehnsucht nach meinem Sir schlimmer geworden, dass ich unbedingt seine Stimme hören muss. In der Pause renne ich nach draußen, wähle mit zittrigen Fingern seine Nummer. Er meldet sich nicht, geht nicht an sein Handy. Schnell drücke ich die Faust auf den Brustkorb, weil das schmerzende Herz sonst zerspringen wird. Ich bebe am ganzen Körper. Panik breitet sich in mir aus. Aleksey folgt mir, will wissen, was passiert ist. Doch ich ignoriere ihn.

Immer wieder wähle ich Andrews Nummer. Nichts zu machen. Aleksey tritt auf mich zu, will mir das Handy aus der Hand nehmen. Wie eine wilde Bestie fauche ich ihn an. Mit heftig klopfendem Herzen versuche ich nun Jaydan zu erreichen. Endlich nimmt er ab. Bevor ich den vorlauten Mund unter Kontrolle habe, rede ich los.

Im Hintergrund höre ich Andrew, fange direkt an zu weinen. Schluchzend bitte ich Jaydan, ihn mir ans Handy zu holen. Aleksey will, dass ich mich beruhige. Erbost fahre ich ihn an. Er weiß doch gar nicht, wie sehr ich mich nach Andrew sehne. Er hat schließlich keinen Mann, der auf ihn wartet, oder er auf ihn. Dann höre ich Andrew und beruhige mich direkt.

»Jan? Ist was passiert? Warum weinst du?«

Tief hole ich Luft, verhaspele mich. Das Einzige, was ich rausbekomme, ist: »Sir? Herr! Bitte. Ich will zu dir nach Hause.«

»Jan! Es sind nur noch zwei Tage, mein Herz, bis du in meinen Armen liegst. Das schaffst du doch, oder? Dafür, dass du Aleksey gerade angeschrien hast, versohle ich dir zuerst den geilen kleinen Hintern, bevor ich dich lieben werde, bis du nicht mehr weißt, wie du heißt. Nun geh, erledige deine Aufgaben. Ich werde hier auf dich warten, Junge!«

Langsam beruhigen sich die Nerven und ich verspreche, weiter hart zu lernen. Mit hängendem Kopf drehe ich mich um, starre auf Aleksey Schuhspitzen, murmele eine Entschuldigung. Er packt mein Kinn, hebt es hoch.

»Du weißt sicher, dass ich die Genehmigung von deinem Sir habe, dir den Hintern zu versohlen, solltest du es übertreiben?«

Er zieht die Augenbraue hoch, schaut mir in die Augen. Schwer schlucke ich. Was? Ehrlich? Das konnte ich mir zwar schon denken, doch es von Aleksey zu hören, versetzt mir einen Stich. Keiner außer meinem Sir darf mich züchtigen. Daher bin ich die letzten Tage brav, ärgere Aleksey am besten nicht mehr.

»Jan? Du brauchst keine Angst zu haben. Ich würde es auch nicht wollen, wenn einer meinen Jungen anpacken würde. Dein Sir hat mir die Erlaubnis auch nur erteilt, falls du es wirklich übertreiben solltest. Aber wir beide wissen, dass es nicht passieren wird. Hm?«

Ich atme auf, lehne mich an Aleksey und nicke. Er legt die starken Arme um mich und zum ersten Mal fühle ich mich sicher. Er ist zwar genau wie Igor russischer Abstammung, aber er ist total anders als er. Fürsorglicher. Nur versteckt er seine weiche, sensible Seite verdammt gut unter diesem eiskalten Gesichtsausdruck.

Am letzten Abend gehen wir alle in den *Club Queen*[1]. Hier ist für jeden was dabei. Heteros, Schwule und Lesben. Halt eine gemischte Bar. Die Musik ist gut und die Getränke kalt. Wir haben viel Spaß, bis dieser Kerl auftaucht, mein T-Shirt zur Seite schiebt, fragt, wo denn der Master wäre. Er hätte keinen in meiner Nähe gesehen, der zu mir gehören würde.

---

1 Der »Club Queen« in Paris ist ein berühmter Nightclub auf der Champs-Elyseés. Er war einer der größten Gayclubs in Frankreich und ist nun für alle frei zugänglich.

Ob ich das Band vielleicht nur als Schmuck tragen würde? Er presst mich gegen die Theke, greift mir ins Haar, drückt meinen Kopf in den Nacken.

Bevor er es schafft, dass ich vor ihm auf die Knie gehe, umschlingen ein Paar starke Hände seine Handgelenke. Sie drücken zu und ein Schrei des Schmerzens hallt durch den Raum.

Er lässt direkt von mir ab, dreht sich um und steht Aleksey gegenüber. Schnell zieht er den Schwanz ein, als er sieht, dass die Augen des Leibwächters aufglühen.

»Dich kann man auch keine Sekunde aus den Augen lassen, ohne dass du in Schwierigkeiten gerätst!«, wirft er mir wütend vor.

Was? Es war nicht meine Schuld. Ich stand hier nur rum, habe Wasser getrunken. Mannomann! Bin ich froh, dass es morgen endlich nach Hause geht!

Mist, sollte ich einmal Pech haben, dann aber auch richtig. Der Flug verspätet sich um Stunden. Ich bin gereizt, nicht besonders gut drauf, was Aleksey zu spüren bekommt. Er schaut böse rüber, droht nun doch damit, mir in der Flughafentoilette den Hintern zu versohlen, wenn ich mich nicht sofort beruhige.

Erschrocken schaue ich ihn an. Ich werde ihn nicht mehr ärgern, sonst macht er seine Drohung wirklich wahr. Er umfasst mein Kinn, hebt es hoch, will, dass ich ihm bestätige, dass ich es verstanden habe. Ich schaue einfach an ihm vorbei. Kleinlaut murmele ich, dass es mir leidtut. Die Nerven sind zum Zerreißen gespannt. Nur ein Gedanke beherrscht mich. Ich will nach Hause zu Andrew. Will in seinen Armen einschlafen. Zuvor soll er mir zeigen, zu wem ich gehöre. Ich möchte seinen Körper auf mir spüren, seinen Schwanz in mir drin. Zehn Tage sind keine Kleinigkeit, wenn das Verlangen unter der Haut summt, sich immer stärker in den Vordergrund drängt.

Endlich landet das Flugzeug und ich renne fast zum Kofferband. Schnell schnappe ich mein Gepäck, dränge

Aleksey zur Tür hinaus. Eine Limousine warte, um uns in den Club zu bringen.

Voller Glück reiße ich die Tür auf und werde direkt in den Sitz zurückgeworfen. Wütend faucht Aleksey, dass ich warten soll, bis er mir sagt, dass ich aussteigen darf. Demütig den Blick gesenkt, schlucke ich. Die Hände zu Fäusten geballt warte ich zittrig, dass er sein Okay gibt. Warum dauert das bloß so lange? Er winkt, hält die Tür des Clubs auf und nun hält mich nichts mehr. Laut rufe ich Andrews Name, renne wie der Blitz auf ihn zu und erstarre mitten im Lauf. Ein halb nackter Sub sitzt auf seinen Beinen. Er hat die Arme fest um Andrews Hals geschlungen und küsst ihn. Den Schmerz, der in diesem Augenblick durch meinen Körper rast, kann ich einfach nicht beschreiben. Er zerreißt mich innerlich.

Den Frust über seine Untreue lasse ich an dem Kerl aus, der es gewagt hat, sich ihm zu nähern. Voller Zorn balle ich die Faust. Punktgenau landet sie auf der Nase des Twinks. Befriedigt knackt es und Blut läuft aus den Nasenlöchern. Er fällt zu Boden, wimmert. Das wird ihn noch lange daran erinnern, dass dieser Master meiner ist. Mein Fuß zuckt, doch im letzten Moment beherrsche ich mich. Am liebsten hätte ich ihm nämlich noch einen deftigen Tritt in seinen dürren Arsch verpasst.

Böse schaue ich zu Andrew rüber.

Leise flüstere ich, dass er mich angelogen hat. Automatisch greife ich nach seinem Band. Um mich zu beruhigen, streiche ich sacht darüber. Es gibt mir die Ruhe, die ich brauche, um nicht noch mehr auszuflippen. Sein Gesicht verschließt sich. Dachte er etwa, ich würde es ihm vor die Füße schmeißen? Oh nein. So leicht wirst du mich nicht los!

Zornige Blicke aus dunkelgrauen Augen warnen mich, es nicht zu übertreiben. Sein Finger zeigt auf den Boden.

Fassungslos schaue ich ihn an. Andrews Gesichtsausdruck verändert sich, als ich nicht direkt reagiere. Ein Muskel zuckt an seiner Wange. Fest beißt er die Zähne zusammen.

Was soll ich jetzt bloß machen? Gehorche ich, falle vor ihm auf die Knie oder …? Nein, dafür liebe ich diesen Scheißkerl viel zu sehr. Also lasse ich mich gehorsam vor seine Füße fallen, beuge den Kopf ganz tief, damit keiner erkennt, dass ich wie ein kleines Baby zu weinen anfange. So habe ich mir meine Ankunft zu Hause nicht vorgestellt. Ich hasse ihn und all die anderen Kerle aus tiefstem Herzen. Sollte ich den Sub noch einmal in seiner Nähe erwischen, breche ich ihm mehr als nur die Nase. Und das zählt auch für alle anderen hier.

Männer kommen an die Bar bestellen sich was zu trinken, gehen wieder. Ich werde komplett ignoriert. Aleksey verabschiedet sich und kurz spüre ich seine Hand, die mir über den Kopf streicht. Laut schlucke ich und im Stillen bedanke ich mich für seine Anteilnahme. Andrew geht seiner Arbeit nach und für ihn kommt Angelo, der auf mich aufpasst. Ich kann seine Blicke auf der Haut spüren und sie sind nicht besonders wohlwollend. Langsam tun mir die Knie weh. Die Gedanken verlieren sich und ich bemerke nicht, dass ich schon über eine Stunde vor seinem Freund knie. Dass ich überreagiert habe, gestehe ich ja. Trotzdem bebe ich vor Wut, wenn ich nur an den Kerl denke, der es gewagt hat, meinen Sir anzupacken.

Endlich ist Andrew fertig, stellt sich neben Angelo. Sam ist auch da, flüstert leise, dass ich mich endlich beruhigen soll. Sanft streicht er durch mein Haar und schniefend lehne ich mich gegen seine Beine. Erschrocken zucke ich zusammen, als Andrew meine Arme umfasst, mich mit einem Ruck nach oben zieht und aus dem Club schleift. Er schleudert mich auf den Autositz. Sein eisiger Blick lässt mich verstummen. Kaum parkt er den Wagen in der Garage, rennt er um ihn herum, reißt die Beifahrertür auf. Grob fasst er nach meiner Hand, zerrt mich aus dem Auto und stößt mich vor sich her zum Hauseingang. Jetzt heißt es für mich Ruhe zu bewahren, kein Wort äußern. Kaum schließt die Tür sich hinter uns, werde ich gegen eine Wand gestoßen, zwischen ein Paar starken Armen eingeklemmt. Sein Duft weht herüber und schmerzvoll schließe ich die Augen.

Ich will nicht in seine grauen Augen schauen. Will nicht den Vorwurf darin erkennen, weil ich mich zu sehr schäme, dass ich Andrew mit meiner blöden Eifersucht blamiert habe. Auf dem Weg hierhin habe ich beschlossen, dass ich lieber bei ihm bleiben möchte, als ihn zu verlieren. Wenn er eben andere Subs zum Spielen braucht, werde ich das wohl akzeptieren müssen. Er wird auf keinen Fall auf ein Kondom verzichten, sollte er mit den anderen rummachen. Auch bei mir nicht. Egal, ob unsere Tests negativ sind. Irgendwann werde ich den Schmerz, der gerade heiß in mir wütet, verarbeiten können. Meine Gefühle wurden schwer verletzt und trotzdem liebe ich ihn. Das Spielzimmer öffnet sich und als er mit dem Kopf zur Tür nickt, weiß ich, dass es schlimm werden wird.

Ohne ein Wort entkleide ich mich, gehe in die Mitte des Raumes, lege die Hände hinter den Rücken und warte ab. Kaum steht er vor mir, drückt er eine Hand gegen meine Schultern, schiebt den Körper etwas nach vorne. Erschrocken zucke ich zusammen. Beschämt erkenne ich, dass ich Angst vor ihm habe. Wie konnte das nur geschehen? Er ist doch mein Sir und ich vertraue ihm wie keinem anderen Menschen in meiner Umgebung. Ob es die eiskalten grauen Augen sind, die so wütend zu mir runterschauen?

Leise spricht er mit mir, erklärt, was geschehen ist, bevor ich aufgetaucht bin. Mit gesenktem Kopf höre ich zu. Der enge Ring um den Brustkorb lockert sich langsam und Hoffnung, dass er wirklich treu ist, schleicht sich in den vernebelten Verstand. Als er die Stimme senkt, leiser wird, erkenne ich, dass ich es vermasselt habe. Er hat mir sein Halsband umgelegt, weil er mich liebt. Mich!

Ich weiß, dass ich ziemlich hitzig bin, immer mit dem Kopf durch die Wand will. Vertrauen habe ich nie lernen können, weil alle Menschen, die bis dato in meinem Leben aufgetaucht sind, mich irgendwann verraten haben. Außer Kim. Er hält immer zu mir.

Ich sollte Andrew wirklich mehr vertrauen. Wenn er fremdgehen würde, bestimmt nicht in seinem eigenen Club.

Das Gehirn hat kurzzeitig ausgesetzt, als ich den fremden Sub dort sitzen sah. Der sich einfach nahm, was eigentlich mir allein gehört.

Mit jedem Wort, das Andrew mir nun an den Kopf schmeißt, wird er lauter. Leise schluchze ich auf, hebe das Gesicht zu ihm empor, schaue ihn verlangend an. Er zieht mich an seinen Körper heran, drückt die Lippen fest auf meine. Oh, habe ich das vermisst. Nie wieder werde ich ohne ihn verreisen. Dass Andrew mich für mein Unvermögen, ihm zu vertrauen, bestrafen wird, lässt mich in seinen Armen erbeben.

Kapitel 40

Andrew

~~*~*

Da freue ich mich seit Tagen meinen Jungen wieder in die Arme zu nehmen; dann passiert so was. Eigentlich schmeichelt mir seine Eifersucht ja. Dass er aber kein Vertrauen hat, verletzt mich jedoch sehr. Er wird dafür eine Strafe bekommen, die er niemals vergessen wird. Was glaubt er denn, warum ich mir seinen Namen auf den Finger tätowiert habe? Damit ich nicht vergesse, wie er heißt, wenn ich Schluss mache? Oder wie sein Name geschrieben wird?

Zuerst muss ich runterkommen, sonst könnte es passieren, dass ich ungerecht werde, seine Bestrafung härter ausfällt als gedacht. Er murmelt eine Entschuldigung, drückt seinen heißen nackten Körper gegen mich. Dass sein Glied noch nicht hart geworden ist, lässt mich vermuten, dass er sich immer noch schämt. Er wird auf Knien darüber nachdenken dürfen, was er vorhin falsch gemacht hat. Schließlich hat er sich benommen wie ein Elefant im Porzellanladen. In unserer Beziehung bin ich derjenige, der ihm sagt, was er zu tun hat. Dafür brauche ich keine Erklärung abzugeben, warum, wieso und weshalb.

Schon eine Stunde kniet er nackt vorm Spiegel, damit er sich immer in Erinnerung ruft, warum er hier ist, statt das er in meinen Armen liegt und ich ihn liebe. Heimlich beobachte ich ihn. Sein Gesichtsausdruck ändert sich jedes Mal, wenn er verstohlen nach oben schaut. Ab und zu überläuft ein Zittern seinen Körper. Schuldbewusst hat er den Kopf gesenkt. Leise weint er vor sich hin. Seufzend drücke ich mich vom Türrahmen ab und lasse ihn noch eine Weile schmoren. So wie er bis jetzt von allen behandelt wurde, kann ich Jan bis zu einem bestimmten Punkt verstehen.

Die Tür bleibt offen, damit ich ihn hören kann, sollte er sich endlich durchringen, sich bei mir entschuldigen. Entspannt sitze ich im Wohnzimmer, trinke Kaffee und bearbeite ein paar Geschäftsunterlagen.

Nach einiger Zeit ruft er leise nach mir. Ich ignoriere ihn. Wieder ruft er erstickt meinen Namen. Beim dritten Mal stehe ich auf, gehe langsam auf ihn zu und stelle mich vor ihn hin. Die Arme vor der Brust gekreuzt, die Beine etwas weiter auseinander gestellt warte ich darauf, was er mir mitteilen möchte. Den Kopf gesenkt, murmelt er leise eine Entschuldigung und dass er eine Strafe verdient.

Ich starre auf den gebeugten Kopf runter und frage ihn lauernd: »Wofür soll ich dich bestrafen, Sklave?«

Er zögert, senkt den Kopf tiefer, schweigt. Mit einem Schnauben wende ich mich ab. Als ich das Zimmer verlassen will, murmelt er leise: »Dafür, dass ich dir nicht vertraut habe. Dass ich einen anderen Mann schlug und dass ich eifersüchtig war.«

Na endlich kapiert er es!

Statt mir erst mal zuzuhören, was wirklich passiert ist, setzte er seine Fäuste ein. Er lebt nicht mehr auf der Straße, wo er sein Leben verteidigen musste. ICH beschütze ihn. Hier in meinen Armen ist er sicher. Wann kapiert er es, dass er allein nur mir gehört und ich ihm? Vielleicht, wenn es zu spät ist, oder?

Diesmal wird er nicht so glimpflich davonkommen. Er bekommt eine Strafe, die sich unauslöschlich in sein Gehirn einbrennt. Jan ist nicht irgendjemandes Jungen. Er gehört zur Familie Sanchez. Dies bedeutet aber auch, dass alles, was er öffentlich macht, besonders beurteilt wird. Wir sind keine einfachen Männer, sondern gehören der obersten Schicht an. Mein Urgroßvater väterlicher Seite war ein Spanischer Duque[2]. Ein Herzog! Dieser Titel wird immer an den ältesten Sohn weitervererbt, sodass Devil irgendwann mal mit

2 In Spanien ist ein Duque, (Duke), der Herzog eines Adelsgeschlechts.

Duque angesprochen werden wird. Nur gut, dass dies hier keiner weiß.

In Spanien warten sie nur darauf, um uns dabei zu erwischen, wie wir uns danebenbenehmen. Aber da kann das missgünstige Gesindel lange warten. Auch dass wir schwul sind, hat einen Sturm der Empörung losgetreten. Dabei wird die Homosexualität in Spanien gesellschaftlich akzeptiert. Schließlich gilt Spanien als ein liberales Land im Umgang mit Homosexualität. Meine Eltern sind da ganz cool geblieben. Schließlich haben wir nur den Titel geerbt, nicht das Geld. Dafür haben wir hart arbeiten müssen. Das stößt natürlich bei einigen vom alten Adel sauer auf. Aber wir sind hier und tun mehr für unsere Mitmenschen als sie. Vorige Woche noch haben der *Club Black und Red* eine Stiftung ins Leben gerufen, die sich um die Straßenkids kümmern soll. Und zwar in allen Ländern, nicht nur hier in Deutschland.

Daher bin ich wütend auf Jan. Seufzend fahre ich mir durch das Haar. Ich sollte ihn mal darüber aufklären, wer sein Sir in Wirklichkeit ist. Wenn nämlich Devil nicht auf seinem Titel besteht, rutschen Damian und dann ich in der Rangfolge weiter. Was Gott verhüten möge. Zwar lässt man uns hier in Deutschland in Ruhe, doch alles, was hier geschieht, fällt auf unsere Eltern zurück. Er muss es sich vor Augen halten, sonst bläue ich es ihm ein.

»Steh auf und stell dich ans Kreuz. Das Gesicht zum Leder und deinen Hintern zu mir.«

Ohne ein Wort erhebt er sich, schwankt. Bevor er das Gleichgewicht verliert, fange ich Jan auf, halte ihn fest. Als er nickt, lasse ich ihn los. Er geht etwas steif zum Kreuz, hebt die Arme hoch, lässt sich fesseln, ohne einmal zusammenzuzucken. Aufmerksam beobachte ich ihn. Hektisch atmet er ein und aus. Sein Körper bebt, fängt an zu schwitzen. Beruhigend streiche ich ihm über den Rücken, ermahne ihn an seine Atmung zu denken. Er nickt und das Zittern hört langsam auf.

Lange überlege ich mir, mit was ich ihn bestrafen werde. Er soll nie wieder vergessen, dass Eifersucht nichts in unserer Beziehung zu suchen hat. Der Stock vielleicht? Hm, das Paddle oder der Flogger? Dann fällt der Blick auf meine Peitschen-Sammlung an der Wand. Darunter ist eine, die ich zwar im Schlaf beherrsche, ihre Handhabung aber verdammt gefährlich für den Sub ist, wenn der Master keine Ahnung davon hat.

Bis jetzt sind alle Subs und Sklaven befriedigt hier herausgekommen. Keiner der Jungs hat geblutet. Darauf bin ich auch sehr stolz. Ich brauche das nicht. Zwar will ich sie knechten, auf die Knie zwingen, aber Blut spielt in meiner Session absolut keine Rolle. Wird es auch niemals. Jede Peitsche in diesem Raum wurde schon benutzt. Nur die eine nicht. Diese spezielle habe ich nie an den Subs angewendet. Sie stellt etwas ganz Besonderes dar. Damals, als ich sie zum ersten Mal sah, war ich von ihr fasziniert. Staunend habe ich sie in der Hand gehalten, ehrfürchtig angeschaut. Ich wollte sie unbedingt und ließ extra nur für mich eine anfertigen. Sie passt perfekt in meine Hand. Ich schwor mir, sie nur bei besonderen Anlässen zu benutzen, weil ich nur zu genau weiß, dass sie verdammt schmerzhaft sein kann.

In Las Vegas habe ich bei einer Session einen Dom damit arbeiten sehen, der ein Meister im Umgang mit ihr war. Wir haben uns angefreundet und ich fragte ihn, ob er mir beibringen kann, sie zu beherrschen. Zwei harte Jahre habe ich damit geübt. Zum Schluss musste ich Dominic zeigen, dass ich sie handhaben konnte. Eher ließ er nicht zu, dass ich sie benutzen durfte. Er war beeindruckt, gab mir sein Okay. Zur Belohnung durfte ich sie an seinem eigenen Sub benutzen. Ich enttäuschte ihn nicht, trieb seinen Jungen damit in den Sub-Himmel. Die ganzen Jahre hat sie hier gehangen, nur darauf gewartet, dass der richtige Junge dafür auftaucht.

Die Bullwhip! Auch Singletail Peitsche genannt. Nur ein einziger Lederriemen ist Bestandteil dieses bösartigen Strafinstruments. Auch hier herrscht bei der Session SSC. Safe, sane und consensual. Was heißt, dass ich bei ihrer

Anwendung die Gesundheit meines Sklaven garantieren kann. Auch, dass es zwischen uns einvernehmlich ist. Freiwilligkeit und Vertrauen sind die Grundlagen unseres Zusammenlebens und das Ausleben unserer Neigungen. Was auch bei der Bestrafung eine große Rolle spielen sollte.

NEIN, MUSS!

Das Verlangen, meinen Jungen damit zu bestrafen. Seins, die Strafe anzunehmen, sich mir zu schenken, ist viel mehr als einer, der mit SM nichts zu tun hat, je in seinem Leben begreifen wird.

Liebevoll streiche ich über den bebenden Rücken, betrachte nachdenklich die weiße Haut. Allein der Gedanke, was ich gleich mit ihm machen werde, lässt das Herz in der Brust voller Liebe überquellen.

Leise rede ich auf ihn ein, beruhige ihn, greife Jan ins Haar und drehe sein Gesicht zu mir rüber.

»Für das, was ich gleich mit dir vorhabe, gebe ich dir ausnahmsweise ein Safewort. Trotzdem will ich, dass du mir vertraust. Vertrauen, Jan, ist das, was unsere Spiele ausmacht. Vertrauen, dass ich genau weiß, wie weit ich gehen darf. Solltest du es gar nicht mehr aushalten, denke daran, dass du trotzdem mit nur einem Wort alles stoppen kannst. Ich werde dir nicht böse sein, sondern stolz, dass du die Strafe bis dahin tapfer ertragen hast, mutig genug bist, mich aufzuhalten. Nein zu sagen ist nichts Beschämendes!«, kläre ich ihn auf.

Er nickt, schluckt, schaut mit großen Augen zu mir, als ich die Peitsche von der Wand nehme. Damit er auch genau weiß, um was es sich in meinen Händen handelt, stelle ich mich zu ihm, zeige ihm die Bullwhip. Panisch reißt er die Augen auf, blickt mich entsetzt an. In einem ruhigen Ton erkläre ich, was gleich passieren wird. Er schaut lange auf das, was ich in den Händen halte, sieht, wie zärtlich meine Finger über den langen Lederstreifen gleiten. Sein Blick wandert hoch in mein Gesicht. Ernst schaut er mir in die Augen. Irgendetwas hat er wohl darin gesucht und gefunden.

Endlich nickt er, dreht den Kopf, lehnt sich mit der Stirn an das Leder zurück. Tief atmet er ein, stellt sich gerade hin und wartet darauf, dass ich anfange ihn zu bestrafen. Seine gefesselten Hände umklammern fest die Ketten.

Die Peitsche ist kunstvoll geflochten und genau speziell nur für mich angepasst worden. Ein Unikat. Rotes Leder am Handgriff, wo der Name Andrew Sanchez eingebrannt wurde. Sie besteht aus einem einzigen langen roten Lederstreifen, der sehr schmerzhaft sein kann. Eine Lederschlaufe, die sich um das Handgelenk schmiegt, gibt mir einen festeren Griff, dass sie mir nicht aus den Fingern rutschen kann. Ich probiere ein paar Hiebe in der Luft, um ein Gefühl für sie zu bekommen. Boah, ist das geil. Hart schlucke ich. Es ist schon verdammt lange her, dass ich diese Geräusche vernommen habe!

Die Peitsche locker in der Hand, die Beine fest auf den Boden gestemmt, um einen sicheren Stand zu garantieren, bin ich nun bereit, meinen Jungen zu bestrafen. Voller Vorfreude hat sich mein Glied versteift, drückt gegen den Verschluss der Hose.

Das Herz klopft dabei voller Gier gegen die Rippen.

Nur meine Hände, die sind ganz ruhig.

Das Leder knallt laut in den Raum, trifft nur mit der Spitze die Haut auf Jans Rücken. Er zuckt zusammen, schreit kurz auf. Der zweite Hieb hinterlässt einen feinen roten schmalen Strich, genau zwischen den Schulterblättern. Jan bebt, verkrampft die Muskeln, entspannt sich dann. Ich stelle mich etwas anders hin und das, was ich sehe, ist einfach unglaublich.

Mein bebender Junge steht mit einem harten Schwanz vor mir.

Dass er dabei Lust empfindet, ist einfach unbeschreiblich. Er kann es nicht verleugnen, dass Schmerz ihn in einen Rausch versetzt.

Nach jedem Schlag lasse ich ihm Zeit, die Pein zu verarbeiten. Noch nie habe ich in Las Vegas bei Dominic gesehen, dass sein Sub sich so in seinen Schmerz fallen lassen kann. Und seiner war schon verdammt Hardcore.

Mein Junge ist daher einzigartig und er gehört nur mir. Voller Stolz schaue ich ihn an.

Konzentriert schwinge ich die Whip, hinterlasse den dritten und vierten roten Strich auf seinem Hintern. Atemlos lässt er sich in die Hiebe fallen. Das allein bringt mich fast dazu, in die eigene Hose zu kommen.

Jans Körper biegt sich nach oben, als er sich auf die Zehenspitzen stellt, verkrampft, als die Peitsche erneut seine Haut berührt. Er hechelt den Schmerz weg, lässt sich langsam zurücksinken. Seine Nackenhaare sind ganz nass. Kleine Schweißperlen rinnen die Wirbelsäule runter.

Ich liebe meinen Jungen. Er nimmt alles, was ich ihm gebe, ohne auch nur einmal Stopp zu schreien. Schweißnass und schwer atmend stehe ich hinter ihm, schmeiße die Peitsche zur Seite. Er ist völlig außer sich, weint, bettelt um noch mehr. Fassungslos schaue ich in das geliebte Gesicht, danke der Schicksalsgöttin dafür, mir diesen Jungen geschenkt zu haben. Die blaue Haarsträhne klebt an seiner Stirn. Behutsam streiche ich sie aus seinem Gesicht, schaue, ob es ihm auch wirklich gut geht. Schließlich weiß ich zu genau, wie bösartig das Leder in die Haut beißt.

»Willst du mich? Willst du mich in deinem Inneren spüren, mein Junge?«, frage ich ihn heiser vor lauter Lust.

Er nickt nur, drückt den Po nach hinten. Schnell reiße ich mir die Kleidung vom Leib, beuge mich über ihn und frage noch mal: »Willst du das wirklich, mein Herz?« Tränen fließen ihm ohne Unterlass über die Wangen. Er zittert, flüstert leise ein »Bitte, Sir!«. Sanft streiche ich mit dem Zeigefinger über jedes Fleckchen unverletzter Haut. Umrunde die Striemen, fühle, wie heiß sie sind. Jan stöhnt leise auf, drückt sich vorsichtig gegen meinen Schritt. Liebevoll bereite ich meinen Jungen auf mein Glied vor. Nur gut, dass ich in weiser Voraussicht das Gleitgel in der Nähe abgelegt habe. So erregt, wie ich im Moment bin, wäre ich nicht mehr dazu gekommen, es zu benutzen. Vorsichtig dehne ich ihn, dringe sanft ein. Ohne ein Kondom fühlt er sich noch berauschender an. Ich spüre, wie heiß er ist, wie eng. Er kommt mir direkt entgegen, spannt die Muskeln an. Dabei bringt er mich fast zum Kommen. Nur ein paar Stöße sind nötig und mit einem lauten Aufschrei spritzt Jan seinen Erguss vor das Leder. Immer wieder stammelt er meinen Namen, schreit, dass er mich liebt. Ich bin an meiner Grenze angekommen und verströme mich heiß in ihm. Völlig außer Atem schaue ich auf Jans bebenden Körper runter. Nun habe ich ihn auch innerlich markiert. Jetzt gehört er wirklich mir. Für immer und ewig. Er ist und bleibt mein Junge.

Schwer atmend verharre ich ein paar Sekunden in ihm. Hm, er riecht gut. Mit der Zunge lecke ich die Schweißtropfen von seinem Nacken ab. Automatisch beugt er den Kopf zur Seite, macht Platz für mehr Zärtlichkeit. Fest drücke ich den Mund auf die feine Haut, spüre den pochenden Puls darunter. Leicht sauge ich daran, bevor ich weiterwandere. Über die Wange suche ich mir einen Weg zu seinem Mund. Blind drücke ich die Lippen darauf, spüre, dass sie beben. Meine Zungenspitze berührt seine und ich schmecke Jan. Schmecke seine salzigen Tränen, den Schmerz.

Ganz langsam drücke ich meinen Körper gegen ihn. An meinem Brustkorb spüre ich ganz deutlich, wie die Striemen pulsieren. Als meine feuchte Haut auf seine trifft, schreit er schmerzlich auf. Leise flüstere ich, wie stolz ich auf ihn bin, wie sehr ich ihn liebe. Er schaut mich mit seinen blauen Augen voller Vertrauen an, dass es ganz warm in meinem Herzen wird. Trotzdem wird er die Schweinerei, die er hier gerade veranstaltet hat, sauber lecken.

Behutsam löse ich die Fesseln. Seine Beine geben nach und sanft fange ich ihn auf. Zuerst schaue ich mir seinen Rücken an. Stolz erkenne ich, dass kein einziger Blutstropfen zu sehen ist. Dann zeige ich auf das versaute Leder. Er sinkt sofort auf die Knie, macht sich daran, seinen Samen wegzulecken. Bevor er den letzten Tropfen in seinem Mund verschwinden lässt, hebe ich ihn zu mir hoch, drücke meine Zunge in seinen Mund, hole, was mir zusteht.

Nie hat ein Sklave mich mehr beeindrucken können als mein eigener. Sollte irgendjemand ihn auch nur schief anschauen, ihn ohne meine Genehmigung ansprechen, geschweige denn ihn berühren, wird er sein blaues Wunder erleben.

Kapitel 41

Jan

~~*~*

Ich bin auch mal ein eifersüchtiger Idiot. Statt Andrew zu vertrauen, flippe ich aus. Jetzt habe ich den Salat. Die Strafe habe ich mir wohl redlich verdient. Nach Andrews Gesichtsausdruck zu urteilen, wird es eine saftige werden. Seine grauen Augen leuchten hell auf, als ich mich hinknie.

Dass ich dies genau vor einen Spiegel tun muss, macht mich total nervös. Ich weiß, dass ich wie ein Unschuldsengel aussehe. Trotzdem kann man mir das schlechte Gewissen vom Gesicht ablesen. Röte überzieht die Wangen, als ich an die Szene denke, die ich all den Besuchern im Club geboten habe. Auch, dass ich dem anderen Kerl die Nase gebrochen habe, war nicht besonders klug von mir. Er ist eigentlich noch viel zu glimpflich davongekommen. Ich war wirklich kurz davor, ihm vor lauter Wut noch einen Tritt zu verpassen. Da ich die letzten Jahre auf der Straße gelebt habe, gehörte das Kämpfen halt dazu, damit du überlebst. Kampflos werde ich meinen Sir niemals aufgeben. Da kann kommen, wer will und was will, weil ich jeden vernichten werde, der sich in seine Nähe wagt.

Dabei war ich voller Vorfreude. Ich habe gebebt vor Lust, wollte nur in seinen Armen liegen, spüren, dass er real ist. Und was ist das Erste, was ich sehe? Einen fremden Sub, der sich an seinen Hals geschmissen hat. Erzählt mir jetzt bloß nicht, dass da keiner von euch ausgeflippt wäre, wenn es sich um eure Männer gehandelt hätte.

Jetzt werde ich die Strafe dafür annehmen, hoffen, dass es danach aus der Welt geschafft ist.

Verdammt, wie lange lässt er mich eigentlich hier knien? Langsam wird das ungemütlich. Die Wadenmuskeln verkrampfen sich seit geraumer Zeit, was das Knien zur Qual werden lässt. Natürlich weiß ich, was er hören will. Bis jetzt kommen einfach keine Worte der Entschuldigung über meine Lippen.

Kaffeeduft zieht durch die Wohnung und das Rascheln von Papier sagt mir, dass er arbeitet. Irgendwann muss ich mir eingestehen, dass ich so oder so den Kürzeren ziehen werde. Er wird, und das weiß ich nur zu genau, mich stundenlang hier knien lassen, bis ich endlich nachgebe, mich bei ihm entschuldige. Ganz will mein Kopf nicht, weil er denkt, dass er im Recht ist. Es wird mir aber nichts anderes übrig bleiben, wenn ich zu ihm ins Bett möchte.

Also rufe ich leise nach ihm, räuspere mich. Nichts! Noch mal rufe ich seinen Namen, diesmal etwas lauter. Ruhe! Schwer atme ich durch den Mund ein, schlucke die Tränen runter. Diesmal rufe ich etwas lauter, höre, wie er sich bewegt. Reglos steht er vor mir, wartet. Erst als er sich abwendet, murmle ich stockend, dass ich ein eifersüchtiger Idiot bin. Nichts passiert. Er tritt vor und erschrocken zucke ich zusammen, als er wissen will, wofür ich gleich eine Strafe bekomme.

Beschämt beuge ich den Kopf tiefer, versuche ihn nicht anzuschauen. Panisch bemerke ich, dass er den Raum verlassen will. Leise gestehe ich, was passiert ist. Das ich ihm nicht genug vertraut und Mist gebaut habe. Reicht das nicht?

Beinahe überhöre ich, dass er befiehlt, ich soll aufstehen. Aua! Die Beine sind eingeschlafen und ich taumele. Er fängt mich auf, wartet, bis ich das Gleichgewicht wiedergefunden habe. Seiner Stimme kann ich nicht entnehmen, ob er arg böse ist. Sie ist ruhig, gefasst, was tief in mir drinnen ein Warnsignal auslöst. Das wird wirklich, wirklich wehtun, wenn er mit mir fertig ist.

»An das Kreuz! Mit dem Gesicht zum Leder und dem Hintern zu mir!«, befiehlt er mit tiefer Stimme, bevor die Gedanken weiter ein Szenario des Grauens spinnen können.

Direkt erfülle ich seinen Befehl, hebe ohne ein Wort die Arme. Schnell legt er die Handfesseln an, zieht meine Hände nach oben. Betont langsam atme ich ein und aus, versuche mich zu entspannen. Mein Herz klopft viel zu schnell in der Brust. Habe ich etwa Angst? Ja, und wie!

Das, was mich erwartet, ist viel mehr, als ich gedacht habe. Der Körper will diesen Schmerz erleben, die Seele sich darin wälzen und ich? Ich liebe den Mann, der dafür verantwortlich ist. Viele, die so was nicht empfinden können, würden dies nicht verstehen. Wie sollten sie auch? Dieses brennende Verlangen, was in mir tobt, hat sich, je älter ich wurde, gesteigert. An manchen Tagen ist es so schmerzhaft, dass mir die Haut am ganzen Körper wehtut. Es ist ein Lavastrom, der versucht mich zu verbrennen. Sollte es nicht befriedigt werden, explodiert es wie ein Vulkan, der überkocht. Es verschlingt alles, reißt mich in einen tiefen Abgrund. Irgendwann wird es dann so schlimm, dass ich nur beten kann, dass Andrew in der Nähe ist, mir hilft, diesem Fiasko zu entkommen.

Ein sanftes Streicheln und ich bin wieder da. Erleichtert erfahre ich, dass er mir ein Safewort geben wird. Andrew verspricht, sofort aufzuhören, sollte er mitbekommen, dass er mich damit überfordert. Er erklärt, dass meine Gesundheit das Allerwichtigste für ihn ist. Die oberste Priorität! Mein Sir wird aufpassen, sich danach liebevoll um mich und alle Wunden kümmern. Zum Schluss haucht er noch, wie sehr er mich liebt. Er wird sicherstellen, dass ich auch alles bekomme, was ich brauche, um dies mit allen Sinnen genießen zu können.

Nun fragt er, ob ich das auch möchte? Bin ich damit einverstanden? Schnell nicke ich. Warum wohl habe ich sein Halsband angenommen, mir seinen Namen tätowieren lassen, wenn nicht aus diesem Grund? Vertrauen und Liebe. Gleich wird er mir zeigen, dass ich seine Dominanz brauche, damit ich mein inneres Gleichgewicht herstellen kann.

Ja ich bin frech, habe eine große Klappe. Dabei sehne ich mich mit aller Macht nach seiner harten Hand.

Mein Sir erklärt mir die Strafe, tritt zurück, streicht einmal liebevoll über den bebenden Rücken. Dann zeigt er mir, was er in der Hand hält. Eine Peitsche mit nur einem langen, roten Lederriemen. Er spielt damit, lässt sie knallen. Allein der pfeifende, schrille Ton erzeugt eine Gänsehaut auf meinem Körper. Die Rückenmuskeln ziehen sich allein von diesem Geräusch automatisch zusammen. Ich spanne mich an, bereite mich mental auf das vor, was unweigerlich kommt. Fest schaue ich meinem Sir in die grauen Augen. Leicht nicke ich, lege die Stirn an das kalte Leder des Kreuzes und warte, gehe in mich. Erschrocken zucke ich zusammen, als ein furchtbarer Knall durch das Zimmer hallt.

Scheiße, tut das weh, als die Spitze der Peitsche die Haut des Rückens trifft. Fest kneife ich die Augen zu, atme tief ein, lasse die Pein durch alle Nervenbahnen laufen, bis ich sie verdaut habe. Mit schmerzverzerrtem Gesichtsausdruck warte ich, dass der nächste Hieb kommt und die Haut küsst. Diesmal spüre ich die höllische Pein zwischen den Schulterblättern. Ein unsäglicher, qualvoller, glühender Stich, geht in Wellen durch den Körper. Den Kopf gesenkt, atme ich ihn weg, sehe voller Unglauben, dass ich tatsächlich hart geworden bin. Ungläubig erkenne ich, dass sogar die ersten Tropfen schon aus der Spitze hervorquellen. Als der dritte und vierte Hieb auf meinen Hintern landen.

Mein Rücken wölbt sich, als ich gellend aufschreie, versuche die nächsten Hiebe zu verarbeiten. Die Stirn fest gegen das Leder gepresst, spüre ich die Nervenenden zucken und die Knie fangen an zu zittern. Wie kann es sein, dass ich trotz der unglaublichen Schmerzen geil bin? Dass mein Schaft eine Lustperle nach der anderen produziert? Mein Sir lässt mir die Zeit, die ich brauche, um mich zu fangen.

Schweißnass hänge ich in den Fesseln, zittere, versuche den herannahenden Orgasmus zurückzudrängen. Boah, das war knapp. Uh, sollte er noch ein einziges Mal zuschlagen, dann komme ich, ohne es verhindern zu können. Aus den Augenwinkeln sehe ich, wie die Peitsche zu Boden geworfen wird.

Erleichtert atme ich aus. Gott sei Dank ist es vorbei. Warme Hände streichen beruhigend durch mein nasses Haar, verkrallen sich darin. Der leichte Schmerz holt mich runter. Mein Sir steht hinter mir, legt die Stirn in meinen Nacken und flüstert, wie sehr er das genossen hätte. Doch das Schönste: dass er mich liebt. Ich will noch mehr von diesen geilen Lustschmerzen, bettele ihn regelrecht an.

»Nein, Jan. Wir fangen langsam damit an. Später, in ein paar Monaten, steigern wir vielleicht die Anzahl der Hiebe. Jetzt reichen die vier erst mal. Atme durch den Mund, verarbeite deine Schmerzen!«

Behutsam streicht er mir über den wunden Rücken, ertastet vorsichtig die Striemen mit den Fingerspitzen, sanft fährt er darüber. Gott, das tut so gut! Er wispert, dass er mich begehrt, mich will. Oh ja! Ich will ihn auch, und zwar sehr. Weil ich eine kalte Leere in mir fühle, die nur er füllen kann.

Statt einer Antwort drücke ich das Kreuz durch, presse den Hintern gegen seinen Schritt, biete mich ihm an. Tränen fließen ohne Unterlass, als er sie behutsam wegwischt.

Er dehnt mich vorsichtig und endlich spüre ich ihn. Sein Glied, die pochenden Adern. Wie heiß er sich anfühlt. Und das alles gehört nur mir. Ich bettele, höre, wie er mir leise ins Ohr raunt, dass ich kommen darf. Nur ein paar Stöße brauche ich, um schreiend seinem Befehl nachzukommen. Laut rufe ich dabei seinen Namen, schluchze und spüre, wie er sich wieder und wieder kraftvoll in mir versenkt.

Er zuckt hinter mir zusammen, stöhnt und verströmt sich heiß. Völlig fertig lasse ich mich in die Fesseln fallen.

Eine feuchte Zunge bahnt sich ihren Weg über meinen Nacken hin zum Hals, Lippen saugen sich fest. Er macht erst halt, als er an meinen Mund angekommen ist. Ohne Vorwarnung drückt er seinen heißen, schwitzenden Körper gegen den wunden Rücken, was mir einen heiseren Schrei entlockt. Warmer Atem trifft mein Ohr, als er flüsternd erklärt, wie stolz er auf mich ist, mich liebt. Er entzieht sich mir vorsichtig und ich spüre seinen Samen an meinen Beinen runterlaufen.

Auch ich liebe ihn und kein anderer Sub wird ihn mir wegnehmen. Nach dem, was im Club passiert ist, werden sie sich hüten, ihm jemals wieder ein Angebot zu unterbreiten, ohne dass ich sie verprügeln werde. Wenn ich dafür jedes Mal eine harte Strafe bekomme, nehme ich das gerne in Kauf.

Er löst die Fesseln, begutachtet die Wunden und drückt mich auf die Knie runter. Mit rauer Stimme befiehlt er mir die Sauerei zu entfernen, die ich in meiner Lust verursacht habe. Ohne seinen Befehl in Frage zu stellen, lecke ich alles auf. Er zieht mich danach in seine Arme, holt sich einen Teil zurück. Genüsslich verzieht er das Gesicht, trägt mich vorsichtig ins Bett und versorgt die brennenden Wunden. Ganz nah an ihn gedrückt, schlafe ich schließlich erschöpft ein.

Ein leichtes Klopfen unter der Haut lässt mich langsam erwachen. Andrew schläft, umklammert mich ganz fest. Instinktiv drücke ich mich gegen ihn. Ich liebe diesen Schmerz, wenn er unter der Haut tobt. Zum ersten Mal schlafe ich seit Paris tief und fest ein. Am nächsten Morgen gibt es Hausarrest und eine dicke Ermahnung. Ich hoffe, es hat Andrew gereicht, mich für dieses unmögliche Benehmen zu bestrafen. Die ganze Woche werde ich brav im Haus bleiben und für die Prüfungen lernen.

~~*~*

Jaaaa! Die Faust geballt schreie ich die Erleichterung laut hinaus. Ich habe bestanden. Und das sogar mit Auszeichnung. Ich war der Beste von allen. Adrian stand mit stolzgeschwellter Brust vor mir, drücke mich gegen sich. Jetzt habe ich eine Woche Urlaub. Erst danach wird es ernst und ich steige voll ins Berufsleben ein. Endlich bin ich da angekommen, worauf ich fleißig hingearbeitet habe. Ohne Andrews Unterstützung hätte ich dies nicht geschafft. Endlich fühle ich mich gleichberechtigt, verdiene mein eigenes Geld.

Als ich aus dem Prüfungsraum komme, stehen alle meine Freunde vor der Tür, halten die Daumen hoch. Strahlend schaue ich sie an, lade sie alle zu meiner bestandenen Prüfung auf einen Drink ein. Gegenüber ist eine Bar und wir gehen zusammen dorthin. Was soll ich zu meiner Verteidigung sagen? Dass ich einfach zu aufgedreht war, um daran zu denken, Aleksey Bescheid zu sagen, dass ich in dieser Bar bin? Wir einfach alle gut drauf waren? Jedenfalls haben wir etwas zu tief ins Glas geschaut. Ich nicht! Ich hatte bloß zwei Gläser Sekt getrunken. Ich schwöre! Nun ja. Ohne zu frühstücken aus dem Haus zu gehen, war nicht besonders klug von mir. Aber ich war so aufgeregt, dass ich Magenschmerzen hatte, nichts runter bekam. Ich war so froh es endlich überstanden zu haben. Die Lehre war aufreibend, weil ich vieles aufholen musste. Außerdem war ich auch noch der Älteste in der Berufsschule. Ohne Adrian und seine Nachhilfestunden wäre dies nicht möglich gewesen. Max musste die letzte Zeit oft auf seinen Mann warten, weil er neben mir saß, mir einige Sachen erklärte. Nun ist es endlich geschafft. Unbeschwert kann ich nun mit meinen Freunden feiern.

Lachend haben wir uns gegenseitig gestützt, als wir zurück in den *Club Red* gewankt sind. Dort standen sie dann, unsere Männer. Wie die Soldaten in Reih und Glied.

Böse schauen sie uns an.

Oh weh, das wird ein Donnerwetter geben, und was für eins. Mit offenem Mund stehen wir alle vor ihnen. Unsere Ohren glühen, als sie endlich mit uns fertig sind. Statt dass ich mir einfach auf die Zunge beiße, breche ich in ein dümmliches Lachen aus, stecke die Freunde damit an. Zuerst nur leise, hinter vorgehaltener Hand. Dann kann ich einfach nicht mehr, breche in einen richtigen Lachanfall aus. Was mich da geritten hat, weiß ich nicht. Vielleicht ihre strengen Mienen, der erhobene Finger von Dante, mit dem er vor unseren Gesichtern herumfuchtelte? Oder war es, weil Devil die Augenbraue nach oben zog, uns anschrie? Nicht nur leise, sondern verdammt laut. Das haben bestimmt die Leute auf der anderen Straßenseite noch mitbekommen. Die Bauchmuskeln schmerzen, als ich endlich nach Luft schnappen kann. Hart werde ich am Arm gefasst, durchgeschüttelt und nach draußen gezogen.

Das Lachen vergeht mir bei Andrews eiskaltem Blick. Versteht er denn gar keinen Spaß mehr? Seine Belehrung, wie ich ohne einen meiner Leibwächter losziehen konnte, dröhnt mir immer noch in den Ohren. Mittlerweile habe ich sogar drei davon. Also drei Leibwächter. Das müsst ihr euch mal vorstellen. Drei von der Sorte, die immer aufpassen. Da kann ich mir noch nicht mal in Ruhe gepflegt einen runterholen, ohne dass einer von ihnen in der Tür steht und mich beobachtet. Vielleicht sollte ich sie dazu einladen und sie könnten zuschauen! Hm! Nein, ich glaube, das ist ein ganz, ganz schlechter Gedanke!

Andrew zerrt mich zum Parkplatz, öffnet die Hintertür des Autos, zeigt ins Innere. Er fährt zügig durch Berlin. Ich beobachte ihn und ein warmes Gefühl erwacht in meinem Bauch. Leicht beuge ich mich nach vorne, puste zaghaft den warmen Atem in Andrews Nacken. Leise hauche ich in sein Ohr, dass ich ihn liebe. Mit den Zähnen packe ich vorsichtig das Ohrläppchen, beiße hinein, lecke dann darüber. Er zuckt zusammen, als ich ihm Schweinereien zuflüstere, hoffe, dass es ihn besänftigen wird.

Nutzt alles nichts.

Zu Hause zerrt er mich bis in mein Zimmer, schmeißt die Tür hinter sich zu, schließt sie von außen ab.

Was soll das? Ich bin kein kleines Kind, das in sein Zimmer verbannt wird!

Jetzt schreie ich ihn durch die Tür hindurch an, beschimpfe ihn. Wütend, dass er mich nicht wie einen erwachsenen Mann behandelt, nur, weil ich mal ohne Aleksey, Bernd oder Sandro losziehe. Ich hasse das, wenn sie mir wie ein Schatten an den Fersen hängen. Ja, ja, es ist ihr Job, auf mich aufzupassen. Ich aber brauche auch mal ein kleines bisschen Freiheit.

Wütend brülle ich es ihm entgegen, als er die Tür aufreißt, meine Arme packt, mich zum Bett rüber zieht und über die

Beine legt. Andrews Hand kann verdammt fest zuschlagen, lerne ich in diesem Augenblick. Trotz der dicken Jeanshose spüre ich durch den Stoff hindurch, wie der Hintern anfängt zu brennen, als er endlich von mir ablässt. Er dreht sich um, wirft die Tür mit voller Wucht ins Schloss und schließt sie zu. Wenn er denkt, dass mich so was aufhalten könnte, hat er sich aber schwer getäuscht.

Nicht umsonst habe ich die ganzen Jahre auf der Straße überlebt. Da waren Schlösser das geringste Problem.

Für mich ist das ein Klacks, die blöde Tür zu knacken.

Nach nur kurzer Zeit bin ich frei. Wütend darüber, dass dieser idiotische Streit ausgeartet ist, stehe ich vor dem Küchenfenster. Manchmal hasse ich Andrew wirklich. Vielleicht hätte ich besser zuhören sollen, was er im Club gesagt hat, statt ihn auszulachen. Es war auch mal zu lustig, als sie alle an der Theke standen, die Arme über ihre breite Brust verschränkt, um uns mit ihren bösen Blicken zu bombardieren. Einer schlimmer als der andere.

Oder besser noch, ich wäre direkt zu seinen Füßen gesunken und er hätte mich treten können. Ich weiß, ich bin unfair. Er hat ja recht. Wie konnte ich ohne Leibwächter in eine fremde Bar gehen? Manchmal mache ich Sachen, ohne über die Konsequenzen nachzudenken. Das mit dem Sub ist zwar erst ein paar Wochen her, trotzdem denke ich immer daran, was hätte passieren können, wäre ich nicht rechtzeitig aufgetaucht. Nein, er ist mir treu, liebt mich und ich glaube es ihm, obwohl ich ein gebranntes Kind bin.

Jeder verfluchte Kerl, den ich an mich herangelassen habe, hat mich betrogen geschlagen und entsorgt. Außer dieser geisteskranke Igor. Der wollte mich mit aller Macht an sich binden. Bei ihm fühlte ich jedoch nur Angst, keine Lust. Bis er kam. Sir Andrew Sanchez! Seitdem will ich nur noch ihn!

Schluchzend öffne ich die Augen, wische die Tränen weg und sehe … Igor?

Zwinkernd schließe ich die Lider ein paarmal, hoffe, dass er nur ein Hirngespinst ist. Doch er bleibt … real. Scheiße!

Was will er hier? Das Herz flattert wie ein gefangener Vogel in der Brust. Das Atmen fällt mir schwer. Panik breitet sich aus. Mein ganzer Körper bebt vor Panik. Wo sind die Leibwächter, wenn ich sie brauche? Wieder wische ich mir über die Augen. Als ich sie öffne, ist er weg. Habe ich das jetzt bloß geträumt oder stand er wirklich auf der anderen Straßenseite? Ob ich Andrew anrufen sollte? Nein, er denkt bestimmt, dass ich ihn anlügen würde, weil er mich bestraft hat. Vorige Woche habe ich noch bei den Jungs auf der Straße nachgefragt. Sie haben mir nichts gesagt. Wenn er in Berlin wäre, wüsste ich es schon längst. Auch Andrew würde mir dies nie verschweigen. Oder?

Jetzt weiß ich auch, warum ich immer drei von diesen Typen um mich herumschwirren habe. Mich im Unklaren zu lassen ist das Allerletzte. Das wird Andrew bereuen. Denkt er denn, dass drei reichen würden, um mich vor diesem Irren zu beschützen? Er kennt Igor nicht. Ich aber schon! Die Knie zittern wie verrückt und trocken schlucke ich. Dass ich so eine Angst entwickeln könnte, hätte ich niemals von mir gedacht.

Kapitel 42

Andrew

~~*~*

Er hat es schon wieder getan. Wie oft soll ich es ihm denn noch sagen? Lernt er es denn nie? Da hat sich Jan ohne einen seiner Leibwächter davongemacht! Da Aleksey nicht 24 Stunden auf ihn aufpassen kann, habe ich zwei weitere Leibwächter eingestellt. Bernd und Sandro. Sie wechseln sich ab, damit immer einer in Jans Nähe ist. Sobald ich jedoch den Club verlasse, geht er in meine Obhut über. Erst wenn ich zur Arbeit fahre, ist einer seiner Aufpasser für ihn zuständig. Das ziehe ich durch, bis ich weiß, dass Igor aufgegeben hat oder nicht mehr am Leben ist. Sollte es Jahre dauern, dann ist das halt so. Die finanziellen Mittel sind kein Problem für mich.

Jan den ganzen Tag im Auge zu behalten, dafür schon! Es ist für eine Person unmöglich. Oder ich schließe ihn zu Hause ein, was er sich bestimmt nicht gefallen lässt.

Seit einiger Zeit habe ich Kai Länders damit beauftragt, Igor Popow im Auge zu behalten. Jede noch so klitzekleine Bewegung, die er macht, will ich wissen. Kai ruft an, erzählt, dass Igor in Berlin gesehen wurde und ich? Ich sorge dafür, dass mein Junge noch strenger bewacht wird. Er ist mein Ein und Alles. Sollte ihm was passieren, wird es für Igor keinen sicheren Platz mehr auf der Welt geben. Ich werde ihn dann wie ein Tier jagen und zur Strecke bringen. Das schwöre ich mir. Zwar habe ich keinen Kontakt zur Unterwelt, aber wo ein Wille ist, ist auch ein Weg.

Seit ein paar Tagen residiert er mit seinem Personal in der Villa. Jedenfalls ist er dort gesehen worden. Fast ein Jahr ist er nicht mehr in Berlin gewesen. Die Hoffnung, dass er sich in Russland für immer niedergelassen hat, zerschlägt sich.

Laut Kai verhält er sich bis jetzt ziemlich ruhig und unauffällig. Anscheinend hat er seine Jagd auf Jan aufgegeben. Ich hoffe es für ihn, sonst kann er was erleben.

Justin und Aleksey wechseln sich mit der Beobachtung von diesem Subjekt ab und bis jetzt ist er nicht auffällig geworden. Er hat ein paar Geschäfte getätigt, Orgien gefeiert. Trotzdem traue ich ihm nicht über den Weg.

Um Jan nicht zu beunruhigen, habe ich es ihm verschwiegen. Nicht weil ich denke, er schafft es nicht, sondern weil er zum ersten Mal seit Monaten die Wohnung verlässt, ohne sich umzuschauen.

Heute hat er seine Prüfung und die einzige Nachricht, die ich von ihm bekommen habe, war, dass er sie mit einer Eins bestanden hat. Seitdem ist er wie vom Erdboden verschwunden. Von Devil erfahre ich, dass die anderen Jungs auch nicht zu erreichen sind. Da schlägt die Angst in Wut um. In den uns bekannten Bars sind sie nicht aufgetaucht, sonst wären unsere Handys losgegangen. Da es erst spät nachmittags ist, haben viele Bars noch zu. Das ist ermüdend. Ich hoffe für Jan, dass er sein GPS anhat. Adrian gibt seine Nummer ein und in Sekundenschnelle wissen wir, wo er und die anderen Jungs sich herumtreiben.

Nur gut, dass sie alle bei ihm sind, Adrian sie gefunden hat. Die Bar, in der sie feiern, ist harmlos, daher lassen wir sie in Ruhe und warten im *Red* auf sie.

Natürlich nicht ohne einen Aufpasser. Sandro passt nun auf, lässt die Bar keinen Augenblick aus den Augen. Endlich kommt die erlösende SMS, dass sie unterwegs nach Hause sind.

Die Tür des *Club Red* wird mit Schwung aufgerissen und die Jungs torkeln hinein. Es ist vier Uhr am Nachmittag und sie sind ausnahmslos alle angetrunken! Fassungslos starren wir sie an. Sie sind gut drauf, lachen fröhlich. Dabei trinken Kevin und Jan fast nie Alkohol.

Na, dann werden wir ihnen mal die Leviten lesen. Statt sich zu entschuldigen, stehen sie gar nicht demütig vor uns.

Zuerst schauen sie uns schuldbewusst an, um dann in lautes Lachen auszubrechen, als sie alle zu Dante rüber schauen. Ihnen scheint unsere Sorge lächerlich zu sein. Sie lachen zuerst hinter vorgehaltener Hand, bis Devil die Augenbrauen zornig nach oben zieht. Bin ich wütend auf Jan? Oh ja!

Ohne seinen Verstand einzusetzen, hat er sich in Gefahr begeben? Er hat ihn heute wohl im Alkohol ertränkt. Dabei trinkt er keinen Tropfen. Was macht ihm zu schaffen, dass er die Sorgen darin ertränken muss? Schließlich bin ich immer für ihn da, höre zu. Wütend, dass er mir nicht seine Sorgen anvertraut, stehe ich nun vor ihm. Schallend lacht er, zeigt auf uns und die Jungs stimmen mit ein. Böse funkele ich ihn an. Das Lachen wird ihm und den anderen gleich vergehen.

Zorn wallt auf. Meine Hände zucken. Ich sollte mich jetzt besser zusammenreißen, sonst versohle ich ihm seinen Hintern. Und das vor all den anderen hier. Dabei habe ich mir immer geschworen, meinen Jungen niemals in der Öffentlichkeit zu disziplinieren.

Und schon bin ich mit einem verdammt ungehorsamen Sklaven auf dem Weg nach Hause. Er sitzt hinter mir, lacht, streicht mir dabei zärtlich durch die Haare. Wie soll ich ihm denn da den Arsch versohlen, wenn er sich so liebebedürftig gibt? Er legt den Kopf auf den Autositz, pustet mir seinen warmen Atem gegen den Hals. Leise murmelt er, dass er mich wie wahnsinnig liebt. Er hätte doch bloß nur ein kleines bisschen mit den Jungs auf den tollen Abschluss gefeiert. Außerdem wären es nur zwei Gläser Sekt gewesen. Er legt das Gesicht in meinen Nacken, schnuppert an der Haut und ich habe Probleme, mich auf den Verkehr zu konzentrieren.

Seine feuchte Zunge leckt über mein Ohr. Mit den Zähnen knabbert er an meinem Ohrläppchen. Gänsehaut überzieht den ganzen Körper und wohlig erschauere ich. Er ist einfach nur anziehend, sobald er sich gehen lässt, mir Schweinereien ins Ohr flüstert. Trotzdem war er ungehorsam. Ich habe ihn einfach in letzter Zeit etwas zu sehr vernachlässigt, was ich gleich mal geraderücken werde.

Seufzend muss ich gestehen, dass ich ihn zu Hause nicht einschließen kann, nur, weil Igor Popow aufgetaucht ist. Ich muss mit ihm darüber reden, ihm klarmachen, was das für uns, nein, für ihn bedeutet. Er soll nicht denken, dass ich ihn wie einen Vogel im Käfig einsperren will. Die Angst, ihn zu verlieren, ist groß. Wenn ich es ihm erkläre, wird er es bestimmt einsehen. Auch dass Aleksey vermehrt in seiner Nähe sein muss.

Zu Hause erlebe ich zum ersten Mal, dass er sich mir verweigert. Wütend steht er vor mir, will nichts davon wissen, dass er in Gefahr ist. Dieser kleine Trotzkopf. Mir bleibt daher nichts Anderes übrig, als ihn wirklich im Zimmer einzuschließen, bis Aleksey da ist. Einer von den anderen Leibwächtern steht unten, wird aufpassen, dass sich keiner unserem Haus nähert, der nicht dazugehört. Ich muss in den Club zurück, ihn öffnen, bis Devil mich in ein paar Stunden ablösen kommt.

Statt diese harmlose Strafe anzunehmen, flippt er vollkommen aus, schreit und tritt mit dem Fuß voller Wut vor die Tür. Wieder ein Tritt, diesmal zittert das Türblatt und es knackt verdächtigt. Frustriert darüber, dass er nicht auf mich hören will, öffne ich sie, schnappe mir Jan und versohle ihm seinen kleinen Hintern. Er strampelt mit den Beinen, ist in seiner Wut für keine Argumente zugänglich. So bockig kenne ich ihn gar nicht. Es nützt ihm wenig. Ich schmeiße meinen ungehorsamen Jungen auf das Bett zurück, befehle ihm seinen kleinen Rausch auszuschlafen. Am liebsten würde ich jetzt mehr machen, als ihm den Arsch zu versohlen. Leider ist die Zeit etwas knapp.

Nur ein böser Blick genügt und er senkt den Kopf. Im letzten Moment sehe ich noch, dass Wut in den blauen Augen aufflackert. Ich hoffe, dass sein Arsch noch lange schmerzt. Sollte ich morgen früh nach Hause komme, werde ich meinem Jungen mal zeigen, wo sein Platz bei mir ist. Bettverbot wäre vielleicht eine der Strafen. Das Paddle habe ich auch lange nicht mehr gebraucht. Ihm scheint meine harte Hand zu fehlen, so bockig, wie er gerade ist.

Mit diesen Gedanken lasse ich ihn allein, schließe hinter mir die Tür ab, sende Aleksey eine Nachricht, damit er weiß, dass Jan zu Hause ist. Er schreibt, dass er in ein paar Minuten eintreffen würde, um den anderen Leibwächter abzulösen.

Im Club treffe ich meinen Bruder Jaydan und frage ihn, ob er mal nach Jan schauen könnte, bis Aleksey da ist. Warum ich ihn frage, kann ich nicht sagen. Irgendwie bin ich nervös. Dieses Gefühl, als ob was Schlimmes geschehen würde, setzt sich fest. Jaydan nickt und ich werfe ihm den Autoschlüssel zu.

Kurze Zeit später steht er völlig atemlos vor mir, berichtet, dass er keinen Jan zu Hause angetroffen hat, aber die Haustür nicht abgeschlossen wäre. Diese kleine freche Kröte. Wehe, er hat sich ohne seine Leibwächter abgeseilt, dann vergesse ich mich. Er wird dann zum ersten Mal erleben, wie sauer ich wirklich werden kann. Jan weiß ganz genau, was ihm nach diesem Auftritt im *Club Red* blüht. Eines hasse ich wie die Pest, und zwar, wenn mein Junge in der Öffentlichkeit nicht weiß, wo sein Platz ist. Hoffnung, dass er sich vielleicht ins Spielzimmer verzogen hat, sich auf Knien befindet, kommt kurz auf.

Trotzdem bekommt er gleich den Hintern versohlt, dass ihm mein Befehl ein paar Tage in Erinnerung bleibt.

Unruhig rufe ich Aleksey an, höre, dass er gerade eingetroffen wäre. Weder vom Leibwächter noch von Jan wäre was zu sehen. Die Haustür würde offenstehen und er hätte einen Schuh am Bordstein vor unserer Tür gefunden. Panik durchflutet mich. Hektisch rufe ich Justin an, frage, ob er wüsste, wo sich Igor Popow aufhält. Sein letzter Hinweis ist, dass er sich in seine Limousine gesetzt hätte, durch Berlin gefahren wäre. Sein Informant sagt aber auch, dass er kurze Zeit später zur Villa zurückkam und allein gewesen wäre. Dann ist er mit einem halsbrecherischen Tempo zum Flughafen gefahren und seine private Maschine wäre direkt danach gestartet.

Kopflos renne ich zum Auto, fahre in Rekordzeit nach Hause. Schnell reiße ich die Tür auf, schaue überall nach. Wo verdammt noch mal ist mein Junge bloß?

Hastig schnappe ich mir das Handy, wähle Jans Nummer. Nach Sekunden höre ich, dass er nicht erreichbar wäre. Das würde er nie machen. Niemals! Dafür ist er viel zu vorsichtig, dass dieser Russe ihn sich schnappt, ohne dass ihm einer von uns zu Hilfe kommen könnte. Er hat es mir geschworen, dass er vorsichtig ist.

Ein nagendes Gefühl von Angst bohrt sich in meinen Magen. Selten, dass ich mich darin irre. Etwas Schreckliches ist passiert. Wie verrückt rase ich zu Devil ins Büro zurück, reiße die Tür auf und stehe keuchend vor ihm. Als ich meinem Bruder erzähle, was ich fühle, aktiviert er den PC, sucht Jans GPS-Signal. Nein, das glaube ich jetzt nicht. Warum sollte er sein Signal im Handy deaktivieren? Er würde dies niemals tun. Jan mag zwar ein Hitzkopf sein, aber seinen Schwur würde er niemals brechen. Dafür hat er viel zu viel Angst vor Igor und seiner Bande.

Kapitel 43

Jan

~~*~*

Ungläubig stehe ich immer noch an der gleichen Stelle. Das Herz klopft ängstlich in der Brust, die Atmung setzt aus. War das wirklich Igor? Dieser Kerl auf der anderen Straßenseite sah ihm sehr ähnlich, obwohl er einen Bart trug. Aber die Statur, die Gestik, all das war Igor. Ich könnte es schwören. Automatisch trete ich einen Schritt zurück, hoffe, er hat mich nicht gesehen. Als jedoch der eisige Blick des Fremden zum Fenster hoch geht, erkenne ich ihn. Nie vergesse ich die dunklen, eiskalten Augen. Dieser eisige Blick, der Hass, der mir gerade entgegenleuchtet. Ich habe ihn genau erkannt.

Himmel, habe ich mich erschrocken. Mit dem Finger drücke ich gegen die Schläfen, reibe sie. Kopfschmerzen setzen ein. Ich irre mich bestimmt nicht. Das war Igor! Was will er bloß hier? Schnell renne ich die Treppen runter, öffne langsam, mit klopfendem Herzen die Haustür. Vorsichtig schaue ich mich um. Wo ist denn Bernd hin verschwunden? Eben stand er doch noch hier. Sollte er das Haus nicht beobachten, auf mich aufpassen, bis Aleksey kommt? Auf ihn zu warten kommt mir gar nicht in den Sinn. Angst läuft wellenartig durch meinen Körper. Soll ich nicht doch lieber Andrew anrufen? Ob er mir überhaupt Glauben wird? So sauer, wie er eben auf mich war, bezweifle ich das sehr. Ich habe zwar eine höllische Angst, aber ich muss wissen, ob es Igor ist. Sonst habe ich keine Ruhe.

Vorsichtig drücke ich die Tür weiter auf. Weder von Bernd noch von einem Igor Popow ist eine Spur zu finden. Habe ich mich etwa getäuscht? Lässt meine panische Angst mich schon Gespenster sehen? Ich weiß, dass Andrew sich regelmäßig nach Igor erkundigt, wissen will, wo er sich aufhält. Das Gleiche mache ich auch. Schließlich war ich ein Kind der Straße. Dort hörst und erfährst du alles, wenn du nur die richtigen Leute fragst. Ein Jahr hat er sich nicht mehr in Berlin blicken lassen, was also will er jetzt wieder hier?

Noch mal schaue ich zur anderen Straßenseite rüber. Mann, ich leide schon an Verfolgungswahn. Sollte das so weitergehen, bin ich echt reif für die Klapsmühle.

Um mich auch wirklich davon zu überzeugen, dass es nur ein Hirngespinst war, trete ich zögerlich einen Schritt zur Tür hinaus, schaue nach rechts und links. Das Handy in der Hand, will ich gerade Andrew anrufen, als eine Faust nach vorne schnellt, mein Hemd packt und mich nach vorne auf den Bürgersteig zerrt. Das Handy wird mir aus der Hand gerissen. In diesem Moment weiß ich, dass es ein riesengroßer Fehler war, Andrew und meine Leibwächter nicht eher anzurufen. Wenn ich es getan und den Verdacht geäußert hätte, dass Igor sich vor unserem Haus rumtreibt, wären sie sofort gekommen, würden selbst nachschauen. Nun ist es zu spät.

Voller Angst erkenne ich, dass es tatsächlich Igor Popow ist, der vor mir steht. Er drückt sich gegen meinen Körper, bis ich hinter mir an die Mauer stoße. Brutal packt er das Shirt, hebt mich zu sich hoch. Sein schlechter Atem weht über mein Gesicht und angeekelt verziehe ich den Mund. Eiskalt schaut er mir in die Augen, stößt mich dann brutal zurück. Er nimmt mein Handy, schmeißt es über die Straße, wo ein LKW darüberfährt, es in tausend Stücke zerspringt. Dann gibt er einem seiner Leibwächter einen Wink und der Kerl packt zu. Brutal zieht er mich mit zu einem Auto, das am Straßenrand steht. Wild schlage und trete ich um mich, schreie voller Angst Andrews Namen. Keine Chance! Sieht den keiner, was hier vorgeht? Ein Tuch wird über meine Nase gedrückt. Panisch halte ich die Luft an. Es nützt alles nichts, weil ich direkt in ein tiefes dunkles Loch falle.

Das Nächste, was ich mitbekomme, ist, dass ich in einem fremden Zimmer aufwache. Eine Frau betritt den Raum, spricht in einer Sprache, die ich gar nicht kenne. Ist das etwa Russisch? Angst presst mein Herz zusammen, der Puls schnellt hoch, dass ich hyperventiliere. Igor hat es tatsächlich gewagt. Er hat mich unter den Augen von Andrew und meinen Leibwächtern entführt. Wie konnte das bloß geschehen? Panisch taste ich nach meiner Jeanshose. Gott sei Dank ist sie noch intakt. Auch die Geldbörse ist noch vorhanden. Nur mein Handy, das fehlt. Direkt wandern die Gedanken zu Andrew. Was mag er nach unserem Streit denken?

Ob er glaubt, dass ich ungehorsam war, einfach das Haus verlassen habe, nur, um ihn zu ärgern? Er weiß, dass ich dies nie tun würde. Mein Halsband? Panisch taste ich danach, erkenne erleichtert, dass es an seinem Platz ist. Es gibt mir Kraft und Zuversicht, dass ich dieses Dilemma unbeschadet überstehen werde. Die Tür öffnet sich und erschrocken erkenne ich … Igor Popow!

Er hat sich rasiert, schaut mir begehrlich ins Gesicht. Sein Lächeln ist gefährlich und Angst breitet sich aus, als er eine Handbreit vor mir stehen bleibt. Hektisch rutsche ich bis zum Ende des Bettes. Er folgt mir, hebt die Hand, packt Andrews Band und zerrt wie verrückt daran, um es mir vom Hals zu reißen. Als das nichts nützt, versucht er das Schloss zu öffnen und erwürgt mich fast dabei. Panisch wehre ich mich gegen ihn, schnappe verzweifelt nach Luft. Das Lederband widersteht und erleichtert atme ich auf. Völlig außer mir, dass er es gewagt hat, das Band meiner Liebe zu Andrew mit seinen schmutzigen Händen zu berühren, balle ich die Faust, schlage nach Igor. Wie wild schreie ich, dass ich ihn hasse und treffe seine Wange. Sein Kopf wird durch den Ruck nach hinten geschleudert. Voller Zorn schreie ich ihm zu, dass er seine dreckigen Pfoten bei sich behalten soll. Wut leuchtet in den dunklen, irren Augen auf. Mist, ich weiß doch, dass er gefährlich ist, sollte ihn jemand herausfordern.

Keine Chance, ihm auszuweichen. Wie eine Schlange stößt er auf mich zu. Blitzschnell vergraben sich seine Finger in meine Haare. Brutal zieht er mich zu sich nach vorne.

Grob legen sie seine Hände um meine Hüfte. Fingernägel bohren sich in die weiche Haut meiner Hüfte. Laut schreie ich den Schmerz hinaus. Im Reflex trete ich nach Igor, treffe seinen Oberschenkel. Mit einem zornigen Aufschrei lässt er los. Dabei ziehen die Fingernägel tiefe Furchen über meine Haut. Bevor er noch mal nach mir greifen kann, trete ich ein zweites Mal zu, dass er hintüber aus dem Bett fällt. Es rumst, als der schwere Körper von Igor auf den Boden aufschlägt. Direkt nehme ich die Chance wahr, springe wie der Blitz auf, renne zur Tür, reiße sie auf. Orientierungslos stehe ich in einer riesigen Halle. Ich wende mich der Treppe zu, renne, als ob der Teufel hinter mir her wäre, hinunter. Unten angekommen will ich erleichtert die Haustür aufreißen. Geschockt erkenne ich, dass sie sich nicht öffnen lässt. Ich ziehe, rüttele wie verrückt am Griff, doch sie bewegt sich keinen Millimeter. Voller Wut trete ich dagegen. Atemlos drehe ich mich um. Mit einem langen, dünnen Stock kommt Igor auf mich zu. Die Iriden seiner Augen sind tief schwarz und das Lächeln auf seinen Lippen ist gefährlich, sadistisch, lässt mein Herz voller Angst hart in der Brust klopfen.

»Jetzt, Kleiner, jetzt wirst du mich kennenlernen, wie ich wirklich drauf bin, wenn du mich wütend machst. Und glaube mir, das war das letzte Mal, dass du deine Hand gegen deinen wahren und einzigen Herrn erhoben hast. Was denkst du, wer du bist? *DU BIST MEIN SKLAVE. MEINER!*«, schreit er mir nun wutentbrannt ins Gesicht.

»Wie konntest du mich verraten, dich einem anderen Mann hingeben? Du gehörst mir. Mir allein.«

Er schreit wie ein Irrer, spuckt mir dabei ins Gesicht.

»Gib mir sofort das Band, sonst vergesse ich mich. Du wirst meins tragen. *MEINS! LOS, SOFORT!*«, brüllt er, dass es das ganze Haus hören kann. Doch keiner lässt sich blicken. Sie fürchten sich anscheinend vor ihm. In der Hand hält er ein schwarzes Band, das mit spitzen Nieten besetzt ist. Bin ich ein Kampfhund oder was? Igors Pupillen sind riesengroß. Er scheint high zu sein. Ängstlich weiche ich weiter vor ihm zurück. Er ist komplett irre und seine Nasenlöcher weiten sich, als er meinen Duft einatmet.

»Glaubst du, dass dieser … dieser Hurensohn von Sanchez dich hier finden wird? Solange ich es nicht will, kann er dich suchen, bis er schwarz wird!«

Er lacht, schlägt sich dabei auf die Schenkel. Panisch weiche ich weiter zurück.

»Gerade jetzt wird er mit dem Auto verunglücken. Wenn er Glück hat, überlebt er vielleicht, was ich nicht glaube. Meine Männer sind alle Profis, machen keine Fehler. Sind darauf spezialisiert, es wie einen Unfall aussehen zu lassen.«

Er macht eine Pause und sein schmaler Mund verzieht sich grausam.

»Solltest du dich nicht fügen, Sklave, wird dein Zuhälter, wenn er überlebt, bestimmt in ein Messer laufen. Entweder du beugst dich, nennst mich Meister oder ich verprügele dich, dass du deinen eigenen Namen vergisst. Du entscheidest!«

Geschockt schaue ich ihn an. Mein Sir soll sterben? Meinetwegen? Nur weil dieser Irre ein *Nein* nicht akzeptieren kann? Automatisch schaue ich auf meinen Ringfinger. Zärtlich streiche ich mit der Fingerspitze über das Tattoo, »*ANDREW – DEINS*«, und schöpfe Hoffnung. Fest presse ich die Lider zusammen. In Gedanken lächelt mein Sir mir liebevoll zu, flüstert, dass er mich liebt. Ich gehöre nur Andrew, sonst keinem. Sollte Igor sich mit Gewalt holen, was ich ihm nicht freiwillig geben will, werde ich mir vor seinen Augen das Leben nehmen. Er wird dann erkennen, dass ich auch im Tod nur einen Master anerkenne, und das wird niemals er sein, sondern Sir Andrew.

Immer noch leuchtet dieser irre Glanz in seinen Augen.

»Und nun, Sklave, gib mir sofort das Halsband!«, befiehlt er zum wiederholten Male. Ich straffe die Schultern, weiß, dass ich stärker bin, als ich aussehe. Wieder schreit er, dass er das Band haben will. Tief Luft holend entscheide ich mich … dagegen! Ich allein bestimme über mein weiteres Leben. Und er gehört auf keinen Fall dazu!

Niemals werde ich mich ihm freiwillig ergeben. Er ist Abschaum. Ich hasse ihn. Ein kleiner Hoffnungsschimmer keimt auf, dass Andrew auf sich aufpassen kann. Er hat Aleksey, Justin, Tom, Joy und all seine Brüder und Freunde, die ihm zur Seite stehen werden. Sollte ich dies hier überleben, dann kann ich nicht mehr zu meinem Sir nach Hause gehen, ohne ihn zu gefährden. Solange ich weit weg von ihm bin, umso sicherer ist er. Sollte ich es wirklich aus diesem Loch schaffen, werde ich Igor so beschäftigen, mich in der ganzen Welt zu suchen, dass er Andrew vergisst.

Obwohl mein Herz bei dem Gedanken zerbricht, dass ich niemals mehr in seinen Armen liegen werde. In Gedanken schicke ich meinem Mann und Sir einen letzten Gruß. Murmele, dass ich ihn liebe, vermissen werde.

Nun ist mir alles egal. Soll Igor mich doch zu Tode prügeln, mir drohen. Mich mit Gewalt zu seinem Sub machen! Ich straffe mich, trete auf Igor zu.

»Du kannst meinem Sir Andrew nicht das Wasser reichen … POPOW!«

Bewusst rede ich ihn verächtlich mit seinem Nachnamen an, verweigere ihm den Titel Master.

»Alles, was ich ihm freiwillig gab, musst du dir mit Gewalt nehmen. Ich werde dir niemals gehören. Hörst du? *NIEMALS*«, brülle ich ihm entgegen.

»Solltest du meinem Sir auch nur ein Haar krümmen, werde ich dich vernichten. Immer wirst du auf deinen Rücken aufpassen müssen. Bei jeder sich bietenden Gelegenheit werde ich versuche, dir ein Messer in diesen verkommenen Körper zu jagen. Und das, Popow, das schwöre ich dir, so war ich Jan Sanchez heiße!«, schreie ich ihm hasserfüllt ins Gesicht.

Jawohl, ich bin Jan Sanchez!

Um das zu unterstreichen, spucke ich ihm ins Gesicht, balle die Fäuste, schlage auf ihn ein. Die Augen funkeln voller Hass auf, als ich Igor den Namen Sanchez entgegenschreie. Seine Lippen pressen sich fest zusammen. Dass ich nach ihm schlage, damit hat er wohl nicht gerechnet. So trifft mein erster Schlag voll sein Gesicht, reißt die Lippen auf. Er strauchelt ein paar Schritte zurück, fängt sich. Mit der Hand wischt er sich das Blut vom Mundwinkel, leckt es ab. Tödliche Wut flackert darauf in den dunklen Augen auf. Voller Zorn hebt er den Stock und schlägt außer sich vor Wut auf mich ein.

»Entweder wirst du dich mir fügen oder er stirbt. Du entscheidest über Leben und Tod. Du kleiner, mieser Stricher!« Bei jedem Wort holt er aus, schlägt nach mir.

Der Stock sirrt durch die Luft und trifft. Ein entsetzlicher Schmerz auf meinem Brustkorb lässt mich geschockt nach unten schauen. Der Hieb hat das T-Shirt zerfetzt, sich tief in die Haut darunter gegraben. Kleine Blutperlen rinnen sofort aus der Wunde, versickern im Stoff. Er hebt die Hand, schlägt erneut nach mir.

Schnell versuche ich ihm auszuweichen. Seine Augen leuchten voller Wahnsinn auf. Speichel läuft aus den Mundwinkeln. Er versperrt mir den Weg, schupst mich zurück in den Raum. Immer schneller prasseln die Schläge auf mich ein. Zuerst hebe ich die Hände, um wenigstens meinen Kopf zu schützen. Es nützt alles nichts, weil die Kraft, die er in die Hiebe legt, sie von meinem Gesicht wegreißen.

»Wer ist dein Master? Wem gehörst du?«, schreit er mir mit jedem Hieb ins Gesicht. Voller Verachtung spucke ich vor seine Füße, schreie voller Inbrunst: »Sir Andrew Sanchez! Und du bist ein Wurm gegen ihn, Popow!« Statt ihn nicht weiter zu reizen, kann ich nicht anders. Er soll wissen, was er in meinen Augen darstellt.

Ein lauter, wutentbrannter Schrei lässt mich tiefer in den Raum flüchten. Er folgt mir, schlägt auf mich ein, ohne darauf zu achten, wohin. Dabei lacht er irre auf.

Er drängt mich in eine Ecke, beobachtet, wie ich versuche ihm auszuweichen. Eiskalt schaut er mir ins Gesicht, wo das Blut mir in die Augen läuft. Hektisch atmend schaue ich mich nach einem Ausweg um, finde keinen. Meine Situation scheint aussichtslos zu sein. In dem Versuch, Igor auszuweichen, reißt er mich an meinen Haaren zu sich zurück. Ohne Rücksicht presst er die Lippen fest auf meine. Voller Ekel beiße ich ihn, als er mit der Zunge eindringen will. Wütend stößt er mich zurück, schlägt mir brutal die Faust ins Gesicht. Sein Ring reißt meine Lippen auf. Blut läuft über das Kinn, tropft auf die Erde hinab. Der zweite Schlag trifft die Wangenknochen. Durch die Wucht platzt die feine Haut unter dem Auge auf. Bevor ich ausweichen kann, packt er zu, schmeißt mich brutal in eine Ecke. Ungebremst schlage ich auf, knalle mit dem Körper fest gegen die Wand und falle zu seinen Füßen nieder. Immer noch schreit er, dass ich seinen Namen nennen soll. Mit letzter Kraft schüttele ich den Kopf, krieche weiter von ihm weg. Ein fester Tritt in die Rippen hebt mich vom Boden, lässt mich laut aufschreien. Wieder trifft sein Fuß. Diesmal landet er in meinem Bauch, lässt mich verzweifelt nach Luft schnappen. Schließlich rolle ich mich auf der Erde zu einer Kugel zusammen, denke an Andrew. Ich liebe ihn. Er ist der erste Mann, der sofort wusste, wie ich wirklich bin. Ein unsicherer Sub, der Angst hat, sich fallen zu lassen. Dabei suchte ich bloß den richtigen Herrn.

Igor schreit immer noch wie ein Irrer, will, dass ich seinen Namen sage. Er schlägt und tritt ohne Rücksicht auf meinen geschundenen Körper ein. Igor ist nicht mein Master, war es nie. Ich erkenne ihn nicht an, verweigere ihm die Zustimmung. Stolz schaue ich in sein grausam verzogenes Gesicht. Blut rinnt mir von der misshandelten Wange. Die Lippen pochen schmerzlich, wo der Ring einen tiefen Riss hinterlassen hat. Igor packt mein Shirt, zieht mich zu sich nach oben, leckt das Blut ab. Genüsslich verzieht er dabei sein Gesicht. Galle steigt in meine Kehle, will hinaus. Noch einmal leckt er über mein Gesicht und schmeißt mich dann mit Wucht zurück auf den Boden. Geschockt schaue ich zu ihm auf.

Unerwartet trifft der Stock mittig meine Stirn. Schmerz explodiert und ein lauter, unmenschlicher Schrei hallt im Raum. War ich das etwa? Igor ist im Rausch, schlägt, tritt zu.

Unbeschreibliche Schmerzen explodieren in meinem Inneren. Ich vergesse zu atmen und noch nie in meinem Leben habe ich mir den Tod so sehr gewünscht wie gerade jetzt. Erneut tritt er zu und diesmal hüllt die Dunkelheit mich ein.

Als ich das nächste Mal wach werde, liege ich auf einer schmutzigen Matratze. Stöhnend vor Schmerzen versuche ich mich zu bewegen. Der Blitz schlägt voller Pein in meinen Körper ein. Jeder Knochen im Leib tut mir weh. Wimmernd hole ich vorsichtig Luft. Wie viel Zeit mag vergangen sein? Leise weine ich, taste vorsichtig den wunden Körper ab. Bis jetzt scheint nichts gebrochen. Großer Durst plagt mich. So vorsichtig, wie es nur geht, setze ich mich auf. Mindestens zwei Rippen scheinen geprellt zu sein. Zittrig hole ich Luft. Das Atmen fällt mir schwer. Auch habe ich ziemlich abgenommen. Ich kann die Knochen durch die Haut fühlen. Schniefend schaue ich auf meinen Brustkorb runter. Das T-Shirt hängt in Fetzen. Viele Striemen sind rot, entzündet, voller Eiter. Vorsichtig versuche ich den Stoff daraus zu entfernen, doch er hat sich in die Haut eingegraben, lässt sich nicht lösen, ohne dass die Wunde aufreißt, zu bluten anfängt. Faustgroße, blutunterlaufene Hämatome zeichnen sich auf den Beinen und Armen ab. Ängstlich hoffe ich, dass der restliche Körper nicht so schlimm aussieht! Ein kleiner Eimer steht in der Nähe. Unter großen Schmerzen versuche ich nachzuschauen und erkenne, dass es Wasser ist. Zwar etwas abgestanden, aber sauber. Vorsichtig beuge ich mich hinunter, schreie laut auf und lasse mich zurück auf die schmutzige Matratze fallen. Dunkelheit umgibt mich. Nach einiger Zeit erwache ich. Noch nie hat mein Körper mir signalisiert, dass dieser Schmerz nicht gut für mich ist. Statt Lust empfinde ich nur höllische Pein. Still weine ich vor mir hin. Meine ersten Gedanken gehören Andrew. Hoffentlich geht es ihm gut.

Erschöpft atme ich vorsichtig ein, entspanne mich. Auf Knien versuche ich noch mal den Wassereimer zu erreichen und schöpfe etwas Flüssigkeit in meine Hände. Erleichtert seufze ich auf, als das Nass durch die wunde Kehle rinnt.

Langsam kommt die Erinnerung zurück. Panisch schaue ich mich um, erkenne, dass ich in einem dreckigen Kellerloch liege.

Ob ich schon lange hier unten bin? Meinem Körper nach zu urteilen habe ich ziemliches hohes Fieber. Ich bin total verschwitzt. Meine Kleidung hat sich mit Blut und Urin vollgesogen. Was der andere Geruch ist, da schweige ich lieber drüber. Peinlich schaue ich nach unten. Ich bin bestimmt ein paar Tage, wenn nicht schon eine ganze Woche hier. Sogar die Bartstoppeln sind weich geworden. Vorsichtig taste ich nach meinem Gesicht, fühle, dass die Wange immer noch dick geschwollen ist. Mit den Fingerspitzen streiche ich über das restliche Gesicht. Auf der Stirn pocht die aufgeplatzte Haut und vorsichtig fühle ich, ob sie blutet. Auch mein Brustkorb und der ganze Rücken schmerzen bei jeder Bewegung, die ich mache. Blaue Flecken zieren den ganzen Körper und eine dicke Schwellung kann ich an der Seite der Rippen fühlen. Auch klebt mein Shirt am Rücken fest. Als ich versuche es zu entfernen, schreie ich laut auf. Brennende Pein breitet sich aus und eine warme Flüssigkeit läuft mir über den Rücken. Anscheinend haben die Wunden angefangen zu bluten. Schwarze Schatten erscheinen vor meinen Augen. Ich muss mich fangen, sonst werde ich bewusstlos, was ich vermeiden möchte. Was ist nach meiner Ohnmacht bloß geschehen? Panisch taste ich nach der Hose und erkenne erleichtert, dass sie intakt ist. Ein Wunder, dass Igor mich nicht vergewaltigt hat, während ich bewusstlos war. Das würde zu ihm passen.

Leise weine ich, versuche den Schmerz unter Kontrolle zu bekommen.

Du kannst das, Jan. Du bist schließlich Sir Andrews Junge. Er würde keinen Schwächling an seiner Seite haben wollen!

Fieberschübe tyrannisieren meinen ganzen Körper, lösen sich mit Schüttelfrost ab. Erst ist mir kalt, dann wieder heiß. Schweiß bildet sich, rinnt über die geschundene Haut, brennt sich in die Wunden ein. Voller Pein keuche ich laut auf. Damit oben keiner erfährt, dass ich bei Bewusstsein bin, beiße ich mir fest auf die kaputten Lippen, unterdrücke die Schmerzensschreie.

Ein Knarren lenkt meine Aufmerksamkeit zur Tür. Ein kleiner Kerl schlüpft hinein, legt den Finger auf seine Lippen. Mit großen, dunklen Augen schaut er mitleidig zu mir runter. Er spricht in einer mir unbekannten Sprache schnell auf mich ein. Ich verstehe kein Wort. Er winkt, dass ich ihm folgen soll. Behutsam hilft er mir auf, stützt mich, damit ich nicht umfalle. Mit einem Handzeichen erklärt er mir, dass ich leise sein soll und führt mich langsam aus der Zelle hinaus. Ängstlich schaut er sich immer wieder um. Für einen Moment halte ich die Luft an, sammele die letzten Kraftreserven und humpele mit zusammengebissenen Zähnen schweigsam neben ihm her.

Er öffnet eine Tür, schaut vorsichtig in den Raum, winkt mir hektisch zu, dass ich zu ihm kommen soll. Er drückt mir ein Handy, ein paar frische Sachen zum Anziehen in die Hand und zeigt nach draußen. Nervlich bin ich fertig und körperlich am Ende. Für jede unvorsichtige Bewegung werde ich hart bestraft. Trotzdem schaffe ich es, komme näher. Er zeigt nach draußen, legt den Zeigefinger an die Lippen.

Ungläubig schaue ich ihn an. Will er mich wirklich gehen lassen? Weiß er eigentlich, was auf ihn zukommt, sollte Igor jemals erfahren, dass er es war, der mich befreit hat? Nur ein Blick in sein Gesicht und ich erkenne, dass er Igor sehr ähnlich sieht. Nur sind seine Züge viel feiner, fast feminin. Sein Haar ist dunkel, schimmert bläulich und fällt in weichen Wellen bis zu seinem Po runter. Die Augen sind ganz schwarz, wie Kohle. Ob das sein Sohn oder Bruder ist? Er scheint in meinem Alter zu sein. Gequält lächele ich, bedanke mich und die Tür fällt mit einem leisen Laut hinter mir zu.

Bei jedem Schritt stöhne ich auf. Nach ein paar Metern muss ich pausieren. Ich sollte mich lieber beeilen, denn wenn Igor herausbekommt, dass ich nicht mehr im Keller liege, wird er seine Bluthunde von der Leine lassen. Mehr kriechend als gehend entkomme ich. Das Handy halte ich fest an die Brust gedrückt. Nachdem ich den ganzen Tag voller Pein durch jeden noch so dornigen Busch gekrochen bin, entdecke ich einen kleinen See. Langsam lasse ich mich in das kalte Wasser gleiten, warte, bis sich die mit Blut und Eiter vollgesogene Kleidung von allein löst. Vorsichtig schäle ich sie mir vom Körper runter. Behutsam wasche ich all den Schmutz von meiner Haut. Das kalte Wasser tut so gut, dass ich eine Zeit lang bewegungslos drin stehen bleibe. Mein Blick irrt durch die Gegend und ich erkenne hinter dem See einen alten Stall. Das Anziehen der sauberen Sachen ist eine Herausforderung und der Weg zum Stall erst. Die beschmutzte Bekleidung befestige ich mit einem Stein, versenke sie im Wasser. So können die Hunde die Spur nicht aufnehmen. Tränen rinnen vor lauter Anstrengung über meine Wangen. Vorsichtig ziehe ich die Tür des Stalls auf, erkenne, dass er voller Heu ist. Hoffentlich kommt keiner vorbei, findet mich, ist das Letzte, was ich denken kann, als ich in einen leichten Schlaf falle.

Die Nacht ist kalt. Ich zittere in den dünnen Klamotten. Die Zähne schlagen aufeinander. Aber das Fieber kommt zurück, brennt sich durch den misshandelten Körper. Gedanken fliegen durch meinen Kopf. Verzweifelt versuche ich mich an irgendeine Telefonnummer zu erinnern. Endlich, nach einer Ewigkeit, erscheint Jessys Handynummer vor meinen Augen. Schnell wähle ich sie, fange vor Erleichterung an zu weinen, als er sich endlich meldet.

Er schreit ins Telefon, wo ich die ganze Zeit gewesen wäre, dass man mich verzweifelt überall wie verrückt suchen würde. Leise erzähle ich ihm alles, weine voller Schmerzen, bettle Jessy an, dass er Andrew nichts verrät. Stockend erzähle ich ihm von Igors Plan, dass er meinen Sir ermorden will, sollte ich zu ihm zurückgehen. Ich glaube Igor, daher muss ich mich bedeckt halten. Jessy redet und redet. Er versucht es noch mal, will, dass ich Andrew anrufe. Wütend schreie ich ihn an. Nein, das geht doch nicht. Kapiert er es denn nicht, dass es gefährlich für alle ist? Jessy erzählt, dass es meinem Sir nicht gut gehen würde. Voller Mitleid und Sehnsucht verdoppelt sich mein Herzschlag. Er würde wie verrückt nach mir suchen, alle rebellisch machen, die ihm noch einen Gefallen schulden. Andrew versucht mit allen Mitteln herauszubekommen, wo ich wäre, und dass ich seit zehn Tagen schon verschwunden bin. Was, so lange schon? Mann, muss ich krank gewesen sein. Da hat der Bastard mich tatsächlich zum Sterben in den dreckigen Keller geworfen. Anscheinend hat er in seinem Wahn gedacht, dass ich es nicht schaffen werde.

Jessy behält die Nerven, fragt, wo ich bin, wie die Ortschaft heißt. Oh, was weiß ich, wie der blöde Ort sich hier nennt! Ich verspreche ihm, noch mal anzurufen, sobald ich weiß, wo ich bin und lege etwas beruhigt auf. Meinem Sir geht es zwar nicht gut, aber er lebt!

Quälend langsam vergeht die Nacht. Endlich kommt die Sonne zum Vorschein. Immer darauf bedacht, dass keiner sieht, wie ich durch den Dreck krieche, mache ich mich auf den Weg in die Freiheit. Fluchend erkenne ich, dass ich das nur allzu gut kenne. Das ganze Leben bestand nur aus Schlägen, Flucht und wieder Flucht. Immer auf der Hut, damit keiner mich hinterrücks angreift. Nur Andrew hatte es geschafft, dass ich mich bei ihm geborgen und sicher fühlen konnte. Nun nimmt Igor mir dies auch noch weg.

Kummervoll zieht sich mein Herz zusammen. Als ich endlich an einem Straßenschild vorbeikomme und entziffere, dass eine Stadt mit Namen Kirkenes in circa zehn Kilometern die Grenze zu Finnland ist, rufe ich schnell Jessy an. Inständig bitte ich ihn, Andrew nichts zu sagen, bevor ich ihm mitteile, wo ich bin. Ich will nicht schuld an seinem Tod sein. Das würde ich nicht überleben. Ich liebe ihn so sehr. Jessy murmelt, dass es ihm leidtäte, was alles geschehen ist. Er weint leise, schimpft auf Igor. Stammelnd, mit Tränen in der Stimme sage ich ihm, wo ich mich gerade befinde. Hektisch höre ich, wie er sagt, dass er in einer Stunde zurückruft. Schnell schaue ich nach, hoffe, dass der Akku des Handys bis dahin hält.

Kapitel 44

Andrew

\~\~*\~*

Dass Jan verschwunden ist, breitet sich wie ein Lauffeuer in unserem Freundeskreis aus. Alle lassen sofort ihre Arbeit ruhen, stehen jetzt geschlossen hinter mir. Justin stürmt rein, erzählt ganz aufgeregt, dass mein Nachbar draußen wartet, der uns was Dringendes mitteilen möchte. Schnell her mit ihm.

Aufgebracht steht er vor uns, beschreibt hektisch, dass eine schwarze Limousine mit laufendem Motor vorm Haus gestanden hätte. Ein Mann wäre ausgestiegen, auf die andere Straßenseite gegangen. Dort hätte er immer nach oben geschaut. Oben? Dort befindet sich das Küchenfenster und … Jans Zimmer!

Der Kerl wäre irgendwann über die Straße gegangen, um sich hinter der Eingangstür des Hauses zu versteckten, was ihn stutzig gemacht hätte. Die Tür wäre aufgegangen und ein zierlicher Mann hätte den Kopf hinausgesteckt, sich vorsichtig umgeschaut. Bevor der Junge reagieren konnte, wurde er von dem Kerl gepackt, auf den Bürgersteig gezerrte.

Schnell spricht er weiter, erklärt, dass der Typ den Kleinen an sich herangezogen hätte. Ihn dann in die Arme von zwei weiteren, riesigen Kerlen geschmissen habe. Dass einer von ihnen dem Jungen ein Tuch aufs Gesicht gedrückt hat und den schlaffen Körper dann in den Kofferraum geschmissen habe. Mit quietschenden Reifen wäre das Auto um die Ecke verschwunden.

»Ich konnte das blanke Entsetzen in den Augen des Jungen erkennen, daher wusste ich, dass etwas nicht mit rechten Dingen zuging. Schnell zog ich das Handy, wollte die Polizei anrufen, als ein anderer auf die Limousine zulief.

Erstaunt erkannte ich, dass es der Leibwächter war, der die ganze Zeit auf den Kleinen aufgepasst hatte. Sie unterhielten sich. Daher dachte ich, dass Sie besser Bescheid wissen sollten, bevor die Polizei sich einmischt! Hier habe ich auch noch das Nummernschild des Autos aufgeschrieben.«

Ich bedanke mich bei meinem Nachbarn, nehme den Zettel entgegen, reiche ihn an Devil weiter. Mein erster Gedanke ist Igor. Ich beschreibe ihm Igor. Er nickt heftig mit dem Kopf.

»Er trug einen Bart, aber ja, er ist es.«

Wütend schnappe ich mir das Handy, rufe mein Sicherheitspersonal zusammen.

»Wer sollte heute Mittag auf meinen Jungen aufpassen?«, frage ich ruhig in die Runde, ernte nur fragende Blicke.

»Wo ist Bernd?« Und wieder zucken ein paar mit den Schultern.

Justin erscheint, schleppt Bernd hinter sich her, schmeißt ihn mir vor die Füße.

Fragend schaue ich ihn an, sehe, wie Bernd den Kopf senkt. Seine Schultern zucken. Er wirft sich bäuchlings vor mir zu Boden. Er schluchzt, stottert, dass ich kein Wort verstehen kann.

Devil tritt auf ihn zu, packt ihn an seinen Armen, stellt ihn vor sich hin. Seine Stimme ist ruhig, befehlend. Bernd schaut zu Boden, weint. Dann bricht es aus ihm heraus.

»Ich hatte Schulden bei Igor, konnte sie nicht bezahlen. Er hat mir gedroht, dass meiner kleinen Tochter was passieren würde, sollte ich nicht von der Tür verschwinden. Heute Morgen kam ein Bild, wo er mit ihr drauf war. Er hat mir das Foto aufs Handy gemailt mit der Bemerkung, dass ich heute wegschauen soll, wenn ich sie unversehrt wiederhaben möchte. Sie ist doch erst drei Jahre alt und alles, was mir von meiner Frau geblieben ist!«, schluchzt er.

Wut erfasst mich. Am liebsten hätte ich Bernd mit der Faust ins Gesicht geschlagen. Die Finger zittern so sehr, dass ich tief durchatmen muss, um nicht auszurasten.

Nein, wenn es sich um mein Kind gehandelt hätte, würde ich genauso handeln. Nur, sollte Jan was Schlimmes geschehen, wird Bernd dafür büßen. Das schwöre ich mir.

Ich weiß aber auch, dass es meine eigene Schuld war. Es lag in meiner Verantwortung, mich besser über die Männer zu erkundigen, bevor ich sie eingestellt habe. Ein alleinstehender Mann mit Kind ist zu angreifbar, wie man gerade sieht. Ein Wink von mir und Devil lässt Bernd los. Schnell entfernt er sich, als eine SMS eintrifft, die ihm sagt, wo er die Kleine abholen kann. Immer noch weint er und zusammen mit Sandro holen sie sein Kind ab. Den Job bei mir ist er los. Niemals könnte ich ihm mein Vertrauen erneut schenken.

Tödliche Wut zieht durch meinen Körper, lässt alle Nerven vibrieren. Jetzt hat es Igor übertrieben.

Er denkt, dass er mich kennt? Oh nein! Dabei weiß er nichts von mir, gar nichts. Wenn man mir was stiehlt, was mein ist, bin ich brutaler als alle meine Brüder zusammen. Sogar Devil ist ein Waisenkind gegen die zerstörerische Wut, die in mir brodelt. Igor hätte besser daran getan, sich über die Sanchez-Brüder richtig zu erkundigen, bevor er sich meinen Jungen mit Gewalt zurückgeholt hat. Völlig ruhig schaue ich Justin an. Er weiß ganz genau, was ich will, wendet sich schnell ab, um alles in die Wege zu leiten. Igor hat nicht nur Freunde. Er hat sich hier auch einen Haufen Feinde in Berlin gemacht.

Devil erklärt, dass die Limousine auf Igors Namen läuft. Er nimmt sein Handy, ruft Tom an. In einer Stunde treffen wir uns alle hier. Diesmal wird Igor nicht so billig davonkommen. Dante meldet sich, sagt, dass ein Geschäftsfreund von ihm aus Russland kommt, Igor persönlich kennt. Er würde sich umhören und mir Bescheid geben. Das würde wohl ein paar Tage dauern. Was? Ein paar Tage? Die hat mein Junge aber nicht. So wie ich Igor kenne, hat Jan noch nicht mal ein paar Stunden! Trotzdem bedanke ich mich bei ihm. Und das bange Warten fängt an. Im Büro gehe ich alle Geschäftspartner durch, rufe ein paar an, fordere kleine Gefälligkeiten von ihnen ein.

Ich bin fahrig, schlecht gelaunt, habe Angst, dass Igor meinen Jungen brechen wird. Wenn ich drei Stunden an einem Stück schlafe, ist das viel. Die Gedanken kreisen immer nur um Jan. Wie es ihm geht, ob er …? Nein, er muss leben, sonst bringe ich Igor persönlich mit meinen eigenen Händen um. Diesmal wird mich keiner davon abhalten können. Ich kenne den Trotzkopf meines Jungen. Er wird sich nicht ergeben, wird Igor bekämpfen. Leider wird das auch Jans Untergang sein. Sollte Igor sich mit Gewalt nehmen, was Jan ihm nicht freiwillig zugesteht, werde ich Popow jeden einzelnen Knochen, den er im Leib hat, brechen.

Viele, die mir einen Gefallen schulden, rufen direkt zurück. Doch keiner schafft es herauszubekommen, wo dieser Russe sich verkrochen hat. Ich bin keine Sekunde allein. Immer ist einer bei mir. Nur auf die Toilette schaffe ich es für ein paar Minuten ohne Begleitung. Die Hände ballen sich zu Fäusten, als ich gegen die Wand schlage. Der Schmerz lässt mich herunterkommen. Mit roten, übermüdeten Augen schaue ich in den Spiegel. Und dann passiert es. Eine einzelne Träne rinnt über meine Wange. Fest beiße ich mir auf die Lippen. Es wird Jan nichts nützen, sollte ich zusammenbrechen. Ein paarmal tief Luft geholt und es geht wieder.

Plötzlich spüre ich, dass was nicht stimmt. Mein Herz klopft hart und schnell in der Brust. Ich verharre, gehe in mich. Ein schlimmer Schmerz durchzieht meinen Kopf. Direkt danach geht es mir besser. Ich glaube nicht an Gedankenübertragung, aber das hier fühlte sich geradezu real an. Dieser Wahnsinnige tut meinem Jungen weh und ich konnte es spüren. Mit einem lauten Wutschrei schwöre ich mir, dass es keiner schaffen wird, mich zurückhalten, sollte er Jan misshandeln. Grimmige Gesichter schauen mir entgegen, als ich bei ihnen auftauche. Ich weiß, dass ich dies nicht allein durchstehen muss.

Nach 36 Stunden meldet sich Dante. Er bringt einen Mann in den *Club Red*, der sich uns als Krystian Petrow vorstellt.

Groß, dominant, schwarze, kinnlange Haare und Augen wie geschmolzene Schokolade. Breite Schultern und oben an seinem Hals kann ich ein Tattoo erkennen. Fasziniert schaue ich ihn an, erkenne, dass er ein Master ist. Er weicht meinen Blicken nicht aus, sondern erwidert sie.

Wir reichen uns die Hände und ich vertraue ihm auf Anhieb. Er ist wie Aleksey. Still in sich gekehrt und vor allen Dingen tödlich.

Er rollt eine Karte von Russland auf dem Tisch aus und zeigt mir, wo Igor sich versteckt hält. Kein Wunder, dass ihn meine Kontakte nicht finden konnten. Dieser Bastard hat ein Stadthaus in den Wäldern Russlands, nahe der finnischen Grenze Kirkenes. Krystian holt seinen Laptop, gibt ein paar Befehle ein. Er zoomt ein Bild heran und wir sehen Igors Haus. Er zeigt auf eine kleine Tür am Hintereingang, die von ein paar Pflanzen bewachsen ist.

»Wenn wir Glück haben, ist sie unbewacht und wir können dort ins Haus gelangen!«, schlägt er uns vor. Um sicher hinzukommen, brauchen wir einen Führer. Aleksey und Krystian bieten sich an. Fragend schaue ich zu ihnen rüber.

Beide lächeln eisig. Ihre Augen nehmen einen kalten Blick an. Ich hebe die Augenbraue, erfahre, dass Krystian was mit Igor zu klären hätte. Ah, da frage ich besser nicht nach, was es ist. Mir ist es lieber, er ist auf unserer Seite statt auf Igors. Eins müssen wir ihm jedoch hoch und heilig versprechen, dass wir Igor nur einfangen, nicht töten werden. Er will ihn für sich haben. Egal wie ich Igor bestrafe, er sollte noch atmen können. Ist Krystian etwa vom russischen Geheimdienst? Mit hochgezogenen Augenbrauen schaue ich ihn an. Ohne eine Miene zu verziehen, schaut er mir in die Augen. Seufzend nicke ich schlussendlich mit dem Kopf. Soll er doch mit Igor machen, was er will, solange ich meinen Jungen wiederbekomme.

Nun stehen alle Freunde vor mir. Devil, Tom und Joy werden mit Krystian, Aleksey und mir zusammen nach Russland fliegen. Angelo, Daniel und Justin werden sich hier um alles andere kümmern. Dante lässt zum wiederholten Male seine Beziehungen spielen, dass wir ohne Visa oder Papierkrieg auf dem Flughafen Murmansk still und leise landen dürfen, da wir nicht auffallen wollen. Bis zur Grenze Finnlands wären es dann noch 273 Kilometer. Kaum landen wir, fährt auch schon ein Auto auf uns zu, dass uns die restliche Strecke zur Igors Haus bringen wird. Ich will nicht wissen, was Dante das alles gekostet hat. Sobald ich einen freien Kopf habe und Jan gesund in meinen Armen liegt, zahle ich es ihm zurück.

Bevor wir jedoch starten, ruft Adrian Eric Farber an. In meiner Angst um Jan habe ich ganz vergessen, dass ein Arzt in unserem Team von Vorteil wäre, sollte mein Junge verletzt sein.

Jetzt kommt das zum Vorschein, was alle Subs an mir fürchten. Hier steht ein eiskalter Master, der zu allem bereit ist. Der für seinen Jungen, den er abgöttisch liebt, alles tut, sogar durch die Hölle wandert, um persönlich dem Teufel in den Arsch zu treten. Der, um ihn wiederzubekommen, in einen Krieg zieht und den auch gewinnen will. Ich schotte mich komplett ab, damit Gefühle keine Chance haben. Es wird kein Erbarmen geben. Eins jedoch schwöre ich mir. Sollte Igor sich dort wirklich verkrochen haben, dann finde ich ihn, koste es, was es wolle. Ich werde ihn aus seinem dreckigen Loch ziehen. Dann kann er was erleben, was ihm sein restliches Leben Albträume bescheren wird.

Wehe, er hat Jan auch nur ein Haar gekrümmt. Die geballten Fäuste fest an die Brust gepresst, mache ich mich bereit, in den Kampf um die Liebe meines Lebens zu ziehen. Igor hat den größten Fehler begangen, den sich ein Mensch leisten kann. Er hat sich an meinem Jungen vergriffen. Das wird ihm nun endgültig das Genick brechen. Wenn ich danach mit ihm fertig bin, kann Krystian seine Reste vom Boden kratzen.

Kapitel 45

Jan

\~\~*\~*

Diese eine verfluchte Stunde, bis Jessy sich meldet, zieht sich endlos hin. Bei jedem Geräusch schrecke ich zusammen. Sollte Igor mich erwischen, dann bin ich so gut wie tot. Das mag ich mir gar nicht vorstellen. Er wird das vollenden, was er vor ein paar Tagen nicht geschafft hat. Damit ich keinem anderen Mann gehöre, wird er es erneut versuchen. Danach wird er mich im Wald verscharren und das nur, weil er seinen Willen nicht bekommen hat. Ich möchte nicht wissen, wie viele unglückliche Seelen dort liegen. Allein bei diesem Gedanken läuft es mir eiskalt den Rücken runter. Bitterlich weine ich, bete für sie, dass ihnen Gerechtigkeit widerfahren wird.

Wieso denkt Igor, dass ich ihn lieben könnte? Ich gehöre doch schon einem Master.

Einem, den ich liebe mit allem, was mich ausmacht. Igor kann das nicht verstehen, weil er nie danach gestrebt hat. Das Einzige, was er gelernt hat, ist Macht auszuüben, andere zu unterdrücken, sich mit Gewalt das zu holen, was er will. Er kennt es nicht anders. Eigentlich könnte er mir leidtun. Er ist einfach zu machtgierig. Bestimmt würde er jeden Kerl herumkriegen, wenn er sie nicht alle so grausam behandeln würde. Ich hoffe, dass Andrew nie herausbekommen wird, wo dieser Psychopath sich aufhält. Er wird Igor umbringen, dafür ins Gefängnis gehen. Allein darüber nachzudenken bricht mir das Herz entzwei. Mein Sir darf sich die Hände nicht an Igor schmutzig machen. Das bin ich einfach nicht wert.

Immer wieder muss ich pausieren. Das Gefühl, zu verbrennen, wird stärker. Viele Wunden sind entzündet, voller Eiter, die mir Igor in seinem Wutanfall zugefügt hat.

Ich zittere, bekomme kaum richtig Luft, beiße mir voller Pein auf die Zunge. Bei jedem Atemzug, den ich mache, spüre ich, dass die Rippen protestieren. Vorsichtig taste ich sie ab. Die Haut dort ist immer noch ziemlich geschwollen. Quer über den ganzen Brustkorb zieht sich eine tiefe, hässliche Wunde. Die Wundränder sind geschwollen, nässen. Nur was er mit meinem Rücken veranstaltet hat, kann ich nicht erkennen, geschweige fühlen. Dort brennt die Haut wie Feuer. Das Shirt ist von Blut durchtränkt, klebt an der wunden Haut fest. Jedes Mal, wenn die Muskeln sich anspannen, könnte ich vor lauter Pein aufheulen. Ohne dass ich mir die Haut vom Leibe ziehe, werde ich es nicht entfernen können.

Tränen rinnen ohne Unterlass über mein geschundenes Gesicht. Die Augen schließend, denke ich an Andrew. Nie wieder werde ich in seinen Armen liegen können, seinen Duft einatmen, spüren, wie sehr er mich liebt. Wenn ich will, dass Andrew weiterleben darf, muss ich weit weg von ihm sein. Igor hat seine Spione überall, wird es herausbekommen, sollte ich zu ihm zurückkehren. Das will ich auf alle Fälle vermeiden. Schluchzend verberge ich das Gesicht in den Händen. Wie könnte ich da ohne Angst bei ihm bleiben? Jede Sekunde müsste ich damit rechnen, dass dieser Bastard ihm wehtun wird, sobald er die Chance dazu bekommt. Ein Hinterhalt, eine dunkle Ecke, ein Auto, das auf ihn zurast! Nein, das verkrafte ich einfach nicht.

Mit bebenden Fingern wähle ich Jessys Nummer. Ich muss seine Stimme hören, wissen, ob es allen gut geht. Direkt beim ersten Klingeln hebt er ab, flüstert, dass ich zur Grenze gehen soll. Sobald ich rüber geschlichen bin, soll ich mich sofort bei ihm melden. Er tut geheimnisvoll. Ob das gut gehen wird?

Die Hoffnung, dass ich es schaffe, Igor zu entkommen, lässt mich weitere quälende Schritte gehen. Igors irrer Blick, sein verletzter Stolz und mein unbeugsamer Wille werden mir das Genick früher oder später brechen, wenn ich es nicht lerne, ihm gegenüber devot, demütig zu knien. Beides wäre gar keine Option. Er wird an mir ein Exempel statuieren, damit alle Welt erfährt, was er mit demjenigen macht, der ihm nicht gehorcht. Ich bin bloß ein Bauernopfer in diesem verkackten Spiel um Dominanz, Gier und Selbstverherrlichung.

Mit heftigen Schmerzen mache ich mich weiter zur Grenze auf. Zu Fuß sind es immerhin laut Wegweiser noch acht Kilometer. So wie ich mich im Moment bewege, dauert das bestimmt noch Tage. Immer öfters muss ich eine Pause einlegen. Bei jedem Atemzug, den ich mache, protestieren die Rippen schlimmer als zuvor. Keuchend halte ich inne, huste und sehe Blut, als ich auf die Erde spucke. Erschrocken bleibe ich stehen, wische mit der Hand über den Mund. Sie ist ganz rot! Panisch versuche ich einen klaren Gedanken zu fassen. Still weine ich vor mir hin. Nach ein paar Minuten erwacht mein Wille zum Leben. Ich werde nicht kurz vor dem Ziel aufgeben. Niemals.

Endlich beruhige ich mich.

Ich muss weitergehen, muss zu dieser verfluchten Grenze. Beim leisesten Geräusch, das ich höre, weiche ich ins Gebüsch aus. Bestimmt hat Igor seine Killer auf mich gehetzt und die suchen nach einem dunkelhaarigen Jungen mit einer blauen Strähne und hellblauen Augen. In Gedanken bin ich bei meinem Retter. Hoffentlich hat der Kleine sich gut versteckt. Ich darf gar nicht daran denken, was Igor mit ihm anstellen wird, sollte er herausbekommen, dass er es war, der mich befreit hat. Es würde mir leid um den Jungen tun.

Die Nerven liegen blank und der Magen knurrt laut. Am meisten quält mich der Durst. Das Gesicht ist von Dornen ganz zerkratzt, weil ich bei jedem Auto hinter den Hecken abtauche, warte, bis es vorbeifährt. Ein feiner Blutfaden rinnt über die Stirn und genervt wische ich ihn aus den Augen.

Lieber das, als wenn Igor mich kurz vor der Freiheit einfängt, denn so hoch wie sein Sadismus ist, werde ich die Sonne wohl nie mehr aufgehen sehen. Ich kann nicht mehr, brauche eine Pause, sonst klappe ich kurz vor der Grenze zusammen. Das war es dann für mich. Allein, dass der Kleine dieses Risiko auf sich genommen hat, lässt mich durchhalten. Es soll nicht umsonst gewesen sein.

Nach Stunden kommt endlich ein Schild mit dem Hinweis, dass in einem Kilometer die Grenze anfängt. Nach einer gefühlten Ewigkeit stehe ich davor, überlege, wie ich rüberkommen soll, ohne aufzufallen! Sollten die Grenzbeamten mich erwischen, lande ich im besten Fall im Knast und Andrew kann mich da herausholen. Oder im schlimmsten Fall erfährt Igor davon und ich bin geliefert. Dass ich dieses Martyrium zweimal überlebe, bezweifle ich stark. Meine Kraft ist fast erloschen.

Glücklich, dass ich angekommen bin, lasse ich mich erschöpft hinter einem Gebüsch fallen, versuche durch ein paar Atemübungen etwas zu entspannen und bemerke, dass ich bitterlich anfange zu weinen. Schluchzend schaue ich den Autos zu, die sich der Grenze zu Finnland langsam nähern.

Seit einer Stunde verstecke ich mich schon, beobachte, wie sich ein Sattelschlepper im Schneckentempo darüber quält. Mal lassen die Grenzbeamten ein paar LKWs durchfahren, ohne sie zu kontrollieren. Mal spielen sie Gott und triezen die Männer, die dann alles öffnen müssen, um zu beweisen, dass die Ladung laut der Papiere auch ordnungsgemäß ist. Es ist überall auf der Welt das Gleiche, wenn jemand Macht in seinen Händen hält. *Fuck, Jessy! Wie soll ich da bloß rüberkommen, ohne aufzufallen?*

Hinter einem Busch versteckt warte ich darauf, dass es Nacht wird. Das Fieber ist gestiegen und ich bemerke, dass ein paar Wunden aufreißen, als ich mich zu schnell bewege. Keuchend lasse ich mich auf die Knie fallen. Verdammt, das hat wehgetan. Mit ein paar Atemübungen habe ich meinen Körper nach ein paar Minuten wieder im Griff. So kurz vor dem Ziel werde ich nicht aufgeben. Nein! Niemals!

Endlich hält ein gerade kontrollierter LKW-Fahrer an, lässt die Autotür offen stehen. Das Herz klopft hart gegen die kaputten Rippen, lässt mich im ersten Moment vor Schmerzen aufkeuchen. Dann ergreife ich die unerwartete Gelegenheit. Mutig traue ich mich aus der Deckung. So schnell es mein gequälter Körper erlaubt, schleiche ich rüber zur offenen Tür. Zwar ist Eile geboten, trotzdem ziehe ich mich langsam am LKW hoch. Drinnen verstecke ich mich in seiner Schlafkoje. Das ist besser gegangen, als ich gehofft habe. Ich dachte schon, dass ich hier wirklich tagelang festhängen würde. In der Hoffnung, dass der Kerl jetzt nicht müde ist, schlafen will, liege ich in der verdreckten Bettwäsche. Durch eine unbedachte Bewegung reißt das T-Shirt sich vom Rücken los. Panisch versuche ich den Schmerzensschrei zu unterdrücken, beiße mir auf die Faust und spüre, dass es warm meine Wirbelsäule runterläuft. Wimmernd versuche ich die höllische Pein zu ignorieren. Ich atme flach, vorsichtig ein und aus.

Kurze Zeit später ist der Fahrer wieder da, rülpst laut, haut den Gang rein, dass sich sein Getriebe mit einem kreischenden Geräusch meldet. Mit zusammengepressten Lippen liege ich in seiner stinkenden Koje, weil jedes Schlagloch, das er mitnimmt, mich an die Schmerzgrenze bringt. Endlich hat er die ganze Strecke der russischen Grenze hinter sich gelassen, gibt Gas. Gott sei Dank hat er noch nicht bemerkt, dass er einen blinden Passagier mit an Bord hat. Er hält nach zwei Stunden auf einem Rastplatz, um auf die Toilette zu gehen. Hoffentlich schließt er die Tür nicht zu, bete ich und höre, wie er sie nur zuschlägt.

Behutsam klettere ich mit einem leisen Schmerzensschrei aus dem LKW. So gut es mein Körper erlaubt, humpele ich in den Waschraum. Scheiße!

Mein Spiegelbild erschreckt mich wirklich. Ich sehe fürchterlich aus. Die Wange ist blau und dick geschwollen. Ein Auge blutunterlaufen. An der Stirn ist eine Wunde, die aber schon voller Schorf ist. Am ganzen Körper sind Striemen und ein paar müssen ziemlich geblutet haben, weil das T-Shirt sich damit vollgesogen hat. Sollte jetzt einer reinkommen, ruft er bestimmt die Polizei. Wie ein Stricher, den man nach getaner Arbeit um seinen Lohn geprellt und aus dem Auto geworfen hat, schaue ich aus.

Igor hat in seiner Wut ganze Arbeit geleistet. Gott, wenn mein Sir dies sehen könnte, wäre Igor bestimmt schon tot. Dieser Kerl ist und bleibt ein dreckiger Bastard und mieses Schwein. Tränen rinnen mir über das Gesicht. Schnell wische ich sie weg. Jeder tiefe Atemzug zerreißt mich innerlich. Also versuche ich mit kurzen Zügen etwas in die schmerzenden Lungen zu bekommen, was gar nicht so einfach ist.

Mit den Händen schöpfe ich Wasser, lasse es den Rücken runterlaufen. Vorsichtig versuche ich das T-Shirt zu lösen. Schmerzhaft beiße ich die Zähne zusammen. Als es endlich klappt und ich erkennen kann, was Igor mir in seinem Zorn angetan hat, muss ich mich am Waschbecken abstützen. Der Magen hebt sich und bittere Galle steigt auf. Schnell unterdrücke ich den Brechreiz. Dies würden mir die Rippen bestimmt nicht danken. Ich huste kurz, spucke einen dicken Klecks Blut ins Waschbecken. Erschrocken lasse ich das Wasser laufen, sehe zu, wie das Blut sich verdünnt und im Abfluss verschwindet. Mutig schaue ich noch mal in den Spiegel. Kreuz und quer zeichnen sich die Striemen ab. Tödliche Wut, blinder Zorn sind dafür verantwortlich. So wird mich kein Mann mehr haben wollen. Voller Narben, kaputt bis in die Seele. Inständig hoffe ich, dass der Kleine, der den Mut hatte, um mich zu befreien, nicht genauso dafür bluten muss. Ihm verdanke ich mein Leben und ich weiß nicht mal seinen Namen.

Heimweh setzt ein, lässt mich in die Knie gehen. Sehnsucht nach Andrews Armen. Ich will nach Hause, will bei ihm sein, spüren, dass ich lebendig bin. Nicht diese stechenden Schmerzen. Schatten schieben sich vor die Augen. Wenn ich jetzt nicht aufpasse, breche ich in dieser versifften Toilette zusammen. Der Magen hebt sich, Wasser läuft in meinem Mund zusammen. Ich versuche zu schlucken. Nichts zu machen. Der Brechreiz wird stärker. Mit dem Kopf hänge ich in der dreckigen Kloschüssel, versuche etwas von mir zu geben.

Doch es kommt nichts außer Galle. Scheiße, mir tun alle Knochen im Leib weh, daher kontrolliere ich meine Atmung, versuche ruhiger zu werden, so wie Andrew es mir beigebracht hat. Die Augen schließend sehe ich ihn vor mir. Wie er mich an seine nackte Brust drückt, mir ins Ohr flüstert, auf seine Atmung zu achten. Ich rieche seinen Duft, schmecke, wie salzig seine Haut schmeckt. Dicke Tränen kullern über die Wangen. Am liebsten würde ich meinen Verlust laut in die Welt hinausschreien. Krampfhaft versuche ich, nicht das Bewusstsein zu verlieren. Vorsichtig richte ich mich auf, wasche das blutige T-Shirt aus, ziehe es über und spüre, dass die kalte Nässe das heftige, schmerzhafte Pochen der Haut beruhigt.

Ich schließe die Kabine zu, rufe Jessy an. Völlig am Ende erzähle ich ihm schniefend und weinend, wo ich bin. Ich kann hören, dass auch Jessy die Nase hochzieht. Erst seine Antwort auf meinen Hilfeschrei lässt Hoffnung aufkommen. Er fragt mich zum wiederholten Male, ob er Andrew informieren soll. Nein, nein, bitte nicht! Ich ringe ihm erneut einen Schwur ab, dass er mich nicht an ihn verrät. Jessy schwört und ich bin beruhigt. Sollte Andrew was passieren, würde ich damit nicht leben können.

Schnell flüstere ich den Namen der Raststätte, höre, dass ich dort warten soll. Eine Frau mit Namen Christina würde mich aufsammeln, mit zu sich nach Hause nehmen. Woher kennt er sie? Er erzählt, dass sie mal befreundet waren und sie nach Finnland der Liebe wegen ausgewandert ist. Sie war seine Jugendfreundin aus Hamburg. Sie stünden per Skype ab und zu in Verbindung. Manchmal meint das Leben es gut mit mir und zeigt der Schicksalsgöttin den Finger.

Dort würde ich auch verarztet werden, flüstert er ins Handy. Sobald es mir besser ginge, soll ich ins Flugzeug steigen, zurück nach Berlin kommen.

»Nein!«, schreie ich ihn an. Hört er mir denn nicht zu?

»Er wird euch allen was antun. Igor hat gedroht, Andrew zu töten, sobald ich zurückgehe. Auch ihr seid in Gefahr. Ihr könnt euch nicht immer umsehen, darauf warten, dass einer von Igors Handlangern auftaucht. Er wird das wahrmachen, Jessy. Igor ist verrückt. Bitte sag Andrew nicht, wo ich bin. Er wird sonst kommen, mich holen. Ich will nicht, dass meinem Sir was passiert. Das bin ich einfach nicht wert!«

»Jan! Bitte hör jetzt genau zu. Für deinen Sir bist du alles wert. Du bist das Kostbarste, was Andrew besitzt. Kein Geld der Welt könnte dich ersetzen. Er leidet, sieht nicht gut aus und ich glaube, er hat gestern geweint. Ich kenne Andrew nun schon lange. Doch noch nie habe ich gesehen, dass er so elend aussieht. Komm zurück, Jan. Nur du schaffst es, dass er wieder lachen kann. Wir alle warten hier auf dich. Bitte, Jan. Glaube mir, unsere Männer können sich selbst verteidigen. Igor wird gar nicht nah genug an sie herankommen können.«

Ich bleibe stur, will einfach kein Risiko eingehen. Weinend höre ich Jessy zu. Ich kann aber nicht nachgeben. Wie könnte ich sonst weiterleben mit dem Gewissen, dass es meine Schuld war, sollte einer meiner Freunde verletzt werden oder sogar zu Tode kommen? Jessy gibt nach, verspricht kein Wort zu verraten. Er ist einfach der beste Freund, nach Kim, den man sich nur wünschen kann.

Fast zwei Stunden warte ich draußen auf dem Rastplatz. Ich friere, schwitze und glühe. Die Zähne klappern aufeinander, der Magen knurrt vor Hunger laut auf. Eine weitere Stunde halte ich einfach nicht mehr aus. Langsam fühle ich, dass der Körper versagt. Am liebsten würde ich mich einfach hinlegen und einschlafen.

Gerade geht die Sonne über Finnland auf und ich habe schon mehr als ein Angebot hier von den Fahrern bekommen, und das, obwohl ich ziemlich zerschlagen aussehe. Oder auch vielleicht deshalb, weil sie denken, man hätte leichtes Spiel mit mir. Endlich kommt eine Frau auf mich zugelaufen.

»Ja, du siehst genauso aus, wie Jessy dich beschrieben hat. Nur etwas durch die Mangel genommen. Hallo, ich bin Christina.«

Sie ist freundlich, nimmt vorsichtig meinen Arm und bringt mich zu ihrem Auto. Aufatmend lasse ich mich langsam in den Sitz fallen. Als sie die Heizung anstellt, schlafe ich auf der Stelle ein. Eine sanfte Stimme weckt mich etwas später und ein nasses Handtuch streicht über mein geschundenes Gesicht. Nanu, wie bin ich den hier hingekommen? Eine Tasse mit heißer Hühnerbrühe wird mir vorsichtig an die aufgeplatzten Lippen gehalten. Hungrig nehme ich einen kleinen Schluck. Hm, tut das gut.

Ein etwas älterer Mann schaut mitleidig zu mir runter. Es ist Christinas Ehemann Simo. Er will wissen, was geschehen ist. Lieber schweige ich. Was, wenn Igor es herausbekommt, hier auftaucht und sie bedroht? Es reicht, dass er mir Andrew wegnehmen will, und die Freunde dazu. Er ist zu allem fähig. Eins jedoch erstaunt mich! Warum ist dieser Bastard bloß so auf mich fixiert? Er kann sich alles kaufen, was sein Herz begehrt. Egal, ob es Frauen oder Männer sind. Immer ist jemand darunter, der sich mit Genuss in den Schmerz fallen lassen kann, den Igor ihm bereitet. Es gibt gewiss Subs, die masochistisch veranlagt sind, dies mit allen Sinnen auch genießen. Warum also will er unbedingt mich haben? Hängt es damit zusammen, dass er vor mir Kevin wollte und nicht bekam? Oder will er nur den Sanchez-Brüdern eins auswischen? Er traut sich anscheinend nicht an die Männer ran, daher müssen ihre Jungs dran glauben. Dabei weiß jeder, dass Andrew derjenige der Brüder ist, der dich erbarmungslos schlägt, dich vernichtet, ohne auch nur einmal zurückzublicken. Er ist der geborene Jäger. Anscheinend ist Igor dies nicht klar.

Seine Drohungen habe ich immer noch in den Ohren. Andrew weiß sich zu wehren, doch gegen einen Heckenschützen ist auch er machtlos. Es sind die Jungs, um die ich mich sorge. Sie sind noch nicht so weit, um sich selbst zu schützen. Wir nehmen zwar seit einiger Zeit bei Joy Unterricht, trotzdem sind wir Anfänger. Joy wäre der Einzige, der Igor einfach in den Boden rammen könnte. Trotzdem will ich nicht, dass nur ein einziger meiner Freunde verletzt wird. Igor ist hinterlistig. Er wird sie nicht offen angreifen, sondern es im Geheimen tun, seine Handlanger dafür schicken. Das will ich einfach nicht riskieren.

Ich schließe die Augen, versuche mir Andrews schmales Gesicht in Erinnerung zu rufen. Seine dunkelgrauen Augen. Wie er riecht, wenn er mich nach einer Session in den Arm nimmt, mit seiner rauen Stimme anspricht, mich erdet. Er kann streng sein, hat aber auch eine zärtliche Seite, die keiner seiner anderen Subs je gesehen hat. Nur ich, ich kenne alle Facetten von ihm.

Schwer schlucke ich und ein Schluchzen kommt zwischen den zusammengepressten Lippen hervor. Bevor ich weiß, was geschieht, lande ich an einem weichen Busen. Zärtlich streicht Christina durch meine Haare, führt mich ins Bad. Ein Badetuch, Shampoo und Seife liegen auf dem Wannenrand. Es duftet nach Kräutern. Ein Shirt, eine Jogginghose und frische Unterwäsche liegen für mich bereit. Sie fragt, ob ich allein zurechtkomme. Als ich verneine, ruft sie ihren Mann, lässt mich allein. Simo kommt, hilft mir aus den blutigen, schmutzigen Klamotten. Nur das Shirt bleibt an. Er sagt kein Wort, als ich in die Wanne gleite. Mit einem wohligen Laut sinke ich in das warme Wasser. Die Striemen brennen zuerst, dass ich die Luft anhalte, leise wimmere. Nach einigen Minuten wirken die Kräuter und ich döse etwas ein. Simo streift mir nach einiger Zeit vorsichtig das Shirt vom Körper. Ich höre, dass er entsetzt einatmet. Behutsam lässt er warmes Wasser über meinen Rücken laufen, murmelt, was für eine Bestie dieser Mensch bloß wäre!

Eine Stunde später fühle ich mich etwas besser. Wieder ist es Simo, der mir hilft, mich vorsichtig abtrocknet, die Wunden behutsam versorgt. Er ist zwar ein Kinderarzt, aber er untersucht mich ganz genau. Eine Rippe scheint angebrochen, daher bandagiert er sie ganz fest. Gegen die Prellungen streicht er eine Salbe in die Haut ein, die dafür sorgt, dass die Schwellungen zurückgehen. Er gibt mir eine Schmerzspritze und zum ersten Mal kann ich etwas aufatmen, ohne dass es mich zerreißt. Zaghaft erzähle ich ihm, dass ich Blut gespuckt habe. Er beruhigt mich, dass es von den Schlägen und Tritten gegen meinen Körper gekommen ist. Die Rippe würde sich nicht in die Lunge bohren. Wäre das der Fall, würde er mich direkt in ein Krankenhaus bringen. Als ich aus dem Bad komme, riecht es nach Essen und mein Magen meldet sich lautstark.

Christina und Simo schauen mich lächelnd an, zeigen auf einen Stuhl. Simo hält mir ein Glas Wasser hin, gibt mir noch zwei Tabletten, die dafür sorgen, dass mein Körper an Kraft gewinnt. Dankbar nehme ich sie entgegen. Direkt danach steht ein Teller mit Suppe vor mir. Ausgehungert stürze ich mich darauf. Christina hält das Telefon in der Hand und ich wähle mit klopfenden Herzen Jessys Nummer.

Stammelnd versuche ich ihm zu danken, erkläre zum wiederholten Male, warum ich nicht zurückkommen kann. Ich liebe Andrew viel zu sehr, um seine Familie in Not zu bringen. Auch dass Popow vor Max und Sam nicht haltmachen wird, erkläre ich. Ich rede was von Unfällen, dass Igor auch nicht vor Mord zurückschreckt. Erst als Jessy sagt, dass ich ein paar Wochen nach Italien fliegen soll, um dort zur Ruhe zu kommen, klappe ich den Mund zu. Ein paar Wochen aus der Schusslinie und vielleicht vergisst Igor mich dann endlich.

Schnell schreibe ich auf, wo ich hinfliegen soll.

Torre del Lago – Provincia di Lucca.

Langsam begreife ich. Ich werde zu Kim fliegen. Oh, wie freue ich mich darauf, ihn endlich wiederzusehen, ihn in meine Arme zu schließen.

»Er weiß, dass du kommst, hat am Telefon einen Schrei ausgestoßen!«, sagt Jessy. Nur wir zwei wussten nach dem Debakel mit Damian, wohin Kim verschwunden ist. Denn dass Kim ihn abgöttisch liebt, konnte jeder sehen. Nur der Blödmann nicht. Wir Jungs halten zusammen, sind wie die berühmten Musketiere. Alle für einen und einer für alle.

Sollte das allerdings einer unserer Männer herausbekommen, dann ist der Teufel los. Jessy hat Kim informiert. Er wird mich am Flughafen in Pisa, der auch unter dem Namen Galileo Galilei bekannt ist, abholen. Christina wird mir etwas Geld geben, was Jessy ihr zurücküberweisen wird.

Jetzt stehe ich noch tiefer in seiner Schuld. Wenn Dante erfährt, dass er nicht nur mich, sondern auch Kim deckt, na gute Nacht.

Kapitel 46

Andrew

~~*~*

1610 Kilometer liegen zwischen Berlin-Tempelhof und Moskau. Mit unserem Lear-Jet könnten wir es knapp unter zwei Stunden schaffen. Die Autofahrt dazugerechnet und wir sind in knapp sechs Stunden bei Igor. Näher ging es leider nicht. Wären wir in Finnland an der russischen Grenze gelandet, würden wir in Erklärungsnot geraten. Die Finnen hätten uns bestimmt verboten, über ihre Grenze zu marschieren, und alles wäre umsonst gewesen. Sich mit ihrem russischen Nachbarstaat anzulegen wäre nicht gut für den Frieden, der zwischen beiden herrscht. Wir können Igor bis jetzt ja auch noch nichts nachweisen.

Sechs Stunden noch und die Hoffnung, dass es Jan gut geht. Wenn nicht, kille ich Igor, obwohl ich Krystian versprochen habe, es nicht zu tun. Verprügeln werde ich ihn auf alle Fälle. Allein weil er Hand an meinem Eigentum gelegt hat.

Wegen Dantes Beziehungen und einer verdammt großen Menge an Bestechungsgeldern dürfen wir direkt auf einem ausrangierten Flugplatz der Armee landen. Ein Geländewagen steht bereit, um uns die letzten 273 Kilometer bis zu Igors Haus in den Wäldern zu bringen. Ohne eine Pause rast Krystian über die schlecht befahrenen Feldwege. Nur gut, dass er sich hier bestens auskennt. Ich? Ich wäre hier total verloren gewesen. Nichts als Wald und keine direkte Straße, die zum Haus führt.

Noch nie war ich ungeduldig, aber das, das zerrt an meinen Nerven. Die Ungewissheit, ob es meinem Jungen gut geht, lässt mich dünnhäutig werden. Endlich sind wir da.

Vorsichtig nähern wir uns. Igors Villa ist hell erleuchtet und es scheint eine hektische Betriebsamkeit ausgebrochen zu sein. Er schreit seinen Leuten zornige Befehle zu. Mit einer Peitsche in der Hand steht er am Eingang, brüllt herum. Wer ihm nicht schnell genug ausweicht, der bekommt die Peitsche zu spüren.

Wir verstecken uns, warten, bis die Nacht ganz hereingebrochen ist. Erstaunt sehen wir, dass das Tor sich öffnet und eine Armada von Autos das Gelände verlässt.

Das ist unsere Chance. Vielleicht unsere einzige, um unerkannt in das Haus zu gelangen.

Vorsichtig bewegen wir uns Meter für Meter, bis wir vor dem kleinen Tor stehen, das wir über den Satelliten ausgemacht haben.

Fest rüttele ich daran. Mit einem Ächzen gibt das morsche Holz direkt nach. Igor ist einfach viel zu viel von sich eingenommen, um auf seine Sicherheit zu achten.

Das werden wir uns jetzt zu Nutzen machen.

Tom geht vor und Joy direkt hinter ihm. Daniel war gar nicht begeistert, dass sein Kleiner unbedingt mitwollte. Leider ließ Joy sich nicht davon abbringen. Daniel braucht keine Angst zu haben, weil er zu genau weiß, dass Joy sich wehren kann. Vielleicht sieht Igor in ihm nur den kleinen, devoten und hilflosen Sub, was uns helfen könnte, ihn abzulenken. Mal ehrlich! Wer ist der Gefährlichste von uns, wenn nicht Joy? Er ist eine todbringende menschliche Waffe. Außer seinem Bruder Tom. Vielleicht auch noch unsere zwei russischen Freunde.

Aleksey gehörte der *ALFA*[3] Spezialeinheit in Russland an. Ihre Aufgabe ist die Bekämpfung des Terrorismus. Krystian

---

3 »ALFA« ist eine Spezialeinheit in Russland. Ihr Aufgabengebiet ist die Bekämpfung des Terrorismus. Sie bilden auch Scharf- sowie Präzisionsschützen aus. Alfa gehört zur Elite des sowjetischen und russischen Militärs.

ist ein *Speznas*[4], einer Spezialeinheit des militärischen Nachrichtendienstes. Ihre Elitekämpfer kommen vor allem dann zum Einsatz, wenn es um Aufklärung, Kriegführung oder Terrorismusbekämpfung geht. Oder die Missionen besonders heikel sind, die Öffentlichkeit nichts davon mitbekommen soll. Wobei beide noch eine Scharfschützenausbildung nachweisen können. Ich habe über beide eine Akte zu Hause, nachdem Bernd mich hintergangen hat. Außerdem habe ich erfahren, dass ihre Ausbildung der eines Seals am nächsten kommt.

Mit ihnen allen im Rücken können wir beruhigt Jagd auf Igor machen. Sie werden aufpassen, dass sich uns keiner unbeobachtet nähert. Wie soll ich ihnen jemals dafür danken? Sie setzen alle ihr Leben aufs Spiel, um meinen Jungen aus den Händen eines irren Mörders zu befreien.

Langsam tasten wir uns nach vorne. Nur unser eigener Atem ist zu hören. Das Herz klopft und der Gedanke, dass ich zu spät kommen könnte, nistet sich ein. Es sind schließlich Tage vergangen, seit Jan entführt worden ist.

Ein leises Stöhnen lässt uns stocken. Aleksey hebt die Hand und gebannt horchen wir alle. Da! Wieder dieses schmerzhafte Wimmern, das einem durch Mark und Bein geht. Ich konzentriere mich, versuche zu erkennen, ob es Jans Stimme ist. Doch diese hier ist höher, nicht so tief und heiser wie die von meinem Jungen.

Leises Schluchzen begleitet unseren Weg. Joy biegt ab, sucht die Quelle. Er hält an einer Tür inne, legt das Ohr dagegen, öffnet sie vorsichtig. Langsam drückt er sie auf und sein erschrockener Laut lässt uns alle stoppen.

---

4 »Speznas« heißt »spezialnowo nasnatschenija« und ist eine Spezialeinheit des militärischen Nachrichtendienstes. Ihre Elitekämpfer kommen vor allem dann zum Einsatz, wenn es um Aufklärung, Kriegführung oder Terrorismusbekämpfung geht. Oder die Missionen besonders heikel sind, die Öffentlichkeit nichts davon mitbekommen darf.

Dort im Raum hängt ein zierlicher Junge. Sein Rücken besteht nur noch aus rohem Fleisch. Blut läuft hinunter, tropft auf die Erde. Mein Gott! Hier war blinde Wut am Werk. Vorsichtig spricht Aleksey ihn auf Russisch an, streicht zärtlich über seine Haare. Der Kleine öffnet seine Augen und Tränen rinnen ohne Unterlass über die geschundenen Wangen. Ein Auge ist fast zugeschwollen und an seinem Hals erkennt man, dass er gewürgt wurde. Leise flüstert er Krystians Namen.

Erstaunt halten wir inne. Tom dreht sich um, ruft leise nach Krystian. Er war ein paar Schritte hinter uns geblieben, um aufzupassen, dass wir nicht hinterrücks in eine Falle laufen. Anscheinend ist der Junge der Grund, warum er unbedingt mitwollte. Neben mir verkrampfen sich meine Freunde voller Zorn. Ihre Hände ballen sich zu Fäusten. Mühsam versuchen sie sich zu beruhigen.

Joy redet leise auf den Kleinen ein, als wir ihn behutsam von den Fesseln lösen. Er spricht ein gebrochenes Deutsch, flüstert immerzu, dass es ihm nicht leidtun würde.

Was tut ihm nicht leid?

Leise ruft er meinen Namen. Erstaunt schaue ich ihn an. Er sieht schlimm aus. Dabei ist er zierlich, hat feminine Gesichtszüge und tiefschwarze Augen.

»Ich … Mischa. Ich … unehelicher Sohn von …« Krampfhaft holt er Luft und beruhigend spreche ich auf ihn ein. Er versteht mich zwar nicht, aber er erkennt an meiner Stimmlage, dass ich ihm nichts Böses will.

»Dein Junge, Jan … ich … ich habe aus Keller befreit, geholfen zu fliehen. Mein … mein Vater herausbekommen … dafür bestraft«, keucht er mit letzter Kraft. Ein leiser zorniger Aufschrei lässt mich herumfahren. Krystian steht mit versteinertem Gesicht im Raum. Die Augen lodern auf, als er zu dem Kleinen rüber schaut, zu ihm rennt. Behutsam nimmt er ihn auf den Arm, redet auf ihn ein. Er entfernt vorsichtig die blutige, zerrissene Kleidung. Joy legt sein Hemd über die Schulter des Kleinen. Sein Gesicht ist leichenblass. Er beißt ganz fest die Zähne zusammen und egal, wer dafür verantwortlich ist, er wird die Bestie fangen, bestrafen. Wenn wir nicht aufpassen, sogar töten. Er hat die Fäuste geballt. Wut strahlt aus allen Poren seines Körpers. Sanft streicht Krystian immer wieder über Mischas Gesicht, flüstert leise seinen Namen. Er schwört, dass er ihn diesmal mit nach Berlin nimmt.

Er streicht über die schwarzen Haare des Kleinen und als er die restlichen Fesseln löst, redet er beruhigend auf ihn ein. Mischa schaut ihn mit glühender Liebe an, lässt sich voller Vertrauen in seine Arme fallen. Was passiert hier gerade? Fragend schaue ich zu Krystian. Er schüttelt nur mit dem Kopf. Er wird mir später Rede und Antwort stehen, sobald wir Jan gefunden haben. Wehe, mein Junge sieht genauso aus.

Wütend balle ich die Hände zur Faust und verspreche, dass ich trotz meines Schwurs Igor eigenhändig umbringen werde.

Fassungslos schaue ich in dieses Engelsgesicht. Ungläubig, dass ein Vater seinem eigenen Sohn so was antun kann. Igor scheint einfach keine Kontrolle über die mörderische Wut in seinem Inneren zu haben.

Der Kleine schreit einmal auf, ruft Krystians Name, verdreht die Augen und fällt in eine gnädige Ohnmacht. Aleksey fängt ihn auf, legt ihn vorsichtig in Krystian Arme zurück. Behutsam deckt Joy ihm mit seinem Hemd zu. Ein Zucken geht über Aleksey Gesicht, als er zusammen mit Krystian auf den kleinen Mann in seinen Armen hinunterschaut. Sie tragen ihn vorsichtig nach draußen, wo Eric auf uns wartet. Sanft legen sie den Kleinen auf den Bauch. Eric schaut entsetzt auf die zerfetzte Haut, legt Mischa direkt eine Infusion, die etwas Schmerz- sowie ein leichtes Schlafmittel enthält. Kurz wacht der Kleine auf, flüstert auf Russisch: »Ангел?«

Nein, mein Kleiner, wir sind keine Engel, sondern bringen deinem Vater gleich bei, wo seine Grenzen sind, schicken ihn direkt in die Hölle zurück, wo er herausgekrochen ist.

Langsam entspannt sich der Junge. Aleksey lässt seine Hand nicht los, streichelt beruhigend über die verkrampften Finger. Mischa lächelt ihn trotz seiner Schmerzen an, schläft endlich ein. Eric gibt uns einen Wink, flüstert, dass er sich um ihn kümmern wird, und wir setzen unseren Weg leise fort.

Heiße Wut strömt mir von allen Seiten entgegen. Hier wurde eine Grenze überschritten. Sollte Igor da lebend rauskommen, dann Gnade ihm Gott. Ich werde Krystian nicht zurückhalten. Aleksey legt ihm die Hand auf die Schulter, redet leise russisch auf ihn ein. Er nickt, lehnt sich gegen Aleksey, der ihm einen Kuss gibt. Beide schauen nach Mischa, sehen, dass er tief schläft, Eric sich weiter um ihn kümmert. Sie fassen sich an den Händen, tauschen ohne Worte etwas aus. Tödlicher Zorn und ein stiller Schwur. Da hat der Kleine wohl direkt zwei Ritter gefunden, die für ihn in den Kampf ziehen werden, um den Drachen unschädlich zu machen.

Leise machen wir uns weiter auf den Weg. Ich hoffe, dass ich Igor zuerst entdecke, sonst muss ich ihn von der Erde kratzen, wenn die beiden hinter mir mit ihm fertig sind.

Joy geht um die Ecke, steht unerwartet Igor gegenüber. Nanu, wo kommt der denn so plötzlich her? Leise schreit Joy auf, gibt uns unauffällig einen Wink und wir verharren hinter der Tür. Igor soll nicht erkennen, dass wir alle hinter ihm her sind. Wir verteilen uns rechts und links vom Türrahmen. Sollte Joy auch nur ein Wort rufen, werden wir in den Raum stürmen, Igor vernichten. Er steht breitbeinig vor Joy, schaut ihn lüstern an, ohne darüber nachzudenken, wo der Kleine herkommen könnte. Seine Überheblichkeit wird ihn irgendwann noch mal das Leben kosten. Die beiden Männer hinter mir spannen sich an, doch nur ein Blick von mir und sie stoppen. Tom zischt ihnen zu, dass sie warten sollen. Joy würde das regeln. Also warten sie, atmen tief ein, schauen zu Joy, der ihnen leicht zunickt.

Langsam nähert Igor sich Joy, packt ihn am Kinn und schaut ihn sich genau an.

»Ein Engel, hier in meinem Haus? Wo kommst du denn her?«, fragt er liebenswürdig.

»Gehörst du einem der Männer hier? Wieso weiß ich nichts davon? Egal! Nun bist du ja hier bei mir. Komm her, Kleiner!«, befiehlt er Joy.

Joy verhält sich ganz ruhig, bis Igor ihn zu sich rüber zieht. Hart umspannen seine Finger seine Arme, packen ihn, heben ihn zu sich hoch. Er versucht den Mund auf Joys Lippen zu drücken. Ein kleiner Ruck geht durch den zierlichen Körper und Igor fliegt krachend gegen die Wand. Erschrocken schaut er zu ihm rüber und Joy? Er holt aus, tritt zu. Aua! Dieser Tritt in den Unterleib hat bestimmt wehgetan. Igor keucht, drückt seine Hand auf den Schritt und kreischt dann los. Mann, der Kleine kennt einfach kein Pardon, wenn er wütend ist. Leise hören wir ihn murmeln, dass dies für den Jungen wäre, der im Keller hing, und dieser für Jan. Diesmal tritt er Igor in den Magen. Er krümmt sich zusammen, kotzt seine Eingeweide aus.

Igor weicht auf Knien weiter zurück. Mörderische Wut zeichnet sich in den irren Augen ab. Er will aufstehen, doch Joys Faust knallt auf sein Kinn. Er schreit auf, wischt sich das Blut von den Lippen, spuckt es Joy vor die Füße. Sein Gesicht ist voller Hass verzogen. Er greift nach hinten, nimmt den Stock, der dort an der Wand lehnt, schlägt damit nach dem Kleinen. Dieser weicht elegant zur Seite und wieder trifft sein Fuß. Diesmal hören wie ein Knacken. Uh, das war bestimmt eine Rippe. Igor kreischt, krümmt sich. Noch nie sah ich solchen Hass in den schwarzen Augen von Joy aufleuchten. Weiß Daniel überhaupt, wie tödlich sein Sub in Wirklichkeit ist? Er hat das Gesicht eines Engels. Da hat dieser Popow recht. Das, was wir jetzt zu sehen bekommen, erstaunt mich immer wieder. Der Kleine ist eine eiskalte Killermaschine. Wenn er denkt, dass sich jemand nicht wehren kann, weil er kleiner, schwächer ist, blitzt die andere Seite des Engels auf, und ehrlich? Ich bin froh, dass er zu uns gehört.

Tom hat ihn erzogen, ihn trainiert. Keiner sollte seinen kleinen Bruder verletzen können. Kein homophober Schläger je die Chance bekommen, um ihn für seine Neigungen zu schlagen. Er hat die höchsten Auszeichnungen, die es in dieser Selbstverteidigungsart gibt. Zum ersten Mal bekommt Igor richtig Prügel und das von einem kleinen Twink.

Joy ist brutal, kennt keine Hemmungen. Nach mehreren Hieben bleibt Igor blutend vor seinen Füßen liegen.

Bevor er den Mund öffnen kann, um nach Hilfe zu schreien, kniet der Kleine vor ihm, packt Igor am Hals, drückt erbarmungslos zu. Igor keucht, versucht Luft zu holen, läuft blau an. Schnell treten wir ein und Tom spricht Joy behutsam an. Bis jetzt hat er seinem Bruder den Spaß gegönnt. Nichts zu machen. Igor röchelt, versucht sich aus Joys Umklammerung zu lösen. Erst Alekseys Hand auf seiner Schulter lässt ihn zur Vernunft kommen. Er löst Joys Finger von Igors Hals, schmeißt ihn dann mit einer Wucht in eine Ecke des Zimmers, dass wir alle erstaunt zu ihm hinschauen. Boah, hat der Kleine eine mörderische Kraft. Hinter mir höre ich Krystian und Aleksey murmeln, dass sie nicht gewusst hätten, dass der Kleine so tödlich wäre. Unschuldsengel und Killer in einer Person. Dafür liebt er genauso leidenschaftlich, wie er hasst.

Benommen liegt Igor in der Ecke. Direkt bin ich an seiner Seite, ziehe ihn am Hemd nach oben und nun ist es meine Faust, die in seinem Magen landet. Er würgt, als ich noch mal zuschlage.

»Wo ist mein Junge?«, knurre ich ihn an. Er schüttelt den Kopf.

Devil, der neben mir steht, geht auf Igor zu, packt ihn grob und schleift ihn hinter sich her in den Keller.

Das Einzige, was ich wahrnehme, ist, dass Jan nicht mehr hier ist. Wo ist mein Kleiner? Nur Mischa könnte helfen. Der Kleine ist jedoch immer noch bewusstlos. Was bei seinem Zustand wohl das Beste für ihn ist. Ich habe viel gesehen, was es bei BDSM zu erleben gibt. Viele sadistische Männer und genauso viele masochistische Sklaven, dass sogar mir eine Gänsehaut über den Körper gelaufen ist, ich den Kopf geschüttelt habe. Dass Grenzen zur beinahe schweren Körperverletzung überschritten worden sind. Nicht jeder kann seine Neigungen mit Bedacht ausleben. Das beste Beispiel ist Angelo mit Sam. Hier herrschen klare Regeln, die, komme was wolle, eingehalten werden.

Was Igor seinem eigenen Sohn angetan hat, ist grausam. Blinde, zerstörende Wut. Er hat den Tod seines Sohnes billigend in Kauf genommen, was also hat er mit meinem Jungen gemacht?

Ein schriller Schrei ertönt aus dem Keller, der mich aufrüttelt. Was macht Devil da bloß mit Igor? Schnell renne ich hinunter. Devil hat Igor an seinen eigenen Ketten gefesselt, zieht ihn gerade an den Armen nach oben. Bevor er den ersten Schlag tun kann, halte ich ihn auf. Fragend schaut mein Bruder in mein Gesicht. Als ich die Hand ausstrecke, gibt er mir die Peitsche. Er weiß, dass ich sie beherrsche wie kein anderer.

Zuerst versuche ich mich zu beruhigen, will wissen, wo Jan ist, und wehe, er gibt mir keine zufriedenstellenden Antworten. Er flucht in seiner Muttersprache, spuckt mir vor die Füße. Er weiß anscheinend nicht, was ich alles mit dieser Bullenpeitsche anstellen kann. Ich werde ihm damit die Haut von seinem Rücken so fein abschälen, dass die Nerven verrücktspielen.

Jetzt sind die Hände ganz ruhig, halten die Peitsche fest in der Hand, als ich ganz nah vor ihm stehen bleibe.

»Wo ist mein Junge, Igor? Ich frage dich das nur einmal!«

Er lacht irre auf, beleidigt mich, ruft, dass es sein Sklave wäre, er ihn zuerst entdeckt hätte. Bevor er weiß, was los ist, knallt es und sein Hemd hängt in Fetzen. Die Haut darunter ist nicht berührt worden. Fassungslos schaut er auf meine Hand, sieht, wie ich die Peitsche locker handhabe.

»Zum letzten Mal, Igor Popow. Was hast du mit meinem Jungen gemacht?«

Diesmal bin ich ganz nahe an ihn herangetreten, schaue in seine Augen.

»Wenn du denkst, dass dich einer deiner Leute hier herausholen würde, hast du dich getäuscht. Sobald ich nämlich mit dir fertig bin, wartet ein gewisser Krystian Petrow darauf, dich in seine Finger zu bekommen. Weiß der Teufel, was du angestellt hast, dass ich ihm versprechen musste, dich leben zu lassen!«, flüstere ich in sein Ohr.

Zum ersten Mal erscheint Angst in seinem Gesicht.

»Ich habe nichts mit Jan getan, was du nicht auch gemacht hättest. Er hat mir wissentlich ins Gesicht gelogen. Hat sich geweigert zu gehorchen. Jan sollte sich bloß ergeben, das verdammte Halsband abnehmen. Seine Finger hätte ich ihm abschneiden müssen, weil da dein Name draufstand. Welcher Master liest schon gerne, dass sein Sklave vorher jemand anderem gehört hat? Er war ungehorsam, hat nach mir getreten. Da habe ich ihn für seine Aufsässigkeit bestraft. Dass der eigene Bastard von Sohn ihn befreien würde, war nicht geplant.«

Mir wird schlecht, wenn ich bedenke, was ihn die Weigerung, mein Band abzulegen, gekostet hat. Allein dass er ohne Erbarmen seinen eigenen Sohn ausgepeitscht hat, lässt mich erahnen, wie er sich an Jan austobt hat.

Wut, brennender Zorn auf ihn fließt wie Lava durch meinen Körper, lässt alles andere in den Hintergrund treten. Seine schrillen Schreie und das Knallen der Peitsche sind das Einzige, was ich registriere. Allein bei der Vorstellung, dass er seine sadistischen Gelüste an meinem Jungen abreagiert hat, ohne dass er sich wehren konnte.

Es ist meine Schuld!

Ich habe Jan nicht genug beschützt und das macht mir schwer zu schaffen. Jede Strieme, die ich nur kurz bei Mischa gesehen habe, bekommt er zweifach zurück. Schweiß rinnt mir über den Rücken und schon nach kurzer Zeit klebt das Hemd an der Haut fest. Leise redet Devil auf mich ein, legt behutsam seine Hände auf meine Wangen. Irritiert schaue ich ihn an, als Krystian mir die Peitsche aus der Hand nimmt. Mein Blick klärt sich, als er ausholt, die Peitsche nun singen lässt. Blinzelnd schaue ich Devil an, als er mich fest an sich drückt, hinausbringt. Schwer atmend lehne ich mit der Stirn an seinem Brustkorb und zum ersten Mal hören alle, wie ich zusammenbreche. Der Gedanke, dass mein Kleiner gelitten hat, um sein Leben fürchten musste, ich nicht da war, um ihm zu helfen, lässt mich hemmungslos weinen. Fest werde ich von meinem Bruder umarmt, höre ihn leise flüstert, dass wir meinen Jungen finden werden.

Erneut höre ich die Peitsche knallen und Igors Schmerzensschreie. Was mag er verbrochen haben, dass Krystian sogar bereit ist, ihn dafür zu töten? Es scheint, als kenne er Mischa. Er hat sich ihm gegenüber ziemlich besitzergreifend verhalten.

Devil umarmt mich, dreht mein Gesicht zu sich, fragt, ob ich in Ordnung bin. Bin ich? Nein, ich vermisse Jan und die Ungewissheit, dass er schwer verletzt wurde, sich versteckt hält, macht mich ganz verrückt.

Mein Bruder umarmt mich und ich spüre, dass Tom dazu tritt. Er berichtet, dass Mischa schläft, wir uns lieber auf den Weg nach Hause machen sollten, bevor wir vom Militär entdeckt werden. Ich schlucke ein paar Mal, nicke. Schnell versammeln wir uns, klären die Route zum Flugplatz ab. Krystian bring Igor gefesselt und geknebelt raus, schupst ihn in einen der Geländewagen. Er jammert und sein Rücken sieht nicht besonders gut aus. Eric schaut nach Igor, verbindet seine Wunden und gibt sein Okay. Er ist eben ein Arzt mit Leib und Seele.

Kapitel 47

Jan

~~*~*

Ich brauche mehr Tage zum Erholen, als ich gedacht habe. Die Wunden heilen langsamer ab, weil sie zu tief sind, sich entzündet hatten. Auch die geprellten Rippen bereiteten mir Probleme. Nur gut, dass in meiner Geldbörse der Ausweis war. Ohne Pass wäre es unmöglich geworden, mich in Italien zu verstecken. Endlich fährt Christina mich zum Flughafen Lappeenranta. Vor lauter Aufregung ist mir schlecht. Ich umarme sie, bedanke mich bei ihnen für ihre selbstlose Hilfe. Sie kennen mich kaum, haben mir trotzdem geholfen, ohne etwas dafür zu verlangen. Ihre Gespräche, ihre Zuwendungen und vor allen Dingen ihre Sichtweise auf das, was mit mir geschehen ist, haben mir sehr geholfen.

Nun stehe ich am Terminal der Airline, warte darauf, dass mein Flug aufgerufen wird. Von dort aus brauche ich 3,5 Stunden bis nach Italien. In Pisa am Flughafen Galileo Galilei erwartet mich mein Freund Kim. Wir bräuchten dann nur noch 30 Minuten mit dem Auto und ich bin in Sicherheit. Nein, mein Sir und alle Freunde sind in Sicherheit. Hier kann Igor mir nicht mehr wehtun, dort wird er mich auch bestimmt nicht finden. Ich bleibe hier so lange, bis er aufgegeben hat. Und sollte es Jahre dauern! Die Sorgen werden kleiner, der fiese Druck, der auf meinem Herzen liegt, nimmt ab.

Den Freunden und vor allem meinem Sir Andrew wird nichts geschehen. Ich hasse Igor mit aller Kraft, die ich besitze, weil er mich von dem Mann trennt, den ich mehr als das Leben liebe. Irgendwann ergibt sich bestimmt eine Gelegenheit und ich räche mich dafür. Schniefend verstecke ich mein Gesicht, weine leise. Langsam fange ich mich, lege den Kopf an das kleine Fenster und entspanne den schmerzenden Körper.

Endlich landet das Flugzeug. Mir tut alles weh und eine Wunde am Rücken scheint zu bluten. Schnell ziehe ich die Jacke darüber, verlasse den Flughafen. Nicht, dass jemand die Security informiert, denkt, dass ich schwer verletzt bin. Die bringen mich dann ins Krankenhaus.

Da ich kein Gepäck mitführe, bin ich einer der ersten Fluggäste, die draußen vor der Tür stehen. Die Sonne brennt von Himmel und dann sehe ich ihn. Kim, meinen besten Freund. Er ist braun gebrannt, sieht toll aus und winkt hektisch mit der Hand. Wir umarmen uns, wollen uns gar nicht mehr loslassen. Voller Scham verstecke ich das Gesicht an seinem Hals, spüre, dass auch er weint.

Vorsichtig legt er die Hände auf meinen Rücken. Ich zucke zusammen, schreie schmerzhaft auf. Er zieht sie direkt zurück, entschuldigt sich ganz erschrocken.

»Komm, Jan, lass uns zu mir fahren. Dort erholst du dich etwas. Ich schaue gleich mal nach deinen Wunden. Jessy hat mir einiges erzählt, daher habe ich ein paar Medikamente besorgt, die dir über die nächsten Tage helfen sollen, damit du genesen kannst. Wir essen etwas und du erzählst mir, was alle passiert ist in der Zeit, wo ich nicht bei dir sein konnte. Da passe ich einmal nicht auf dich auf und schon steckst du in Schwierigkeiten!«

Trotz Tränen in den Augen lächele ich ihn an. Ohne Widerworte nicke ich. Ich bin fix und fertig vom Flug, als er mich zum Wagen führt. Vorsichtig lasse ich mich auf die Rückbank gleiten, höre Kim leise aufseufzen. Die Fahrt dauert eine halbe Stunde, in der ich schlafen kann, ohne Angst zu haben. Zum ersten Mal fühle ich, dass ich sicher und geborgen bin. Kim wird aufpassen, dass mir keiner mehr wehtun kann.

Er ist entsetzt, als er das Ausmaß der Verletzungen sieht. Er gibt mir ein paar Tabletten für meine Schmerzen.

Vorsichtig behandelt er die schlimmsten Striemen mit Jod, trägt eine Heilsalbe auf. Penibel bandagiert er einen sterilen Verband um alle schlimmen Verletzungen. Dabei fragt er mich nach der Heimat aus. Sehnsucht schleicht sich in seiner Stimme ein und bevor ich es ahne, liegt er an meiner Brust, weint sich die Seele aus dem Leib. In solchen Momenten könnte ich die Brüder Sanchez zum Mond schießen.

Drei weitere Tage brauche ich, bis ich einigermaßen hergestellt bin. Kim hat bei seinem Arbeitgeber nachgefragt und ab heute Abend werde ich mit ihm zusammen in der Bar kellnern, etwas Geld dazu verdienen können. Das Halsband von Andrew trage ich offen, verstecke es nicht. Es hält mir die meisten Kerle, die aus der Szene sind, vom Leib. Zwar fragen ein paar Männer nach, wo denn mein Master wäre, versuchen es dann trotzdem. Bis jetzt konnte ich sie mir jedoch vom Hals halten. Sehnsüchtig befühle ich es mit den Fingerspitzen. Es ist das Einzige, was mich noch mit Andrew verbindet. Das und sein Name auf meinem Ringfinger. Ich bin nicht bereit mich von seinem Band zu trennen. Vielleicht wenn ich in ein paar Monaten nachfrage, Jessy mir mitteilt, dass Andrew einen neuen Sub gefunden hat. Dann und auch nur dann werde ich es zerschneiden und ablegen. Nicht eher.

Trotzdem werde ich mich immer an meinen Sir erinnern, sobald ich nur auf den Finger schaue. Allein dort seinen Namen zu lesen, lässt mich schmerzvoll weinen. Ich habe die Liebe meines Lebens verloren, nur, weil ein anderer Mann mich sein Eigen nennen wollte. Voller Pein zieht es in meiner Brust. Sogar Kim kann mir in solchen Momenten nicht helfen. Stundenlang liege ich dann in meinem Bett und weine.

Tage vergehen und mittlerweile geht es mir besser. Einzig die Sehnsucht nach Andrew zehrt mich auf. Bestimmt habe ich ein paar Kilos abgenommen. Die Hosen schlabbern und die T-Shirts sind viel zu weit geworden. Kim sorgt sich, weil ich kaum esse. Dafür arbeite ich ganz viel, damit ich nicht an Berlin und an zu Hause denken muss.

Zwei Wochen bin ich nun schon in Italien. In unregelmäßigen Abständen rufe ich Jessy an, erkundige mich, ob zu Hause alles in Ordnung ist. Heute ist er so … so in sich gekehrt. Panisch frage ich, ob es Andrew gut geht. Er erzählt mir, dass er vor fast drei Wochen mit ein paar Freunden nach Russland geflogen ist. Was? Scheiße! Das Herz stockt einen Moment, bevor Jessy weitererzählt. Sie hätten sich heute gemeldet, wären auf dem Rückweg. Er hat erfahren, dass sie einen kleinen Sub mit nach Berlin bringen, den sie dort im Keller gefunden hätten.

Nicht doch! Bitte nicht den Kleinen. Jessy weint und seine Stimme ist voller Tränen. Leise flüstere ich ihm zu, dass er nicht weinen muss, wir uns irgendwann sehen werden. Dass es Kim und mir gut geht. Ich mich erholt habe und ihn in zwei Tagen wieder anrufen werde, lässt ihn leise schniefen. Zu gerne würde ich Jessy in den Arm nehmen. Schnell flüstere ich noch, dass ich ihn lieben würde. Leise erwidert er meinen Gruß, legt auf. Kim meint, dass wir Jessy zu viel aufbürden würden. Diese Geheimhaltung, dass er der einzige Mensch auf der Welt ist, der weiß, wo wir sind, frisst ihn bestimmt auf. Beschämt senke ich den Kopf, weil ich mir nie einen Gedanken darüber gemacht habe, wie schwer es für ihn sein muss. Immer wenn er seinen Dom anschaut, die Frage auftaucht, wo wir sind, muss er sich zusammennehmen, um nichts zu verraten. Dabei ist er ein Sub, der seinen Mann liebt. Ehrlichkeit sollte zwischen ihnen herrschen. Wir haben Jessy in eine Rolle gedrängt, die nicht zu seinem Charakter, seiner Neigung passt. Ich weiß nur zu gut, wie belastend es ist, ein Geheimnis zu bewahren. Sollten wir uns irgendwann in meinem Leben wieder treffen, werde ich mich bei ihm auf Knien entschuldigen.

~~*~*

Dass Leben geht weiter, bleibt nicht stehen. Auch hier in Italien nicht. Eine weitere Woche ist vergangen. Vor lauter Arbeit komme ich nicht zum Grübeln, was auch gut ist.

Vor drei Tagen sind ein paar Motorradfahrer durch unseren Ort gebraust, haben sich in einem Hotel in unserer Nähe niedergelassen. Einer von ihnen geht von Haus zu Haus, stellt Fragen. Die Stirn in Falten gelegt, beobachte ich sie. Suchen sie vielleicht jemand? Dass sie uns meinen könnten, ist mir gar nicht in den Sinn gekommen. Wer fährt denn auch schon mit dem Motorrad nach Italien, um nach zwei kleinen Subs zu suchen? Wenn, dann würde die Familie Sanchez ihren Privatjet nehmen, und das würden wir erfahren. So aufwendig, wie dieses Flugzeug gestaltet ist. Vielleicht wäre ich aufmerksamer geworden, hätte sie mehr beobachtet, wenn ich gewusst hätte, dass sie aus Berlin kommen. So schlafe ich fast den ganzen Tag, um am Abend fit genug zu sein, um meine Arbeit machen zu können.

Als ich wach werde, sehe ich, dass Kim noch schläft. Ich dusche, mache mich auf, um beim Bäcker ein paar Brötchen zu besorgen. Dort steht ein Mann mit dem Rücken zu mir, der mein Herz einen Schlag aussetzen lässt. Er sieht Andrew so verdammt ähnlich, dass ich einen Schock erleide, tief Luft holen muss. Mein Fluchtinstinkt springt an. Er hat fast die gleiche Größe und auch die Haut ist wie Milchkaffee. Die Sonne blendet und der Kerl wendet sich ab. Ich schüttele den Schock ab. Nun sehe ich schon am helllichten Tag Gespenster.

Kopfschüttelnd drehe ich mich um, falle am Abend nach getaner Arbeit hundemüde ins Bett, wo Kim schon selig drin schnarcht. Mein Leben ist mit Arbeit ausgefüllt und wir nehmen alles an, was unser Arbeitgeber uns zuteilt. Ich lerne die verschiedenen Clubs des Ortes kennen, bin immer da, wo Hilfe gebraucht wird. Auch bekommen wir zwei viel Trinkgeld, sind sehr beliebt bei den Gästen. Vor allen Dingen bei den Männern.

Heute Abend ist eine Beach Party angesagt, daher sind Kim und ich im Club allein für das Bedienen zuständig. Es ist ruhig hier, weil sich alles am Strand abspielt. Die Eingangstür geht auf und ein paar Motorradfahrer treten ein. Sie schauen sich um, sprechen jeden an, der klein und zierlich ist. Suchen sie jemanden für die Nacht? Hier verkehren Männer wie Frauen und es ist nicht ungewöhnlich, dass Paare sich hier finden, zusammen verschwinden. Manchmal, wenn ich einen Mann sehe, der Andrew ähnlich ist, dann ziehe ich mich auf die Toilette zurück und weine.

Einer von den Männern bleibt bei mir stehen und ich denke, dass er was zu trinken bei mir bestellen möchte, schaue ihn erwartungsvoll an. Schwarze Augen lächeln mich an und ich warte darauf, was er trinken will. Eine große Hand umfasst mein Gesicht, schaut mir in die Augen.

»Hallo, Kleiner. Endlich haben wir euch gefunden!«

Was? Erschrocken schaue ich in an. Das Herz klopft voller Angst schmerzhaft, als ich seine Worte erfasse. Ich wehre mich, werfe das volle Tablett nach ihm. Er weicht wie eine Katze aus, schnappt nach mir, bevor ich abhauen kann. Er packt meine Hüfte, schmeißt mich über die Schultern, als würde ich nichts wiegen. Wie von Sinnen schlage ich auf ihn ein, denke voller Grauen, dass Igor mich gefunden hat. Aus dem Augenwinkel kann ich erkennen, dass ein anderer Mann Kim einfängt, mit sich nach draußen zieht.

Die letzte Hoffnung ist der Türsteher. Empört schlage ich auf den Rücken meines Entführers ein, als er dreist erklärt, dass wir entlaufende Subs sind. Ja klar! Als ob der das glauben würde. Er sieht das Halsband, fragt den Kerl nach seinem Namen. Ohne mit der Wimper zu zucken, antwortet er doch tatsächlich, dass er Andrew Sanchez heißen würde, ich sein Sklave sei, der nach einem Streit abgehauen wäre. Der Türsteher schaut auf mein Band, flüstert, dass ich ein böser Junge wäre, lässt uns einfach durch. Was mache ich denn jetzt bloß? Der Kerl ist riesig, verdammt breit gebaut, da werde ich nur den Kürzeren ziehen.

Bevor wir wissen, wie uns geschieht, sind wir in einem Hotel angekommen, werden in ein Zimmer gesperrt. Einer von den Männern telefoniert die ganze Zeit. Kim weint, kann sich einfach nicht beruhigen. Ein Handy wird ihm ans

Ohr gehalten. Er schnieft und die Augen werden kugelrund. Er haucht nur »Damian« ins Telefon. Eine Weile hört er andächtig zu, flüstert, dass er ihn auch lieben würde. Scheiße! Verdammt! Ich könnte laut aufschreien vor Wut.

Jetzt haben uns die Sanchez-Brüder doch noch erwischt. Igor wird Andrew wehtun und meinen Freunden auch. Ich will das nicht, versuche zu flüchten. Der Kerl an der Tür droht mit einer Tracht Prügel, wenn ich nicht brav bin. Darf er das überhaupt?

Die Tür geht auf und ich stehe vor … Damian Sanchez. Fuck, da ist mir doch beinahe das Herz stehen geblieben, weil ich dachte, dass mein Sir durch die Tür kommt. Kim schreit auf, stürzt sich in seine Arme, während ich wie erstarrt stehen bleibe. Ohne dass ich es verhindern kann, laufen mir die Tränen über das Gesicht. Er sieht Andrew vom Gesicht her zwar ähnlich und ist es doch nicht. Sein Duft ist anders, sein Körper muskulöser.

Kim löst sich aus Damians Armen, kommt zu mir rüber und nun hänge ich an seinem Hals, kann nicht aufhören zu weinen. Sachte streicht er mir über den Rücken. Es hilft alles nichts. Unerwartet werde ich in ein Paar starke Arme gezogen, sanft an einen großen Körper gedrückt, der mir Halt gibt. Leise redet er auf mich ein, erzählt, dass es Andrew gut geht, sie wieder in Berlin sind. Er dort voller Sehnsucht auf mich warten würde. Warum bloß versteht denn hier keiner, dass ich nicht zurück darf? Igor wird es erfahren, und dann?

Im Hintergrund telefoniert jemand mit meinem Sir. Ein Handy wird mir ans Ohr gedrückt. Leise und sehnsüchtig wird mein Name geflüstert. Ich bin verloren!

Kapitel 48

Andrew

~~*~*

Leider müssen wir ein paar Tage länger in Russland bleiben, weil sich die politische Situation dort verschärft hatte. Für uns wurde es zu gefährlich, unbehelligt über die Grenze zu kommen. Da wir auch Igor mitschleppen mussten, sind wir in seinem Haus gefangen. Als seine Leibwache zurückkam, auf unsere zwei Russen traf, gab es einen kurzen Kampf. Sie alle flüchteten. Krystian hat seinen Kontaktmann angerufen, gebeten, dass er Popow kurz vor der Grenze in Empfang nimmt, ihn der russischen *Omon*[5] übergeben soll. Wir haben nicht gefragt, warum. Je weniger du weißt, umso besser für ein ruhiges Leben. In dieser Zeit erholt sich der kleine Mischa. Er erzählt mir nun, was in Igors Haus geschehen ist.

Durch einen Zufall kam er dahinter, dass ein anderer Sklave im Keller liegt. Mehr tot als lebendig wäre. Er hat sich eines nachts den Schlüssel von seinem Vater geklaut, um ihn nachmachen zu lassen. Als Igor geschäftlich wegmusste, ist er nach unten geschlichen. Erschrocken hat er dort einen jungen Mann entdeckt, der furchtbar zugerichtet war. Stockend erzählt er Aleksey alles, der für uns übersetzt.

»Er hat überall so furchtbar geblutet. Am Anfang dachte ich, dass er mir unter den Händen wegstirbt. Es war kaum

---

5 Laut Wikipedia ist OMON eine mobile Einheit der russischen Polizei mit einer besonderen Bestimmung. Im Unterschied zu normalen Polizeieinheiten untersteht die direkt dem Innenministerium. Sie wurde am 3. Oktober 1988 gegründet. Die Abkürzung OMON stand ursprünglich für Otrjad Milizii Osobogo Nasnatschenija – »Einheit der Miliz besonderer Bestimmung.« Die jetzige Bedeutung erhielt sie nach der Polizeireform bzw. dem Wegfall der Miliz im Jahr 2011.

noch Leben in ihm. Immer wenn mein Vater mal außer Haus war, bin ich schnell nach unten geschlichen, habe ihm Wasser und Brühe eingeflößt. Die meiste Zeit war er bewusstlos, was auch gut war. Ich glaube, er hätte sonst die ganze Zeit nur so vor Schmerzen geschrien. Noch nie habe ich einen Menschen gesehen, der so brutal verprügelt worden ist. Vorsichtig habe ich die Wunden mit einer Salbe eingecremt, damit sie aufhörten zu bluten. Er hat dabei geweint, immer geflüstert, dass er wieder brav sein wird, zurück zu seinem Sir wolle. Ich wusste gar nicht, worum es ging. Erst als ich das Halsband und seinen Ringfinger sah, da wusste ich Bescheid. Dort lag ein Sub, der einem anderen Master gehörte, und ich betete, dass er mir nicht unter den Händen wegstirbt. Sollte er diese Tortur überstehen, würde mein Vater ihm den Finger abschneiden, nur um *ANDREW* und *DEINS* nicht mehr lesen zu müssen. Damit er nicht mehr daran erinnert würde, dass der Kleine nicht ihm gehört. Ich …« Er räuspert sich, schaut Aleksey an. Als der ihm aufmunternd zunickt, erzählt er weiter.

»Er hat immer den Namen Andrew gerufen, dass er nicht mehr nach Hause zu ihm darf. Erst später habe ich erfahren, dass mein Vater ihm gedroht hat, alle, die er liebt, zu töten, sollte er«, er schluckt, schaut mich an, »zu dir zurückkehren. Nach ein paar Tagen kam er endlich richtig zu sich, konnte sich etwas besser bewegen. Ich wusste, dass sollte Vater von der Geschäftsreise nach Hause kommen, der Junge noch leben, dass … ähm … er würde da weitermachen, wo er aufgehört hatte, bis der Sklave sich irgendwann ergibt. Tut er das, ist er für Igor wertlos, gebrochen. Es macht ihm keinen Spaß mehr, einen Sklaven zu foltern, der sich damit abgefunden hat. Entweder würde er nach Hause geschickt oder er verschwindet spurlos. Ich glaube, dass er Jan hier im Wald irgendwo entsorgt hätte. So wie ich deinen Jungen kennengelernt habe, wusste ich, dass er sich niemals einem anderen Master unterwerfen würde als seinem Sir Andrew. Zwar bekam er kaum was mit, als ich ihn versorgt habe, aber er hat sich immer an mich geschmiegt und Andrew geflüstert. Nur kurz kam er zu Bewusstsein. Das hohe Fieber machte mir Angst. Trotzdem hat er immer gemurmelt, dass er nicht nach Hause kann, dass er seinen Sir lieben würde. Ich wusste, dass es sich nur um einen Tag handeln konnte, bis Vater sich um ihn kümmern würde. Also habe ich aus meinem Kleiderschrank ein paar Sachen genommen, ihm ein Handy in die Finger gedrückt und zur Hintertür geführt. Er hat mich mit diesen hellen Augen dankbar angeschaut, dass ich stundenlang geweint habe.«

Tief holt der Kleine Luft.

»Mein Vater hat mich sofort zu sich gerufen, als er zu Hause war. Ich wusste ganz genau, was er wollte. Zuerst habe ich gelogen, ihm gesagt, dass ich keine Ahnung habe, dass dort unten ein Mann liegen würde. Böse hat er mich angeschaut, direkt zugeschlagen, bis ich gestanden habe. Er hat mich gepackt, gewürgt, in den Keller geschleift. Ich sollte bereuen für das, was ich getan habe. Aber das habe ich nicht. Irgendwann bin ich bewusstlos geworden. Das Letzte, was ich sah, war dieser irre Blick, als er den Stock hob, mich damit verprügelte. Ich weiß auch nicht, wie lange ich dort gehangen habe, bis ihr gekommen seid.«

Er drückt sich jetzt schluchzend an Aleksey und Krystian. Vorsichtig nähere ich mich ihm, knie nieder, dass ich in seine Augen schauen kann. Behutsam nehme ich seine zittrigen Hände, drücke sie sanft.

»Mischa … Ich … das kann ich dir niemals im Leben gutmachen. Jan ist die Liebe meines Lebens. Nur dir habe ich zu verdanken, dass er lebt. Irgendwo auf dieser Welt hält er sich versteckt und ich werde ihn finden. Vertrau mir!«

Aleksey übersetzt und der Kleine nickt, schaut zu seinen zwei Beschützern auf. Da haben sich wohl drei gesucht und gefunden. Zwar unter schlimmsten Bedingungen, aber aus ihren Augen strahlt die Liebe zueinander. Dass Krystian Mischa kannte, sah man. Dass er sich auch zu Aleksey hingezogen fühlte, war für beide überraschend. Auch dass

Krystian Aleksey immer mit gierigen Augen nachsah. Nun gehört Mischa zu ihnen. Der Kleine wird bestimmt nie mehr um sein Leben fürchten müssen, denn dazu muss der Feind erst an seinen beiden Männern vorbeikommen.

Nach ein paar weiteren Tagen können wir endlich das Land verlassen. Nicht ganz zu Hause ruft Dante aufgeregt an und will, dass ich sofort zu ihm komme. Was hat er bloß? Kaum bin ich im Wohnzimmer, führt er mich, ohne ein Wort zu sagen, in sein Spielzimmer, wo Jessy mit gesenktem Kopf kniet, was an sich schon außergewöhnlich ist. Nie würde Dante jemand hier reinlassen, weil es ihr privates Reich ist. Als Jessy mich an der Stimme erkennt, senkt er seinen Kopf noch tiefer, was mich stutzig macht. Er zittert, hat die Hände hinter seinem Rücken zusammengepresst. Dante ist eigentlich nicht der Master, der seinen Sub anderen vorführt. Da muss was ganz Schlimmes passiert sein, dass er Jessy so hart bestraft hat.

Ich kann erkennen, dass Jessys geweint hat. Erstaunt schaue ich Dante an.

Er stellt sich herrisch vor ihn und fragt: »Möchtest du Andrew nicht erzählen, was du mir gestern gebeichtet hast? Jessy?« Er schüttelt den Kopf und Röte überzieht seine bleichen Wangen. Er zieht die Nase hoch, weicht meinem Blick aus.

Erneut klopft es an der Tür und Kai Länders betritt das Zimmer. Erstaunt schaut er mich an und bevor er was sagen kann, sieht er zu Jessy. Er hebt die Augenbraue, sieht uns fragend an.

Langsam tritt er auf Jessy zu, kniet sich vor ihm nieder und dann reden sie leise miteinander.

Kai hebt Jessys Gesicht hoch, fragt: »Jessy, wo hat Kim sich versteckt?«

Ich sehe, wie er schluckt, weint und leise flüstert: »Torre del Lago – Provincia di Lucca. Da habe ich mit meinem Mann die Flitterwochen verbracht und dort habe ich auch Kim kennengelernt, der sich vor Damian da versteckt hält.«

Kai bedankt sich bei ihm und dann flüstert Jessy leise: »Wenn du dort auch Jan treffen solltest, dann sage ihm, dass er nach Hause kommen kann, weil der Feind ausgeschaltet wurde.«

Wie erstarrt steh ich vor Jessy. Hat er gerade wirklich gesagt, dass sich Jan bei Kim aufhält? Erstaunt schaue ich ihn an. Auch Kai schaut erstaunt drein.

Dante seufzt tief auf, stellt sich neben mich.

»Jessy? Erzähl es meinem Freund, der auch deiner ist. Also!«

Nichts passiert.

»Er hat es anscheinend Kim versprochen und es scheint, dass er sich schämt, weil ich es aus ihm herausgequetscht habe. Das auch nur, weil er sich versprochen hat. Erst als ich nachgefragt habe, ist ihm bewusst geworden, dass er sich verplappert hat. Sein Hintern wird ihn wohl eine verdammt lange Zeit daran erinnern, dass ich es hasse, wenn er vor mir Geheimnisse hat!«

Jessy gibt einen gequälten Laut von sich, bewegt sich aber nicht von der Stelle. Ich bin wütend auf ihn, bewundere ihn aber trotzdem dafür, dass er seine Freunde nur verraten hat, weil Dante hartnäckiger war.

»Jan hatte mich angerufen, gebeten dir nichts zu sagen, weil er voller Angst war, dass Igor dich verletzen könnte und uns anderen auch. Ich habe wie verrückt auf ihn eingeredet, aber er hat vor lauter Panik nicht zugehört.« Jessy schluckt erneut, schnieft und erzählt weiter.

»Er hat ganz doll geweint, hat mir alle Verletzungen beschrieben. Wie er es mit all seinen Wunden geschafft hat, bis zur Grenze zu kommen, ist mir ein Rätsel. Als er es nach Finnland geschafft hat, habe ich eine Freundin zu ihm geschickt. Sie hat ihn ein paar Tage gepflegt, dann ins Flugzeug nach Italien gesetzt. Ich habe Jan zu Kim geschickt, damit er sich dort erholen kann!«

Jetzt schaut zu mir rüber und seine hellen Augen betteln mich um Gnade an. Dicke Tränen kullern die Wangen runter. Er ist genau wie mein Junge ein bildhübscher Kerl und erinnert mich schmerzlich an das, was ich verloren habe. Zwar nur für kurze Zeit, weil ich mir Jan wiederholen werde. Sollte ich jetzt wütend auf ihn sein? Seufzend gestehe ich mir ein, dass er sein Versprechen gehalten und Jan beschützt hat. Ihn vor Igor in Sicherheit brachte. Wie soll ich ihm da böse sein? Das muss ihn ziemlich belastet haben. Bebend knie ich vor ihm nieder, als ich erkenne, was er für uns alle in Kauf genommen hat. Sanft umfasse ich seine Arme, drücke ihn ganz fest an meinen Körper heran. Leise flüstere ich ein »Danke« in sein Ohr. Behutsam hilft Kai Jessy aufzustehen, drückt ihn an sich. Dante zieht den Kleinen von ihm weg. Er setzt sich mit Jessy auf seinen Beinen aufs Sofa. Leise reden sie miteinander. Als der Kleine seinen Kopf an Dantes Hals versteckt, verlassen wir sie. Zusammen gehen wir zurück in den Club.

Direkt informiere ich meinen Bruder Damian. Noch in der gleichen Stunde ist er mit Jonas Länders, Kais Partner, Raven Morales und seinen Männern auf dem Weg nach Italien. Aufgeregt teile ich ihm mit, dass auch Jan sich dort aufhalten soll. Er verspricht mir, ihn heil nach Hause zu bringen. Zusammen werden sie mir meinen Jungen wiederbringen.

Verzweifelt telefoniere ich die nächsten Tage mit meinem Bruder, der die Jungs schon seit drei Tagen im ganzen Ort sucht. Warten ist das Schlimmste, was es für mich gibt. Du denkst, dass dein Junge dich nicht mehr will, weil du versagst hast, obwohl du ihm versprachst, auf ihn aufzupassen. Nicht, dass Jan mich nicht mehr als seinen Sir haben möchte, wo ich ihn im Stich gelassen habe. Dante spricht auf mich ein, erklärt, dass es nicht meine Schuld war. Klar hatte Jan drei Leibwächter. Anscheinend waren es nicht genug, um Igor von Jan fernzuhalten. Wie viele Männer du auch einstellst, sobald einer darunter ist, der dich verrät, nützen dir all deine Sicherheitsmaßnahmen nichts. Bernd habe ich seitdem nicht mehr gesehen, was für ihn auch besser ist. Laut Devil hat er seine Wohnung gekündigt, Berlin mit seiner Tochter verlassen.

Zusammen mit Jessy und seinem Mann stehe ich an der Bar, als sein Handy geht. Jessys schaut bettelnd zu Dante und als er nickt, geht er ran. Er hört zuerst nur zu, schaut uns an, hält mir wortlos das Handy hin. Damian ist dran, erzählt, dass er beide Jungs hier vor sich stehen hätte und einer davon würde bestimmt gerne meine Stimme hören. Im Hintergrund höre ich Jan leise weinen. Dieses Geräusch ist das schönste, was ich je vernommen habe. Leise murmle ich seinen Namen, höre ihn »Sir?« hauchen. Verdammt. Sind das tatsächlich Tränen, die mir über das Gesicht rinnen? Ich versichere ihm, dass Igor uns nichts mehr tun kann, dass er hinter Schloss und Riegel sitzt. Langsam glaubt er mir, verspricht, brav auf die Männer zu hören, die ihn heil nach Hause bringen werden. Wo ich ihn endlich in die Arme nehmen kann. Am liebsten hätte ich den Firmenjet losgeschickt. Damian überzeugt mich, dass Jan etwas Zeit braucht, um zu verarbeiten, was ich ihm gerade gesagt habe. Nein, Igor ist kein Problem mehr für uns. Krystian hat dafür gesorgt. Er und Aleksey sind mit uns zurück nach Berlin geflogen. Im Gepäck hatten wir einen zusätzlichen jungen Mann.

Mischa Popow. Er ist anders als sein Vater, ganz anders. Er hat Herz, kann Mitleid zeigen und hat meinen Jungen gerettet. Wie hätte ich ihn da in der Hölle lassen sollen? Ich habe ihm versprochen, dass er bei uns in Sicherheit ist. Aleksey und Krystian hätten dies auch gar nicht zugelassen. Seitdem sie ihn aus dem Keller befreit haben, ist er ihnen nicht mehr von der Seite gewichen. Na, wenn die drei nicht ihr Glück gefunden haben, dann weiß ich es auch nicht!

Kapitel 49

Jan

~~*~*

Tränen der Erleichterung laufen mir über die Wangen. Andrew lebt. Es geht ihm gut. Sehnsüchtig rufe ich seinen Namen, sage ihm, wie sehr ich ihn vermisst habe, dass ich ihn liebe. Seine Stimme zu hören, zu wissen, dass Igor keinem von uns mehr was antun kann, lässt mich endlich befreit durchatmen. Der Stein, der die ganze Zeit im Magen lag, verschwindet. Am liebsten würde ich sofort nach Hause fliegen. Damian redet beruhigend auf mich ein, sagt, dass wir morgen alle zusammen fahren werden, und zwar mit dem Motorrad. Ich soll bei Raven mitfahren. Wer, ich? Niemals! Vehement verweigere ich die Zusammenarbeit, sträube mich dagegen.

Schon steht da dieser riesige Kerl vor mir. Herausfordernd schaut er zu mir runter. Seine dunkelgrünen Augen blitzen belustigt auf. Sein Haar ist rabenschwarz und er ist bestimmt genauso groß wie Andrew. Er erinnert mich an meinen Sir und Sehnsucht erwacht. Sein Blick wird sanfter, als er zu mir tritt, sich vorstellt.

Raven Morales! Oh, ich glaube, ich kenne seinen Vater. Er besitzt in Köln außer einem Karate-Studio noch diverse andere Geschäfte. Ich habe dort ein halbes Jahr auf der Straße verbracht, in der Nähe des Studios meinen Schlafplatz gehabt.

Raven schaut mir lange in die Augen, ohne auch nur ein Wort zu sagen. Resigniert stimme ich zu, als er nach draußen gerufen wird.

Eine Hektik entsteht, die ich nicht verstehe. Ich höre nur, dass Kai Länders bei einem Einsatz in Las Vegas schwer verletzt wurde und die OP nicht gut verlaufen ist. Sekunden später stehe ich allein mit Kim im Zimmer. Zusammen setzen wir uns auf das Bett, halten uns ganz fest an den Händen.

Nach einiger Zeit tritt Damian zu uns, erklärt, dass es eine Planänderung geben wird. Die Jungs und er werden mit dem Motorrad fahren, wir zwei mit einem Leihwagen. Stöhnend, voller Erleichterung lasse ich mich nach hinten fallen. Junge, Junge! Die Aussicht, zwei Tage auf einer Höllenmaschine zu sitzen, war mir gar nicht geheuer. Zwar ist mein Körper verheilt, hat sich von den Strapazen erholt, trotzdem spüre ich immer noch, dass die Haut auf meinem Rücken unangenehm spannt, je nachdem, wie ich mich bewege. Ich glaube nicht, dass ich das für 48 Stunden ausgehalten hätte. Dieser Raven würde mich ohne zu zögern in der Wildnis aussetzen, weil ich ihm während der Fahrt immer die Ohren voll gejammert hätte, dass ich eine Pause bräuchte.

Nach dieser aufregenden Nacht schlafe ich zum ersten Mal seit Wochen tief und fest, ohne Albträume zu haben. Ganz früh am Morgen werden wir geweckt. Schlaftrunken stehe ich unter der Dusche. Zwei Tage – 48 Stunden und ich bin zu Hause bei Andrew. Sehnsucht nach seinen Armen, den heißen Küssen erwacht. Seufzend beeile ich mich, weil Damian vor der Tür steht, ungeduldig darauf wartet, dass es losgeht. Ich verstehe ihn ja. Kim hat bei mir geschlafen und Damian steht total unter Druck, versucht seinem Sub etwas Freiraum zu lassen. Dass es ihm schwerfällt, kann jeder erkennen. Was soll ich machen? Kim wollte es so und Damian hat sich dem gefügt.

Nach einem kleinen Frühstück geht es los. Mit riesengroßen Augen stehen wir zwei vor dem Leihwagen, den Damian uns besorgt hat. Ein Maserati Gran Cabrio. Scheiße, der hat bestimmt über 400 PS und ist ein 8-Zylinder. Da tippst du nur das Gaspedal mit der Fußspitze an und dann macht dieses Geschoss von einem Auto einen Satz nach vorne. Mit leuchtenden Augen renne ich um den Wagen, streiche vorsichtig mit der Fingerspitze über den schwarz glänzenden Lack. Ungläubig schaue ich Damian an. Er lächelt mich an, wirft mir die Autoschlüssel zu. Mit einem lauten Lachen schmeiße ich mich auf den Fahrersitz, starte das Auto. Boah, der schnurrt wie ein satter zufriedener Panther – und los geht's.

Kim und ich wechseln uns immer nach drei Stunden Autofahrt ab. Das macht Spaß, lässt mich vergessen, was Igor mir angetan hat. Das Wetter ist toll und der Wind, der uns um die Nase weht, ist schön warm. Die Männer haben sich aufgeteilt. Sie fahren mit ihren Motorrädern vor und hinter uns. Nach der Hälfte der Tour machen wir einen Stopp, übernachten in einem Hotel, wo es direkt ganz früh am Morgen weiter Richtung Berlin geht. Je näher wir der Heimat kommen, umso nervöser werde ich.

Nur noch eine Stunde, zeigt das Navi an, und ich bin bei meinem Sir. Will er mich überhaupt zurückhaben, sobald er das Ausmaß der Verletzungen gesehen hat? Schließlich bin ich keine unbeschädigte Ware mehr, sondern für den Rest meines Lebens gekennzeichnet. Zwar konnte ich bis jetzt nicht genau erkennen, was auf der Haut zurückgeblieben ist, aber als Damian mich unter der Dusche erwischt hat, hörte ich seine Atmung kurz stocken. Das, was ich erkennen konnte, hat auch mich geschockt. Rote Wundränder ziehen sich kreuz und quer über den Rücken. Vorne auf der Brust sieht es dank Kims Pflege nicht mehr so schlimm aus. Die Striche verblassen zwar langsam, trotzdem wird eine fiese Narbe zurückbleiben. Die Haut auf der Stirn ist gut verheilt und den hellen Strich sieht man kaum. Kim meint, dass es auf meinem Rücken nur schlimm aussieht, weil alles gerötet und dick geschwollen ist.

Zehn Minuten noch und ich bin zu Hause. Oh Mann, bin ich nervös. Nur gut, dass Kim jetzt fährt, denn meine Hände zittern ganz schlimm. Ich würde bestimmt einen Unfall bauen. Er biegt in unsere Straße ein und alle Freunde stehen vor der Tür. Hart schlucke ich, als wir endlich am Bordstein parken. Bewegungslos bleibe ich sitzen, kann nicht aussteigen, weil meine Beine viel zu stark zittern. Andrew beugt sich sofort in den Wagen, hebt mich auf seine starken Arme, drückt das Gesicht in meine Haare. Wimmernd umklammere ich seinen Hals, flüstere seinen Namen.

Ohne auf die anderen zu achten, bringt er uns ins Wohnzimmer, setzt sich mit mir in einen Sessel. Seine Finger zittern, streicheln ganz vorsichtig über meinen Rücken. Ganz fest drücke ich mich an seinen warmen Körper, atme tief seinen Geruch ein und fühle, dass ich endlich zu Hause bin.

Langsam lassen die Tränen nach. Er hebt mein Gesicht zu sich empor, flüstert, dass er mich liebt. Ja – jetzt! Nur was ist, sobald ich nackt vor ihm stehe, er das ganze Ausmaß der Verletzungen sieht?

Unsere Freunde drängen sich um uns, stehen stumm vor mir, bis ich sie anlächele. Mit zittrigen Beinen stehe ich auf und zaghaft kommen sie näher. Jeder von ihnen zeigt mir, wie sehr sie mich vermisst haben.

Ein geknickter Jessy tritt vor. Tränen in den Augen, ein schuldhafter Blick dazu. Ich schlucke, erkenne, dass er genau richtig gehandelt hat. Wir stehen uns gegenüber, halten uns an den Händen. Ich verdanke ihm so viel. Das kann ich Jessy in meinem ganzen Leben nie, niemals gutmachen. Diese schuldhaften Gefühle, dass er ein schlimmes Geheimnis hüten musste. Dass er seinen Mann angelogen hat, nur um uns zu schützen. Ich kann mir gut vorstellen, wie schwer er darunter gelitten hat. Ich drücke ihn an mich, murmele, dass er der beste Freund ist, den ein Mann sich nur wünschen kann. Strahlend schaut er mich an, nickt. Irgendwann werde ich es ihm vergelten können und mein Dank wird ihn dann umhauen.

Unsere Freunde lachen uns an, als wir zwei uns endlich loslassen. Sie reden durcheinander, weil jeder erzählen will, wie Joy Igor verprügelt hat. Dieser steht mit roten Wangen etwas abseits.

»Na ja. So schlimm war es nun auch nicht!«, erwidert er, als ich in der Tür eine kleine Gestalt stehen sehe. Fassungslos schaue ich in dunkle Augen. Augen, die mir das Leben gerettet haben.

Hinter ihm erscheinen Aleksey und ein mir unbekannter Mann. Beide packen je eine Hand, schieben den Kleinen weiter auf mich zu. Dankbar lächelt er beide an. Etwas verwirrt schaue ich zu Aleksey. Mit wie viel Liebe er beide Männer anschaut. Mein Blick irrt zwischen ihnen hin und her. Oh! Jetzt verstehe ich. Zwei dominante Männer, ein kleiner, hilfloser Sub. Schon erwacht der Beschützerinstinkt in ihnen. Dass es Liebe ist, die zwischen ihnen pulsiert, erkenne sogar ich.

Ich gehe auf ihn zu, als er mit dem Finger auf sich zeigt und ich höre, wie er »Mischa« flüstert. Vorsichtig umarme ich ihn. Leise murmele ich, dass ich ihm mein Leben verdanke.

Er nickt und ich erkenne an seinem Hals und den Armen, dass auch er schlimm verprügelt worden ist. Er schiebt mein Shirt hoch und peinlich ziehe ich es schnell runter. Immer noch sieht man blaue Flecken auf der Haut. Leise versuche ich zu erklären, wie leid mir das tut, dass sein Vater seine Wut an ihm ausgelassen hat. Wenn ich dies vorher gewusst hätte, wäre ich niemals abgehauen. Er ist zierlicher und kleiner als ich. Mischa ist meinetwegen durch eine Hölle voller Schmerzen gegangen. Wie es scheint, findet er gerade sein Glück bei zwei Männern, die jeden Kerl ohne Kompromisse beseitigen würden, der an ihn ran will.

Müde gähne ich, flüchte in Andrews Arme. Als ich mich umdrehe, haben sie es plötzlich alle eilig. Endlich bin ich allein mit Andrew. Schüchtern verstecke ich das Gesicht an seinem Hals. Er packt meine Hände, zieht mich ins Badezimmer. Behutsam schiebt er das T-Shirt hoch. Verkrampft halte ich es fest, will nicht, dass er mich anschaut. Beschämt senke ich den Kopf. Mein Rücken sieht bestimmt noch furchtbarer aus. Sanft packt er zu, sieht mir in die Augen, bis ich das T-Shirt freiwillig loslasse. Ganz langsam zieht er es über meinen Kopf. Er dreht das warme Wasser auf, stellt sich mit mir zusammen darunter. Behutsam umfasst er meine Hüfte, dreht mich um. Die Hände verkrampfen sich und am liebsten würde ich das Shirt wieder überziehen. Vorsichtig streicht ein Finger über die Wundränder. Er murmelt, dass es ihm leidtut, dass er nicht besser auf mich aufgepasst hat. Oh bitte, er konnte nichts dafür. Abrupt drehe ich mich zu ihm um, presse die Lippen auf seine. Hände fahren zärtlich über meinen ganzen Körper. Er registriert alle Wunden und murmelt: »Nur gut, dass Krystian sich um Igor gekümmert hat. Wenn ich ihn jetzt in die Finger bekommen würde, überlebt er das nicht.«

Was hat er mit Igor gemacht? Will ich das wissen? Nein! Ich bin nur froh, dass es Andrew gut geht. Er hüllt meinen geschundenen Körper in ein warmes Badetuch, trägt mich zum Bett. Behutsam dreht er mich auf den Bauch, streicht über die Narben. Auf jeder Strieme drückt er sanft einen Kuss.

»Morgen kommt Eric, schaut sich deinen Rücken an. Er wird dir helfen. Wird die Narben behandeln, dass sich die Haut entspannen kann.«

Erstickt wimmere ich ins Kissen.

»Jan, schau mich an, Schatz! Deine Narben sind nur etwas geschwollen. Deshalb sieht es schlimmer aus, als es in Wirklichkeit ist. Eric hilft auch Mischa. Bitte! Lass mich dich nicht dazu zwingen müssen!«

Nickend stimme ich zu, werde dafür mit einem tiefen Kuss belohnt. Ich liebe es, ihn zu küssen, als würde es kein Morgen mehr geben. Hungrig drücke ich mich gegen ihn. Am liebsten würde ich in ihn hineinkriechen, mich zusammenrollen, nie wieder rauskommen.

Zärtliche Fingerspitzen gleiten über die Haut, bevor ich mich umdrehe und in Andrews Gesicht schaue. Er setzt die Zärtlichkeiten in meinem Gesicht fort. Staunend schaut er zu mir runter, als würde er mich das erste Mal sehen. Seine sonst dunkelgrauen Augen werden ganz hell, als er die Hände fest um meine Wangen legt, den Kopf senkt und voller Liebe seine Lippen auf meinen Mund drückt.

Zuerst schrecke ich zurück, bis mir bewusst wird, dass dieser Mann, der gerade bei mir liegt, mein Sir ist. Ich trage sein Halsband mit viel Stolz, seinen Namen auf meinem Finger mit mehr Liebe, als ich je gedacht habe. Nur eins macht mir Angst. Ob ich mich jemals wieder unterwerfen kann? Meine Furcht zu überwinden und einem anderen Mann zu vertrauen? Lange schaue ich zu meinem Sir rüber. Tief in mir drin weiß ich, dass er der Einzige sein wird, bei dem ich mich im Lustschmerz fallen lassen kann. Aber ich brauche dafür noch ein paar Tage. Ob er sie mir zugestehen wird?

Kapitel 50

Andrew

~~*~*

Seit Jessy den Zufluchtsort meines Jungen verraten hat, vergehen die Stunden wie in Zeitlupe. Hm! Verrat wäre nicht das richtige Wort. Er hat sie beschützt, so gut es eben ging. Bis sein Verlangen, es jemandem anzuvertrauen, überhandnahm. Seinen Mann anzulügen hat ihm einiges abverlangt. Ich bin ihm nicht mehr böse, sondern voller Dankbarkeit.

Mir geht es nicht gut und Jaydan hat mich kurzerhand mit zu sich in seine Wohnung genommen. Er passt auf, dass ich nicht ins Grübeln verfalle und deckt mich mit Arbeit ein. Mehr als einmal frage ich meinen kleinen Bruder, ob Igor alles zwischen mir und meinem Jungen zerstört hat. Die Angst, dass Jan mich ablehnen könnte, ist sehr groß. Jaydan nimmt mich dann in seine Arme, wispert mir zu: »Jan würde dies nie tun!«

»Warum nicht? Er wurde misshandelt, geschlagen. Wie könnte ich da verlangen, dass er mir vertraut?«, schreie ich verzweifelt in den Raum.

»Weil Jan dich liebt. Nicht Igor oder einen anderen Mann. Dich liebt er. Seinen Sir Andrew!«, schreit er zurück. Schwer schlucke ich, nicke und hoffe, dass er recht behält. Ich wüsste sonst nicht, was ich tun würde. Ihn einfach gehen lassen? Nein, das kann und will ich nicht. Ich brauche den Kleinen. Mehr, als ich mir eingestehe.

Heute Morgen kommt endlich der erlösende Anruf. Mein Bruder Damian teilt mir mit, dass sie unterwegs sind und am frühen Abend in Berlin eintreffen werden.

Seit Damians Anruf sitze ich wie auf heißen Kohlen. Die Zeit vergeht einfach viel zu langsam. Zu Hause werde ich noch verrückt vor Sorge, weil die Angst, Jan zu verlieren, immer realer wird. Schließlich habe ich nicht genügend auf ihn aufgepasst. Statt den Hintergrund der neuen Leibwächter zu überprüfen, habe ich mich darauf verlassen, dass die Agentur dies gemacht hat. Aleksey hatte extra noch darauf hingewiesen. Vor lauter Arbeit habe ich es schlichtweg vergessen. Dass es ein riesengroßer Fehler war, musste Jan nun am eigenen Körper erfahren. Und ich? Ich leide noch viel mehr. Statt körperlich sind meine Schmerzen seelisch.

Igor war laut Kai Länders in Berlin aufgetaucht. Statt dass ich Jan in meiner Nähe behielt, ihm sagte, was los war, habe ich ihn allein gelassen. Es war mein Fehler, meiner allein, und er musste es ausbaden. Nur gut, dass mir die Länders-Brüder eingefallen sind. Damian hatte sich regelrecht darin verbissen, Kim zu finden. Als er erfuhr, wo er suchen sollte, kam endlich Leben in ihn. Die Erleichterung konnte ich von seinem Gesicht ablesen. Dass aber Jan sich dort auch versteckt hielt, war eine verdammt große Überraschung. Obwohl ich ziemlich sauer auf Jessy bin, dass er so lange geschwiegen hat, bin ich froh, dass Jan solche tolle Freunde hat.

Nur noch ein paar Stunden, dann ist er endlich wieder bei mir. Das Spielzimmer habe ich direkt abgeschlossen und werde es erst öffnen, wenn mein Junge dazu bereit ist. Sollte Jan sich nicht von seinem Martyrium erholen, dann habe ich Pech gehabt. Im Moment macht mir das nichts aus, weil ich diesen Jungen mehr liebe als mein Leben. Irgendwann werden wir vielleicht zusammen spielen können. Zumindest hoffe ich das.

Ja, irgendwann wird er dazu bereit sein und mir wieder vertrauen. Es wird schwer für mich werden! Zwar kann ich meine Neigungen ein paar Wochen unterdrücken, aber ich weiß nur zu gut, dass sie plötzlich an die Oberfläche drängen. Dann will ich meinen Jungen beherrschen, ihn dominieren. Sollte meine bestimmende Natur ausbrechen, dann möge Gott verhüten, dass Jan in meiner Nähe ist.

Seit zwei Stunden sitze ich mit meinem Bruder Jaydan auf den Treppenstufen vor der Tür des Hauses. Das Handy fest in der Hand. Damian hat noch mal angerufen, berichtet, dass sie in einer Stunde da sind. Jede Minute schaue ich auf die Uhr. Die Zeit vergeht quälend langsam. Unsere Freunde kommen aus allen Ecken auf uns zu gerannt, gesellen sich zu mir. Keiner sagt ein Wort. Allein ihre Gegenwart lässt mich ruhiger werden. Gerade stellen sich Devil, Dante und Daniel an meine Seite. Sie drücken mich fest an sich heran und ich weiß, dass alles gut werden wird. Nein, es muss!

Endlich kommt ein Auto um die Ecke. Eine Motorrad-Eskorte begleitet sie. Kim sitzt am Steuer, parkt genau vor uns ein. Atemlos, mit offenem Mund schaue ich ins Wageninnere. Dort sitzt mein Junge. Er zittert, hat die Hände zwischen die Beine geklemmt. Sein kleiner Körper bebt, stur schaut er auf seine Hände.

Vorsichtig beuge ich mich ins Innere des Wagens, um ihn nicht zu erschrecken. Zärtlich umfasse ich sein Gesicht, hebe es zu mir empor. Weit aufgerissene, hellblaue Augen schauen ängstlich hoch. Leise murmelt er meinen Namen. Ich zittere, umfasse seine Hände, ziehe ihn ganz sanft zu mir hoch. Fest drücke ich ihn an mich heran. Direkt versenke ich die Nase in seine Haare, atme den mir vertrauten Duft ein. Bevor ich es verhindern kann, flüstere ich mit Tränen in der Stimme seinen Namen. Schluchzend drücke ich Jan fest an mich. Er umschlingt mit seinen langen Beinen meine Hüfte. Endlich kann ich meinen wundervollen Jungen in die Arme nehmen.

Er bebt, umklammert meinen Hals, wispert mir zu, wie sehr er mich liebt. Ohne auf die anderen zu achten, bringe ich ihn in unsere Wohnung, setze mich mit ihm in einen Sessel, streichle behutsam über seinen Rücken. Leise raune ich in sein Ohr, wie sehr er mir gefehlt hat, ich solche Angst um ihn hatte. Dass ich froh bin, ihn in die Arme nehmen zu können. Langsam beruhigt er sich, schnieft leise, hebt den Kopf. Nie sah er begehrenswerter aus als gerade jetzt in diesem Augenblick. Mit Tränen in den hellblauen Augen nickt er. Die feste Umklammerung um meinen Hals löst sich und zittrig drückt er die Lippen auf meine. Er schmeckt einfach wundervoll.

Obwohl ich mich am liebsten direkt mit ihm ins Schlafzimmer verziehen würde, mir ein Bild von seinen Verletzungen machen will, lasse ich ihn aufstehen, weil unsere Freunde zu uns in den Raum getreten sind. Zaghaft hebt er den Kopf und endlich stiehlt sich ein Strahlen auf sein Gesicht. Die Jungs nehmen ihn in ihre Mitte, umarmen ihn.

Jessy steht schuldbewusst vor ihm. Jan schreit auf, schmeißt sich in seine Arme. Leise flüstern sie miteinander, weinen. Bis jemand erzählt, wie Joy Igor verprügelt hat. Joy wehrt ab und alle lachen darüber, wie er voller Scham erzählt, dass er sich noch zurückgehalten hätte.

Um uns herum verstummen die Stimmen. Im Türrahmen steht Aleksey. Hinter ihm erscheint Mischa. Bevor er einen Schritt zurück machen kann, packt Krystian ihn und zusammen ziehen sie ihn sanft zu Jan rüber.

Fassungslos schaut Jan zu Mischa. Zaghaft fassen sie sich an den Händen. Wir lassen ihnen etwas Zeit, um sich zu fangen. Immer noch schauen sie sich in die Augen, erkennen jede Strieme, die Igor bei ihnen hinterlassen hat. Behutsam fährt Mischa mit der Hand über Jans Brust, schiebt das T-Shirt hoch. Sanft streicht er über die Narben. Verschämt zieht Jan das Shirt nach unten. Sie legen die Stirn gegeneinander und zum ersten Mal lächeln sie sich zu. Jan gähnt und für mich ist es das Startzeichen, ihn ins Bett zu bringen. Unsere Freunde verabschieden sich, umarmen ihn. Ohne Kompromisse schiebe ich ihn ins Badezimmer, versuche ihn auszuziehen, als er meine Hand festhält.

Oh nein! So fangen wir erst gar nicht an. Er wird sich nicht vor mir verstecken, das lasse ich nicht zu. Sanft entferne ich die verkrampften Hände, ziehe ihm behutsam das Shirt aus. Das warme Wasser prasselt auf unsere Köpfe nieder, als ich ihn umdrehe, nachschaue, wie schwer er verletzt wurde.

Solch eine sinnlose Wut. Nie habe ich in meinem Leben so eine mörderische, zerstörerische Wut gesehen. Und das nur, weil Jan sich nicht unterordnen wollte. Die Wunden auf seinem Rücken sind etwas gerötet, sehen sonst aber gut aus. Kreuz und quer ziehen sich helle bis dunkelrote Striche über die ganze Haut bis runter zu seinem Hintern. Die Hälfte davon sind noch als feine, hellrote Streifen zu erkennen, die in ein paar Tagen ganz verschwinden werden.

Vorsichtig zeichne ich die schlimmsten Wundränder nach, küsse jede einzelne davon. Er weiß gar nicht, wie tapfer und stark er ist. Das, was er als Schwäche ansieht, ist in meinen Augen eine immense Stärke. Manch einer hätte aufgegeben, wäre dort im dreckigen Keller elendig gestorben. Nicht mein Junge. Der niemals. Er trägt mein Halsband, was mir genug Mut gibt, dass er dieses Martyrium mit meiner Hilfe vergessen könnte.

Wenn ich jetzt vor Igor stehen würde, würde ich ihn diesmal ohne Gnade umbringen. Leise verspreche ich ihm, dass Eric sich morgen um seinen Rücken kümmern wird. Dass er irgendwann wie neu aussehen wird. Ungläubig schaut er mich an, schüttelt den Kopf.

»Lass es mich nicht als Befehl aussprechen, Jan!«, flüstere ich leise.

Er senkt den Blick, schluckt und gehorsam nickt er mir zu.

Als Belohnung küsse ich ihn, fahre mit den Fingerspitzen sein Gesicht nach und bemerke, dass er etwas zurückweicht. Ungläubig schaue ich ihn an, lasse die Hand sinken. Er wird doch keine Angst vor mir haben?

Mein Herz klopft voller Angst, dass alles, was uns mal verbunden hat, von Igor zerstört wurde. Ohne mir was anmerken zu lassen, trockne ich ihn behutsam ab, bringe uns ins Schlafzimmer. Behutsam lege ich ihn auf das Laken, schaue Jan lange an. Erst als er leicht über den Brustkorb streicht, lege ich mich zu ihm. Er drückt sich ganz fest mit seinem Po gegen meinen Bauch. Kurze Zeit später ist er eingeschlafen. Stundenlang liege ich wach, schaue bange in sein Gesicht, präge mir jeden seiner männlichen Züge ein. Dabei versuche ich diesen eisigen Knoten im Magen zu ignorieren. Jan schläft unruhig, wälzt sich von einer Seite zur anderen. Erst als er fast auf mich kriecht, seinen Kopf auf meine Brust ablegt, fällt er mit einem Seufzer in einen tiefen Schlaf.

Am anderen Morgen weigert er sich tatsächlich, will nicht, dass Eric seine Narben sieht. Lange rede ich auf ihn ein, doch er flüchtet in sein Zimmer, schließt sich dort ein. Hilflos stehe ich vor der geschlossenen Tür. Das hat es bei uns noch nie gegeben. Da hilft kein Reden, kein Betteln. Ich will ihn nicht unter Druck setzen und es als einen Befehl aussprechen. Lange überlege ich und erst Jaydan bringt mich auf eine Idee. Er organisiert einen Spieltag für alle, damit unsere Ungezwungenheit miteinander wieder an den Tag kommt. Wie eine Katze um den heißen Brei herumzuschleichen bringt weder Jan noch mir was. Als er sich endlich beruhigt, aus seinem Zimmer kommt, unterbreite ich ihm einen Vorschlag. Wir werden zu diesem Spieltag gehen, wenn er Eric einen Blick auf seinen Rücken werfen lässt. Er schaut mich böse an. Erst als ich Paint Ball erwähne, schluckt er und gibt endlich klein bei. Aufatmend ziehe ich ihn an mich heran, küsse ihn zärtlich, was er sich gefallen lässt. Ja, meine Küsse will er zu jeder Zeit, doch mehr ist bis jetzt nicht zwischen uns passiert. Aber ich bin geduldig, warte auf meinen Jungen. Er muss freiwillig auf mich zukommen. Eher fasse ich ihn nicht an, geschweige dränge mich ihm auf.

Um Mischa und auch die Jungs auf andere Gedanken zu bringen, willigen wir alle zu Jaydans Vorschlag ein. Am nächsten Wochenende gehen wir alle mit ihnen Paint Ball spielen.

Freitagabend sitzen wir Männer alle im VIP-Bereich des *Club Red*, als Joy mit einem Schreiben auf uns zukommt, es auf den Tisch legt. Er schaut sich nervös um, sieht, dass seine Freunde am Eingang stehen, dort auf ihn warten. Was haben sie denn? Bevor auch nur einer von uns was sagen kann, dreht sich Joy um, rennt die Treppen runter. Kaum steht er vor ihnen, verschwinden sie genauso schnell, wie sie aufgetaucht sind. Gespannt nehme ich das Blatt, lese, kann mich vor lauter Lachen nicht mehr beruhigen. Das Schreiben wandert durch alle Hände und Heiterkeit bricht aus. Sie sind anscheinend nicht so dumm, wie wir gedacht haben.

Betrifft: Paint Ball Spiel am Samstag, den 03.06.2017

Wir, die unten genannten Männer, erlauben unseren Jungs an diesem Tag alles Menschenmögliche zu versuchen, dieses Spiel für sich zu entscheiden. Strafen bezüglich dieses Spieles werden an diesem Tag ausgesetzt, damit sie sich ohne Angst auch mit unerlaubten Mitteln wehren dürfen. Es werden auch keine Befehle ausgesprochen, geschweige entgegengenommen, bis der Tag sich dem Ende zuneigt. Ihre Männer sind mit ihrer Unterschrift damit einverstanden und verpflichten sich, dies auch einzuhalten.

Natürlich unterschreiben alle. Zufrieden lehnen wir uns zurück. Wenn wir allerdings gewusst hätten, was uns dieser Wisch noch alles einbrocken würde, hätten wir unseren Jungs da schon vorab ihre Hintern versohlt. Am Samstagmorgen ist Jan ganz aufgeregt. Da ich versprochen habe, ihm diesen Tag zu geben, sage ich kein Wort, schaue ihm nur dabei zu, als er sich vorbereitet. Als wir am Paint Ball-Gelände ankommen, sind alle vom *Club Black* sowie *Club Red* vertreten. Sogar Mischa mit seinen Männern ist dabei. Er steht mit all den anderen Jungs auf dem Spielfeld. Sie stecken ihre Köpfe zusammen und misstrauisch schauen wir ihnen zu, was sie da machen. Jeder von ihnen streckt seine rechte Hand zur Mitte aus, verbindet sie mit den anderen.

Dann stoßen sie einen Schrei aus, der sich für uns schwer nach einer Kampfansage anhört. Mit gemischten Gefühlen schauen wir unseren Jungs entgegen. Laut lachend drehen sie sich zu uns um. Ihre Augen strahlen uns an, Schalk blitzt darin auf. Sie sind richtig aufgeregt. Ihr Eifer ist schon lustig anzusehen. Wir aber haben Aleksey und Krystian in unserer Gruppe. Mit ihnen im Rücken wird es ein Kinderspiel sein, dieses Gefecht für uns zu gewinnen. Kaum haben wir unsere Unterweisung hinter uns, schauen sie sich an, nicken eifrig mit dem Kopf. Irritiert stehen wir unseren Jungs gegenüber. Was ist uns Männern hier bloß entgangen?

Schnell ist die Sicherheitsbekleidung angezogen. Der Besitzer des Paint Ball-Geländes erklärt, wie das Gewehr funktioniert und die Regeln lauten.

Es gibt nur eine!

Wirst du von einer Farbkugel getroffen, bist du raus aus dem Spiel!

Na dann, auf in den Kampf.

Kapitel 51

Jan

\~\~*\~*

Seitdem ich zu Hause bin, nervt mich Andrew damit, dass ich zu Eric in die Klinik gehen soll. Heute war ich ziemlich wütend auf meinen Sir, dass er es beinahe in einen Befehl umgewandelt hätte. Kann er denn nicht verstehen, dass ich mich schäme, wie ein Monster auszusehen? Es kostet mich schon bei Andrew eine Menge an Überwindung, um mich nackt zu zeigen. Wie kann er dann verlangen, dass ich mich vor einem Fremden ausziehe? Nur um diesen Doktor zu zeigen, was ein Stock anstellen kann, wenn der Schläger wütend ist? Ich bin für mein restliches Leben entstellt. Das wird niemand ungeschehen machen können. Auch dieser Eric nicht. Basta!

»Eric ist unser Hausarzt!«, kommt es prompt von Andrew.

Na und?

Für mich macht das keinen Unterschied. Zornig, dass ich nicht in der Lage bin, meinem Sir diesen einfachen Wunsch zu erfüllen, schließe ich mich in mein Zimmer ein. Trotz geschlossener Tür kann ich sein Seufzen hören. Mir tut es in der Seele weh, dass er meinetwegen so oft traurig ist. Sogar unser Sexleben liegt auf Eis. Von einer Session ganz zu schweigen. Bis jetzt hat er mich noch kein einziges Mal bestraft oder kommt von sich aus auf mich zu. Jeden scheiß Kuss muss ich mir bei ihm holen. Wenn ich aber meine Hand nach seinem Schritt ausstrecke, dann wehrt er sie ab.

Ich bin nicht zerbrochen, sondern nur ein bisschen durchgeschüttelt worden. Warum kapiert er nicht, dass ich seine Dominanz brauche, um im Gleichgewicht zu bleiben? Einmal probiere ich es noch. Sollte er verneinen, schreie ich das ganze Haus zusammen.

Beim Abendessen macht er mir einen Vorschlag, den ich einfach nicht ablehnen kann. Jaydan organisiert zum Wochenende unseren Spieltag. Als Andrew mich erwartungsvoll anschaut, bete ich, dass er nicht ablehnen wird. Ich will hier rauskommen, mit meinen Freunden unbeschwert feiern können. Mit großen Augen schaue ich ihn an, warte, was er mir zu sagen hat.

»Wenn, du dich von Eric am Montag untersuchen lässt, gehen wir gemeinsam am Samstag zum Paint Ball.«

Paint Ball? Ah, Fuck. Jetzt hat er mich!

Ja, da will ich unbedingt mitspielen. Ohne darüber nachzudenken, gebe ich ihm mein Ehrenwort. Im gleichen Moment glätten sich seine Züge, als er mich strahlend anlächelt. Was habe ich ihm da gerade bloß versprochen? Ängstlich werfe ich mich in seine Arme, höre ihn leise murmeln, dass Eric ein toller Arzt wäre. Er hätte schon Schlimmeres gesehen als einen zerstörten Rücken. Um mir die Scham zu nehmen, würde er bei mir bleiben, meine Hand halten. Er hat mich reingelegt, aber ich werde zu meinem Wort stehen.

~~*~*

Jaydan ist einfach nur genial. Unser Spieltag steht fest. Wir gehen auf einen abgeschlossenen Abenteuerplatz in Berlin, wo Paint Ball im freien Gelände gespielt wird. Hier dürfen wir uns so richtig austoben. Seit Stunden sitzen wir alle zusammen bei Max im Café, beratschlagen unsere Strategie. Ich finde, wir sollten uns absichern, unseren Männern ein Dokument vorlegen, das uns Straffreiheit zusichert. Paint Ball ist nicht nur ein Spiel, bei dem blind herumgeballert wird, sondern man muss eine Strategie austüfteln. Auf deren Webseite schauen wir uns das Outdoor-Spielfeld genauestens an, prägen uns jeden Hügel, jede Unebenheit ein. Damit wir uns ungestört austoben können, haben wir den ganzen Park für den Tag gemietet. Da Elija und Emil arbeiten müssen, Kim mit Damian noch in Las Vegas weilt, bleiben neun Jungs und zehn Männer übrig. Wir setzen einen

Vertrag auf, der uns für diesen einen Tag von allen Strafen befreien soll. Schließlich wollen wir gewinnen, ohne dass bei jedem Treffer in deinem Kopf der Gedanke auftaucht, dass du für diesen Schuss bestraft werden kannst.

Alle unterschreiben das Dokument. Doch keiner will es den Männern vorlegen. Bis sich Joy ein Herz nimmt, zu ihnen in den Club geht und es auf den Tisch fallen lässt. Bevor sie es lesen, verschwinden wir schnell nach unten an die Bar.

Voller Unglauben schauen wir ein paar Stunden später, dass alle unsere Männer das Schreiben beglaubigt haben. Direkt stecken wir die Köpfe zusammen, entwerfen einen Schlachtplan. Wir lachen viel und zum ersten Mal entspanne ich mich. Um meinem Sir zu zeigen, dass ich kein Schwächling bin, habe ich direkt am anderen Tag, statt erst am Montag, einen Termin bei Eric Farber gemacht. Mit roten Wangen, voller Scham habe ich vor ihm gestanden. Er hat sich meinen Körper genauestens angeschaut, versprochen, dass er mir helfen kann. Alles wird er nicht entfernen können. Aber allein der Gedanke, dass er es schaffen könnte, dass die Haut auf meinem Rücken nicht mehr so spannt, damit wäre mir ja schon ein gutes Stück geholfen.

Ab nächster Woche unterziehe ich mich daher, zusammen mit Mischa, einer schmerzhaften Prozedur bei Eric. Lange habe ich gebraucht, um einzusehen, dass ich es wenigstens versuchen sollte. Eric wird die schlimmsten Narben glätten, die dicken Wülste abtragen. Wenn Mischa mir nicht ins Gewissen geredet hätte, würde ich diesen Schritt nicht wagen. Wir haben einen Deal gemacht.

Er traut sich, geht mit uns Paint Ball spielen und ich lasse mich operieren!

~~*~*

Heute ist unser Tag. In letzter Sekunde haben sich auch noch Adam und Emil angesagt. Wir sind alle total aufgeregt. Unsere Männer stehen im Vorraum, schauen uns amüsiert zu. Denen wird das Lachen heute noch vergehen. Der Spielleiter erklärt uns, dass es nur eine Regel gibt.

Sobald man getroffen wird, geht man vom Platz.

Jeder von uns bekommt eine komplette Schutzgarnitur, inklusive Helm, der unser Gesicht und den Kopf schützt, sowie einen Schutz für unsere edelsten Körperteile, unseren Schwanz. Dann gibt er jedem von uns einen Markierer, also ein Gewehr, und die dazugehörigen Farbkugeln. Michas Männer spielen auch mit, daher haben wir uns für sie etwas Besonderes ausgedacht. Da beide in Russland eine Scharfschützenausbildung durchlaufen haben, werden wir gegen sie mit schmutzigen Mitteln kämpfen müssen.

Voller Aufregung stehen wir am Spielfeldrand.

Und dann geht es los.

Schnell schwärmen wir aus, suchen uns alle zuerst ein Versteck. Wir haben uns ein paar Handbewegungen ausgedacht, damit wir uns unterhalten können, ohne unsere Deckung zu verraten. Kurz schaue ich um die Ecke und schon fliegen mir die Kugeln um die Ohren. Joy schaut zu mir und wir wechseln unseren Standort. Wie ein paar Löwen schleichen wir uns an den ersten Feind heran. *Geduld und Raffinesse* ist unser Motto. Seit einer halben Stunde haben wir keinen unserer Männer entdecken können, was aber nicht schlimm ist. Wir formieren uns, geben uns Handzeichen, kesseln sie vorsichtig ein.

Blitzschnell schiebt Jaydan kurz seinen Körper aus dem Versteck und schon haben wir den Ersten aus dem Spiel genommen. Das kommt davon, wenn man zu übereifrig ist. Adrian wird getroffen, darf sich totstellen. Na, das war aber kurz und schmerzlos.

Joy klatscht ab, hebt den Siegerdaumen. Und da kommt auch schon der nächste Feind in Sicht. Die Kugeln fliegen uns nur so um die Ohren. Wie die Hasen laufen wir im Zickzack über das Feld. Nur Emil ist zu langsam, wird getroffen und fällt um. Völlig außer Atem liege ich hinter einem Erdhügel. Jessy signalisiert mir, dass sich uns ein Feind nähert.

Er zeigt mir drei Finger, zählt dann rückwärts. Wie auf ein Kommando stehen wir auf, reißen das Gewehr hoch. Völlig unerwartet schießen wir Marc, Jessys Chef, je drei Farbkugeln auf den Körper. Fassungslos schaut er uns an. Leise jubeln wir.

Treffer, versenkt.

Nun sind nur noch sieben Feinde zu eliminieren. Max taucht auf, will zu uns kriechen und wird von Krystian getroffen. Überrascht schaut er auf seine Schulter. Ungläubig, dass er getroffen worden ist. Scheiße, sind die Russen treffsicher und dabei auch noch blitzschnell wieder abgetaucht. Zusammen mit Adrian und Marc sitzt er am Spielfeldrand, schaut uns weiterhin zu.

Aus dem Augenwinkel sehe ich, dass Jessy hinter uns zeigt. Ich lasse mich auf den Bauch fallen, drehe mich blitzschnell um und ziele blind auf den Körper, der vor mir auftaucht. Daniel schaut mich ganz entsetzt an, als die Farbkugel an seiner Schulter zerplatzt. Neben mir höre ich Joy jubeln, was ihm einen bösen Blick von seinem Mann einbringt. Joy lächelt ihn wie ein Engel an, fährt dann mit den Fingerspitzen über seine Kehle. Wut taucht in Daniels blauen Augen auf, als der Kleine das Gewehr hebt, mit einem Kopfnicken nach draußen zeigt. Leise lache ich auf, als Daniel ihm droht, den Hintern zu versohlen.

»Denk an den Vertrag, mein Schatz!«, ist das Einzige, was Joy dazu sagt. Empört dreht sich Daniel um, stampft zu Max rüber. Dort lässt er sich neben ihn fallen, umklammert mit dem Arm seinen Hals und wuschelt ihm durch das Haar. Max' empörten Schrei hört man bis zu uns runter.

Wir grinsen uns alle an, kriechen auf dem Bauch zu unserer nächsten Deckung. Dort liefert sich gerade Sam mit Angelo ein Duell. Nur ein paar Sekunden zu spät zieht Sam den Kopf ein, bekommt eine Kugel direkt auf den Helm. Voller Vergnügen lacht Angelo auf, passt einen Moment nicht auf und schon bekommt er eine von mir verpasst.

Bäng. Game over.

Bestürzt schaut er zu mir, zeigt mir den Finger, bevor er sich vom Platz schleicht. Sam jubelt mir zu, schmeißt mir einen Luftkuss zu. Ryan kommt zu uns gekrochen, flüstert, dass die zwei Männer von Mischa sich an uns heranschleichen würden, der Kleine sich hinter der Tonne versteckt hat. Wir trennen uns, kriechen weiter im Dreck. Nie hätte ich gedacht, dass mir dieses Spiel so viel Spaß machen würde.

Vor uns erwischt es Ryan. Scheiße, sind die zwei Russen schnell. Rechts und links schlagen Kugeln ein. Bevor sie uns erwischen, rolle ich zur Seite, stehe Auge in Auge mit Tom. Er hebt sein Gewehr und bekommt von Joy eine Kugel auf seinen Hintern gebrannt. Der Kleine jubelt, springt in meine Arme. Zusammen lassen wir uns einfach nach hinten fallen, suchen Deckung, als Devil wie der Blitz hinter Tom auftaucht. Ohne mit der Wimper zu zucken, drückt er den Abzug und trifft Joy. Nur gut, dass sein Körper meinen geschützt hat. Sonst wären wir beide getroffen worden. Der Kleine flucht, und ich? Ich springe auf, renne auf die nächste Deckung zu. Schade, wir waren ein super Team.

Ein leises Pfeifen und Jaydan taucht auf, zeigt mir mit einem Handzeichen, dass Devil immer noch hinter mir her wäre. Mist! Breitbeinig steht er plötzlich vor mir, als Kevin auftaucht, leise seinen Namen ruft. Devils Kopf ruckt zur Seite und meine Kugel trifft ihr Ziel. Ich balle die Faust, klatsche mit Kevin ab und lasse mich direkt wieder auf den Bauch fallen. Schweiß bedeckt mein Gesicht und das Shirt klebt unter der Schutzkleidung unangenehm am Rücken fest. Über drei Stunden liefern wir uns schon ein Duell mit unseren Männern.

Tief atme ich ein, als ich einen Schatten wahrnehme, der sich auf mich zubewegt. Andrew! Im ersten Moment bin ich wie gelähmt. Doch dann erwacht der Kampfgeist. Ich ziele, warte, bis er sich etwas erhebt, drücke ab. Die erste Kugel geht daneben. Er zuckt zusammen, versucht sich in Deckung zu bringen. Tief atme ich ein, halte die Luft an, ziehe den Abzug noch mal durch und treffe ihn auf der Brust. Eliminiert!

Gott, tut das gut. Er schaut zuerst erschrocken drein, lacht dann lauthals auf. Mal gut, dass er es mit Humor nimmt. Vor mir höre ich Jessy fluchen. Er wischt sich etwas Farbe von seinem Gesicht. Die Farbkugel hat ihn oben am Helm getroffen, sich auf seinem Gesicht verteilt. Wer war das?

Ich versuche herauszubekommen, wer ihm so präzise eine verpasst hat. Das können eigentlich nur die zwei Russen gewesen sein. Mein Herz schlägt wie verrückt, als Adam plötzlich vor mir auftaucht. Reflexartig hebe ich das Gewehr, drücke ab. Getroffen. Erledigt!

Laut schreie ich meinen Triumph heraus, höre die Jungs auf der Bank jubeln.

Kevin lässt sich neben mich fallen. Sein Gesicht ist voller Schmutz und die grünen Augen strahlen mich an. Er klatscht mich ab, streckt Adam die Zunge raus. Wir zählen die Gefallenen, erkennen, dass nur noch Krystian und Aleksey übrig sind. Ausgerechnet die zwei!

Hilft alles nichts, also weiter! Kevin und Jaydan bewegen sich auf die nächste Deckung zu, als sie beide zeitgleich getroffen werden. Ungläubig schauen sie sich an, als sie den Platz verlassen.

Achtung, Scharfschützen in Anmarsch, signalisiert mir Kevin hinter seinem Rücken, als er den Platz verlässt.

Ich krieche zu Mischa, der sich immer noch hinter einer Tonne versteckt hat. Zuerst schauen wir uns ratlos an, bis er anfängt zu grinsen. Was macht er da? Ach, unser Plan! Zuerst zieht er den Anzug aus, danach seine Jeans, wirft sie über das Hindernis. Dann folgt sein T-Shirt und zum Schluss seine Unterhose. In unserer Nähe hören wir einen russischen Fluch. Fest beiße ich mir auf die Faust, damit sie nicht erfahren, dass ich bei ihm bin. Schnell zieht Mischa den Schutzanzug an und dann legt der Kleine los.

Er stöhnt, wimmert, macht Geräusche, als ob er gerade heißen Sex hätte. Scheiße, stöhnt der Kleine geil. Mit weit aufgerissenen Augen schaue ich ihn an, als er mir signalisiert, dass ich mitmachen soll.

Grinsend komme ich dem nach. Ich stöhne, wimmere Mischas Name, krieche keuchend auf dem Bauch liegend davon. Aus der Deckung heraus beobachte ich, wie sich Aleksey zornig erhebt und drücke ab. Der frenetische Jubel, als die Kugel auf der Weste zerplatzt, lässt mich innerlich laut aufschreien vor Glück. Mischa hebt den Daumen, steht auf, schreit, lässt sich von Krystian treffen. Der dreht sich sofort zu mir um. Zeitgleich schieße ich ein Dauerfeuer auf seinen Mann und treffe zuerst. Gewonnen.

Wir haben sie vernichtend geschlagen. Und wie wir das getan haben!

Die anderen Jungs laufen auf das Spielfeld, umarmen ums. Wie wild tanzen wir alle im Kreis. Was für eine Schlacht!

Kapitel 52

Andrew

~~*~*

Schweißgebadet liege ich nach einer Stunde hartem Kampf mit dem Gesicht im Dreck. Vorsichtig erhebe ich mich, will schauen, wo Jan ist, als etwas an meinem Kopf vorbeisaust. Erschrocken zucke ich zusammen. Schon zerplatzt eine blaue Kugel direkt auf meiner Brust. Mist, da hat der Kleine mich tatsächlich erwischt. Wo hatte er sich bloß versteckt? Dann höre ich seinen triumphierenden Schrei, als er auch noch Devil eine verpasst. Allein sein lautes Gelächter zu hören, ist dies alles wert. Zusammen mit meinem Bruder schleiche ich vom Platz.

Am Spielfeldrand schauen wir nun zu, wie sich die Letzten von uns bekämpfen. Wir schreien, feuern unsere Gruppe an. Nun müssen sich Kevin und Jaydan geschlagen geben. Ich schaue mich um, erkenne, dass es nur noch vier Spieler sind, die um die Ehre des Sieges kämpfen. Auf unserer Seite sind es Aleksey und Krystian, gegen Jan und Mischa. Na, das ist doch ein Klacks für meine zwei russischen Freunde.

Hinter einer Tonne versteckt, kommt plötzlich eine Hose geflogen, der ein T-Shirt folgt. Unsere Köpfe recken sich, weil wir wissen wollen, was da abgeht. Dann sehen wir die zwei Jungs. Als sich Mischa komplett nackt macht, auch noch seine Unterhose über die Tonne wirft, muss ich leise lachen. Eilig zieht er sich die Sicherheitskleidung wieder über. Was haben die zwei bloß vor?

Gestöhne, Anfeuerungsrufe und ein erotisches Wimmern ertönen. Ist das etwa Jan?

Scheiße, macht der Kleine geile Geräusche. Mein Glied reagiert direkt darauf, versteift sich in Sekundenschnelle. Gequält stöhne ich auf, sehe, wie Devil mich angrinst.

Wieder ertönt dieses geile Stöhnen. Mit einem Fluch auf den Lippen erhebt sich Aleksey empört und ich ahne, was nun kommen wird. Wenn ich schon bei Jans Gestöhne erregt werde, wie soll es Aleksey und Krystian denn dabei gehen? Ich weiß von ihnen, dass Mischa bis jetzt noch nicht bei ihnen gelegen hat.

Diese zwei sind die Pest, spielen mit unerlaubten Mitteln. Ein blauer Fleck erscheint auf Alekseys Weste. Erstaunt schaut er an sich herunter. Mischa springt auf, jubelt und Krystian scheint zu vergessen, dass es Jan auch noch gibt. Er verlässt seine Deckung und ein Stöhnen geht durch unsere Gruppe. Als Krystian grinsend das Gewehr hebt und ruft: »He, Sonnenschein!«, zielt und Mischa in Brusthöhe erwischt, wird er hinterrücks von Jan überrascht, der ihn mit einem Dauerfeuer bearbeitet. Jede Kugel, die trifft, lässt die Jungs jubeln. Sie springen auf, rennen auf den Platz, tanzen wild im Kreis herum. Was sollen wir dazu noch sagen?

Es war ein tolles Spiel!

Eben ein Kampf der Giganten.

Nur dass wir verloren haben, wurmt uns doch alle sehr. In den Waschräumen ertönt ihr Siegeslied, dass sie die Champions sind. Kopfschüttelnd stehen wir Männer unter den Duschen, waschen uns die Farbe vom Körper. Wir machen einen auf beleidigt, maulen, dass sie betrogen haben und fahren ohne sie zum Club. So ein kleiner Fußmarsch tut ihnen bestimmt ganz gut, kühlt ihre gute Laune etwas ab. Strafe muss schließlich sein. Wenn wir ihnen schon nicht den Hintern versohlen dürfen, dann eben so!

Als sie jedoch nach zwei Stunden immer noch nicht aufgetaucht sind, mache ich mir nun doch langsam Sorgen. Dann gehen unsere Handys.

Oh nein, bitte nicht.

Sie reizen ihren Vertrag mit uns anscheinend bis zur letzten Sekunde aus. Ihre berühmte Tour durch die Clubs von Berlin hat begonnen. Ich wusste, dass wir sie nicht aus den Augen lassen sollten, aber was soll es. Lassen wir ihnen ihren Spaß.

Um zwei Uhr morgens kommen sie in den *Club Red* zurück. Das, was wir dann zu sehen bekommen, verschlägt uns allen die Sprache. Jeder von ihnen hat ein T-Shirt an.

Vorne steht in bunten Buchstaben »We are the Champions«– und hinten ihr jeweiliger Name. Sogar das Datum und die Paint Ball-Symbole sind darunter gedruckt. Stumm, mit offenem Mund schauen wir ihnen entgegen, hören, dass alle Besucher des Clubs in lautes Lachen ausbrechen. Na, danke auch!

Jetzt weiß es die ganze Straße. Schnell einen Blick zur Uhr. Ihre Zeit ist abgelaufen und das, was sie hier abliefern, wird für Jan auf alle Fälle Konsequenzen haben. Bis heute habe ich mich zurückgehalten, aber ich sehe in Jans strahlenden, blauen Augen Verlangen aufblitzen. Ich muss ihn nicht direkt dominieren, aber ein bisschen Spanking und etwas zärtlichen Sex mit ihm zu haben, reicht mir schon. In Gedanken reibe ich mir die Hände. Das wird einen heißen Hintern geben. Diesmal werde ich als Sieger aus dem Bett steigen. Darin wird mein Junge liegen. Völlig k. o. und besiegt.

Kaum zu Hause befehle ich ihm sich auszuziehen. Vorher frage ich, ob er getrunken hat und bekomme ein Nein als Antwort. Ich weiß, dass er mich nie belügen würde, daher zeige ich auf das Bett. Er schaut mich ganz erstaunt mit seinen hellen Augen an, schluckt, lächelt dann. Schnell zieht er sich aus, legt sich auf den Bauch, hebt seinen Hintern hoch. Direkt bekommt er ein paar feste Klapse auf die weiße Haut, die sich leicht rötet, mir eine Gänsehaut beschert. Leise stöhnt er ins Kissen. Vorsichtig lege ich mich auf ihn, drehe uns zusammen behutsam um, sodass er auf mir liegt. Mit glühenden Blicken schaut er mich an. Zärtlich streicht er über mein Gesicht, fährt mit den Fingerspitzen die Augenbrauen nach, umspielt dann die Lippen. Er legt die ganze Handfläche auf meine Wange, schaut mir tief in die Augen. Er lächelt mich zärtlich an, als er sich das Gel schnappt, mein Glied damit eincremt. Atemlos schaue ich ihn an. Sein Unterleib hebt sich an und langsam lässt er sich niedersinken. Vorsichtig dringe ich in ihn ein, flüstere, wie sehr ich ihn liebe. Er schluckt, schließt die Lider. Tränen kullern darunter hervor. Sanft küsse ich sie von seinen Wangen, lege mein Gesicht an seinen Hals und atme tief Jans Geruch ein. Endlich ist er wieder mein!

Am anderen Morgen kommt Eric, bespricht mit Jan die OP. Leise reden sie miteinander. Als Eric gehen will, erscheint ein Lächeln auf Jans Gesicht. Dankbar schüttelt er Erics Hand, nickt zu allem, was der Arzt ihm sagt. Hoffnung strahlt mir entgegen, als er nach oben schaut. Stunden später liegt er zusammen mit Mischa in einem Zimmer in Erics privater Klinik. Die Behandlungen verlangen uns alles ab.

Die Zeit fließt zähflüssig vorbei. Immer bin ich für ihn da, egal zu welcher Uhrzeit. Trotzdem bemerke ich, dass er sich mehr und mehr von mir zurückzieht.

Eric glättet die schlimmsten Narben. Er behandelt beide Jungs mit einem Laser, schleift und trägt die abgestorbene, vernarbte Haut Schicht für Schicht vorsichtig ab. Da bei beiden die behandelte Hautfläche größer ist als bei normalen Narben, dauert es länger als gedacht. Um eine Infektion zu vermeiden, wird die Haut mit sterilen Tüchern abgedeckt. Nach jeder Behandlung kann man erkennen, dass die Haut sich regeneriert, neue bildet. Nicht bei allen Striemen ist das Resultat gleich gut. Einige gehen zu tief, bleiben als feine Narben zurück, die irgendwann verblassen werden. Bei der Wunde auf Jans Brustkorb muss neue Haut transplantiert werden, die gut angenommen wird.

Die beiden Jungs teilen sich ein Zimmer in Erics Klinik und haben nur Unsinn im Kopf. Mischa spricht unsere Sprache mittlerweile sehr gut. Er und Jan unterhalten und trösten sich gegenseitig. Mehr als einmal erwischen wir sie in einem Bett. Jeden Morgen müssen wir sie auseinanderpflücken. Ganz oft kommt die Schwester lachend aus dem Zimmer. Sie liegen beide auf dem Bauch, haben einen Fuß und ein Bein miteinander verknotet. Der Rest von ihnen hängt über die Matratze. Ihre Gesichter sind einander zu gewandt. Dass sie nicht aus dem Bett hinausfallen, ist echt ein Wunder. Nie sind sie allein. Immer ist einer von uns Männern oder ihrer Freunde bei ihnen.

Die Zeit, die sie auf den Bauch schlafen müssen, damit ihr Rücken heilt, lässt uns hoffen, dass danach einiges einfacher wird. Jedes Mal, wenn ich sie besuchen gehe, schauen sie mich mit Scham in den Augen an. Eric schickt ihnen einen Therapeuten, der mit ihnen über ihre Qualen und Ängste redet. Nach jeder Sitzung habe ich das Gefühl, dass es ihnen besser geht. Ihre Narben verschwinden langsam. Genau wie Eric es ihnen versprochen hat, bleiben nur feine weiße Streifen zurück, die kaum noch zu erkennen sind. Nur die Narbe auf seiner Brust macht Probleme, da sie mit einer Hauttransplantation geschlossen werden musste. Es dauert länger, als Jan Geduld hat. Scham erscheint in Jans Gesicht, als ich sie mir genau anschaue. Leise rede ich mit ihm, wispere ihm ins Ohr, dass ich ihn liebe. Trotzdem habe ich das Gefühl, ihn nicht zu erreichen. Wie oft soll ich ihm noch sagen, dass er, verdammt noch mal, einer der stärksten Männer ist, die ich kenne, bis er es mir endlich glaubt?

Dann, nach Wochen, ist er endlich wieder bei mir zu Hause. Ich bin verunsichert. Ja ich, der souveräne Andrew. Zu oft ist er in letzter Zeit meiner Hand ausgewichen. Sogar wenn wir in einem Bett schlafen, liegt er am Bettrand, als wären ihm meine Berührungen zu viel. Er ist unaufmerksam, schnell eingeschnappt und bevor ich ihn bestrafe, gehe ich lieber in den Club, reagiere mich bei meiner Arbeit ab. Oft komme ich am Morgen total ausgelaugt nach Hause und finde Jan in seinem Zimmer. Lange stehe ich dann im Türrahmen, beobachte ihn. Ob es mit uns überhaupt noch Zweck hat? Ich liebe ihn zwar, nur bei Jan bin ich mir nicht mehr so sicher, ob er das Gleiche auch noch für mich empfindet!

Daher versuche ich ihn ganz in Ruhe zu lassen, behandle ihn wie einen ganz normalen Twink. Nun muss er den ersten Schritt auf mich zu machen. Ich verstehe, dass er die Vergangenheit schwer vergessen kann. Seine Neigungen jedoch wird er nicht verleugnen können. Er soll sie mit mir zusammen ausleben. Sich bei mir holen, was er braucht. Eher packe ich ihn nicht mehr an. Er kommt sich ab und zu Küsse bei mir holen, ein paar Streicheleinheiten. Alles andere bleibt außen vor. Er soll freiwillig kommen, mich anbetteln, damit ich mit ihm ins Spielzimmer gehe.

Es sind harte Tage, die sich zu Wochen ausdehnen. Sehnsuchtsvoll schaut er zu mir rüber, macht aber nicht den letzten Schritt, sondern weicht aus. Ein paar Mal erwische ich ihn, als er vor unserem Spielzimmer steht, mit der Stirn an der Tür lehnt. Klar bemerke ich, dass er extra vorlaut und frech ist. Trotzdem ignoriere ich das, auch wenn es mir schwerfällt.

Das ist gegen meine Natur, macht mich reizbar.

Ich kann und darf nicht den Anfang machen. Sonst würde ich immer darüber nachdenken, dass er dies nur mir zuliebe tut, weil er weiß, wie ich ticke und Angst davor hat, mich zu verlieren. Mein Junge soll sich danach verzerren, weil er seine Veranlagungen nicht ignorieren und unterdrücken kann. Nicht, dass er mir irgendwann den Vorwurf macht, ich hätte ihn dazu gezwungen. Er wird mich auf Knien anbetteln müssen, sonst passiert auch in den kommenden Wochen nichts.

Dass er seit einiger Zeit wieder zu mir ins Bett kommt, neben mir liegt, sich im Schlaf ganz fest an mich drückt, bringt mich oft an die Grenze des Erträglichen. Oft wimmert er im Schlaf meinen Namen, krabbelt dann auf meine Brust. Er legt das Ohr dagegen, als wolle er meinen Herzschlag spüren, und fällt in einen unruhigen Schlaf. Manchmal legt er sich mit dem Kopf auf meinen Rücken. Dann drückt er sich fest gegen meinen Hintern, reibt sich unbewusst an mir. Mein Glied schmerzt und die Haut über den Hoden ist zum Zerreißen gespannt. Trotzdem werde ich ihn nicht ohne seine Zustimmung anpacken.

Jeden Morgen hole ich mir unter der Dusche einen runter. Solange Jan mir nicht ganz vertraut, wird es keinen Sex geben. Sobald er nicht mehr verschreckt dreinschaut, wenn ich die Hand nach ihm ausstrecke, dann erst werden wir uns lieben. Vorher nicht!

Er zuckt zwar seit einiger Zeit nicht mehr vor mir zurück, aber auch dass er es unbewusst macht, verletzt mich total. Ich weiß nicht, wie oft ich im Büro sitze, mich nicht konzentrieren kann. Die Gedanken sind bei Jan und mein Glied schmerzt voller Sehnsucht. Dann verstecke ich das Gesicht hinter den Händen, versuche nicht in Tränen auszubrechen. Die Seele schmerzt, will sich mit ihrem Partner vereinen. Am liebsten würde ich dann alles stehen und liegen lassen, nach Hause fahren.

Der Drang, ihn mir zu schnappen, mich mit ihm im Spielzimmer einzusperren, wird immer schlimmer. Gerade so schaffe ich es, jede weitere Minute die dominante Seite in mir zu besänftigen. Mit aller Macht will ich meinen Jungen unterwerfen. Dabei vermisse ich sein Schreien und Weinen. Das Betteln um mehr und vor allen Dingen, dass ich ihn nehmen soll. Nicht mehr lange, dann ist es zu spät und ich vergesse mich. Am Anfang dachte ich, dass es auch ohne geht, ich nicht über Jan bestimmen will. Aber es geht einfach nicht. Meine bestimmende Natur kommt immer stärker zum Vorschein. Irgendwann bricht sie aus. Entweder er stellt sich zur Verfügung oder er gibt mir die Erlaubnis, dass ich mir einen anderen Sub suchen darf. Ohne platze ich bald. Dann wird es keinen Aufschub mehr für Jan geben. Ich werde mich entweder mit meinen Jungen ins Spielzimmer zurückziehen oder an einem fremden Sklaven austoben. Er kann zuschauen oder zu Hause bleiben. Ich habe es wirklich versucht, habe mit aller Gewalt meine Neigungen unterdrückt. Je mehr ich dies tat, umso schlimmer wurde das Fieber in mir. Ich will Jan nicht wehtun. Entweder er genießt das, was ich mit ihm machen werde, oder wir müssen einen sauberen Schlussstrich ziehen! Dabei will ich doch bloß meinen Jungen wiederhaben!

Kapitel 53

Jan

~~*~*

Die Behandlung von Eric Farber zeigt nach Tagen voller Schmerzen endlich Erfolg. Sie macht mir Hoffnung, dass ich danach nicht wie ein Monster aussehen werde. Die Narben verschwinden langsam. Für mich einfach zu langsam. Ich würde so gerne, wenn es draußen warm ist, mit meinen Freunden ins Schwimmbad gehen. Vielleicht klappt es ja, wenn ich diese Quälerei endlich überstanden habe. Zusammen mit Mischa schaffe ich es durchzuhalten.

Mischa und ich.

Uns verbindet durch Igors Martyrium eine tiefe Freundschaft. Wir haben die Tortur der Narbenbehandlungen zusammen durchgemacht. Dass wir in einem Zimmer lagen, hat uns sehr geholfen. Immer wenn einer von uns aufgeben wollte, hat der andere auf ihn eingeredet. Wochenlang mussten wir auf dem Bauch schlafen, damit der Rücken geschont wurde. Auch dass wir die Pfleger oft in Verzweiflung trieben, weil wir in einem Bett lagen. Wir aber ließen uns nicht davon abbringen, trösteten uns gegenseitig. Entweder kroch Mischa zu mir oder ich zu ihm. Auch der tiefe wulstige Schnitt, den der Stock auf dem Brustkorb hinterließ, schließt sich langsam. Eric musste dort Haut transplantieren, weil die Wunde sich nicht schließen wollte. Er hat das kaputte Gewebe entfernt und nun heilt es langsam. Ein feiner weißer Streifen ist alles, was übriggeblieben ist. Mein erster Blick in einen Spiegel hat mich total geschockt. Der Rücken sah nach der Behandlung furchtbar aus.

Zusammen mit Max habe ich Mario von Tattoo Inc. angerufen, gefragt, ob man Narben übertätowieren kann.

Heimlich kommt er ins Krankenhaus und mit schamrotem Gesicht ziehe ich das Shirt aus, damit er sich meinen Rücken anschauen kann.

»Um vernarbtes Gewebe zu tätowieren, braucht man meist unendlich viel Geduld. Allein die Schmerzen sind enorm. Ich kann dir deine Narben verschönern. Dafür müssen sie aber erst richtig abgeheilt sein. Lass dir Zeit damit. Sobald du dafür bereit bist, ruf mich an und wir suchen uns ein Motiv aus, was zu dir passt!«

Herzlich lächelt er mich an und gibt mir seine Visitenkarte. Endlich ist da ein Hoffnungsschimmer, ein Ausweg, sollten die roten Narben nicht verschwinden und ich bereit dafür sein.

~~*~*

Seit ein paar Tagen schlafe ich zu Hause bei Andrew. Dreimal am Tag cremt er mich ein. Er ist vorsichtig, trotzdem bin ich schreckhaft, sobald er mich anpacken will. Automatisch ziehe ich mich von ihm zurück, vor Angst, dass er die Narben berühren könnte. Sie sind empfindlich, tun mir weh. Das geht nun schon seit ein paar Wochen so. Mischa war heute zu Besuch und stellte mich vor einen Spiegel. Er hielt mir einen anderen vors Gesicht und zusammen schauten wir uns das Resultat an. Fassungslos sehe ich, dass nur noch bleiche feine Linien übriggeblieben sind. Tränen rinnen über meine Wangen und Mischa drückt sich an mich. Sobald Andrew nach Hause kommt, werde ich mir einen Kuss von ihm holen, vielleicht auch mehr. Doch heute ist irgendetwas anders geworden. Bis jetzt kam er auf mich zu. Nun aber weicht mein Sir mir aus, geht dann in den Club arbeiten. Früher kam er immer um fünf Uhr nach Hause, nun wird es immer später. Ob er einen anderen Sub gefunden hat? Eifersucht frisst sich wie ein Geschwür durch den Körper. Die Hände zittern und wenn ich mich Andrew nähere, dann geht außer Küssen und Streicheleinheiten gar nichts mehr. Und das muss ich mir dann immer von ihm holen. Die Zeit, wo er sich mir freiwillig genähert hat, ist vorbei. Misstrauen macht sich in mir breit. Ich will meinen Sir unbedingt wiederhaben!

Dass er mir etwas Zeit gelassen hat, um diesen Albtraum zu verdauen, ehrt ihn ja. Was mir aber nun fehlt, ist seine starke, strenge Hand. Seine Befehle, was ich tun soll. Strafen, wenn ich aufsässig bin und förmlich um Schläge bettele.

Man könnte sagen, dass ich seit ein paar Tagen etwas unausstehlich bin. Und was macht er?

Haut einfach ab, lässt mich mit meinem schlimmen, pochenden Verlangen allein. Jede Stunde, die mein Sir es nicht löscht, wird es mehr und mehr. Oh, ich weiß, dass er sich in der Dusche immer einen runterholt. Schließlich kann ich sein raues Stöhnen hören und das macht mich wahnsinnig. Hier bin ich, also warum nimmt er sich nicht von mir, was er braucht? Statt mich darum zu bitten, dass ich ihm einen blase.

Tränen rinnen die Wangen runter und ich beiße mir auf die Faust, damit er nicht mitbekommt, wie ich vor der Tür des Badezimmers stehe, ihm dabei zuhöre. Will er mich etwa nicht mehr? Ob ihn die Narben stören? Das frage ich mich jedes Mal, sobald er sich die Jacke schnappt, zur Arbeit fährt.

Erst Jaydan klärt mich auf, dass ich Andrew zu oft von mir gestoßen habe, er nun Angst hat, mich zu berühren. Ich muss den ersten Schritt machen, sonst verliere ich meinen Sir.

Unsicherheit macht sich breit. Von Tag zu Tag wird die Stimmung schlechter. Schmerzhaftes Verlangen brodelt tief unter meiner Haut. Ich traue mich einfach nicht, warte, dass Andrew auf mich zukommt. Sollte er mir nicht bald zeigen, wo MEIN Platz in SEINEM Leben ist, explodiere ich.

Heute Abend sind wir im *Club Black* eingeladen. Schon als er sich für den Clubbesuch anzieht, durchfährt mich ein Stich der Eifersucht. Die braune Lederhose umschließt seine langen Beine perfekt, bedeckt den Hintern wie angegossen. Die Hände zucken, wollen sich darauflegen, um zu fühlen, dass mein Sir real ist. Das weiße Seidenhemd lässt erkennen, dass die Brustwarzen dunkel sind, weil sie durchschimmern, sich verhärtet haben. Ich kneife wütend die Augen zusammen, versuche mich zu beherrschen. Sein leicht gebräuntes Gesicht, die schwarzen Haare und grauen Augen machen ihn unwiderstehlich. Ein kleines Lächeln verziert die sinnlichen Lippen. Wie sollen die anderen Jungs nicht hinter meinem Sir her hecheln, wenn sogar ich es nicht schaffe?

Wut brodelt in mir, steht kurz davor überzukochen. Ohne ein Wort fahren wir zum Club. Zusammen mit Freunden stehe ich bei Ben an der Bar. Schnaubend beobachte ich, wie sich die Twinks an Andrew heranmachen, obwohl ich danebenstehe. Ich weiß nicht, wie viele ich von den Kerlen schon verjagt habe, allein durch die zornigen Blicke, die ich ihnen zuwerfe. Langsam verliere ich die Geduld mit ihnen. Jetzt machen sich auch noch die Subs an ihn ran. Je mehr es werden, umso heißer durchfährt mich rasende Wut. Ich bin höllisch eifersüchtig. Na und!

Ein Sturm braut sich in mir zusammen, will rausgelassen werden. Der nächste Kerl steht vor Andrew, packt ihn an, stellt sich auf die Zehenspitzen, flüstert ihm etwas ins Ohr. Das Einzige, was ich wahrnehme, ist, dass Andrew ihm zulächelt, als er sich zu ihm runterbeugt. Jetzt reicht es mir!

Bebend stelle ich mich daneben, packe den Kerl am Arm, schupse ihn von meinem Sir weg. Zornig schaut der Typ zu mir runter, beschimpft mich. Jetzt ist Schluss! Kein fremder Kerl, egal wie groß er sein mag, wird MIR sagen, was ICH zu tun habe. Explosionsartig kommt der ganze Frust heraus. Bebend drehe ich mich zur Tanzfläche um, würde am liebsten schreien. Meine Stimme ist schneidend und ohne die ganzen Subs, Sklaven und Bottoms aus den Augen zu lassen, schaue ich sie durchdringend an, warne sie alle zum letzten Mal.

»Dieser Mann an der Theke gehört mir, mir allein. Habt ihr das endlich verstanden? Oder soll ich es euch in eure Köpfe hämmern?«

Fauchend fahre ich zu Andrew herum. Wieso kann er die blöden Typen nicht einfach abwimmeln? Schließlich stehe ich neben ihm, bin für ihn da, wenn er was braucht. Wozu bin ich sein Junge? Es ist seine Schuld, dass ich vor Eifersucht platze.

Sollte sich jetzt noch ein einziger Kerl trauen, ihm schöne Augen zu machen, dabei zum Darkroom nicken, fange ich hier eine Schlägerei an, die sich gewaschen hat.

Jessy zieht mich zornig zu sich herum. Die hellen Augen funkeln böse. So habe ich ihn noch nie gesehen.

»Jan, sag es ihm. Er weiß nicht, dass du bereit bist, um wieder sein Junge zu sein. Du quälst ihn. Er hat abgenommen, sieht nicht gut aus. Die Angst, dir wehzutun, lässt ihn zögern. Wie oft bist du vor seiner Hand zurückgezuckt, seit du aus der Klinik bist?«, fragt er wütend. Beschämt senke ich den Blick. Jessy hat ja recht. Ich mache das aber nicht mit Absicht.

»Er nimmt Rücksicht und was bringt es ihm? Du beleidigst ihn in der Öffentlichkeit, erdolchst ihn mit Blicken und alle hier werden Zeugen davon. Wenn du es nicht ertragen kannst, dass er dich mehr als nur berühren möchte, lass ihn frei. Er wird sich einen neuen Jungen suchen, der sein Verlangen stillt. Oder du gibst ihm die Erlaubnis, sich mit einem Sub in einen der Räume zurückzuziehen. Du entscheidest. Ich an deiner Stelle würde es schnell tun, bevor es zu spät ist!«

Fassungslos schaue ich Jessy an. Einen neuen Jungen? Da träumt er wohl von. Solange ICH sein Halsband trage, bin ICH sein Eigentum. Basta.

Aber all die Narben, sie … sie müssen ihn doch abschrecken? Oder? Jessy schiebt mich zu ihm rüber. Da, schon wieder kommt eine dieser Zecken, versucht sich an ihn heranzuschleichen. Was muss ich denn noch machen, dass sie die Finger von meinem Sir lassen? Die Hände ballen sich zu Fäusten und ich schlage tatsächlich um mich. Ein Arm legt sich um meine Hüfte, zieht mich von dem Kerl weg. Ich tobe, schreie, trete nach allem, was sich in der Nähe bewegt, so aufgebracht bin ich. Das Blut kocht in den Adern. Der Zorn lässt mich blind werden, sodass ich um mich schlage. Hart bohren sich Finger in meine Armmuskeln, drücken fest zu. Mit einem lauten Schmerzensschrei halte ich inne. Diesmal scheine ich es übertrieben zu haben. Andrew schüttelt mich, zeigt mit dem Finger zum Boden. Freude überflutet mein Herz. Endlich!

Grenzenlose Erleichterung, dass er mich dominieren will, macht Platz und ich will mehr davon. Das Glied zuckt und ohne auch nur einen Moment zu zögern, falle ich vor ihm auf die Knie, senke demütig den Kopf. Hektisch atme ich ein und aus, versuche ruhiger zu werden. Mein Sir Andrew ist endlich wieder da!

Ich weiß nicht, wie lange ich vor ihm knie. Jedes Mal, wenn ich mich bewege, drückt er den Kopf tiefer nach unten. Die Männer, die ich vergrault habe, stehen in der Nähe und ich höre sie sagen: »Das geschieht ihm recht. So zornig, wie sein Master gerade auf ihn runterblickt, wird das kein Zuckerschlecken für ihn werden. Nur gut, dass es sein Hintern ist und nicht meiner.«

Oh, wenn sie wüssten, wie sehr ich das genießen werde. Ich habe keine Angst. Nur die Narben, sie sind immer noch da. Zwar verblasst, aber ich kann sie sehen. Allein Andrews Duft, der ihn immer umgibt, seine raue Stimme, die mich leitet, lässt mein Herz schneller schlagen. Das, was er mir heute geben wird, werde ich mit allen Sinnen empfangen und genießen.

Je länger ich vor ihm knie, desto schlimmer wird mein Verlangen nach totaler Unterwerfung.

Als Andrew sich bewegt, zucke ich erschrocken zusammen, so tief war ich in Gedanken versunken.

»Ich bin Sir Andrew Sanchez und der Mann zu meinen Füßen ist mein Junge!«, höre ich ihn leise flüstern. Und das ist der Punkt, wo ich aufgebe gegen ihn anzukämpfen. Schwer schlucke ich, schaue ihm tief in die Augen und nicke.

Ungeduldig ruft er mir zu, dass ich mich bewegen soll, zeigt mit strenger Miene zum Ausgang. Gehorsam stehe ich auf, blende alles aus. Völlig im Einklang mit mir, spüre ich seine Wärme im Rücken, als er mir schweigsam zum Ausgang folgt. Das Herz jubelt »SIR!«.

Ja, er ist und bleibt mein Herr. Er öffnet die Autotür, damit ich einsteigen kann. Ich bin total aufgeregt. Andrew beugt sich über mich, schnallt mich an. Genüsslich habe ich seinen Duft dabei inhaliert, was ihn leicht lächeln lässt. Der Weg ist zu kurz, um mich zu fangen, und nun stehe ich vor ihm. Zittrig, völlig im Verlangen meiner devoten Neigungen gefangen. Ich will spüren, dass ich lebe und ihm gehöre. Andrew Sanchez, mein Sir, Master und Herr. Er ist einfach alles in einem für mich, egal, wie ich ihn anspreche. Sein Halsband trage ich mit Stolz und der Name auf meinem Ringfinger erinnert mich zu jeder Sekunde daran, zu wem ich gehöre.

Er sagt kein einziges Wort, als er den Schlüssel aus der Kommode holt, damit unser Spielzimmer aufschließt. Das Herz pocht, als ich dies sehe. Ruhig steht er vor mir, schaut mich fragend an, sieht, dass ich leicht zittere vor innerer Anspannung. Bange warte ich darauf, dass er endlich den Schlüssel umdreht. Die Luft anhaltend höre ich das Türschloss klicken. Langsam schwingt sie auf. Gehorsam gehe ich hinein. Direkt entkleide ich mich, stehe kurz darauf nackt vor ihm. Andrew umrundet meinen Körper, bleibt dicht hinter mir. Sein warmer Atem weht mir über den Nacken, als ich den Kopf beuge. Schaut er sich etwa gerade die verdammten Narben an? Sie sind fast gar nicht mehr zu sehen, rede ich mir ein. Sanft streicht er mit der Fingerspitze über die Haut. Zum ersten Mal zucke ich nicht zurück, sondern drücke mich der streichelnden Hand entgegen. Heftig klopft das Herz in der Brust. Ich bin ängstlich, dass ich ihm nicht mehr gefallen könnte.

»So schön, so wunderschön!«, murmelt er leise.

»Bleib hier stehen, Sklave!« Allein das Wort Sklave lässt eine Gänsehaut über den Rücken laufen. Den Kopf gesenkt, die Hände hinter dem Rücken verschränkt warte ich, was nun passieren wird. Ich bebe, höre, dass er etwas aus dem Schrank holt und zurückkommt.

»Brauchst du ein Safewort?«, fragt Andrew in die Stille des Raumes. Wortlos schüttle ich den Kopf. Vertrauen ist das, was ich in großen Mengen brauche. Er weiß genau, wie viel ich ertrage und wird sich an unsere mündliche Abmachung halten.

»Gut, mein Junge. Vertrauen! Denk daran, Jan. Vertrauen ist das, was zwischen uns beiden im Moment am meisten zählt. Dies und dass wir beide freiwillig hier sind!«

Ergeben schaue ich auf, werde von einem Paar grauer Augen gefangen genommen. Er beobachtet mich ganz genau und beschämt senke ich den Blick. Er legt einen Finger unter das Kinn, hebt mein Gesicht zu sich empor.

»Hast du Angst, Junge?«, fragt er mich zärtlich.

Aufgeregt schlucke ich, verneine. Vor ihm nicht. Nur davor, dass ich in die Vergangenheit abrutsche. Schnell die Schultern gestrafft, halte ich meinem Sir die Hände hin. Er schaut mit tief in die Augen, legt die gepolsterten Fesseln um meine Handgelenke. Bevor ich es mitbekomme, kniet er vor mir. Behutsam legt er um das Glied einen Cockring aus Edelstahl.

»Nicht, dass du zu früh kommst. Du wirst dich nur auf mich, auf meine Wünsche und Befehle konzentrieren. Der Ring hilft dir etwas dabei.«

Wie soll das gehen? Die Erkenntnis kommt erst, als Andrew andächtig über mein pochendes Glied streicht, ich mich komplett verhärte und der Ring schmerzhaft dagegen drückt. Scheiße, tut das weh. Andrew lächelt, als er meinen Schrei hört. Empört schnaube ich durch die Nase, was mir einen Schlag auf den Hintern einbringt.

»Du bist wunderschön, mein Junge. Vergiss das niemals. Hörst du?«, wispert er mir zu.

Leicht nicke ich, schaue gebannt in seine Augen. Er scheint das wirklich ernst zu meinen. Genau das ist es, was ich brauche, was mir die ganze Zeit gefehlt hat. Und nur er kann es mir geben.

Mein Stolz, dass ich nur ihm gehöre.

Das Verlangen zu löschen, was in mir wütet.

Und dass er mich aufrichtig liebt!

Uh, mein Glied drückt vehement gegen den Stahl, macht mir bewusst, wer gerade das Sagen hat. Sanft packt er die Handgelenke, führt mich zur Mitte des Raumes. Sorgfältig befestigt er die zittrigen Arme an ein paar Ketten, die dort von der Decke hängen. Er tritt zurück, zieht sie stramm, bis ich auf Zehenspitzen stehen muss.

Wieder entfernt er sich, steht Sekunden später mit einer schwarzen Lederklatsche vor mir. Sie ist am Ende etwas breiter und mit einem großen, roten Stück Leder verziert.

Hektisch drehe ich den Kopf. Angst überflutet die Gedanken. Nur ein strenges Wort, ein sanftes Streicheln von Fingerspitzen über meinen Rücken lässt mich beben. Ein sanfter Kuss im Nacken und ich atme ruhiger. Vorsichtig fahren seine Hände über meinen Bauch, runter zum Glied. Warmer Atem weht über die feine Haut des Halses, dass ich den Kopf zur Seite neige, um ihm mehr Platz zu verschaffen. Zärtlich nimmt er das Ohrläppchen zwischen die Lippen. Laut atmet er an meinem Ohr ein und aus. Automatisch passe ich mich der Atmung an, will endlich den Schmerz spüren, der anders ist als das, was Igor mit mir gemacht hat. Diesen feinen Lustschmerz, den mir nur mein Sir schenken kann.

Er ist schmerzhaft, erregend und voller Hingabe. Freiwillig schenke ich mich Andrew, will, dass er darin seine Erfüllung findet. Er soll mich über die Grenze bringen, mir zeigen, dass ich es schaffen kann, mich völlig im Lustschmerz zu verlieren. Das ist es, was ich mir mehr als alles andere wünsche.

Bettelnd schaue ich zu ihm rüber, flehe ihn an und ernte einen erstaunten Blick. Er nickt und die grauen Augen leuchten wie zwei Sterne im Gesicht auf. Er tritt zu mir, umfasst mit beiden Händen meine Wangen, flüstert: »Du machst mich zum glücklichsten Sir weit und breit. Ich liebe dich, mein Junge, und dein Wunsch ist mir Befehl. Entspann dich, lass dich fallen, genieße den Schmerz, den ich dir gleich schenken werde.«

Ich schließe die Augen, suche den ruhenden Pol in mir. Nach einigen Sekunden schaffe ich es, lasse alles Weltliche hinter mir. Nun hört meine Seele nur noch auf Andrews Stimme. Nie habe ich seine souveräne Dominanz so stark gespürt wie gerade jetzt. Er steht hinter mir, streicht sanft über meinen Hintern und dann kommt der erste Hieb von vielen.

Kapitel 54

Andrew

~~*~*

Heute sind wir im *Club Black* eingeladen. Die ganze Woche freue ich mich schon darauf. Statt zu arbeiten, werde ich mich vergnügen. Tanzen, etwas mit meinen Freunden trinken, einfach alles vergessen, was mich bedrückt. Jan sitzt neben mir, schaut bloß fragend in mein Gesicht. Was will er? Solange er sich nicht klar ausdrückt, kann ich ihm nicht helfen. Ich habe mir geschworen, ihn erst wieder anzupacken, wenn er freiwillig zu mir kommt.

Der Abend entwickelt sich zum Horror. Jeden Twink, der sich mir nähert, beißt er wie ein tollwütiger Hund weg. Die blauen Augen sind fast weiß vor Wut, dabei tue ich gar nichts. Zusammen mit Dante stehe ich an der Bar, trinke mit ihm einen guten Whisky. Gerade jetzt ist es besonders schlimm mit meinem Jungen. Mit zittrigen Fingern streiche ich mir über die Schläfen, weil sich ein bohrender Kopfschmerz ankündigt. Dante schaut sich das mit fest zusammengepressten Lippen eine Zeit lang an und ich spüre, dass er sich vor Zorn neben mir versteift, als Jan sich schon wieder danebenbenimmt.

»Andrew! Wenn du ihm keine Grenzen zeigst, du Angst hast, ihm wehzutun, dann lass ihn gehen. Gib ihn frei. Er kann sich einen sanfteren Dom suchen, einen, der ihn mit Samthandschuhen anpacken wird. Das, was du machst, ist das Verweigern deiner Neigungen. Du lässt ihm zu viel durchgehen. Du bist ein Schatten deiner selbst. Entweder du versohlst ihm nachher seinen Hintern, dass er mindestens eine Woche ein Andenken davon hat oder du suchst dir hier einen Kerl. So unschlüssig kenne ich dich gar nicht!«, kommt es erstaunt von Dante.

»Kann es sein, dass sich dein Junge nach Schlägen und Strenge sehnt? Jedenfalls benimmt er sich so. Hm, ich denke mal, dass er sich nicht traut. Was also willst du dagegen unternehmen?«

Ich weiß es nicht! Aber ihn gehen lassen, das schaffe ich nicht. Ich habe Angst, Jan dabei für immer zu verlieren. Wer sagt denn, dass wir Master immer den starken Mann spielen müssen? Ich schaue zu meinem Jungen, erkenne seinen Zorn, als er die Jungs um sich herum anschaut. Sie machen einen Bogen um uns und erst als ich beobachte, wie mich Jan über Dantes Kopf hinweg anfunkelt, reicht es mir. Ich straffe die Schultern und bin zu einem Entschluss gekommen.

»Du hast vollkommen recht, Dante. Ab sofort werde ich sein Sir Andrew und er mein Junge sein. Sollte Jan dies nicht verkraften, werden wir uns trennen müssen. Ich bin total mit den Nerven fertig. Devil hat es mir auch schon gesagt, genauso Damian. Keine Samthandschuhe, sondern die Peitsche. Sie haben mich gewarnt, dass Jan eine harte Hand braucht. Das, was in Russland passiert ist, kann ich ihm nicht abnehmen. Es sind Wochen, ach was, Monate vergangen. Die Wunden sind verheilt und es wird Zeit, dass ich ihm neue zufüge, und zwar meine. Dass ich Igors Narben mit meiner Peitsche überschreibe.«

Erstaunt schaut Dante zu mir rüber, grinst, als er sieht, wie Jan auf uns zugestürmt kommt. Wieder faucht er einen Kerl in unserer Nähe an, schaut mir dabei provozierend in die Augen. Er ballt die Fäuste, schlägt um sich. Ich bin sein Sir und ab heute wird er nur mein Junge und sonst nichts sein. Grob umfasse ich seine Hüfte, ziehe ihn mit einem Ruck an mich heran. Er ist wütend, verletzt und wehrt sich gegen meinen harten Griff.

Ich stelle mich gerade hin, sehe, dass er die Augen aufreißt, ungläubig zu mir hochschaut. Ohne den Blick von ihm zu nehmen, zeige ich zum Boden. Sollte er den Befehl verweigern, war es das mit uns. Ich werde Jan jetzt und hier mein Halsband abnehmen.

Mit klopfendem Herzen harre ich aus. Viele Emotionen

zeigen sich in seinem Gesicht, als er sich endlich auf die Knie sinken lässt.

Dante hält genau wie alle anderen Männer in unserer Umgebung die Luft an. Als Jan sich langsam vor mir auf die Knie fallen lässt, höre ich alle durchatmen. Und ich? Scheiße, Mann! Ich bin nur froh, dass mein Junge jetzt demütig vor mir kniet, ohne dass ich es ihm noch mal befehlen musste. Als sein Sir habe ich versagt. Ich hätte wissen müssen, was er braucht, um ruhiger zu werden. Nur ein Wort, eine Geste und er wäre mir ins Spielzimmer gefolgt. Dort hätte er sich von mir holen dürfen, was er braucht, um das Martyrium mit Igor vergessen zu können. Gut, dass die Freunde mir den Rücken stärken. Ein Master muss wissen, was seinem Sklaven fehlt. Keine Hand, die ihn krault, sondern eine, die ihm zeigt, wo sein Platz ist. In meinem Leben ist sein Platz demütig, gehorsam zu meinen Füßen.

Zur Strafe, weil er die ganze Zeit aggressiv gegenüber anderen Männern aufgetreten ist, lasse ich ihn eine Stunde vor mir knien. Immer wenn er versucht den Kopf zu heben, drücke ich ihn tiefer runter. Er bebt zwar vor Wut, sagt aber nichts. Seine Hände zittern, ballen sich zu Fäusten. Schlussendlich verschränkt er sie hinter seinem Rücken. Er scheint sein Limit erreicht zu haben. Die Atmung kommt keuchend und sein ganzer Körper zittert. Er schwankt, fängt sich, ballt die Fäuste. Wenn er denkt, dass dies alles war, was ihn heute als Strafe erwartet, muss ich ihn leider enttäuschen.

Hart stelle ich das Glas auf der Theke ab. Ich bin zu einem Entschluss gekommen. Als ich mich vor Jan hinstelle, sein Gesicht nach oben hebe, sehe, wie er zusammenzuckt, tut mir sein Zurückweichen einfach tierisch weh!

»Mein Name ist Sir Andrew Sanchez und der Mann zu meinen Füßen ist mein Junge!«, flüstere ich leise, bemerke, dass er es gehört hat, weil die blauen Augen aufleuchten.

»Mein Junge hat keine Angst vor seinem Sir. Er ist stolz, ihm zu gehören. Genauso stolz wie sein Sir ist, diesen wunderhübschen Jungen sein Eigentum nennen zu dürfen!«

Jeder soll es hören und alle halten die Luft an. Jan bricht in Tränen aus, wiederholt: »Ich bin stolz, meinem Sir zu dienen, ihm allein zu gehören. Ich, Jan, liebe Sir Andrew, möchte mit meinem Sir jetzt nach Hause!«

Erst klatscht einer in die Hände, dann jubeln alle hier. Doch was nützt es, dass er mir gehört, wenn er Angst hat, dass ich seine Narben anfasse und sehe?

Sollte er diesmal, wenn ich ihm unerwartet näherkomme, zurückweichen, werde ich ihn freigeben. Das, was ich gleich mit ihm vorhabe, wird zeigen, ob wir zusammen unsere Neigungen erneut ausleben können oder nicht! Ich straffe die Schultern, erinnere mich daran, was ich bin und was Jan für mich ist. Ein Fingerzeig zum Ausgang lässt ihn sofort reagieren. Er springt förmlich auf und alles weicht vor uns zurück, als wir durch den Club nach draußen gehen. Die meisten schauen Jan mitleidig hinterher. Sie kennen mich, wissen, wie gemein ich sein kann, sollte mich einer herausfordern. Und ER hat geschafft, was bis jetzt noch nie ein Mensch zustande brachte.

NUN, HIER BIN ICH! UND ICH HABE IHM GANZ GENAU ZUGEHÖRT!

Flink weicht er jedem Hindernis aus, rennt vor mir her zum Auto. Ohne ein Wort öffne ich die Beifahrertür und er steigt ein. Den Blick hält er weiter gesenkt, verkrallt dabei die Finger zwischen den Beinen. Ich beuge mich über ihn, schnalle ihn an, höre, dass er den Duft meines Parfüms tief einatmet. Das zaubert zum ersten Mal heute Abend ein Lächeln auf meine Lippen, lässt Hoffnung erblühen.

Endlich sind wir zu Hause. Ich hatte mir geschworen, als Jan aus Italien zurückkam, verletzt, voller Angst, dass ich den Schlüssel zu unserem Spielzimmer erst wieder rausho-le, sobald er mich auf Knien darum anbettelt. Dieses un-höfliche Benehmen eben, sein unmögliches Verhalten war ein Hilfeschrei, weil er mich in seiner devoten Art gar nicht fragen konnte. Er zeigte mir durch seine Eifersucht und töd-liche Wut auf die, die sich mir näherten, dass er besitzergreifend ist, mich niemals teilen wird. Das würde er nicht tun, wenn er nichts mehr für mich empfinden würde. Mit seiner vorlauten Klappe und Widerspenstigkeit hat er erreicht, dass er gleich in Ketten hängt.

Ihm bleibt nichts weiter übrig, als die Konsequenzen aus seinem schlechten Benehmen zu ertragen.

Kaum sind wir zu Hause, steigt er aus, folgt mir gehorsam ins Innere. Mit Argusaugen schaut er zu, als ich den Schlüssel unseres Spielzimmers aus der Schublade hervorhole, die Tür aufschließe. Abwartend schaue ich ihn an. Ohne zu blinzeln, schaut er herausfordernd in meine Augen. Darin kann ich aber auch ganz viel feuriges Verlangen entdecken. Er blinzelt und dann verändert sich die Iris. Das Hellblaue wird dunkel, der weiße Ring verschwindet. Seine Hände zittern, legen sich hinter seinen Rücken. Dann schaut er mich an und ich erkenne auch viel Zärtlichkeit und Liebe. Das Herz in der Brust klopft bei seinem Gesichtsausdruck voller Freude auf. Endlich erkenne ich meinen Jungen wieder.

Nun dann, Andrew. Zeig ihm, wer der Boss in diesem Haus ist. Und zwar so, dass er es niemals mehr vergisst!

Tief atme ich auf, wappne mich, dass er zurückweichen könnte. Mit etwas Schwung öffne ich die Tür weiter, warte mit angehaltenem Atem, was er macht. Geht er hinein oder zieht er den Schwanz ein und … bevor ich es zu Ende denke, tritt er freiwillig durch die Tür.

Ohne dass ich den Befehl ausspreche, zieht er sich aus, steht nackt in der Mitte des Raumes. Heiße Röte färbt seine Wangen, als ich ihn umdrehe, mir seinen Rücken anschaue. Sollte ich da auch nur eine einzige Wunde finden, die noch nicht verheilt ist, werde ich mir was Anderes als Strafe ausdenken. Gott sei Dank kann ich nur gesunde, heile Haut erkennen. Mit dem Handrücken streiche ich sanft darüber. Er bleibt ruhig stehen, atmet tief ein.

Nun mache ich die Probe aufs Exempel. Fest drücke ich die Hand auf seinen Rücken. Weder zuckt er zusammen, noch weicht er mir aus. Ob wir wirklich miteinander spielen können, ohne dass er in Panik verfällt? Mein Herz klopft voller Hoffnung.

Ich werde meine Neigungen nicht mehr unterdrücken, auch nicht für ihn. Schließlich bin ich, was ich bin. Niemand wird dies ändern, auch er nicht. Wenn Jan nicht mehr mit mir spielen möchte, sich bei mir nicht mehr fallen lassen kann, weiß ich auch nicht mehr weiter. Ich liebe meinen Jungen von ganzem Herzen, trotzdem wird er gehen müssen. Die kurze Zeit, wo ich alles unterdrückt habe, hat mir gereicht. Die Unzufriedenheit, das unterdrückte Verlangen, ihn nicht berühren zu dürfen, hat mich aufgezehrt. Ich kann und will das nicht mehr.

Mit bangem Herzen warte ich, schließe die Augen, strecke die Hand noch mal aus. Ganz sanft streiche ich mit dem Finger über seine warme Haut. Er zuckt nicht zurück, sondern drückt sich mir leicht entgegen. Himmel, bin ich nervös. Diesmal streichle ich fester über seinen Rücken. Wieder drückt er sich mit einem kleinen Wimmern nach hinten, um mehr davon zu bekommen.

Endlich! Da ist sein wimmernder Laut der Lust, auf den ich schon so lange gewartet habe. Daher fasse ich den Beschluss, es mit ihm zu probieren. Mein Befehl, dass er sich nicht bewegen soll, lässt eine Gänsehaut über seinen Rücken laufen.

Damit unsere Session nicht so schnell zu Ende ist, werde ich seiner Erregung Fesseln anlegen müssen.

Mit einem Nicken nimmt er zur Kenntnis, dass ich genau wie immer kein Safewort hören möchte, außer er schafft es nicht. Er soll sich fallen lassen, mir sein absolutes Vertrauen schenken.

Ganz nahe trete ich auf ihn zu, wispere in sein Ohr, ob er Angst hat? Jan verneint dies sofort, hält mir als Antwort seine Handgelenke hin, ohne dass ich ihn darum gebeten habe.

Fast schon zärtlich lege ich Fesseln darum, schaue die ganze Zeit in sein Gesicht, suche nach Furcht oder Unsicherheit in den geliebten Zügen. Er schaut mit glänzenden Augen voller Liebe zu mir hoch. Ich erkenne, wie rasend schnell der Puls unter der feinen Haut seines Halses schlägt. Bevor er es mitbekommt, knie ich nieder, lege um seinen Schaft zwei halbe Stahlringe, die ich mit einer kleinen Schraube verschließe. Um nachzuschauen, ob der Ring nicht zu fest sitzt, streiche ich sanft über das Glied, atme Jans männlichen Duft ein. Sein Schaft versteift sich noch mehr und schmerzlich stöhnt er auf. Das Wasser läuft mir im Mund zusammen. Am liebsten hätte ich den klopfenden Schaft tief in meine Kehle gleiten lassen. Wie lange ist es her, dass ich seinen Geschmack auf der Zunge genossen habe? Streng lege ich mir Zügel an. Zufrieden, dass der Ring auch nichts abschnürt, lecke ich mit der Zunge noch mal über seine Schwanzspitze, hole mir die ersten Lusttropfen. Hm!

Der Cockring umfasst seinen Schwanz perfekt, ohne dass er ein Problem bekommt. Trotzdem breitet sich Unbehagen auf seinem Gesicht aus.

»Nicht dass du zu früh kommst!«, kommentiere ich boshaft seinen fragenden Blick. Im gleichen Atemzug erkläre ich Jan, dass ab sofort nur meine Wünsche zählen und er seine hintanstellen muss.

Ungläubig schaut er an sich hinunter, schnaubt empört durch die Nase. Diesmal wird er für sein schlechtes Benehmen bestraft. Laut hallt das Echo des Schlages auf seinen Hintern im Raum nach. Wie gebannt schaue ich zu, als sich ein roter Handabdruck auf der weißen Haut bildet. Verflucht, tut das gut. Damit ich dies auch mit allen Sinnen genieße, werde ich mich sehr zusammennehmen müssen. Zu lange ist es her, dass ich gespielt habe. Jetzt wird mein Junge die Konsequenzen tragen.

Ungläubig schaut er mir ins Gesicht, als ich sanft seine Arme packe, ihn in die Mitte des Raumes schupse. Schnell habe ich die Handgelenke an der Kette befestigt, ziehe diese nun stramm nach oben. Er reckt sich, bis er auf Zehenspitzen steht. Lange schaue ich mir seinen wehrlosen Körper an.

Der schmale Brustkorb hebt und senkt sich hektisch. Auf der Haut erscheint langsam eine feine Schicht Schweiß. Mit der Zunge lecke ich darüber, atme den feinen Geruch seiner Haut ein. Oh, wie ich dies vermisst habe!

Neugierig versucht er herauszubekommen, mit was ich ihn bestrafen werde, und ich zeige ihm die Klatsche.

Heute werde ich ihn ziemlich fordern, ihn hart an seine Grenzen bringen. Sollte er es schaffen, ich erkennen, dass er genießt, was ich ihm gebe, dann vielleicht auch darüber hinaus. Dafür hat er mich wochenlang zappeln lassen. Auch sein schlechtes Benehmen vorhin wird er gleich zutiefst bereuen. Fest packe ich den Ledergriff, hole aus, lasse das kleine rote Stückchen Leder auf Jans Hintern landen. Sofort bildet sich ein Abdruck, der von einem lauten Schmerzensschrei begleitet wird. Scheiße, hat mir das gefehlt! Immer wieder schlage ich zu, bis ich genug habe.

Prüfend schaue ich in sein Gesicht. Tränen rinnen über die Wangen. Trotzdem leuchten seine hellblauen Augen voller Liebe auf. Sogar sein Glied produziert einen Lusttropfen nach dem anderen. Zärtlich streiche ich Jan über die Wangen, lege meine Lippen auf seine. Schluchzend kommt er mir entgegen. Ich wechsele das Strafinstrument. Er nickt und nun kommt der Rohrstock zum Einsatz. Er beißt sich tief in die Haut. Ich schone meinen Jungen nicht, spüre, dass er sich langsam in den Schmerz fallen lässt. Sein Glied steht immer noch steif vom Unterleib ab, zuckt bei jedem Schlag.

Ich bin stolz auf ihn. Nicht ein einziges Mal ist Furcht in seinen Gesichtszügen erschienen. Er schaut ganz erstaunt drein, lächelt mir zu. Das Herz bleibt mir fast stehen, als ich sein absolutes Vertrauen in den Gesichtszügen entdecke. Ich schwitze, bin klatschnass. Bevor ich ihn weiter bestrafe, lasse ich ihm genügend Zeit, um sich zu fangen. Sanft wische ich die Tränen weg, gebe ihm etwas Wasser zu trinken. Ich schaue Jan in die blauen Augen. Sie sind klar und keine Panik ist darin zu erkennen. Liebevoll streiche ich über den roten, heißen Hintern, spüre jede geschwollene Linie, die meine Bestrafung hinterlassen hat. Ein Striemen färbt sich langsam bläulich. Fasziniert schaue ich zu, spüre zum ersten Mal nach Monaten, wie sich der Stein in meinem Inneren löst, die Seele jubiliert. *Endlich habe ich meinen Jungen wieder.*

Kapitel 55

Jan

~~*~*

Gedankenverloren stehe ich vor Andrew, schaue in seine grauen Augen, die sich gerade ganz dunkel verfärben. Er schaut voller Liebe in meine und ich? Ich erkenne, dass ich bei ihm geborgen bin, keine Angst zu haben brauche. Erinnerungen an unsere erste Session kommen in mir hoch. Wie liebevoll er sich danach um mich gekümmert hat. Seine Fürsorge, ob es mir auch wirklich gut ging, das Kuscheln danach. Wie er seine starken Arme um mich schlang, fest an sich randrückte und ich geborgen einschlief. Auch am anderen Morgen kümmerte er sich zuerst intensiv um mich. Immer dachte er nur an mich, an seinen Jungen. Ja, ich vertraue meinem Sir Andrew. Hier gibt es keinen Igor Popow, keinen bestialischen Kerl, der mich zu Tode quälen will. Nur meinen Sir. Es ist seine Stimme, die ich höre. Sein Geruch, der mir die Sinne vernebelt, und seine warme Haut, die mich umfangen hält. Liebe hüllt mich in einen Kokon von Schmerz und Pein. Bei jedem neuen Schlag erzittert der Körper. Freudig pocht das Herz dabei. Am ganzen Leib zucken die Nerven. Langsam kehrt Ruhe in meinem Kopf ein. Die lauten, schrillen Stimmen, die in meinem Kopf schreien, dass ich dies nicht mehr kann, verstummen. Der Geruch seiner Erregung füllt die schmerzliche Leere.

Jetzt weiß ich endlich, dass ich nur Andrew brauche, um mich blind fallen zu lassen. Er wird immer an meiner Seite stehen, mich auffangen, anleiten, mir helfen, dass die hässlichen Stimmen verstummen. Mein Therapeut hatte recht. In dieser schlimmen Situation kann mir nur Andrew helfen. Er ist der Mann, dem ich bedingungslos vertraue und den ich liebe. Er wird mir Schmerzen zufügen, die wütenden Schreie in meiner Seele befriedigen, weil er nur zu genau weiß, was sich in mir drinnen abspielt. Kein Mensch auf der ganzen Welt, der nicht so fühlt wie ich, kann verstehen, warum ich dies brauche. Wie soll er auch? Schmerz erdet mich. Dominanz lässt das Verlangen erblühen und Liebe all das genießen. Dabei bin ich weder pervers, krank noch andersartig ober abartig. Ich bin, wie ich bin und habe in Andrew meinen Sir gefunden. Einen Herrn, der mit und auf mir spielt, wie ein sensibler, hochbegabter Musiker sein Instrument beherrscht.

Der nächste Hieb trifft und ich bin wieder voll bei ihm. Jeder Schlag ist ein Fest für meine Sinne. Langsam überkommt mich eine innere Ruhe. Der Schmerz zieht wellenartig durch den Körper, setzt sich in jede noch so feine Nervenspitze fest.

Die Hiebe enden. Mit einem feuchten Tuch wischt er mir den Schweiß und die Tränen vom Gesicht. Ein Glas Wasser drängt sich an meine Lippen. Dankbar nehme ich es an. Liebevoll kümmert mein Sir sich um mich. Er lässt die Arme etwas runter, damit ich einen festeren Stand bekomme. Langsam erwache ich aus meinem Kokon voller lustvoller Pein, komme zu mir. Der ganze Körper klopft und feuriges Sehnen erwacht.

Wann endlich nimmt er mich in Besitz?

Ist das Einzige, was ich gerade noch vernünftig denken kann! Qualvolle Gier nach Erlösung lässt den ganzen Körper beben. Die Striemen pochen und ich genieße dies mit all meinen Sinnen.

Andrew taucht vor mir auf, hält eine Peitsche in den schlanken Fingern. Er spielt damit, sieht, dass ich Angst davor habe. Nun liegt sie ganz ruhig in seiner Hand. Mein Blick ist auf sie gerichtet. Ganz genau schaue ich sie mir an. Neun rote Lederriemen hängen an einem mit schwarzem Leder umwickelten Griff. Schwer schluckend schaue ich Andrew in die Augen.

Ruhig erwidert er meinen Blick. Graue Augen, die mich liebevoll, aber fragend anschauen.

»Geht es dir gut?«, fragt er mich.

Es geht mir verdammt gut.

»Bist du bereit für die nächste Stufe des Schmerzes?«, höre ich dumpf.

Und wie bereit ich bin.

Doch zuerst entschuldige ich mich bei ihm. Ich habe mich schlecht benommen, habe ihm eine Szene im Club gemacht, was ich bereue. Stolz flackert in seinen Augen auf. Das Zittern meines Körpers lässt die Ketten klirren. Andrew schließt bei diesem Geräusch die Augen, umklammert den Griff der Peitsche fester. Seine Hose ist vorne ausgebeult, so erregt ihn meine Hingabe. Ich bin bereit, will meinem Sir zeigen, dass ich seiner wirklich würdig bin. Nur ein kurzes Nicken und die Peitsche singt. Ganz leicht trifft sie die Haut. Schmerzhaft keuche ich auf.

Gequälte Schreie voller Freude füllen den Raum. Tränen stürzen mir aus den Augen, ohne dass ich es verhindern kann. Mein Glied zuckt und trotz des Cockrings spüre ich, dass sich der Orgasmus in meinen Hoden aufbaut. Dies zeigt Andrew, wie sehr ich all das genieße. Den zweiten Hieb platziert er leicht auf dem oberen Rücken. Ich falle nach vorne, fange mich, als der nächste Schlag ein kleines Stückchen tiefer trifft. Systematisch arbeitet er sich runter, immer darauf bedacht, mir Lust zu schenken. Nie trifft er eine Stelle, wo noch Narben zu sehen sind. Jeder weitere Hieb lässt mich erbeben, bis ich nicht mehr unterscheiden kann zwischen Schmerz und Lust. Die Atmung wird ruhiger, geht tiefer. Bedingungslose Liebe erfüllt das Herz. Endlich bin ich daheim. Dort, wo ich mich am wohlsten fühle.

Die Hoden ziehen sich zusammen, der Schwanz zuckt und trotz des Cockrings bekomme ich einen Orgasmus. Die Muskeln ziehen sich zusammen, meine Atmung stockt. Laut schreie ich die Lust in den Raum. Schmerzhaft pulsiert sie durch meinen Körper. Endlich schaffe ich es und komme an einen tiefen, ruhigen Ort, wo ich nur Andrews Gegenwart spüre. Liebe pulsiert in allen Farben um mich herum. Ein Paar warme Lippen legen sich auf meine. Eine feuchte Zunge begehrt Einlass, schluckt die Schreie. Von da an weiß ich nichts mehr.

Als ich die Augen aufschlage, schaue ich irritiert in ein Paar graue, leuchtende. Tränen glitzern in seinen, die mich voller Liebe anstrahlen. Langsam komme ich zu mir. Sanft streicheln seine Hände über meinen bebenden Körper. Schmerz pulsiert durch die Nerven.

Oh mein Gott! Was war das denn bitte schön? So einen Orgasmus habe ich noch niemals zuvor erlebt. Trotz des Stahlrings um mein Glied hatte ich ein Gefühl, als ob die Schwanzspitze explodieren würde. Er war einfach nur grandios. Voller Dankbarkeit schaue ich meinen Sir mit tränennassen Augen an. Igor ist Vergangenheit. Jetzt zählt nur noch Andrew.

Sanft streichelt er über den erhitzten, schweißnassen Körper, fährt voller Genuss die Striemen nach. Es ist ein guter Schmerz. Er tritt zurück, lässt die Ketten runter. Automatisch umklammere ich sie, als ich mich nach vorne beuge, die Beine weit öffne, mich ihm anbiete. Sein lautes, scharfes Einatmen ist Belohnung genug. Er öffnet den Ring um mein Glied, streift ihn behutsam ab. Sanft streichelt er den Schaft rauf und runter. Er kniet sich vor mir nieder, schaut tief in meine Augen, als er den Mund öffnet. Sanft saugt er an meiner Spitze, nimmt ihn tiefer, gibt nicht eher Ruhe, bis ich wieder hart bin. Erst ein leichter Biss in den Hoden lässt mich laut aufstöhnen. Leise lacht er bei meinem erstaunten Blick auf, dreht mich herum.

Zärtlich packt er die Pobacken, kniet wieder nieder und zieht sie auseinander. Eine warme nasse Zunge fährt dazwischen. Voller Hingabe leckt er mich, bis ich weich und willig bin. Behutsam drücken sich zwei in Gel getauchte Finger in mein Inneres, bevor sie von einer heißen Schwanzspitze abgelöst werden. Ohne auch nur einmal innezuhalten, drückt er sich durch den Muskel hinein. Genießerisch fühle ich tief in mir drin das Pulsieren seines Gliedes.

Erneut baut sich ein Orgasmus auf, dass ich erstaunt aufschreie, als eine Hand sich fest um mein Glied legt. Nur ein paar kurze, harte Striche und ich brülle zum zweiten Mal die Lust ins Zimmer. Ich verenge mich um Andrews Schwanz, spüre, wie warmes Sperma sich in mir verteilt.

Danach hänge ich in den Ketten, kann kaum noch aufrecht stehen. Behutsam nimmt er sie ab, trägt mich in unser Schlafzimmer. Vorsichtig lässt er mich auf das Bett gleiten. Mit einem warmen feuchten Handtuch werde ich gesäubert. Sanft cremt er die Striemen ein, küsst mein Ohr und flüstert, dass ich nun schlafen soll. Ja, das werde ich machen. Bevor ich zum ersten Mal nach Wochen in einen erholsamen und tiefen Schlaf falle, flüstert er meinen Namen, sagt, dass er mich bedingungslos lieben würde. Mein Sir Andrew!

Kapitel 56

Andrew

~~*~*

»Bist du so weit, um weiterzumachen?«, frage ich Jan. Er nickt, schaut mir voller Sehnsucht in die Augen. Ich lasse die Ketten etwas runter, weil jetzt etwas kommt, wofür er mir sein ganzes Vertrauen schenken muss. An der Wand hängt eine neunschwänzige Katze, auch Riemenpeitsche genannt. Die, wie ihr Name schon sagt, aus neun Lederstreifen besteht. Voller Ehrfurcht nehme ich sie, zeige Jan, was ich in den Händen halte.

»Bereit, den Schmerz zu empfangen? Mir deine Tränen, Hingabe und Liebe zu schenken? Denkst du, dass du wirklich schon stark genug dafür bist, mein Herz?«

Ungläubig schaut er die Peitsche in meiner Hand an. Ich lasse ihm einen Augenblick, um dies zu verarbeiten. Voller Bewunderung, wie er bis jetzt seine Strafe angenommen und verarbeitet hat, stehe ich vor Jan.

»Es ist keine Schande, wenn wir das auf später verschieben, Junge. Du hast meine Erwartungen mehr als erfüllt und dafür liebe ich dich!«

Er hebt den Kopf, nickt, strafft sich und stellt sich gerade hin. Mein Junge ist wunderschön in seiner Hingabe. Ein paar Mal atmet er tief ein und aus, schließt die Augen und ich höre leise: »Ja, Sir. Ich bin bereit, dir meinen Körper anzuvertrauen. Ich schenke dir alles, was mich ausmacht, was ich bin. Ich möchte dich damit ehren. Entschuldige bitte, dass ich mich im Club eben schlecht benommen habe. Meine Eifersucht, dieses Brennen nach Schmerz hat mir vorübergehend den Verstand geraubt. Ich will, dass du stolz bist, mich, Jan Briegel, deinen Jungen zu nennen!«

Nein, sein Name ist Jan Sanchez und irgendwann wird es wahr werden.

Nun bin ich es, der eine kurze Atempause braucht, bevor ich hinter ihm in Stellung gehe, den Arm hebe. Zu genau weiß ich, wie schmerzhaft sie in die Haut beißt. Bei meinem Lehrmeister Dominic habe ich es am eigenen Körper erfahren, wie es sich anfühlt. Er war der Meinung, dass nur ein guter Master weiß, was ein Instrument in seinen Händen bei einem Sub anrichtet. Wie kann ich sie sonst an meinen Jungen anwenden, wenn ich nicht weiß, damit umzugehen?

Meister Dominic würde heute stolz sein, könnte er mich jetzt hier sehen. Da hängt mein bildhübscher Junge, der mir all meine Träume und Wünsche erfüllt. Träume von einem Mann, der das passende Gegenstück gesucht und gefunden hat. Den Wunsch, dass er genau wie ich es liebe, Schmerzen zu bereiten, er es liebt, sie zu empfangen. Perfekt!

Mein Junge ist in jeder Hinsicht der perfekte Partner für unser weiteres Leben. Es hat sich gelohnt, die ganzen Jahre auf ihn zu warten.

Benommen gehe ich in mich und behaupte mit Recht, dass ich der glücklichste Sir aller Zeiten bin. Session wie diese gehen mir durch und durch. Wie viel Vertrauen mein Junge mir jedes Mal schenkte, sobald wir im Spielzimmer waren, bevor dies mit Igor geschah. Er wusste immer, dass ich ihn an seine Grenzen bringe, nie darüber hinaus. Die Hoffnung, dass er es nicht vergessen hat, lässt mich an ein *Uns* glauben. Und was macht er? Er schenkt mir sein blindes Vertrauen.

Meine Hand zittert, weil ich Angst habe, dass es Jan zu viel werden könnte. Erstaunt schaue ich auf meine Finger. Ich muss stark sein. Mein Junge soll mich nicht ängstlich sehen. Ich wünsche mir mit aller Macht, dass er sich wie zu Beginn unseres Kennenlernens einfach fallen lässt.

Schnell stelle ich mich in Position. Langsam hebe ich den Arm und der erste Schlag findet sein Ziel. Zuerst nur sanft. Mit der Zeit stärker!

Er zuckt zusammen, bebt am ganzen Körper. Ganz genau beobachte ich seine Reaktion. Er atmet hektisch ein, stellt sich sofort gerade hin. Der nächste Hieb landet etwas tiefer auf dem Rücken. Sollte ich ihn jetzt weiterhin schonen, was passiert dann mit uns? Nie wieder könnte ich ihn bestrafen, alles wäre umsonst gewesen. Er liebt es, wenn Schmerz auf seiner Haut explodiert. Deswegen passen wir ja auch so gut zusammen. Jeder kann seine Neigungen ausleben, keiner kommt dabei zu kurz. Tief atme ich ein, hebe den Arm und ziehe den Schlag durch.

Ganz genau achte ich darauf, dass ich keine empfindlichen Stellen treffe. Nicht, dass ich seine Nieren oder andere Organe verletze.

Meine ganze Aufmerksamkeit widme ich danach seinem gut durchbluteten Hintern. Mit jedem Schlag, den er empfängt, lässt Jan sich tiefer in den Schmerz fallen. Er lächelt, schließt die Augen. Sein Orgasmus kommt sogar für mich total überraschend. Mit offenem Mund beobachte ich, wie sein Sperma hervorschießt, sich über den Boden verteilt. Er ist weggetreten, scheint an einen Ort gelangt zu sein, wo nur die wenigsten devoten Subs hingelangen können. Ich lasse die Peitsche fallen, schaue ihn aufmerksam an. Sanft lege ich meine warme Hand auf seinen Bauch, damit er weiß, dass er nicht allein ist, ich über ihn wache, solange er in seiner Lust gefangen ist. Die Lider flackern, heben sich langsam. Hellblaue Augen schauen mich voller Sehnsucht an. So viel Liebe strahlt mir entgegen, dass ich ihn nur atemlos anschaue. Vorsichtig lasse ich die Ketten etwas runter. Fest umschlingt er sie mit den Händen, beugt sich etwas nach vorne, biete sich mir an. Krampfhaft schlucke ich die Tränen runter. Ich liebe den kleinen Kerl, bin unendlich dankbar, dass er mir wiedergegeben wurde.

Vorsichtig nehme ich den Cockring ab, streichle sein schlaffes Glied. Ohne ihn aus den Augen zu lassen, knie ich mich vor ihm nieder. Behutsam nehme ich seinen Schaft zwischen die Lippen, sauge sanft an der Spitze. Jan stöhnt, schaut mir ganz erstaunt in die Augen. Er versteift sich in meinem Mund, als ich ihn langsam nach draußen gleiten lasse. Mit der Zunge lecke ich über die Hoden, beiße sanft hinein. Schnell erledige ich mich der Kleidung, knie vor ihm nieder und ziehe Jans Backen auseinander, atme seinen speziellen Duft ein. Schweißtropfen rinnen über seinen Rücken runter zum Steiß und verschwinden darin.

Mit der Zunge fange ich sie auf lecke noch mal über den Eingang runter zu seinen Hoden. Sanft sauge ich sie ein, höre ihn vor Lust aufschreien. Vorsichtig entlasse ich sie aus meinem Mund, lecke weiter zum Eingang, umschmeichle dann den Muskel. Er zuckt, öffnet sich direkt, dass ich ein kleines Stückchen tiefer eindringen kann. Jan wimmert, drückt mir seinen kleinen Hintern fest gegen das Gesicht. Nun will ich es wissen, frage ihn, ob er mich wirklich in sich spüren möchte. Niemals würde ich ihn nach dieser harten Session einfach nehmen. Er nickt, stellt die Beine weiter auseinander.

Ein paar Tropfen Gel auf die Fingerspitzen und sorgfältig verteile ich es um und in seinem rosigen Eingang. Vor lauter Sehnsucht, ihn nach so langer Zeit endlich zu spüren, schiebe ich den harten Schaft sanft zwischen Jans heiße Backen, verschaffe mir Einlass. Ich halte erst inne, als ich komplett in ihn eingedrungen bin. Stöhnend kann ich seine Hitze spüren. Endlich bin ich wieder mit meinem Jungen vereint. Seine gerötete, heiße Haut lädt mich zum Streicheln ein. Die roten Striemen pulsieren an meiner Handfläche. Stellenweise sind sie etwas blau verfärbt. Sorgfältig schaue ich nach, ob er unverletzt ist. Ich bin schließlich kein Anfänger, weiß, was ich tue.

Jan legt den Kopf in den Nacken, schreit laut auf, als die Leidenschaft mich überrennt. Viel zu lange habe ich sie in Schach gehalten. Nun kann ich nicht mehr. Die Finger verkrampfen sich in der wunden Haut. Stoß um Stoß gebe ich meinem Jungen. Wochenlang habe ich auf dieses Vergnügen verzichten müssen und nun bezahlt er die Rechnung dafür.

Das Gefühl, dass ich gleich explodiere, lässt mein Herz schneller schlagen. Ich löse eine Hand, umschließe seinen pochenden, feuchten Schaft, reibe ihn im Takt der schnellen, harten Stöße. Er schreit auf und warmer Samen spritzt auf den Boden. Völlig geschafft hängt er danach in den Ketten. Voller Lust schreie ich meine Erlösung mit hinaus, ziehe mich behutsam aus ihm zurück. Ich entferne die Handfesseln und Jan lässt sich in meine Arme fallen. Behutsam trage ich ihn in unser Schlafzimmer. Vorsichtig lege ich ihn auf den Bauch, hole eine Creme, die den ersten Schmerz betäubt. Immer wieder flüstere ich in sein Ohr, wie sehr er mir gefehlt hat. Ich ihn liebe. Mit einem Lächeln auf den Lippen murmelt er ein »Danke Sir!« und schläft augenblicklich ein.

Lange schaue ich auf meinen Jungen hinunter, kann es nicht glauben, dass wir es wirklich geschafft haben und Igor in unserem Leben nichts mehr zu suchen hat. Allein wenn ich darüber nachdenke, was alles hätte schiefgehen können, als ich voller Panik nach Russland geflogen bin, dann wird mir angst und bange. Damals habe ich nicht darüber nachgedacht, sondern wollte nur Jan aus Igors Fängen befreien. Nur gut, dass die Freunde mich begleitet haben. Immer hatte ich die Angst im Nacken, dass ich zu spät komme. Als ich dann erfuhr, dass er nicht mehr in der Villa war, bin ich fast zerbrochen. Ich wäre für meinen Jungen um die ganze Welt gereist, um ihn Igor zu entreißen. Auch dass er diese Tortur überlebt hat, grenzt an ein Wunder.

Jetzt fangen wir neu an. In Gedanken gehe ich unsere Session noch mal ganz genau durch, zerlege sie in ihre Einzelteile. Irgendwann hat er sich komplett fallen lassen. Ich bin stolz auf ihn. Nie habe ich damit gerechnet, dass uns das je passieren könnte. Besonders nach dem, was er wegen Igor mitgemacht hat. Jan ist mir alles wert. Ich liebe den Kleinen mit einer Inbrunst, die mich erschreckt. Bestimmt werde ich ihn jetzt öfters fordern. Nicht jedes Mal. Nein. Wir haben es einmal geschafft, dann wird es auch ein zweites und drittes Mal geben. Das Ziel vor Augen und die süße Belohnung danach wird das Höchste für uns werden.

Zärtlich streichle ich mit den Fingerspitzen seine Gesichtszüge nach, präge sie mir genau ein. Mein Sklave ist stärker, als er glaubt. Er hat die Hölle in Russland überlebt, ist wie ein Phönix der Asche entstiegen.

Die Angst, dass ich ihn verlieren könnte, hat sich in Luft aufgelöst. Nicht immer sind wir dominanten Männer die stärkeren in einer Beziehung.

Manchmal sind es unsere Sklaven, die uns dadurch mitteilen, dass es ein Geben und Nehmen ist, dies niemals als selbstverständlich anzusehen ist.

Das, was heute in unserem Spielzimmer geschehen ist, ist mir in meinem ganzen Leben noch nie passiert. Anscheinend kommt es darauf an, dass du nicht nur einen Sub zum Spielen brauchst, sondern einen, der dich mit ganzem Herzen liebt, und du ihn. Der sich dir ohne Wenn und Aber anvertraut, genau weiß, dass du da bist, wenn er dich braucht. Dass du ihn auffangen wirst und du genau abschätzen kannst, wann es genug ist, um so hoch zu fliegen.

Nicht immer habe ich den richtigen Sub oder Sklaven für meine sadistische Ader gefunden. Viele schreckt es ab oder sie verlangen immer mehr, als du bereit bist zu geben, weil sie sich selbst überschätzen.

Heute Abend habe ich einen Jungen in den Armen liegen, der all das verkörpert, was mich ausmacht. Die Verliebtheit in Jessy war nur das Verlangen nach einem Mann, der mir allein gehören würde. Jetzt habe ich ihn gefunden, werde ihn niemals frei lassen. Ich hoffe, dass es auch das ist, was Jan möchte.

Morgen früh werde ich weiter darüber nachdenken. Jetzt jedoch werde ich ihn in die Arme nehmen und zum ersten Mal nach ewiger Zeit komme ich zur Ruhe. Die Nase in seinen Haaren vergraben atme ich seinen Duft ein, spüre, wie er sich gegen mich drückt, und schlafe ein.

Schlusskapitel

Jan

~~*~*

Ich weiß nicht, was da im Spielzimmer mit uns geschehen ist. Wie konnte ich so tief in unserer Session abtauchen, dass der brennende Schmerz sich in Wonne, Lust und Wärme umgewandelt hat? Zwar schmerzt mein ganzer Körper, aber ich fühle mich verdammt gut. Auf meinem Rücken und Hintern pocht es heiß, wo die Peitsche getroffen hat. Es hinterlässt eine Erregung, die sich mir in Form meines steifen Gliedes zeigt. Nie habe ich einem Mann bedingungslos mein Leben anvertraut, dass ich mich blind auf ihn verlassen konnte. Die ganzen Jahre war niemand da, mit dem ich dies tun wollte, was ich mit meinem Sir mache. Er darf alles ohne Ausnahme, weil ich ihn liebe, er weiß, was gut für mich ist. Auch wenn ich manchmal an mir selbst zweifle.

Probeweise strecke ich vorsichtig die Beine aus, kann einen kleinen Schmerzlaut nicht unterdrücken. Sofort fährt Andrew erschreckt hoch, schaut sich irritiert um. Als er mich entdeckt, geht ein strahlendes Lächeln über seine Gesichtszüge. Geblendet schaue ich ihn an. Ich liebe ihn, dass alles andere um mich herum verblasst.

Zaghaft streicht er mir über das Gesicht, zieht die Lippen nach. Sehnsuchtsvoll öffne ich sie, umkreise mit der Zungenspitze den vorwitzigen Finger. Er atmet scharf ein, schaut mir gebannt in die Augen, als er die Decke vom Bett stößt, aufsteht. Auf starken Armen werde ich zur Dusche getragen. Fest umklammere ich seinen Hals, lasse ihn nicht los. Behutsam löst er sie, stellt mich unter das warme Wasser. Sanft wäscht er die Heilsalbe ab. In ein flauschiges Badetuch gewickelt, hebt er mich auf seine Arme. Vorsichtig lässt er den wunden Körper aufs Bett gleiten. Behutsam salbt er die Verletzungen wieder ein, massiert die steifen Muskeln dabei. Er spricht leise, wispert, dass er stolz ist, mich liebt.

Ich entspanne mich, lege den Kopf auf meinen Armen ab und genieße seine Zärtlichkeit. Vorsichtig streichen die warmen Hände meines Sirs immer über die wunde Haut. Als er sich den Pobacken nähert, öffne ich automatisch die Beine, hebe den Hintern etwas empor. Leise lacht er auf, als er dies bemerkt.

»Was möchtest du, Junge?«, haucht er mit seiner tiefen Stimme in mein Ohr. Oh, ich wüsste schon einiges! Flüsternd raune ich zurück, dass ich meinen Sir jetzt brauche, will, dass er mich nimmt und zu seinem Eigentum macht. Wieder lacht er sein tiefes raues Lachen, was sich verflucht sexy anhört, meine Nerven zum Vibrieren bringt.

»Du gehörst mir doch schon!«, wispert er mir zu. Gänsehaut breitet sich aus und das Verlangen, was in mir tobt, bringt den ganzen Körper zum Beben. Voller Erwartung liege ich vor ihm, biete mich komplett und völlig freiwillig an. Ehrfürchtig streichelt er behutsam mit den Fingerspitzen über meinen Rücken, runter zum Hintern. Jede Strieme wird genauestens nachgezeichnet. Auf der feuchten Haut spüre ich, dass seine Atmung schneller geht. Er beugt sich runter, leckt mit seiner warmen Zunge die Ränder nach und spuckt dann mit einem kleinen Schrei angewidert die Salbe aus. Leise lache ich ins Kissen, werde behutsam auf den Rücken gedreht. Im ersten Moment keuche ich vor Pein auf. Fest beiße ich mir auf die Lippen, brauche einen Moment, um atmen zu können. Benommen schaue ich in glänzende Augen, die mir liebevoll ins Gesicht starren. Der Kuss, der danach kommt, dauert eine ganze Weile, lässt mich völlig atemlos zurück.

Endlich wagt sich ein vorwitziger, feuchter Finger zwischen meine Backen, schiebt sich durch den Muskel und trifft direkt den Lustpunkt. Mein Lachen geht in ein langes Stöhnen über, als er sich vorsichtig und genussvoll in mich schiebt, verharrt, mir dabei einfach nur in die Augen schaut.

Benommen flüstert mein Sir: »Wenn Igor … wenn er! Also, hätte er dich mir weggenommen, dann … dann wären weder Devil, Aleksey noch Krystian in der Lage gewesen, mich zurückzuhalten. Ich hätte ihn, ohne mit der Wimper zu zucken, dort unten im Keller seines Hauses zu Tode geprügelt. Das schwöre ich dir, mein Herz.«

Voller Liebe schaue ich in seine grauen Augen und glaube es ihm. Er hätte mich gerächt, ohne an die Konsequenzen zu denken. Zwei Tränen bahnen sich einen Weg über seine Wangen, als ich liebevoll sein Gesicht umfasse, ihm sage, dass keiner es schaffen würde, mich ihm wegzunehmen, weil ich immer zu ihm zurückkehre. Egal wo ich wäre und wie schwer auch der Weg nach Hause ist. Hier bei ihm, in seinen starken Armen ist meine Heimat. Hier fühle ich mich geliebt, geborgen und in Sicherheit.

Er nickt und ich spüre sein Glied in mir pulsieren. Fest umklammern meine Muskeln seinen Schaft, ziehen sich zusammen, halten ihn in mir fest. Laut keucht er auf, zieht sich vorsichtig ein Stück zurück, um sich dann mit einem festen Stoß zu versenken. Jeder neue Stoß bringt uns näher in den Himmel der Liebe. Laut bettele ich ihn an kommen zu dürfen.

»Nein, nicht, warte! Nur ein kleines bisschen noch!«, wispert er.

Wieder ein fester Stoß und ein Treffer gegen meinen Lustpunkt. Das Wimmern wird lauter, dringlicher. Feuchtigkeit breitet sich auf dem Bauch aus, wo sich die Lusttropfen sammeln. Mein Glied zuckt, ich kann einfach nicht mehr. Andrew erstarrt, nickt und ergießt sich mit einem rauen Schrei tief in mir drin. Mit einer Urgewalt komme ich, schreie das ganze Haus zusammen. Zuckend und bebend ergieße ich mich. Bevor alles auf meinen Bauch landet, nimmt er mein Glied in den Mund, um auch alles in sich aufzunehmen. Scheiße, ist das geil. Behutsam leckt er mich sauber, streicht mir eine nasse, verschwitzte Haarsträhne aus der Stirn und legt sich mit dem Gesicht auf meinen Brustkorb, atmet tief ein.

Er ist der Mann, auf den ich mein ganzes Leben lang gewartet habe. Weder konnten meine Eltern noch Igor Popow mich von ihm fernhalten. Gottes Wege sind seltsam. Da muss ich ihn erst fast verlieren, um zu erkennen, dass nur er mich ganz machen kann.

Der Sir meines Lebens. Der Mann und Master, der keine Hemmungen hat, mir den Hintern zu versohlen, dass ich nicht mehr weiß, wo vorne und hinten ist. Und wisst ihr was? Genauso liebe ich es!

Andrew

~~*~*

Ein leises, schmerzhaftes Stöhnen lässt mich ruckartig wach werden. Jans kleiner, warmer Körper presst sich ganz fest gegen meinen. Das steife Glied reibt sich an meiner Hüfte. Zärtlich streiche ich mit den Fingerspitzen über sein Gesicht, ziehe die sinnlichen Lippen nach, die sich daraufhin ein kleines Stückchen öffnen. Seine Augen werden dunkler und der weiße Ring um die Iris verschwindet. Um mir ein Bild davon zu machen, wie er unsere Session verkraftet hat, ziehe ich die Decken vom Bett. Bevor er protestieren kann, hebe ich ihn auf die Arme und stelle mich mit ihm zusammen unter das warme Wasser. Behutsam wasche ich die Salbe von seinem wunden Rücken, schaue nach, wie schlimm die Haut darunter aussieht. Nichts ist zu sehen, da nur die Oberfläche verletzt wurde. Schließlich weiß ich die Peitsche zu handhaben, ohne dass es tiefere Verletzungen gibt. Schnell packe ich Jan in ein Badetuch, trage ihn zurück ins Schlafzimmer. Erneut begutachte ich die Striemen, creme sie vorsichtig ein. In zwei Tagen ist das Schlimmste überstanden und sie werden verblassen. Als ich ihm nicht widerstehen kann, die Finger auf Wanderschaft gehen, hebt er das Becken, spreizt die Beine. Auf die Frage, ob er was von mir braucht, antwortet er verlegen, dass er mich in sich spüren möchte.

Dann versteckt er sein Gesicht verschämt ins Kissen. Ehrfurchtsvoll streiche ich ihm über den Rücken, runter zum Hintern. Er trägt stolz meine Spuren und ich? Ich liebe diesen kleinen, widerspenstigen Sub. Zärtlich lecke ich mit der Zungenspitze die Wundränder nach.

Hölle, was ist das denn? Leise lacht Jan auf, als ich angewidert die Salbe ausspucke. Erstaunt schaue ich ihn an, freue mich, ihn endlich lachen zu hören.

Vorsichtig bereite ich ihn vor. Allein beim Gedanken, dass Igor mir Jan beinahe genommen hätte, kommt glühend heiße Wut in mir hoch. Wenn mein Bruder und Aleksey nicht dabei gewesen wären, hätte ich Igor eiskalt in seinem Keller vermodern lassen. Auch dass Krystian mir die Peitsche abnahm, war sein Glück.

»Als ich Mischa sah, wusste ich, dass er dich genauso zugerichtet hat. Wenn nicht noch schlimmer. Mein Herz blutete bei diesem Gedanken. Ich war wütend, voller Zorn auf mich, weil ich dich im Stich gelassen habe. Statt dich zu beschützen, dir zu beichten, dass Igor sich in Berlin herumtreibt, habe ich die Nerven verloren, dich eingesperrt!«, flüstere ich ihm leise ins Ohr. Tränen schimmern in Jans hellblauen Augen.

»Ich verspreche dir, dass es keiner mehr wagen wird, dich mir jemals wegnehmen, ohne dafür mit seinem Leben zu bezahlen.«

Er beruhigt mich, schwört, dass er immer zurückkommen wird, sollte uns was trennen. Egal, wo er auf der Welt wäre. Lange schauen wir uns in die Augen. Quälend langsam dringe ich in ihn ein. Dieses Gefühl ist wie nach Hause kommen. Man kann es nicht in Worte fassen. Fest umklammert er mit seinen inneren Muskeln mein Glied, bringt mich damit an den Rand eines Orgasmus. Heftig pulsierend liegt sein Schaft auf der Bauchdecke, sondert dabei eine Menge Feuchtigkeit ab. Wieder rollt ein Tropfen aus der Schwanzspitze, landet auf seiner Haut. Ich beuge den Kopf, hole ihn mir sofort. Jans Muskeln zucken und voller Verlangen schaue ich in seine Augen.

Zuerst stoße ich nur zaghaft zu, bis ich alle Hemmungen fallen lasse und ihm gebe, was er von mir braucht. Der Befehl, dass er warten soll, lässt ihn verzagt aufkeuchen. Jetzt, jetzt darf mein Junge kommen. Bevor er jedoch den ersten Schrei macht, beuge ich mich zu ihm runter, lecke die restlichen Tropfen vom Bauch, nehme sein Glied tief in den Mund. Laut brüllt er meinen Namen, stößt sich heftig zwischen meine Lippen in die Kehle. Als er zurück in das Kissen fällt, hole ich mir auch noch die letzten Tropfen seines Spermas. Er zuckt so heftig zusammen, dass ich fester zupacke, bevor er mir vor lauter Verlangen vom Bett fällt. Behutsam lasse ich mich danach auf den erhitzten Körper niedersinken. Mit dem Ohr auf seiner Brust höre ich, wie schnell sein Herz klopft, er hektisch Atem holt.

Er ist total eingesaut und verschwitzt. Liebevoll streiche ich ihm seine feuchte, blaue Haarsträhne aus dem Gesicht.

Jan ist die Liebe meines Lebens. Der Mann, der nur für mich geboren wurde. Der genau das Gegenstück ist, das letzte Puzzle, um ein Bild zu vervollständigen.

Mein Sklave – mein Junge und mein Liebhaber.

MEINS FÜR ALLE ZEITEN!

Bonusgeschichte

Jan

\~\~*\~*

Ein halbes Jahr ist es nun her, seit Igor Popow mich entführt und in seiner Wut fast zu Tode geprügelt hat. In Mischa habe ich einen neuen Freund gefunden, der genau wie ich das gleiche Martyrium mitgemacht hat. Obwohl er der uneheliche Sohn von Igor ist, ist er ganz anders als sein Vater. Er ist freundlich, herzensgut. Wir lieben uns beide wie Brüder. Er kann schließlich nichts dafür, dass sein Vater ein sadistisches Schwein ist. Schließlich hat auch er am eigenen Leib erfahren, dass sein Erzeuger ein Mann ohne Ehre ist. Dieses schreckliche Erlebnis schweißt einen zusammen. Ohne Mischa, seinen Mut, mich aus dem Keller zu befreien, wäre ich heute nicht hier. Das und was danach passiert kann ich niemals gut machen. Mischa jedoch will nur meine Freundschaft und die gebe ich ihm nur zu gerne.

Zusammen machen wir heimlich einen Sprachkurs, damit wir uns besser unterhalten können. Er lernt Deutsch und ich Russisch. Etwas können wir uns schon unterhalten. Es ist lustig und wir lachen viel zusammen, vergessen dabei, was uns passiert ist. Mischa hat das Glück, dass er nach seiner schlimmen Erfahrung gleich zwei Beschützer fand. Aleksey Dmitri und Krystian Petrow. Er liebt sie beide und sie ihn. Kaum zu glauben, dass diese drei es tatsächlich zusammen schaffen, sich hier in Berlin ein neues Leben aufzubauen. Die beiden vergöttern Mischa, tragen den Kleinen auf Händen. Immer wenn er von seinen beiden Männern erzählt, glänzen die dunklen Augen und seine Wangen werden ganz rot vor Aufregung.

Bei mir erweckt Andrew solche Gefühle! Er erdet mich und ich liebe ihn mit einer Inbrunst, die mir oft Angst macht.

Ich schlafe schlecht, wache nachts mit panischem Herzklopfen auf. Dann mache ich das Licht an, beobachte Andrew, muss fühlen, dass er auch wirklich neben mir liegt. Wenn Zweifel auftauchen, dass ich nicht gut genug für meinen Sir bin, bringt er sich nachträglich in Erinnerung. Dann schlafe ich ein paar Tage auf dem Bauch. Die meiste Zeit jedoch verdränge ich, was in Russland passiert ist. Das wirklich Gute ist, dass alle unsere Session unglaublich erfüllend sind, ich dabei nicht an Igor denken muss. Sobald ich unser Spielzimmer betrete, vergesse ich, was dieser Sadist getan hat. Mein Sir würde das auch nie zulassen. Trotzdem bin ich immer auf der Hut. Egal wohin ich gehe oder wo ich bin, immer vergewissere ich mich, dass keiner seiner Handlanger mir irgendwo auflauert. Mit der Zeit nervt das ungemein. Ich bin schreckhaft, zucke immer zusammen, sobald sich einer von hinten nähert.

Nun hat mein Sir es satt. Zusammen mit Krystian macht er den Jet startklar.

Wochen vorher hat er ein Visum für uns alle beantragt, die Erlaubnis erhalten, dass wir nach Russland fliegen dürfen. Panisch frage ich die ganze Zeit, was ich da soll! Was will Andrew da? Vehement wehre ich mich dagegen. Ich will da nicht hin, doch mein Sir setzt sich durch, und nun?

Ich bettle, weine, schmeiße mich vor ihm auf die Knie. Nichts hilft. Er will nach Russland. Genauer gesagt auf die sibirische Halbinsel Jamal und ich soll ihn begleiten.

Stur wie ich bin, verweigere ich alles, will einfach nur zu Hause bleiben. Andrew lehnt es ab, befiehlt es mir zum Schluss, und ich? Ich stelle mich weiterhin stur. Kann er nicht verstehen, dass ich in dieses Land, wo ich so viel Elend und Schmerz erfahren habe, keinen Schritt setzen möchte? Er steht vor mir, will, dass ich ihn anschaue. Diesmal wird der Befehl mit einem harten Unterton ausgesprochen. Ich soll mich damit anfreunden, dass wir in ein paar Tagen dort hinfliegen. Er hebt den Finger, schaut mir tief in die Augen.

»Wehe dir, du verweigerst dich, versteckst dich bei einem deiner Freunde. Ich werde dich finden, Junge, an den Haaren nach Hause zerren. Dann werde ich dir deinen Hintern versohlen. Und den von deinen Freunden auch. Und, mein Junge!

Solltest du denken, dass ich dich schone, dann irrst du dich. Ich werde nicht so human wie sonst mit dir umgehen. Du und die Jungs werden dann zum ersten Mal erfahren, wie weh es tut, wenn ich wirklich zornig werde.«

Einen strikten Befehl zu verweigern kommt daher nicht infrage. Verzweifelt suche ich einen Ausweg, um nicht mitfliegen zu müssen. Der Magen spielt verrückt, mir ist elend. Jessy gibt mir den Rat, mutig zu sein, mich meinem Peiniger Auge in Auge zu stellen, damit der Verstand endlich begreift, dass Igor mir nichts mehr tun kann. Mit klopfendem Herzen befolge ich seinen Ratschlag. Sollte es nicht klappen, dann schlage ich Jessy, sobald ich zurück in Berlin bin. Das hat er dann von seinen gut gemeinten Ratschlägen.

Ich habe mich direkt im Internet erkundigt, als ich erfuhr, wo Igor untergebracht ist.

»Sibirien ohne Rückkehr – Russlands härtestes Straflager« ist der Name dieses Gefängnis.

Das Lager liegt unweit von Charp. Das Eingangstor wird von einer riesigen Polareulen-Statue bewacht, die dem wohl kältesten Gefängnis der Welt seinen Namen gibt. *»Die Polareule!«*

»Der Hochsicherheitsknast liegt nördlich des Polarkreises in Westsibirien. Von hier hat es noch nie ein Gefangener geschafft, auszubrechen, geschweige denn mit dem Leben davonzukommen. Permafrost und Temperaturen von unter minus 50 Grad lassen dich in Sekundenschnelle einfrieren. Die Eule gilt als eines der ausbruchsichersten Gefängnisse dieses Landes. Hier führen keine Straßen hin. Die Eisenbahn und ein Luftkissenboot sind die einzige Verkehrsverbindung, die dich zurück in die Zivilisation bringt. Sie liegt daher total abgeschirmt von der Außenwelt.

Wer hier hingebracht wird, hat kaum eine Chance, lebend rauszukommen. Die Gefangenen leben in Käfigen mit

Dusche, haben nur eine Stunde Hofgang am Tag. Fast alle Insassen sind Mörder oder Verbrecher der schlimmsten Art. Wer hierhin verbannt wird, hat lebenslänglich bekommen, bleibt bis zu seinem Tod eingesperrt. Zwar könnte man mit guter Führung nach 25 Jahren freigelassen werden, doch das ist wohl noch nie passiert. Weil hierhin der Abschaum der Gesellschaft verbannt wird.

Extra ausgebildete Kampfgruppen sorgen hier für Ruhe und mögliche Störenfriede unter den Häftlingen werden sofort zum Schweigen gebracht.

Seit 1996 die Todesstrafe in Russland abgeschafft und in 25 Jahre Haft umgewandelt wurde, sind die Regeln für Langzeitgefangene noch härter und unbarmherziger geworden.

Die »Polareule« ist damit eines von fünf am meist gefürchtetsten Lagern, die auf russischem und sibirischem Boden erbaut worden sind. Ihr Name wird nur hinter vorgehaltener Hand geflüstert.«[6]

Soll mich das jetzt etwa beruhigen? Nun suche ich noch mehr Andrews Nähe. Er nimmt mich zu allen Besprechungen mit, lässt mich keinen Augenblick allein. Dann kommt der Tag unseres Abfluges. Die ganze Nacht habe ich vor lauter Angst über der Toilette gehangen. Mein Magen kann nichts mehr hergeben, denn er ist leer. Trotzdem würge ich, habe das Gefühl zu ersticken. Eine warme Hand legt sich auf meinen Hinterkopf, streicht mir zärtlich durch die Haare. Er zieht mich in seine Arme, redet beruhigend auf mich ein. Ich verstehe kein Wort, aber sein zärtlicher Tonfall lässt mich ruhig werden. Ja, ich werde der Bestie in die Augen schauen, ihn dann auslachen, weil ICH mein Leben wiederhabe und er seines verloren. Ich hoffe, er verreckt dort.

Heute ist es so weit.

Zögerlich betrete ich das Flugzeug. 1611 km Luftlinie liegen zwischen meiner Sicherheit und der Hölle. Den ganzen Flug über hält Andrew meine Hand, lässt sie keinen

---

6 https://www.advopedia.de/news/kurios/die-10-schlimmsten-gefaengnisse-der-welt-rang-2

Augenblick los. Das sanfte, stetige Streicheln seines Fingers über den Handrücken beruhigt mich enorm.

Die Beine zittern, als ich den ersten Schritt auf russischen Boden mache. Ganz dicht presse ich mich gegen Andrews warmen Körper. Hier in Westsibirien ist es so verdammt kalt, dass auch die Thermowäsche nicht besonders viel hilft. Die erste Strecke fahren wir mit dem Zug. Ich habe keinen Blick für die schneebedeckte Landschaft, weil ich mich auf meine Atmung konzentriere. Ein Schneemobil wartet auf uns, bringt uns so nah wie es geht an das Gefängnis heran. Am Zielort angekommen, wartet dann ein Luftkissenboot auf uns, um uns den Rest des Weges in das Straflager in Sibirien zu bringen.

Ängstlich schaue ich Andrew an und bevor ich was sagen kann, küsst er zärtlich mein Ohr und flüstert: »Du wirst dich deinen Ängsten stellen, Jan, sehen, dass dir Igor Popow nichts mehr antun kann. Er ist dort untergebracht, wird wegen mehrfachem Mordes angeklagt. Hier wird sein Leben enden. Das, was ihm von der Staatsanwaltschaft vorgeworfen wird, bringt ihm bestimmt zehnmal lebenslänglich ein. Hier kommt er nicht mehr raus!«

Bange schaue ich ihn an, nicke nur. Zwischen Krystian und Andrew werde ich eingequetscht. Sie schirmen mich ab und ein Gefühl von Sicherheit macht sich breit. Sie werden auf mich aufpassen, nicht zulassen, dass mir hier was geschieht. Dieses riesige Gebäude mitten in der Eiswüste ist total einschüchternd, dass ich einen Schritt zurückweiche. Scheiße, ist mir kalt. Die Zähne schlagen aufeinander, Angstschweiß überzieht die Haut. Ein Paar warme Lippen legen sich auf meine eiskalten. Starke Hände umfassen die Taille, drücken mich noch näher an ihn, halten mich ganz fest umschlungen. Direkt reagiert mein Körper, presst sich gegen Andrew. Mit den Armen umschlinge ich seine schmalen Hüften. Das Gesicht fest gegen seinen Hals gedrückt, inhaliere ich tief seinen Duft, straffe die Schulter. Jetzt bin ich bereit.

Das riesige Eisentor öffnet sich knarrend. Bei diesem Geräusch läuft mir eine Gänsehaut den Rücken runter. Tief hole ich Luft, schaue Andrew an. Als er mir zunickt, kurz seine Lippen auf meine drückt, treten wir ein. Nun befinden wir uns mitten in einem riesigen Gefängnishof. Männer mit Maschinengewehren und Sturmhauben patrouillieren auf der Mauer. Die Tür öffnet sich. Dann stehen ein paar vermummte Soldaten vor uns. Erschrocken gehe ich einen Schritt zurück, verstecke mich hinter Andrew. Krystian redet mit ihnen, schiebt mich nach vorne. Wir werden von Kopf bis Fuß abgetastet und erst als Krystian ein Schreiben vorlegt, lässt man uns durch eine Sicherheitstür passieren. Fast eine halbe Stunde sind wir unterwegs. Unmengen von Gittertüren öffnen und schließen sich automatisch, sobald wir in eine Kamera schauen. Bei der letzten Tür steht ein bewaffneter Wärter, der einen Code eingibt, uns zu einem Zellentrakt bringt, der statt mit Gittern mit einer dicken Scheibe ausgestattet ist.

Mein Herz klopft wild in der Brust.

Und dann stehe ich meinem Peiniger gegenüber! Er sieht genauso aus, wie ich ihn in Erinnerung habe. Arrogant, in sich selbst verliebt. Nur die dicke Glasscheibe trennt uns voneinander. Seine Augen leuchten hell auf, als er mich erkennt. Ohne auch nur einmal zu blinzeln, kommt er näher. Jetzt kann ich erkennen, dass dunkle Schatten unten seinen Augenlidern sind. Er legt die Hände an die Scheibe. Ich kann von seinen Lippen ablesen, dass er meinen Namen immer und immer wieder flüstert. Ängstlich, mit weit aufgerissenen Augen trete ich einen Schritt zurück, als Andrew die Arme fest um mich legt, mir dadurch Sicherheit gibt. Igors Augen weiten sich und ein irrer Blick nistet sich ein. Er rastet vollkommen aus, schreit wie am Spieß und trommelt mit den Fäusten gegen die Scheibe. Sein Speichel landet davor. Fasziniert schaue ich zu, als die Spucke langsam runterläuft. Wie ein Irrer trommelt er so lange gegen das Sicherheitsglas, bis die Hände anfangen zu bluten. Er hinterlässt bei jedem

Schlag einen neuen blutigen Abdruck. Panisch drehe ich mich um, verstecke mein Gesicht an Andrews Brust. Bebend umfasse ich seine Taille, drücke mich fest gegen seine Beine.

Behutsam nimmt er mein Gesicht, dreht es zu Igor und flüstert mir zu: »Schau, mein Herz. Er kann dir nichts mehr tun. Er weiß, dass du mein Junge bist, und ist daher wütend, dass er dich verloren hat. Ihm wird gerade klar, dass er dich nie besitzen wird, weil du meins bist!«

Er nimmt meine Hand, drückt einen Kuss auf den Ringfinger. Wärme durchflutet mich.

Tapfer wende ich das Gesicht Igor zu.

Trotz der dicken Scheibe kann ich es hören, als er schreit: »Du gehörst mir. Nur mir. Er soll die Finger von dir lassen. Beim nächsten Mal werde ich nicht mehr so barmherzig mit dir umgehen. Du kleine Schlampe gehörst mir. Ich kann mit dir machen, was ich will, wie ich es will und wenn ich dich zu Tode peitsche!«

Er lacht irre auf, ballt seine blutigen Hände zu Fäusten, verdreht die Augen, bis nur noch das Weiße zu sehen ist. Mutig trete ich an das Glas, schaue ihn an. Wie kann ein Mensch nur so verkommen sein? Er hatte alles, konnte sich kaufen, was das Herz begehrte. Nur mich, mich kann man nicht kaufen. Mich muss man sich verdienen. Andrew war der Einzige, der dies direkt erkannt hatte. Lange schaue ich in Igors Augen, bis mein Sir mich leicht an der Schulter berührt, ich mich einfach abwende und gehe.

Andrew

~~*~*

Es tut mir in der Seele weh, wenn ich sehe, wie sehr Jan sich quält. Auch dass er denkt, ich würde es nicht mitbekommen, dass er sich immer umschaut, bevor er unser Haus verlässt.

Jede dunkle Ecke meidet er. Das ist frustrierend, weil ich ihm dabei nicht helfen kann, dass er sich sicher fühlt. Obwohl Aleksey und Krystian immer in seiner Nähe sind. Ich verzweifle fast, weil es meine Aufgabe ist, dass es meinem Jungen bei mir gut geht. Krystian gibt mir den Rat, mit Jan nach Russland zu fliegen, Igor im Gefängnis zu besuchen. Nur da könnte Jan erkennen, dass ihm keine Gefahr mehr von seinem Peiniger droht.

Lange überlege ich, weiß ich doch zu gut, dass er sich mit allen Mitteln, die ihm zur Verfügung stehen, dagegen wehren wird. Eins kann er jedoch nicht, und zwar mir gegenüber ungehorsam sein. Ich wäge alles ab, was dagegen und dafür spricht. Es fällt mir nicht leicht, weil ich ihn zu etwas zwingen muss, was ihm höllische Angst bereitet. Aber es geht einfach nicht anders. Seine Angst, das Haus zu verlassen, wird trotz Leibwächter immer schlimmer. Schweren Herzens stehe ich vor ihm, spreche den Befehl aus. Fassungslos schaut er mir ins Gesicht, fällt auf die Knie, bettelt voller Verzweiflung, dass er zu Hause bleiben möchte. Hellblaue Augen schauen geschockt in meine grauen, dass ich mich räuspern muss, um dem Betteln zu widerstehen. Schmerzvoll verzieht er das Gesicht und mein Herz klopft bei seinem ängstlichen Ausdruck viel zu schnell. Trotzdem bleibe ich hart. Ich bin sein Sir und er mein Junge.

Er schluckt, schmeißt sich mir in die Arme. Mit gleichbleibenden Bewegungen streiche ich beruhigend über seinen Rücken. Dass er sich zu Tode fürchtet, kann ich ja verstehen. Aber Jan ist stärker, als er denkt. Er wird sich der Herausforderung stellen.

Am liebsten würde ich meinen Jungen in Watte packen, damit er diesen Albtraum endlich vergisst. Will er denn sein restliches Leben immer über seine Schultern schauen, ob Igor in der Nähe ist? Oder will er sich in der Wohnung einschließen, zum Einsiedler werden? Das werde ich nicht zulassen. Streng schaue ich ihn an, als er den Blick senkt, benommen nickt. Nur gut, dass er die zitternden Hände nicht gesehen hat, die ich hinter meinem Rücken versteckt habe. Irgendwie habe ich das Gefühl, dass Jan sich davonmachen will. Ich warne ihn und seine Freunde, lasse ihn rund um die Uhr bewachen.

Heute Abend ist er nicht da, als ich von der Arbeit nach Hause komme. Erschrocken suche ich das ganze Haus ab, als Aleksey mir mitteilt, dass er bei Jessy ist. Soll mich das etwa jetzt beruhigen? Immer wenn die zwei die Köpfe zusammenstecken, haben wir Männer alle Hände voll zu tun, um es zu richten. Da hilft später nur ein heißer, roter Hintern. Ah, ich liebe das.

Endlich höre ich, dass er die Haustür aufschließt und direkt hinter sich zuschlägt. Er zieht sich aus, geht duschen, legt sich ohne ein Wort zu sagen neben mir nieder. Tief atmet er ein, verspricht, dass er mitfliegen wird, ohne Schwierigkeiten zu machen. Die Hand geht zum Lichtschalter und prüfend schaue ich ihn an. Was ist bei Jessy geschehen, dass er seine Meinung geändert hat?

»Obwohl ich mir vor Angst in die Hose mache, werde ich mich den Ängsten stellen. Wenn ich mit eigenen Augen sehe, dass er weggesperrt ist, mir nichts mehr antun kann, dann will ich glauben, dass ich frei von ihm bin. Ich möchte leben, mit den Jungs durch die Clubs ziehen. Dich immerzu lieben, mit dir tanzen gehen. All das will ich unbeschwert genießen.«

Oh ja. Ich weiß, wie es wirklich in ihm aussieht. Er ist verängstigt, versucht es zu verbergen. Jedem spielt er was vor, nur mich, mich kann er nicht täuschen. Ihm geht es nicht gut. Er leidet, hat Albträume, denkt, dass ich es nicht bemerke. ICH bemerke alles, was mit meinem Jungen zu tun hat. Er schläft unruhig, wälzt sich von rechts nach links, hat abgenommen. Er hat die Hölle überlebt und ich sage ihm, dass er in Wirklichkeit stark ist. Trotzdem braucht er mich mehr als je zuvor. Er ist anschmiegsam, liebebedürftig, sucht meine Nähe, egal wo wir sind. Seufzend streiche ich ihm durch die Haare.

Heute ist Gott sei Dank der Tag gekommen, wo wir nach Sibirien fliegen werden. Diesmal haben wir vor Wochen schon ganz offiziell ein Visum beantragt. Nach vielem Hin-und-her-Telefonieren haben wir endlich die Erlaubnis bekommen, Igor im Knast zu besuchen. Krystian hat seine Beziehungen spielen lassen und den Beamten alles erklärt. Der Jet ist vollgetankt und bereit, uns in der Nähe der Halbinsel zum Strafgefangenenlager in Jamal zu fliegen. Jan ist ganz blass, schweigsam, in sich gekehrt. Zärtlich streichle ich über seinen Handrücken, ernte dafür ein scheues Lächeln. Er ist stärker, als er denkt und das sage ich ihm auch. Nickend nimmt er dies zur Kenntnis, zieht sich schweigsam in sich zurück. Ich lasse ihn in Ruhe, zeige ihm, dass ich für ihn da bin, wenn er mich braucht. Zärtlich fasse ich nach seiner Hand, verbinde unsere Finger miteinander.

Nach einem langen Flug landen wir endlich. Die Luke öffnet sich und Krystian geht vor, schirmt Jan ab, was er mit einem erleichterten Aufatmen quittiert. Gott, hier ist es so kalt, dass unser Atem in der Luft gefriert. Am Flughafen erwartet uns ein Schneemobil, das uns zur Bahnstation bringt. Den Rest legen wir mit einem Luftkissenboot zurück. Warm eingepackt kommen wir Igor immer näher. Jan ist nervös, lehnt sich die ganze Zeit Schutz suchend an mich. Die Luft wird immer eisiger und die Temperaturen liegen weit unter dem Gefrierpunkt. Trotz Thermokleidung zittern wir alle. Jans Lippen sind ganz blau angelaufen. Zart umfasse ich mit meinen dicken Handschuhen sein Gesicht, wärme es und drücke ihm einen langen Kuss auf den Mund. Zaghaft legt er mir die Hände um die Hüften, drückt sich fester gegen mich.

Endlich hält das Luftkissenboot. Bebend steigen wir aus, stehen vor einem riesigen, in Eis gehüllten Gebäude.

Der Polareule.

Es ist eins der gefürchtetsten Gefängnisse in Russland.

Das Knarren des Tores, als es aufschwingt, lässt uns zur Besinnung kommen. Erschrocken schauen wir in die Mündung von Gewehren, bis Krystian ein Machtwort spricht.

Er legt den Beamten unsere Bescheinigungen vor, dass wir hier jemanden besuchen dürfen. Sie winken uns hinein und steifbeinig gehen wir weiter. Je länger es dauert, umso mehr spüre ich, wie Jan sich fürchtet. Ein Wärter führt uns durch ein paar Sicherheitsschleusen, bis wir nach einem langen Fußmarsch vor einem Käfig stehen bleiben, der von dickem Panzerglas umgeben ist. Igor erstarrt, dreht sich langsam um. Die schwarzen Augen leuchten voller Gier auf, als er Jan erblickt. Direkt geht er auf ihn zu und wird vom Panzerglas aufgehalten. Er legt die Hände dagegen und seine Lippen bewegen sich immerfort.

»Jan? Jan!«

Er leckt sich die Lippen und die Hände öffnen sich ruckartig, so als ob er durch das Glas nach Jan greifen wollte.

Das Gesicht meines Jungen ist schneeweiß. Panik leuchtet in den hellblauen Augen auf. Um ihn etwas zu beruhigen, nehme ich ihn in die Arme. Damit er weiß, dass ich da bin, nehme ich seine Hand und küsse das Symbol unserer Liebe. Jäh hebt Igor seinen Blick, schaut mich hasserfüllt an. Der tödliche Zorn, der uns nun entgegenschlägt, lässt Jan schwanken. Igor verdreht die Augen, dass nur noch das Weiße darin zu erkennen ist. Mit den Fäusten schlägt er wild gegen das Panzerglas, bis die Hände blutige Abdrücke hinterlassen. Ich finde, dass es reicht. Er weiß nun, dass Igor hier festsitzt, er keine Angst mehr zu haben braucht. Überraschend löst er sich von mir, tritt näher an das Glas, schaut lange zu Igor, der wie ein Irrer durch die Zelle tobt. Beunruhigt schaue ich Jan an. Er aber dreht seinen Kopf zu mir, lächelt mir zärtlich zu.

Die Wärter kommen, führen uns hinaus. Jans Schultern straffen sich, er nickt, schaut mich mit geweiteten Augen an. Behutsam führe ich Jan aus dem Gebäude. Erleichterung durchflutet mich. Nun weiß er, dass ihm dieser dreckige Bastard nichts mehr tun kann.

Unser Rückflug verläuft schweigsam. Er liegt fast schon auf mir, hat die Augen geschlossen. Verzweifelt umklammert er meinen Hals. Seinen Kopf hat er auf meinen Brustkorb gelegt, konzentriert sich darauf, wie ich atme. Sanft streiche ich durch seine Haare, bis er endlich eingeschlafen ist.

Jan

~~*~*

Langsam geht es mir immer besser. Andrew hat einen Psychologen ausfindig gemacht, der sich mit posttraumatischen Belastungsstörungen auskennt. Die Gespräche mit einem Außenstehenden, mit jemandem, der sich in meine Psyche hineinversetzen kann, sind mir zwar etwas suspekt, aber es hilft zu verarbeiten, was geschehen ist. Nach ein paar peinlichen Minuten, wo ich mich schäme, erzähle ich ihm alles, was mir passiert ist. Er ist viel älter, als ich gedacht habe, strahlt dabei eine Ruhe aus, die auf mich übergeht. Ich fasse mir ein Herz, erzählte zuerst stockend von meinem Outing, wie sehr mich meine Eltern verletzt haben. Dann platzt der Knoten und alles, was mich bedrückt, kommt auf einmal hervor. Er hört es sich an, ohne mich zu unterbrechen. Statt mit gut gemeinten Ratschlägen zerlegt er alles in kleine Einzelteile. Einmal angefangen, erleichtere ich meine Seele vor ihm. Wie sehr ich Igor hasse und fürchte. Dass Andrew mein Leben ist, ich ihn liebe. Erzähle ihm von meinen Neigungen, dass der Schmerz mich erdet. Wie hilflos ich mich gefühlt habe. Mit jeder Therapiesitzung werde ich ein kleines bisschen stärker. Als Mischa dies bemerkt, geht er mit mir zusammen zum Therapeuten. Nach ein paar Monaten bin ich endlich so weit, mir einzugestehen, dass es nicht meine Schuld war, dass Igor dachte, ich wäre sein Eigentum. Zum Schluss gibt er mir den Rat, auf meinen Sir zu hören, bei Joy ein paar Stunden zu nehmen. Zu lernen mich zu verteidigen, sollte mein Leben nochmals bedroht werden. Ich bedanke mich bei ihm, gehe nur noch einmal im Monat zu ihm oder wenn ich denke, dass ich ihn brauche, wenn die Vergangenheit mich überrollt.

Joy freut sich sehr, als ich bei ihm im Studio auftauche. Er bringt mir bei, wie ich reagieren soll, wenn ein Mann es wagen sollte, mich jemals wieder zu überrumpeln. Zu meiner Schande muss ich euch gestehen, dass die schmutzigen Tricks, die er mir heimlich beibringt, mir immer mehr Spaß machen. Der arme Dummy, der dafür herhalten muss, tut mir verdammt leid. Seine Eier will ich nicht besitzen. Wenn du erst mal die Grenze überschreitest, dass die Hoden des Mannes heilig sind, dann lässt du alle Hemmungen fallen, trittst voller Wucht zu. Im Geiste sehe ich dabei immer Igors Gesichtszüge. Wir passen höllisch auf, dass uns Tom nicht dabei überrascht. Sonst bekommt Joy Ärger mit seinem Bruder. Er will nicht, dass wir so was lernen. Tom geht es nur um den Grundgedanken, dass es um Selbstverteidigung geht, nicht um den Gegner schwer zu verletzen. Sondern ihn nur so lange auszuschalten, bis die Polizei kommt!

Tom war nicht in meiner Situation!

Da kann er leicht reden, bei einer Größe von knapp 2 Meter.

Ich überrede Mischa dazu, mitzumachen und wir haben viel Spaß dabei, unsere Trainingspartner zu verhauen. Sogar Krystian gibt uns Lehrstunden. Nur zielt seine Kampftechnik nicht darauf aus, sich zu verteidigen, sondern auch den Mut aufzubringen, um zu töten, sollte es erforderlich sein. Ja, das gefällt mir und ich bin mit Eifer dabei. Je schmutziger du kämpfst, umso schwerer hat es einer, dich zu verletzen!

Unser Training nehmen wir alle sehr ernst. Manchmal schauen wir zu, wie unsere Männer bei Tom gedrillt werden, danach genauso kaputt sind wie wir. Voller Bewunderung beobachte ich Andrew bei seinem Training. Mein Sir bewegt sich wie eine Katze, wenn er Toms Angriff ausweicht. Voller Erregung beiße ich mir dabei die Lippen blutig. Scheiße, ist das geil. Sollte das hier vorbei sein, dann kommt niemand mehr an uns heran, ohne dass er sich schlimme Prügel einfängt.

Ich bin nach jeder Stunde total zerschlagen. So viele blaue Flecken hatte mein Körper bis jetzt noch nie. Auch wenn ich mich früher auf der Straße mit den Jungs geprügelt habe, sah ich nie so aus. Das Üben und Erlernen ist verdammt schwer, kraftraubend. Trotzdem beiße ich mich durch das Training.

Da ich ein Schüler bin ein, Kyû, habe ich heute meine zweite Prüfung, um den Nidan zu erreichen. Der Shodan für Anfänger war kinderleicht und wir haben ihn alle ohne einen Fehler bestanden. Joy war stolz auf uns, und wir? Wir haben gejubelt und danach gefeiert.

Ihr wollt wissen, wer WIR sind? Wir, das sind alle meine anderen Freunde vom *Club Black* und *Club Red.* Im Moment sind wir elf Jungs und Joy, der unser Lehrer ist. Heute ist die nächste Prüfung. Ich bin nervös, habe schwitzige Finger.

In einer Reihe stehend, werden wir aufgerufen, gehen nach vorne. Ryan, Emil, Elija und Max haben gerade bestanden, klatschen bei uns ab. Nun sind Jessy, Kim, Mischa und ich dran. Danach kommen Jaydan, Kevin, und Sam. Nach einer halben Stunde habe auch ich die Prüfung bestanden. Diesmal wird bis zum Morgengrauen gefeiert. Was soll ich sagen? Dass wir nach unseren erfolgreichen Prüfungen einfach in eine Bar abgehauen sind, hat mir ein paar Nächte eingebracht, die ich am Fußende unseres Bettes schlafen durfte. Auf dem Bauch natürlich, weil mein Hintern etwas protestiert hat.

Auch auf der Arbeit geht es voran. Ich habe von Adrian einen Auftrag erhalten, ihm ein Auto zu entwerfen. Geld spielt keine Rolle und ich darf mich dabei richtig austoben. Das Einzige, was ich weiß, ist, dass es für einen jungen Mann ist, der mal einen schweren Unfall hatte. Adrian gibt mir den Rat, mich in seine Situation hineinzuversetzen. Mir vorzustellen, welche Prioritäten ich bei meinem eigenen Auto setzen würde. Mit Feuereifer fange ich an zu arbeiten und entwerfe einen Wagen, der alle umhauen wird. Ich weiß, dass Adrian mal einen ähnlichen Auftrag von Daniel bekommen hat, daher strenge ich mich an, will es besser machen. Zuallererst lade ich mir die Datei von Daniels Auto auf den PC, schaue sie mir genau an. Ich will nicht das gleiche Model, sondern es soll was ganz anderes, Spezielleres werden.

Nach zwei Monaten habe ich den Entwurf endlich fertig. Es wird ein sportliches Auto. Etwas tiefer als normal und mit allem elektronischem Schnickschnack ausgestattet, den es zurzeit auf dem Markt gibt. Ein eingebautes Handy mit GPS-System und einem Notfallknopf, das dich direkt mit der Polizei verbindet, wenn der Fahrer mal in Not gerät. Rundherum wird Sicherheitsglas verarbeitet. Außerdem habe ich die Flügeltüren und das Dach verstärkt, falls bei einem Unfall ein Auto sich darin verkeilen sollte. Da es ein Cabrio wird, sind auch die Überschlagbügel etwas breiter konstruiert. Schwarze Sitze, die mit roten Lederstreifen abgesetzt sind, zieren das Innenleben. Nur mit Daumenabdruck lässt das Auto sich öffnen und starten. Daher muss der Fahrer vorher seinen Fingerabdruck im Computer speichern lassen, sonst steht das Auto, bewegt sich keinen Millimeter von der Stelle. Alles reagiert auf Knopfdruck. Wie bei einem Formel 1-Auto. Eine Musikanlage mit einem Verstärker, der deinen ganzen Körper vibrieren lässt, wenn du ihn voll aufdrehst, zeichne ich auch mit ein. Die Autoschnauze ist langgezogen, etwas nach vorne gebogen. Das Dach versenkt sich sekundenschnell in den dafür extra ausgearbeiteten Kofferraum. Die Reifen sind extra breit und der Auspuff mit einer speziellen Metalllegierung überzogen, damit er mal ja nicht rostet. Der V6 BiTurbo Motor mit 550 PS nimmt es leicht mit jedem Sportauto auf, was es zurzeit auf den Markt zu kaufen gibt. Er lässt jede andere Karre an der Ampel stehen. Von 0 auf 100 braucht er nur 2,1 Sekunden. Roter Speziallack und fertig ist er.

Ich hoffe, dass Adrian mein schnittiges Model gefällt. Mir würde er auf jeden Fall zusagen. Ganz verliebt starre ich auf meinen PC, schaue mir das Model von allen Seiten an. Korrigiere hier und da noch etwas.

Nun steht Adrian bestimmt schon eine ganze Weile hinter mir, betrachtet den 3D-Entwurf von allen Seiten. Bange schaue ich zu ihm auf. Aleksey und Krystian stehen daneben, schauen gebannt über meine Schultern. Erstaunt höre ich, dass sie sich auf Russisch unterhalten, ob Adrian mir erlauben würde, ihnen auch so ein cooles Auto zu entwerfen, wie ich es gerade für Jessys Geburtstag gemacht habe!

Das Auto ist für Jessy? Ich zucke zusammen, halte die Luft an. Wenn die zwei wüsten, dass ich im fortgeschrittenen Kurs für die russische Sprache bin, schon viel verstehen kann von dem, was sie sagen, wären sie bestimmt vorsichtiger gewesen und das Geheimnis wäre nie gelüftet worden. Junge, bin ich im Moment nervös. Sollte es wirklich für Jessy sein, werde ich mir was Besonderes einfallen lassen, um es zu einem wirklichen Highlight zu machen. Schließlich hat er bei mir noch was gut. So kann ich es ihm zurückzahlen und er es nicht zurückgeben.

Adrian klopft mir auf die Schulter, segnet das Auto ab und gibt mir den Auftrag, es in die Herstellung zu mailen, damit die Konstrukteure anfangen können es zu bauen.

Ich? Oh, ich darf den ganzen Auftrag selbstständig überwachen? Er gibt sein Okay und freudestrahlend schaue ich ihn an. Mit Feuereifer mache ich mich nun an den Auftrag. Als sie das Büro verlassen, zeichne ich heimlich in den Ledersitzen noch Jessys Initialen ein.

Das Leben verläuft in geordneten Bahnen und die Session mit Andrew ist für mich das A und O. Ich liebe diese Herrschsucht, seine Dominanz. Auch der erste eigene Auftrag hilft zu vergessen, was mir geschehen ist. Igor verblasst immer mehr. Bald schon kann ich mir sein Gesicht gar nicht mehr richtig vorstellen. Die Arbeit hält mich in Trab und nicht zu vergessen, mein Sir sowieso.

Monate später ist Jessys Auto endlich fertig. Nun soll es genau wie damals Daniels Auto nach München überführt werden. Dort wird der Lack von einer Spezialfirma aufgesprüht und bearbeitet. In der Zwischenzeit habe ich mir von Jessy erzählen lassen, was ihm damals passiert ist. Er erzählt mir von Jacob, von seinem Autounfall. Die Angst, die er hat, wenn jemand ganz nah hinter ihm auffährt. Darum will Dante nicht, dass er ein Auto bekommt. Er nimmt jetzt extra Fahrstunden. Seit einiger Zeit schafft er es, nicht mehr zusammenzuzucken, sobald ein Wagen sich ihm von hinten schnell nähert. Dass er sich überhaupt traut zu fahren, ist für mich ein Zeichen von Stärke, was ich ihm auch mitteile. Er wird dabei ganz rot im Gesicht.

Als ich seine Geschichte höre, schwebt mir was ganz Spezielles im Kopf herum. Bevor ich es feige unterdrücke, sitze ich neben Kevin und erläutere ihm meine Gedanken.

Er ist voller Begeisterung dabei.

Und das Unternehmen *»Secret Car for Jessy«* nimmt Formen an.

Ich will für ihn etwas ganz Besonderes haben, und zwar jemand oder etwas, das auf ihn aufpasst, wenn er mit diesem Auto unterwegs ist. Es soll nicht immer zu erkennen sein, sondern in ganz speziellen Ausnahmen erscheinen.

Kevin schnappt sich einen Zeichenblock, malt einen Engel. Die langen, schwarzen Haare sind locker zu einem Zopf geflochten. Ein paar Strähnen haben sich gelöst, wehen im Wind. Er soll nur von hinten zu sehen sein. Ein muskulöser Rücken, eine schmale Taille und ein knackiger Po gehören dazu. Es sieht aus, als ob der dunkle Engel auf der Stoßstange stehen würde. Die Flügel sind weit ausgebreitet, gehen über die Motorhaube runter zu den Kotflügeln und bedecken auch einen kleinen Teil der Flügeltüren. Öffne sie sich, sieht es aus, als ob der Engel seine Flügel ausbreitete. Auch wird der Lack statt in Rot in einem Dunkelblau lackiert. Genau so ist Dantes Augenfarbe. Die Stoßstangen, Felgen und das versenkbare Dach werden hellblau-silbrig, wie Jessys wunderschöne Iris. Da ich allein den Auftrag erledigen darf, rufe ich in München an und bespreche mit dem zuständigen

Lackierer meine Idee. Ich maile ihm das Bild zu und er ist total begeistert, als er von meinem Plan erfährt. Er verspricht mir strikte Geheimhaltung. Ich weiß, dass es schwierig ist, die Änderungen umzusetzen. Der Lackierer lacht und sein »Kein Problem!« hört sich doch super an.

Nach sechs Wochen ist das Auto zurück, steht bei uns in der Firma. Gerade rechtzeitig zu Jessys Geburtstag. Da die Lackierer in München wussten, dass es ein Geheimauftrag war, haben sie es direkt in schwarze Folie eingepackt, bevor es zu uns nach Berlin überführt wurde. Zwar hat Adrian erstaunt dreingeschaut, aber es so akzeptiert, ohne nachzuschauen. Nichts ist zu erkennen. Rundherum wurde es noch mit einer roten Schleife versehen. Damit keiner auf die Idee kommt, um darunter zu schauen. Dieses Auto ist ein absolutes Unikat. Mannomann, bin ich gespannt, wie Jessy darauf reagiert. Vor einer Woche hat mir Dante dann gestanden, dass dieses Auto für Jessy wäre. Daraufhin habe ich die Nummernschilder bestellt. Adrian schleicht ums Auto und erst als ich mich räuspere, weicht er zurück. Schnell bringe ich noch das Nummernschild an, das Jessys Initialen trägt. B-JA 01.

Völlig nervös stehe ich vor meinem eigenen Entwurf, warte, dass Jessy mit Dante auftaucht. Alle anderen haben sich um das Auto verteilt, sind gespannt, dass es endlich ausgepackt wird. Dann kommen sie die Ecke herumgefahren. Jessy steht mit glänzenden Augen vor seinem Geschenk. Ich bin total nervös, hoffe, dass es ihm gefallen wird.

Behutsam löst er die Schleife, entfernt das Papier. Statt eines roten Flitzers kommt ein dunkelblauer zum Vorschein. Er ist mit einem speziellen Lack versehen, den es nur einmal auf der Welt gibt. Ich höre, dass Adrian die Luft einzieht und Dante ihn fragend anschaut.

Genervt schnaube ich durch die Nase. Ich weiß auch, dass dort kein rotes Auto steht.

Jessy schreit laut auf, als er sein Auto ganz ausgepackt hat. Er schmeißt sich in Dantes Arme, küsst ihn. Er hat ja auch fast ein Jahr lang darum gekämpft, um ein eigenes Auto zu bekommen.

Dann kommt mein Auftritt. Tief hole ich Luft. Die Hände zittern, als ich den Wasserschlauch nehme. Bebend trete ich auf Jessy zu, stelle das Wasser an, lasse es über die Motorhaube laufen. Sobald es auf die Lackierung trifft, verändert sich das blau und ein Engel, der mit seinem muskulösen Rücken zu uns steht, erscheint. Sein langer geflochtener Zopf liegt auf dem Po und die eisblauen Flügel sind weit ausgebreitet. Die Jungs in München habe ganze Arbeit geleistet. An der Fahrertür erscheint der Schriftzug *JESSY* und an der Beifahrertür *ALVAREZ*. Ich stelle das Wasser ab und als es vom Lack abperlt, verschwindet alles wieder.

Fasziniert starrt Jessy sein Auto an, bewegt sich keinen Millimeter. Habe ich es verkackt? Er dreht sich um, klappt den Mund zu und Tränen laufen über sein Gesicht. Bebend versucht er was zu sagen und bevor ich es ahne, liegt er in meinen Armen und benässt mein Shirt mit seinen Tränen. Stammelnd steht er vor mir, murmelt mir ein »Danke« zu. Er schiebt mich Richtung Auto, doch bevor er starten kann, brauche ich seinen Daumenabdruck. Jessy drückt seinen Finger auf das Display und ich gebe ein paar Befehle ein. Direkt springt der Motor mit einem satten Schnurren an. Er gibt Gas, lässt die Maschine aufbrüllen. Der Motor schnurrt wie ein Kätzchen, mit der Power eines Löwen. Er winkt mir zu und keine Minute später sind wir unterwegs. Er lässt das Verdeck runter und jauchzend fahren wir über die Landstraße. Eine Stunde später hält er vor seinem Mann, springt raus, wirft sich ihm in die Arme. Ihr Kuss dauert verdammt lange. Aber ich gönne es ihm.

Andrew

~~*~*

Jan ist wie ausgewechselt, seit er weiß, dass Igor hinter Gittern sitzt. Auch der Psychiater hilft ihm, wo Jan es zulässt. Dass er bei Joy in den Kurs zur Selbstverteidigung geht, freut mich sehr. Heute hat er eine neue Prüfung. Überrascht, wie gut er geworden ist, schaue ich ihm zu, wie er die Prüfung besteht. Dass die Jungs danach alle verschwunden sind, überrascht mich nicht wirklich. Diesmal jedoch habe ich vorgesorgt und Sandro hinterhergeschickt. Zu jeder Zeit weiß ich, wo er sich rumtreibt, lasse ihm seinen Spaß. Viel zu lange hat er nicht mehr fröhlich und unbeschwert gelacht.

Zu Hause nimmt er seine Strafe tapfer an, schläft ein paar Tage am Fußende unseres Bettes. Langsam wird unser Leben ruhiger und der Sex mehr und mehr. Unsere Sessions sind einfach nur genial, erfüllend, aber manchmal auch nur liebevoll und voller Zärtlichkeit. Mein Junge lässt sich total fallen, gibt mir alles, hält nichts zurück. Er spricht offen seine Wünsche aus und ich erfülle sie ihm nur zu gerne. Auch dass Adrian Jan sein Vertrauen schenkt, ihm einen wichtigen Auftrag in Arbeit gibt. Nie hätte ich gedacht, dass er sich mit so einem Feuereifer darauf stürzt, dass ich echt erstaunt bin.

Nach Monaten des Wartens steht das Endresultat vor uns. Wir alle haben die Augen weit aufgerissen und den Mund dazu. Das, was Jessy gerade vor uns auspackt, ist das geilste Auto, was ich je gesehen habe. Die blaue Farbe ist einfach toll und sieht aus, wie, hm?

Mein Kopf ruckt hoch und ich schaue in genau dasselbe Dunkelblau von Dantes Augen. Als Jan jedoch Wasser über den Lack laufen lässt, ist es totenstill. Erst als Jessy sich umdreht, weinend in seinen Armen liegt, kommen wir alle zu uns. Ein Schutzengel für einen Engel. Woher wusste er, dass der Wagen für Dantes Mann war? Denn das hat der lange schwarze Zopf, den Jessy früher hatte, verraten. Sowie die silbrig-blauen Flügel des Engels mir sagen, dass er von Jessys Unfall wusste. Kaum hat das Geburtstagskind sich Jan geschnappt, sind sie weg.

Eine Stunde später tauchen sie wieder auf. Jessy schmeißt sich direkt in Dantes Arme und stammelt, dass sein Auto der Wahnsinn wäre. Danach ist Adrian dran. Er nimmt Jan in die Arme, drückt ihn fest an sich und sagt ihm, dass zwei neue Aufträge eingegangen wären, die er übernehmen darf. Er bekommt rote Wangen, nickt glücklich. Seine Unbekümmertheit kehrt nach und nach zurück. Jan geht sogar mit den Jungs auf ihre berühmte Sauftour durch die Bars und Clubs in unserer Straße. Und wieder sind wir Männer hinter ihnen her, um sie einzufangen.

Dann passiert etwas, was nie hätte geschehen dürfen.

Mein Junge soll nach Russland fliegen und gegen Igor vor Gericht aussagen. Wie aber soll ich ihm das nur beibringen? Sein Gesicht verzieht sich voller Panik, als er den Brief liest. Man versichert ihm, dass Igor Popow ihm nichts antun könnte, da er entweder in einem Gitterkäfig oder in einem Glaskasten sitzen würde.

Schockiert schaut er mich an. Ich umarme ihn, schwöre, dass ich dies niemals zulassen werde! Sofort rufe ich unseren Anwalt an, informiere ihn über das Schreiben. Er macht uns den Vorschlag, dass Dr. Eric Farber Jan ein Attest ausstellt, das ihm untersagt, diese lange Reise zu unternehmen. Er wäre gesundheitlich nicht dazu in der Lage. Eine Video-Konferenz ist das Einzige, was wir anbieten könnten. Das Gericht akzeptiert schließlich unseren Vorschlag. Ich sitze neben ihm, als er bebend mit dem Richter über sein Martyrium spricht. Sogar Mischa muss aussagen. Wie Jan darf er es von Berlin aus machen. Er zittert genauso stark wie mein Junge. Danach sitzen beide weinend auf dem Sofa. Mischa in Krystians Armen und Jan in meinen. Nur langsam beruhigen sie sich wieder.

Tage vergehen, als ein Freund von Aleksey uns anruft. Er hätte eine gute und eine verdammt schlechte Nachricht für uns. Die gute wäre, dass Igor zu sechsmal lebenslang verurteilt worden wäre. Das Gericht konnte Igor schließlich ein paar grausame Morde nachweisen. Erleichterung breitet sich aus, als der Mann sich räuspert. Nun kommt anscheinend die schlechte Nachricht. Leise spricht er weiter und fassungslos muss ich erfahren, dass Igor ein paar Aufseher bestochen hat. Sie haben seine Hand und Fußfesseln nicht ordnungsgemäß verschlossen, sodass er entkommen konnte, bevor er nach Sibirien verfrachten wurde. Dabei hat er zwei Polizisten getötet, die ihn aufhalten wollten.

Verdammt! Wenn ich das Jan erzähle, flippt er aus und alles, was er sich hart erarbeitet hat, wird in einer Sekunde zerstört sein. Wie kann ich ihn nur vor Igor schützen? Ich bin ratlos, wütend und möchte am liebsten auf alles einschlagen.

Jan

~~*~*

Fassungslos schaue ich Andrew an, kann es einfach nicht glauben. Igor ist bestimmt auf dem Weg zu mir, ist das Erste, was ich denke. Panisch drehe ich mich um, will sofort meine Sachen packen. Ich muss hier schnell weg, bevor er kommt und alle verletzt, die ich liebe. Andrews Hand fängt meine Arme ein, drückt sie runter. Sanft zieht er mich an seinen Körper heran. Leise murmelt er mir ins Ohr, dass ich mich beruhigen soll. Beruhigen? Ich soll mich beruhigen, wenn dieser irre Mörder hinter mir her ist? Die Angst überfällt mich schlagartig bei dem Gedanken, was das für uns bedeutet. Wimmernd drücke ich mich fest an Andrew. Der Raum füllt sich mit unseren Freunden, als sie es erfahren. Jeder von ihnen wird so lange bei mir und Mischa bleiben, bis die Polizei Igor eingefangen hat.

Joy verdoppelt das Training, bringt mir ein paar spezielle Griffe und Tritte bei. Das, was ich bis jetzt gelernt habe, ist für Igor nicht gut genug. Krystian jagt uns über den Übungsplatz, zeigt uns, wie wir Igor im Notfall ausschalten könnten. Kein Erbarmen zeigen, ohne Mitleid zuschlagen, prägt er uns ein. Trotzdem habe ich Angst. Auch dass Krystian uns beibringt, dass wir nie zögern sollten, wenn es heißt *Igor oder ich*, so bin ich doch kein Killer. Erst Mischa gibt den ausschlaggebenden Punkt, der mich ganz ruhig werden lässt.

»Jan. Sollte er uns in die Finger bekommen, werden wir uns mit allen Mitteln gegen ihn zur Wehr setzen. Wir werden um unser Leben kämpfen und wenn es sein muss, werde ich meinen Vater auch töten. Ich will nie mehr zu ihm zurück. Jetzt weiß ich endlich, wie es sich anfühlt, geliebt zu werden. Auch all die Freunde, die ich hier gefunden habe, will ich nicht missen. Das alles werde ich niemals, hörst du, Jan, niemals freiwillig aufgeben.«

Er hat ja recht. Ich straffe mich, nicke ihm zu. Wir schwören, dass wir uns bis aufs Blut gegen ihn zur Wehr setzen. Sollte es ihm gelingen, einen von uns in die Finger zu bekommen, kämpfen wir bis aufs Blut gegen ihn.

Die Wochen danach sind einfach nur furchtbar. Krystian versucht herauszubekommen, wo Igor sich versteckt hält. Keiner weiß was. Das Training ist hart, aber ich lerne mit jedem Tag mehr dazu. Mein Selbstbewusstsein steigert sich dadurch enorm. Immer ist einer unserer Freunde bei Mischa und mir. Nie sind wir allein unterwegs. Plötzlich schlägt er zu.

Joy entdeckt irgendwann, dass uns zwei Männer folgen, egal wo wir hingehen. Breite Schultern unter schwarzen Sakkos. Stiernacken, Glatzen und ein Knopf im Ohr. Am Hosenbund eine Ausbeulung, die auf Pistolen hinweist. Das Herz trommelt in der Brust, dass ich kaum Luft bekomme. Mischa umklammert ganz fest meine Hand, dass ich Angst habe, er bricht sie mir. Er schaut mich mit weit aufgerissenen Augen an, nickt, erkennt die Männer wieder. Was machen wir denn jetzt? Joy geht hinter uns, deckt unseren Rücken, raunt mir zu, dass wir zurück in den Club gehen sollen.

Schnell überqueren wir die Straße, weichen den wild hupenden Autos aus. Oben am Fenster steht Kevin, winkt uns zu. Er muss wohl die Treppen runter gerannt sein, weil er die Eingangstür aufreißt, bevor wir sie erreicht haben. Schwer atmend lasse ich mich auf den Boden sinken. Das Blut rauscht in den Ohren, dass ich kaum was verstehe. Joy telefoniert mit der Polizei, informiert sie, dass Igors Schläger aufgetaucht sind. Keine Minute später empfangen mich ein Paar starke Arme. Ich atme Andrews Duft ein und das Herz beruhigt sich. Er streicht mir das schweißnasse Haar zur Seite, hebt mein Gesicht zu sich empor und küsst mich, als würde die Welt untergehen.

»Du weißt doch, dass ich dich nicht teilen werde. Du gehörst mir und jeder, der auch nur seine Fingerspitzen an dich legt, der bekommt es mit mir zu tun. Ich versprach dir, immer auf dich aufzupassen. Erinnerst du dich?«

Zaghaft nicke ich. Ich liebe ihn so sehr. Sollte Igor ihn mir wegnehmen, werde ich nicht eher Ruhe finden, bis ich meine Rache bekommen habe. Andrew winkt und Kai Länders sowie sein Bruder Jonas stehen plötzlich bei uns in der Tür. Er hat sie angerufen, erzählt, was passiert ist. Mischa beschreibt die zwei Männer. Sie zeigen uns ein Bild und ich nicke. Andrew redet mit ihnen und dann sind sie weg, als wären sie nie hier gewesen. Was passiert denn nun?

Ich soll zu Hause bleiben, mich nicht aufregen. Was? Höre ich da richtig? Oh nein! Ich verkrieche mich nicht mehr. Die Zeiten sind vorbei. All das, was ich mir mühsam erkämpft habe, lasse ich mir nicht wegnehmen. Auch nicht von Igor. Schon mal gar nicht von ihm.

Andrew

~~*~*

Voller Panik springe ich vom Stuhl auf. Kevins Anruf hat mir einen tierischen Schrecken eingejagt. Immer zwei Stufen auf einmal nehmend, renne ich nach unten. Zuerst liegt nur ein zittriges Bündel Mensch in meinen Armen. Dann kehrt Kampfgeist in Jans Blick. Wütend, dass er mir nicht zuhören will, erinnere ich ihn an mein Versprechen, immer auf ihn aufzupassen. Er nickt, doch ich weiß ganz genau, dass er was ausbrütet. Sollte ich ihn dabei erwischen, wie er den Club ohne seine Leibwächter verlässt, werde ich ihn so lange im Keller an einer Wand festbinden, bis Igor zur Strecke gebracht worden ist. Und wenn es Wochen dauert.

Seit einiger Zeit stehe ich mit den Brüdern Länders in Verbindung. Seid sie hier in Berlin eine zweite Agentur aufgemacht haben, die sich auch auf Personenschutz spezialisiert hat, sind sie öfters Gäste im Club gewesen. Es hat sich dabei so was wie eine Freundschaft gebildet. Schließlich haben sie uns schon mehrmals geholfen. Jetzt brauche ich ihre Hilfe noch mal.

Ich weiß, dass der jüngere von ihnen ein sehr bekannter Profiler in Las Vegas war. Ihn aber zu fragen, ob er sich für uns noch mal in einen kranken Verstand hineinversetzen kann, fällt mir nicht leicht. Schließlich hat er nicht umsonst seine Stelle in Vegas aufgegeben, ist zuerst nach Hamburg, dann nach Berlin gezogen. Sein letzter Auftrag hat ihn ja auch beinahe das Leben gekostet. Er ist aber der Einzige, der Igor vielleicht aufspüren kann, wo andere versagt haben. Sein Bruder Jonas Länders ist aus härterem Holz geschnitzt. Er wird ohne zu zögern Igor ausschalten, sollte er sich in unsere Nähe wagen. Noch nie habe ich das Leben meines Jungen, in so viele fremde Hände gelegt wie gerade. Als hinter Kai ein neues Gesicht auftaucht, bin ich überrascht. Er stellt sich als Raven Morales vor, sagt, dass er ab sofort in den *Clubs Red* und *Black* den Aufpasser spielen wird. Er ist von der Statur her recht beeindruckend, hat rabenschwarzes Haar, einen Dreitagebart und ist der Top schlecht hin. Liebevoll schaut er zu Kai runter, flüstert ihm zu, dass er bloß auf sich aufpassen soll. Erstaunt blicke ich auf, als sie sich küssen. Anscheinend haben sich hier zwei Tops gefunden und es scheint kein Problem damit zu geben.

Raven erinnert uns daran, dass nicht nur Jan in Gefahr ist, sondern auch ich. Dass er seinen Sohn Mischa zurückhaben will, schließen wir aus. Aleksey wird ihn auch nicht der Gefahr aussetzen wollen. Igor wird höchstens versuchen, mich aus dem Weg zu schaffen. Schließlich stehe ich zwischen ihm und Jan. In seinem kranken Gehirn denkt er bestimmt, dass Jan mit ihm gehen würde, wenn er keinen Master mehr hat, an den er sich wenden könnte. Uh, da wird er sich aber schwer täuschen. Bevor mein Junge freiwillig mit ihm geht, wird er sich Igor vehement verweigern und bekämpfen. Er ist nicht mehr der kleine Twink, der angstvoll vor ihm knien wird. Er hat sich bei Joy neuen Mut und Stärke antrainiert. Dies wird er auch ohne Hemmungen anwenden.

Tage vergehen, ohne dass sich was tut. Mein Junge ist folgsam, nachdem ich ihm den Hintern versohlt habe. Er wollte sich doch tatsächlich davonschleichen. Aber ohne mich! Mein Gürtel hatte in diesen Moment wohl die besseren Argumente als er.

Wie er vor mir lag, sein blanker Hintern über meinen Beinen, die Zeichen des Leders noch auf der weißen Haut, hat mir klargemacht, dass ich viel zu verlieren habe. Die Liebe, die ich für ihn empfinde, lässt einfach nicht zu, dass er versucht mich zu schützen. Ihn zu verlieren ist keine Option.

Meine Brüder sind in der Zeit für uns da, helfen, wo sie nur können. Dieses Warten zermürbt einen, lässt dich unfair werden. Mehr als einmal schleppe ich Jan ins Spielzimmer, versohle ihm den Hintern, weil er einfach nicht auf Kai

Länders hören will. Er kann es einfach nicht lassen. Muss er sich unbedingt in Gefahr begeben? Statt dass er gehorsam ist, will er sich jedes Mal davonschleichen und Igor aus seiner Deckung holen. So als wenn er sich als Zielscheibe vor uns stellen würde.

Weiß er denn nicht, was das bei mir auslöst? Er kann Igor nicht auf eigene Faust suchen gehen! Der Mann ist ein gefährlicher Irrer. Wenn er Jan in seine Finger bekommt, wird es diesmal kein Wiedersehen geben. Er wird sich mit meinem Jungen verstecken und keiner wird sie je finden können.

Als er sieht, dass ich total verzweifelt bin, weil er nicht gehorcht, schwört er auf Knien, dass er jetzt brav im Club bleiben will, wo ihn Raven immer im Blick hat. Seitdem die Lakaien von Igor aufgetaucht sind, wohnen wir über dem *Club Red*, damit wir Jan besser beschützen können. Er fühlt sich hier sicherer als zu Hause, seitdem Igor ihn von dort entführen konnte.

Endlich meldet sich Kai Länders. Er hat Igor aufgespürt. Nun heißt es warten. Er redet mit Jan, erklärt ihm, was nun geschehen wird. Um Igor jedoch aus seinem Versteck zu locken, brauchen sie einen Köder. Joy ist zu klein und Tom zu groß. Aleksey und Krystian kommen auch nicht infrage. Tapfer, mit blassem Gesicht steht er vor Kai.

»Ich werde den Köder für euch spielen. Er kennt mich, meinen Körper. Jeden anderen würde er sofort beseitigen. Ich kann das. Ehrlich!«

Mit weit aufgerissenen Augen steht er vor mir, versucht mich zu überzeugen. Wild protestiere ich, will nicht, dass er sich vorsätzlich in Gefahr begibt.

»Sir? Ich werde nicht allein sein. Schau dich um. Siehst du sie alle hier? Jeder passt auf mich auf. Nie bin ich allein. Wenn du ihnen nicht vertrauen kannst, wem denn sonst?«

Jan umfasst mein Gesicht, drückt mir die Lippen auf den Mund. Leise flüstert er, dass er mich liebt, auf sich aufpassen wird. Noch nie kam ich mir so hilflos vor. Ich drehe mich um, sehe, dass alle hinter uns stehen. Jeder von meinen Freunden verspricht auf ihn aufzupassen, ihn niemals aus den Augen zu lassen. Schweren Herzens stimme ich zu. Sollte trotz aller Sicherheitsvorkehrungen Igor meinen Jungen in seine Hände bekommen, erleben sie zum ersten Mal, wie brutal und gemein ich wirklich bin. Ich werde ohne Gnade alles aus dem Weg räumen, was sich meinem Jungen und mir entgegenstellt.

Jan

~~*~*

Wie blöd bin ich eigentlich, mich als Lockvogel zur Verfügung zu stellen? Hat mein Verstand da einen Aussetzer gehabt, als ich das Okay dazu gab? Andrews entsetztes Gesicht geht mir nicht mehr aus dem Sinn. Wer aber soll es denn sonst tun? Ich will endlich, dass Igor mich in Ruhe lässt, möchte in Frieden mit Andrew leben. Ohne dass ich jedes Mal über die Schultern schauen muss, ob dieser Irre hinter mir steht.

Jonas verkabelt mich, versteckt an meinem Körper einen GPS-Sender, damit sie immer wissen, wo sie mich finden können, falls Igor mich schnappen sollte. Er ist winzig klein, fast nicht zu erkennen. Kai schaut aufmunternd zu mir, klopft mir auf die Schulter.

»Ich weiß, was du gerade durchmachst, Jan. Vor ein paar Monaten war ich in der gleichen Situation. Ein Killer, der es auf schwule Männer abgesehen hatte, war mein Ziel. Ich habe mich auch als Lockvogel zur Verfügung gestellt und ihn zur Strecke gebracht. Du machst das prima. Geh zur Arbeit, triff dich mit deinen Freunden. Geh shoppen, ein Eis essen oder setz dich einfach in eine Bar. Sei präsent, damit Igor aus seinem Mauseloch gekrochen kommt. Wir haben dich immer im Blick.«

Soll mich das jetzt beruhigen? Natürlich weiß ich, was in Las Vegas mit Kai passiert ist. Schließlich stand es in allen Zeitungen, kam sogar in den Nachrichten. Nur dass er dabei fast draufgegangen wäre, hat er wohl vergessen mir mitzuteilen. Ich schnaube nur, lasse mich von Andrew noch mal umarmen. Leise flüstert er mir ins Ohr, dass ich ja vorsichtig sein soll.

»Sollte dir etwas Unheimliches auffallen, dann sprich mit uns. Raven und Kai sind immer in deiner Nähe, Jonas sowieso. Joy folgt dir, auch wenn du ihn nicht sehen wirst. Spiel nicht den Helden, Jan. Lass das die Profis machen. Aleksey und Krystian passen auf Mischa auf. Du brauchst dir da keine Sorgen zu machen. Wenn dir was passieren sollte, bekommst du Ärger mit mir. Verdammten Ärger!«

Er küsst mich, öffnet die Tür und ich gehe mit zittrigen Knien nach draußen. Bescheuert und total verrückt ist das, was ich hier mache. Laut schimpfend gehe ich schnell über die Straße, tue, als hätte ich einen bösen Streit mit Andrew gehabt. Ich renne die Straße runter, schaue mich vorsichtig um. Niemand, der mir folgt, und leise schimpfe ich weiter vor mir her, wie ungerecht mein Sir ist. Fluchend nähere ich mich Max' Café. Dort sitze ich an der Theke, trinke einen Kakao, unterhalte mich lange mit Max. Er macht mir Mut, sagt mir, dass ich stark bin und das tut unendlich gut. Nach einer Stunde verabschiede ich mich. Mein nächstes Ziel ist ein Bistro, wo ich mir was zu essen bestelle, eine Cola trinke, dabei die Straße im Blick habe. Innerlich bebe ich. Sogar die Finger zittern, als ich die Pommes von der Schale nehme. Wo sind bloß alle?

Bis jetzt habe ich keinen meiner Aufpasser entdecken können. Aber auch keinen von Igors Leuten entdeckt. Über den Knopf im Ohr höre ich, dass Kai mit mir spricht. Er macht mir Mut, sagt, dass ich das toll mache. Dabei ahnt er gar nicht, wie viel Angst ich in Wirklichkeit habe.

Das T-Shirt ist mit Schweiß durchtränkt, als ich nach vier Stunden mit hängendem Kopf zu Andrew zurückkehre. Er steht in der Tür, zeigt mit der Hand zur Treppe. Wie ein geprügelter Hund schleiche ich an ihm vorbei. Jonas steht an der Bar, beobachtet einen Mann, der nach mir den Club betreten hat.

Dieser Kerl stellt sich neben ihm an die Theke, schaut in den Spiegel, beobachtet, dass Andrew mich nach oben verweist. Jonas hat über der Bar eine Minikamera installiert, die mit einem PC oben in meinem Zimmer verkabelt ist. Von dort aus kann ich zuschauen, was unten gerade geschieht. Das Herz klopft ganz schnell, als ich einen von Igors Schlägern erkenne. Ich weiß gar nicht, warum dieser Mann, der alles haben kann, was sein Herz begehrt, ausgerechnet mich will. Was ist an mir so Besonderes, was andere Männer in seinen Augen nicht besitzen?

Lange grübele ich noch darüber nach, als eine Hand sich auf meinen Kopf legt. Finger verkrallen sich in meine Haare und mein Gesicht wird brutal nach oben gezogen. Der Griff wird fester und mit einem unterdrückten Schmerzensschrei stehe ich auf. Lippen pressen sich hart auf meine und eine Zunge dringt grob ein. Minutenlang küsst er mich, bis die Knie weich werden. Schwer atmend lehne ich gegen seinen Körper, atme seinen vertrauten Duft ein. Mein Sir!

Er hebt mich auf seine starken Arme, trägt mich ins Schlafzimmer. Behutsam legt er mich auf das Laken, schaut mir ganz lange in die Augen. Sanft streicht sein Finger über meine Augenbrauen, die Wangenknochen, die Lippen. Er seufzt tief auf, murmelt: »Pass ja auf dich auf, mein Herz. Wenn dir was geschieht, bringe ich zuerst ihn um und anschließend dich. Ich habe dich schon einmal fast an ihn verloren.«

Ich erkenne, dass er es verdammt ernst meint, lege die Arme um seinen Hals. Er hat *mein Herz* gesagt. Tränen rinnen mir, ohne dass ich es verhindern kann, übers Gesicht.

»Ich liebe dich, Andrew. Mein Mann, Geliebter und Sir meines Herzens!«

Zärtlich bereitet er mich auf sein Glied vor, dringt vorsichtig in mich ein. Voller Liebe und Lust sehen wir uns an, als er anfängt sich zu bewegen. Fest umschlingen meine

Beine ihn, drücken ihn noch tiefer hinein. Andrews graue Augen werden ganz dunkel. Sehe ich da etwa Tränen? Er drückt sein Gesicht gegen meinen Hals, schreit laut auf, als er in mir kommt. Das Glied zuckt und die Wucht des Orgasmus lässt mich laut seinen Namen rufen. Leise murmele ich, dass ich aufpasse, er sich keine Sorgen zu machen braucht. Unablässig streiche ich über seinen schweißnassen Rücken. Er atmet tief ein, hebt den Kopf, schaut mich an. Seine sonst so wundervolle graue Iris ist pechschwarz geworden.

Ihn anzuschauen, zu sehen, wie sehr er sich quält, um keine Schwäche zu zeigen, macht mich traurig. Extra nur für mich will er stark sein. Das alles lässt mich zum ersten Mal in seinen Armen voller Traurigkeit weinen. Fest umklammere ich seinen Hals, ziehe ihn runter, lasse ihn einfach nicht gehen. Er dreht sich mit mir um, sodass ich nun auf ihm liege. Mein Körper bebt, will sich gar nicht mehr beruhigen.

Langsam wird das Schluchzen leiser. Immer noch streicht er beruhigend über meine sensible Haut, flüstert mir zu, dass er mich ganz furchtbar verhauen wird, wenn ich nicht auf mich aufpassen würde. Hoch und heilig verspreche ich es ihm.

Die Nacht ist viel zu kurz, als der Wecker klingelt und einen neuen Tag ankündigt.

Heute gehe ich zu Joy, um zu trainieren. Beim Verlassen der Sporthalle geht Jonas etwas hinter mir, begleitet mich unauffällig. Ich ahne es mehr, als ich es spüre, dass dieser Kerl von gestern Abend hinter mir her ist. Ich pfeife, obwohl ich vor Angst zittere. Leise spricht Andrew über den Kopfhörer mit mir, beruhigt mich. Nur gut, dass keiner hören kann, wie er leise flüstert, dass er mich heute Abend richtig rannehmen wird, wir ins Spielzimmer gehen werden. Dass er diesmal ein paar Spielzeuge ausprobieren möchte und mich an die Sling festbinden will. Dann vögelt er mich, bis ich seinen Namen schreien werde. Plötzlich sagt er etwas, was mich abrupt stehen bleiben lässt.

»Wenn du es schaffst, ohne einen Kratzer aus dieser Geschichte zu kommen, darfst du mich wieder nehmen!«

Scheiße! Meint er das wirklich ernst? Ich höre, dass er leise und sinnlich lacht. Jetzt hat er mich. Schneller als sonst gehe ich den Weg zurück, als ein Mann auftaucht, mir den Weg abschneidet. Trotz des Vollbartes erkenne ich ihn. Die stechenden Augen, der grausam verzogene Mund. Igor Popow.

Er packt mich nicht an, steht nur vor mir. Sein eiskalter Blick gleitet über meinen Körper, verschlingt mich. Leise flüstere ich allen zu, dass Igor vor mir steht. Über die Kopfhörer höre ich Andrews Stimme. Er redet beruhigend auf mich ein, sagt, ich soll auf Jonas warten, dass Kai direkt hinter mir ist. Dunkel höre ich jemanden vor Schmerzen aufschreien. Ein Körper schlägt auf dem Beton auf. Die Brüder Länders und dieser schwarzhaarige Riese scheinen gerade Igors Schlächter auszuschalten.

Trotzdem schaue ich nur Igor an, bin wie erstarrt. Bilder ziehen an mir vorbei. Wie er mich ausgepeitschte, er voller Freude über meine Schmerzensschreie irre gelacht hat.

Die Finger beben und mein Verstand versucht zu begreifen, dass dieses Monster keinen halben Meter vor mir steht. Er flüstert meinen Namen und ich spüre, dass mein Magen sich hebt. Bevor er jedoch die Hand ausstrecken kann, steht Kai vor ihm, schnappt sich Igors Hände, quetscht sie zusammen. Erschrocken höre ich es knacken und ein lauter, schriller Schrei ertönt.

Igor taumelt zurück und sein Blick wird mörderisch. Ich weiß, dass Kai immer noch unter seinen Verletzungen leidet, die er sich in Vegas zugezogen hat, als er seinen Partner beschützen wollte. Er kann es die meiste Zeit kaschieren. Aber ab und zu erkenne ich, wie sich die Augen schmerzlich schließen, er tief durchatmet. Auch warum Raven wirklich hier ist. Er weiß es auch, versucht Kai zu beschützen. Die Angst, seinen Partner zu verlieren, ist bei ihm sehr ausgeprägt. Er kennt schließlich Igors Akte, weiß, zu was dieser grausame Mensch fähig ist.

Meine Starre löst sich und bevor Kai sich in Stellung bringt, um den Schlag abzufangen, der mir gilt, schiebe ich mich zwischen sie. Voller Wut hebe ich das Bein, trete, so fest ich kann, mit dem Fuß vor Igors Brustbein. Genauso, wie ich es mit Joy immer geübt habe. Igor wird von der Wucht nach hinten geschleudert, landet im Dreck. Kai will sich vor mich stellen, doch ich drücke ihn nach hinten weg, mache einen Schritt auf diesen Bastard zu und trete ihm in den Schritt. Krystian würde sich darüber tierisch freuen, dass ich meine Hemmung endlich abgelegt habe, denke ich noch und hoffe, dass es Igor verdammt wehgetan hat.

Kai, macht hinter mir Platz, lässt zu, dass ich meine Wut auf diese Bestie loswerden kann. Igor klappt zusammen, flucht auf Russisch, schreit böse auf, droht mich zu verprügeln, dass ich nie mehr vor ihm fliehen kann. Dass er mir die Haut abziehen wird und sollte ich das überleben, dann will er mich zum Abschuss freigeben. Jeder darf sich dann mit mir vergnügen, darf mich auspeitschen.

Entsetzt darüber, dass ein Mensch so gestört sein kann, halte ich einen Moment inne, schaue mir Igor genau an. Er keucht, erhebt sich gekrümmt und kommt humpelnd auf die Beine. Böse, voller Hass funkeln die eiskalten Augen mich an. Unglauben im Blick. Nie habe ich mich gewehrt, alles mit mir machen lassen. Automatisch balle ich die Faust, knalle sie ihm mitten ins feiste Gesicht. Fuck, das hat wehgetan.

Ich schüttle den Schmerz ab, lasse diesen Bastard nicht aus den Augen. Hoffentlich sind die Finger nicht gebrochen, denke ich noch, als Igor erneut angreift. Ich ducke mich, weiche den Schlägen aus. Bevor er weiß, wie ihm geschieht, boxe ich Igor in den Magen, trete erneut zu. Diesmal treffe ich sein Gesicht. Wie eine Puppe fliegt er nach hinten. Igors Kopf knallt gegen die Mauer und wie in Zeitlupe rutscht er daran runter. Schmerzverzerrt und nach Luft schnappend presst er die Hände gegen sein Gesicht. Als er das Blut sieht, rastet er komplett aus. Er springt auf, rast wie ein Wahnsinniger auf mich zu, packt in sein Sakko und hält ein langes Messer in der Hand. Er gibt einfach nicht auf.

Mit der Hand stößt er nach vorne. Im letzten Moment weiche ich aus, lasse mich fallen. Fuck, da hätte er mich beinahe erwischt. Er beugt sich hinunter und ich umklammere seine Finger, drücke das Handgelenk nach hinten. Dabei ziehe ich meine Beine an und trete ihm seine mit aller Wut, die ich besitze, unter seinem Körper weg. Wütend schreit er auf, als er nach hinten fällt. Er lässt das Messer fallen und tödliche Wut flackert in seinen Augen. Schnell komme ich auf die Beine und bevor er erneut nach dem Messer greifen kann, schlage ich noch mal zu. Igors Kopf fliegt nach hinten und Blut spritzt aus seiner Nase. Befriedigt höre ich, dass er vor Schmerzen aufschreit.

Jetzt, in diesem Moment, könnte ich Krystian die Frage beantworten, ob ich bereit wäre zu töten. Bevor Igor sich fangen kann, trete ich nach. Wie eine Puppe fliegt er von mir weg, bleibt wimmernd liegen. Erstaunt, dass ich so viel Kraft in diesen Tritt gelegt habe, stehe ich keuchend vor ihm. Die Fäuste geballt, die Beine gespreizt, um einen besseren Halt zu haben. Ungläubigkeit erscheint in seinen Augen, dass ich, der kleine Sklave Jan, ihn besiegen kann. Joy wäre stolz auf mich, wenn er Igor so zerschlagen im Dreck liegend sehen könnte.

Nun schiebt sich Kai endgültig dazwischen, drückt mich hinter seinen Rücken und murmelt, dass ich genug Spaß mit Igor gehabt hätte. Ohne eine Miene zu verziehen, schlägt er Igor mit dem Handballen vor das geprellte Brustbein, dass er keine Luft mehr bekommt und in die Knie geht.

Das Messer! Erschrocken sehe ich, dass Igor danach greift. Ich Idiot habe vergessen, es aus seiner Reichweite zu treten. Dieser Mistkerl bekommt es doch tatsächlich in seine Finger, versucht Kai damit zu erstechen. Um ihm nicht im Weg zu stehen, weiche ich zur Seite aus. Jonas steht plötzlich vor mir und Raven deckt meinen Körper. Beide beobachten sie Kai. Warum hilft ihm denn keiner?

Mit offenem Mund schaue ich zu, was sich vor meinen Augen abspielt. Scheiße, ist Kai schnell. Er bewegt sich genauso wie Joy. Ein Minimum an Bewegungen. Dafür umso tödlicher. Blitzschnell schlägt er ohne Erbarmen zu. Ich höre, wie Kai Igor verprügelt, wie er versucht, ihm das Messer abzunehmen. Igor flucht, schreit und ruft seine Handlanger zur Hilfe. Die aber liegen mit dem Gesicht auf dem Bürgersteig, können nicht mehr eingreifen. Kai sagt ihm, dass er sich ergeben soll, doch Igor denkt nicht daran. Er greift Kai erneut mit dem Messer an und dann ist da dieser gurgelnde Schrei. Igor keucht kurz auf, flüstert leise meinen Namen und dann kehrt Stille ein.

Andrew

~~*~*

Voller Angst verfolge ich jeden seiner Schritte. Sollte Jan was passieren, ich ihn verlieren, dann ist mein Leben leer, vorbei!

Nicht daran denken, Andrew! Er wird, nein, er muss es schaffen.

Jan ist tapfer, dabei habe ich ganz genau gesehen, wie seine Beine gezittert haben. Kai verkabelt ihn gerade und ich denke an unsere Nacht zurück. Sie war voller Liebe und Zärtlichkeit. Wie genussvoll er auf meine Hände reagiert hat. Diese hellblauen Augen, von denen ich jede Regung ablesen kann, die mich keinen Augenblick loslassen, egal wo ich bin. Sein Gesicht, das sich voller Erregung verzog, als ich in ihn eindrang, er mit mir zusammen kam.

Er tritt auf mich zu, schaut hoch und seine Augen strahlen voller Liebe. Fest drücke ich ihn an mich. Ein letzter Kuss und mit dem Versprechen, auf sich aufzupassen, macht er sich wie jeden Morgen auf seinen Weg.

Jonas hat ein Mikro in einem von Jans Ohrsteckern befestigt, damit ich mich mit ihm unterhalten kann. Leise rede ich auf ihn ein, murmele versaute Sachen in sein Ohr, höre ihn sinnlich lachen. Allein der raue Laut setzt sich in meinem Unterleib fest. Peinlich beult sich meine Hose aus. Devil grinst mich von der Seite an, beruhigt die aufgebrachten Nerven mit seiner Anwesenheit. Ich weiß, dass ich mich auf alle meine Brüder verlassen kann.

Ich spreche mit Jan, mache meinem Jungen ein Angebot, was ihn aufkeuchen lässt. Das Versprechen, dass er den aktiven Part übernehmen darf, sollte er heute Abend ohne einen Kratzer vor mir stehen. Das gibt ihm einen Anreiz, sich nicht in Gefahr zu bringen. Seine Sprachlosigkeit, das tiefe Stöhnen, was direkt danach folgt, ist mir Antwort genug. Die Botschaft ist angekommen. Sollte er wirklich ohne eine Verletzung zu mir zurückkommen, bekommt er mich als Belohnung. Nackt und willig auf unserem Bett. Sein glückliches, atemloses Lachen ist es mir wert. Im Hintergrund höre ich, dass Devil die Luft anhält, mich fragend ansieht. Ich drehe mich zu ihm, erkläre, dass mich das als Jans Sir nicht herabwürdigt. Er sollte es mal mit seinem Sklaven Kevin probieren. Immer noch hat er den Mund offenstehen, als ich von meinem Jungen abgelenkt werde.

Plötzlich flüstert er erschrocken: »IGOR!«

Seine Atmung geht hektisch und ich rede einfach weiter mit ihm, als wäre nichts geschehen. Er antwortet nicht. Leichte Panik macht sich in mir breit. Leise rufe ich ihn beim Namen. Mein Körper ist angespannt. Am liebsten würde ich jetzt bei ihm sein. Nun schreie ich ihn an, will, dass er auf Jonas und Kai wartet. Sie wären direkt hinter ihm. Über den Kopfhörer höre ich Kampfgeräusche, als Jan wütend aufschreit. Igors hasserfüllte Stimme verhöhnt meinen Jungen. Jan gibt Kontra und Igors Wutschrei kann ich bis zu mir hören. Muss er diesen Irren denn unbedingt herausfordern? Plötzlich höre ich Jans Kampfschrei und das Herz bleibt mir für Sekunden stehen. Schmerzensschreie ertönen. Ich weiß in all meiner Panik nicht, zu wem sie gehören.

Kampfgeräusche und Kais Befehl, dass Jan sich zurückziehen soll, erreichen mein Ohr. Dann ist da dieses gurgelnde Geräusch. Eine unheimliche Stille kehrt ein. Immer wieder schreie ich Jans Namen, bis ich ein leises »Andrew?« höre.

Scheiße, mein Herz! Ihm geht es gut. Mann, ich bin klatschnass geschwitzt. Der Körper leistet gerade Schwerstarbeit und die Lungen pumpen hektisch Luft, damit ich nicht ohnmächtig werde. Devils Arme halten mich fest, stützen mich, damit ich nicht umfalle. Mir ist echt schlecht vor Angst geworden, dass Igor meinem Jungen was antun würde, bevor Jonas und Kai bei ihm wären.

Nach ein paar Minuten, die mir unendlich lange vorkommen, meldet sich Kai. Er berichtet, dass es Jan gut gehen würde, dass mein Junge sich verdammt gut geschlagen hätte. Wie, geschlagen? Erstaunt erzählt er über die Kopfhörer, dass Jan Igor so richtig verprügelt hätte. Mein Junge? Mit zittrigen Fingern streiche ich mir über die Stirn. Das muss ich erst mal verarbeiten. Ich flüstere ihm zu, dass ich ihn liebe, was wir heute Nacht alles treiben werden. Er schnieft und ich höre ihn leise lachen.

»Keinen einzigen Kratzer habe ich abbekommen. Ich hoffe, du weißt, was das für dich bedeutet!«

Na warte, Kleiner, das wirst du bereuen, mich hier aufzuziehen, wo ich vor lauter Angst um ihn bebe. Mich hält nun nichts mehr. Ich will mich mit eigenen Augen überzeugen, dass Jan in Ordnung ist, reiße die Tür auf, als er auch schon in meinen Armen liegt. Fest drücke ich ihn an mich, fahre mit den Händen über seinen bebenden Körper, begutachte ihn. Er hebt sein Gesicht empor und Tränen rinnen aus den hellblauen Augen. Zärtlich wische ich sie weg, flüstere ihm zu, dass ich verdammt stolz ich auf ihn bin. Er war so tapfer. Schnell gleiten meine Augen über den Rest seines Körpers. Er hat tatsächlich keine einzige Schramme abbekommen. Jedenfalls das, was ich erkennen und fühlen kann. Sein Glück und das der Brüder Länders.

Zusammen gehen wir zu Jonas und Kai. Dort ist die Polizei schon vor Ort und die Sanitäter treffen gerade ein. Sie legen ein Tuch über Igor, sperren den Tatort ab. Viele neugierige Menschen stehen mit ihren Handys da, versuchen uns zu filmen, was Raven vereitelt. Zusammen mit Jan schaue ich auf Igors Leiche hinunter und kann es einfach nicht glauben, dass dieser schlimme Albtraum endlich vorbei ist. Aufatmend will ich mich abwenden, als sich die Reporter auf uns stürzen wollen. Doch Jonas schottet uns zusammen mit Raven und Kai ab. Keiner wird es wagen, mir ein Mikrofon unter die Nase zu halten, sonst zerreiße ich sie in der Luft, so geladen bin ich gerade. Auch wenn er ein Bastard war, liegt dort auf dem Bürgersteig ein Mensch, der sein Leben gelassen hat. Da müssen die Reporter nicht wie ein paar Aasgeier über uns herfallen.

Nun will ich genau wissen, was sich da abgespielt hat. Kai redet auf Jan ein. Er muss mit zur Wache kommen, um eine Aussage zu machen. Natürlich komme ich mit, unterstütze ihn dabei. Bevor ihn sein Mut verlässt, erklärt er den Beamten, was passiert ist, warum Igor dies gemacht hat. Als er endlich fertig ist, ist sein Gesicht tränennass. Er schaut mir bittend in die Augen. Ohne was zu sagen, stehe ich auf, hebe ihn auf meine Arme, verlasse das Polizeirevier. Keiner hält mich auf, es sei denn, er ist lebensmüde.

Mischa rennt auf Jan zu, umfasst seine Hände. Beide unterhalten sich auf Russisch. Oh, ich wusste gar nicht, dass er die Sprache beherrscht. Erst als Mischa ins Deutsche wechselt, fragt, ob sie nun wirklich frei sind, nickt Jan. Leise schluchzt Mischa auf und wird von seinen Männern umarmt.

War das ein aufregender Tag! Ich will meinen Jungen nun ganz für mich allein haben. Das alles war viel zu viel für ihn. Erschöpft lehnt er sich gegen mich.

Kaum sind wir zu Hause, zerre ich ihm seine Kleidung runter. Nackt steht er vor mir und ich inspiziere ganz genau seinen Körper, streiche mit den Händen über die warme Haut. Er hat wirklich keinen einzigen Kratzer abbekommen. Voller Zärtlichkeit nehme ich sein Gesicht in die Hände und flüstere ihm zu: »Ich bin stolz, dass du das alles gemeistert hast, obwohl du so viel Angst hattest. Du hast dir mich redlich verdient, mein Herz!«

Jan

~~*~*

Ich kann es nicht fassen. Da liegt der Mann, der mich fast umgebracht hat, der von mir besessen war, dass er sogar mehrere Morde dafür begehen würde, vor mir im Dreck. Seine Augen blicken leblos in den Himmel. Blut breitet sich auf dem Bürgersteig aus. Eine Sirene nähert sich. Ein paar Beamte springen aus dem Auto. Irgendwie lasse ich das alles an mir vorbeiziehen, als ob ich nur ein zufälliger Zuschauer wäre. Immer noch starre ich in Igors Gesicht, kann einfach nicht wegsehen, bis sich Jonas Länders dazwischen stellt. Benommen schaue ich zu ihm hoch. Sanft packt er meine Hände, zieht mich weg. Nur dumpf höre ich, dass Kai der Polizei erklärt, was vorgefallen ist. Der Ohrstöpsel knackt und erschrocken zucke ich zusammen, höre Andrew panisch meinen Namen rufen. Seine Stimme ist alles, was ich im Moment hören will. Um meine Panik in den Griff zu bekommen, erzähle ich meinem Sir, dass ich keinen einzigen Kratzer vorweisen kann. Ich hoffe, er weiß, was das für ihn bedeutet!

Abrupt drehe ich mich auf dem Absatz um, renne immer zwei Stufen nehmend nach oben, wo die Tür gerade aufgerissen wird. Starke Arme umfangen meinen bebenden Körper, drücken mich an Andrews Brustkorb. Kai taucht auf, will, dass ich mit zur Wache komme, damit ich eine Aussage mache. Andrew lässt sich nicht beirren, kommt mit uns.

Kai steht vor mir, stellt Fragen über Fragen und der Polizist schreibt alles auf. Ich bin müde, kaputt. Erst die Aufregung, dann das ganze Adrenalin, was sich noch im

Körper befindet, und nun Ruhe. Ich will einfach nur noch nach Hause. Die ganze Zeit hat mein Sir seine Augen nicht von mir gelassen. Bittend schaue ich zu ihm hoch. Ohne ein Wort steht er auf, nimmt mich in seine starken Arme. Ich will, dass dieser Albtraum endlich vorbei ist. Bevor ich jedoch nach Hause kann, steht Mischa vor mir. Aufgeregt schaut er zu mir rüber, fragt, was passiert ist. Nur zwei Worte sage ich: »Наконец бесплатно!« Tränen laufen über sein Gesicht, als er die Bedeutung erfasst.

»Sind wir wirklich frei? Ist er tot?«, wispert er. Zaghaft nicke ich, umarme ihn. Wir weinen zusammen, weil wir aus der Hölle ausgebrochen sind und überlebt haben. Es hat uns zusammengeschweißt, stärker gemacht. Mischa wird in Krystians Arme gezogen. Aleksey steht neben ihnen, flüstert ihm Zärtlichkeiten ins Ohr. Er nickt und seine Augen leuchten auf. Andrew schiebt mich sanft nach vorne, schließt die Tür auf. Fragend schaut er zu mir rüber. Als ich mich auf ihn werfe, zerrt er mich direkt ins Schlafzimmer.

Seinen Befehl, dass ich mich ausziehen soll, setze ich direkt um. Die grauen Augen scannen jedes Fleckchen Haut, das ich entblöße. Warme Hände streicheln darüber, erkunden, schauen nach, dass auch wirklich kein einziger Kratzer zu sehen ist. Andrew zieht sich aus, nimmt meine Hand und führt mich ins Badezimmer. Unter der warmen Dusche entspanne ich mich, lasse zu, dass er mich vorsichtig wäscht. In ein Badetuch gehüllt schiebt er uns ins Schlafzimmer, legt sich aufs Bett. Eine Tube mit Gleitgel liegt bereit. Mit klopfenden Herzen schaue ich ihn ungläubig an. Er öffnet die Beine, winkt mit dem Finger. Mehrmals schlucke ich, als ich die Bedeutung dahinter verstehe.

Ehrlich?

Mit zittrigen Fingern öffne ich die Tube, die sich mir widersetzen will. Endlich habe ich sie offen und ein dicker Klecks Gel landet zwischen Andrews Beinen. Er zuckt zusammen, lacht leise auf und ich? Ich schaue auf meine Finger, sehe, wie sie beben. Ungläubig fällt der Blick auf meinen Sir. Er hat die Beine extra weit gespreizt, damit ich dazwischen Platz habe. Verdammt, will er mich etwa umbringen? Er nickt mir aufmunternd zu. Tief atme ich ein, sammele mich und vorsichtig streiche ich über seinen Eingang. Nun will ich ihm all die Zärtlichkeiten zurückgeben. Sanft gleiten die Lippen über seinen Schaft runter zu den Hoden. Fest haben sie sich zu kleinen Kugeln geformt. Mein Sir keucht laut auf, als ich mit der feuchten Zunge durch seine Ritze lecke, sanft an seinem Eingang sauge. Die Beine zittern und er hat Probleme, sie oben zu halten.

Nun ersetzen die Finger meine Zunge. Mit Gel befeuchtet umkreise ich den Muskel, drücke leicht dagegen und schon bin ich bis zu den Fingerknöcheln eingedrungen. Ich suche, finde seinen sensiblen Punkt und quäle ihn, in dem ich mehrmals darüberstreiche. Er spannt sich an, schiebt sich den Fingern entgegen. Wie bei einem Stromschlag zuckt Andrew zusammen. Er schließt die Augen, stöhnt genüsslich auf. Schon stecken zwei Finger und zum Schluss drei in ihm. Langsam fange ich an zu schwitzen. Schließlich weiß ich, was gleich auf mich zukommt. Allein bei dem Gedanken an seine verführerische, feuchte Wärme wird mein Schwanz steinhart, will sich endlich in diese köstliche Enge schieben.

Vorsichtig setzte ich mein Glied an seinem Muskel an, drücke dagegen, gleite ohne Widerstand in ihn hinein. Er umklammert regelrecht meinen Schaft, zieht mich tiefer in sich. Mit den Armen drücke ich mich nach oben, schaue genau auf den Punkt, wo wir uns vereint haben. Boah, sieht das geil aus. Mit einem festen Stoß dringe ich tiefer. Er schaut mir die ganze Zeit in die Augen, lässt keinen Augenblick in seiner Aufmerksamkeit nach.

Ich liebe diesen Mann mit einer Inbrunst, die wehtut. Mein Glied klopft, der Orgasmus ist viel zu nahe an der Oberfläche. Ich versuche ihn hinauszuzögern. Andrew unterbindet dies, indem er mich anfeuert. Härter, schneller stoße ich zu. Fasziniert schaue ich zu, als er kommt, ohne dass ich ihn angefasst habe. Gott, ist das geil!

Das Sperma spritzt aus seinem Schwanz, verteilt sich auf seinem Bauch. Der Anblick lässt auch mich kommen. Laut schreie ich seinen Namen. Atemlos senke ich den Kopf, lecke seinen Bauch sauber, bevor ich mich erschöpft auf ihn fallen lasse. Andrews Arme umfassen mich. Er presst meinen bebenden Körper fest gegen seine Brust. Keuchend liege ich auf der warmen, schweißnassen Haut. Dann passiert es. Silbrige, helle Tränen benetzen Andrews Hals, als ich weinend auf ihm zusammenbreche. Ich kann einfach nicht glauben, dass ich frei bin. Niemals wieder muss ich über meine Schulter schauen. Ich kann mit den Jungs ausgehen, mich am Leben erfreuen.

Leise murmelt Andrew meinen Namen, streicht mir sanft durchs feuchte Haar. Er drückt den zitternden, schluchzenden Körper noch fester gegen seinen Brustkorb, spannt die inneren Muskeln an. Keuchend schaue ich in seine Augen, kann es nicht glauben, was da gerade passiert. Mein Schaft versteift sich erneut, will noch mal meinen Sir in Besitz nehmen. Erstaunt zwinkert er mir zu. Oh ja, das habe ich mir schließlich verdient. Mit glühenden Augen schaut Andrew zu mir hoch, hebt seinen Unterleib, flüstert mir zu, dass ich mich toll in ihm anfühle. Unsere Bewegungen werden schneller, härter. Ich nehme mir von meinem Sir, was ich jetzt, in diesem Moment von ihm brauche. Seine Liebe, Zärtlichkeit und die Gewissheit, dass ich ihm gehöre und er mir.

Andrew

\~\~*\~*

Allein der Gedanke, dass ich ihn beinahe verloren hätte, lässt mich verzweifeln. Da hat der Kleine doch den großen Andrew Sanchez erlegt. Er hat sich die Belohnung redlich verdient. Sanft, aber auch wild lieben wir uns die ganze Nacht. Am anderen Morgen stehe ich vor ihm, zeige auf den Boden. Blind lässt er sich auf die Knie fallen. Als ich auf den gesenkten Kopf runterschaue, begreife ich zum ersten Mal, wie viel Glück ich wirklich habe. In Jan habe ich den richtigen Mann gefunden. Mit ihm will ich den Rest meines Lebens verbringen. Bevor der Mut mich verlässt, lasse ich mich vor ihm auf die Knie fallen, umfasse sein Gesicht. Gebannt schaue ich in seine hellblauen Augen. Fasziniert sehe ich, dass sich der weiße Rand um die Iris vergrößert.

»Jan Briegel, Sklave von Andrew Sanchez, würdest du mich zu deinem Mann und Sir nehmen?«

Sein Ausdruck ist einfach unbezahlbar, als ihm klar wird, was ich gerade gefragt habe. Er stammelt: »Ja, Sir! Sofort und für immer!«

Mit einem heißen Kuss verschließe ich seine Lippen. Bevor das hier in heißen Sex ausartet, ziehe ich ihn auf die Füße, befehle ihm sich etwas Elegantes anzuziehen und schon brausen wir Richtung Rathaus. Bevor er es sich überlegen kann, bin ich ins Büro getreten und stehe nun einem Mann gegenüber, der alle meine Freunde getraut hat. Er lacht laut auf, als ich mein Anliegen vortrage, und erlaubt uns mit einer Sondergenehmigung, die er gerade ausstellt, den Bund der Liebe zu schließen.

Seit dem 01.10.2017 ist es uns nun auch erlaubt, in den heiligen Stand der Ehe zu treten. Statt nur in einer Lebenspartnerschaft verbunden zu sein, dürfen nun auch gleichgeschlechtliche Paar heiraten. Weil es in allen Nachrichten kam, was gestern geschehen ist, habe ich nachgefragt, ob es für uns eine Sondergenehmigung geben könnte. Da wir den Beamten kennen, hat er mir versprochen, nachzufragen. Und heute Morgen kam dann sein Okay.

Völlig erschlagen steht nun Jan Sanchez vor mir. Mein Mann, Partner, Liebhaber und Junge. Mit der Urkunde und einem Stammbuch in der Hand fahren wir nach Hause. Nun bekommt er eine Hochzeitsnacht, die sich gewaschen hat, und morgen … morgen werden wir es allen unseren Freunden sagen. Dieses Ereignis feiern wir dann, bis die Sonne hoch am Himmel steht.

Zuerst aber will ich mit meinem Mann spielen. Verlangen breitet sich in Jans blauen Augen aus. Voller Liebe schaut er mich an. Er zieht sich schon vor der Tür aus, tritt ins Spielzimmer ein. Bevor ich was sagen kann, kniet er vor mir, den Kopf demütig gesenkt. In den Händen hält er eine Peitsche und mein Herz schlägt voller Freude auf. Zaghaft hält er sie mir entgegen. Sanft streiche ich mit der Fingerspitze über seine Handfläche, bevor ich sie von ihm entgegennehme. Meinen Befehl, sich zu präsentieren, setzt er sofort um. Er legt die Hände hinter seinen Nacken, stellt sich breitbeinig mitten in den Raum. Er nickt und ich hole aus.

Jan schließt die Augen, lässt sich total in die Hiebe fallen. Erst als ich ihm zuraune, dass er kommen darf, genügt nur noch ein einziger Schlag. Schreiend kommt er zum Orgasmus. Wild klopft mein Herz. Voller Liebe in der Brust schaue ich meinen Ehemann an. Er ist in seiner Erregung wunderschön anzusehen. Sanft fahre ich die Striemen nach, erobere meinen Jungen erneut. Meins für die Ewigkeit und seins für immer.

Jan

\~\~*\~*

Oh verflucht. Er hat wirklich gefragt, ob ich sein Mann werden möchte. Fassungslos schaue ich ihn an. Ich kann es kaum glauben, dass er dies wirklich ernst meint. Bevor ich weiß, wie mir geschieht, trage ich den Namen Jan Sanchez. Nun gehöre ich ihm mit Leib und Seele. Auch unsere Hochzeitsnacht werde ich nie vergessen können.

Den Schmerz, das Verlangen, was er erweckte. Die Liebe, die mein Mann und Sir mir schenkte, all das habe ich mir hart erkämpft. Niemals hätte ich gedacht, dass sich mein Leben so drastisch verändern würde. Ich, ein Kind der Straße, habe mir einen Master geangelt, um den mich viele beneiden. Er ist einmalig – meine große Liebe – mein Leben.

Am anderen Abend hat er alle unsere Freunde in den *Club Red* eingeladen. Sie alle dachten, dass wir unseren Triumph über Igor Popow feiern würden. Andrew aber hielt unser Stammbuch hoch. Eine gespenstische Stille breitete sich aus. Nach ein paar Sekunden brach die Hölle los und alle redeten durcheinander. Meine Freunde gratulierten mir und ich? Ich bin verdammt stolz, dass ich nun an der Bar zu seinen Füßen knie, mich mit Kevin unterhalten darf. Immer wieder stelle ich ihm Fragen über sein Zusammenleben mit Devil. Nun, bei unserem ersten Gespräch sind wir etwas aus der Rolle gefallen. Nun kann ich es endlich nachholen und löchere ihn, bis er lachend um Gnade fleht.

Eine Hand legt sich auf meinen Kopf. Graue Augen schauen zu mir runter und leise flüstert er: »Ich liebe dich, Jan Sanchez! Bis in alle Ewigkeit wirst du meins sein und ich deins. So wie es auf unserer Haut geschrieben steht.«

Mit diesen Worten verschließt er meinen Mund mit einem heißen Kuss.

Ende

P. S. Und wenn ihr denkt, dass unsere Männer vergessen würden, dass wir ihnen beim Paint Ball-Spiel den Hintern versohlt haben, dann irrt ihr euch aber gewaltig! Morgen fahren wir alle zu einem Wochenende auf den Nürburgring. Und was haben sich unsere Männer ausgedacht? Ja genau, ein Motorrad-Rennen. Ein paar schnelle Runden über den Nürburgring.

Wir sehen, wie unsere Männer die Köpfe zusammenstecken. Wissen, was sie ausbrüten, weil wir das Gleiche mit ihnen vorhaben. Unsere Männer die Abgase schnuppern lassen, weil wir vor ihnen davonbrausen werden.

Lachend lassen wir sie in dem Glauben, uns schlagen zu können. Denn eins haben sie wohl vergessen!

Joy und seine BMW. Wenn er damit auftaucht, fährt er sie alle in Grund und Boden.

Also, wir, wir haben uns schon unsere T-Shirts drucken lassen.

MOTORRAD-CHAMPION 2017
JAN SANCHEZ

MAIN Verlag

Neschka Angel

Redline
Kevin & Devil

ISBN: 978-3-95949-030-6

eBook 6,99 EUR
Print 14,90 EUR

Kevin Johnson. Ein Mann mit einer Neigung, die er nicht ausleben kann, bis zu dem Zeitpunkt, wo er IHN kennenlernt.
Devil Sanchez. Besitzer des Gay-Clubs RED, dominant und in seinem Stolz verletzt. Ein Vertrag, der die beiden für drei Jahre bindet. Die Dominanz eines Masters und die absolute Gehorsamkeit eines Sklaven treffen aufeinander.
Kann es Kevin schaffen und Devil für sich gewinnen?

Neschka Angel

Blackline
Sam & Angelo

ISBN: 978-3-95949-120-4

eBook 6,99 EUR
Print 16,90 EUR

Sam flieht vor seinem brutalen Exfreund aus New York und findet einen neuen Arbeitsplatz im Club Black. Dort begegnet er dem charismatischen Angelo.

Ohne sich wehren zu können, verlieben sich die beiden ineinander und Sam kommt zur Ruhe.

Aber Shane verfolgt Sam - und findet ihn. Hin- und hergerissen zwischen der Liebe zu Angelo und der Angst vor Shane, muss sich Sam auch noch mit Luca auseinandersetzen. Stirbt die Liebe zwischen Angelo und Sam an Eifersucht und Missverständnissen?

Alegra Cassano
Master
Broken Wings

ISBN: 978-3-95949-163-1

eBook 5,99 EUR
Print 12,90 EUR

Der junge, devote Liam wird Jasons neuer Sklave. Sein Master will ihn zunächst nicht überfordern und bestellt sich einen Toyboy ins Haus, um seine unbändige Lust zu stillen.
Erneut hat Jason sich nicht unter Kontrolle und bringt alle in Gefahr, auch seinen Ex-Sklaven Tim und dessen Freund Max.
Hat die Beziehung zwischen Liam und Jason eine Zukunft? Und welche Rolle spielen Tim und Max?

Alegra Cassano entführt uns auch in Band 2 ihres Gay-Thrillers in eine Welt, die die Abgründe des menschlichen Verhaltens offenbart.

Bitte beachten: In diesem Buch geht es nicht um eine gesunde Partnerschaft.
Solltet Ihr jemals in einer Beziehung sein, in der Ihr eingesperrt oder bedroht werdet, sucht Euch bitte Hilfe.
Niemand hat das Recht, so etwas zu tun, egal wie sehr die Person ihre Liebe beteuert.